大杂院

罗建明　陈梦莲◎著

人间生旦净末丑
各种行当全都有
大杂院是大舞台
粉墨登场演春秋

一仰一俯一步退
一高一低一株间
退到尽头举目看
原来退步是向前

两眼不观消闲事
双耳莫闻调谣歌
挥笔写出日月梭
潇洒画出好山河

人民日报出版社

图书在版编目（CIP）数据

大杂院／罗建明，陈梦莲著.—北京：人民日报
出版社，2016.8
ISBN 978－7－5115－4275－5

Ⅰ.①大… Ⅱ.①罗…②陈… Ⅲ.①长篇小说—中
国—当代 Ⅳ.①I247.5

中国版本图书馆 CIP 数据核字（2016）第 262543 号

书　　　名：大杂院
著　　　者：罗建明　陈梦莲

出 版 人：董　伟
责任编辑：陈　红
封面设计：中联学林

出版发行：人民日报出版社
社　　　址：北京金台西路 2 号
邮政编码：100733
发行热线：（010）65369509　65369527　65369846　65363528
邮购热线：（010）65369530　65363527
编辑热线：（010）65369844
网　　　址：www. peopledailypress. com
经　　　销：新华书店
印　　　刷：北京欣睿虹彩印刷有限公司

开　　　本：710mm×1000mm　1/16
字　　　数：400 千字
印　　　张：24
印　　　次：2017 年 1 月第 1 版　　2017 年 1 月第 1 次印刷

书　　　号：ISBN 978－7－5115－4275－5
定　　　价：69.00 元

●●●●●● 目录

引　言

人间生旦净末丑，各种行当全都有。

改革开放好时期，意气风发精神抖。

大杂院是大舞台，粉墨登场演春秋。

有人群就有力量，人群数量越大，力量就越强。

有人群就有矛盾，人群数量越大，矛盾就越多。

人群的这个特性，在豫东城东大街 108 号院里表现得特别突出。

108 号院原来是市政府的税务局，有两个大院，办公楼和家属住房彼此分开，中间有一道又高又大的墙，每个院子都有通往大街的大门。改革开放政策实施以后，市政府在城西丘陵地带搞了个开发区，市政府就坐落在开发区的中央，各政府机关也随之搬迁到了政府周围。税务局原址上的房屋拍卖消息一经传出，群众纷纷购买，有三分之二的家属用房和一少部分办公用房很快卖出。房地产开发商秦三川得到消息后，立即把剩下的房子全部买下。他把两个院子中间的大墙扒掉合成一个，本来两个院子就大，这么一合就更大了。他在这里不办企业，而是把房子全部租赁，对租房人不设任何门槛。因此，大院里有培训学校、百货商店、食堂、理发店、缝纫社、服装店、修鞋铺、擦鞋店、医药店、门诊部和形形色色的住户。有长期住户，一租几年甚至十几年；有短期住户，住个一年半载；有临时住户，仨月俩月，十天半月，三天两天，甚至有住一夜、几个钟头就走掉了，人员非常复杂。有的是刚从农村过来，赁房住下寻找商机，想在城里做生意；有的是临时住在这里，方便孩子上学；有的是在城里找到工作的农村大学毕业生，在这里暂时过渡；更有些房客是逃婚的，私奔的，企业大老板包养的，甚至有些小姐单身一人住在这儿，搞暗地交易，做不扎本而求大利的买卖。

这个大院子里的人各自为政，各干其事，没有专人管理，没有统一要求。这么多人混居在一起，这么多行当交织在一起，它的乱乎劲儿可想而知。这真是：

> 人来人往攘攘熙熙，
> 大喊小叫从不停息。
> 嗡嗡乱响昼夜不息，
> 混乱局面没有止息。
> 流动人员的庇护所，
> 各色人等的栖息地。

第一章　她不是个省油灯

贼怕警察兔怕鹰，不讲理人怕论争。

尽管不是省油灯，真理面前得听从。

六月下旬的一天早上，天刚蒙蒙亮，豫东城东大街 108 号大院的门卫马自朋就起了床，惺忪着眼，趿拉着拖鞋，漫不经心地向大门走去。他刚开了一个门缝，就看见一个黑影出现在他面前，他急忙把大门关上，心扑通扑通地跳，头上不多的头发好像直了起来，身上也好像没有魂儿似的。他还没有转过神，外面的声音就传过来："你为啥不开门呀？像乌龟似的，一伸头看见人了，就赶快缩回去。"

马自朋听出是杨声的声音，立刻松了一口气，心情平静了下来。他一边开门一边说："你这个该死不死的东西，可把我吓死了。"他走出门外，仔细打量着对方，说道："你摸着黑起来就跑出去干什么呀？出去了还再把门关上，像个贼似的。"

杨声说："是贼也不会偷你，你有啥可偷的？偷你的苦楚皮，还是偷你的白毛尾？"

马自朋没有说话，杨声继续说："我问你，你不是说你的大门上不让挂任何牌子吗？理由还挺多的，什么院内门户多，大门旁面积小牌子挂不下，不让谁挂谁都不满意，而且都想挂到显著位置，都想挂大牌子，因此谁都不能挂。你说得头头是道，可是现在人家把牌子挂出来了，而且还这么大，你连个屁也没放，不是吗？"

马自朋抬头一看，啊嗬！真有个大牌子挂在大门口左边。他不由自主地说道："哎呀！这是啥时候的事呀？昨天下午还没有呢，我真的不知道，一点儿都不知道。"

杨声："你不知道？鬼才相信呢！你要不答应，他就不敢私自在这里挂。"

杨声的话从内容上看，有说服力、咄咄逼人；从说话的口气上看，不卑不亢、通情达理；从表情上看，面带笑容、温馨自若。对他的话马自朋没怎么在意，可他心里却很诧异：怎么一夜之间就冒出个大牌子呢？他仔细观察着这个牌子："宇宙各科培训学校"，白底红字，特别醒目，虽然天不太亮，但傲视其他各色，尽管在白天它有逊于红色，可是在夜幕的朦胧中，它却是一枝独秀，任何颜色在它面前都自愧不如。他又说了一句："是呀，这能是谁的呢？"他的话好像是自言自语，又好像是对站在他旁边的杨声说的。两人说着话走进了屋里。

杨声说："你也不用装疯卖傻，阴一套阳一套地装着不知道。我现在才算看明白了，你已不是过去的你了，你也大变样了。我很理解，现在不是改革开放吗？国家改革开放是增加生产，增加收入，实际上就是为了多挣钱。国家有钱了，国家不就富了吗？咱们老百姓有钱了，咱们不就富了吗？生活就可以改善了。我很理解这个办法，我一百个拥护，一千个支持。我看你呀，也在改革开放……"

马自朋插话："你又在开玩笑了，改革开放是国家的行为，咱们个人改什么革呀？开什么放呀？我如果真的改革开放能挣到钱，当然也愿意改革开放。"说是这么说，他对改革开放是什么意思还不清楚，更不知道自己如何改革，如何开放。

杨声："你不打自招了吧？"

马自朋："我自招什么呀？"

杨声："你说只要改革开放能挣钱，你也干。"

马自朋："对呀，我是这么说了。"

杨声："你不但这么说了，你还这么干了。"

马自朋："你又在瞎扯了，我什么也没改，什么也没开，我还是我，前天是这样，昨天是这样，今天还是这样，依然如故，清清楚楚，明明白白。"

杨声："你真说对了。你必须承认，你也实行了改革开放，这也是清清楚楚、明明白白的。"

马自朋："我不清楚，也不明白，而且你越说，我越糊涂。"

杨声："你是揣着明白装糊涂。我问你，你手里拿的啥？"

马自朋："钥匙，这个大院的钥匙。"

杨声："这就是你的身份，你的责任，你的权力。"

马自朋模模糊糊地认为杨声的话有道理，但对他的深层次意思，他也不很清楚，只是默不出声。杨声接着说："你是整个大院的总管，连出出进进你都管着，像在这里办学、挂牌子的事，不经过你他能办吗？"

马自朋："我还真不知道。"

杨声："咱们大杂院最近有新来的住户吗？"

马自朋："有哇，一个姓常的，女的。对了，她说她打算在这里办培训班哩。嗯，很可能是她挂的牌子。"

杨声："啥很可能呀？肯定是她！你不让别人挂牌子，而让她挂，你会让她白挂吗？这就是你改革开放的做法。"

马自朋："怎么改，怎么开？"

杨声："改你过去的犟脾气。过去你是认死理，一头撞到南墙上，天打雷轰都改变不了你的拗劲。可是现在你改了，过去不让挂牌子，现在却让她挂了，为什么呢？你也实行改革开放嘛。当然啰，做任何事都是有目的的。国家实行改革开放是为了多赚钱，是为了让中国人民富裕起来，过好生活。你也是一样，你让她挂也不是凭白无故的……"

马自朋越听越不是滋味，听着听着他倒成了收了贿赂以后让她挂的。他心里有些不安，可是他与杨声是多年的诤友，他对杨声的人品绝对信任，即使杨声说些不符合事实的话，也是不了解情况，属于误解，绝不是有意诬陷。马自朋不生气，也不反驳，而是再追问些问题，看他的误解有多深。他故意发问："你认为我为啥让她挂呢？"

杨声的情绪上来了，他认为马自朋默认了自己的受贿，他精神焕发，劲头十足，鼓着勇气，提高了嗓门："很简单，那还不是钱！"

马自朋仍然装迷瞪，若有所思地说："啊，钱。"

杨声说："现在挣钱成光荣事啦，只要能挣钱，就是有本事，上级不是说让一部分人先富起来吗？这就是说让一部分人先有钱。当然，这个有钱绝不是让你偷，让你抢，而是让你挣，你挣来了，你就有钱了，你就富起来了。上级叫大家都改革开放，就是叫大家都能挣钱，都富起来。"

马自朋继续问:"你看得多、听得多、懂得多,你说说咱们平民百姓咋改革呀?改什么呀?咋开放呀?怎么做才是开放呀?"

杨声:"我说的也不一定对,不过咱老弟兄俩,说到哪儿哪儿了,说得对也好,错也好,说错说对都拉倒。"

马自朋:"这才叫知心呢,这真是人有朋友千万个,就是难寻一知己。"

杨声:"按我的理解,改革开放就是冲着挣钱的目标,去掉那些对挣钱不利的东西,老往有利于挣钱的思路上想,老往有利于挣钱的路子上走,啥办法有利于挣钱就用啥办法,啥门路有利于挣钱就采取啥门路,去掉过去的老一套,采取灵活办法,挣更多的钱,这就是改革开放。"

马自朋:"老兄,谢谢你给我解释,使我明白了改革开放的意思,我将在生活中继续理解,争取早日实行改革开放,我也想富起来,而且想早日富起来。"

杨声:"我早就理解了,没有改革开放的思想,按你原来的脑筋,你不让别人挂牌子,为什么叫这个挂呀?这不是明摆着的吗?"

马自朋:"你说我不一样看人啦?"

杨声:"对,你就是改变了做法,灵活了,也实惠了,先实惠,后灵活,得了实惠,办法就灵活了,过去不让做的现在就让做了。你这种办法我赞成,任何人做事都是为了得实惠,具体说就是钱。挣钱不是坏事,而是好事,国家没钱怎么发展、怎么强大?百姓没钱怎么富裕、怎么过好生活?不过,挣钱得付出,不付出就不会有收入。这个付出是各方面的,做个营生、出个主意、想个办法、出个点子、行个方便等等都是付出,都可以收取报酬。"

马自朋已经醒悟,他彻底明白了杨声的意思,他没做解释,只是很客气地对他说:"你对改革开放比较了解,但你对我还不够了解。"

杨声看着马自朋的情绪有些不高,脸色低沉了,言语少了,老低着头,眼皮耷拉着,眼珠子一动也不动。凭着多年的经验,杨声知道这是马自朋不高兴的反应。他说了声"我去散散步",就离开了马自朋。

马自朋没有生杨声的气,但杨声含沙射影地说他受贿,他感到很冤屈。天已经大亮,他凝视了一下挂在大门左边的大牌子,白底红字,闪闪发光,瓦亮瓦亮,他不由自主地对挂牌人产生一种怨气:怎么不吭气就挂这里一个大牌子?破坏了"不在门前挂牌子"的规矩,打破了各个培训班的平静。他倏然脑子涨得像斗,心里乱得像麻,两眼发黑,模模糊糊看见一群人站在他周围,吵吵闹闹、指手画脚，有的高声叫喊，有的口喷唾沫，他隐隐约约听见对他的责怪和质问："为什么你让别人挂牌子不让我们挂？你这个偏心眼的老头儿！你这个不平等待人的老头儿！我们也要挂，不让我们挂不行，咱们去法院说理去，平时都说你公正大方，不偏不向，我们平时高看你了，这回我们真是认清你了！……我们也得挂，你也得让我们挂……"马自朋窝了一肚子气，恼恨之下，唰啦把大牌子取了下来，一把把它放在自己住室的门口，等待着牌子主人的到来。

马自朋，60多岁，中等个子，稍微偏胖，花白头发没有几根，经常不戴帽子，脸上皱纹不多，气色很好，红光满面，看起来一点儿也不像是60多岁的人。他风度大方，气量豁达，与人交往坦坦荡荡，从不计较个人的得失和日常琐事的恩恩怨怨。他的妻子已去世多年，两个女儿已出嫁，一个儿子也已成家立业，儿子和儿媳待他都很好，都想好好伺候老人，让他过一个幸福的晚年。但他说啥也不愿意让他们养活，坚持另立火灶，自力更生。儿女们拗他不过，只得顺其自然，让他单独生活。

马自朋从小失去父母，是奶奶把他养大的。新中国成立后开始上学，初中毕业后应征参加了中国人民解放军，在部队里立过二等功，当上了排长，加入了中国共产党。转业回到地方后，他被分配到市机械厂任总务处副主任，专抓各个车间的原料供应工作，对工作认真负责，任劳任怨，一丝不苟，领导和同事都很满意，年年被评为先进工作者。

马自朋性格倔强，刚正不阿，不会见啥人说啥话，不会随机应变，不会随波逐流，不会见风使舵，更不会溜须拍马，也不会阿谀奉承。对待上级与下级一个样，对待当官的与平民百姓一个样，对待彪形大汉与弯腰瘸腿的一个样。这种人性格就像一把双刃剑。在领导层，那些以权谋私的人，都会对他否定，说他思想僵化，没有改革创新精神；对规章制度，他死搬硬套，不会灵活运用；对周围的人，他说话僵硬，不会团结群众。但是，那些不谋私利一心为公的领导却非常喜欢这种人。在群众方面，绝大多数都认为这种人是好人，他不为名、不为利、不为自己，一心为别人、一心为大家。只有那些好占小便宜的人，尤其是那些想通过他沾些光而没有得逞的人，却说这种人不讲面子，没有人情味，是一个六亲不认的人。有些好心人劝说他，让他改进方法，办事活道一些。他当面也答应改，但办起事来依然如故。大家都说这是他的禀性，江山易改，禀性难移。

机械厂停办以后，恰逢东大街 108 号大院初具规模，他被大杂院老板秦三川聘请过来，主要工作是门卫，兼管一些空房钥匙保管和零星的收房租工作。

秦三川虽然学问不大，但很有脑子，很会想办法，有超前精神。改革开放以后，政策放宽了，办法变活了，他以办学的名义贷款，在城周围购买了五百多亩地，又通过改变土地使用性质的办法把土地变成生活用地。他在这块土地上建造了二十栋商品房大楼，每栋楼十八层，每层六户，每户三室两厅，居住面积一百三十平方米。所有楼房全部出售完毕，他赚得盆满钵满，成为全城第一个暴发户。108 号大院拍卖时，他首先出了当时来说极高的价格，其他欲购者谁也不再出价，这个大院很轻松地成了秦三川的私有财产。

秦三川思想比较超前，他意识到很快就会有大量的农村剩余劳力涌进城里，他们亟须解决的是住房问题。他把大院里的几百套房间用作出租房，发传单，贴广告，大力宣传。不到一个月时间，绝大部分房间都租了出去，有的长年租用，一交就是几年的租金。

客户租的用途各有不同，有的办知识培训班，有的办技术培训班，有的开门店，有的开食堂，有的是家属房……不管你干什么用，只要出房费就可以住房。因此，大院里除了比较固定的长年客户外，还有不少流动客户，有的租用三两个月，有的租用半月四十天，还有的只租十天八天，也有今天来明天走的匆匆过客。

交往在讲理，事多在疏理，企业在管理，管理在用人，用人在知人，要想做到知人善任，必须有知人之明。秦三川虽然学历不高，但他在企业管理方面，还是有渊博的学识的。他非常清楚，这么大的院子，这么多的房子，住房的又是这么复杂的人群，没有一个忠心耿耿的、有管理水平的、责任心很强的人做管理工作是不行的。他在所有停办企业里五十岁以上的退职人员中挑选，他查经历，查职业，询问责任心，询问群众反映。他反复考查，多方论证，认真比较，又进行面试，最后选住了马自朋。

马自朋在大院里什么都管，但很多实质性的问题他又不当家。因为他有强烈的责任心和一丝不苟的工作精神，所以，不管什么事，也不管他能不能当家，他都要管，而且还要认真地管，一管到底。因此，他是大杂院的总管家，人们习惯称他"大老总"或"马老总"。

常姐本来是知道不让在这里挂牌子的，但她这个人是个偏脾气，一脖子拗筋，满脑子别劲，爱出风头，爱搞特殊。别人都要干的，她偏不干；别人都不干的，她偏要干，而且一干就得干成。不少问题，别人干不成而她能干成，这也是个事实。对她来说，没有办不成的事，没有解决不了的问题。她最大的特点就是会充分利用人际关系，尤其是在运用女人优势方面，她绝对是个高手。在大门前挂牌子的问题上，她认为这是小菜一碟，不成问题。因此，尽管知道不让挂，她还是毫不犹豫地把它挂起来了。

马老总当然不同意在这里挂，他把牌子取下来，放到屋里，关住门看起了电视。不一会儿，他听见外面一个女人的声音："谁把我的牌子取走了？真是缺德，刚挂上的牌子就取走，这是我办学的招牌，没有招牌怎么办学呀？这里的人真差劲！"声音越来越近，最后这句话一落音，接着就是"咚咚"两声敲门声。他问："谁呀？"起来就去开门，又听见外边的声音："我来问你这个看门的，我刚挂上的招牌就被取走了，看来你这个看门的没一点儿用。"

马老总打开门一看，原来是刚入住的常女士。没等他说话，这女人一看见她的招牌就问："我的招牌怎么会在这里？是谁把它拿到这里啦？"

马老总："是我把它取下来拿到这里的。"

常女士："你怎么不吭气把我的招牌取掉呢？"

马老总："你怎么不吭气就把招牌挂到那儿呢？"

常女士："我怎么不吭气？我是得到老板同意的。"

马老总："我不知道，老板同意不算数。"

常女士："你是什么人呀？老板雇用的人不听老板的，你不想在这里干了吧！"

马老总生气了："我就是不想干了，赶快让他辞退我，他今天上午辞退我，我下午就走。"

常女士："你为啥取我的牌子？"

马老总："因为那里不让挂牌子。"

常女士："为什么不让挂？"

马老总："因为大家都想挂，地方小，挂不下，所以都不挂。你也不想想，人家来得那么早都没有挂，你来得这么晚却上个大牌子，你就不感到自己有些特殊吗？如果那里让挂牌子，早就把地方占满了，哪还有你的地方？大家商量好的，说不挂都不挂，大家都没意见，而你一来就挂上个大牌子，连个气也不吭！"

常女士："你又说我不吭气，我不但吭气，我是吭了大气，我是得到秦三川大老板的同意的。"

那么她是如何得到大老板秦三川的同意的呢？

常女士叫常姮。她来大杂院的目的是利用这里的房子举办培训班。她入住以后第一件事就是筹备办学事宜。关于挂招牌的事，她也听说不让挂牌子，她知道如果征求马老总的意见，他肯定不同意。很多人劝她不要挂，大家都不挂，让她自己挂是不可能的。但她不这么想。她不管别人只顾自己，只要自己想办的事，就一定得办成，能办成的办成，不能办的，想尽一切办法也得办成。为了挂这个招牌，她直接打电话给秦老板。电话接通以后，她说："秦老板吗？我是新住进大杂院的住户，我叫常姮，我比你年纪小，我就叫你三川哥吧。三川哥，我想办件小事，想请你同意。"

秦三川："啥事呀？请说吧。"

常姮："我在这里办培训班，想在门口挂一个招牌……"

话没说完就被打断，秦三川说："这事儿你与马老总说就行了。"

常姮："你还不知道马老总那种别脾气吗？他是不会让我挂的……"

秦三川："既然他不让你挂，你就别挂好了，又不是你自己，别人不挂，你也别挂。好吧，挂啦。"常姮再叫也不回应了，她只有无可奈何地摁断了电话。她自言自语道："电话不行，得亲自去找他，我不信连这个小事他都给我办不成！"

秦老板有两个卧室，一个是家里与妻子住在一起，另一个在办公室里，放的双人床，但他一个人睡，虽然是为妻子准备的，但他妻子从来就没有在这里睡过。他有时在家里睡，有时在办公室睡。有时候一连几天，甚至半月二十天他也不回家睡一次，他对妻子说他工作忙，不要管他住在哪里。妻子是个忠厚老实的农民，她的任务就是侍候公公婆婆和照顾孩子，对于丈夫的事她从来不管。她对吃得这么好、住得这么好、想穿啥买啥、想要啥买啥的生活非常满意。秦老板待她很好，对她无微不至地关怀，钱让她足够花，衣服让她光买好的。为了不让她劳累，还给她雇了一个保姆做饭、洗衣服、打扫卫生，照顾爹娘都由保姆负责，她光当她的掌柜的，有啥事吩咐保姆去干。她对丈夫的要求是好好照顾自己，经常在外吃好休息好，别太累了，她的遗憾是丈夫经常不在家，不能经常照顾丈夫。

一天晚上，刚吃过晚饭，秦老板办公室的门被敲响了，他从门缝里仔细观察了一下，来者是个年轻女人，他没见过这个女人。他心想："这是谁呢？生人怎么知道我的办公室？"

是的，来敲门的人，尤其是晚上来敲门的人，基本上都是熟人，生人有事都去找马老总了。不管如何，既然来了，还是个女人，一个年轻女人，就让她进来，看她想干什么。

秦老板一开门，离门不远处站着一个女人，她开口说道："你是三川哥吗？没见过吧？我叫常妲，是新来的住户。因为挂招牌的事我曾给你打过电话，因你不了解情况，事情还没有解决。"

秦老板被"三川哥"叫得晕乎乎的。使他晕乎的不是这三个字，而是她那温软柔和的声调、暧昧的表情和令人销魂的眼睛。他心不在焉地说道："啊，啊，请进，请进，你就是常妲。"

常妲走进秦老板的办公室，两只眼睛像探照灯一样扫射着室内的一切设施。靠窗户放着老板桌，上面有台灯，日历和电话机；窗台上有盆景，青山绿水很养眼；还有一个玻璃缸，微波涟涟伴游鱼；沙发靠墙两边放，柔软舒服如睡椅；墙壁雪白如涂粉，地面干净如水洗；门后有一个书报架，放着报纸和杂志……她饶有兴致地环视了一番，秦老板微微躬身，右手掌展开平伸，指着沙发说道："请坐。"两人对面坐下后，常妲先开腔："你认识我吗？"

秦老板："不认识，但听说过。"

常妲："听谁说的？"

秦老板："听朱局长说的。"

常妲："啊，这里就你一个人哪？"

秦老板："我一个人的办公室，不是我一个人，还能几个人哪？"

常妲："是的，一个人，清静，但也寂寞。正如人们常说的：白天欢欢乐乐，晚上孤独寂寞；白天说说笑笑，晚上清静无聊。"

秦老板："你一来不就不寂寞了，也不无聊了？"

常妲说他寂寞就是希望他下一句就让她来陪他，果然他这样说了。但她捉摸不透他的话是句玩笑话呢，还是有别的意思，她还没摸透他的心，她还不能冒失，万一他不是那号人，话说岔了，今后就不好打交道了。她说罢"寂寞"以后，他接话接得这么快、这么干脆、这么直截了当，这是她万万没有想到的。她目不转睛地凝视着他，两只滴溜溜的大眼睛，像两泓激滟的湖水，激荡着阵阵秋波，一直媚进他的心窝。他像哑巴似的，傻着眼，怔着脸，一动不动，好像全身瘫痪了。就在两个人默默地交换着眼神时，桌子上的电话铃响了，秦老板接住电话，说了几句话，只听见他的最后一句是："我马上回去。"他放下电话说："对不起，我的儿子得了急病，高烧不退，我得马上回去带他看病，你有啥事快说。"

常姮："我在电话里已经给你说过了，还是我挂招牌的事，我得挂个招牌，不挂招牌谁会知道我要办培训班呀？"

秦老板："这事还叫我管？有马老总管，我不能管这事。我管了这事，他管什么呀？我把他管的事管了，他反而有意见。再者，其他人都来找我，我能忙得过来吗？你去找马老总，这事你与他商量着解决。"

常姮："马老总不好说话，与他商量不好我才来找你的。我刚来你的大院，第一次跟你打交道，就这么一件小事，对你来说只是说句话，不劳你大驾，就这你就不肯帮忙，你要知道，你的嘴唇一动，对我们来说，如同万钧之力，对你无足轻重，对我们就帮了大忙。我恳求你不要让我白跑一趟，请你说句话，让我把牌子挂上，我第一次来求你，请你不要驳我的面子。"

秦老板："请你不要为难我，我不是不给你面子，也不是我不同意你挂，而是马老总那里过不去。"

常姮："那他算厉害了，老板说了话还不算数，他怎么那么大的权力呀？是谁给他的呀？"

秦老板："是我给他的，是他管的事，我说了也不算数，非他说话不行，他有个牛脾气，有时候我得听他的。"

常姮："你怎么用这样的人，若是我早把他开了，有多少好样的不用偏用他？"

秦老板："你不懂，管理企业你没有经验。他是很难得的人才。"

常姮："你说说他哪一点难得，让我领教领教。"

秦老板："首先是他认真负责，勤勤恳恳，每天都把工作完成得特别出色；其次是他平等待人，从不厚此薄彼；第三，这一条是我最欣赏的，是他不折不

扣地按原则办事

扣地按原则办事。所谓原则就是我们在一些事情上所做的规定。不管哪一条规定，在他手里绝不会变样。在这种情况下，他经常否定我的话，他这样做我高兴。我说了活道话，不符合原则，他把我否定了，仍按原则办，今后的事情就好办了。在这些事上当事人把办不成的责任推到他身上，而不埋怨我，我落了好，他落了赖，他经常把好事说成是我让这么做的，不好的事自己承担责任，从不往我身上推。我曾经用过这么一个人：凡是不能办的事，他都推到我这里，他对当事人说：'你去找秦老板吧，他只要同意了，我马上给你办。你的事我是同意，可是我不当家呀，他不同意而光我同意，不但事办不成，我还得挨批评。只要是好事，他立即就办了。'这种人玩两面派，他自己落好，让领导得罪人。这种人一旦发现，立即辞退。而像马老总这种，没有一个当领导的不愿意要。"

常姮："看来你在用人方面还是有一套经验的。还回到我挂牌的问题上，你得答应我挂，你不能让我空着回去，你不答应我，我是不会回去的，你也别走。"

秦老板："好吧，好吧，我答应你，但你必须与马老总说好。"

常姮："我就说你同意了。"

秦老板："随便你怎么说吧，我得赶快回家了。"

秦老板用右手把常姮往外推，嘴里说着："对不起了，咱们今天到此为止吧，有事今后再说，反正你住在大杂院了，以后见面的机会多着呢。"

常姮："把你的名片给我好吗？"

秦老板顺手从衣服前胸口袋里掏出一张名片递给她。

两人一前一后走出办公室，脚步声很快消失在大杂院里。

马老总的住室就在大门旁。这个房子一套两间，里间是卧室，外间是办公室、厨房、会客室，也放些杂七杂八的东西。他不但负责门卫，还负责公共厕所的清洁工作和整个大杂院的安全保卫。这天上午，他把厕所冲洗干净，打扫干净大门附近的地面，在门口喘气。他自言自语道："真是不中用了，这点儿活干完了就喘气，真是岁数不饶人啊。"黄鹂的叫声传到他的耳朵，"打发闺女吃麻花""吃嘴媳妇不好"和"光棍扛锄"等等俏皮灵动的叫声，使他忘记了劳累，他兴奋地叫起来："多么好听的鸟叫哇，这些年听到黄鹂的叫声还是很难得的！"他抬头向旁边的一棵杨树上看看，上面有好几只鸟哩，黄鹂、鸽子、喜鹊等等。他轻轻地走进屋里用双手捧些大米，小心翼翼地撒到他刚扫过的地上。鸽子先下来吃，然后是麻雀、斑鸠。黄鹂始终没有下来。马老总看着黄鹂说："你架子还蛮大的，我真想近距离看看你的尊容，你连这点儿面子都不给。"他把目光挪下来时，看见一只小花猫在杨树后面窥视着小鸟。它两耳向前挺着，目不转睛，全神贯注，下颌贴着地，不动声色地向前挪动。小鸟无忧无虑地贪吃着，丝毫没有觉察到周围的险情。马老总略带兴奋地观察着这个场景，心想："多么难得的机会呀！只有在电视里的动物世界栏目里才能看到。"正当他一心一意地等待着猫捉飞禽的场面时，一群小鸟齐刷刷地"害"的一声飞跑了。马老总还以为它们发现小猫了，心想："鸟的警惕性很高，宁愿不吃，也不能干危险事……"他正在沉思中，忽然听见一个清脆响亮的女人声音："马老总，把牌子给我吧，我想把它挂上。"

马老总："把牌子给你可以，但你不能挂，这里不能挂任何牌子。"

常姮："我已经与老板说好了，他同意我挂的。"

马老总："老板同意也不行，老板不当家。"

常姮以为他有些头脑发热，忘乎所以，她有意激他，让他说过头话，然后她可以利用，她挑衅似的追问："老板不当家谁当家呀？"

马老总斩钉截铁地回答："我——当——家。"他故意把这三个字拉长，而且清晰、坚定、有力。

常姮听罢这话好像抓住了把柄，她以为一个雇员敢说老板不当家，简直是大逆不道。这回她算是有理反驳他了，她把气鼓得足足的，把嗓门提得高高的："什么？老板不当家，你当家？你算老几呀？"

马老总对她的高嗓门儿毫不在乎，他沉住气，不慌不忙地说："我算老大，这个院里的老大，大老总。"

常姮："我看你是茅坑里的石头——又臭又硬。我与你说不出个里表，走，咱们见老板去。"

马老总幽默地说："我硬，但不臭，我不是茅坑里的石头，我是大杂院里的大管家。我不去见老板，你有本事把老板叫来见我，我在这里等着他。"

这时，从屋里走出来一个中年男子，说道："哪里来的女人，这么厉害，恨不得想吃人。"

常姮："你不厉害！你恨不得想吞人！"

这个男人叫谷全，是马老总的外甥，这天来看望舅舅，恰碰见这件事。他是个直性子人，看见不合理的事就得说，不说就发急。谷全与常姮吵了几句后，转身往屋里走，嘴里嘟囔着："谁要是娶了这样的老婆算是坏了八辈儿良心了。"

他的话恰被常姮听见。她狠狠还了一句："谁要是嫁给你这样的男人，算是倒了十六辈子霉了。"

面对这么个"臭硬"的老管家，常姮是一点儿办法也没有，她明明知道，在这个问题上老板肯定听他的，她打着"老板同意"的名义也没有吓住他，她感到真是没辙了。

她进住大杂院之前，就听说过这个老马不好说话，但他心眼不坏，待人一律平等。她认为这种人挺好的，与这种人打交道不会被欺骗。可是在今天的挂牌子的问题上，她却有相反的想法。这个人太倔强，连这点儿事都不叫办，看来与他打交道一点儿便宜也占不了。她改变了策略。她态度一变，对马老总说："你把牌子还给我吧。"

马老总："可以。"他从屋里把牌子拿出来递给常姮。

这天下午，刚吃罢午饭，两个年轻人拿着常姮的招生牌子往大门上挂时被马老总拦住。

马老总问他们："你们是什么人呀？为什么在我这个门上挂牌子？"

一个年轻人说："我们是装修公司的。这个牌子是我们做的，我们也负责把牌子挂上。原来已经挂上了，那个女士说牌子没挂好掉下来了，让我们再来挂，所以我们就来了。"

马老总："你们不能挂，这个地方不准挂任何牌子。"

年轻人："那你对那位女士说，我们只管干活，不让挂我们就走。"

说话间常姮来了，开口就说："谁不让挂呀？我让挂的，挂！"

马老总："不能挂，坚决不能挂。"

两个年轻人站在那儿发呆，一个叫挂，一个不叫挂，无所适从。常姮对两个年轻人的不作为很有意见，说道："我叫你们来干什么的呀？你们为什么不干活呀？"

年轻人："你们商量好以后再挂也不迟呀。"

正在他们争论不休时，从院子里走出来一位老先生，中等个儿，光光的头，胖胖的身子。马老总看见他后急忙上前说："李老师，你看，她非要在上面挂牌子，咱们不是商量好都不挂牌子吗？"

李老师慢慢地问："是谁非要挂牌子不行哇？"

常姮："是我。"

李老师："你是谁呀？是刚来的吧？"

常姮："我叫常姮，是刚来的。我打算在这里办培训班，没有招牌怎么能行？没人知道哇。"

李老师："是这个理儿。但这里是个大院，办培训班的有好几家，都想挂牌子，如果让挂，早就把这个地方挂满了，你来这么晚，哪有你的位置？不让挂牌子是大家同这儿的老板在一起商量好的规定，大家都不挂，这不挺好吗？因此，不让挂就不挂，这牵涉到大家，请不要破坏这个规矩。大家住在一起，团结为上，友谊第一。"

常姮没话可说，只好拿着牌子往自己住室走了。

马老总："从哪里来了这么个娘儿们？我觉得她不是个省油的灯，她会给我添很多麻烦的。"

李老师："她是大杂院来的新住户，对于这里的规矩还不习惯，以后时间长了就好了。"

第二章 从农村到城市

人人都往高处走，处处有水向低流。

农村人向往城市，城市人另有高求。

诸如此类、触类旁通，就是说认识了某一事物之后，就能以此类推了，就可以了解同类的其他事物了。马老总根据常妲强求挂招生牌子这件事上，就能得出她不是省油灯的结论。常妲究竟是个什么样的人呢？这得从头说起。

常妲出身于一个偏僻的农村山区，祖辈几代都是农民，不上学，没有文化，除种地以外，什么技术也不会，生活比较艰苦。常妲初中毕业后没有考上高中，父亲想叫她学习裁缝技术，将来为农民缝补衣服。他认为农民的生活一天天好起来，穿衣服也会更讲究，学会做衣服肯定是个好手艺。但常妲坚决不同意学裁缝，她认为衣服做得再好也离不开穷山区，她的最终目标是走进城市，把自己由一个山区孩子变成一个城市姑娘，把自己的农业粮变成在城市的商品粮，自己的农业户口也就能自然而然地变成非农业户口，她的目的集中到一点，就是跳出农门。

她母亲刘瑶说："要跳出农门，必须靠努力，不能靠说空话。那些考上大学的不就很快跳出农门了吗？你不好好学习，考不上学，还想脱离农村，这纯是幻想。"

常妲整天考虑的是如何找个工作，如何去到城里，如何尽快走出农村。一天，她的父亲常本对她说："你有个表姐在城里工作，据说是开饭店，生意还不错，你可以去见见她，看能否在她那儿工作。如果不能，她可以给你想个办法，找个出路，咱城里没有别的熟人，只有去找她了。唉，对啦，你常娥姐也在城里工作，她的工作也不错，可能挣钱了，不断往家寄钱，不知道她干的什么工作。"

常姮："管她什么工作呢，只要能赚钱就行。我还不如直接去找常娥姐呢，俺俩关系不错，她肯定会帮忙。"

常本："我不知道她的地址。"

常姮："去她家问问她妈不就行了？"

常本："她妈也不知道。我问过她妈，她妈说不叫去找她，她的单位是保密单位，不让与外人接触，连亲爹亲娘也不让知道她的工作单位。那孩子有志气，不让去就不去，我真为这样的孩子高兴。"

常姮："我很羡慕她的工作，因为能挣钱。"

常本："你先去找你表姐，在那里也许能打听出常娥的消息，与她联系以后，是否能在她那里工作，到时候再定。"常姮点了点头，漫不经心地说道："中哇。"

常本："本来还有一个人可以找，不知她是否能帮忙？"

常姮："谁呀？"

常本："谁？你大姨呗。"

常姮："嗨！对了。我大姨也在城里。"

常本："你大姨是个大知识分子，在大学里教书呢。你妈与她关系不好，所以她从来不来咱们家。你妈也没去找过她，两人就像互不相识一样。平时不来往，现在用着人家了，才想起来去找人家，这样很不合适。"

常姮："我妈也是，姊妹俩干吗要记仇啊，早该去找她了。现在用着人家了才想起人家，就是不合适。"

常本："我看还是去找你表姐比较保险，在那儿安定住以后再打听其他人也不迟。"

常姮："好，我先去找我表姐，说走就走，明天就走。"

常本："盘缠我已经给你准备好了，明天就动身，我去送你。"

常姮："要去我自己去，你不用送我，我早就有自己闯荡社会的决心，我不叫你送我，你要去我就不去了。"

她的话这么坚决，又这么自信，没有商量的余地。常本心里悲喜交集。他高兴的是女儿很有志气，有独立自主的闯荡精神，这是女孩子少有的；他担心的是女儿还年轻，没有出过门，没有社会经验，社会上的事很复杂，她在社会上容易受骗。他语重心长地说："你有思想、有胆量，很好，但你毕竟是孩子，不知道社会有多深多浅，我最担心你上当受骗。"

常姮："你别这么忧心忡忡了，请爹爹相信：你女儿不是窝囊废，我完全可以自力更生，完全有能力克服一切困难，解决一切难题。"对于女儿的自信，常本无可奈何地摇了摇头，嘴里没有说一句话。他神情木然，两眼直瞪瞪地望着常姮，心想："真是初生牛犊不怕虎，襁褓里的婴儿不怕风。"

在公共汽车上，常姮的旁边坐着两个年轻人，三十来岁，风姿潇洒，在兴致勃勃地谈话。她不声不响地听着，毫无表情地、不时地向他们看一眼。他们好像不去注意她，旁若无人一样该怎么谈就怎么谈。

男甲问男乙："看来你父亲那个厂搞得还不错，效益挺好的，很多人都想去工作，现在还要人吗？"

男乙："也要也不要。"

男甲："这是什么意思？怎么是也要也不要呢？"

男乙："一般人员我们不要，但厂里缺一个推销员。我们一直在寻找，一直没有找到，一直空着位。有很多人想干这个工作，都不够条件，我们都没有用。"

男甲："你们要什么条件呀？"

男乙："要样儿有样儿，要个儿有个儿的女青年，这是外表。还有看不见的条件。"

男甲："什么看见的条件和看不见的条件，我从来没听说过工厂要人还这么个要法儿，什么是看不见的条件呀？"

男乙："我们这个厂不是一般的工厂，虽然不是军工厂，但我们为军队加工衣服，是专做军服的。因此，我们的工厂大，用人多，产品容易销售，生产多少，直接送到军队，有多少他们要多少，所以我们工厂效益好。我们的工厂对质量要求很严格，要求每件衣服都得是过硬的、高质量的。高质量的产品，没有高质量的工人是不行的。我们要的工人首先得有学问，至少得初中毕业，再一个是精明能干、心灵手巧、干啥会啥，干啥都能干好。不过这种条件的工人已经满员了。我们现在需要的推销员条件更高，不是随便哪一个女子就能胜任的，除了以上那些条件外，还有一个更重要的条件，就是必须长得漂亮。这是难找的唯一原因。"

男甲："你们给多少工资呀？"

男乙："每月有固定工资，每月 15 号发，从不拖欠。年末还有奖金，有时奖金比原工资都多。"

男甲："这个工作真叫人羡慕，可惜我是个男的，如果我是个女的，我一定干这个工作。那啥，叫我妹妹去吧。咱一言为定，我回去就叫她去上班。"

男乙："你妹妹不行，她其他条件都不错，就是她个子太低，这是无法改变的。"

男甲："那叫我姐姐去。"

男乙："你姐姐现在正干什么？"

男甲："她是个教师，在一所中学教语文。"

男乙："她正教学怎么来呀？"

男甲："我叫她不干教学，来干你厂的推销工作。"

男乙："教学工作是最适宜女同志的工作，不要轻易抛弃。再者，教育上根本就不会放人，所以她来不了。"

男甲："教学工作很辛苦，工资低，每年就那么点儿死工资，而且，死板得很，整天待在一个房子里，动弹不得，烦死人了。我不想让她干那个工作，想让她换换工作，轻松轻松，收入还能增加，一举两得，何乐而不为呢？"

他们无拘无束地谈，常妲坐在一旁默不作声地听。他们在谈到诱人的地方比如工作轻松、待遇丰厚等关键词语时，就会故意提高嗓门，放慢速度，吐字清晰，增加感染力。他们表面上装着毫无觉察周围人员的存在，实际上他们时刻注意着这个坐在他们旁边的漂亮女子的表情。常妲虽然不说一句话，但她注意着他们的一言一行。他们的谈话，对于常妲来说，正如一个招聘广告，对于一个想找工作的人有无限吸引力。她心动了，恨不得冒昧要求自己想干这个工作，她试了几试，没敢说出口。这是两个陌生人，怎么对他们启齿呢？他们两人如同正找猎物的老鹰，而常妲像一只跑不快的兔子，她无论如何也跑不脱老鹰的魔爪。她控制不住自己的情绪，情不自禁地翕动着嘴唇，这是无声的语言，是对他们谈话的反应。她的细微表现让两个年轻人看在眼里，记在心里，很快他们觉察到这个女孩与他们有了共鸣。他们把两个人的谈话变成三个人的。男甲移动了一下坐姿，正面对着常妲，面带笑容，温煦的目光看看常妲，用温和的腔调说："这位小妹妹是……"

常姐有些激动，正想着如何与他们拉上关系，然后再提出要求，看能否去当那个推销员。这个工作对她吸引太大了，工作轻松、工资高、出门露面、接触领导，这些对她都有很大的诱惑力。他们一对她说话，就等于向这个工作迈出了一大步。当男甲对她说话时，她本能地回答："我是去城里……"她把话说了一半停住了，本来想说去城里找工作的，可是她想起爹爹的话："你年轻，经验少，容易上当受骗。"她还想起一首诗：

> 生人面前要掂算，
>
> 不可全抛心一片。
>
> 留有余地好掌控，
>
> 可进可退不作难。

她的话说了一半，没把"找工作"三个字说出来。男甲问她："你去城里干什么呀？"

常姐："去城里串亲戚。"

男甲："我还以为你是去城里找工作的呢！"

男乙："她找什么工作呀？她早就有工作了，而且还是相当好的工作。"

男甲："你怎么知道哇？"

男乙："像她这样的条件，如果没有工作才算亏呢，很多比她条件差得多的青年人都找到了很好的工作，如果她没有工作，就太不公平了。"

男甲把嘴凑到男乙的耳旁，小声说："像她这样条件的人你们厂愿意要吗？"他们好像是窃窃私语，但他们有意让常姐听见。

男乙也小声回答："当然要啰，但不知她是否愿意去。"

男甲："咱们只管问问她，不愿意去拉倒。"

男乙："好，只管问问她。"

男甲问常姐："小妹妹，你在哪里工作呀？能让我们知道吗？"

他们两个人的对话常姐听得清清楚楚，她知道问她在哪里工作是打算招聘她去他们厂里，这正中她的下怀，她不再掂量了，也不再隐瞒了，如实地说："我还没有工作。"

男甲男乙装着很惊奇的样子，说道："真的吗？你长得这么漂亮，气质这么好，怎么还没有工作呢？"

常姐总以为自己长得漂亮，也常为自己的漂亮而自豪，常为自己的漂亮而洋洋得意。当她在情绪低落时，只要听见有人夸她长得漂亮，她就会立即转愁为乐，心花怒放。如果需要她帮忙时，只要说她漂亮，她就不遗余力，鼎力相助。今天这两个陌生人说她漂亮，她那飘飘然的感觉油然而生，但她强忍住，不作任何表示，耐心听他们继续讲下去。

男甲赞扬她："你不胖不瘦，不高不低，是当代典型的女性代表。你有一双会说话的眼睛、让人感到温馨、舒畅，你的衣服搭配恰当，仪态落落大方，漂亮。"

男乙："她不但长得漂亮，而且还脑子灵、手脚快，是一个干脆利落的人，一看就知道不是一般的庸俗之辈，而是一个超群的女中之杰。像她这样的人，哪个工厂都愿意要。如果她没有工作，我们很想要她到我们那里。"

男甲："你不是说你们缺个推销员吗？这位小姐我看最合适了，不知道她愿不愿意去。"

男乙："你这是一厢情愿，人家不一定愿意干。"

男甲："她要是不干那就太可惜了。"

两人的话让常姮听得忘乎所以，她失去了矜持，突破了"不暴露真实情况"的底线，大声说："我没有工作，我愿意去干。"

两个男的齐声说："是吗？我们太高兴了。我们本来就是出来选聘人才的，可是我们出来几天也没有选住一个。今天回家的路上无意中碰见你，我们真的看上你了，而你也正好愿意去，这真是缘分呀！"

常姮在家时标榜自己不是小孩子，不是窝囊废，能自力更生，有水平克服一切困难，有能力解决任何难题。她不叫她爹去送她，她要独自闯荡世界，她不能说空话，如果她真的能闯出去，她得付出代价的，这个代价是什么，要由实践来证实。

两个年轻人夸奖她并邀请她去当公关小姐使她心潮澎湃、心花怒放，她一点也不把他们当陌生人了，而把他们当成亲哥哥，她把自己出来的目的和想法一点儿不留地告诉了他们。

男乙："你愿意去我们厂吗？"

常姮："我愿意，我跟你们去。"

男甲："别急。我们厂是国家的正式工厂，不想让你盲目答应去干，我们想让你先考察一下，你先看一下厂址、环境和工作条件，这些都没意见后再谈工作时间和工资待遇。这些都谈妥以后，再签订聘用合同。签罢合同后你才算我们厂的正式工人。你干得好了，过几年还可能转为干部呢。当然，这都是后话了。你考察完以后，最好回去与你父母商量一下，待家里同意后你再上班，咱按程序走，一步一步来。你也不用急，很快就办完了。"

常姮认为国家大厂的人办事就是稳妥，不骗不哄，扎扎实实，让你口服心服。因此，她对他们更加信任了。她服服帖帖地听从他们的安排，心甘情愿地叫干啥干啥。

按照他们的安排，他们要带她到工厂进行考察。

在一个小镇的郊区，他们三人下了汽车。他们对常姮说去他们工厂没有直达车，得在这里倒车，而且当天没车，必须等到第二天，因此，他们必须在这里住一个晚上。

常姮跟着他们下车后，心里有些犯怵，对他们的话产生了一些怀疑，但那个工作诱惑一直牢牢地牵挂着她的心，她想：如果不跟他们继续走吧，怕丢失了这份理想的工作；如果继续跟他们走吧，还怕……他们的甜言蜜语毁了她的一切防线和抗争能力。实际上，车上车下是两个天地，在车上，她是自由的常姮；在车下，她已被他们绑架，已失去了任何自由，只得跟他们继续走，没有任何别的门路。

他们来到一个偏僻的旅店，男甲带着常姮在门外等候，男乙去里面办手续。不一会儿，入住手续办好了，常姮单独一个房间，他们两个一个房间，两个房间紧挨着，他们告诉常姮那里很不安全，不要私自出来乱走动，免得惹出麻烦。常姮很听他们的劝告，乖乖地待在房间里，吃的喝的都有服务员端来，连解手也不用出房间。

夜深人静时，他们两个人同时进到常姮的房间。一个人拿着一把长刀，明晃晃地发亮，一个人拿着一条崭新的麻袋。房间里的灯瓦亮瓦亮的，常姮和衣睡在床上，身上什么都没盖。两人站在她的床前，仔细观察着这个猎物的睡姿。她脸色温雅柔和，两只眼睛眯缝着，笔直的鼻子挺立着，两条弯眉斜伸着，肉肉的嘴唇没合紧，两行贝齿外露着，胸前勒得紧紧隆起的乳房，像两座耸立的宝塔，一双染着红指甲的手放在腹部，随着肚子一高一低地起伏着。

两人对着常姮足足欣赏了三分钟后才开始行动。他们动手脱她的衣服时，常姮醒来，立即惊恐地叫起来："你们想干什么？"

男甲："不要叫，你说我们要干什么？你不要叫，你如果叫的话，我们把你卸成八大块装在麻袋里扔到井里。你如果不吭声的话，咱们都平安无事，你没有任何损失，谁也不会说你丢失了什么。"

常姮哭着求饶："请你们行行好，不要这样，我还是个黄花大姑娘，请你们饶了我，你们要什么我都愿意给你们。"

男乙："闺女都得经过这一关，闺女不闺女都是一样，外表看不出任何变化，女人总不能一辈子都是闺女吧。再者，我们为你找了这么好的一个工作，你不慰劳慰劳我们吗？"

男甲："事到如今，啥也别说了，说啥也没有用，咱们好说好散，大家都好，反正你是拗不过，就不要强拗了，不要让我们多费劲，你也不受损害。你是明白人，好好想想，都到这个地步了，你强拗有什么用！"

常姮不说话了，浑身像筛糠一样发抖，她不敢吭喝，只能做毫无意义的挣扎。一个弱女子在两个身强力壮的男子手里，就像一只小鸡在一只雄鹰的利爪下，只能听其摆布，没有任何自由选择的余地。

他们两人一起动手，把常姮的衣服扒得精光……

第二天一大早，两人在旅店登记处结了账，对服务员说："我们的那位同事还在睡觉，请不要打搅她。我们先出去办点事，然后我们拐回来接她。"

他们离开旅店以后，服务员自言自语道："这八成又是那种事。"

十点多了，常姮还没有起来。服务员把老板叫来，对她说明了情况，请她把常姮的房间门打开，以便了解里边的情况。老板把门打开以后，发现常姮用被子蒙住头在床上低声抽泣。她一切都明白了。她把常姮叫起来，对她做了长时间的思想工作并给她了两张写着孕妇禁用的消炎膏，让她贴在小肚上，以防后患。

常姮无精打采地从旅店走出来，忧心忡忡地搭上了去她表姐家的汽车。这时唯一能宽慰她的是她爹给的盘缠还在，她表姐的地址还在。她坐在汽车上，低着头，绷着脸，对任何人也不看，什么话也不说，脸色虽然难看，但还算平静，她那错综复杂的心情，如同翻江倒海、沙石腾空、波涛汹涌、万钧雷霆。她究竟在想什么，连她自己也说不清楚，这真是：

> 茫茫求职路，
>
> 凄凄悲愤心。
>
> 憧憬花满树，

寒霜倏然临。

今后路如何，

全靠自己拼。

职业到处有，

只要会找寻。

快到中午时，常姮来到了表姐的家。表姐满腔热情地欢迎这个稀客。表姐让她坐在沙发上，给她倒了一杯清香毛尖茶，用双手端着放在茶几上，热气打着旋儿徐徐升起，一股暖洋洋的气氛笼罩着整个客厅。这两个表姊妹，一个似鲜花盛开，一个是枯枝残叶，鲜花盛开者是愁眉苦脸，枯枝残叶者是喜笑颜开。表姐看在眼里，记在心里，她以为她路途劳累，心情不好，如同平常一样打开话题："你怎么一个人来了？应该让姨夫来送你呀，这个年头，路上很不安全。再者，你也没打个招呼，我好去车站接你呀。"

常姮："我自己会来，过去我不是来过吗？"

表姐："那是啥时候的事了，现在变化这么大。"

常姮："我有你的地址，找不着了我可以问嘛。"

表姐："你太冒险了，你真是温室里的花朵，不知道外面的冷酷无情。"

常姮已经忍不住了，眼泪扑嗒扑嗒往下滴。表姐继续问她："是不是一离开家就想家了？你今天来到得这么早，什么时候在家动的身呀？"

常姮断断续续地说："我是昨天上午从家里动身的。"

表姐："怪不得你今天来到的这么早，那你昨天晚上住在哪儿呀？"

常姮没有回答表姐的话，哇一声大哭起来。表姐很有经验，她已清楚常姮被欺辱。她紧挨紧地坐在常姮旁边，把她抱在怀里，不时地用手帕擦她的眼泪。她把常姮的手握在自己手里，轻柔地抓弄着，还不时地将她的长头发理顺一下。

在表姐长时间的安抚下，常姮慢慢地、泣不成声地讲述了她被欺辱的经过。表姐立即取出两粒避孕药，让她马上服下，并告诉她在这三天内，不断揉搓小肚，用力尽量大，越大越好，只要不怀孕就是万幸，否则就惨了。

常姮渐渐停止了哭泣，表姐从多方面给她讲解，她正面讲讲，反面讲讲，还列举了很多女孩子被欺辱的事例。表姐着重强调："事情已经发生了，而且是不可以逆转的，再拘泥于这件事本身是百害无益，应该从事件中吸取教训，如何在今后的道路上走远走好。"常姮的情绪恢复了正常，对表姐的话有了反应。

表姐说："想找工作容易。只是看你想干什么样的工作，有辛苦活，有轻松活，有愉快活，有苦恼活等等，看你想干哪种活，姐姐都可以想办法给你找到。眼下你先在这里住几天，稳定一下情绪，总结总结经验，休整休整，我有个饭店，你可以去里边走走看看，如果想在这里干，我欢迎。"

常姐听到表姐能给她找到工作，尤其是说什么样的工作都能找到，感到很高兴。她最感兴趣的工作是轻松工作，她心里想：工作轻松，但工资不能太低。她问表姐："你详细说一下你到底能为我找到什么样的工作？"

表姐："什么样的工作我都可以为你找到。现在思想解放了，政府卡得也不严了，这个城里成立了很多公司。"

常姐："什么叫公司呀？"

表姐："就是有人牵头组织一部分人从事生产或从事服务的团体，相当于农村的生产队。比如说你有什么活，对队长一说，他就派人为你干。当然他为你干活不是白干，是要报酬的，你让他们为你干活必须付给他们钱，公司的一把手不叫队长，而叫老板。你如果想在他的公司干，就可以加入他这个公司，你在他这个公司干活，老板给你钱，你干得多，得的钱也多；干得少，得的钱也少。每个公司都有一套管理办法。"

常姐："这还不错的，这里都有啥公司呀？"

表姐："这几年成立的公司多啦，我也给你说不清楚具体有哪些，我只能就我所知道的给你说几个。劳务公司、服务公司、土产公司、烟酒公司、棉麻公司、运输公司、轻工公司、农机公司、百货公司、煤炭公司、贸易公司、五交化公司……以上这些都是原来的大公司。除此以外，现在又成立了很多小公司，比如：搬家公司、疏通下水道公司、女保姆公司、家政公司、婚嫁公司、哭丧公司、陪老人唠嗑公司、文艺队、娱乐队等等。"

常姐："你说的这些公司名称好多我都听说过，有些虽说是第一次听到，但一听就懂，比如搬家公司、女保姆公司、疏通下水道公司等，有些我不知道是什么意思，比如婚嫁公司和哭丧公司等，请你给我解释一下。"

表姐："婚嫁公司就是你家里办喜事时，儿子结婚、女儿出嫁等，他们来给你办喜事，当然是雇他们来办，绝对办得欢天喜地，宾客满意。哭丧公司是专门为办丧事服务的，就是个哭丧队。有人办丧事时，如果没有亲人，例如五保户、孤寡老人病故后，要请哭丧公司派人为其哭丧。实践证明，这个公司成立以来效益很好。"

常妲："刚才你说的工作，什么辛苦的、轻松的、愉快的、苦恼的等，请你解释一下。"

表姐："辛苦的活就是出力气的活，比如搬家公司、搬运公司；轻松的活，文像艺公司、娱乐公司等，可以去唱歌、跳舞，不过得有天赋条件，唱歌得有好的嗓子，跳舞得有好的身材；愉快的工作，例如婚庆公司；苦恼的工作，例如哭丧公司，你工作时得哭丧着脸，不然你哭不出来呀。"

常妲一直向往的工作是工资高的轻松愉快的工作。

表姐的饭店名叫"称心饭店"，是一个很有名气的饭店。说它有名气有几个原因：首先是客户多，每天的食客络绎不绝；其次是很多年轻人把它当作一个光环，当成一个显秀的标志。年轻人如果说他进过城，对方就会问："你去过'称心饭店'吗？"如果说"我去过"，对方就对他很佩服，他如果说"我没去过"，对方就会认为他去城里也是白跑一趟。也有人会说"我去称心只是吃了些饭，没有称心"，对方就会认为他是窝囊废。有些地方还传着这样的顺口溜："人生在世，称心得去，称心不去，白活一世。"常妲曾听说过这个顺口溜，但她不知道里边的含义，也不知道这个称心饭店就是她表姐开的。

饭店里的吃饭房间都是单桌房间，也就是说一个房间只允许一伙人吃饭。饭桌上放着餐具，一个个擦得锃亮，放得整整齐齐，每桌上预放八套，根据用饭人数多少，餐具可以添，也可以去。

常妲仔细观察了每一顿饭的运作过程。供菜的服务员把酒菜端到桌子上以后，房间服务员开始倒酒，很快喝酒开始，恰在这时，就会来一位劝酒的，她重彩粉饰、和颜悦色。她心眼儿活，脑子快，来到饭桌旁打眼一抡就能找出重点劝酒对象。如果该桌没有她的劝酒重点，她很快就离开这个房间，去另一个房间劝酒。劝酒小姐有个大致的劝酒原则：老人不劝、小孩不劝、女性不劝、夫妻都在场的不劝、有家庭成员的不劝，她劝酒的重点是男性青壮年。她很有灵感，她一看客人，客人一看她，她立即就能找出劝酒对象。她会马上到他身旁，先自己喝一杯，叫作先喝为敬，再给客人端一杯，让他喝下，然后共同碰三杯，她再给他敬三杯。这时客人头脑已经发麻，但心里却感到美滋滋的。这时小姐就会挤着坐在他身边，甚至坐在他的腿上，用胳膊圈住他的脖子，另一只手端着酒往他嘴里灌。这时，他品尝到的是小姐端给他的美酒，听到的是柔情甜蜜的言语，看到的是秋波滚滚的眼睛，接触到的是轻轻抚摸的手和忸怩不定的身子。年轻人经不住她的几番摆弄，很快就拜倒在她的裙下，乖乖地听从她的摆布，跟着她去到她的房间。客人有多少钱都会全部掏给她，还会为她的优惠感谢她，若有人说他傻，说他浪费钱，他会理直气壮地说："花钱买称心，值！"这就是顺口溜里的那个"称心"的含义。

一天下午，常妲正在三楼楼道里走动时，一个打扮得花枝招展的中年妇女从一个房间里伸出头来招呼她："小妹妹，请你来一下好吗？"

常妲去到她的房间，她让常妲坐下后，自我介绍说："我姓麻，大家都叫我麻大姐，我看见你就有一种亲切感，好像老熟人一样，所以叫你来聊聊。"

常妲："请问，你在这里的工作是……"

麻大姐："这个饭店里的劝酒小姐是我组织的。"

常妲："你是她们的领导？"

麻大姐："不是领导，我只是给她们介绍工作。"

常妲："她们劝酒，不就是让食客多喝酒吗？卖酒的很高兴。"

麻大姐："小妹妹，你不懂，这个工作不是简单的劝酒，这些劝酒小姐隶属于一个组织，名字叫'三陪小姐服务队'。"

常妲："三陪？都陪什么呀？"

麻大姐："陪吃、陪喝、陪睡觉。"

常妲不自主地"啊"了一声。

麻大姐："你对三陪可能很不习惯，实际上这也是一种服务，是为社会服务，为人民服务。你想想，男人们劳动一段时间后，疲惫不堪地来到这里，我们三陪小姐为他们服务后，他们消除疲乏，恢复元气，精神抖擞地回到工作岗位上，继续为国家做贡献。说起做贡献，咱们每个人都应为国家做贡献，只是根据每个人的能力和特长，用不同形式做贡献，有的大，有的小，有的在台前，有的在台后。搞服务行业的都是在台后，实际上后台服务的人员比前台的多得多，而且后台的人都是默默无闻的，正如演一台戏一样，前台一个演员表演，后台得有几十个服务人员，不然这个戏就演不好。干这种后台服务工作不是随便哪个人都能干的，首先得有为群众服务的态度，有为别人贡献的精神，还得有自我牺牲的勇气，有温柔体贴的性格和吸引人的魅力。"

麻大姐说到这里时停了一下，看看常妲有什么反应。常妲只是专心致志地听，没有什么有价值的反应，麻大姐一不讲话，常姮抬头看看她，正好看到麻大姐的眼睛，一刹那之后，又似笑非笑地低下了头。

麻大姐继续讲："'三陪服务队'是个很松散的群体，彼此之间没有任何凝聚力，想来就来，想走就走，来来去去非常随便。我不是领导，我也是她们中的一员，我一直都在搞三陪工作，只是现在年纪大了，没魅力了，搞三陪没优势了，逐步退到二线，搞些服务。我这个服务是为三陪小姐服务，主要工作是为她们介绍工作。有的小姐不会喝酒，做不了三陪，她们只能做一陪——陪睡觉。实践证明，在餐桌上找到服务对象的只是少数，大多数人不吃饭直接来找三陪小姐。这样找小姐得先找我，我看哪个小姐有空儿，就把客人介绍给她。"

常姮："你有收入吗？"

麻大姐："当然有啰，现在没有白服务的，干什么都得有报酬。我为她介绍一位客人，我提取30%的收入。有些小姐接的客不是我介绍的，而是她直接招来的，我分文不取。因此，年轻漂亮的小姐，魅力大，吸引力强，招来的人多，收入很可观。价钱不是固定不变的，都是临时搞价钱，年轻漂亮的就可以多要钱，有些人有钱，要钱再多他也愿意，只要进入小姐房间，他们得玩够，钱也得花光。像我这样的人，年纪大了，没有人感兴趣了，招不来人了。有些姿色的年轻人，生意好得很，尤其是在公休时间。她们接待的客人也是形形色色的，各种类型的都有，有的比较温顺，有的比较鲁莽，如果一连遇到几个鲁莽人，她的身体就够呛了，得休息几天才能继续接客。总的来说这不是个累活，这个工作很轻松，收入很丰厚。今天我为什么要叫你来我房间对你谈这里的三陪情况呢？就是我认为你很适合这个工作，你长得漂亮，魅力很强，最能吸引有钱的大老板。你真来这里干这个活，很快你的钱花不完，你可以大量往家寄钱，让爹娘享享福。"

麻大姐的"你长得漂亮，三陪工作轻松，钱花不完"等话对常姮非常有诱惑力，但她仍然保持着冷静，她处于内心激动，外表平静的状态。麻大姐是个有经验的人，她对初次进入三陪队伍的年轻姑娘的心理状态特别了解。她认为常姮的平静是正常现象，是她的话在常姮心里起到作用的结果。她很高兴，她认为她一定能把常姮说服过来。她说话更大胆、更直接了，正如攻克一座碉堡一样，火力更大了。她大胆地对常姮说："参加我们的'三陪服务队'吧。"

常姮不知所措地说："我？"

麻大姐："因为是你，我才这么说呢。为什么？你长得非常诱人，你年轻漂亮，这是天赋。上帝把漂亮赋予给你，这是你的造化，这说明你上辈子积了德，上帝让你这一辈子享受的，这是你的专利，是任何人都无法拥有的，你要好好利用你的专利，不要白白浪费了。站在一般人的角度上说，一个人生在社会上，不管是自我养活还是服务社会，都得有一定门路。你可能听说过'有山吃山，有水吃水，没有山水跑断腿''有技术靠技术，没有技术靠辛苦''有特长靠特长，没有特长跑断肠''有技术不用叫眯瞪，有特长不用叫无能'。咱们弱小女子，一无技术，二无特长，三无知识，四无力量，我们靠什么养活自己，靠什么服务社会、靠什么做奉献？有个成语叫'扬长避短'，我们为什么不去发挥我们的长处，避讳我们的短处呢！其实每个人都是发挥己长，避讳己短的。常香玉，你知道吧，戏唱得好，她的职业就是唱，她说戏比天大，她喜欢唱，大家喜欢听，她能挣很多钱，抗美援朝时，她捐献一架飞机，没有钱能捐献飞机吗？这是不可能的。庄则栋的乒乓球打得好，他专打乒乓球，得了世界冠军，为国家争了荣誉。历史上利用自己的长处做出突出成绩的不胜枚举。古时候的西施，是中国历史上四大美人之一，有'落雁羞花'之称，她利用自己的美色，同时向董卓及其干儿子吕布献媚，挑拨他们两人的关系，致使吕布杀害了干爹董卓。历史上另一个大美女是西汉时期的王昭君。当时匈奴不断骚扰边境，百姓很不安宁。匈奴首领单于要求和亲，王昭君主动要求嫁给匈奴单于，使两汉与匈奴和好起来。这些好的贡献是留名青史的。她们是不图报酬的，是甘愿献身的。我们现在做的是为群众服务，但我们的服务不是白送的，我们是图报酬的。在商品社会，任何东西，物质的、精神的，都是商品。现在是改革开放时期，什么叫改革？什么叫开放？就是过去不让干的，现在可以干，这就是改革，过去没有做的，现在开始做了，这就叫开放。你记住改革就是改掉过去旧的，开放就是开始干新的。你看上边的精神这么明确，我们还犹豫什么，我们可以在上级政策的感召下，大胆抓住并充分利用这个机会，大干特干，挣最多的钞票。"

常姐开始说话了，她的第一句话是："群众对三陪的看法很不好，都认为这是丢人的职业。"

麻大姐："我也知道群众有这个看法，但咱得有个清楚的认识。首先，三陪不违法，国家哪一条法律说不准三陪？没有任何规定，因此，三陪是不违法的，不但如此，三陪是符合当前精神的，不管是改革开放，也不管是搞活经济，三陪都是与之一致的。至于有的人对三陪看不起，这是很自然的，如果大家对它的看法都很好，这反而很奇怪了。它是新生事物，任何新生事物刚出来后都会被很多人、甚至大多数人瞧不起，甚至是贬低辱骂，但时间一长，它不但能站住脚，而且还能发展壮大，人们也都会慢慢接受，很多人也就参加进来了。当然，对三陪不认同还有个旧习惯、旧风俗问题，这恰是当前应该改掉的对象。"

常姮还是不说话。麻大姐很有耐心，一点儿不急躁，"便宜没好货，好货不便宜，"实践证明，凡是难进来的人，进来后都是抢手货；凡是不费劲儿就进来的人，甚至是主动要求进来的人，都是很少有人问津的。她再次直截了当地请求常姮："请参加我们的'三陪服务队'吧。"

常姮慢慢地说："让我考虑考虑再说吧。"

她的回答使麻大姐非常高兴，在她的词汇表里，"考虑考虑"就是同意的开始。

麻大姐："咱们谈半天了，还不知道你的名字呢，请告诉我你叫啥好吗？"

常姮："我叫常姮，姓常，叫姮。"

麻大姐："哪个 cháng？哪个 héng？"

常姮："平常的常，常香玉的常，姮是女字旁，右边是个亘。"

麻大姐："哪个 gèn？"

常姮："恒心的恒，去掉左边的竖心。"

麻大姐："姮是什么意思？"

常姮："姮是姮娥，嫦娥的意思。"

麻大姐："姮字跟着常字，绝妙极了，谁给你起的名字？"

常姮："我爷爷给我起的。"

麻大姐："他一定是个很有文化的人。"

常姮："这我就不知道了，我根本不记得我爷爷。在我两岁时他就去世了。"

麻大姐猛然像有什么新发现似的说："对啦，我们队里倒有一个姓常的，不知道你认识不认识。我们这里姓常的不多，说不定你们还是一家子呢！"

常姮喜出望外，说道："是吗，竟有这种怪事！我能见见她吗？"

麻大姐："当然可以啰，我这里有她们的照片，你看看是否认识她。"

麻大姐从抽屉里拿出三陪小姐的花名册，实际上是一张张卡片，一个人一张，上面主要有彩色照片，还有年龄、身高、体重等数据。

常姐："你怎么还有她们的照片呀？"

麻大姐："照片很关键，客人来了以后先让他们看着照片挑选，选住哪个就叫他去她的房间，他们在房间里商讨价钱。"

常姐："如果两个人或三个人同时挑选住一个人怎么办呢？"

麻大姐："那是不可能的。某一小姐被选中后，她的照片就被抽出来另放了，再来的客人就看不见她的照片了，因此也不可能出现一个人被多人选住的问题。"

常姐："有的客人，曾经来过。这次又来时看不见他理想的人时，他必然要问，你怎么回答他？"

麻大姐："这很简单。这有两种情况，一种是小姐本人有事，不管什么事，可能是家事，也可能是身体不适；另一种情况是这人已经离开这里；第三种情况是已被别人选走。这时候，有的客人就自觉另找别人。也有的人不另选，找别人不干。如果是她被别人选走，他第二天老早就来了。这种人往往是年轻有钱的；年纪偏大的、钱不多的人，一般不挑肥拣瘦，不讲条件，只要有个女的应酬就行。"

常姐一张一张地翻着卡片，仔细认真地观察照片。忽然她看见一张很熟悉的照片，她再一看，吃惊地叫了起来："这不就是常娥姐吗？原来她在这儿！"

几年来常娥在村里是个神秘人物，几乎是所有年轻人的偶像。她初中毕业后就在外面找到了工作，经常往家寄钱，爹娘说她懂事、孝顺、顾家，养了这么个好女儿，真是自己的骄傲。村里人很羡慕，经常拿自己的孩子与常娥比："你看看人家常娥，每年都往家寄钱，家里人可享到女儿的福了，连弟弟盖房都是常娥寄的钱。"常娥不说自己的工作地址，也不叫家里人去看她，家里人说她的工作单位是保密单位，更增加了她工作的神秘色彩。常姐出来前，她爹娘说如果知道地址，要常姐去找常娥，求她帮常姐找个工作。常姐走出家门后，脑子一直没忘记寻找常娥的地址。现在常娥不找自己出来了，原来就是一个三陪小姐。

麻大姐："你认识她？"

常姐："何止认识，她是我本家的姐姐，比我大五岁，我在家叫她娥姐，我们的父辈关系可好啦。"

麻大姐："她今天正好没有客人，你可以去找她说说话。她对外不叫常娥，而叫玫瑰，住在356房间。你去吧。"

有两种人不需要花名册，一种是经常光顾的常客，他们对这里的小姐情况很熟悉，来了后不用麻大姐介绍，直接去找小姐了；另一种是对小姐没有特殊要求的。那些对小姐有特殊要求的客户，他一定得看照片，自己挑选，比如有的喜欢偏胖的，有的喜欢偏瘦的，有的喜欢偏高的，有的喜欢偏矮的，绝大多数都喜欢比较年轻的，年纪大小照片上一看就知道。同时也必须对客户说明，年轻漂亮的，价钱偏高；年老一般长相的，价钱偏低。大多数来客不说价钱，他们图的是玩得痛快。

常姮来到356房间门口，在门上"噔、噔、噔"轻声敲了三下，里边没有应声，她又敲了三下，听见里边说："今天不接客，请原谅，请另找别人吧！"

常姮："娥姐，是我，不是顾客。"

常娥一听有人叫娥姐，肯定是家乡的。这里的人不知道她叫常娥，只知道她叫玫瑰，她把门打开，惊奇地说道："怎么会是你？死丫头！做梦也不会想到是你呀！"

常姮："做梦也不会想到你会在这儿呀！"

常娥："咱姊妹俩好长时间没见过面了，怪想念的，没想到在这里见面了，真是缘分。"

常姮："家里人对你可羡慕了。我也经常想着找你，想让你帮我找一份工作。"

常娥："要找工作，我看这个工作就不错。这个工作有两大特点：一个是轻松，一个是钱多。我就是冲着这来的，我想你也是怕劳动，想多挣钱，除了这个活，其他什么也不行。有很多活，工作又累又苦，工资却少得可怜。我出来的最主要目的是多挣钱。家里很穷，爹娘吃了一辈子苦，不能让他们再吃苦了，得让他们过个幸福的晚年。但自己文化不高，又没有特长，只有干这活才能多挣钱。我反复考虑了，现在的人是笑贫不笑娼，不管干啥活，只要能挣钱就行。当然不能偷，不能抢，不能诈，也不能赌，除了这些，只要用自己的付出换回来的钱都是可以的。当然，这个活现在还没有被社会广泛地认可，这个我知道，所以我不说我的工作地址，也不让家里人来。我自己想好了，我不偷、不抢、不诈、不骗、不坑害别人、不损人利己，趁自己年轻，利用女人优势，用付出赚钱，干它几年，攒些钱，盖个房，成个家，就能安安生生地过小康生活了。

你看净我说了，你说说，你是怎么来到这里的？又怎么知道我在这儿？肯定有内奸，不然你怎么直接找到我的门上？"

常姮："我也是出来找工作的。这个饭店是我表姐开的，我先找到表姐，又碰到麻大姐，她极力劝我叫我干你这种工作，无意中她说你们这里有个姓常的，问我认识不认识，我一看照片是你，高兴死了。"

常娥："这个饭店的老板娘是你表姐？你真幸运，她一定给你找个好工作，这里的工作多着呢。"

常姮："工作是不少，就是没有好的，不是脏，就是累，要不就是不让睡，而工资又不高，我看了看，都相不中，我也在发愁呢。"

常娥："别发愁了，干我这一行吧，正好我也有个伴，咱们在这里接客挣钱，吃喝游玩，咱也享受享受生活，你要知道，生活不光是受苦受累，生活也是享受。这活不脏不累，工资又高，正好符合你的要求。你比我有优势，你比我年轻，比我漂亮。不瞒你说，我在这里就算漂亮的了，来客如果要求漂亮小姐，麻大姐就往我这儿推。可也巧，这几年还没有一个相不中我的。你要来这里你就是花魁了。在这里是一枝独秀，众姐妹都得看你的脸色，连麻大姐也不惹你，看你舒服不舒服。你把钱寄给你爹，家里也高兴，村里人也羡慕你。"

常姮："干这活名声不好，我心里还有这个疙瘩。"

常娥："名声是什么？是个虚无缥缈的浮游气泡。有的人白天是正人君子，当然，这是好名声，而夜里却入室盗窃；有的人身居要职，大谈特谈为人民服务，暗地里却贪污受贿，损公肥私；有的人组织黑社会势力，欺行霸市，横行乡里，却屡屡被选为人大代表，当成先进模范人物……这些人都有好名声，这种好名声有多大意义呢？相反，有很多辛辛苦苦、默默无闻地奉献社会的人，他们遇到有人陷入绝境时，就会慷慨解囊，义不容辞地伸出援手，他们从来不留名、不留姓，人们不知道他们叫什么名字，也不知道他们在干些什么，这些人虽然没落到'好名声'，但他们比那些空有好名声的人不知道要高尚多少倍！你看，那些空有好名声的人是多么渺小！你不是说我在咱们村里也有好名声吗？同样，你来找这个工作不也是为了有好名声吗？为什么我有好名声？因为我往家寄了好多钱，如果我在外边要饭，整年也不往家寄一分钱，我肯定就没有好名声了。你如果往家寄钱，你的好名声也自然就有了。"

常姮仔细听着，不断地点头，表示同意。

常娥继续说："我也知道，干这一行社会上很多人还不能接受，这就是你说的名声不好的问题。这是个意识问题，是道德的范畴。有时候意识会落后于实践，但这不能着急，它并不是下个命令就可以改变的，尤其是社会公共道德，不能与它硬碰硬，任何貌似强大的事物，如果与公共道德相拼搏的话，也是要失败的。咱们不能等到社会认可以后再干，那得等到何年何月呀？咱们先干起来再说。我在这里干一切都很顺利，我也比较满意。但我有一个后顾之忧，就是这里离咱们家乡太近了……"

常姮："这里离咱们家一百多里地，还算近吗？"

常娥："当然太近了，别说一百多里，就是二百里也不算远。这里的三陪小姐，大部分是南方的，都是外省的，实际上，在一个省内就是近，因为人员交往比较频繁，我最怕碰见熟人。如果熟人知道我在这里，这才是丢人呢，如果没有人知道我在这里，我就不丢人。你不是说咱们村里，很多人羡慕我吗，这说明我不但不丢人，而且很荣耀。"

常姮："你在这里这么多年，碰见过熟人吗？"

常娥："我尽量不出头露面，我不去陪酒，不出去拉客，主要是怕遇见熟人。我只待在房间里吃等食，全凭麻大姐给我介绍。即使这样，也很危险。我曾遇见过一次熟人。"

常姮："你怎么遇见的？碰见谁了？说说看。"

常娥："碰见咱村的人啦。"

常姮："咱村的人？谁呀？你快说，你怎么应付过去的？"

常娥："这是一年前的事了。那是一个晚上，快十点了，麻大姐给我介绍一个客人。他敲门时，我通过猫眼看见他是咱们村的王憨，他比我大十来岁，我们很熟悉，论辈分我叫他叔。他敲门，我不开，他敲了好长时间，我就是不开，他不得已去找麻大姐，麻大姐让他在屋里等着，她亲自来找我问原因。我对他说明后，她很理解，但又无可奈何，我让她介绍给别人。

"她说：'今晚客人特别多，每个房间都有人，只有你这儿是空着的。'我对她说：'你接住他不就行了，你亲自出马吧。'她说：'我今天特殊情况，绝对不能接客，如果我身体可以，问题就解决了。'我又说：'把钱退给他，叫他改日再来。'她说：'他绝对不干，他已交了钱，有双方的签名，如果不给他安排，他要嚷嚷出去，问题就大了，因此，必须给他安排，得到他的满意。他来的也

太晚了，如果早点来，我把他安排给别人，让你与别人换一下。'

"麻大姐发愁了，我从来没看见过她这么着急过，她再三给我说好话，请我迁就着接待他。她说她实在没有别的办法了。我说：'这绝对不行，我们很熟悉，我叫他叔哩。'麻大姐不停地吧嗒嘴，一会急得满头大汗。我看她实在太作难了，我很同情她。我说：'我接待他可以，但得有条件。'她忙说：'什么条件？快说！'我说：'不能让他认出是我。'她说：'可以，完全可以，你说怎么办吧。'我说：'第一条是屋里不开灯，不管什么情况都不准开灯；第二是不准说话，什么话都不准说；第三条是不准在这儿时间长了，最长一个钟头。如果他同意这三个条件，我就接待他，如果他不同意，我绝对不接待他。'麻大姐去到她房间对王憨说：'老王呀，今晚你来得不是时候，太晚了，今晚客人也太多，本来就不能为你安排，但看你是乡下人，来一次城里不容易，让你改时间来，恐怕你也不好办，因此，为了照顾你，我还是勉强给你安排了一个小姐，但是有条件的。'麻大姐把三个条件对他讲了以后，他欣然同意了。他来到我的房间，毫无声息地在黑暗里待了一个钟头，完事以后，摸黑着走出房门，悄悄地离开了。"

常姮好奇地问："王憨最后知道你是谁吗？"

常娥："当然不知道，直到现在他也不知道在这里陪他睡觉的是他的侄女。"

常姮开玩笑地说："以后我回去告诉他，看他有什么反应。"

常娥："那好呀，我问你，你怎么告诉他？你怎么知道那个小姐是我？谁告诉你的？她怎么告诉你这个？你们是不是在一起干的？这一系列问题，你就无法回答，你告诉他这件事就等于暴露你自己。"

常姮："是的。看来还得帮你保密呢。"

常娥："怎么样，干这一行吧，咱们一起干，干几年以后，不想干了就洗手不干，成家过日子；想干了，去个远地方，不能在这里干。"

常姮："请让我再考虑考虑。"

常娥："你还考虑什么呀？我的傻妹子！你姐我已经在这儿干几年了，没有好处我绝不会拉你下水，请你相信，你姐我绝不会骗你。"

常姮："我绝对信任你。"

常娥："那你还考虑什么呀？别犹豫了，趁着年轻漂亮，正好适合咱这一行。再者，咱都是单身一人，没有人牵挂咱，咱也不牵挂任何人。再等几年一切都晚了，后悔也来不及了。我送你一首小诗：

> 年轻貌美正当时，
>
> 抛弃机会太可惜。
>
> 青翠欲滴正兴旺，
>
> 蓓蕾绽放好时机。
>
> 应该用时不去用，
>
> 过期作废空悲泣。
>
> 再过几年红颜老，
>
> 伤心后悔来不及。
>
> 肺腑之言相劝告，
>
> 赶快抉择莫迟疑。

"你还犹豫，我看你是饿得轻，叫你没饭吃、没衣穿，你就不犹豫了。你想想，眼下咱们最缺的是什么？是钱。吃的用钱，穿的用钱，盖房用钱，看病用钱，办一切事都得用钱。很多人因为没钱盖不成房，因为没钱看不成病，因为没钱娶不了老婆……虽然说钱不是万能的，但没有钱是万万不能的；虽然说钱是万恶之源，可是办什么事都离不了钱；有钱走遍天下，无钱寸步难行；有钱能使鬼推磨，无钱啥事无着落。那些说钱不重要的人是不愁吃不愁穿的人，当他没有馒头吃饿着肚子的时候，当他没有一分钱买吃的时候，他就会说什么都不如钱。当一个乞丐伸手要钱买东西吃的时候，你给他一毛钱比一车空话都实惠；当一个病人躺在病床上等钱开刀的时候，你给他讲一大堆'钱不重要'的话，他听得进去吗？有些人为了钱去偷盗，有些人为了钱去抢劫，有些人为了钱去绑架，有些人为了钱去杀人等等，这些得钱方法都是以危害他人利益甚至性命为前提的，这是绝对不行的，应该受到法律的制裁。我们挣钱危害谁了！"

劝说的作用就在于：劝说者把自己的观点说给被劝者后，被劝者就会按照劝说者的逻辑思维来考虑问题，成为持有劝说者观点的人。跟着好人学好人，跟着巫婆学吓人；跟着哑巴不说话，跟着瞎子学算卦；跟着瘸子拐着走，跟着聋子好打岔。还有近朱者赤，近墨者黑，都是一个道理，这不仅仅是耳濡目染的问题，还有一个按照一定思路考虑问题的过程，考虑成熟了，观点就接受了。

常姻脑子里灌输的全是麻大姐和常娥的说教，三陪不但不丢人，反而是很实惠的服务行业，有付出，有收入，天经地义，服务于社会、奉献于社会，光明磊落。她这样想想，那样想想。为什么这种服务于社会、奉献于社会的行业不被社会接受呢？很可能是旧风俗还没有改变的缘故吧。

> 不是不认同，似被旧俗误。
>
> 社会认可自有时，待到众觉悟。
>
> 认同也可以，不认又何故？
>
> 待到大家都接受，自有心花怒。

常姮把麻大姐和常娥讲的话以及三陪服务队的情况对表姐原原本本地讲了一遍，尤其是她们劝她参加服务队的事，着重征求了一下表姐的意见，对于"三陪小姐服务队"的问题，表姐是这样说的：

"'三陪小姐服务队'是一个自发组织的非法服务队，它不属于饭店，饭店从来不承认它的存在，她们也不是饭店的工作人员。但服务队与饭店也有一些关系，就是饭店承认她们是顾客，吃饭是食客，住房是房客，只此而已，别无其他。她们的工作情况我们不过问，我们不承认有这方面的业务。"

常姮："她们在饭店吃，在饭店住，她们招引的人也在这里吃住，这对你们都有好处，是一笔不少的收入，你们为什么不承认她们呢？这好像是个矛盾。"

表姐："对，很多事就在矛盾中存在的，也有很多事是在矛盾中产生、发展的，没有矛盾，就没有它们的存在。我们不承认她们，我们主动，如果承认她们，我们被动，因为现在上边还是不允许三陪服务队的存在的。不承认她们就不冒这个险呀，她们出什么事，我们也不负责，多干净呀！这是对外说，应付检查的。说真话，我们饭店与三陪服务队是互相依赖的，它依附于饭店生存、发展，同时它又为饭店吸引客人，增加效益。"

常姮："我能干些什么活呢？"

表姐："你已经考察几天了，有什么想法？"

常姮："我拿不定主意。"

表姐："送菜、收盘子、收碗——这活很累，每天上上下下跑几百个来回；洗盘子、洗碗——这活又脏又累；择菜、洗菜——活量大，没完没了；坐柜台开票收钱兼负责烟酒小卖部——这活时间长，每天得熬到晚上十二点以后，甚至到一两点。炒菜做饭吧，你不会，这是个力气活，你没有这么大的力气干不了。你想想，你能干什么活？"

常姮："哪个活我都不想干，我是一怕脏，二怕累，三怕熬夜不能睡。"

表姐："只有去三陪服务队。你别说，还真成了顺口溜了：一怕脏，二怕累，有的活没力气，有的活不会，只有去三陪服务队。"

常姮没有答话，她摸不清表姐的话是真是假，或是讥笑、讽刺。她想："不管表姐是什么意思，我反问她一句，看她到底同意不同意我去。"她问道："你同意我去三陪服务队吗？她们俩都说让我去，她们对我说的都是去那里的好处。"

表姐："你不要相信她们两人的瞎扯、胡诌。从内心讲，我不想让你去，那不是好活，主要是名声不好，但那里收入很高，也可以说收入惊人，在那里如同拾钱一样。干那一行的人，家里都好过了，新房盖起来了，爹娘不用去地里干活了，家里的种地机器也都齐全了，因为有钱买化肥，庄稼长得都很好，粮食打的也多了，家里的人走起路来也挺起了胸，说话慷慨激昂，真可谓扬眉吐气了。你看现在是什么时代？富了就光荣，穷了就丢人，有句口号：'只要能挣钱，什么都能干'。现有一种现象：'娼妓无人问，贫穷笑煞人'。就你这条件，可比她常娥好，去了是顶枝花，肯定拿大钱。你也不小了，你自己好好考虑一下，怕丢人就不去，想挣大钱就去。"

常姮："我想的主要是多挣钱，我家里当务之急是钱。她们说只要没人看见，只要没有熟人看见，就不丢人。也是的，常娥在这里干了几年，往家寄了好多钱，村里人对她很敬佩，她不但不丢人，反而很荣耀。"

表姐："这么说，你愿意去三陪服务队啦？"

常姮："有这么个意思。但有一点必须明确，你千万不要对任何人讲，更不要对我家里人讲。你可以对我爹娘说我在你的饭店工作，不要告诉他们什么工作，也不要叫他们来，就说这里很忙，他们来了会影响工作的。这样不就达到既赚大钱又不丢人的目的了吗？"

表姐："你真会算计。"

表姐的态度是非常耐人寻味的。她轻描淡写地告诉常姮她不同意她参加三陪服务队，说那是丢人活。可同时她却大谈特谈三陪的好处，说在里边可以大把大把地挣钱，随心所欲地吃喝，无拘无束地享乐。她还说些"笑贫不笑娼""只要能挣钱，什么都能干"的话，还吹捧常姮年轻漂亮是顶枝花，能赚大钱等诱导她的话，不难看出，她是希望常姮参加三陪服务队的。

表姐是个很有经验的人，在生活中可以说是身经百战，饱经风霜，她的语意很深奥，内含很诡秘，用词很坦荡，思路很清晰。她说话的效果往往是：她把你推到坑里，你还感谢她帮助你，是你不听她的劝告自己跳下去的。在常姮的工作问题上，她也满腔热情地帮忙，说的话也完全是为常姮着想的，常姮心悦诚服地认为表姐是为她一直操心的，但她万万没有想到，表姐希望她参加三陪服务队，却是另有打算的。

她对常姮说她的饭店与麻大姐的三陪服务队没有任何关系，其实她与麻大姐的关系异乎寻常，她们的私人关系非常好，生意关系是非常密切的。每天麻大姐都与她联系几次，看她有没有重要客人需要小姐陪伴，每天麻大姐都把最漂亮的小姐留到最后安排，以备饭店里急用。常姮在饭店转悠，麻大姐叫她聊天这件事，也是表姐与麻大姐安排好的。当常姮表示出将要参加三陪队时，她就告诉麻大姐，不要让常姮一个人住一个房间，让她与麻大姐同住一套房子，这样常姮就会受到严密的控制：首先是她不能私自接客，她的客人都是麻大姐介绍去的；其次是她的接客时间可以受麻大姐控制，麻大姐可以在确保没有急用时，才给她安排客人。表姐想让常姮参加三陪队主要就是利用她的美色为她多拉生意。表姐若有特殊客人时，可以把常姮叫出饭店，在一个不对外的地方单独陪伴客人。这是饭店的最高礼遇，只有在关键时刻，对关键人物，才奉献这种礼遇。对于一般客人，她就通知麻大姐，让她把客人介绍给常姮。

常姮怀着挣大钱的抱负愉快地参加了"三陪小姐服务队"。这真是：

> 黄金贵重无足赤，
> 商人蜜语无真心。
> 狡兔三窟无定处，
> 青年学浅脑单纯。

常姮进入"三陪小姐服务队"以后，称心饭店的生意更有声有色，顾客纷至沓来，应接不暇。门前的停车场上，各种车辆一个挨一个，进着难，出来更难，看车人员，昼夜不息。房间里，划拳的，猜枚的，劝吃劝喝的，觥筹交错，热闹非凡。送菜的满头大汗，倒酒的手忙脚乱。陪酒场面让人眼花缭乱，眉飞色舞，缠腿贴腮，柔情淫语，东倒西歪，醉卧酒场，筋骨酥软，任凭安排，钱尽力衰。

不久以后，常姮的父亲常本收到了女儿给他汇的款，这是他第一次收到女儿的钱。他高兴死了，见人就说："我女儿进城了！我女儿挣住钱啦！"

第三章　树倒猢狲散

求职路上变数多，苦辣酸甜不定行。

坚持绝对走直路，最终肯定能成功。

贪图近利走邪路，难免落个犯法绳。

钻圈弄鬼走后门，还是落个一场空。

常姮参加"三陪小姐服务队"后，改名为牡丹，因为牡丹是百花之魁。来客多数愿找牡丹，所以麻大姐把好几个小姐的名字都取为牡丹，而常姮是顶枝牡丹，也就是说是魁中之魁，是牡丹王，是魁首。这只是内部掌握，没有与表姐或麻大姐有特殊关系的人，只能接触一般牡丹，是接触不到顶枝牡丹的。

称心饭店的生意越来越红火，来饭店的人越来越多，社会上流传着这样的顺口溜：

进城不去称心店，

留下遗憾万万年。

到店不上牡丹床，

喝酒吃肉也不香。

青年人把进称心饭店当成时尚，把上牡丹床当成骄傲，有些人把它当成吹捧自己有本事的本钱，进过称心饭店，招过三陪小姐的，就会趾高气扬，大有目中无人，不可一世的派头。而那些没进过称心饭店，当然更谈不上与三陪小姐接触了，就会低头不语，自愧弗如。为了改变这种被动局面，有的人拼命挣钱、攒钱、凑钱、卖东西换钱，有的人甚至不择手段违法聚钱、偷钱、骗钱、赌钱。每隔一段时间，把钱攒够了，就来称心饭店吃喝、会小姐，把钱花得精光后回到家里重新开始攒钱。他们挣钱是会小姐的手段，会小姐是挣钱的动力和最终目的。很多人钻进这个怪圈里，挣脱不出来。他们有的欺骗家人，说工作不挣钱，吃饭都作难，装出凄惨相，骗取家人的可怜，家人就会慷慨解囊，把钱送给欺骗自己的儿郎。他们得到这个钱后，很快就花得精光。

任何不得人心的事物，之所以能存在，甚至是兴旺发达，都是暂时的，都是人们还没有对它认识清楚。一旦群众看透它的本质以后，它马上就会毁于一旦。

很多家庭有了感觉，很多妻子有所发现，家长感到儿子神志低迷，挣不到钱；妻子感到丈夫无精打采，萎靡不振，躺床就睡，没有精神。其他饭店也感到奇怪，为什么称心就那么多顾客？他们的饭菜好吗？服务周到吗？也许是吧。一天傍晚，一个六十多岁的老头儿来到称心饭店。服务员问他："您几位呀，老先生？"

老头儿："我一个人。"

服务员说："那好，请跟我来。"服务员把他领到一个单人小桌子旁请他坐下，让他点菜、点饭。他点了一盘炒豆腐，一碗鸡蛋汤，一个馒头。服务员很快给他端了过来。他边吃边观察着周围的人，隔门缝看见房间内有满桌子客人，而且还有小姐负责倒酒。从小姐的姿态、表情，他看出这位小姐非同一般。

这个老头儿就是杨声。

杨声得到这个消息后，他联想到自己家的情况。他有一个儿子，是个出租车司机，已结婚成家，近来经常夜不归宿，儿媳妇很有意见，经常埋怨丈夫。杨声隐隐约约地听说称心饭店里有些不干不净，但他没有一点把握，他怀疑儿子的不归与这里有关系。这天，他装成一个吃饭的顾客来到称心饭店。但他没有想到他一个人，又是这么老的一个老头子，饭店里只有按一般饭客对待他，可是他得到了意外收获，在观察别人吃饭时摸到些端倪。他问服务员："为什么没有小姐为我服务呀？"

服务员："不是为你服务了吗？让你坐这里，为你端饭，给你倒水，你还需要什么呀，你说话，我为你服务。"

杨声："我也不需要什么啦，我是说为什么房间里的饭桌上就有小姐专门负责倒酒等服务事项？"

服务员："您想喝酒吗？我给您拿酒，也为你倒酒，这就是为您服务。他们是一桌子人，有一个小姐专为他们服务很有必要。"

杨声："我不喝酒，什么都不要了，谢谢。"

服务员的解释没有解答他的问题。该服务员所说的为他倒酒，专为他服务，与其他饭店的服务完全一样，他会自己倒酒，什么都会自己动手。该服务员的倒酒，服务与房间里的那个服务员的倒酒服务完全是两码事。这个服务员的服务很直观，一眼就能看透，而房间里那个服务员的服务内容有深层次的含义，她的微笑、她的言语、她的眼神、她的柔情、她那婀娜多姿的体态……他看出来她的不同，但怎么说出来呢，有些行为是不好用言语表达的，他也说不出口呀！他真要说出他需要房间里那样的小姐为他服务，还怕别人耻笑他"人老心不老"，笑他"老年犯春心"，甚至笑他"不觉死的鬼"等等。

杨声来称心饭店吃饭并没得到可靠消息，只得到些苗头。

第二天的同一个时候，杨声带了七个男青年又来到称心饭店。他们大部分都是他原来的学生，他对学生们说明意图以后，他们乐意地来到了这里。他们走进一个房间，围绕饭桌，坐了一个圆圈。杨声点了好酒好菜后，很快一切摆放整齐。杨声说："今天晚上，我请我的学生们在一起坐坐，叙叙旧，谈谈心，各自谈谈毕业后的心得，放松放松生活压力，在一起欢乐欢乐，也汇报一下你们的工作，让老师我分享一下你们的成绩。"紧接着，七位学生端着酒一起站起来，他们共同喊道："感谢老师的辛勤培养，感谢老师没有把我们忘记，感谢老师召集大家在一起聚聚，让我们有见面谈话机会。"恰在这时，从门外进来一个浓妆艳抹、花枝招展的姑娘。站在一旁的服务小姐说："这是咱们的劝酒小姐，她陪大家喝好、吃好，过一个快乐的夜晚。"杨声心想："这大概就是传说中的三陪小姐吧。"他不说一句话，默默注视着这位小姐的举动，时刻警惕着事情的发展。劝酒小姐巡视了一圈后，坐在一个长相俊秀的高个儿男子旁边。她先喝一杯，劝他喝一杯，两人碰一杯；她再喝一杯，再劝他一杯，两人再碰一杯。一连喝了三杯以后，她开始用姿色挑逗他。他感到不好意思，不时地看看杨老师，看看旁边的老同学。杨老师一再给他使眼色，暗示他要跟着她转，看她让他干什么。就在这时，服务员对她说："隔壁房间需要你去一下。"她走了以后，这个俊秀青年对大伙说："你们坐在旁边光看我的笑话，也不帮帮忙。"

大伙说："你是得了便宜还卖乖，我们想让她为我们劝酒，她还不一定干呢！咱们这一帮人哪一个也没有你幸运呀。能被三陪小姐标上，你真是三生有幸。"那青年说："你们全是拿我开玩笑，全都气我。"

杨声："她标住谁，我这个任务就在谁身上，请大家一起帮忙，把这个任务完成好。我警告大家一句：千万不要陷进去！不然，我的计划全砸锅了，不但我的事办不成，我也会被牵扯进去，成了皮条客了。"

三陪小姐回到房间后，仍然以这个青年为进攻对象。她这回是多管齐下：婀娜多姿的肢体、温润脉脉的表情、和谐动听的声音和内容丰富的语言……只要她能用的手段全部用上，展开多方位地进攻，很快被攻击的对象就败下阵来，整个上身瘫软在她的怀里，耷拉着头，闭着眼，嘴里喃喃自语："我没醉，我没醉。"三陪小姐以为时机已到，轻轻把他扶起，搀着他往门外去。醉汉跟着她走，不一会儿去到小姐的房间。她把他放在床上，把门关上，在门的外面挂着"请勿打扰"的醒目牌子。她把他的身子在床上扶正后，动手脱他的衣服，先脱鞋，再脱上衣，再脱裤子，他只穿一条短裤，仰着脸躺在她的床上。她开始脱自己的衣服，先脱上衣，外套，坎肩，然后是乳罩。她趴在醉汉身上磨蹭他的脸，蹭他的嘴，蹭他的鼻子，蹭他的眼，企图把他蹭醒以后，唤起他的欲望。她没蹭几个来回，醉汉睁开了眼，小姐万分高兴，心想今晚没有白费功夫。可是使她没有想到的是，他醒来以后没有去抱她。她很奇怪，为什么他的表现反常。她用这种方法把男人拉到屋里也不是十个八个了，他们大多数是一进屋就清醒过来，有的经过一些抚摸动作，也有少数是经过裸体接触才苏醒的，但不管什么情况下的苏醒，他们苏醒后的第一个动作都惊人地一样：先抱住她，几乎同时下一个动作是亲她。可是这个男子今晚醒来后不是那个动作，而是说："我怎么会在这儿？"接着就说："我的衣服呢？谁给我脱了？"他不敢看小姐的裸体，背着脸，羞愧满面地把衣服穿上，下了床，穿上鞋，迅速地离开了小姐的房间。

杨老师他们还在吃饭的房间等着他凯旋归来，与他喝庆功酒呢。

第二天上午，不到八点钟，杨声已经来到街道派出所门口。他仰望着门旁挂着"××市公安局××街道派出所"的大牌子，自言自语地说："牌子倒是挺大的。"正当他注意着牌子时，身后站了一个四十来岁的男子开口问他："你有事吗，老大爷？"

杨声："是的，我想找你们所长。"

男子："那就来吧，我就是。"

男子把门打开，把杨声请到屋里坐在椅子上，倒了一碗开水端到他面前，放在茶几上。说道："我就是这个派出所的所长，我姓贾，叫贾彦。你有啥事，请说吧。"

杨声："我叫杨声，是一名退休教师，今年 65 岁。我来跟你反映个情况。首先说明，这不是我个人的意见，我来时好几个老同志都告诉我，叫我代表他们，他们先让我自己来，如果有必要，他们说他们也要来的。"

贾彦："啊，这么重要的事！是啥事？你快说吧。"

杨声："是关于称心饭店的事。"

贾彦："称心饭店不是挺称人心的吗，它有啥事呀？"

杨声："它不是光卖饭，它有色情服务，它有三陪小姐，它有妓女拉客。"

贾彦："是吗？有这么严重吗？我们怎么没发现呀？"

杨声："千真万确，我得到的是第一手材料，绝不说半句瞎话。"

杨声的话是那么肯定，那么坚决，他的表情很严肃，带着愤懑的情绪。贾彦没有否定他的机会，也没有犹豫的余地，他只有顺着他的情绪说道："这么明目张胆还了得！好吧，感谢你的及时反映，我们马上去调查，如果属实，我们得给他们严肃处理。感谢你对我们工作的关心和支持。我们人手少，顾不过来，下边很多情况我们都不知道，实际上有些失控的状态，真是得好好谢谢你，希望你也向那几位让你带话的同志问好，就说我感谢他们。"

杨声站起来说："我一定带到。我走了，再见。"

贾彦："再见，有事欢迎再来。"

杨声满怀喜悦地回到家以后，天天给邻居们讲贾所长是如何接见他的，贾所长听到称心饭店的情况后非常生气，贾所长说要派人调查的，贾所长说如果情况属实要严肃处理的，贾所长非常感谢对他工作的支持，贾所长欢迎他们经常去反映情况等等。

他们都殷切期待着对称心饭店色情服务的处理。

这天下午，贾彦带着一肚子怨气来到称心饭店。他一看见程芳（常姮表姐的名字），就怒气十足地说："你们怎么搞的，这回可捅了大娄子啦。"程芳看着贾彦的表情，听着他说话的腔调，就知道一定是有大事了。她的饭店由于有色情服务、有三陪小姐，生意很红火，收入很可观，但她也从来没有安生过，白天、晚上，生怕上级来检查，生怕哪位小姐得罪了来客，最怕鲁莽暴躁的嫖客，他动辄与你拼了，要么不与你拉倒，要么他要上告，要么他上街大声吆喝。天啊！无论哪一种行为都让程芳胆战心惊，因为不管哪一种行动，只要他实行了，就足以让饭店毁于一旦，不但会倾家荡产，还面临牢狱之灾。有一次，一个李逵式的黑脸大个儿来到饭店，麻大姐把他介绍给一个小姐了。可是一到半夜他在楼道里大吵大闹起来，闹得其他房间都不得安生。他吆喝着要见领导，如果领导解决不了，他要上告。麻大姐一看他那蛮横劲儿，赶紧把程芳叫来。程芳先安慰住他，让他停住吼叫，然后再问他怎么回事。他说小姐不为他服务。程芳去问陪他的小姐时，小姐说："他那么大的身子，又那么鲁莽，我不愿意陪他，你们为他另找人吧。"

麻大姐说："如果小姐死活不愿意，那就另换一个小姐吧。"

程芳不耐烦起来，说道："这位小姐怎么能这样？我们还没遇到过这种情况呢，想吃鱼就不要怕扎嘴，干三陪就不要怕鲁莽，人家男人掏钱就是来要野的，咱赚的就是男人的耍野钱。那些文质彬彬、有风度的男人能来你这儿吗？我们是赚不来这些人的钱的。好好说服这位小姐，叫她忍受一些，把这次服务干完。"

麻大姐："这小妮叫桂亚菲，是我从老家带来的，我们还有些亲戚呢。她年纪小，才十四岁，家里急着用钱，每次客人来，我都先尽着她，为的是叫她多挣钱。这次她不想干就给她换掉吧。"

程芳一听说是她的亲戚，就改口说："换就换吧。"

麻大姐："换上谁呢？"

程芳："哪个房间是空着的就换给哪个房间呗。"

麻大姐："哪个房间也不空，今晚的人特别多。"

程芳："这怎么办？我看只有再劳驾你了，不然这个人打发不走。"

麻大姐："昨天晚上我都接了两个了，今天白天还有一个。你歇了这么长时间了，你来不行吗？"

程芳："我行是行，没有别的问题，只是明天，不，今天早晨，我得早些起床，我还有事情呢，若不是这，我就来，不让你。咋啦，好像让你吃什么亏似的。"

麻大姐："啥亏也不吃。"

程芳："那就来吧。"

麻大姐："行。"

程芳把大个儿男的叫过来。他的火气已经灭了，不再发脾气了，脸已经平和，虽然仍是黑着脸，但没那么狰狞了，能够平下心来说话了。程芳满面春风地对他说："老哥，对不起，请你谅解，让你扫兴啦，为了让你尽兴，让麻大姐陪陪你。"她指了指麻大姐，麻大姐点了点头，向他微笑，表示欣然接受。那男的看了看麻大姐，不好意思地说道："有没有比她年轻些的呀？"

麻大姐："嫌我老吗？你看不上我，我还看不上你呢。你认为我陪你是我看上你啦？你错了，我陪你是为了我们的任务，要不然我才不陪你呢。"

程芳："你要知道，今晚客多，而且都是过夜的，现在他们都睡得正香呢，哪个房间也进不去。现在只有麻大姐了，而麻大姐还是为了照顾你才陪你的，你要不愿意，没有别人啦。你快说，行不行？"

那人不敢说不行，他也知道，一是天快亮了，天亮后他要走，他有事做；二是没别人了，他只有勉强答应。嘴里嘟嚷着："这回你们为我安排了那么一个小妞，真不顶用，连一个人都应付不了，真不美气。"

程芳："这小姐还很小，才十四岁，是第一次接客，论你这长相，你就不应该碰她。"

男的："你说这话就不在理了，你们接客不是招女婿，也不是按长相的，而是讲钱的，谁出钱你们就接待谁，不是吗？我给你们的钱不少一个子儿，要多少给多少，为啥要嫌弃我这长相不好呢？"

程芳笑着说："你说的还真在理呢。"

麻大姐也笑着说："快来吧，天快亮了。"

男的："在小姑娘那儿没尽兴，在这里可以尽兴了，这叫堤内损失堤外补吧。"

程芳："你说可以尽兴，我很高兴，我们的宗旨就是让每个进饭店的人称心，所以我们的饭店叫称心饭店。"

男的："你们的服务态度我是很满意的。我叫黑奎，是一个光棍，以后我会经常来的，我把我的钱都扔给你们，我只有在这里才能过过快乐生活。"

程芳："我们这里只有这位麻大姐能应付你，别的小姐都不行。说实话吧，就你这身材，你这长相，你这一身肉，给你个小姑娘就被你糟蹋了，能陪你的只有老娘们儿。麻大姐还不老，愿意陪你就是你的造化，你要有自知之明，要量身着装，不要脱离实际地瞎想。像你这样的人，最好别找那年轻姑娘，她们年轻没经验，不知道男的需要什么，有时候她们凭兴趣，对不住她们了，她们还可能给你脸子看，或对你发脾气，像今晚你遇见的这样。你记住：辣椒还是老的辣，年纪大的女人会体贴人，服务可不差，让你各方面称心满意，别嫌她年纪大。欢迎你常来，来了就直接找麻大姐。"麻大姐笑着问他："愿意找我吗？我甘愿为你服务，保证让你满意，绝不会让你半途扫兴。"

他惬意地笑了，快步去到麻大姐的身边。

程芳把精神抖起来问贾彦："贾所长，快说，我们捅了什么娄子啦，不管什么娄子，你来一说就足以让我吓个半死。"

贾彦："我不是吓你，还真是个大娄子。有人告你们了，告你们饭店有色情服务，有三陪小姐，有拉客现象。是一个名叫杨声的退休教师去我办公室告你们的。他说他有根据，有第一手材料。他还说不是他一个人的意见，他是代表他们居住的那些居民的意见的。我说，他的意见可不要轻视，他是个退休教师，是个有学问的人，他的反映不是心血来潮，是有考虑的，是有计划的，咱可不能掉以轻心。他去我那儿告你们，是因为不知道咱们的关系，咱是一条绳上的两个蚂蚱，你们的问题出来了，我也跑不掉。所以我也很担心。"

程芳："他说他有一手材料，从哪儿弄的第一手材料呢？在这里享受到三陪小姐服务的，他绝不会上告，因为这牵涉到他本人。所以这一部分人不用担心，咱们应该小心的是那些来这里吃饭而不去享受三陪服务的，尤其是那些拉他他也不干的人，这些是危险分子。我一再对小姐们说，要时刻观察形势，要见机行事，不要死心眼，不要遗留口实。"

贾彦："问题是他说的证据和第一手材料，是确实有哇，还是虚张声势。如果是虚的，好应付，如果是真凭实据，就不好应付了。"

程芳："前两天一个送菜小姐反映，一个老大爷一个人坐下吃饭时，要求有个专为他服务的小姐。第二天，这位老大爷带了几个青年人去到一个房间，坐了一桌，喝酒中，有一个青年与咱的三陪小姐喝醉，被带到小姐房间，衣服脱了后，他竟然站起来走了……"

贾彦："恐怕问题就出在这里，看来这个老头儿是来卧底的。怪不得他说他有真凭实据，他有第一手材料！这当然是第一手材料了。对他否认或敷衍搪塞是不行的，否则会弄巧成拙，陷入更大被动。你们这些小姐都是些没成色的蠢货，像这样的老头，满面红光，整齐着装，带着一帮年轻人，很可能就是卧底，你们连这个意识都没有，怎么能不出事呢？"

程芳："想想办法，看现在的问题咋解决。"

贾彦："只有软办法，采取说服工作，只要把杨声说服得软化了，让他不再继续上告，哪怕是睁一眼合一眼也可以。只要上边不来查就没问题，找个能与杨声接近的人，就好了。他是个退休教师，你教育局有熟人吗？"

程芳："有，教育局有个副局长姓朱，过去常来找我，我如果不方便时，就给他另介绍一个，可以省钱。自从常姮来了以后，他就很少来我这儿，他主要去常姮那儿。"

贾彦："让常姮对他说一下，让他对杨声做做工作。我想局长做工作还是有效的，是顶头上司嘛。听说他有个儿子，不知道是个什么样的人，如果经常来咱这里就好了。我给你查一下，如果他儿子可以利用的话，问题就可以解决。预先告诉他儿子：他只要能把这个问题解决了，以后他来不要钱，而且小姐随便挑。"

程芳："好吧，这个问题就这么办。说说你今晚怎么过吧。"

贾彦："你为我有什么安排吗？"

程芳："没有事先安排，不知道你今天来，即使知道你来，也不知道你是否在这里停留。为你安排不用事先，临时安排也不迟，问题是今晚你在哪里过夜吧？"

贾彦："你这个问题把我问得凉冰冰的，来到你这儿了，倒问我在哪里过夜，你是不是撵我呀？"

程芳："你今天怎么这么神经质？过去你可不是这样。凭咱们俩的关系，我这样问你非常正常，问这样的问题是以深厚的感情为基础的。"

贾彦："我说的是幽默话，你倒认真起来了，没有一点幽默感。好了，你到底是什么意思吧？"

程芳："你很长时间都没来过了，我问你是让我陪你呀，还是给你找个小姐？"

贾彦："那么你的意思呢？你想让我怎么过呀？"

程芳："我思想很矛盾，一方面我想让你在我这儿，因为咱们很长时间没有见面了；另一方面，我也想让你新鲜新鲜……"

贾彦："最近有新来的吗？漂亮吗？"

程芳："最近来了个常姐，长得当然很漂亮的。不知道你是否会过她？"

贾彦："没有。你不知道我很长时间没来过了，连你也没有见过，哪有时间去会她。再者，即使会她，也是先经过你这儿呀。"

程芳："那好，今晚叫她陪你。"

贾彦："这也好。"

程芳："预祝你过得幸福。"

贾彦："过得最幸福的还是与最喜欢的人在一起时，没有感情的相会与嫖娼一样，那不是幸福，只是一种激情的发泄。"

程芳拿起电话，拨通了麻大姐："麻大姐吗？今晚把常姐给我留住，我要用，七点钟叫她来我的办公室。"

晚上七点半了，杨声在门口徘徊。忽然他听见儿媳妇的叫声："爸，新闻节目开始了。"杨声马上回到屋里，坐在沙发上看电视，小孙子从外面跑回来问："爷爷，我爸今晚回来不？"

杨声漫不经心地回答："回来，一会儿就回来了。"孙子小朋默不作声地趴在爷爷的怀里，嚅动着嘴，好像在说什么。

杨声轻声问他："妈妈呢？"

小朋："妈妈在屋里看书呢。"

杨声平心静气地"嗯"了一声，用手捋了一下小孙子的头发，说道："趴我怀里睡吧，等你爸爸回来了，我叫你。"

这就是退休老教师杨声的家，一个四口之家，可是经常在家的只有三口，本来是一个完美的四口之家，可是现在缺了一口，一个重要成员，一个能打能跳的棒劳力不在家。而且是经常不在家，爹爹挂念他，晚饭后在门外徘徊，遥望他的归来；妻子闷闷不乐，孤身伴清灯，书声应寂寞；儿子也经常在日落西山、牛羊入圈时，思念着为什么爸爸还不回来。

杨声的儿子叫杨兴，四十多岁，是个汽车司机，长期雇用于一家搬运公司。娶妻马琳英，是一个医院的护士。一家有一个退休老人，有一对正上班的夫妻，是多么美好的家庭。虽然杨声失去了老伴，但看着儿子儿媳的恩爱生活，慢慢失去了愁绪，渐渐显露了笑容。小朋出世以后，全家人更是欣喜若狂，心花怒放。父亲在家带着孩子，小两口早上出去上班，晚上回到家里，有孩子的哇哇啼哭，有父亲的丝丝微笑，抚慰了两颗忙碌的心。这就是家，这就是惊涛骇浪中的港湾，这就是夜幕笼罩中的灯塔。骇浪中有港湾，黑暗中有灯塔，在生活路上什么都不怕，乘着改革开放的东风，为实现自己的伟大理想进发！

可是好景不长，事与愿违。在一些青年中流传着"进城不去称心店，留下遗憾万万年"和"去饭店不上牡丹床，喝酒吃肉也不香"，还有"我的家在本城，不会会牡丹就是无能"。杨兴有些耐不住，乡下人不去称心饭店是一种遗憾，难道城里人不去就不遗憾了？他不想留这个遗憾，他偷偷摸摸攒钱进称心饭店，又随心所欲地享受了三陪。他开始时主要是想尝试尝试，使他没有想到的是欲罢不能，愈陷愈深，他经常是钱不家拿，夜不家宿，一个好端端的家庭让他拖到了破裂的边缘。

杨声得知儿子经常彻夜不归的原因后，通过卧底手段，抓到了称心饭店提供三陪服务的第一手材料，直接向派出所反映了情况，希望尽快查处。

中央电视台的新闻节目就要结束时，杨兴回来了，他先去爸爸住的北屋，一进屋便说："爸爸还在看新闻呀？"

杨声很惊奇，也很高兴，儿子很少回来这么早。他赶紧把小朋叫醒："朋朋，朋朋，爸爸回来了，快醒醒抱住他，别叫他再走了。"

小朋一睁开眼就问："爸爸在哪儿？爸爸在哪儿？"

杨兴把朋朋抱起来，亲他的头，亲他的脸。

朋朋："爸爸我可想你啦，你为啥不回来呀？"

杨兴："好，不走了。"

杨声好奇地问："今天为啥回来得这么早哇？"

杨兴："公司里忙完我就回来了，没在外面久停。"

杨声："吃晚饭了吗？朋朋，叫你妈给爸爸做饭。"

杨兴急忙说："我吃罢了，不要做了。"

马琳英去到北屋看了一下杨兴，没说一句话把朋朋抱到自己屋里。

杨兴坐到父亲对面。这个行为让杨声疑惑不解。他平时有时回来有时不回来，即使回来，也是很晚，还总是无精打采，萎靡不振，根本没兴趣坐下来谈话。今天很反常，不但回来得早而且又坐下来摆出促膝长谈的架势。他毕竟是个老年人，他有一种预感，儿子要向他说什么事。他先不说话，单等着儿子先开口。

杨兴先开了口："爸爸近来忙些什么呀？"

杨声："什么也不忙，不是逛街就是遛马路、接送朋朋，不就这些活儿吗，刻板活儿，天天如此。"

杨兴："去过'称心饭店'吗？"

杨声："去过，都好几天了，我领着我的几个学生在一块叙叙旧，吃了一顿饭，大家玩得很开心，让我又回到了我在学校的教学生活。"

杨兴："你认为饭店怎么样呀？"

杨声："服务态度不错，但就是有三陪小姐，有色情服务，这是很不好的，我很有意见。"

杨兴："你对别人说过他们的这些情况吗？"

杨声："哪些情况呀？"

杨兴："三陪小姐和色情服务。"

杨声："何止是说过，我正式向派出所的贾所长反映过，希望他抓紧查处。"

杨兴："爸，你不要总用老脑筋看待新鲜事物，现在是改革开放，对过去的事情要改革，也就是说过去不准干的现在可以干了，开放就是现在放开了，过去没有的，现在可以有了。三陪小姐和色情服务都是改革开放实施后出现的新鲜事物，你干吗先把它否定了？按照你这种想法，不用改革，也不用开放，一切照旧，想法照旧，做法照旧，墨守旧规，一成不变，都照这样反而是违背了中央的改革开放精神。在改革开放政策的指引下，过去很多不准干的现在可以干了，例如：过去不让这里买那里卖，说这是投机倒把，现在可以搞了，说是互通有无，是搞活经济；过去不让农民做生意，说是弃农经商，现在叫多种经营。你们教育上也有这些问题，过去老师只能在所在学校教课，不准利用课余时间兼课，现在就不一样了，在不影响工作的前提下，可以在外单位教课。还有很多别的例子，过去不让干的，现在让干了，符合改革开放精神的，我看三陪小姐和色情服务也是一样的问题。因此不要把它否定了，尤其是你老脑筋旧思想，也需要改革一下。一旦思想改革了，你对三陪小姐的看法就变了，你有老看法，人老了，跟不上形势，也在所难免，人家也都理解，但你却去政府部门上告人家，有点太过分了。"

杨声："我不过分，我一点也不过分。我理解的改革开放与你理解的改革开放不一样，改革并不是说过去不让干的，现在都让干了，这是对改革的歪曲。有些事，比如色情服务，过去不允许，现在也不允许，我看今后也不会允许。有些事情我看不准，我承认，但这个事情我看准了。有些人不是看不准，而是钻政策的空子，他们看得很准，不然他们为什么不公开承认？为什么还要欺上瞒下呀？改革开放实行后，改革了很多旧的做法，出现了很多新事物，对社会发展和改善人民生活很有好处。但不能否认，也出现了一些乌七八糟的东西，正如打开窗户让新鲜空气进来的同时，一些苍蝇蚊子也进来了。我们必须尽早消灭它们。实际上，咱们早应该动手了，它像毒素一样，侵害了我们的肌体，我们的一些干部、一些青年、一些百姓都受到不同程度的感染，有些中毒还比较深，他们公开站出来为它辩护，这说明它的危害之大，流毒之深，范围之广。我们如果不赶快动手，它的危害会更大。称心饭店是个大毒瘤，必须先把它搞掉。"

杨兴："要搞也要叫别人搞。你年纪大了，还管这事干吗呀？社会上的任何事都有人管，政府的这局、那委、这办、那室等就是具体管这些事的。"

杨声："那饭店里的三陪是属于哪个部门管呀！"

杨兴："当然属于派出所管呀？"

杨声："它管的怎么样呀？它没有管好，我提醒提醒，给他们提供些情况，让他们管好。这也说明，任何事情光凭主管部门管，是管不好的。一个部门才几个人？十个、八个、几十个，可社会面有多大呀？这十个八个人能管得了吗？因此任何事情都得有广大老百姓参与，没有群众的参与是管不好的。"

杨兴："群众参与是对的，但是那些年轻力壮的人去参与，你年纪大了，就不要管这些乱七八糟的事了，你管这事，让外人知道了多不好。"

杨声："我特意让外人知道的，管这有什么不好？我看是管这事的人少了，再多些就不会有这事了。管这事是正经事，怎么能说是乱七八糟的事呢？这不是小事，这是社会道德问题，是伤风败俗问题。不但我管，每一个有良心的人都应该管。依我看，过去管得松了，管得晚了。我听说有这样的说法：'进城不进称心店，留下遗憾万万年。去饭店不上牡丹床，喝酒吃肉也不香。'还说什么'不会会牡丹是无能'，这是什么话？这全是颠倒是非、混淆黑白的混账话。这些话应该改为：

> 去了称心饭店，留下终生遗憾。
>
> 不去称心饭店，受到社会称赞。
>
> 上了牡丹床，是个大流氓。
>
> 不上牡丹床，当今响当当。

"称心饭店应该改为黑心饭店，坑人饭店，没良心饭店，要么就改成流氓饭店，或者不要这么隐隐藏藏，躲躲闪闪了，干脆就改为妓院。我说这话一点儿也不为过，我可以肯定地说，里面的女的，没有一个干净的，领导是大妓女，年轻的是小妓女，在这里时间长的是老妓女，刚去的是新妓女，那是个妓女窝。既然她们说是为社会奉献的服务行业，为什么不挂起牌子，大胆地干呢？说明她们心虚，她们知道干的是见不得人的肮脏事业，是社会唾弃的罪恶勾当。"

杨声越说越带劲，越说声音越高。在说得正带劲时，他把话锋一转问儿子："你已经不是小孩子了，你已是孩子的父亲了，难道你就看不出这个饭店是干什么的吗？难道你就真的辨别不出真伪吗？你就不想想朋朋思念爸爸的心情吗？你就不想想老父亲在家担心儿子的可怜相吗？你就不想想妻子天天晚上苦伴青灯的孤独寂寞吗？孩子呀，赶快醒醒吧，千万不要再干那些伤风败俗的蠢事了。不然，你对不起妻子，对不起孩子，也对不起生你养你的爹娘，你娘要是知道了，九泉之下也不会安息的。"

爹爹的话语重心长，爹爹的话悲惨凄凉，爹爹的话如万钧之力，重重地打在杨兴的心上。他回家时是兴高采烈，满以为可以说服爹爹，做一笔一本万利的买卖。如果爹爹关于称心饭店的三陪之事不再上告，就此罢休，他就可以终身享三陪小姐的免费服务。看来，为了堵杨声的嘴，称心饭店是下了血本的。可是他没有劝说成功，如果爹爹再告，不仅是饭店要倒台，连他也牵连进去。饭店老板告诉他，如果三陪败露，她们要首先把他这个常客揭露出来。杨兴低着头，哭丧着脸，像是在苦思冥想，他在想什么呢？是惋惜痛失三陪小姐的免费服务呢，还是被父亲语重心长的话打动而感到万分悲痛？是下决心痛改前非呢，还是忧愁这三陪败露后自己要受牵连？究竟他在考虑什么呢？谁也不知道。

一个风和日丽的下午，太阳已经偏西，微风初起，树叶摆动，几只麻雀在树枝上叽叽喳喳地叫个不停。杨声把躺椅从屋里拉出来，放在门口。他刚坐下，正准备合上眼休息一会儿，就听到外面有敲门声，他急忙走到门口，把门打开一看，原来是教育局副局长朱领生。杨声满腔热情地说："哎呀，怎么是你朱局长，我做梦也没有想到会是你，我真是荣幸呀！"

朱副局长："哪里哪里，自从你退休以后，咱们基本上没见过面，怪想念的，我经常打听你的情况，得知你住在这儿，今天抽空特来见见面，了却分别思念之情。"

杨声："谢谢朱局长还记得我。"

朱副局长："哪能不记得呢？我抓业务的副局长不记得我们的拔尖老师就不像话了吧。你年年送毕业班，你教的语文课，学生高考平均分数总是在这一地区最高的。"

杨声："谢谢你对我的夸奖。"

朱副局长从提包里掏出一盒东西递给杨声，说道："这是普洱茶，醇厚平和味正，饮后容易入睡，并有补血养胃的功能，是老年人的最佳饮品。这是我的一个朋友从云南带给我的，我特转送给你，让你品尝品尝。"

杨声："我太感谢了，感谢你对我的深情厚义。"

杨声把朱副局长领到屋里，两人面对面坐下。杨声倒杯茶放到朱副局长面前的茶几上，缕缕烟气，从茶中沁出打着旋儿徐徐上升，两人都望着这个微小的情景，弥补了刹那间的寂静。

朱副局长："这里有几家办业余培训班的，有作文班、数学班、美术班、书法班、英语班，听说教英语的老师是从一个大学的英语系毕业的，家长们反映孩子们在学校里英语学不会而在他这里学会了，反映很好，纷纷把孩子送到这里学英语。"

杨声："办英语班的李老师，水平高，态度认真，教学效果很好，其他那几个班也不错，他们都是退休教师，业务水平都很棒。办班的老师只要有学问，有教学经验，耐心细致，一般都能办好，如果老师没文化，是办不好班的。"

朱副局长："所以我今天特来看看，顺便看望一下老伙计。"

杨声："我说哩，我想你是不会凭白无故地来这里的，你是忙人，不会白跑路的。"

朱副局长："怎么啦，没事我就不兴来看看老伙计吗？"

杨声："这是当然，这是当然。"

朱副局长:"这些年都干些什么呀?"

这句话好像是久别重逢的熟人开口启问的一个永久话题,对方不管身份如何,也不管在干些什么,这句话问得都恰如其分,而且还有关心爱护的含义,让对方听了心平气和,感到舒服。

杨声:"那还不是逛大街,轧马路,领着孩子去散步。东瞅瞅,西看看,遇见熟人聊聊天。从早聊到晚,一天就算完。这就是我们老年人的生活。"

朱副局长:"你是个闲不住的人,爱关心些杂事,爱管闲事。我说这是你的长处,帮助别人不走歪路,指引事物沿正确道路发展,这是你除了本职工作以外对社会的重要贡献,我很赞赏你的这一特点。"

杨声:"你还别说,我还真的有这个毛病,看见不好的事心里急得慌。"

朱副局长:"哪是毛病,明明就是优点,我总认为像你这样的人太少了,如果多些就好了,而且越多越好。"

杨声:"我接着刚才说的往下说,我看见不好的事不说出来急得慌。"

朱副局长:"现在你不教学了,没有工作压力了,会有更多的时间考虑些社会上的问题,有不正确的地方把它指出来,这样就发挥了你的余热,也对社会做了贡献。你说不是吗?"

杨声:"余热不余热吧,贡献不贡献吧,我完全没考虑这些,我只是跟着感觉走,按禀性办事,碰见不合理的事就得说,不说出来睡不着觉。"

朱副局长:"近来碰见不合理的事了吗? 我想肯定会有的。现在是社会变革时期,从某种角度上说也是个大动荡时期,不过咱们的动荡是在党领导下的有序变革,而不是乱糟糟的社会动荡。在这种社会变革时期,就会出现形形色色的社会现象,有时会真假难分,鱼目混珠,这就更需要社会的关注,像你这样的人不就更是到了发挥优势的时候了吗?"

杨声:"不久前我发现称心饭店有不文明行为,我看不下去,随即去派出所告诉了贾所长,请他查办。"

朱副局长:"是吗? 是什么样的不文明行为呀? 贾所长答应查办了吗?"

杨声:"何止是不文明行为,是三陪小姐的色情服务。"

朱副局长:"啊! 这么严重,你有气力管这事?"

杨声:"有气力得管,没气力也得管,这不是小事,这是个社会风尚问题,是伤风败俗的问题,正如战争中攻打碉堡一样,你不能说有力量就打,没力量就不打，有没有力量也得打，实际上只要有这个精神，力量也就有了。"

朱副局长："我主要是怕累着你，老干部都是国家的宝贵财富，老教师当然也是教育上的宝贵财富。你如果休息不好，又操心，又跑着上告，费力累人，你不如自己不干，让别人干，你不就省下心来了吗？这样就少得病，你说呢？"

杨声："我这个人急性子，不让我跑不行，不让我说不行。跑着说着不得病，而让我不跑不说反而会憋出病。更何况这是个大事，你我都是搞教育的，对教育环境很敏感，现在的教育环境污染成这个样子，咱们都是忧心忡忡的，应该是吃不下饭，睡不成觉，哪能安心搞生产，只要是有良心的人，都不能容忍这种现象的存在。我们都是吃皇粮的人，咱们拿着人民给的薪水，却不为人民办事，甚至干着危害人民利益的事，我们还算人吗？这个事我要管，我必须管，而且一管到底，本市解决不了我去省里，去中央，我就不相信解决不了。"

朱副局长："你的精神难能可贵，在教育界是一个楷模。听了你的话提高了我的正义感、责任感，增加了我不怕困难、勇于前进、不达目的誓不罢休的信心，真是听你一席话胜读万卷书。我真的没白来，以后我要经常来，今天咱们聊到这儿吧，我走了，再见！"

杨声："谢谢你来看我，再见！"

朱领生副局长走了，带着遗憾走了。

朱领生本来是受称心饭店的老板程芳的委托，来劝说杨声放弃告状的。朱领生不是个糊涂虫，他毕竟是教育局的副局长，他知道这个问题的严重性，更知道他本人的身份，他也清楚杨声坚持原则的顽强精神，他绝不会轻易开口直接把该问题提出来。如果他真的这样干了，万一杨声不听他的而坚持上告，他就陷入难于自拔的被动地位。他很聪明，他旁敲侧击地劝说杨声少管闲事，杨声却否定了他的看法，并且一再表示要把此事管到底的决心。朱领生很敏感，他意识到劝杨声停止上告是不可能的，便一个字也没提。

一天上午，刘奇副县长的电话响个不停。他接了电话，话音刚落又听见门外敲门声，他大声说："进来！"

一个四十多岁的高个子男子进来了，他正是派出所所长贾彦。他走到刘副县长办公桌前问道："刘县长，你叫我了？"

刘副县长："是的。"

贾彦："有事吗?"

刘副县长："称心饭店的色情服务问题查得怎么样啦? 有一个老同志来我这里反映了称心饭店的问题,他说也向你反映过,听不到你的消息,所以他又来我这里反映。你怎么不抓紧办呢?"

贾彦："我们正在调查,不管他怎么反映,我们得经过调查事实清楚以后才能处理。调查得有个过程,他反映了以后我们就积极着手,一点儿都不敢耽误,你看他急的,又跑到你这儿了。他跑到谁那儿也不行呀,不调查总不能听他一面之词进行处理吧。"

刘副县长："这个老同志是干啥的呀?"

贾彦："他叫杨声,是个退休教师。这个人爱认死理,爱钻牛角尖。"

刘副县长："不怕认死理,就怕不讲理;不怕钻牛角尖,就怕没牛角尖。他只要讲理,就有沟通的余地。越是认死理的人,越得认真对待。他反映的问题得及时解决,不然他到处跑。不仅在市里跑,他还可能去省里跑、去中央跑,这是他的权利呀,你总不能不让他跑。他跑来跑去,对我们抓这个工作的有看法,对我们市的印象也不好。咱们赶快给他解决了,他就不跑了。"

贾彦："我也这么想,不过他反映的问题不是个小问题。就事件本身,我派人去调查了,就是落实不住,没人看见有三陪小姐,也没人反映有色情服务,现在只他一个人这样反映,因此定不了案。其次,这个饭店可不是一个一般的饭店。你来得晚,你还不太清楚,它是咱们市最好的饭店之一,这个老板很有管理水平,每年效益都很好,几乎每年都被评为先进企业,老板还被评为先进工作者。像这样的企业,是不能轻易给它定案的。没有确凿的证据是不能下结论的,这就是我们迟迟没做处理的原因。我也处在非常苦恼之中,他反映的问题现在还没法解决。但杨声这个人很执拗,你不给他解决他就往上跑,找了这个找那个。你看,向我反映罢不久,就又来找你了。说不定很快就会去找市委书记。工作要遇上这号人算是倒了八辈霉了。光倒霉还不算,弄不好还吃他的亏呢。"

刘副县长："你说这话不对,吃啥亏呀,是工作中的问题,最多是没尽到责任,渎职罪,扯不上吃亏不吃亏问题。"

贾彦连忙应付着说:"那是,那是。还有啥事吗,刘县长?"

刘副县长："没别的事,我还是说,赶快把这事解决了,不然他跑来跑去,越跑事越多。想想办法，动动脑筋就好解决了。好了，你去吧。"

贾彦："你不知道，刘县长，处理这件事实在艰难。这个单位是个'免检'单位，因为当时它生意好，效益高，纳税多，贡献大，挂个'免检'牌，不让乱检查。再一个，即使去调查，也没人说。调查这种情况往往是说的人不知道，知道的人不说。'有人说''听说''据说''有人反映'等等道听途说的话，你根本无法落实。你看这事难不难？"

刘副县长："照你这么说，咱不是束手无策、无能为力吗？有问题解决不了，还要我们在这个位置上干什么？占住茅坑不拉屎，不如挪位让别人。别嫌我说话不好听，其实这是真话。好吧，去吧，自己想办法吧。"

贾彦从刘副县长的办公室走出来，脸色非常难看，别人还以为他受到县长的严厉批评，其实他心里的痛苦程度是有生以来任何时候都无法比拟的。他过去在称心饭店潇洒过，疯狂过，耍过横，也撒过野，这是他放纵的俱乐部，也是他享乐的天堂。现在时过境迁，一切都变了，而且是一个一百八十度的大转弯。物极必反。任何事情都可能走向它的反面，这些自然法则也适于自己吗？贾彦在思索着。难道之前潇洒、疯狂、撒野的地方即将成为自己的审讯室，往昔的享乐天堂马上就要变成无情的地狱了吗？太可怕了。他马上又想到高高的院墙、密布的电网、威严的警察、冰冷的镣铐……他下楼以后，坐到院子里的花坛上，闭上眼睛继续回味着历历在目的往事。过去的欢声笑语，现在是那么悲凉，过去的撒野、疯狂，现在是那么凄惨、忧伤；对他感情最深、最喜欢他的老板娘程芳，现在也变了模样，她那如花似锦、温暖沁心的脸庞，现在回想起来像一个恶心的蟑螂；她那迷人灼灼的勾魂眼睛，如今像一双污水中的蚂蟥。长期以来，他把她当成知己，对她说话最多，丝毫没有隐瞒，交心交得最彻底。现在她会把他揭露得体无完肤，让他遍体鳞伤……

忽然他听见有人叫他："贾所长，有人找你。"他慢慢站起来，向着叫声的方向走去。

快要下班了，市委办公室甄主任正给秘书交代第二天要干的工作，通讯员对他说梁书记叫他去一趟。

他一进办公室，梁书记就交给他厚厚的一沓材料，说道："这是一个退休教师反映称心饭店的揭发材料，我简单看了一下，觉得很严重，很让我吃惊。咱们改革开放，可不能让这些丑恶陋习死灰复燃，更不能让它发展壮大。马上组建个调查组调查落实，让有关单位参加，明天开始调查。三天拿出调查结果，一周内拿出处理意见。"

甄主任："梁书记，这个单位是个'免检'单位，咱们去调查合适吗？"

梁书记："进行不公开调查。从各单位抽调年轻力壮的小伙子，装成食客进去吃饭，咱们去的人不要坐在一个房间，尽量一个人一个房间，每个人都争取让三陪小姐拉去，看她有什么表演，然后每人写一份经历报告。先说好，咱的人可不能弄假成真，谁要坚持不住原则，回来要受处分。"

甄主任连忙点头，很钦佩梁书记的办法。他急忙去办公室通知有关方面抽人，于第二天上午去市委办集合，马上行动。甄主任很有经验，他始终不告诉抽人的目的，不透露要干什么，也不说明去哪里，一直到进饭店前的很短时间才告诉他们这是卧底行动，并告诉他们工作程序。

没有隔音的房，也没有不透风的墙。第二天上午，程芳得到了市委组织调查组去饭店卧底考察的消息。消息来得如此急促，如此迅速！几乎在她听到消息的同时，调查组已经来到饭店里，她没有一点伪装应付的余地，她立刻头蒙了，几乎瘫倒在地，无力地说了一句："完了，完了，一败涂地！"

这是个"免检"单位，也就是不能任意检查，但也并不是绝对不能检查，需要检查时要经过市综合治理办公室的批准。但过去的任何检查，事先都会得到通知，比如卫生检查、安全检查等等，他们都会做好充分准备。在牵涉到色情服务的检查时，他们把三陪小姐全部撤离，检查当天，不准任何人接客，餐食间的服务小姐也不准有任何的轻狂举动和污秽言论。每一个小姐穿着大方，仪表堂堂，言语文雅，举止端庄，让检查者无懈可击，因此赠给了"免检"的牌子，让职能机关和平民百姓不要怀疑。

"免检"牌子是个保护伞，获得它不是单靠历次检查的突出成绩，而是靠"关系"，是称心饭店与各有关部门的关系，与其说是部门之间的关系，不如说是部门头头之间的关系，还不是一般的关系，还得是深情厚义的关系，这种深情厚义，往往不是单位之间形成的，单位之间的关系即使好，也好不到哪儿去，坏也坏不到哪儿去。只有单位头头之间的关系才可以达到深情厚谊，或亲密无间。头头之间有这种关系了，头头才会不顾一切地利用权力，以本部门、本系统的名义，挺身而出充当保护伞。称心饭店的老板程芳能有这么大的本事与这么多单位的头头建立起如此密切的关系吗？答案是肯定的，她确实有这个本事。她处事圆滑，能容纳各种各样的人；她性格温存，适应性强，能应付各种各样的事。这些固然是她的长处，是她与其他单位的领导保持良好关系的重要条件，但这些绝不是关键。关键是她的食堂和姿色。有几个男人能经得住好酒美色的诱惑！有几个男人能经得住烟花红颜的撩惹！"男人有钱就变坏，女人变坏就有钱。"好像男人一有钱就变坏是理所当然的事，没钱的男人想变坏也没有条件，只能有钱了才行。与程芳打交道的那些头头，不用有钱就有了变坏的条件，他们怎能不变呢？程芳在与单位头头建立亲密关系方面是有一套办法的。首先她邀请各单位副职以上的头头及主管饭店的人员，像贵宾一样，以最好的酒、最好的菜招待他们，饭店的有关人员相陪。在祝酒、劝菜、交谈的过程中，她能物色出建立关系的对象，然后邀请他进行私人会面，说些"脾气相同，说话投机，一见如故，相遇有缘，可恨相见甚晚"之类的话，再加上温馨的语气、动听的声调、诱人的语言、撩人的表情、勾魂的眼睛和迷人的身姿，几乎没有人能顶得住她的个别邀请。用这种办法她与很多人建立了亲密关系，上有领导，下有群众，不管他有没有职务，也不管他身材如何，只要是她用得着的人，她都毫不介意地把他招引过来，让他在关键时刻为她服务。

可是今天市委办组织的卧底调查没有一个人事先告诉她，说明这次调查非同一般，她非常害怕，因为她很清楚，一旦上面把她饭店的真实情况掌握以后，饭店就会顷刻垮台——何止垮台，连她这个老板以及搞三陪服务的有关人员都会受到法律的制裁，她怎能不害怕！

程芳知道她的三陪小姐的色情服务就要败露，这个生意兴隆的免检单位的肥皂泡就要破灭，她这个饮食业的大明星就要陨落。恰在这时，她好像一切都明白了，她彻底醒悟了，她不做任何挣扎，她不去找任何人。找谁也没有用。进城时是她一个人，现在仍是她一个人。但这不是简单的重复，历史是不会重演的。她进城时爹娘相送，千嘱咐万叮咛：要遵纪守法、要努力工作、要保重身体。现在她要再回家，爹娘还在等待她吗？不会了，绝对不会了，他们已去世多年了。她没有丈夫，主要是她不找丈夫，因为丈夫会限制她的自由，影响她的事业。她野心很大，她认为她不是一般的女人，她思路清晰，本事超群，一个人可以干一番轰轰烈烈的大事业，做一个人人都知道的女人。她做到了吗？她做到了，也没做到，你说呢？

程芳把麻大姐叫到跟前，说道："咱姐妹俩今天好好说说知心话，恐怕今后见面的机会不多了。"

麻大姐泪汪汪地点了点头，嘴唇嗡动着，好像要说话，但又没有说。程芳继续说："原来我的密友很多，他们待我都很好，不管我有什么困难，他们都愿意帮忙，而且能顺利解决，所以这些年来，我除了找你安排小姐，其他事情没找过你。但我知道你对我最好，你比他们所有人加起来的总和都好，你看这次他们一个人都不露面，好像烟消云散，无影无踪了一样，这真是：

> 烟花朋友莫留恋，
>
> 如同过客难再见。
>
> 临时相聚各所需，
>
> 时过境迁心全变。

"实践证明，我真正的朋友就你一个，你才是我唯一的知己。在咱们就要离别之际，我把知心话说给你，我就不留任何遗憾了，人员散了，事业完了，心里话全掏出来了，我就没有负担了。我已布置过了，从今天开始全部停业，所有人各奔前程，三陪小姐各自想办法，马上离开这里。"

麻大姐："你那个表妹常姮呢？"

程芳："她现在的本事比我还大呢，她结识了很多有权人物，不用犯她的愁，她自己会找出路的，实际上，不用她本人作难，很多人会为她想办法的。"

麻大姐："我也好长时间没见她了，她现在可吃香了。"

程芳："咱俩明天也离开这里，争取主动，不要让他们叫咱们，到那时就被动了。你是我的好大姐，我最担心你的归宿，我想让你出来后找个合适的人成个家，安安生生过你的后半生，平静生活是最舒服的。"

麻大姐："什么是合适的呀？"

程芳："你喜欢的。"

麻大姐："我也对你说心里话哩，我心里也没有什么喜欢不喜欢了，在我眼里，每个男的都一样，老的、少的、胖的、瘦的、大个儿的、小个儿的，没有什么区别，都一样。我想这是我长期从事三陪工作造成的，有了这种心理，客人来了，不管什么样的客人，接待着思想上没有杂念，才能让客人满意，留下接回头客的机会。我也不知道我这种心理在社会上是好还是不好呢？"

程芳："也好也不好，到社会上你就慢慢体会到了。常言道：'妻是一样妻，脸上分高低；男是一样男，能力是关键。'还有一种说法是：'女人都一样，脸上有名堂；男人都一样，能力分弱强。'这都是说女的长得要好，男的要有本事。咱们女人，年纪这么大了，又是这样的身份，长得如何我就不说了，只要男方能看得上咱。但咱们也得看男的是否有能力，他有能力，才能挣钱养家呀。"

麻大姐："像咱们这样的人，那些有学问的人会看上咱们吗?"

程芳："有本事有能力的人不一定指的是有学问的人。一般说，有学问的人本身强大，能力就强，但这也不尽然，有个别人虽然学问不低，但啥都不会干；而有些学问低的人，能力却很强，很多活都会干，不管什么活，一看就懂，一学就会。但最重要的还是待你好。当然既有能力又待你好就最合适了。一旦有了男人，就一心一意跟他过。我现在真正感到，一个人一生中最大的痛苦莫过于孤独、寂寞。我现在见不到常姮了，若能见到她，我一定告诉她不要一个人晃了。我承认我对她有愧，我当初不应当同意她参加'三陪服务队'，我应当劝她不要走这条路。她还年轻，她还没有醒悟过来。人要有一个家，我现在最大的希望就是有一个家，有一个属于我自己的家。我的这个希望是否能实现? 很难说。我希望你一定要实现。"

麻大姐："我倒最关心一个人。"

程芳："谁呀?"

麻大姐："桂亚菲。你还记得吗? 那天晚上不愿意为那个鲁莽汉黑奎服务的小妮儿。她没有家，没有爹娘，家离这里很远，又没亲戚朋友，她没有地方投靠。我想了半天，咱这里垮了台，她真没有地方去。她才真是个值得可怜的人呢。"

程芳："想法联系常姮，叫她走时带着桂亚菲，不管她干什么，叫桂亚菲跟着她干就行了。"

麻大姐："这样也好。桂亚菲还是我一个亲戚呢，她出来时才十四岁，这些小姐中，我最同情的就是她。"

程芳："咱们的小姐们都值得同情，你同情得完吗? 别管这管那了，咱们连自己还管不好呢，怎么有能力管别人呢? 常姮肯定照顾桂亚菲，她们两人平时关系就不错。"

今昔对比天与地，

花开花落无定期。

只知盛花尽情赏，

不知花落在何时！

盛开牡丹已过期，

惊惧花落在今日。

无可奈何花落去，

谁能为此不惋惜？

第二天早上，害羞的太阳，红着脸爬了出来，柔和的光线洒在树上，洒在街上，洒在人脸上。清洁工已把街道扫得干干净净，洒水车缓缓走过，把整个街道变得湿润、清新，一切都生气勃勃，万物都蒸蒸日上。卖饭桌前都排着长队，人们等着买早餐，开始他们一天的新生活。汽车匆匆而过，路人极速行走，还有几个小学生，正背着书包去上学。

程芳和麻大姐一前一后在人行道的右边，低着头沮丧着脸，慢慢地向公安局走去。

树倒猢狲散，

水干露险滩。

乌云难遮月，

朝霞洒满天。

第四章　辗转来到大杂院

世上职业千千万，任你随便来挑选。

哪个工作都一样，只要坚持好好干。

人间道路千万条，让你任意随心挑。

哪条道路都一样，只要保证别乱搞。

　　称心饭店垮台以后，工作人员各奔前程，有的回农村老家，有的在城里找个工作，有的自谋职业。他们不会干有技术含量的活，例如理发、缝纫之类的，只会干无技术的活，例如卖茶、卖水果等等。他们不干累活、脏活，例如送煤球、拉大粪、扫大街等等。饭店里的员工除了少数被公安局叫去调查询问以外，其他绝大多数都各自找活，又开始了他们的新生活。常姮和常娥干什么呢？她们没有任何技术，也不想干脏活、累活。她们想干什么呢？她们还想在称心饭店里干那种色情服务工作，但那种环境那种条件是绝对没有了。狗改不了吃屎，猫改不了偷腥，看门的和尚要撞钟。她们二人是闻风离开的称心饭店，没有接受到足够的教训，一心思念着那时的舒服生活，忘不了那一段悠闲光阴。

　　湖东街是一条偏僻的小街，人烟稀少，生意萧条，很少有人光顾。该街的二十八号户主是一个四口人的小家庭。户主叫韩波，在防疫站工作。他有一个母亲，一个妻子，一个儿子。他有一套三间的门面房正在招租。常姮和常娥把它租下来以后，做了简单的装饰，在门口挂上了营业招牌"郁闷疏导中心"。房屋的中间有一个外开门，这一间是办公室，也是客厅，里面有办公桌、沙发、电话、电视和饮水机。房屋的两头是两个单间，对外没门，有一个通往中间的门，上面挂着浅绿色带红牡丹的门帘。房间里正中间放着一张双人床，铺盖全是崭新的，沙发、椅子、办公桌、电视机等等应有尽有。这是她们的私人卧室，也是接待客人的房间，左边是常姮的右边是常娥的。

她们经常开着门，从早晨到晚上，一直到深夜，连房东也不知道她们是干什么的。她们租房时，房东有言在先，只要不是开饭店，其他都可以。她们对房东说是做心理疏导工作，主要是解决思想问题，针对的是抑郁症患者，采取的方法主要是说服教育，因此必须是一对一，环境必须幽静。她们的顾客都是在称心饭店时的老顾客，她们只是用电话给他们联系一下。各自通知自己的客户，电话接通后说一下我是"××"，我在"××"街"××"号住就行了。凡是去过的客户，如果有人问时，他必须说："最近思想郁闷，想叫她们疏导疏导。"

她们的工作程序是：谁没客人谁在客厅里值班。如果两人都有客人，两人都接客，都在她们的私人卧室的门帘上挂上"勿打扰"的牌子。她们订的规矩就是谁的客人谁接，如果一个人应接不暇而另一个没有客人时，在征得客人同意的情况下也可以接待。她们接待客人不分昼夜，什么时候客人来了就及时提供服务，按时收费，至少是一个小时，上不封顶，也可以过夜。

她们不声不响，没牌子，不张扬，可不断有客人来来往往，这倒引起了房东老太太的兴趣。有一天老太太问来访的客人："请问先生，你是看啥病的啊？"

那男子说："最近思想郁闷，想叫她们疏导疏导。"

老太太问："啥叫郁闷啊？我认识字不多，不懂郁闷的意思。"

那男子说："郁闷就是心里烦躁、闷气、不舒服。"

老太太又问："看得效果如何？"

男子："看得效果很好，一看就好，就是不除根，过几天就犯。"

老太太："那我也有郁闷，我经常胸闷，出不来气。"

男的："你那是肺部有问题，你得去医院看，她们这里看不好。"

老太太不满意地说："咋啦？为什么给你们能看好，就不能给我看好呢？"

男的："我是说这里看得不除根，以后还会犯，犯了还得看。"

老太太："只要能好一段，我就在这里看，我不怕再犯，犯了我再看，反正离我这么近，我又不跑腿，我又没事干，我不怕麻烦。"

一天下午刚吃过午饭，老太太拄着拐杖走进了常姮和常娥的办公室。里面空无一人，静悄悄的，嘀嗒嘀嗒的钟声显得格外明显。老太太自言自语道："俩人干啥去了，不坚守岗位，不务正业，上班时间不在办公室，这能做好生意吗?"她看了看两个里间的门,都紧紧地关闭着,虽然都挂着"请勿打扰"的牌子,但她看不懂,她还以为两人偷懒,还在宿舍里午睡呢。她用拐杖敲敲这个门,再敲敲那个门,嘴里不停地大声说着:"快起来吧,都啥时候了,你们还在午睡!"里边的人听出来她是房东的老太太,以为她反正是没事干,说两句话如果没人理她,就会走的。然而老太太以为她们在里面睡觉,出于好心执意把她们叫醒,一来是自己想看"郁闷",二来万一客人来了,她们好应酬。可是她敲了一遍门后里边没有动静。她以为年轻人瞌睡大,叫三遍两遍还醒不了,于是她继续敲门,继续叫,而且声音越来越大。里边的人可烦死了,女的烦,男的更烦。女的说:"真讨厌!"

男的说:"真扫兴!你们这里这么不安全!"

女的:"今天情况特殊。"

老太太听见里面有说话声,她有些生气了:"我这么敲,这么喊你们怎么就不开门呢?""哐哐哐"的声音更大了:"你们为啥不起来?你们在里面干什么?"

两个女的不约而同地说道:"看来不起来不行了。好吧,咱们今天到此结束,我得起来开门,看老太太想干什么,她是我们房东的母亲,不能得罪她。"

两个男的也不约而同地说:"我还没完呢,我交的是两个钟头的钱,现在一个钟头还不够呢。"

女的:"另找时间补给你,还不行吗?"

男的:"那好。"

两个门都开了,常姮和常娥都出来了,两个男的也走出门外,随后走出了大门。

老太太对男的在房间里并不感到惊奇,因为平时她看见的来往客人都是男的,那个男的告诉她是治疗郁闷症,因此她认为女的在房间里为男的治郁闷病呢,但她有些生气的是为什么她们不开门。老太太看见她们开门出来,很生气地问道:"你们为啥不开门呀?可把我累死了。"

她们两个耐心地说:"大娘,你不知道,治这种病需要安静,不安静是治不好的,因此我们把门关上,不让任何人打扰。今天你敲门,又大声叫我们起来,今天治的无效,客人很不满意,我们还得另找时间给他们补,这样他们才同意走了。你看看,你给我们造成多大损失。"

老太太好像有所醒悟地说："对不起，今天我明白了，今后就不会再这样了。本来我还以为你们在睡懒觉呢。"

她们说："我们哪能睡懒觉呀，晚上我们很晚才睡觉呢。好了，大娘，你叫我们有什么事吗？"

老太太："一个年轻人说你们这里能治郁闷病，我经常心里闷，出气不顺，我想让你们治治。"

常姮和常娥两人互相看了一下，暗地里会意地笑了。她们的笑是那么隐晦，在场的老太太毫无察觉。常姮对常娥说："常娥姐，你给她治吧，你有经验。"

常娥把老太太叫到她的房间里，让她脱下衣服，嘴里讲着理论，两手不停地在她身上乱按乱摸。摸着摸着，老太太睡着了，好长时间以后才醒来，她说轻松多了，夸奖她们的技艺高超，手到病除。

随着改革开放的实施，社会生产力不断发展，群众的物质生活大大改善，社会道德水平有了显著提高，常姮和常娥的生意却每况愈下，日趋萧条。她们刚搬这里时，光顾的客人应接不暇，每人接待自己的客人或对方的客人，谁也不计较。可是现在不行了，她们每人必须按照事先规定，只能接待来找自己的人，不准接待对方的客人。因为她们整天无所事事，闲得无聊。她们日常花费也认真起来了，租房费、电费、水费以及生活费用都严格 AA 分摊。对于客人的减少，她们非常纳闷，不知道是什么原因。一天常娥用电话联系一个客户，她说："我是牡丹，干吗这么长时间都不见你了，你不想妹妹，妹妹还想你呢。"对方在电话中说："实在对不起，我不是不想去，而是形势的发展不允许我去了，有的话在电话里不好与你谈，委屈你了，请原谅，等以后有机会了再去拜访你。再见。"常姮与一客人联系时情况是这样的："你还活着呀？我还以为你早就死了呢，这么长时间不见你。"对方问："你是谁呀？"常姮："你姑奶奶，连你姑奶奶的声音也听不出来了，真是用时有深情，不用一脚蹬。"对方："哪里哪里，你不了解社会上的情况，尽瞎埋怨。"常姮："啥情况也挡不住来看望姑奶奶呀。"对方："你是站着说话不腰疼，没有责任很轻松。我们正开展严打活动，每个人要自我教育，清除淫秽思想，揭发不道德行为。你想想，哪有机会去找你，别说没时间了，即使有时间也不敢去呀！"常姮："胆小鬼，纯叫你姑奶奶干等。"

物以稀为贵，花以艳为美。整天着急等，来客争着陪。常娥和常姐本来是一个村、一个家族的姐妹关系，进城后又干一个行业。平时她俩与社会上其他人好像格格不入，她们二人拥有与其他人完全不同的精神世界，两人谁也缺不了谁，缺少任何一个就失去了组成这个世界的支柱，就变得暗无天日，没有生活的出路。在称心饭店期间以及来到她们租赁的三间房子之后，她们都是在两个人的世界里，过得舒服，玩得顺心，走了一段神光异彩的迷幻路，享受了一段她们自认为闲逸似仙的生活。可现在她们却一反常态，在陪客问题上斤斤计较，争风吃醋。对方多陪了自己就忌妒，就发牢骚，一旦对方稍微损害了自己的一点利益，就会把多年的友谊抛弃，彻底撕破脸皮，与对方大干一场，争个我高你低。

有一次一个英俊小伙来找常姐，可恰逢她不在家，常娥在家值班。客人进屋就指着常姐的房间问："这位小姐呢？"

常娥答道："她去街上买化妆品了。"

来客："什么时间回来呀？"

常姐："因近来客人不多，所以回来的时间没准儿，你改日再来吧。"

来客："我就今天有时间，这与吃饭一样，啥时候饿了啥时候就想吃。"

常娥："别人行吗？"

来客："谁呀？"

常娥："远在天边，近在眼前。"

客人仔细盯了一下常娥，说道："价钱咋说？"

常娥："与那位小姐一样。"

客人说了声"可以"后，常娥就把他领到了自己的房间。

还有一次，也是这种情况，常娥代替常姐接待了客人。常娥替常姐接客，但她可不是替常姐收钱，收的钱都是她自己的。常姐知道后大发雷霆。她骂常娥"不要脸"，骂她"老狐狸精光想抢风头"。常娥也不示弱，两人对着骂，骂得一个比一个稀奇，一个比一个难听，一个比一个声大，一个比一个怒气汹汹。常姐口口声声说："我的客人她接待，她不要脸，接待我的客人，她老婆娘了，客人不找她，她反而把我的霸占过去。"

从她们的吵骂声中，房东韩波及周围群众得知了她们做的是什么生意。房东非常气愤，立即把她们赶了出来。最后韩波送她们一句话："这个不要脸，那个不要脸，你们两个最不要脸！"

她们两个被房东赶出来以后，常娥回到了农村老家，决定要在农村干一辈子，永远不再出来找工作。常姮决定继续留在城里，留在城里干什么呢？这时她动起脑子来了。她回忆她的工作经历：在称心饭店那一段是称心如意，顺顺利利，最主要的收获是交了些朋友，挣了些钱。她认为表姐很了不起，是一个伟大的女性，她的伟大表现在两个方面，首先是她一得到公安局要去调查饭店的消息后，感到不可挽回，就果断决定立即停止营业，解散服务员，让每个小姐各奔前程，这样就免于受公安局的拘捕。伟大与渺小之间并不是有一个巨大的鸿沟，而是毫厘之别，一线之差。像这件事，如果被公安局抓住，就丢大人了，就那一天的时间差，她们一跑，就不丢人了，仍然堂堂正正站在人前了。其次，表姐一人承担了所有色情服务的责任，她只提供了几个主要责任人的名字，与三陪小姐来往的绝大多数客户，她都没有交代。她很佩服程芳表姐，她是个了不起的女性。关于自己与常娥合伙开店的事，常姮是这样认为的：那样的结局是形势所逼，虽然被房东赶出来好像是很丢人，但一离开那个地方也就无所谓了。她认为，丢人也好，光彩也好，都是在熟人之间起的作用，都是在朋友圈内显的能量，对于陌生人毫无作用，因此，不管做什么事，只要熟人不知道就不丢人。

常姮下决心干光明正大的活，干什么呢？哪一种光明正大的活都需要技术或力气，都得吃苦。她也让步了，既然没有不吃苦的活，那就干吃苦的活吧。她苦思冥想，想找一个适合自己的活。她每天早晨出来买早餐，发现卖饭的地方总排着长队，她认为这是个商机，卖早餐是一个好生意。卖什么呢？油条，不会做；饺子，没技术；油饼，做不来；豆腐脑，更不会做；胡辣汤，也不会。她会熬稀饭，可老卖稀饭也不行，必须与干面食掺配着卖。她忽然想起来卖馒头省劲，从馒头店买来就可以卖，她高兴起来，决定卖馒头。有个朋友对她说卖馒头得早起去进货，每天都得早点儿起床去进馒头，这是很烦人的，起床晚了就进不到了。常姮把好几种活做了对比，就卖馒头比较适合她，她决定卖馒头。她租了一间房子，购买了一辆三轮车和盛馍的篓子，开始了她的卖馒头生意。

人得有毅力，不管干什么，只要有毅力，一般都可以干好。像卖馒头这活，常姮刚从农村出来时就不会干，她怕起床早，怕去进馒头麻烦。可是她现在干，因为她没有别的营生可干。

凌晨四点钟常姐就了起床。她把起回来的馒头一个一个数了一下，一个挨一个摆到草篓里。热腾腾的馒头哈气徐徐升出篓外，又缓慢地散入空中。她看着这一篓白花花的馒头，不由自主地感慨万分：白面馍，她小时候一看见就流口水，晚上做梦都想吃的稀世珍品，她现在竟把一篓子都搬到了家。她对自己说："吃吧，解解馋，小时候没吃够过，现在补补屈。"

她把馍篓拉到一个行人多的十字路口，看见一个老太太也在卖馍，她把馍篓放在老太太馍篓的旁边，然后很热情地向老太太打招呼："你早来了，大娘？"老太太抬头一看，她也把一个篓子放在这里。老太太问她："你是卖啥的呀？"

常姐："我也是卖馍的，咱两个放在一块儿，这样买的人多。"

老太太："我在这里卖馍几年了，你就不要放在这里啦。"

常姐："我不会影响你的。买馍的想买谁的买谁的。"

老太太瞪了她一眼，看着她那打扮，心想："准不是个省油灯。"她看常姐执意不走，也没有气力与她争辩，就忍着气坐了下来。

常姐的嘴像机关枪一样一直不停地吆喝："来吧，来吧，卖白馍啦！进口的麦子，新型的磨，超强的筋粉，老酵蒸的馍。咬着是脆的，嚼着是甜的，咽着是滑的，口味是香的。来吧！来吧！刚出锅的热馒头，又大又白……"有一位老大爷向着她走去，她马上问他："买馍的吗，大爷？来吧，要几个？"她说着就掀开篓盖把馍拿了出来，老大爷先拿住馍，然后才把钱从口袋里掏出来给她。一会儿又过来一个年轻人，常姐急忙打招呼："买馍的吗，老弟？要几个？"说着就把馍拿了出来。她接住钱以后又说："看着白生生，吃着脆盈盈，咽到肚里，回味无穷。"

常姐的馍第一天卖得很顺利，不到半晌就把一篓卖光了。可是第二天就没那么顺利了。第二天早晨，她照例把馍篓放在老太太的旁边。正当她得意洋洋地喊叫的时候，来了两个身强力壮的男子，噘着嘴、瞪着眼，怒气冲冲，直冲向常姐。常姐一点也不害怕，心想："别看怪凶，总不能把谁吃了。"

"你是哪里的呀？卖馒头哪里放不下，偏放在这里？这里是我妈的老地方，请你走开。"一个男的理直气壮地说。

常姐："我不影响你妈卖馍呀。"

男的："你还犟嘴！"

常姮："我说的是真话，再者，这里是大街，是公共场所，你妈可以放在这里，难道我就不能放在这儿吗？"

男的："不能！我妈可以放在这儿，但你不能。因为我妈在先。"

常姮："卖馍还分先后吗？"

男的："当然分啰。你怎么这么啰嗦！你走不走？说个干脆话。"

常姮："我明天不来不行吗？"

男的："不行！你今天就得走，而且马上走！"

常姮："我要是不走呢？"

男的："你若不走，我们就把你的馍篓挪挪位置，你信不信？"

常姮："你们不讲理了，是不？"

男的："我们不讲理？你才是不讲理呢！"

他们高一声低一声地吵，很多人围上来看热闹。两个男的动手推她的三轮车，常姮拼命拉住三轮车不让动。人群中不知哪个年轻人说了一句："这女人的打扮像个三陪小姐。"常姮没怎么听清楚，她只听见"三陪小姐"。她的态度立即有个一百八十度的大转弯，她的面色正常了，说话和气了，态度温顺了。这真是：

> 老鼠生来害怕猫，
>
> 兔子祖辈怕老雕。
>
> 三陪小姐怕什么？
>
> 担心害怕被知道。

她不争了，也不吵了，心平气和地说："我走，我走，马上就走。"

是什么原因使她的态度有如此巨大的变化？只有她自己知道。

常姮回到自己的小屋，撕心裂肺地痛哭了一场。自从她有记忆起，她从来没有受过像今天这样的窝囊气，她真丢人了，丢人丢大了！小时候，家里总是依着她，好吃的紧着她吃，好衣服紧着她穿，她在家里最大，上学时，学好学坏，家里人都不敢说她。说得轻了，她不当回事；说得重了，她寻死觅活的把大伙吓得要死。高中毕业后她不想在家劳动，怕苦怕累，一心想进城找工作，找了个既轻松又赚钱的"三陪"工作，她非常满意，生活得很快乐。凭她的年轻貌美，不断地对她的客人使使性子。不少当权派在自己单位成百上千的职工面前盛气凌人，却拜倒在她的罗裙下，在她的面前唯唯诺诺。有的男人在他们妻子面前不可一世，而在她面前却恭维奉承，低三下四。常姮对待嫖客如同对待丫鬟仆女，动辄就发脾气。称心饭店散伙后，她与常娥共同经营一个黑店，虽然被房东发现后赶了出来，但自己也没受多大委屈。这次卖馍的风波是史无前例的。她昼夜最担心、最害怕的事情终于发生了：她最怕外人知道的三陪之事，竟暴露在那么多人的面前！丢人啊，太丢人啦！她一向认为，再丑的事，只要没人知道，就不丑，再丢人的事，只要没人知道，就不丢人。这次虽然知道她是三陪小姐的不是熟人，但那么多人却看清了她的面孔，以后他们再看见这个面孔，就知道她是个三陪小姐。这么多人知道要比一两个熟人知道影响面大得多了……再者，有生以来，她从来没向任何人低过头，从来没向任何人说过软话，也从来没向任何人示过弱。她从来没有被动过，从来没有失败过。可是今天，她何止失败，而是失败得一塌糊涂，一败涂地。她越想越痛苦，越想越生气，她后悔去卖馍了。她的这个委屈，虽然哭了一场，但是没有全倒出来。她不是一个安于现状的人，也不是一个委曲求全的人，哪怕是一点点的事，只要不符合她的利益，只要不适合她的心意，即使是熟人之间，她也会撕破脸皮，不顾一切地大闹一场，直到达到她的要求为止，不达目的誓不罢休。她也不是个安分守己的人，她想干啥就干啥，为所欲为，她只求满足自己的欲望，不顾周围人有什么反应，在与人打交道中，她宁愿让每个人都负于她，而她绝不负于任何人。她的这个气绝不会憋在肚子里，她一定物色对象，倾诉她的委屈。

一天下午的四点多钟，教育局的办公楼里很安静。

朱领生副局长在办公室的椅子上刚拿起当天的报纸，就听见当当当的敲门声。"请进！"他说了一声。门慢慢地开了，进来一个人，朱副局长一看，几乎惊呆了，怎么是她！他脱口说了一句："怎么会是你？"

常姮答道："怎么不会是我？"

通讯员送来一杯热茶放在桌子上。朱副局长说："稀客，稀客！快坐，快坐！"

常姮坐在沙发上，朱副局长把茶端到她面前的茶几上，他先把门打开，走到门外向两边观望是不是有人，然后回到屋里，把门关上后，再抓住门把活动活动，看门是否关死。他走进来坐在常姮的身旁，用右胳膊揽住常姮的脖子，左手抓住她的手，常姮很自然地依偎在他的怀里，眼泪刷刷地落到他的腿上。

她心里委屈，但又不敢哭出声来，只能抽泣，她哭了一阵子后说话了："我真想咬你两口，你死哪儿了？这么长时间没你的信儿，连电话也不接。"

朱副局长："自从称心饭店垮台、程芳去公安局自首以后，我一直捏着一把汗，时刻准备着公安局传讯我。现在心里稍微松懈了，多亏你表姐讲义气，没有把我们这些人揭发出来。我哪里还敢去你那儿？电话也是既不敢打，也不敢接。"

常姮："打电话怕什么？"

朱副局长："你不懂，如果调查你的电话记录，啥事都抖搂出来了。"

常姮："哪里有电话记录，谁有电话记录哇？"

朱副局长："咱们个人没有，通讯公司有，谁的记录都有，你打给别人的、别人打给你的全有，还有地点和时间。"

常姮："你们全是胆小鬼，敢做不敢当，到关键时候，谁也不敢站出来，真没用。"

朱副局长："你说得怪轻巧，这是啥事儿呀！比不了抗洪救灾，关键时刻挺身而出。而这种事，越是关键时刻越得往回缩。干这种事的人，谁也不愿意让别人知道。如果没人知道，他就人五人六，堂堂正正，满身光环，光彩四射。万一让人知道了，尤其是让组织部门知道了，就马上一败涂地，身败名裂，眼下一切殆尽，今后前途毁灭。"

常姮不哭了，好像也理解了朱副局长为什么不与她联系的理由。接着她把这一段的情况，尤其是在街上卖馒头的事件比较详细地诉说了一遍，朱副局长不时地安慰她，要她忘记过去，振作起来，一切都会好的。常姮要求朱副局长为她找个合适的工作。

朱副局长说："稍微像样的工作不是要求技术就是需要力气，要么就是吃苦，而这些你哪一样都不行。"

常姮："反正你得给我找个工作，你找不着，我就在这里不走了，给你扫地、打水、跑个腿、打个杂都行，我很愿意跟着你干。"

她的话让朱副局长的情绪低落了好多，别看他与常姮表现得很亲热，但他却不愿意让常姮经常在自己身边转悠。过去他们确实也说过山盟海誓的话，那只是一时的取乐，只是玩玩而已，她要真的来到他的办公室，他却不愿意。这真是：

> 甜言蜜语是献媚，
>
> 海誓山盟是烛泪。
>
> 双方如似同林鸟，
>
> 危难关头各自飞。

朱副局长："这怎么行呢？我们是行政机关，又不是企业单位，没人发给你工资。"

常姮："国家不发，你发。把你的工资给我三分之一就行了，我要求又不高。要不然，只要让我整天不离开你，不给我工资也行，但得管我吃饭，这总可以了吧？"

朱副局长连忙说："不行，不行，我们这里不缺人，编制问题解决不了。"

常姮："那你就赶快想个办法，给我找个活干干。"

朱副局长："你去大杂院吧。"

常姮："去那里干什么？"

朱副局长："在那里办培训班。据我所知，在那里有几家办培训班的，效果都不错。"

常姮："我学问不高，不会教课，怎么能办培训班呢？"

朱副局长："你学问不高不要紧，教课用你聘请的老师，你光当校长不就行了？"

常姮："是吗？我也可以办班吗？还可以当校长？"

朱副局长："当然可以。"

常姮："那可以，我去。都需要什么吧？"

朱副局长："房子，桌凳，教师，就这三大件。房子我给你联系，我与大杂院的老板比较熟悉，这你放心。我听说里面还有空房子，只要有空房子，就基本可以定下来，你负责买桌凳，聘请教师。那里的老板叫秦三川，你去了后可以见他一下，让他帮帮忙。我们是哥们，都不外气，我给他打个招呼，保证你办事很方便。"

常姮很高兴，信心十足地来到了大杂院。

第五章　招生风波

人生如过独木桥，互敬互爱很重要。

待人做事仁为本，千万不要耍霸道。

　　暑假很快就要到了，大杂院里的各个培训班都在积极进行招生报名。每个培训班都在自己办公室门旁的墙上挂了一个牌子，门前面放了一张桌子，桌子后面放两把椅子，桌子前面放几把凳子。桌子上放着报名登记册和该培训班的教学科目以及教学特点等介绍材料。把牌子挂在自己的门上，把招生广告放在自己门前的桌子上，这是多年来的规矩，大家都按照规矩办事，平平安安，和和气气，不说别人的坏话，不贬低别人，不抬高自己，大家还互相帮助，向别人推荐生源，都没有"同行是冤家"的感觉。不仅仅是几个培训班之间，就是与其他房客的关系，甚至与总管家马老总的关系都很融洽，你借我的米，我借他的面，若有人办事想用钱，很多人就会伸出援助之手，让他不作一点儿难。甚至连天气变化也要互相通知一下，比如冬天偶遇寒潮，夏天偶遇狂风暴雨，只要有一家预先知道了，很快大杂院的其他人就全知道了。马老总是个倔强人，但他在日常生活上却是大大咧咧、谈笑风生的开朗老头儿。他经常与大杂院里的人开玩笑，找一个很不起眼的由头取笑别人，院里的人也经常以他取乐。

住在大杂院，

每日很开心。

四面八方客，

如同一家人。

　　常姮的到来，搅乱了这种和平气氛，打破了安然局面，像掉在平静湖面的大石头，激起泱泱波浪，殃及整个大院，对于原本融洽的人际关系是个很大的冲击。她的第一场博弈是关于在大门口挂牌子问题，不仅与马老总发生了口角，她还找了大院老板。由于马老总的倔强，她没有得逞。马上到来的暑假招生，在挂牌子问题上，她没有多纠缠，与其他培训班一样，把牌子挂到了自己办公室的门口。在招生问题上，她是不是又要出新花样，不遵守大家的既定政策，自己另搞一套呢？

不出所料，她不是把报名桌子放在自己的门口，而是放在大门口，把"宇宙各科培训学校"的大牌子竖靠在桌子上，把一大沓招生广告放在桌子上。招生广告是八开新闻纸彩色印制，上面大致有这些内容：

1. 该学校应本地广大人民的强烈要求，从大城市搬迁到此，拟改变本地教育质量不高的现状；

2. 该校教师全是有教学经验的大学本科毕业生以及有教学资格证的退休专业教师；

3. 该校校长是正规高中的退休校长，有丰富的教学、管理经验和杰出的教学管理水平；

4. 讲授课程：小学、初中和高中的所有课程，具体包括语文、数学、英语、物理、化学、音乐、美术、书法；

5. 近三年来，在本校学习后考入全国名牌大学的学生彩色照片，这些名牌大学有北京大学、清华大学、复旦大学、中国人民大学等等。

在学生照片的旁边，用红色字体一号字印有学校的承诺：学校郑重向家长承诺：第一，一个月后，每个学生的学习成绩保证有较大幅度的提高，否则，全额退费；第二，初中学生保证升入高中，高中学生保证升入本科以上的大学，否则全额退费。此外，上面还印有教师讲课、教师辅导学生、学生娱乐活动等彩色照片。广告拿出以后，过路行人纷纷索取，有的一拿就是好几张，说是准备送给他的亲戚和朋友的。

人们看了广告以后，有三种不同的反应：第一种反应，这个学校不错，要上学还是来这里上，孩子能学到知识，能走出去，家长放心。你看广告上写的多么具体呀，连一个含糊其辞、模棱两可的话也没有，说得多么坚决、多么肯定呀，咱们不能有任何怀疑。再者，人家是长期办学的，不会不负责任地乱说，人家说话是算数的，你看人家敢承诺，其他很多学校都不敢承诺，你问他们，他们净说些模棱两可的话，不敢负责，而这个学校敢负责，敢担当，并公开承诺：达不到目的全额退费。这个学校是好样儿的。第二种反应，这种反应与第一种反应恰恰相反。他们说这个学校是大骗局，校长是大骗子，招生广告是大骗术，为什么？稍微知道些教与学的关系的人一看就知道，广告是瞎吹，而且吹得很没水平，吹得赤裸裸，连一丝遮羞布都不留。教学成绩并不是教师单方面教好就行的，它是教好与学好的合力，学好是主要方面，有的人可以自学成才。老师教好也包括两个方面，一个是老师有水平，有知识，有驾驭所教知识的能力；一个是老师敬业精神强，甘愿奉献自己的知识，付出自己的精力把学生教好。但老师教得再好，遇到这三种学生也会无能为力。第一种是脑子很好用，很聪明，但就是不想学习，说话时头头是道，办别的事又快又利索，就是不想学习；第二种是学习很努力，不怕吃苦，很少休息，不是做作业，就是读书，但脑子有些死，没有学习的好方法，花的精力很多，费的时间也不少，就是记不住，学习效果不明显；第三种是天资不聪慧，学习什么都很困难，连简单的十个数字也说不来。由于这个道理，再好的高中也不会保证每个学生都能考上大学，正如哪个医生也不会承诺一定把你的病治好一样。这个培训学校竟敢做这保证，做那承诺，这不是纯瞎说、纯骗人吗！另有人问：他们保证退费是怎么回事呀？这很好解释，你交了钱以后，要求他们退费时，你找人没影儿，打电话不接。还有人说，他们如果骗人，他们就不怕下一次招不来学生吗？他们不怕，他们从不打算招收回头生，他们光招那些从农村来的或者城里没在这儿学习过的学生，因此他们每次都可以招来学生。因为对有些家长来说，他们的广告还是很有诱惑力的。也有很多人反映，不知道广告上说的是真是假，不予评论，等等再说。

其他培训班的负责人对常姮的做法很有意见。首先，她办的培训班不是某一科的，而是各科的，她一个班的科目囊括了其他各个班的内容。其次，别人都把报名桌子放在自己的办公室门口，而她却放在大门口，来报名的人第一个接触的就是她的报名处，况且她的班又是各科都有，她是企图把所有来报名的人，不管报哪一科的都先迎面截住，企图把所有来报名的人全部包揽，一个学生也不给别人留。办语文班的张金全老师特意观察了她的做法。有人向大杂院内走时，常姮立即站在他的前面，挡住他的去路，再随手给他一张招生广告，满面笑容地问："你报哪一科呀？"对方不管说哪一科，常姮都随口回答："有。"如果对方再说另一科，她也立即答道："有。"对方若问："教课老师是谁呀？"她不说具体名字，只说："我们高价特聘的名牌大学毕业的在职教师。"
对方若问："他叫什么名字呀？"她说："他是在职教师，不想暴露自己的名字，
怕影响不好。再者，对你说了你也不认识。"对方如果犹豫，她就说："你不是
想叫你的学生提高学习成绩吗？你还犹豫什么？只有参加我们的班，参加任何
其他班都不行。你如果参加别的班，花钱是小事，因为钱是可以挣回来的，可
是孩子耽误的时间你一辈子也找不回来。不仅如此，还可能误了他的前途，误
了他一生，本来是北大的学生，由于没参加我们的培训班，却去不了北大，多
可惜呀！"对方说："俺的学生这门功课一直不好，过去也给他找补习班了，但
仍然不好。"常妲："你让他参加的是什么培训班呀？肯定是不会教课的培训班。
如果参加我们的培训班，参加一次就行，成绩马上上一个台阶。但提高太多也
不现实，至少提高到与其他功课赶齐，考学时这一门功课不会拉他的后腿。"如
果那人还没有掏钱报名，还在思考什么，常妲就会紧追不放："你的孩子如果成
绩没提高，你来找我，我马上把钱退给你，全部退给你，我们分文不收你的。
这你还怕什么呀？你花钱买成绩了，若买不来成绩又把钱还给你了。你在别的
任何地方报名，他们绝不会给你这种承诺。"她把声音放得很低，低得只有对方
一个人能勉强听见，她说："你不信到里边问问，看哪个班会承诺你退费？他们
谁也不敢说这个话，只有我们敢。说明他们的教学质量没有保证，只有我们的
有保证。常言说，不怕不识货，就怕货比货，这一对比不就出来了吗？"

> 办班招生如卖瓜，
>
> 黑籽红瓤先许下。
>
> 货真价实无须叫，
>
> 叫得越响货越差。

　　这位先生被常妲斩钉截铁、不容置疑的说法征服了，他乖乖地把钱掏出来
递给了常妲。他接过常妲给他开的报名收据，看了一下开学时间便离开了。

　　那位先生离开不久，一个四十多岁的女人和一个男孩走了过来。常妲又是
迎面截住问道："想给孩子报补习班吗？"那女人："是的。"常妲："报什么班
呀？他是几年级的学生呀？"那女人："报英语班，他是八年级的。"常妲："可
对茬了，我们就有一个教八年级的英语老师，可该你孩子的英语翻身了。"

　　那女人："啊！你们的英语老师叫什么名字呀？哪个学校毕业的呀？现在在
哪个学校任职呀？"常妲："对不起，我们的这位老师是在职教师，他不让透露

他的姓名和任职学校，我得尊重他的意见，因此不能告诉你，对不起，请原谅。"

母子俩都看招生广告，突然儿子说："他们这里的学费比别的地方高。"

常姮："学费贵说明我们的质量高，学费贵说明我们教的知识深，教的内容多。去街上学扫大街不要钱，学拉煤球也不要钱，你去吗？倒找你钱你也不去哇。"

那女人："据我所知，李四周的英语教得不错，自己有真才实学，也有教学经验。"

常姮："他的英语是不错，这大家都承认，但他毕竟是年纪大了，体力跟不上了。再者，他的英语老了，赶不上形势了。"

那女人："好吧，谢谢，我们到里边看看，考虑一下再说。"

那女人领着儿子直接来到李四周老师英语培训班的报名处报了名。李四周老师问那女人："你为什么不在她那里报名呀？"

那女人："净骗人，吹得越大质量越差，这是普遍的规律，这些人就是靠吹牛、靠骗人过日子的。你看她那个广告上的那些骗人话，骗的全是那些既没有知识又不动脑子的人，稍微有些脑子的人就不会上当。"

常姮把招生报名处的桌子放在大门口，半路拦截报名的行为，遭到其他办班人的一致反对。语文班的张金全老师把数学班的王礼让老师、英语班的李四周老师、电脑班的刘青老师、绘画班的靳朝老师等叫到一起，说："咱们如果允许她这么为所欲为地胡扯，随心所欲地吹牛，肆无忌惮地欺骗，我们就太无能了！"

数学班的王礼让说："从哪里来了这么个泼妇？太猖狂了！"

英语班的李四周说："从她的招生广告和她的言谈话语看，这个女人很浅薄，很无知，单从这一点说，她绝不会教好学生，咱们不能坐视不管，不能让她坑害学生。"

电脑班的刘青和绘画班的靳朝说："我们同意以上同志们的意见，问题是怎么办呢？"

是呀，怎么办呢？他们一致认为，她的虚的东西无法管，例如：她吹牛、她欺骗、她无知、她教不好学生等等，都没法管。可以管的是实实在在的硬件，例如：她把报名桌子放在大门口、半路拦截来报名的人等。他们把马老总叫来，对他说："马老总，常姮的桌子放在大门口合适吗？"

马老总："当然不合适。不过我没法管，这不是我管的范围。"

张金全："怎么不是你管的范围？我们几家都把桌子放在自己的门口，这不是我们几个同着你一起商量下来的吗？"

李四周："她这么做，我们谁出面都不合适，因为我们都是办班的，与她是同行，说她什么，她都不会服气，同行是冤家嘛。这是其一。其二，正如张金全老师说的。其三，你是大杂院的老总，大院里什么事都归你管。因此这回劝说她把桌子放在她的门口，你是最合适的人选。"

马老总："这活儿我不是不想干。我不让她在门口挂牌子那件事，可把她得罪苦了。自那以后，她始终对我耿耿于怀，每次看见我，不是瞪眼睛，就是噘着嘴，要么吐唾沫，要么跺跺脚，有时候哼一声，有时候嘴撇着，我寻着给她说话，她都不理我。这种人可不能得罪，得罪了就了不得。既然大家相信我，我不辜负大家的委托，我就厚着脸皮去找找她，看她怎么说。"

常姮看见马老总朝她走过来，用蔑视的眼光瞧着他，她先看他的全身，又看他的脸，待他走近时看他的眼，怒气十足地等待着他说什么。

马老总装着没看见，像没事一样走到她跟前，心平气和地说："常小姐，你的报名桌子放在这里不合适吧？"

常姮气呼呼地说："怎么不合适？非常合适。"还没等马老总回话，常姮就反问他："我们招生的事与你有什么关系？与你本人没关系，与你的工作也没关系，你这不是狗咬耗子多管闲事吗？"

马老总有些生气，说道："你怎么骂起人来了？想说啥就说，不能骂人，你看我说话再生气也不骂人，骂人是不道德的。"

常姮意识到自己失了口，怕他抓住不放，把事情闹大，如果大杂院的人知道她骂一个老同志，大家就会不约而同地起来责备她，让她非常难堪。她脑子很快，脸上由疾风骤雨立即转为春暖花开。她也像正常人一样说出了道歉话："对不起，请原谅，马老总，我不是骂你的，我也根本不应该骂你，我是打个比方，请你不要介意。"

马老总心想："常姮的这几句也是人话，不过自从她来到这个院以后，我从来没听见过她说这样的话，不知道她对别人说过没有，至少她没有对我说过。马老总不计较她的话，但他始终惦记着他来找她的任务，始终没有忘记大家对他的委托。他说："每人把桌子放在自己房门口，这是大家定的规矩，请你遵守。我来找你，不是我个人的意见，是受大家的委托来的，请你考虑。"

常姮："我不用考虑，我早就考虑过了。这不是你的事，你来不行，谁委托你叫谁来。"

马老总回去后对他们几个人说："看看，我说我不行吧，果然如此。我碰了一鼻子灰，她不让我管，她说谁委托的就叫谁去。"

他们几个人一听就上火了。张金全很生气地说："这个女人真有些狗不识人敬，敬酒不吃吃罚酒。"

王礼让说："她以为我们都怕她，她可以为所欲为，没人敢惹。"

靳朝说："别看她像油炸螃蟹——乱挠挣，这是心虚的表现。"

李四周说："这种人不可理喻，咱要以人之道还治其人之身。我们用理根本说服不了她，因为她不讲理。以理服人，只适用于讲理的人；对于不讲理的人，就不起作用了。"

他们七八个人齐刷刷地来到常姮跟前，常姮腿不打战，心不跳，脸色不变，嘴不软，声色俱厉地问道："你们想干什么？"

他们齐声回答："我们想挪挪你的桌子。"

常姮："挪到哪儿？"

大家："挪到你的房门口，像我们的桌子放在我们的房门口一样。"

常姮："我不挪。"

她的"我不挪"声音刚一落，几个人一起动手，有的搬桌子，有的拿牌子，有的拿广告，有的搬椅子，刹那间，常姮的报名桌子、椅子等等，整整齐齐地挪到了她的房间门口。常姮气得说不出话来，脸上紫一块青一块的肌肉乱蹦乱跳，她打了110电话，请求帮助。

派出所的110车来了，常姮、张金全等有关人员全上了汽车，马老总主动要求去，也挤到了汽车上。

在派出所，每个人都说了事情的经过和自己的看法，最后派出所认定，常姮的做法确实不妥。

第六章　大杂院里闹嚷嚷

团结起来力量大，什么困难都不怕。

遵纪守法是根本，干了坏事受惩罚。

　　常姮是初中毕业，各门功课学得都不好，学校没有开英语课，她对英语是一窍不通。她有了办培训班的想法以后，就对办什么班的问题动了不少脑筋。她在大杂院里看到有办这班的，有办那班的，她想：这班也好，那班也行，只是一个科目招收的学生毕竟是有限的，如果各科都办，学啥科目的学生都可以招收过来，这样招收的学生数能成倍地增加。她也考虑过，为什么那些办班的人只办一个科目的班呢？为什么不多开几个科目呢？她曾经问过办语文班的张金全老师："张老师，你为啥只办语文班，而不办其他班呀？"

　　张金全老师回答："我只会教语文，不会别的。我也想办别的班，但没人会教，所以没有开办别的班。不会的不能办，教不会学生不是误人子弟吗？这种事是坏良心的，不能干！"

　　常姮："你的语文班生源怎么样呀？"

　　张老师："生源不怎么样，不如英语班，也不如数学班。现在学英语的学生特别多，改革开放了，与外国打交道多了，需要外语人才多了，学生家长都很敏锐，很快洞察到英语的重要性，所以报英语班的人特别多。语文、数学、英语三门主课中，学英语的最多，因为懂英语的家长很少，绝大多数家长辅导不了孩子。我明知道学英语的学生多，但我开不了这个班，因为我不会英语。我没有钩嘴，吃不了瓶食，还是老老实实开我的语文班，不去干那不会干的活，不然就会自己活受罪，还坑害学生，自己受些苦倒没什么，学生学不到知识是大事，我不能干那些没良心的事。任凭不挣钱，不该干的事也不能干，钱算什么，不能为了挣钱而不要道德。"

她问办数学班的王礼让老师："王老师，你为啥只办数学班而不去办别的班呀？"

王老师回答说："我只会教数学，别的课目我不会，所以不办别的班。"

常姮："你的数学班生源怎么样？"

王老师："生源比语文好些，但不如英语，学英语的人特别多。"

常姮："那你为什么不办英语班呢？"

王老师："我不会教英语，若知道现在英语重要，当初学英语专业多好呀。你看人家李四周老师，他是大学英语系毕业的，现在特别吃香，这是命运。我就这个命，听之任之吧，能干啥就干啥，不去苛求，也不去想入非非。"

常姮以同样的方式询问了其他老师，他们的回答大致与张老师和王老师相同。从与他们的谈话中，常姮吃惊地发现，他们都有专业知识，都有一技之长。办语文班的张老师是大学中文系毕业的；教数学的王老师是大学数学系毕业的；教英语的李老师是大学英语系毕业的，他们都有硬邦邦的大学文凭、扎扎实实的专业知识和长期积累的教学经验，他们有本钱，有实力，他们的水平办这样的培训班绰绰有余。不怕不识货，就怕货比货。自己与他们一比就感觉到相形见绌了，而且绌得还很多，简直是天壤之别。她瘫软在沙发上，第一次产生不如人的感觉，也第一次有了服气人的想法。

> 昔日园中花，
>
> 鲜艳人人夸。
>
> 如今算什么，
>
> 悲泣双泪下。

她心乱如麻，把头抵在沙发上，悲切切地回忆着她每况愈下的历程：

"我在称心饭店，非常神气，非常蛮横，我为所欲为，谁都不放在眼里，我想干啥就干啥，没人敢阻拦。有些名人有权有势，也听我的召唤，叫他为我服务，他甘心情愿。很多人都怕我，包括饭店老板，她办重要的事情都叫我到场，没我她办不圆满，三陪小姐那么多，谁都对我高眼看。她们牡丹很多，我是顶枝牡丹，顶枝牡丹压群艳。我的客人就是多，我就是能挣钱，谁也学不来，姿色是关键，他们都羡慕，干急没法攀，只有干叹息，昼夜心不甘。

"然后办了'抑郁馆'，与常娥两人平起坐、肩并肩，谁也不比谁落后，谁也不比谁领先。高低都一样，先后全一般，各接各的客，两人互不相干，显不出我比她强，也显不出她比我憨。我们两个人彼此彼此，谁也不比谁在前。

"卖馍时今非昔比，形势全变，我第一次受人欺负，敢怒不敢言。只有忍气吞声，泪往肚里咽。我的头不扬了，腰弯下了，愤怒的心情往上翻，我第一次有不如人的感觉，初次有了'怕'的羞惭。从为所欲为，到平起平坐，再到不如人，真是一落千丈，好不悲惨！

"辗转来到大杂院，本想办班也能发展，谁知办班要学问，没有知识是枉然，又逢对手比我强，强行把我桌子搬。到派出所去评理，挨了批评还不算，还得写保证：今后不再犯。

"我是一步一步往下跌，一年不如一年，一天不如一天。难道我只能干三陪，别的什么都不会干？我真不服气，我要振作起来，鼓起勇气，刻苦学习，不怕困难，让我这个顶枝牡丹重新灿烂！"

要让败谢的花重新灿烂，谈何容易！办班没教课老师，就等于想买东西没有钱，她又陷入苦闷中，她忽然想起朱副局长的话——没有教师可以聘请。她倏然醒悟了，不由自主地叫起来："对呀，我可以聘请嘛！"一夜之间她把聘请教师的广告贴满了大街小巷。两天内，很多人来这里应聘，教任何课的都有。她不发愁了，她喜笑颜开了，来了这么多人让她挑选，她又能享受一次想要谁就要谁的权利了。但她高兴得太早了，她想要谁就要谁只是一种一厢情愿的想法，她却没有选择合适人员的本事。她选择的人会教课吗？她根本不知道谁会谁不会，她选也是瞎选。她挑选时也询问一下应聘者对该门课懂不懂，会不会教。应聘者如果说懂、会教，她就会放心地聘用他。常姮根本不理解这个"懂"的含义。会教某一门课的"懂"绝对不是一般意义上的"懂"，正如认识一个人一样，要想写他的自传，一般的认识绝对不行，绝对写不出他的自传，还必须对他的各个方面，对他的过去有个深层次的调查、研究、分析、理解，然后再归纳总结，最后才可以动笔写。从下面她聘请英语老师的过程就知道她对"懂"的理解：

常姮问："你叫什么名字呀？"

应聘者："我叫范仙。"

常姮："多大了？"

范仙："十九岁了。"

常妲："你懂英语吗?"

范仙："懂。"

常妲："在哪里学的英语?"

范仙："在初中,我们初中三个年级都有英语课。"

常妲："你的英语好吗?"

范仙："好,很好,考试时每次都考 95 分以上。"

常妲："好吧,今天到此,我们是否应聘你,请等通知。"

她聘用各科老师都是这个模式,她询问的内容:姓名,年龄,懂不懂该科知识,在哪里学的,在学校考试成绩,什么学校毕业。此外,她还细心观察一下这个人的体形和长相。每科她都把所有的应聘者询问一遍,然后把询问资料和她对该人的外貌观察结合起来,确定她需要的人员名单。

各科教学人员她都聘任够了之后,她又得意洋洋了,教室有了,桌凳齐了,人员够了,尤其是教学人员都有了,单等学生一来就开学了。人们说"人不交往不知心,事不经过不知难",在常妲看来办学也不难,就三件大事:教室,桌凳和人员。只要人员到,她就一切都齐了。她已经备好办五个班:语文,数学,英语,物理,化学。如果有学生需要学习别的科目,到时候再增设。她坐在办公室里惬意地笑了。她的笑有两方面含义:一方面是她的准备工作做好了,满意的笑;另一方面她笑那些办语文班、数学班、英语班的等等,他们只会办一个班,只会办他本人会的科目,其他科目就不办了,真笨!尤其是语文、数学两科,明知道英语学生多,为什么还死抱住自己的科目不放而不去办英语班?理由是他们不会英语,脑子简单到何等地步!他们都没想想,我们平常的日用品,有几样是自己做的?大都是买来的。他们不会英语为什么不招聘老师呢?这与我们不会做衣服而买衣服穿不是一样吗?由此说,他们不是不会办,而是自己不会想,不会动脑筋,只要动脑筋,啥事都办得到。她认为:

不是办不到,只是没想到。

只要想得到,啥事都办到。

她又想,别看他们学问大,那只是某一方面的知识,那只是在一个小天地里用得着,他们那么点东西拿到纷繁复杂的社会上就吃不开了。常妲认为自己虽然学问不大,但在社会上的活动能力比他们谁都强,过去卖馍碰一鼻子灰,刚到大杂院时挂牌子,吃了闭门羹,那是她生活道路上的转型时期,她还不太适应，现在可就鸟枪换炮了。

办培训班光有好的办学条件还不行，生源是最重要的因素。办学条件再好，没人来学习也是枉然。必须承认，常姬不但有一个漂亮的脸蛋，她还有一个灵活的脑子。她已认识到光在自己门口等食，等着学生自己来报名，是招收不到多少学生的。她比不过其他班，他们资格老，在这里时间长，任课老师牌子硬，专业知识强，耐打听，经得住考验，而自己没有一项长处，这种坐等的办法是招不来学生的。她把聘来的七个教师分散在不同的重要交叉路口，每人一个报名点，一张桌子，一张椅子，桌子旁竖一个牌子，上面写着"大杂院各科暑假培训班报名处"。这叫"广种薄收"或叫"全面撒网，重点捕鱼"。这些老师带着常姬的密令奔赴各个报名点。

在一个报名点上，一个叫作孙楠的应聘老师在这里值班，一个来客问他："你们都办了什么班啊?"

孙楠："我们啥班都有，你想学习什么班?"

来客："我想学数学。"

孙楠："有，我们有教数学的老师，可好了，大学毕业，有丰富的教学经验，你来到这里说明你学习数学的被动局面就要结束了，报个名吧?"

来客："可以。"

孙楠开了发票，接过钱，把发票撕下来给他。

他又问："开学时间呢?"

孙楠："收据上有。"

那人看了看收据，把它装进口袋里走了。

又有一个来客问："你们办的是什么培训班呀?"

孙楠很耐心地问："你是什么意思，我不太懂。"

来客："我是说你们的班是谁办的，开的什么课程。"

孙楠："这我明白了。我再问你，你想参加谁办的班? 学习什么课程?"

来客："我想参加李四周老师办的英语培训班。"

孙楠："对，对了，我们这个班就是，一点都不假，今年他这个班有几个报名点，大杂院里是本点，下边还有七个分点，在哪个点报名都一样。"

来客："那好吧，给我报一个李四周老师的英语班。"

孙楠老师把钱收下，给他开了收据，撕下来递给他，并说："开学时间收据上有，不要忘了。"

在另一报名点上，值班者是另一个应聘老师卢信忠。

有一位来客问他："你们的培训班是谁办的呀？开办的是什么班呀？"

卢信忠："我们的培训班是常姮小姐办的，各科都有。"

来客："我想参加王礼让老师的数学班。"

卢信忠："你最好去大杂院里面报到，王礼让老师在那里有报名点。"

那人："谢谢你，老师。"他说着就离开了。

像卢信忠老师这样坚持原则的人是少数，大多数报名老师都听从常姮的安排，像孙楠老师那样。

经过几天的撒网报名，招收学生一百多人，绝大多数都是骗来的，其中学习英语的学生最多，他们都是本想报李四周老师的英语班的，常姮说她的班就是，他们就信以为真，错误地报到她这个班里。

七月一日正好是星期一，是大杂院里各个培训班开学的日子。马老总老早就把大门里外的地打扫得干干净净，迎接新学生的到来。八点钟开始上课，可是有些家长带着学生七点多就来了。七点半左右，院里就站满了人，有老年人，显然是学生家长来送学生的；有青少年，是参加培训班的；也有小孩，是跟着家长送哥哥姐姐的。八点时，各个教室都打开了，家长带着学生去找自己的教室。

熙熙攘攘的人群，高低嘈杂的叫声，来来往往的家长，走来走去的学生，他们搅动着大杂院，大杂院好像要沸腾，退休老师杨声正信步往院里走时，马老总把他叫停。

马老总："杨老兄出来干什么？你不参加培训班，也没有孩子参加，你来这里不是凑热闹吗？"

杨声："你算说对了，这里不热闹我还不来呢。"

马老总："进屋坐一会儿吧，好长时间没见面了，进来聊一会儿。"

杨声正要去马老总房间的时候，突然听到有人叫："杨老师！杨老师！"他扭头往声音方向望去，看见一个中年男子跑过来。男子走到杨声跟前大声说道："杨老师，你不认识我了吗？我叫梁满山，是你的学生，你忘了，我们高中毕业时，就是你教我们语文。"

梁满山："自从我毕业离开学校后，一直都没有见过您，想不到今天在这里见到您了，真让我高兴。"

杨声："你进城来干什么啊？为啥来这个院子啊？"

梁满山："小孩该上七年级了，平时在我们村的学校里学习还不错，语文、数学都是班上的尖子，进入七年级就要学习英语了，我想让他提前学学，垫个底子，等以后学习课本时就不难了。"

杨声："学习英语?"

梁满山："是的，别的功课不用学习，语文、数学我都可以辅导，就是英语不行，所以来学习英语。"

马老总："这个院里有两个英语班，你报的哪个班?"

梁满山："两个英语班？我们听说李四周李老师办的英语班不错，我们报的是李四周老师的英语班。"

杨声："你在哪里报的名?"

梁满山："我老婆在街上一个报名点报的名，报名时她还特意问了是不是李四周老师的英语班，他说是的，而且还很肯定，他还再三向她保证：绝对假不了。"

杨声说："参加知识培训班，切记有四忌：一是'忌人情'，与办班的是亲戚、朋友或别的特别好的关系，对你的学费减或者免了。二是'忌不好意思'，办班人邀请你参加他办的班，这是常有的事，你千万不要因为不好意思而去。三是'忌以远近为判断标准'，这些都不是选择参加哪个培训班的标志，选择要参加的班唯一标准就是办班的质量，它的教学效果是否好，如果不好，千万不能参加，别说它不要钱，就是倒找钱也不能去，认识的人再劝也不能去，离家门口再近，哪怕是邻居也不能去；如果教学质量好，再远也要去。怎么知道它的教学质量好不好呢？重点要调查，主要调查他的教师，比如你想参加数学培训班，就一定要询问教该班的数学老师是谁，让他提供真实姓名，不提供真实姓名者不能参加。有的提供虚假姓名，许诺是大学毕业的，有多年的教学经验，历年送毕业班等等，就是不提供真实姓名，凡是不说出教师的真实姓名的，他把教学质量说得再好，都是骗人话。第四是'忌盲信传单'，就是切忌单凭他们宣传就相信他们，这是很多人最容易上当的。他们宣传的口号越高，广告发得越多、越广、越真切，质量往往越低。这是社会上的普遍现象，凡是在电视台上宣传得没完没了的产品，很多是不好卖的产品，要么就是质量差，要么就是太贵，反正是没人要，货真价实的产品，不用宣传就一抢而空了。参加知识培训班千万不能盲目，一定得认真考察，多方打听。参加培训班不比买衣服，穿着不合适时，再买一件。如果你参加了质量低的培训班，不说你花了冤枉钱，钱倒没什么，因为再多的钱你都可以再挣回来，可是孩子学不到知识是无法弥补的。尽管知识也可以重新学，但丢失的时间是永远也找不回来的。失去了这个学习机会，很可能影响一生。"

杨声对梁满山说："你赶快去证实一下，看是否报的李老师的英语班，可不能报错了，参加李老师的英语班比较保险。"

梁满山："不是我报的名，是我老婆进城时在街上一个报名点上报的，我听我老婆说，她特地问他是否是李老师的英语班，他说是，肯定是，绝对假不了！"

杨声："那就好。"

马老总用手指着说："李老师的班在那边，常姮的班在这边。"

杨声对梁满山说："你赶快去证实一下，到李老师那里看一下是否有你孩子的名字。如果没有了，那就是报错了。"

梁满山马上紧张起来。

然后杨声又说："你只管马上去证实一下，现在这事，别看他说得怪好。现在的骗子叫你防不胜防，没办法。你去查一下，在上课以前纠正还来得及。"

马老总："这个院里有两个英语班，一个是李四周老师办的，他已经在这办几年了，很多人都知道他；另一个是常姮老师办的，她是新来的，今年是第一次办。她还没有打开局面，人们都不知道她。"杨声用手指着远处一个教室对梁满山说："你去那里问一下李老师看有没有你儿子的名字，如果没有，那肯定就在常姮的班里。"

梁满山赶快跑过去询问了。

马老总说："常姮办的也有英语班，参加她的不也一样吗？他既然报过了，我想在哪里学都差不多。"

杨声："你真糊涂，说话像个小孩子一样，老师的水平高低教出来的学生会一样吗？常言说'名师出高徒'，老师没有知识，或是有知识没有教学经验都教不出好学生。李老师的班是经过实践证明的，何必干不保险的事，从她挂招牌那件事我就看出，她不是一个通情达理的人，凡是不通情达理的人，知识水平都不会高。我也倾向于认为常姮的文化水平不高，不会教出好学生。聘请的老师才不可靠呢，其一，现在社会上高水平的英语老师不多，即使有个退休老师，他也是自己办班呢，像李四周老师这样，他干吗会聘给别人？其二，没有知识的人根本聘请不来有知识的教师。比如让一个瞎子去挑选一朵好看的花，或让一个聋子去挑选一首好听的歌，他们能办得到吗？他们根本没有那个能力，怎么能干超出他们能力的活呢？"

马老总："你说这也是个理儿。"

梁满山拐回来了，生气地说："幸亏你们提醒我去查证一下，她竟然这样明目张胆地欺骗人！我儿子的名字真的没有在李四周老师那里。"他又对杨声十分感谢地说："幸亏您的提醒，要不然睁着大眼上别人的当，上当也不知道咋上的，现在我应该怎么办呢？"

杨声："不能在常姮那儿上，一定得去李老师那儿。"

梁满山："常姮那儿退费吗？她如果不退费咋办啊？"

杨声："你又不是有意在她那儿报的，而是她把你骗过去的，因此，她不退费不行，她如果真不退费，去教育局告她。"

忽然杨声如梦初醒似地说："咦，对了，她要骗，绝不是只骗你一个人，在她那里的学生中，肯定有很多是被骗去的。这个人真卑鄙，对这种人不能客气，她是有意欺骗人，心眼太坏，绝不能饶恕她。她的学生家长都在她的教室门口附近，你去打听一下，把她骗过去的学生家长都联合起来，去教育局告她，她必须退费，把学生转到李老师那儿。另外，对她的欺骗行为也得叫教育局惩罚她。"

梁满山："好，我马上去。"说着就往外走。

杨声："不要马上行动，先听她一节课再说，这样证据就确凿了。"

马老总："万一人家讲课讲得很好呢？"

杨声："如果她能讲课讲得好，那就在她那儿上，不再动了。咱的学生是学习知识的，又不是看人的，谁的知识多就向谁学习，学习不分人。话又说回来了，她那里的课肯定讲不好。到时候你就知道了。"

常姮实收了三个班的学生，语文、数学和英语。语文班十三个学生，数学班二十五个学生，英语班四十六个学生。物理、化学最多收了不到十个学生。

常姐说人太少，包不住老师的工资，暂时不开班，再等等有人来了再开。她对这八十多个学生已经很满意了，尤其是对英语班。教英语的老师是一个刚从农村来的初中毕业生，不到二十岁的女青年。她没教过学，连讲台也没有上过。她不甘心在农村干农活，一心想来城里找个工作。一个亲戚对她说大杂院招收各种培训老师，她就壮着胆子来了。她认为她在学校里英语考得最好，她本人也喜爱英语，因此就应聘了个英语教师。

八点的钟声敲响了，常姐的英语班教室里除了学生坐在中间的椅子以外，教室门口站满了学生家长。本来就怯场的新聘英语教师范仙看见这么多老年人站在教室门口，心里更紧张了，常姐帮她把书发给学生。学生们坐在座位上一动不动，两眼直望着这位羞涩的年轻女教师。范仙战战兢兢地站在讲台前，两手哆嗦得几乎把教科书掉下来。常姐给学生讲话，以便给她恢复正常的机会。几分钟后，常姐结束了讲话，范仙也慢慢不发抖了。她让学生们翻开书，开始讲课。

第一课的英文是这样的：

Lesson One

字母：Aa Bb Cc Dd Ee Ff Gg Hh Ii Jj Kk Ll Mm Nn Oo Pp Qq Rr Ss Tt Uu Vv Ww Xx Yy Zz

元音字母 Aa Ee Ii Oo Uu

句子：

1. Good morning.

2. Good afternoon.

3. Good evening.

4. How do you do?

5. How are you? I'm fine, thank you.

6. What do you do?

7. Where do you go?

8. What's your name?

9. My name is Li Bin.

10. I go to school every day.

范仙老师把字母念了以后，接着念句子，然后再讲解，最后让学生背会。

这些句子她是这样读的：

1. 狗的毛宁。

2. 狗的阿富特农。

3. 狗的依五宁。

4. 好杜由杜？

5. 好啊由？爱木范，三可由。

6. 花地兔咬兔。

7. 花地兔咬狗。

8. 瓦次由内木？

9. 卖内木一滋李斌。

10. 爱狗吐丝苦儿挨吾瑞得。

范仙老师念了一遍，还没等进一步解释，门口的人就嚷嚷起来，声音有高的，有低的，有平和的，也有愤怒的，有骂脏话的，也有冷嘲热讽的。有的话说得含糊，有的说得明明白白，在教室里坐镇的常姮听得清清楚楚，有的说她念的不是英语，有的说哪里是英语呀？简直是汉语，有的说她哪里会教英语呀？有的说我们是被骗来的，有的说把她拉下来！

门口的场面很热烈，群众的情绪很激动，说的，吆喝的，骂的，分不清是什么言语，不理解他们叫喊的是什么内容。人们看到的是他们一蹦老高的身子、一张一合的大嘴、气势汹汹的脸和跃跃欲试的架势。他们蜂拥到教室里，站在桌子上，凳子上，讲台上，完全到了失控的阶段。一个常姮聘请的老师建议常姮赶紧打110求救，就说一群流氓冲进教室，严重破坏教学秩序。在常姮看来，这一群人像是一群正从山上冲下来的、张着大嘴急着吃人的老虎，像熊熊燃烧着的扑不灭的野火，像大海中汹涌澎湃的波涛，更像一团无法阻挡的泥石流，有雷霆万钧之力，有撼天动地之势。在这股势力面前，她感到自己太渺小了，太微不足道了，她又知道自己理屈，所以她不做任何辩解了，因为她知道辩解也无用。她无精打采地站在教室门后的角落里，无奈地等待着他们对自己的摆布。范仙老师更吓得不知所措，她有生以来从没经历过这样的场面，她从没看见过人这么凶，也从来没有感觉像今天这么可怕，她胆战心惊地畏缩在常姮背后，像犯了罪一样等待着众人对她的处置。

喧闹声惊天动地，嘈杂声震荡大杂院。所有院内住户纷纷出来察看究竟。

街上行人感到院内行动异常，他们从人们行动的忙乱和声音的嘈杂中得知，院内可能有异常事情正在发生，因此他们也进来看。院里的人越来越多，有院内住户，有过路行人，他们都是看热闹的。顷刻间院内站满了人，来人之间有的纷纷议论，有的吵吵闹闹，大多数加入到英语教室外的人群中，有的跟着叫，有的瞎胡闹。不知哪位好心人打了110，派出所的人很快来到大杂院。他们把车停在门口问马老总谁打的110，有何事。马老总对他们说没人打110，他也不知道谁打的110。至于有什么事，他去把常姐叫过来，让她对派出所的人说说。他本以为常姐会把她的难处说给派出所的同志，但使他没想到的是，常姐竟说她那里没事。派出所的同志问常姐："你有什么事需要我们帮忙吗？"

常姐说："我没事，谢谢你们。"

派出所的人又问常姐："你门前那么多人吵吵闹闹是干什么的呀？"

常姐："那是我们在研究学问，是我们之间内部的事，给你们添麻烦了。请你们走吧，我还回教室呢。"

梁满山走到了讲台上，不停地向大家招手致意，两只手不住地向下压，示意让大家安静下来，他嘴里大声喊："请大家安静！请大家安静！"大家安静下来了，他开口说话："同志们，今天咱们采取这种方式来表示我们的愤怒是不得已的。我们太冤屈，在现在这个时代，竟有人明目张胆地欺骗我们，在光天化日下拿我们的大头。我们采取这种形式的目的有两个：一个是显示一下我们的力量；第二个是警告一下欺骗我们的人，叫他们知道，他们没有自知之明，太愚昧无知，太愚蠢！他们也不看看现在是什么形势，也不掂量一下群众的觉悟，竟冒天下之大不韪，欺骗我们这么多人，最让人不能容忍的是欺骗淳朴善良的青年学生，危害他们的前程，影响他们的人生。我们的学生都是来学英语的，大家都听了，这个班不会教英语。我可以说这个班教英语的老师，还不如我的英语。我们本来不是报名参加这个班的，我们报的是李四周老师的英语班，那么为什么来到这里呢？会教英语的班我们不去，而来到一个不会教英语的英语班，这不是滑天下之大稽吗？问题就在于，我们报的都不是这个班，我们报的是李老师的班，就是站在这里的常姐冒充李老师把我们骗来的。现在咱把常姐请到讲台上对我们解释一下为什么欺骗我们。"

常姐胆战心惊地走上讲台，她不敢抬头，不敢看人群。群众的脸色像是她的贴身牢笼，把她箍得不能动，群众愤怒的眼睛里射出的幽光，像万把毒箭扎在她身上，浑身疼痛。她低着头，眯缝着眼，少气无力地说："我们对不起大家，我在这里代表我们的培训班向大家低头认错，请大家原谅。"

"你说说你为什么欺骗我们。"人群中有人问。

常姮说："由于我要求不严，负责报名的老师有欺骗行为，把报其他班的学生也招收到我们的班了。"

她的话音一落，从人群中高声冒出来一句："她又在撒谎，明明是她特意安排的，让负责报名的人行骗的。"

梁满山："常姮老师，你听见了吗？这是你的老师说的，你现在还在撒谎吗？你真是撒谎成性，骗人成瘾了，我看叫你改也难。你说咋办吧？"

常姮："什么咋办呀？"

梁满山："你怎么装糊涂呀？对这一批学生咋办。"

常姮："你们说咋办就咋办，听你们的。"

梁满山："你今天倒说了句朗利话。那好，我们的要求很简单，也合情合理，请你给我们全额退费。"

常姮："我同意，马上给你们退。"

梁满山："开学前你若这样，哪会有今天。"

常姮把要求退费的学生全部办了退费手续后，发现真正去她那里报名的学生一个也没有。

第七章　人残志不残

历来人残志不残，总是春风散严寒。

昼夜挥舞铁扫帚，扫除污浊亮江山。

一走进大杂院，迎面看见的两间房子里住着一家四口，夫妻俩和两个儿子。男的叫崔中良，五十五岁，是打扫街道的环卫工人。女的叫何素珍，五十四岁，全职太太，负责全家的吃穿用度。跟前有两个儿子，大儿子专科会计学校毕业后，在卫生局任会计工作；二儿子正在上初中。崔中良两口子本来都是农民，家住在距城五十多里的崔家庄，祖辈都是农民，都没文化。他们两口子都是在新中国成立以后开始上学，由于当时农村的落后意识，崔中良勉强上了个初中，何素珍小学毕业就辍学了。

崔中良和何素珍是一个村的人，两人的家长关系很好，经常互通有无，吃喝不论，两人长大成人后就自然办了结婚手续，两家成为亲家。两家的生活条件都不错，日子过得很顺和。

他们的两个儿子，大的叫崔通，小的叫崔达。两个孩子从小就聪明伶俐，学习很努力，学习成绩一直名列前茅，老师夸奖他们是大学的好苗子，说他们爹娘有好运，生了这么两个聪明儿子，等老了该享福了。崔中良和何素珍更是笑在脸上，喜在心里。他们决心供孩子上学，供到大学毕业，改变他们崔家历代不识字的状况。为了让孩子好好上学，他们夫妻来到城里，在大杂院里租了两间房子住下，专为两个孩子上学安了一个临时新家。由于家庭经济困难，同时供应两个孩子上学比较吃力，因此大儿子初中毕业后报考了中专，学习会计。崔中良的腿有些瘸，腰有点弯，脸上麻子一片片，本人又没有专业技术，就当了环卫工人，每天扫街。他们的主食从家里带，在这里挣的钱除了供孩子上学外，还包括他们一家的零用。生活过得还算不错，因此崔中良对这里的一切都很满意。满意居住条件，满意一家人的生活，也满意自己的工作。每天起早摸黑，不怕苦，不怕脏，不怕累，不怕加班加点，即使没星期天，他也觉着无所谓。

一个初冬的晚上，已经十点多了，崔中良还没回来。

北风飕飕地刮着，灯光暗淡，到处灰蒙蒙的，路面上的残渣碎片被风刮得满街乱跑，有的在地面上打旋，有的绕天高飞，有的挂到树枝上，有的绕到电线上，有的飘在空中，有的飞到远处。

何素珍早就做好晚饭，两个孩子已经睡觉，她单等着丈夫的回来。可是她早等、晚等，就是不见人影，晚饭已热过两次，现在又凉了，她不禁发起了愁。他平时基本上没有夜晚不归的现象。可今天是怎么回事？城里没有亲戚朋友，他也从不与人聚会喝酒，他能去哪里呢？如果走了远路，为什么不说一声呢？他是不是出了意外？这些不是不可能。现在车多了，经常听到车祸的消息。过去听到这种消息没把它当回事，总以为距自己很远，现在能真的落到自己头上？她想到这里，着急地去到大门口。马老总看见她，关切地问："老妹子这时候还出来干什么？怎么还不睡觉哇？"

何素珍："还睡觉呢，晚饭还没吃呢。"

马老总："怎么这么晚了还没吃饭呢？"

何素珍："我家那位现在还没回来呢，你看可恼不可恼？"

马老总："你也不用可恼，他可能被哪位小姐缠住了。"

何素珍："他要被小姐拐跑我倒高兴，我就怕他被先生拐跑。"

玩笑过后，马老总一本正经地说："可也是呀，他怎么现在还不回来？路灯快要灭了，他还在扫什么呀？你先回去吧，到十一点他如果再不回来，我带你去街上找一下，你放心吧，不会有问题的，真有问题，早就通知你了。"

何素珍无精打采地回到屋里，隔壁的两个孩子睡得呼呼的。她歪倒在床上，眯缝着眼，从体力上说，困得真想睡，可是精神上却睡不下，她思念着丈夫为什么还不回来。

就要十一点了，崔中良慢腾腾地回到了家。他推开门一看，老伴在床上歪着，问道："今天怎么睡得这么早呀？"

何素珍惊喜地听到丈夫的声音，但还是生气的样子，说："还早呢？你没看几点钟啦？往常我们都睡了一觉了。"

崔中良抬头看了看墙上的挂钟说："可不是吗？都这么晚了。快盛饭吧，我都快饿死了。"

何素珍赶快去盛饭，嘴里不停地嘟囔着："快饿死了还不早点回来？要是不饿还不回来呢！"

崔中良平心静气地解释道："不是饿不饿的问题，我们的活没干完，任务没完成，饿了也不能回来，这是个责任问题。"

何素珍一听有些诧异，带着讽刺的口吻说："哦呵，说起任务和责任来了，口气不小呢！像个大人物一样，忘了自己是何许人也。别忘了自己的身份，说得冠冕堂皇一些是环卫工人，说实在些是清洁工，说白了就是扫大街的，而就这扫大街也不是正式工，还是个临时工，别看你今天干得轻快，明天不叫你干，你就得走人，不是吗？"

崔中良有些不耐烦了，说道："你说这话像个小孩一样，你干得好好的，哪能不叫干呢？如果不好好干，叫你走人活该。再者，不管干什么活都是任务，把它干好是自己的责任，每个人都把自己的活干好，都尽到了自己的责任，国家不就兴旺发达了……"

何素珍："别说那么多了，还没告诉我今天为什么回来这么晚？有人说你被小姐缠住了，是真的吗？"

崔中良幽默地说："我要是能被小姐缠住，你肯定很高兴。你看我这形象，头发白花花，脸上皱纹一大把，瘸着腿，佝偻着腰。我坐着平平常常，站着一脚翻仰，躺着有短有长，走着摇摇晃晃。你再看看我这脸：新鞋踩硬泥，鸡啄西瓜皮，沙滩下大雨，石榴剥了皮。小姐看见我躲还躲不及呢。"

何素珍把饭热了后，盛在碗里端在饭桌上，笑听着丈夫对自己的描述。崔中良抓起馍蘸着辣椒，大块大块地往嘴里塞。何素珍看着丈夫吃得香甜的样子，心里很高兴。崔中良只顾吃饭而不说话了，可何素珍又开了腔："你还没告诉我今天你为什么回来得这么晚呢。"

崔中良说："我包的那个路段两旁很不干净，乱搭乱建很厉害，有的在门前搭了车棚子，有的把地圈起来种菜，成了菜园子，有的在门前栽上树，成了树林子，还有的为孩子搭了滑梯和秋千，成了儿童乐园，等等。平时要求不严，他们搭就搭了，建就建了，没去管他们，没有及时要求他们拆除。"

何素珍："人家建时你们不管，建成了你们要求人家拆哩，你们不是诚心折腾人家，让人家花钱费工，你们真不是玩意儿。人家既然搭好了，就不要叫人家拆了，反正不是主要街道。"

崔中良："过去可以，现在严了，这次要求每个街道，不管是主要的或非主要的，标准都一样，要路面干净，街两旁的墙一律涂成白色，上面不准有任何涂抹痕迹。明天领导来检查，今天必须打扫完，而且是几个领导亲临现场指导，达不到要求不准下班，任凭不吃饭不睡觉，也得把活干完。"

何素珍："你包的这一段是个偏僻路段，只有一头临着主要街道，另一头接的是土路，领导根本不会从这个路上过，你们还这么认真干什么？"

崔中良："问题就是一头接着主要街道，如果两头都不接主要街道反而好了，就不用打扫得这么干净了，因为有一头接，怕检查人员走到这里时一扭脸看见这是个肮脏的街，这就坏了。他们如果一扭脸，就可能把本市从先进名单中拉掉，这就很严重了。据说这次市领导来检查时，专注意那些平时不注意的地方，例如厕所、背街、墙旮旯，等等。"

何素珍："有些工厂的杂货院就临着街，里面净放的破铜烂铁，他们根本无法搞干净，除非把东西全搬走。"

崔中良："这种情况反而好办，沿街垒一条院墙，把一切脏乱差全遮挡住，检查人员看不见就好了，眼不见为净嘛。"

何素珍："你们光搞面子活，欺骗上级。"

崔中良："有时候你的实情距上级要求差得很远时，如果不搞些手脚，日子就不好过，尤其是地方上的头头，他们不怕下边，最怕上边，上级如果对他们不满意，他们的日子就不好过，至少没有晋升的可能性。"

何素珍："一说上级来检查，下边每个单位都很紧张，明天检查过了就行了。"

崔中良："啥就行了。明天的检查是咱们街道自己的检查，不是上级的正式检查，市里的检查是以后的事。这次市里检查是评选文明单位的，因此各单位都很重视。"

何素珍："如果平时都这么重视不就好了，一听说检查，想起来重视了，检查一过就又忘了，这不是面子活是啥呀？"

崔中良："反正我干的不是面子活，我是踏踏实实，一心一意把活干好的，我干活不是让谁看的，我是凭良心干的。"

何素珍："这是咱农民的本分，只是太累了，怕你支撑不了。"

崔中良："等咱的孩子长大了，我就不这么干了，我就可以歇歇了。"

何素珍："那还得些年呢，他们还在上学。"

崔中良："大的已上中专了，明年就可以毕业了，这不就快了吗?"

何素珍："你真是生就的瘸子——走不远，生就的麻子——点子多，对孩子的要求都不高!"

崔中良："我得给你说明，你说我的腿是生就的瘸子，我的脸是生就的麻子。我对你这么说有意见，我想你也很清楚。咱们谈恋爱时我就是瘸子、麻子吗? 我如果是个瘸子又是个麻子的话，就你当时的情况，追的人那么多，你会同意与我结婚吗? 显然是不可能的。"

何素珍后悔自己的失言，马上改口说："我的本意并不是说你是生就的……咱汉语里有这么个说法，'生就的……生就的……'，我是套这个句式说出来的，请你不要介意，咱们到啥年龄了，我还会嫌你这嫌你那吗! 你也是瞎多心。"

崔中良瘸腿和麻脸，都不是生就的，都不是先天的，而是后天的。

1958 年冬，人民公社领导号召全体社员在可耕地上挖坑塘。在一个广阔的平原上，每隔五十米挖一个坑塘，长十米，宽十米，深三米，这是号召农民充分挖掘土地潜力，实行立体种植。岸上是旱田，种小麦、玉米和杂粮，水面上种水藻和水葫芦，可以做饲料;水里养鱼、虾，给社员改善生活，也可以卖钱。这样，一年就有三熟，社员收入可以大大增加。

公社把任务分给大队，大队再分给小队，以小队为单位，一个一个地挖。在美好口号的鼓舞下，在公社领导的指挥下，在层层先进模范人物的带领下，社员们干劲很大。尽管是严寒的冬天，尽管吃的是糠菜，社员们不遗余力地干，拼命地干，当挖到底部时，社员们得穿着短裤跳到刺骨的冰水里用铁锹捞泥，直到坑深三米为止。崔中良是队长，他必须带头下水捞泥，每次他都是第一个跳下去，最后一个出来。一个冬天，他们生产队一连挖了三个坑塘。坑塘虽然没起到任何作用，可他的腿却落了个残疾。每个坑塘后来都又都被填平，恢复了原来的样子，可他的腿再也恢复不到原来的样子了。

他麻子脸的来历是这样的:有一年春节，大队布置每个生产小队拿出一个文艺节目进行比赛，节目必须是自编自演。崔中良生产队决定自己配火药，出一个放花节目，把火药装到一个纸筒里，安上药引子，把药引子点着，就会让纸筒里的火药燃烧后一点一点地喷发出来。在夜幕中，火焰像红色的花朵，耀眼夺目。在配制这种火药的过程中，崔中良不小心让火药喷到脸上，烧成了麻子。他还算幸运，没有把眼睛烧瞎，也没落更大的残疾。

一天上午，刚吃罢早饭，何素珍正在屋里择韭菜准备中午包饺子，忽听外面有人叫："崔大妈在家吗？"

何素珍赶忙起身开门。随即进来一位女士，穿得很时髦，打扮得很漂亮。何素珍一看便认出她是来得不久的那位小姐。她马上想到好像马老总在什么时候说过她。她马上说道："欢迎欢迎，请坐请坐。我腿不得劲儿，行动也不方便，好像你来好长时间了，我也不知道你叫什么名字。"

对方说："我叫常姮，住在那边二楼，我是在这里办培训班的。"

何素珍："啊。暑假时院子里那么多人，是找你的吗？你怎么对不住他们啦？"

常姮："他们是瞎胡闹。他们的学生想参加英语培训班，原来报到我这里了，可是开学那天又变卦了，想去李老师的班，我认为这也没什么，想去哪个班就去哪个班，他们有自由选择的权利，但他们在少数人的操纵下，不是采取商量的办法，因为他们心里有鬼，怕与我商量不通，就仗着人多势众，用示威的形式逼迫我同意他们退学。"

何素珍："那你为什么要同意呢？"

常姮："那一群人可惹不起呀。一个个像野人似的，都摆出要吃人的样子，我可不敢与他们顶牛。'识时务者为俊杰，光棍不吃眼前亏'，都是一个意思，都是说要顺其形势，他们说啥我都答应，所以他们也没那么大的劲了。"

何素珍："那么多人的力量是不可挡的，答应他们的要求是明智的，不过这只是权宜之计，不是根本的解决方法，最根本的办法是自己的行为要站得住脚，自己做的事要经得起时间的考验，经得起实践的验证，说一句土话：别干那坏良心的事。不管干什么事，要时刻考虑是不是对人有益，绝对不能干那损人利己的事……"没等何素珍说完，常姮就打断了她的话："崔大娘，我很早就想来给你谈谈心。不知什么原因我一看见你就好像看见熟人一样，心里有一种看见自己的妈妈一样的感觉。我在找原因，怎么也找不出来，我认为这是缘分，很可能上辈子我就是你的女儿，要不然为什么咱们一见如故呢?"

何素珍刚听到她的话时，认为她是有意拉近乎，对她的话很不以为然。常姮帮助她择菜，帮她洗菜，帮她和面，随后又扫地，擦洗炊具。慢慢地何素珍对她有了好感，不知不觉地拉起家常来了，在两人推心置腹地交谈中，常姮开始叫"大娘"，后来干脆叫"娘"。甚至说："我认你为干娘，我是你的干闺女。"何素珍在常姮的热情洋溢中被哄得晕头转向，不管常姮说什么，她都已失去了判断是非的能力，只是一味地用"中、中"、"可以，可以"来应答常姮连珠炮似的话语。当她们两人正谈得兴高采烈时，常姮倏然来了个急转弯，让何素珍难以跟上。常姮哭丧着脸说："娘呀! 你看女儿工作遇到了困难，想求我娘帮帮忙，也不知道我娘愿不愿意。"

何素珍急忙回答："愿意，愿意，只要是我能办到的。"

常姮："您肯定能办到，若办不到我就不会对您提。"

何素珍："那好呀，帮什么忙，你快说吧。"

常姮："我在这里办培训班收不住学生，你也知道，暑假班时，我被那一群人搅和得没收到一个学生。我看了，以后招生也很困难，主要是没人知道我们。我们的教室在二楼，又在偏僻的角落里，距大门这么远，门口又不让挂牌子，你想想，谁会知道我们呀!"

何素珍："这不怕，只要教得好，你在哪个角落里都会找到你。你没听说吗: 不怕巷子深，花香蝶自来。你不要急，慢慢就好了。"

常姮："我也相信这句话是真的，问题是我们不能等呀，我们得吃饭、穿衣，得交水电费、交房租费等，在他们闻到我们的香之前这段时间怎么办呀? 现在是: 花香早已浓，尚未有蝶来。所以我们是: 没有吃和穿，日子苦难挨。"

何素珍以为常姮想向她借钱，说道："你看闺女，这事我们还真帮不了你什么忙。老头子一个人在街上扫地，还有两个孩子在上学，我们的钱相当紧张，粮食从家里拿，要不是这样，我们的钱根本包不住。"

常姮："我哪里是要你帮我钱呀? 我知道你们钱紧张。我的班在那角落里，没人能看见，所以我招不来人，我想让你们帮忙的是把我的办公室向外挪一下。"

何素珍："那怎么挪呀? 要么你的招生牌子竖到我的门口?"

常姮："这也不行。人家虽然看见牌子了，但牌子后面都是个生活房间，给他们印象更不好了。"

何素珍："那怎么办呢？你叫我们怎样帮助你呢？"

常姮："那我就直说了，行不行没关系，反正咱们像一家人，说到哪儿算哪儿，咱们谁跟谁呀。"

何素珍："闺女真会说，就是这个理儿，你只管说吧。"

常姮："我想与你们换一下房子。你们住我的房子，对你们没有任何影响，可是我要是住在你们的房子对我影响就大了，我就可以招来很多学生。你想想，我把招牌往门口一挂，里边是办公室，他们进来后我领他们参观教室，我的新桌子、新椅子，各项设施都是崭新的，这对他们有很大的吸引力，他们就自然而然地报我的班。"

何素珍："换房子呀，我们不做生意，住哪儿都没关系，不过，你的是二楼，你大伯的腿不方便，上楼很吃力的。"

常姮："对他是很好的锻炼，也许上楼次数多了，能把他的瘸腿治好呢。"

何素珍："因为他腿瘸，所以得经过他的同意。等他回来了，我与他们商量一下再说。"

常姮："好吧，中午等他们回来了，你们商量一下，下午我再来。"

常姮走了以后，何素珍自言自语道："怪不得口这么甜，说话这么亲近，原来是有所求。"

何素珍一边包着饺子，一边考虑着是否与常姮换房子的事。她想老伴肯定不会同意，两个孩子不管事儿，自己什么意思呢？如果不同意吧，辜负了她那股热情劲儿；如果同意吧，确实不合适，住在那里会让老头儿上下班多走很多路，他起早摸黑的，上下楼很不方便，所以不能换。何素珍是个爱面子的人，如果不同意，又怕面子过不去，与常姮低头不见抬头见的，实在不好意思。她正在犹豫不决地思索时，听见门外马老总的声音："大妹子在屋里干什么呀？"

何素珍还没来得及说话，马老总就进了门。马老总说："呵呵，包饺子哪！真是来得早不如来得巧，今天中午我又有好吃的了。"

何素珍笑眯眯地说："想得怪好，哪有你的份儿呀！"

马老总："我问你，刚才常姮找你干啥来了？"

何素珍："她干啥来了？她想办好事来了。"

马老总："她在你这儿能办啥好事？"

何素珍："啥好事？你想都想不来。"

马老总："啥好事呀？"

何素珍："她是来找你呢！"

马老总："别瞎扯，净拿一个老头子开心。"

何素珍："真的，她问我看见你了没有，她说她去你的屋子，你不在家。"

马老总："她整天都不理我，还找我呢！她找我干啥呀？"

何素珍模仿着常姮嗲声嗲气的腔调说："马老总整天一个人怪寂寞的。一个老头儿，身边没有一个人，真可怜！我想找他谈谈话，开开他的心……"

马老总打断她的话说："行了，行了，别恶心我了！这号人给我暖脚我都不要，我嫌她不干净。"

何素珍："你别吃不到葡萄就说葡萄酸了。人家还是闺女哩，你个满脸苦楚皮的老头子，你要不到才说不要哩。"

马老总："她闺女不闺女，她自己知道。别瞎扯了，她到底来干什么的吧？"

何素珍："她想叫我与她换屋子。"

马老总："换房子？她住在你们这儿，你们住在她哪儿？"

何素珍："是的。"

马老总："亏她想得出来！崔老弟腿不方便，还得起早摸黑上班，住在她那儿怎么能行？她光考虑自己，从不为别人着想。你怎么回答她的呀？"

何素珍："我说等你崔老弟回来了商量商量再说。"

马老总："有啥商量的，马上拒绝她就行了。"

何素珍："马上拒绝她我又不好意思，她在这儿表现得可亲呢了。"

马老总："她就是用人在前，不用时甩掉，她要用得着你时，她会叫你'妈'，不需要你时，她连理都不理你。"

何素珍："你可说对了，她就是叫我'娘'，要当我的干闺女。"

马老总："你如果说了'不同意'，你看她如何表现？她不理你就是轻的，她会把你骂得狗血喷头。"

何素珍："原来她是这种人！"

马老总："我早就说过她不是个省油灯，她来以前，咱们大杂院家家团结友爱，平安无事，像一家人一样。自从她来了，这里就没有安生过，不是这里吵，就是那里闹的。不管吵，不管闹，一查根源都与她有关。她不但不是个省油灯，还是个搅不闲，搬弄是非，挑拨离间，搅得人心惶惶，干啥心也不安。"

何素珍："她怎么那么大本事呀？她让谁吵谁就吵，她叫谁闹谁就闹，人家能听她的吗？"

马老总："她翻三调四，互相学话，添油加醋，先酿下思想隔阂，一遇到什么鸡毛蒜皮的事，心里那股冤气就该爆发了，就会大吵一场。"

何素珍："看你是个粗人，你并不粗。你倒挺细的，观察得这么认真，真是个好管家。"

马老总："我也不是吹牛皮，我看人还是比较准确的，根据打扮，根据言谈话语，根据初步交往，我就可以基本上知道对方是什么样的人。常姐这个人，我对她可不感冒，当然她也很烦我。我总觉得她是个惹事楂柚，是大杂院的祸根，她不是个省油灯，与她打交道，她从来不会考虑别人，平常事务中，稍微不合她的意，她就会与你翻脸。她若要接近你时，她准是想让你帮助她哩，如果你不帮助她，就会得罪她。因此，谁接近她，谁倒霉；她接近谁，谁吃亏。我经常告诉同志们，她在哪里，咱们就走得远远的，免得遭麻烦。崔老弟回来你告诉他，就说我老马不同意你们与她换房子。"

何素珍："你放心，他不会同意的。不过你别让我转告你的意见，你直接对他说不就行了。他马上就回来了，你不要走。你不是想吃饺子吗？那就等他一会儿，饺子成了，他也回来了。"

马老总："好，我还有一瓶好酒呢，我去拿来与老弟共享一下。"

崔中良回来后刚坐下，马老总拿着一瓶"五粮液"走了进来。崔中良看见他后，兴奋地说："哎呀！我正想喝两盅呢，你真是雪中送炭。"

何素珍把菜放在桌子上，马老总开始倒酒。崔中良说："咱们开始吧。"

马老总："两个孩子呢？"

何素珍："不用管他们，给他们留的有，他们一会儿就会来了。老大有时候不回来，在外面吃。咱只管先开始。"

这天中午，马老总与崔中良一家人一起吃了一顿愉快的午餐。

这天下午，常姐苦楚着脸从何素珍的屋里走出来的时候，恰好碰见桂亚菲从街上回来。

桂亚菲问常姐："为什么这么不高兴哪？看你那脸难看哩，好像大祸临头似的。"

常姮："这老太太真不识抬举，我上午对她说那么多好话，请求她与我换一下房子。就这么简单的事她都不同意，你看气人不气人！她可把我气死了。"

桂亚菲："你换她的房干什么呢？"

常姮："我办培训班。暑假班我没招到一个学生，就是因为没人知道我。我如果不找个显眼地方，今后还收不到学生，我靠什么生活呀？"

桂亚菲："我的傻姐姐，你以为你收不到学生是因为你住的地方偏僻吗？你想错了，我的看法，知道你的人越多，你越收不到学生，今年暑假开学时候不就是例子吗？你没听人家说吗，'有知识身居深山有人寻，没知识身站大街没有问'。办培训班是需要知识的，你有什么知识呀？暑假班时，有的学生是主动报你的班的，可是当他们听说你没知识，你聘的老师也不会教课，他们就全退费了，跑到其他班去了，你还不吸取教训，还执迷不悟呢！我劝你不要继续在办培训班上多投入了，常言说'隔行如隔山'，咱们没知识与有知识的人之间有一座不可攀爬的大山，有一条不可逾越的鸿沟。咱们与培训班无缘，咱们没钩嘴，也不要吃那瓶食。人在世上，各有各的长处，也各有各的短处，我们应该回避短处，发扬长处，才能做出成绩。每个人要根据自己的条件干适合自己的工作。你看看咱们周围的人，马老总，他只能把大门，勤快是他的特点，所以他这个工作干得很开心。何素珍的老伴崔中良，你看他那个样子，要知识没知识，要才华没才华，你说他能干啥？他很聪明，我以为他比你聪明，他不像你，非去干他不能干的活，他找到了自己的位置，扫大街这个工作太适合他了，他也只有干这样的工作。再看看李四周、王礼让和张金全，他们大学毕业，一肚子学问，有教学经验，办培训班是他们的长处。你的长处是什么？你的短处是什么？你的长处是年轻漂亮，你的短处是文化水平低、学问浅。你用自己的短处去与人家的长处较量，有你的好吗？肯定是要失败的。你为什么不找你的长处去干呢？希望你放弃办培训班的理念，在发挥你的长处方面多动动脑筋，你的前途肯定很光明。她的房子，她不换正好，这个房子对发挥你的优势并没有什么好处，咱们需要的是偏僻的地方。好了，别不高兴了，也许这是天意，不让你办培训班。很快我再找你谈谈，今天暂谈到此吧，再见！"

桂亚菲是常姮在三陪服务队的好朋友。那时她年纪小，生活没有经验，平时没少得到常姮的帮助。桂亚菲在那里并没有接触到多少权势人物，但她却与一个有钱的公司老板结识了，并以身相许。称心饭店垮台的消息一经传出，这位老板就把她接出来，安排在大杂院，让她有一个干吃白住、不干活净享受的清闲生活。常妲受麻大姐的委托，曾到处找她，想让她跟着自己一块儿干，但始终找不到她。其实，早就有人把桂亚菲安排好了。

第八章　海鲜宴

大杂院里海鲜宴，亲朋好友俱欢颜。

心扉舒展开怀饮，谈天论地漫无边。

晚上七点钟了，太阳的余光消失在高耸的屋顶上。淡红色的晚霞洒满了天空，微风习习，驱散了白天阳光带来的余热，人们感到阵阵凉意。饭店老板唐程站在门口向远方张望着，两个伙计仔细认真地打扫着泛青光的水泥地面。

"他们为啥还没来呀，唐老板？"一个伙计问。

"谁知道呀？他们订好的今晚七点准时开始，现在七点了，咱已经把菜准备齐了，可是他们还没来。我就是出来看看怎么回事。哎，对啦，你再去检查一下筷子、酒盅和椅子，看数目够不够。"

伙计："他们多少人呀？"

唐老板："他们说是十三个人，但咱们多准备些，有备无患，多些比少了强。"

说话间马老总来了。

唐老板问："欢迎马老总，你是第一个来，你们那些朋友呢？"

马老总："他们还没来吗？我还以为我迟到了呢。"

唐老板："请你去叫叫他们。菜都摆在桌子上了，再不开始就凉了。"

马老总："好，我去叫他们。我得先问问严师傅，看他都通知谁了，我去催他们赶快来。"

严师傅就是理发店的老板严征。

大杂院里的这个理发店是严征及夫人开的夫妻店。两人都是温州人，都是福建职业技术学院理发专业毕业的高才生。改革开放政策实施以后，他们夫妻来到这里，在大杂院租了两间门面房，对外理发营业，又租了二楼的两间住宿。多年来，由于他们技术精湛，尤其是中青年女性的头发，剪发、洗发、烫发、焗油，他们都非常细心，兢兢业业，一丝不苟，很受群众的青睐。他们顾客特别多，每天晚上到十点以后才能下班，有时工作到十二点。他们的服务态度有很重要的两条，第一是每个顾客都叫他来时高兴，走时满意；第二是只要有顾客他们就不下班，哪怕是干一夜，他们也心甘情愿。他们不但与大杂院里的人关系很好，就是大杂院以外的周围居民，与他们的关系也很好。他们有什么困难时，大家都乐意帮助他们，他们在这里住得很开心，没有外地异乡的感觉。他们对于周围居民的帮助也过意不去，总想找机会要酬谢酬谢。前几天钱师傅因事回家了一趟，回来时带了好些海鲜，准备摆个海鲜宴，以表达自己的感恩之心。他带的海鲜主要是：黄花鱼、黄鲈鱼、大麻哈鱼、带鱼、鱿鱼、海参、沙丁鱼、鲱鱼、刀鱼、毛虾、白虾、对虾、龙虾、长臂虾、螃蟹等。他把这些海鲜交给饭店的老板唐师傅，让他做一席海鲜宴，席上不用任何别的肉食，纯是海产，连汤也是紫菜虾仁。

　　承做海鲜宴的是饭店老板唐程唐师傅，唐程是河南职业技术学院烹饪专业毕业，很有经营头脑，他在大杂院里开饭店也有好多年了。他的饭店规模很大，有饭店和旅社两部分，不管是饭菜或是旅社的住宿条件都没有太高档的，都是经济实惠型的，面对的是低收入的群体，因此顾客很多，尤其是青年男女。尽管他有灵活的经营头脑、高超的烹饪技术和丰富的管理经验，但承做这一席海鲜宴，他还是第一次。做一两样海菜，他很熟悉，做得很美味可口，尤其是做海参、鱿鱼、螃蟹、甲鱼之类的，是他的拿手活，但今天的海鲜宴让他动了不少脑子，费了不少工夫，每一盘鱼必须色味俱全，看着美，吃着香，后味醇厚，回味无穷。有些鱼需装不同风格的两个或三个盘子，比如清蒸、红烧、醋熘、糖醋等等。此外，唐师傅想把这个海鲜宴做出高质量，做出些名堂，他也好显显身手，露露名气，以便提高知名度，扩大影响力。

　　严师傅大步流星地往饭店走，到入口时，唐师傅截住他说："你是东家，反而来得这么晚，怎么让别人入座呢？"

　　严师傅愧疚地说："实在对不起，我来晚了，你还站在这里干什么？"

　　唐师傅放松了口气，说道："都还没来呢，你是第二个，第一个是马老总，他又拐回去叫人了。"

严师傅解释道:"今天下午人特别多,我总得把一个人的活干完,总不能把头做一半就撂下走人吧?再加上这位女同志要求比较讲究,我剪完以后又修了三次她才算满意,所以来得晚了。"

下一个来的是崔中良,当他一瘸一瘸地走近饭店门口时,严师傅问他:"你下午不是活不多吗?今天为什么下班这么晚?这时候才来!"

崔中良:"今天下午特殊,活特别多。"

严师傅:"为什么呀?"

崔中良:"各个街道都准备重修,我们扫的街道要重新划段,先是等他们划,后又去认,很耽误时间,所以就下班晚了,很对不起,请包涵。"

受邀人员到场的有:退休教师杨声、办语文班的张金全、办数学班的王礼让、办英语班的李四周、办书法艺术班的靳朝、马老总、崔中良、商店老板徐科、还有严师傅和唐师傅共十个人。严师傅说:"邀请的人还有三个没有来,一个是电脑班的刘青老师,一个是缝纫班的苗师傅,还有一个是擦皮鞋的赵师傅。他们家里人说他们不在家,都走远门亲戚了,如果今天回来了,一定让他们来。咱们就不要等他们了,只管开始,时间不早了,咱们不能太晚了,不然影响明天的工作。他们今天不来就不说了,如果来了,咱们不能给他们拉倒,得罚他们喝酒。"

来的人都带了好酒,有的是茅台,有的是五粮液,有的是剑南春,严师傅为大家准备的是四特,一共十多瓶,怎么喝也喝不完。

大家都就位以后,你看看我,我看看你,有的看看热腾腾的菜肴,没一个人说话,都在等着别人说话。在这沉寂的等待中,杨声老师开了腔:

> 有幸应邀海鲜宴,
>
> 感激话语说不完。
>
> 心心相印大杂院,
>
> 与君友情万万年。

马老总拍起手来,其他人也跟着拍手,刚才死沉的气氛一下活跃起来,大家一个个笑容满面,一个个嘴动欲言,一个个身子晃动,一个个手不使闲。

杨声:"我提个建议,今天这个海鲜宴是严师傅做东,我们都是被严师傅邀请来的,因此请严师傅先动杯,动杯前他得先说几句。"

大家异口同声地说:"同意,好哇。"

严师傅站起来说："感谢大家的光临，感谢大家的捧场，感谢大家的赏脸，我向大家致礼了。"他请大家与他一起共饮三杯酒。第一杯感谢党的领导，感谢改革开放政策给人民带来的好处；第二杯感谢这里的人们对他的巨大帮助，使他在这里能够站得住脚，事业有成；第三杯感谢饭店的唐师傅，是他做了这么一席好菜，他才有机会表达自己对大家的感激。他的这三个感谢都用诗句表达出来了：

第一杯：

感谢党的好领导，

改革开放政策好。

各项事业发展快，

人民生活大提高。

第二杯：

我从浙江到河南，

很多事情不习惯。

感谢大家多帮助，

现在干啥都方便。

第三杯：

感谢唐兄帮大忙，

做了一席喷喷香。

大家有缘来相聚，

畅所欲言叙衷肠。

"最后，预祝大家吃好，喝好，玩好。请大家吃吧，喝吧，说吧，随便吧。"

杨声："东家说罢了，咱们每个人都应该说两句，内容最好与海鲜宴有关，这样才不愧于严师傅对我们的款待。"

大家都同意杨老师的说法，有的说："杨老师先说吧。"

杨声老师说："好，我先说。"

盘盘海鲜泛青光，

赏心悦目味道香。

若非餐巾捂着嘴，

馋涎欲滴饭桌上。

杨老师的美妙诗句惹得大家拍手称快。

马老总说："你们是有学问的人，出口成章，顺心悦耳。我们没文化的就说不来了。"他说话时特向崔中良使着眼色，意思是他与崔中良是一类人，是说话不会出口成章的人。

杨声："只要说话就行，不一定成章，能成章就成章，不能成章，成话就行了。"

张金全老师说："我说两句。"

> 海鲜美酒已备齐，
> 诱得宾客心着急。
> 解除平日无限苦，
> 开杯畅饮莫迟疑。

李四周老师接着说：

> 海鲜美酒两相宜，
> 惹得心扉着了迷。
> 放下平日烦琐事，
> 一醉方休别客气。

王礼让老师说：

> 海鲜美酒是珍品，
> 亲朋好友共畅饮。
> 忘掉一切麻烦事，
> 喝成烂泥才过瘾。

靳朝老师说：

> 赏心悦目闻着香，
> 亲朋好友聚一堂。
> 海鲜宴上显酒量，
> 一个更比一个强。

唐师傅说：

海鲜很早已备齐，
美酒个个杯不虚。
欢迎朋友快就位，
共同欢吟友谊曲。

崔中良师傅说：

吃些海鲜很快乐，
喝些美酒也不错。
千万不要喝多了，
多了就会瞎胡说。

马老总说：

海鲜我爱吃，
美酒我不喝。
甭问为什么，
问我也不说。

徐科说：

海鲜味美早有闻，
自古以来是珍品。
有幸应邀来赴宴，
今日真是好时运。

　　大家都说了一遍以后，就是动筷子吃的时候，自由吃，自由喝，想吃什么菜就吃什么菜，想喝什么酒就喝什么酒。最先喝完的是茅台，每人喝了两盅多，一盘大闸蟹放正中间，旁边放着用蒜汁、芝麻酱等配成的佐料，吃螃蟹时蘸着佐料吃，味道更出奇。马老总没吃过螃蟹，不知道什么味道，也不知道如何吃法。他听严师傅说这是大闸蟹，是螃蟹中的上等货，个大，好吃。他想这回可尝尝鲜，究竟如何吃，他没有多考虑，也不好意思问别人。他用手抓起一个大个儿的。严师傅对他说："你蘸着吃。"他说："我不用站着吃，我坐着吃就行。"说话间他却咬掉了一只蟹钳，又马上把它吐出来，被扎得满嘴流血。他用餐巾纸擦着嘴说："这玩意咬不动还扎人，对我吃它很不满意，这是有意报复我。"坐在他旁边的严师傅伸手拿了一个，给他做着示范，再次告诉他要蘸着吃，这次他才懂得了"蘸着吃"的含义。他自言自语地说："真是长到老学到老，这不仅是知识方面的，连吃也是这样。"大家都好奇地看着他，把他看得不好意思起来。

杨声老师说："我是第一次吃这样的宴席。"

靳朝老师说："你怎么是第一次呢？恐怕无数次了。"

杨声老师说："你误解我的话了，我是说像这样的宴席，也就是说，我的话有两个意思，首先是：所有菜肴全部是海产品，这是我从来没有经历过的；其次是我也从来没吃过这么好吃的菜肴。过去确实吃过不少宴席，无论是食材上，还是做工上，比这个差远了，炒豆芽、炒白菜也是个菜。看着难看，吃着没味，嚼着淡薄无味，咽到肚里不顺气，等到半晌还反胃，心里感到不是味。当然，这毕竟是少数，绝大多数吃着还是不错的，也可以说很好吃，但与这次比较起来，还是远远不如的。"

李四周老师："严师傅，这次回去给我们带来什么好消息呀？请说出来让我们大家分享一下。"

李老师说完以后，其他同志都异口同声地说："好，好！"

严师傅一提起他们那里的情况，激动万分地说："变化太大了！太大了！建立特区的决定太英明了！我们那里人根本就想不到有如此的变化，连一些八九十岁的老年人也说，连做梦也想不到的事，现在实现了。别的我不说，我只说一下我们那里一般老百姓的存款情况，二三十万元的是贫困户；一二百万的是中等户；好几百万元甚至一千万元的是富裕户。"

王礼让老师插话说："我们这里万元户就是富裕户，而且是万元户的还寥寥无几。"

严师傅接着说："我们那里的人干劲可大了！人人都是争着干活，街上看不见一个闲人，有人也是老弱病残，干不了活。我们那里的另一个特点是拼命上技术学校，上夜校，上各种培训班，争先恐后学到一技之长，然后就可以打工。到外地打工的特别多，我就是这样来到这里的。在外地打工的绝大多数都能赚到钱。我们那里人不管在哪里打工，始终坚持两条原则：一个是过硬的本领；一个是完美的服务态度。我们温州人遍及全中国。"

杨声老师说："我们这里与过去比变化也很大，与你们那里比，自愧不如。

但我对我们这里的变化还是非常满意的。以我看来，我们这里最大的变化是：广大农民不但解决了温饱问题，而且告别了吃粗粮的历史。这是何等的变化呀！这就是翻天覆地的变化，这就是史无前例的变化，几百年来，有史以来，人民过过这种生活吗？从来没有过！过去多少农民被饿死，民国三十二年（1943年），这里的农民有的全家被活活饿死，有的小孩是在'我饿，我饿'的叫声中死去的，多惨呀！"

杨老师情不自禁地抽泣起来，擦不干的眼泪扑嗒扑嗒往下落，他无法再讲下去了，在座的同志们说："杨老师歇一会吧，喝口水，换一下情绪就好了。"坐在他旁边的李四周老师把一杯热茶递给他。他呷了一小口热水，镇静了一下情绪，然后把自己过去的家庭遭遇简明扼要地述说了一下，让大家的情绪随着他一起伤感起来。他忽然不再说话，擦了擦眼泪对大家说："好了，不说它了，反正是过去的事了，过去就叫它过去吧。咱们吃菜喝酒，享受咱们现在的美好生活。"

李四周老师说："我们享受现在的美好生活，现在的生活真是享受，我们上了年纪的人在享受现在生活的同时，都不会忘记我们苦难的过去，'忘记过去就是意味着背叛'一点也不假。我看见大家拿来的酒，我就很有感触。新中国成立前我们家根本不买酒，也不喝酒，平时不喝，连办喜事也不买酒，买不起呀。我听父亲说，他结婚时，虽然请客了，但没有酒，只是在酬媒人时买了两斤黄酒。到我结婚时有酒了，但是是赖酒，红薯干酒，到酬媒人时还不够，宴会上没酒了，这是最丢人的事。临时买吧，没有钱，不买吧，饭桌上没有酒，可把我父亲愁坏了，他急忙去问我大爷，求得他的帮助，我大爷给他了半斤药用酒精。我父亲把这半斤酒精倒入一桶生水里，用棍子一搅和就是一桶美酒，拿到饭桌上供应客人，让每个客人都尽情喝够。我儿子结婚时就大变样了，请客十几桌，有酒，有肉，还有白馒头。酒是四特大曲，有各种肉，猪肉、牛肉、羊肉、鸡肉，有鱼虾，但是没有螃蟹，我对厨师说要把宴席尽量往好处做，我说：'我爹是新中国成立前结婚，结婚时连酒都没有。我结婚时是新中国成立后，虽然有酒，但是赖酒。我儿子结婚就不一样了，生活好了，有钱了，我要办一个排排场场的婚礼，宴席要往最好去做，你需要啥食材我给你买。'为儿子办的婚礼，我尽了最大努力了，是我家三代人中最好的一个，但与今天这个宴席还差得甚远，无论是菜还是酒都是无法相比的。变化真快，是连做梦也想不到的。"

大家吃了一阵子后，杨老师又开了腔："我看大家都是诗人啊，今天的海鲜宴成了赛诗会了，我很高兴，大家能说出这么好的诗句，真使我没有想到，既然大家有这个才能，咱进一步挖掘一下潜力，看大家能发挥到什么程度。上一轮大家是就着海鲜宴说的，下一轮每个人说说自己，其他也可以，不过重点是自己，这里包括自己的职业，自己对某一事物的看法等等。诗歌是一种表达形式，如果用诗歌说不来，也可以用其他形式，最好用诗歌形式，因为诗歌形式更有趣味性。"

沉默了一会儿后，王礼让老师说："杨老师先带个头，你先说一段，然后我们好跟着学。"他的话受到大家的热烈欢迎。杨老师说："好，我先说几句。"

> 海鲜泛起诱人光，
> 不禁馋涎流大长。
> 急忙动手尝一口，
> 吃着更比闻着香。

王老师说："真不愧是语文老师，要知道有今天，我当年何不学语文呢！"
李四周老师说：

> 英语当今很重要，
> 国际交往少不了。
> 教出学生满天飞，
> 报效祖国显功劳。

张金全老师说：

> 语文是个大课堂，
> 说话做事论短长。
> 挥笔写出春秋史，
> 普洒大地留篇章。

王礼让老师说：

> 科学发展靠计算，
> 没有数学难实现。

教出学生千千万，
从事研究攻尖端。

靳朝老师说：

挥笔写出日月梭，
潇洒画出好山河。
书法美术无价宝，
承前启后奏凯歌。

徐科说：

我售百货为大家，
送货上门不拿架。
顾客面前唯唯诺，
争取获得人人夸。

严师傅说：

一把剪刀系万家，
剪断头发乱如麻。
只要来到我这里，
精神振奋意气发。

唐师傅说：

人人生长在世，
谁也离不了吃。
要吃就得有我，
我是做饭大师。

崔中良师傅说：

我有一把铁扫帚，
每天街上大扫除。
扫除一切污浊事，
人人感到很舒服。

马老总说:

> 我是大杂院总管,
>
> 什么事都管。
>
> 有时老板不让管,
>
> 不让管也管。

严师傅马上问他:"怎么老板不让你管你也要管,是怎么回事呀?你也太不知道自己是谁了吧。老板不生你的气吗?"

马老总很有把握地回答: "老板不但不生我的气,他对我的做法还很满意呢。"

张金全说:"我还是第一次听到有这样的老板,对不执行他命令的下属感到满意!这究竟是怎么回事呀?"

马老总说:"我这么干是解他的围,是帮他的大忙,他怎么不满意呢?当然凡是这种事都不是大事。他不想卖的房子,如果我给他卖了,他何止是生气,他会把我开除了,而且还要就追究我的法律责任,绝不会给我留客气的。而这是些小事,他不愿意得罪人,就答应人家的要求,我一不答应时,就把责任推到我这儿,他落了好,我落了赖,他怎么不高兴呢?比如常姮要求在门口挂招牌的事,她去问老板了,老板说可以挂,所以她那么气势汹汹。但我就是不让挂,其实门口不挂牌子的规定,老板是知道的,而且最初是老板本人亲自提出的建议,这时他却同意她挂,我若不挡住,不就乱套了吗?老板滑头,如果我再滑头,事情就办糟了。"

王礼让老师诧然问道:"当老板能这样吗?若是我就不能这样。"

李四周老师紧接着说:"所以你就当不了老板,你只能当数学老师,你连语文老师都当不了。因为数学是真理,是就是是,非就是非,不能又是又非,不能模棱两可。"

杨声老师说:"当老板是有一定特殊风度的,不能太硬也不能太软,得既硬又软,既坚持原则,又灵活运用,很多老板之所以能当老板,就是他们有这种两面性。在大多问题上,在原则问题上,他们是硬邦邦的。可是在一般生活琐事上,他们却是软绵绵的。多数群众都是在小事上与他打交道的,所以他们对老板的印象都比较好,平易近人,没有架子,考虑周到,关心群众。大多数群众只有一种性格,要么刚正不阿,要么灵活多变。那些刚正不阿的人,老板会让他们做守大门、看仓库、当保管之类的活。那些灵活多变的人，老板会让他做售货员、卫生员等服务行业的工作。任何事情都有个度，这个度很不好掌握，很多人工作的好坏就是看他在这个度上是否能把握好，刚正不阿有个度，超出这个度就走向反面了。灵活多变也有度，如果过度了，就会走到邪路上去。每个人在日常生活中、在任何事情上都有个度，不能过度了，要琢磨这个度在哪儿，只要把这个度把握好，干什么都会很顺心。"

大家都在专心地听杨老师说话，也不喝酒，也不吃菜，没有一点声音，没有一点动静，杨老师停住以后，大家的思绪仍沉浸在杨老师讲话的思路中。

严师傅说道："大家不要干坐着，快吃呀，桌子上的东西下得不快，酒也不下，快吃快喝。说一千道一万，吃到肚子里才是好汉。这也好，那也好，不吃到肚子里就不好。这是你的，那是你的，不吃到肚子里就不是你的。"在严师傅的带动下大家又吃喝了一阵子。

杨老师说："前两轮大家说得都很好，我看大家的潜力还大着呢。我想咱们再说一轮，这一次说的内容不限，关于自己也行，家庭也行，职业也行，社会上任何事情都行，再不然猜个谜也行。总之这一轮比较自由，大家把思想放开，会更好谈一些。这次我还先说。"

> 树枝上，小鸟一双双，
>
> 叽叽喳喳胡乱叫。
>
> 昂首摆尾拍翅膀，
>
> 生就爱轻狂。
>
> 刹那间，险情突显彰，
>
> 声消息沉舞姿住，
>
> 立即展翅飞远方，
>
> 极速逃命亡。

随后杨老师又做了说明，他说他家有一棵杏树，每当开花结果时就有很多小鸟在上面乱折腾，把花蕾折腾掉。每到这时，他就放鞭炮，把小鸟驱赶跑，就此情况他填了一首词《望江南》，他在此念给大家听，请大家指正。

张金全老师说：

人往高处走，
水往低处流。
有窝头不吃野菜，
有白馍不吃窝头。
有大肉不吃白馍，
有海鲜不吃大肉。
欲望越来越高，
永远没有尽头。
生活还是低标准，
随时都可达要求。

徐科说：

事情过后知珍惜，
地方离开方留恋。
今日有酒今日醉，
幸福尽享在眼前。

王礼让老师说：

人人望子成强龙，
达到目的有几成？
我让孩子随自然，
平平安安过一生。
人生什么是幸福，
心满意足是准绳。
要求太高无满足，
幸福永远不可能。

严师傅让大家猜这样一个谜语：

长相像个大乌龟，
浑身披带铁甲盔。
身下四个黑圆腿，

前后都有亮眼睛，

大小至少十多枚。

囫囵吞人不解饥，

吃的食物很像水。

天生力气非常大，

跑起路来快如飞。

人们都想拥有它，

出门方便省路费。

大家立即猜出来是轿车。

靳老师说："我也让大家猜个谜。"

圆圆的屁股尖尖的嘴，

身材苗条非常美。

整天爱跳踢踏舞，

不吃东西光喝水。

吐出文字或图画，

绘出天鹅展翅飞。

它是人的好朋友，

走动不离紧相随。

这个的谜底是钢笔。

李四周老师说了个让大家猜字母的谜语：

有个字母是我，

有个字母是你。

有个字母能喝，

有个字母能吃。

有个字母会看，

有个字母会飞。

靳朝老师说，字母 I 是我。王礼让老师说字母 U 是你。张金全老师说字母 T 能喝，因为 T 与 tea（茶）同音。其余三个字母没人猜出来了，李四周老师把这

个谜底告诉了大家：能吃的字母是 P，它与 pea（豌豆）同音；会看的字母是
C，它与 see（看见）同音；会飞的字母是 B，它与 bee（蜜蜂）同音。

唐师傅也出了个谜语：

两个圆腿前后立，

走路滚动快如飞。

生来就有刚强劲，

人们把它当马骑。

会用它时很服帖，

不会用时很调皮。

轻者叫你走不成，

重者摔你嘴吃泥。

这个谜语很快就被猜出来了，是自行车。

崔中良师傅给大家说了个顺口溜：

我家有条狗，

从不嫌我丑。

整天跟着我，

天天玩不够。

是我的护兵，

对我很忠厚。

从不背叛我，

我们是朋友。

我整天喂它，

吃饭很讲究。

赖的不想吃，

老想吃肥肉。

我喂它白馍，

它也能迁就。

我舍不了它，

我们共白头。

崔中良师傅说完后，大家一阵热烈掌声，称赞他说得好，说着顺口，听着顺耳，意思明白，情感真切。杨声老师开了腔："大家都听见了，多么好的顺口溜呀！崔中良师傅学问并不高，也没从事文化工作，整天干的是体力劳动，但他能说出这样的句子，为什么呢？他说的是真实生活，是具体实践。这充分说明文学作品是从生活中来的，是从实践中来的，没有生活实践，就没有文学作品。他说的每一句话都是具体生活，没有一句空话，没有一句编造的。"

马老总也说了几句有关狗的顺口溜：

习惯是条狗，

天天紧相守。

一旦养成了，

打都打不走。

若是好习惯，

办事很凑手。

若是坏习惯，

办事没准头。

习惯慢慢养，

从小处着手。

当下严要求，

有个好今后。

跟你一辈子，

办事不发愁。

有个好习惯，

生活乐悠悠。

门叽哇响了一声，走进一个人，大家一看是电脑班的刘青老师，大家急忙站起来欢迎他。严师傅让他入座后说："你来得太晚了，我们都快喝醉了。"

马老总说："来得晚比不来强，现在还有两个人没来呢。"

刘青老师说："老伴劝我不要来，她说人家都散伙了，你还去干吗呀？你刚回来，再去喝酒，恐怕对身体没好处。我说不能不去，我很想与大家聚聚，哪怕是只与他们喝一杯酒，我心里也是畅快的。我到家后把东西放下，连个脸都没洗就过来了，生怕你们散了摊子我赶不上。"

张金全老师："就凭你这句话，我们就心满意足了。"

杨声老师："你来了很好，先喝三杯入席酒。你愿意喝哪个酒吧？"

刘青老师："茅台。"

杨老师："对不起，茅台没了，有五粮液、剑南春。"

刘青老师："随便哪一个都行。"

马老总给他倒了三杯五粮液，他一口气喝了。

崔中良师傅："你先吃个螃蟹吧。"

王礼让老师："大闸蟹，唐师傅做得特别好吃，比别的地方的蟹有独到之处。"

靳朝老师："这里的海鲜，那里的海鲜，哪里的海鲜也比不过这里的海鲜，我可以说吃过这里的海鲜，就不用再吃海鲜，也可以说，没吃过这里的海鲜，就不叫吃过海鲜。"

张老师："你看靳老师说得多好，赶快吃吧。"

杨老师："刘老师你来得晚了，咱把丑话说前头，我们从开始到现在已经喝了这么长时间了，咱抓紧时间，我们进行的程序你一个也不能少。"

刘老师："你说吧，杨老师，都什么程序，我不抵赖。"

杨老师："你必须作三首诗，第一首是关于今天晚上海鲜宴的，第二首诗关于你本人或你的工作的，第三首是随便什么内容的。"

刘老师："你们每个人都作了吗？"

杨老师："我们在座的每个人都作了，毫无例外。"

刘青老师环视了一圈，看见每个人都是理直气壮的样子，他本来对崔中良和马老总两人有些怀疑，当他的眼光落到他们两人身上时，他们都没有示弱或不好意思的表现，他也不便再问，就干脆地说："好，我也作三首。"他皱起眉头想了一会儿，然后说出了他的三首诗。

第一首关于海鲜宴的：

此宴本应在天堂，

人间难得几回尝。

有幸应邀来赴宴，

终生永远不会忘。

第二首，关于他的电脑培训班的：

> 我办技术培训班，
>
> 培养人才做贡献。
>
> 选派人才去南方，
>
> 改革开放第一线。

"关于第三首，"刘青老师说，"我先给大家谈谈我去出差的情况。我是应邀去东莞进出口公司参观的，顺便把我教的一百多个毕业生给他们送去。我们应邀的有三十多人，全是河南职业学校的校长。他们邀请我们的目的就是让我们参观他们所属工厂主要生产什么商品、生产条件和职工的工作和生活条件，欢迎我们为他们积极培养人才，他们急需人才，各种人才。从那里的形势看，成千上万人也不够他们用，当然他们要的都是技术人才，没技术不行，我看了后恨不得把咱河南的农村剩余劳力全部培训了给他们送过去，这是多好的机遇呀！我们这里的青年人解决了工作问题，增加了收入，提高了生活，他们满足了对劳动力的需求，可以扩大再生产，增加出口，为国家挣得外汇。过去我们愁的是找不到工作，我也不敢多教，学生也不敢学，怕学了没用，学了也是白学，净浪费钱，浪费时间。现在要转变这个观念，不是有人找不到工作，而是有工作找不到人来做。我办培训班的信心大大增加了，我要扩大规模，增加招收人数，把教学质量搞好，争取尽快培养出更多的合格人才，送到南方第一线。

"通过这次参观，我对改革开放政策有了进一步的理解。下面我用这么几句话表达我对改革开放的感受：

"中国正在经历着翻天覆地变化，中国的生产力在突飞猛进，中国人民的生活水平正在逐渐提高，我们的国家就要富强了，中国人民真正站起来了，中国人民再也不受外国人的欺负了！

"在回家的路上，我把改革开放的成果，用顺口溜的形势写了几段文字，现在念给大家听听，请大家指正。"

> 改革开放虽不长，
>
> 人民生活大变样。
>
> 过去家家不够吃，
>
> 现在户户有余粮。

改革开放虽不长，
生活习惯大变样。
全家经常不动火，
一天三顿去食堂。

改革开放虽不长，
吃饭内容变了样。
大米白面不爱吃，
爱吃红薯和高粱。

改革开放虽不长，
穿衣习惯变了样。
人人穿衣不动手，
男女老少买衣裳。

改革开放虽不长，
出门方式变了样。
卧车轿车或包车，
不去骑车跑断肠。

改革开放虽不长，
精神面貌大变样。
过去人人情绪低，
现在个个斗志昂。

改革开放虽不长，
大街小巷变了样。
过去闲人成大堆，
现在工作在工厂。

改革开放虽不长，
口袋里面大变样。
过去干瘪空荡荡，
现在个个鼓囊囊。

　　改革开放虽不长，

　　消费市场大变样。

　　过去要啥没有啥，

　　现在东西满当当。

　　改革开放虽不长，

　　雄狮初醒立东方。

　　沿着改革开放路，

　　祖国越来越富强。

　　刘青老师接着说："从现在咱们国家的发展形势看，咱们的人才很不够用，尤其是技术人才。咱们北方好像很多人没活干，而南方却是很多活没人干，他们对人才的需求如饥似渴，我看那发展势头，咱们北方所有劳动力去了也不够用。但不会技术不行，不管什么人，只要会一门技术，那里就需要。另外据他们内部消息，对于培养技术人才，国家还要投资，很可能是培养一个人国家补助一定的钱。消息是肯定的，但不知道什么时候开始实行。我的培训班就不能只限于电脑了，我准备扩大规模，也培训其他技术，尽量把农村的闲人培训后送到南方。这是一举几得的事，对我个人来说，也是对改革开放做的贡献。"

　　刘老师的话使大家更加兴奋不已，虽然到了深夜，可谁也没有睡意。没有不谢的花朵，也没有不散的聚会。他们终于起身离席。就在这时，杨老师一把抓住徐科，说道："请你留一下，咱们再晚一会儿走好吗？"

　　他们坐下后，杨老师说："我早就想找你谈谈，就是找不到机会，主要是你忙。"

　　徐科对杨老师很尊敬。杨老师德高望重，在大杂院里是个精神领袖，大家都听他的，人们之间发生了什么矛盾，只要他一去说话，基本都可以解决，即使有一方不满意，也退让一步，不再争论。杨老师一叫徐科停下来别走，徐科很高兴，他料定杨老师肯定是帮他忙的，肯定是对他有好处的。他很客气地问杨老师："有啥事，杨老师？请说吧。"

　　杨老师："今晚时间不早了，咱们不绕圈子，直截了当，有话直说。"

　　徐科："好。"

　　杨老师："我听说你们两口子经常磨嘴皮子，是怎么回事？咱们大杂院里你们两口子算是年轻的，称得上是小两口。小两口应该是亲亲热热，如漆似胶，这样过着才甜蜜。你们经常吵吵闹闹，还有什么幸福可言？你们有一个女儿，已经大专毕业了，找工作了吗？"

徐科："暂时还没有，我们门市部里人手不够，先叫她帮帮忙。"

杨老师："这也好，先实践实践，等以后参加工作就有经验了，用人单位最喜欢要有经验的人员。女儿都这么大了，你们还闹，不好好过日子，让女儿也不好处，向谁呢？只有中立，结果是'三国鼎立'。就这三口人，亲一窝，亲三口，本来是三位一体，而你们弄了个各自为政，闹得别别扭扭，多不舒服。今晚我叫你留下就是问问怎么回事，想尽量给你们解决一下。请你说说是什么原因。"

徐科："不瞒你说，杨老师，是这样的。"

杨老师："为什么呀？到底怨谁？"

徐科："一言难尽，她总怀疑我……"

刚说到这里，徐科的妻子林妍一步走到跟前，接着他的话说："我怀疑你？怎么不说你小心眼，容不得我与男人说一句话……"

杨老师："好，好，你也来了，正好。咱们都坐在一起，你们说说你们的委屈，我说说我的意见，争取今天晚上把你们的怀疑消除了，把矛盾解决了，今后不要再吵吵闹闹，要快快乐乐过日子。好吧，你们谁先说？"

林妍："我先说。"

杨声："你说吧，简明扼要。"

林妍："他小心眼儿，说起来是个男子汉，大丈夫，但心眼儿比针尖还小。他经常对我不放心，经常怀疑我，而且怀疑得莫名其妙，让人听了不相信，人家可能认为他脑子不正常。比如，像这样的事他就会对我有怀疑：我与某一个年轻男人说话了，他就说我与某男人说话亲近了，说我与某男人笑了，说我与某男人表情不自然了，等等。有时他直接说我对某人有意思，逼我交代与那人有什么隐情。有一天晚上还不到八点钟，三楼的老申叫我给他送一捆卫生纸，我送去以后恰逢他们正在看中国女排与日本女排争夺冠军，五局三胜，已打了四局，二比二平局，这一局谁胜了谁就是冠军。场上比分是 18：18，在这紧要关头，谁不想看个究竟，谁不希望中国赢呢，我在他屋里看到郎平拿到冠军杯才回去。我回去后他可把我骂好了。平常，他总嫌我对人不正常，嫌我对男人笑了，嫌我对男人热情了。你想想，杨老师，我们是服务行业的生意，我们的服务态度必须好，对顾客必须笑面相迎，点头相送，争取回头客。他虽然是个成年人，但在这个问题上像个小孩，就是想不开。他干得倒不错，就是心眼太窄。说实话吧，我对女儿要求得比较严些，不让她随便与外面不三不四的人接触，她与外面任何人交谈都得向我汇报，不汇报我不愿意她。我对他宽多了，基本不管他，一个老爷们了，完全懂得如何表现自己。他是个活人，谁也不能老跟着他。他只要好自为之就行了。"

杨声："徐科，你说说你的意见。"

徐科："她说的怪好，她也怀疑我，她说我总找她的毛病，是看不上她，因此推测出我肯定有外遇，外面肯定有小姐，她总是提防我。今晚她来就是证据。这么晚了，还不睡？她睡不着，一个人偷偷摸来，就是跟踪我的。此外，我对她还有一个意见，这也是我对她的最大意见，就是她经常与常姮拉拉扯扯。"

林妍："我怎么与她拉扯啦？你说话不要良心。"

徐科："你怎么与她拉扯啦？我有根据，没根据我就不说。"

林妍："什么根据？你说呀。"

徐科："我经常看见她来找你。你也常去找她，我亲眼看见的，我不瞎说。可以肯定，你们干不了好事。我就是怕你学坏了。学好不容易，学坏可容易。你如果经常与那正派人来往就好了，我还鼓励你呢。"

林妍："与她来往怎么啦？我们都是女人，你有什么不放心？"

徐科："你们都是女人不假，但她是个不正经的女人。你与这样的女人来往，我就是有意见。这说明你们臭气相投。苍蝇爱叮臭鸡蛋，她不找别的女人而来找你，说明你与她一样臭。"

这几句话让林妍受不住了，她大声嚷嚷起来："你说说我们怎么臭了，咱现在把她叫来，你当着大家的面说清楚，我们究竟臭到哪儿？"

徐科："还问臭到哪儿？你就不知道大家对她是什么看法？还在这里瞎咋呼哩！"

杨声："好了，好了。这个问题咱先不谈。咱还是谈你们两个人的问题。我看你们的矛盾完全是个心理问题，是心理不健康，不坦然，不阳光。没有大的原则问题。解决的办法是把你们自己阳光起来，先把自己肯定下来。对方怀疑我的，我没有，同时也肯定对方也没有，把没有套在身上后，就把怀疑否定了，你们的思想马上就会健康起来，一切矛盾就会迎刃而解。我送你几句诗，供你们思考。"

> 山外有山楼外楼，
>
> 互相猜疑何时休？
>
> 两人都在耍心眼，
>
> 谁都希望高一筹。
>
> 猜测怀疑全抛弃，
>
> 区区小气不可有。
>
> 坦坦荡荡心相印，
>
> 甜甜蜜蜜到白头。

杨声转向徐科说："你们的矛盾你担负主要责任，你的心眼太小，不像个男子汉，没有气派，有些小小气气，不大方，不豁达。今后要锻炼你的气量。依我看，两口子之间如果有矛盾，主要责任在男方，男方要有包容心，不要与女方针尖对麦芒，让她说两句，让她吵两句，矮不了你多少，低不了你的威风，影响不了你的派头，你不要计较她的一言半语。相反，你如果能容忍她的唠叨，你会感到你更威风、更气派，你的头抬得更高，腰挺得更直。我再赠你几句。"

> 男人肚量大，
>
> 一切容得下。
>
> 不管她说啥，
>
> 不要去管它。
>
> 态度要平和，
>
> 关系要融洽。
>
> 有话好好说，
>
> 不要戗着茬。
>
> 性子不能使，
>
> 火气往下压。
>
> 化解所有怨，
>
> 美满幸福家。

第九章　两个职业学校

两个月亮高空挂，一样圆来一样大。

一个恬静皎洁月，一个光环一大把。

仰天长叹问吴刚，究竟哪个是你家？

　　刘青老师从南方参观回来以后，干劲更大了，他的培训班从单一的电脑培训扩大为多种技术培训。机构名称由"电脑培训班"，改为"职业培训学校"，培训内容除了电脑以外，又增加了电工、电焊、车工、锻工、钳工、铸工、缝纫、油漆等八种业务，南方急需的就是这方面的技术人才。规模的猛然扩大，讲课教室、讲课教师和实习场地都是难以解决的问题。刘青老师把电脑班和学校办公室仍留在大杂院，其他新增加的八个专业统统安排在原机械厂旧址。讲课教师和实习场地，分别与各个相应的工厂挂钩，用他们的教师兼课，用他们的场地实习，他们都很愿意，因为可以增加收入，刘青老师也解决了实际问题。他的培训原则是：理论作指导，实践紧跟上，理论与实际相结合，达到会实际操作的目的。每讲一个理论，必须进行实际操作，会操作以后才进行下一个理论的讲解，这样稳扎稳打，步步为营。课程全部结束后还要对学员进行期末综合考试和场地实习，有一样不合格就不准毕业。不合格的学员不推荐工作，必须留校继续学习，直到考及格为准。

　　准备工作就绪以后，刘青老师向各地发放了招生广告，内容是：

　　为了满足南方技术人才的需要，响应政府转移农村剩余劳动力的号召，原电脑培训班扩大了规模，增加了设备，由培训班提升为职业培训学校，除继续开设电脑班以外，新增电工、电焊、车工、锻工、钳工、铸工、缝纫和油漆工专业。有关事项如下：

培训时间：两个月

培训费（含书本费）：30元

食宿：伙食费自理，免费住宿

报名地点：大杂院内电脑培训班办公室

开学时间：报名时告知

我们的承诺：保证安排工作，保证适应工作

国务院关于对职业培训学校进行资金补助的文件到了。大杂院里第一个得到这个消息的是常姮。为了得到第一批补助金，她很快把她的文化培训改为职业技术培训。她很会跑关系，她也知道跑关系的重要性。为了让她的职业培训学校成为上级指定的职业培训场所，为了顺利得到培训补助费，她采取一切办法，无所不用其极，充分利用她惯用的女人优势，找遍了下列领导和单位：抓职业教育的副市长、主管这部分资金的农业局、市政府办公室、扶贫办公室、财政局、教育局等，然后发了这样的招生广告：

中国天宇投资公司捐赠我市扶贫款50万元，专用于对贫困子女的职业培训。政府办公室和扶贫办公室充分研究并经政府有关领导同意后，委托我校运用这笔资金开展培训工作。为了确保培训质量和扶贫资金的有效运用，我们分期分批落实培训，每期150人。现将有关事项通知如下：

1. 参加培训人员必须是经过村委会介绍的贫困户子女。

2. 本人写出申请并由村委会和乡（镇）政府批准。

3. 培训时间：两个月。

4. 报名地点：大杂院宇宙职业学校办公室。

5. 费用问题：

①培训费100元，全免。

②书本资料费15元。

③住宿费20元。

④实习费30元。

6. 自带行李，安排住宿，住宿是集体宿舍，吃饭食堂制，伙食费自理。

7. 注意事项：

①报名时必须交本人申请书、村委会的介绍信和报名卡。

②报名卡上的村委会意见和乡（镇）政府意见栏内，必须有"同意"字样和印章。报名卡必须由申请人如实填写。

③报名时必须在"扶贫招生培训处"报名，以免误报影响自己的前途和扶贫资金的有效运用。

④报名时须交一寸免冠照片三张。

8. 我们的承诺：保证培训质量，保证安排工作。

宇宙职业学校扶贫培训报名卡

姓名		性别		年龄		
电话						照
住址		乡（镇）	村		组	
村委会意见： 年　　月　　日						片
乡镇意见： 年　　月　　日						
扶贫办意见： 年　　月　　日						
学校审查意见： 年　　月　　日						

有竞争才有发展。植物有竞争现象，争水分、争阳光、争肥料，谁的竞争力强，谁就长得茂盛。动物也有竞争心，比如喂猫，一只猫可能不怎么吃的东西，如果有两只猫或三只猫，它们就争着吃。人的竞争思想表现得更突出了。人都想占上风，想占便宜，别人得不到的，他得到了，他心里就高兴；他买的东西比别人买的便宜，哪怕是便宜一分一厘，他心里也舒服。如果掌握好人的这种心理，在处理日常事务时，就能用较小的气力，收到较大的效果。比如你要想卖掉某种东西，你不要求人家"你买吧，你买吧"，你越求人家买，人家偏不买，人家会认为你的东西是卖不掉的破烂货。如果反过来，说这个东西如何不好买，你如何不想卖，很快就会有很多人争着买，生怕晚了买不到。不好买的东西，甚至别人买不到的东西而他去买到了，他认为这就是占了便宜，因此，

心里很舒服。

一天上午，常姮与市扶贫办主任郝才一起，带着招生广告和报名卡来到林东县扶贫办，找到扶贫办主任陈方。陈方一看是市扶贫办主任来了，开玩笑似的说道："哎呀！领导来了，啥事呀，叫你亲自跑来，来个电话就行了，要么叫我们去。你们工作忙，用不着亲自下来。"他们坐下后，郝才说："让常校长说吧。"

常姮："是这么回事儿。中国天宇投资公司捐赠给我市五百万元扶贫资金，专用于培训贫困家庭的子女，让他们学到一技之长后参加工作，改变贫困面貌，提高他们的生活水平。市政府与市扶贫办经过充分研究，并报请市政府批准，委托我们学校承担培训工作。"郝才不时地点头表示赞同。

常姮把招生通知书小心翼翼地从包里掏出来递给陈方主任。陈方看罢后非常高兴地说："这太好了，这绝对是个大好事。我们整天考虑的就是如何让这些贫困户脱贫，但我县是个穷县，我们干着急，就是想不出办法。你们这么一来就帮我们的大忙了。你要我们干些啥吧？我们自己没钱，但我们出些力还是很愿意的。我亲自带头，把这个工作干好，用上边的钱培训我们县的人才，这是何等的好事呀！做梦也想不到的，与天上掉馅饼差不多。人们都说天上不会掉馅饼，这不，馅饼不就掉下来了吗？"

郝才很严肃地说："这是个大事，市政府领导很重视这个工作，扶贫工作是中央一直强调的，但我们始终做不出像样的成绩，主要是没有钱。当然，这也怪不了大家。现在有了钱，而且是指明把钱用于培训人员，咱就出些力把这项工作做好，这是扶贫，是为群众做好事。过去咱们县常常做不出突出成绩。今年可就不一样了，你们有事干了，市里把这项工程放到咱们县，说明市里对咱县的重视，这是个得天独厚的机遇，别的县是望尘莫及的，希望你们不要辜负市领导对你们的期望，一定把这项工作做好。"

陈方郑重地说："请放心吧，郝主任，这个工作我一定亲自抓，保证做好，以最优异的成绩向你汇报，请你听好消息吧。"

郝才说："学校规模有限，需要培训的人又这么多，只能轮流培训，一批一批地进行。一批只能培训 150 人，现在把报名卡发给你，参加培训的人员必须凭卡报名，没有报名卡不能报名。这个卡正如电影票一样，没有票是不能进去看电影的。"

常姐接着说："要求报名的人很多，我们学校又容纳不下，因此采用报名卡的办法，凭卡报名。这个卡发给谁，也就是说让谁去参加培训，这是个很严肃的问题，因为牵涉到补助费的享用。因此，如何发这些卡，也就是说让谁先来参加培训，我们动了一些脑子。初步想法有两个：一个是把这150张卡片平均分给各个乡镇，每个乡也只是10多张，这10来张卡到乡里后，乡里怎么发呢？这个办法净叫咱们扶贫办的同志作难。另一个办法是集中使用，把这150个卡集中到一个乡镇，用到一个最贫困的乡，让乡里把卡发到村里，这样每个村可能有一两个。这150张卡片你还不能都放完，你至少留50张自己掌握，万一某领导向你要一个，以后你找他办事时就要好说一些，你也得为自己留个后路，生活在社会上，不就是互相帮助吗？人嘛，谁都用得着谁。你说呢，陈主任，你说哪个办法好呀？以我的意见是第二个办法，把卡片集中到一个乡使用，你认为行吗？"

陈方："我也同意用第二个办法，把报名卡集中到一个乡镇使用。"

常姐："这些卡片必须严格发放，肯定是需要的人多，卡片少，不够用。到时如果有问题难以解决时，你来找我，我想法给你解决，我不会叫你作大难的。你要记住：每张卡片要严格按照要求填写，要本人用钢笔填写，不能用铅笔，因为这报名卡必须交到天宇公司，卡片上的照片绝对不能少，村委会意见，乡镇意见，都得盖章。你一定把好这个关，如果不合格返回来，就麻烦了。"

郝才："要给群众解释，这次轮不上，还可以等下一次嘛，两个月一批，一年可以培训六次，很快就可以把一个乡的男女青年培训完。从市的角度来说，我们一个县一个县地轮换，直到把这笔扶贫款用完为止。"

陈方："按你这么说，如果钱用完了，可是还有县没轮上怎么办呀？"

郝才："到时再说，车到山前必有路嘛。"

陈方把此事向抓扶贫的副县长汇报以后，当场决定把这批培训指标分配给孟店乡，因为该乡偏僻，交通不便，贫困户较多，文化又落后。陈方很快跑到孟店乡政府落实培训任务。乡党委、政府领导非常高兴，抓扶贫的副书记王腾云说："这是个好事，咱一定得把这个任务干好。"

王腾云把70张报名卡分给各村，剩下30张供乡领导用。全乡十个行政村，平均每个行政村7张，比较小的行政村6张，剩下几张作机动。供乡领导用的

30 张分配给书记、副书记、乡长、副乡长每人一张。书记说他得要 3 张,乡长说他也得 3 张,王腾云都不得不给,很快这 30 张分完了。一个驻村干部知道得晚了,再向王腾云要时已经没有了,那位驻村干部还发牢骚:"下去驻村时、有苦活时,你们就想起我们了,可是一有好事却把我们忘得干干净净!"王腾云愧疚地说:"对不起,实在对不起。不过你不用担心,我一定给你找一个。"过了两天,她把机动指标给了他一张。王腾云再三嘱咐他说:"你千万不要声张,指标实在没有了,我给你这一张是与别人做工作,让他放弃,让给你的。"那驻村干部说:"太感谢你了,王书记。"

从发给村里报名卡的第三天起,王腾云副书记一天也没安生过,白天有人找,晚上也有人找;办公时间有人找,下班后也有人找,甚至连吃饭睡觉时也有人找。都是关于报名卡的发放问题。其中,村支书与村长互告的四起,村民告村支书或村长的八起,村民与村民攀比的六起,村民缠住村支书不放的二起,要求增加指标的五起,其他的四起。

比如赵村,村长说支书领到报名卡后,连个招呼也不打,自己做主就分完了,直到有村民问他时,他才知道。村里有几张,支书都分给谁了,他一点都不知道。村长说搞计划生育时,支书就缩到后面不露头,光让他抛头露面,光叫他得罪人,自己装好人。关于这一次给赵村的培训指标问题,村长说:"我们这几个指标,哪怕他给我 1 个,我也没这么生气,他做事太绝了!这事我不能与他算拉倒。我先找你,因为你是抓这项工作的领导,你如果解决不了,我再去找乡党委书记,甚至去县上找县长、县委书记。我要问他们这个培训指标是如何分配的,是让村支书一个人说了算呀,还是让村委会研究而定?"

类似这样的事件有四起。

有八个村是村民告村支书或村长的,他们的意见大致是这样的:"群众不知道村干部把指标分完了,分给近门的亲戚、朋友、相好的。明明是扶贫培训,他们发放的人,谁也不贫。可是村里真正贫困的人,却没有一个得到指标的。"村干部也有理由:"平常上级有什么任务,都压给我们村干部,不管村民工作多么不好做,也不管我们吃多大苦,作多大难,我们都不埋怨,都把任务完成好。这次是好事,难道我们就不应该享受一次吗?难道我们就只能干苦活而不能落些好事吗?群众告我们,他们也是光顾自己,我们干部作难时,他们咋看不见?这次占了点小便宜,他们就看见了,真是岂有此理!"

王村有一起案件，是弟弟告他哥哥。他们是一母同胞，就弟兄两人。他们平常关系也不错，都有两个孩子，都学问不高，没有什么技术，生活上虽然吃穿不愁，但花钱紧巴巴的，靠卖粮食和喂猪喂鸡赚个零花钱。需要花稍微大些的钱时，就得打急，到处借。他们很想让孩子出去找份工作，可是又没有技术。当他们听到扶贫培训的消息后，非常高兴，两人都抱定决心让自己的孩子去参加培训。报名两天以后弟弟那边没有收到消息。弟弟去问村长，村长说："你与你哥两家分到一个指标，给你哥了，你找你哥商量吧。"弟弟马上去找哥哥，哥哥却说是村长给他一个人的，不是给哥弟两人的。弟弟又去找支书，支书的说法与村长的说法一样，这说明他哥是背着他私自把指标留给自己了。他对哥哥很不满意，他不满意有三个原因：第一个是哥哥的经济条件比他好；第二个是哥哥要这个指标应该与他商量，得到他的同意才行；第三个是当他问哥哥时，哥哥还欺骗他，还不说实话，真是太气人，太不能容忍了。

还有几个是要求增加指标的。例如刘庄的刘星村长说："我们村有几户条件几乎完全相同，我又没有那么多指标给他们。要说都不给他们吧，他们不愿意。给他们其中一个吧，他们也不愿意，他们唯一愿意的是都去培训，而且他们坐我家不走。不答应他们的要求他们不走。他们早晨一大早就去我家了，三个人一起，到晚上睡觉时才回去，第二天仍然如此，你看烦人不烦。看来不增加指标是解决不了问题的。"

一天的早晨，老早就有一群农民去找王腾云副书记，要求给培训指标，让他们的孩子去参加培训。王腾云对他们说："培训指标有限，这是第一批，以后每两个月一批，很快就到第二批了，等第二批指标来了，首先考虑你们。"

群众说："我们不能等，我们的孩子都很大了，不能再等了，你发指标时为什么不尽着年龄大的发呀？有的刚十五六岁，有的甚至还在上初中呢，一听说有扶贫培训指标，连学都不上了，这太不合理了。指标不给我们大龄孩子，我们不愿意，在你这里说不好，我们就去县上找县长、找县委书记，我们相信我们的要求肯定是合理的。"

王腾云对他们说："大杂院里有两个职业培训学校，一个是宇宙职业学校，一个是职业培训学校，去职业培训学校报名还便宜呢，才三十元，咱们去这个学校是六十五元，比那个多三十五元呢，那里报名不限名额，可以随便报。"

一群人乱嚷嚷一阵子后，王腾云说："你们找个代表，一个人说，不然我听不清楚。"

一位年纪稍微大一些的说："我来说。我们不愿意去职业培训学校报名的原因有以下几点：第一，他们那里不限名额，随便去，说明那里报名的人数不多，人数不多说明教学质量不行。第二，职业培训学校是纯私人办的，没有政府部门的推荐，宇宙职业学校有市政府办和扶贫办的委托，说明这个学校的教学质量是信得过的。第三，这个学校搞的培训是扶贫项目，这是个政府行为，我们能尝到政府的关怀，感到政府给我们温暖。第四，在职业培训学校报名虽然省了三十五元钱，可是我们却没有享受一分钱的政府补助；在这里报名虽然多出了三十五元，但我们却享受了一百元的政府补贴。至于说培训费的多少问题，培训费高的肯定教学质量高，如果不高为什么会有这么多人去报名呢？第五，为什么你们不去职业培训学校报名而要去这里报名呢，把你们的指标让出来，对我们不是好一些吗？此外，我们对指标分配有这样的意见：这次是扶贫培训，你看看分到指标的有几个是贫困户？绝大部分都被干部占用了，他们既不贫也不困，就算有少数得到指标的贫困户，也大都是干部的亲戚、本家、朋友等等，与干部没有亲朋关系的贫困户几乎都没分到指标。关于这个问题，我们暂时保留上告的权利。"

他的话让王腾云没法回答，她只好不回答。她站在那儿一动不动，呆若木鸡。她回忆这两天来村里发生的事情：村支书与村长的矛盾，兄弟之间的冲突，村民之间的埋怨，一些人对她苦苦哀求，也有人对她冷嘲热讽……这一切纠结在一起，像一团无法理出头绪的乱麻，紧紧地缠着她，她怎么也挣脱不开。她回忆着刚接受任务时的心情：晴空万里，微风徐徐，她的心就要飘起来了，愉快轻松。扶贫培训多么好的名字呀，人人都很向往，她承担这个任务也感到无限荣光。可是现在她陷入纠结中，这真是"祸兮福之所倚，福兮祸之所伏"。王腾云沉思在那里，她面前的人群却不罢休，要求她回答他们的问题，解决他们的问题。

她清醒过来以后回想起常校长对他们说的话：有困难去找她，她想办法解决。这说明指标还是有余地的，去找她还是可以解决的。王腾云思想轻松了，她对他们说："请同志们放心，我一定想办法给你们找指标。"

那位群众代表说："你说这话是搪塞我们的，谁知道你想办法不想，这种说法不行。"

王腾云："我一定给你们找到指标，这总可以了吧？"

群众代表说："报名时我们会带着行李去，如果报不上名，我们就去市委找书记，不给我们解决我们不回来。我们对书记就这么说：'扶贫培训的指标不让我们贫困户的子女去培训，而去的却是不贫困的，尤其是去的大部分都是干部的子女。'我们估计书记会重视我们的意见的。"

这几句话像千钧棒一样打在王腾云的头上，刚才只是凌乱，现在是发懵，刚才是浑身发软，现在已像一团掂不起来的烂泥。她在想，如果他们上告到市委，市委肯定责成县委查处。他们反映的情况确实是事实，这件事肯定惹县委生气，至少给我个警告处分。她害怕了，她马上对他们说："请同志们放心，我一定给你们解决指标问题。"

那几个群众走后不久，宋庄的党支部书记找王腾云副书记反映："我听说马庄有群众私自复印报名卡片。"

王腾云："不用管它，自己私印的怎么能报名呢？那上面还得有村委会的意见，乡镇政府的意见，扶贫办的意见，最后还得有学校的审批意见，他们光填了表不算数，还得有四个部门把关呢。这是扶贫款培训，那一百元钱的扶贫款不是随随便便就能享受到的。"

宋庄的支书反映马庄的情况，并不是单纯反映情况的，而是来试探的。他村里有几个农民整天撺着他要报名卡片，如果复印可的话，他也复印几份给那几位村民。

孟店乡政府旁边的广场上停着四辆大巴车，红旗招展，高音喇叭里播放着悠扬的歌声。广场一头放着一张桌子，旁边放着几把椅子。广场周围站着很多群众，大多数是看热闹的，他们并不知道这是要干什么。

这是孟店乡政府准备把参加扶贫培训人员送去宇宙职业学校出发前的场景。

参加培训人员到齐以后，他们把行李放在车上，在讲桌前面集合，参加培训人员站在中间，陪送家长站在后面。广场上，参加培训人员、家长和围观者，总共五百多人，是一个热闹场面。

王腾云副书记主持会议，她说："今天我们在这里举行个简短的欢送仪式，欢送我乡赴宇宙职业学校参加技术培训人员。现在由乡党委书记孟天坤讲话。"

孟天坤说："同志们，今天是个大喜的日子，为什么喜呢？我们要送二百多名优秀青年去市里参加职业技术培训。这是个了不起的事情，对于咱们乡来说，它具有划时代的意义。为什么这样说呢？我们县是个贫困县，我们孟店乡又是这个贫困县的贫困乡。长期以来，我乡广大农民处于勉强糊口的贫困之中。改革开放以来，我们虽然有变化，但没有其他地方变化大，人民生活还只限于温饱，很难说是好生活。为什么呢？我们缺乏技术人才，又没有钱，所以没有能力培养技术人才，常言说'生活好与赖，关键是人才'，没有技术人才，我们的生活水平就很难提高。现在我乡要派出二百人去参加技术培训，而且是免费培训，这是何等的喜事！我看问题还不是这么简单。这次培训，将改变我们文化落后的面貌，将摘掉我乡贫困乡的帽子，因此它有划时代的意义，因此，我说它是大喜事！

"喜从何来？来自上级给我们培训款，让我们免费送二百多个学员去参加培训。因此，我代表孟店乡党委、乡政府、全乡村民，也代表将要受培训的男女青年以及他们的家长，感谢上级领导，感谢党政领导，感谢扶贫办领导，感谢他们给我们这么多扶贫培训指标。也感谢宇宙职业学校，是它给我们培训平台，让我乡这么多青少年有机会成有用的技术人才。

"下面我特别强调指出，参加培训的所有青年朋友，你们要不怕苦，不怕累，克服一切困难，理论学习好，实习操作好，把技术真正学到手，不辜负乡党委和全乡人民对你们的期望，希望你们为改变我乡的落后面貌，为提高我乡人民的生活水平做出贡献。还有一些老生常谈的话，我还得再啰嗦几句，这就是尊敬师长，团结同志，互相帮忙，互相学习，遵守学校规章制度，有什么意见和问题向老师反映或向我乡王腾云书记反映都行，不要在下边不负责地乱议论。好了，我的话完了，谢谢！"

随后有家长代表和参加培训人员代表作了简单的表态发言。之后，王腾云宣布欢送仪式结束。参加培训人员和陪送家长上了车，王腾云坐在第一辆车的司机旁边。四辆大巴车都早已准备好，出发的号令一下，就浩浩荡荡向市里大杂院宇宙职业学校开去。

大杂院里，常姐早就把报名工作准备好了。大门里不远处放一个三斗桌，一个三角形的白色纸盒在上面立着，纸盒上有鲜红的九个大字"宇宙职业学校报名处"。另外还有一个报名点，就是常姐的办公室。大部分人员在大院里报名，其他人员包括报名卡上有疑点的，没有报名卡的等等特殊情况的，都在办公室由常姮亲自办理。

报名处由四个人负责，一个负责报名，两个负责安排住宿，另外一个人负责咨询解答及维持秩序。

十一点左右，四辆大巴车开进了大杂院。刹那间大杂院热闹起来，院里人都不知道为什么来了这么多人，都纷纷跑出来看究竟。马老总问罢从车上下来的人以后才知道这么多人来的原因。

负责报名登记的小张说："参加扶贫培训的同志请排好队，按顺序报名。请把下列物品准备好：第一，报名卡，签名盖章都不能少；第二，本人一寸免冠照片三张；第三，村委会的推荐信；第四，65元钱。"大家都很规矩，叫排队就排队，叫等多长时间就等多长时间，都感觉要珍惜这个得来不易的机会，决心把学习搞好。

由于大家准备得好，排着队有秩序地进行，报名工作进行得很顺利。凡是手续齐全的，小张都给他们办了入学登记，凡是有问题的，她都把他们推到常姮那里，让常姮解决。

常姮这里忙是忙些，但都是比较容易解决的问题，她只是忙，并不累。她需要解决的都是什么问题呢？

大巴车一停，王腾云就直接来到常姮办公室，给她讲孟店乡报名卡的使用情况，常姮听着点着头，不时地插着赞许的话。王腾云给她讲完以后，常姮说："你们乡做得很好，你们乡党委很重视扶贫工作，我一定把你们的重视情况向市委反映，让市委在评估工作时，增加一个成绩砝码。"

最后王腾云惭愧地、很不好意思地说："常校长，我得向你道歉，我们的工作出现了些问题，不得不向你汇报，恳求你给予解决。"

常姮："啥问题呀，王书记？你快说吧。"

王腾云说："我们的报名卡发完以后，有几个贫困户没有得到，他们集合起来向我施压，非要我给他们解决培训指标不行，扬言要上告，说要告到市委去。这件事真的难为住我了，把我搞得焦头烂额，工作无心，茶饭不宁。我恳求你一定想办法给我们增加几个指标，把他们的问题解决了，只有这样才能给我解决问题，放下我的大包袱。"

常姮："王书记，你在扶贫培训工作中出这么大的力，我非常感谢你。像你说的这个事，确实是个问题，咱的学校规模小，容纳不下更多的人，指标问题是我们学校最难解决的问题，因为需求多，学校规模小，容纳不下更多的人，我们学校也很难，满足不了每人的要求，这得请下边的同志谅解。"

王腾云副书记越听心里越凉，她满脸乌云，满脑子惆怅，忧愁的眼睛直盯着常姮，可怜巴巴地期待着她的恩赐。

常姮很了解人的心情，她更知道坐在她旁边的这位副书记正在想些什么。她有意先把事情说得特别难，让她思想非常紧张，然后来个九十度的大转弯，突然告诉她给她解决问题，让她有个惊喜，可以收到预想不到的效果。常姮停住了说话，看看王书记，无可奈何地说："不过，王书记，你说这个情况还牵涉到你个人问题，这样我就不得不给你解决了，我不能叫你推磨挨磨棍，谁的问题不解决，我也得给你解决。但你千万不要说出去，就咱俩知道，就是那几个要指标的人，也不要对他们明说，不要说指标给了，仍然说指标谁也要不来，但可以在这里上学，享受与其他同学一样的待遇，他们不会有意见的。"

王腾云副书记猛然高兴起来，喜悦的心情溢于言表。

王腾云："感谢你了，常校长，感谢你了，你帮了我的大忙了。我要转告他们几个，他们几个也非常感谢你。"

常姮："不用谢，今后说不定我有困难了，还会找你帮忙呢。"

王腾云："我一定帮，我一定帮。"

常姮："你去把他们的钱和照片收起来，在我这里统一给他们报名吧。"

王腾云非常满意地走了出去。

两个五十多岁的农民走进了常姮的办公室，常姮让他们坐下后，问道："你们有什么问题呀，老大爷？"

一个高个儿农民说："那位小姐不给我们报名，她让我们来找你呢。"常姮："你们的报名卡呢？叫我看一下。"

他们两个都把报名卡拿给常姮看，常姮看了以后说："你们有村委会的介绍信吗？"他们说："没有。"

常姮说："你们的手续太不完善了，不但没有村委介绍信，还没有乡镇意见，也没有扶贫办的意见。你们把手续办齐再来报吧，不耽误开学，开学时间还得两三天呢。"

两个农民呆傻着脸，你看看我，我看看你，谁也不说话。有的抓耳，有的挠腮，表现出内心说不出的困惑。

常姮问他们："有什么难处吗？说说看。"

还是那个高个儿农民说："给你说实话吧，常校长，这个手续我们是办不来的。"

常姮："为什么？"

农民："没分给我们指标，没给我们报名卡。"

常姮："你们的报名卡是从哪里来的？"

农民："是我们找人复印的。"

常姮："你们这是弄虚作假呀，这是犯法呀。"

农民："是，是，这是我们的不对。"

常姮："你们说说为什么这样干呀？"

农民："我们两家是我们村最穷的两家。我们的孩子都大了，没多少学问，找不到工作，都二十多了，连个媳妇还没娶呢。这次你们学校的扶贫培训是很好的机会，我们很想参加，可是没有指标，没有报名卡，我们找村支书和村长，他们都说指标有限，全村才五个，发完了，没有我们的了。他们让我们等到下一批，我们不想等，一个原因是我们的孩子都大了，不想再等了，早点参加培训才能早点找个工作，然后可以娶个媳妇。再者，我们怕今后享受不到免费照顾了。我们复印了两份报名卡，来这里试试运气，报不上拉倒。"

常姮："你们两个怪可怜的。培训指标是很紧，因为这一次是免费的，不过你们的处境实在特殊，我很同情你们，我给你们两个增加两个指标。你们的钱，照片都拿来了吗，如果拿了，就在我这里报吧。"

两位农民把钱和照片交给常姮，常姮留下了他们两个孩子的名字及有关信息，就算报了名，可以参加培训了。

又有两位农民走进了常姮的办公室，常姮让他们坐下后，他们把报名卡交给常姮，常姮一看，一张报名卡上填了两个人的名字，常姮问是怎么回事，他们说他们两家的条件一样，可是报名卡就剩一张，村长让他们两家商量解决，他们两人都不想放弃，所以一张卡上填了两个人的名字。

常姮问："你们认为把这样一张表拿过来会是什么样的结果？"

两个中的低个儿说："我们考虑了，这样的结果有三个：第一是再给我们一个指标，让我们两家的孩子都来受培训。这是我们所希望的结果。第二个结果可能是把这个指标收回，我们两家都不能参加培训。第三个结果是从两个中选一个，让一个来参加培训。这三种结果除了第一个是我们渴望的以外，其余两个，不管哪一个，我们都没意见。"

常姮："如果我们学校让一个来，另一个没有意见吗？"

低个儿农民说："有意见也没办法。"

常姮："好吧，让你们预期的第一个结果成为现实。"

两人立即在常姮这儿报了名。

刘青正在办公室看报纸，三个青年人走了进来。一个问道："你这里是职业培训学校吗？"

刘青："是的，你们是……"

对方说："我叫梁浩，他叫王闯，这个叫李关。我们想来报名参加职业培训。"

刘青："好哇，你们想学什么专业呀？"

梁浩说："什么专业？我们想学职业的，参加职业培训。"

刘青："我知道是职业培训，职业培训里包括好几个专业，比如电脑、钳工、铸工、车工等等，你们想学习哪个技术？"他说着递给他们三张招生广告，他们一人拿一张认真地看起来。

王闯小声对梁浩和李关说："咱们那些广告上可没有说明什么专业，只说是职业。"

刘青问："你们还有广告？啥广告呀？是招生广告吗？拿出来让我看看。"

三人都把自己的招生广告和报名卡拿出来递给刘青。刘青一看都是宇宙职业学校的，他马上一切都明白了。他和和气气地说："他们的报名处在外面广场上呢，你们为什么不在那里报名呢？你们看，不是在排队报名吗？"

梁浩说："我们知道，我们不想在那里报，想来你这里报。"

刘青诧异地问："这是为什么呀？他们是扶贫的，又是免费的，培训费100元全免了，我这里不是专扶贫，贫不贫我都培训，我这里也不免费，来培训就得拿30元。"

梁浩："这我们全知道。"

刘青："这是为什么？难道是为了省几百块钱吗，他们那里 65 元，我这里 30 元。"

梁浩："绝不是因为这个。"

刘青："你们到底为了啥不在那里报名，而来我这里报呀？你们有报名卡，这是你们的报名资格证，据说没有这个资格证，想报也不让报。"

王闯："根本不是这么回事，我们村有几个没有卡的，一对校长说，她全让他们报啦。"

刘青："你们不在她那里报名，就享受不到这 100 元的照顾啦，你们不感到吃亏吗？"

梁浩胸有成竹地说："什么一百一千的，那是玩的心理战，只是让你心理享受的，它与镜中花、水中月、画中饼一样，一点也不实惠。他们名义上不要培训费，只要其他费用 65 元，比你们这里要的 30 元培训费还多。人们的想法就是这么奇怪，只要不是培训费，其他费用再多他们也不嫌多，一说是培训费，他们就嫌多，他们在那里排队等着报名的原因就是想享这 100 元的免费培训，你看怪不怪？"

刘青感慨地说："好聪明的孩子呀！对于你们在哪里报名的问题我说说我的想法。从学知识的角度说，我想让你们在我这里报，不仅是你们，就是他们在那边排队的人，我都想让他们在我这里报，我不是为了钱，而是为了他们能学到真本事，为了他们学了后能适应工作；但是他们还没认同我，他们是冲着那里来的，都有报名资格证，如果不在他们那里报而来我这里报，他们的校长，可不是个省油灯，她肯定找我算账，埋怨我夺了她的学生，骂我不义气。你们在这里报名也有这个问题。请你们谈一下究竟为什么不在那里报名。"

梁浩："我说，不在那里报而来你这里报是我首先提出来的，我把原因给他们两个说了以后，他们也同意我的意见，于是我们三个就来了。"

刘青："你能说说是什么原因吗？"

梁浩："刘老师，你不记得我了，暑假时我参加过你办的英语培训班。"

刘青："啊，是吗？我不记得你这个名字了，也认不出你了。"

梁浩："我们学生多，你不记得很自然。我开始报名就是报到常姮那里的，那时她冒充是你的英语班，结果证明她是假冒，讲英语那个是初中毕业的学生，念英语就是念汉语，用汉语的谐音套在英语单词上，她的水平差，不是一般的差，而是根本就不懂，完全是一窍不通。我就想，她对英语这么不懂，竟敢打出招牌办英语培训班！她太胆大了，也说明她无知到了极点！在村里都是争着要报名卡，抢着来参加职业培训的，我也争取了一个，我根本不知道是她办的培训班，要知道是她办的，报名卡给我，我都不要。不过啥事都有两面性，如果不要报名卡，不来这里报名，也不会知道你也在这里办职业培训，因为你过去办的也只是英语培训。"

刘青插话："我刚扩大了规模，培训其他技术，现在是第一次招生。"

梁浩接着说："你想想，她有那么大的胆子撒谎办英语班，她也可以撒谎干别的，因为她有胆，所以一撒谎就撒大谎，我很怀疑她这次免费培训是不是也是撒谎呢？如果交了钱学不到技术，不是白白耽误时间，浪费了钱吗？看见你这里也是职业培训，来这里报名保险。我不想上当，我也不想让我的好朋友上当，我就拉住他们两个来了。"

刘青："你们来这里是你们的幸运……"

他说到这里时，常姐一步走进屋里，带着不省事脸，满腹牢骚地质问刘青："怎么啦，刘老师？在你这里报名就是幸运，在我那里报名就是倒霉吗？咱们是同行，各搞各的，井水不犯河水，但我从来不把同行当冤家，我总是积极向人们介绍你这里的好处，推荐他们来你这儿报名，我从来不挖你的墙脚，不拆你的台。可是你却不然，公开把我的学员挖到你这里来。没人来你这里报名，说明你的质量差，人们信不过你，但你也不能用这种偷偷摸摸的办法，劝诱我的学员来你这里。如果你这里没有学员、班办不起来的话，你完全可以用光明磊落的方法向我说明，我可以说服一部分学生到你这里来，反正我那里学生多着呢，他们只要愿意来，我欢迎他们来，可是他们都不愿意，谁也没办法。"

刘青生气地说："你说完了没有？你说这些话不感到内疚，也不脸红，我真佩服你有这么厚的脸皮！我对你郑重说明，我既没有挖你的墙脚，也没有拆你的台。"

常姐："你说得冠冕堂皇，他们三人为什么拿着我的报名卡而来到你这里呀？"

刘青："这话别让我回答，让他们自己回答。我的看法，不管是谁，他们愿在哪里报名，就随他们的便。他们三个既然来我这里了，你就不要撵过来找茬了，他们来有他们的理由，不信，你让他们说说。"

常姬："你心虚了吧，好汉做事好汉当嘛！还不让我来，做了见不得人的事，还怕曝光，做贼心虚不是？"

刘青："常姬，你真是不识人敬，本来好心劝你，你反而认为我心虚！你是不到黄河心不死，话不说明你心不甘。我本来想给你留些面子，你却不领情，反咬我一口，说我心虚，你真是不可理喻。"

常姬感到刘青也是底气很足，继续与他争吵下去也不会有什么结果，她转过身来冲着三个青年："你们拿着那边的报名卡怎么跑到这里来了？小小年纪不守规矩，这是个道德品质问题。"

常姬认为用些重语批评他们，把他们的问题说得严重一些，可以让他们认识到自己的严重错误，从而揭发刘青是如何诱导他们到他这里来的。她万万没想到，她的批评却适得其反。

暑假里常姬办英语班欺骗学生报名之事本来在梁浩的脑子里已经淡化了，可是他走进大杂院，尤其是一看见常姬那诡诈的脸色，他对常姬欺骗他们的恼怒情绪又压抑不住地涌向心头。他对常姬憎恶得咬牙切齿，恨不得抓住她咬几口。现在常姬就站在他的面前，还口口声声说他不道德，真是旧恨加新恨，恨上加恨，更痛恨！旧恼加新恼，恼上加恼，更加恼！他满腔怒火一下子爆发出来，像不可抗拒的洪流涌向常姬，让常姬招架不住。

梁浩愤然地说："你还有资格谈道德吗？在你的词汇表里有道德这个词吗？我问你，不在你那报名就是不道德，搞欺骗是不是不道德呀？"

常姬对梁浩的气势汹汹感到莫名其妙，她不知道他的横劲出自何方。她少气无力地说："谁搞欺骗了？你无端指责要负责任的。"

梁浩："我负责任，你直接回答我：你搞过欺骗吗？"

常姬毕竟心虚，嘴软，没有立即回答他的问题，在梁浩的咄咄逼迫下，勉强说她没有搞过欺骗。梁浩像抓住把柄一样质问她："你没有骗过？你知道我是谁吗？我是暑假报英语班的人，你把我们骗到你的班上……"

常姬："我没有骗你们，你们报到我的班上，后来想到别的班，但你们又不直说，硬说瞎话，说我骗你们，仗着人多势众，诬赖我欺骗你们，我只得给你们退费。我吃了哑巴亏，你还说我欺骗你们了，真是岂有此理！"

正当他们争论得没完没了的时候，从门外走进一个中年男人，梁浩对他毫无印象，可是常姬看见他时有一种阴森森的感觉，她拼命回忆在哪里见过他，来人开了腔，他冲着常姮说："你不认识我了？真是贵人肯忘事呀。我到处找你，就是找不着，原来你在这儿呀。"

常姮一听说那人一直在找她，马上放下了紧张，因为经常有人找她，她最爱听有人找她的消息，正在郁闷时，一听见有人找她，她马上就会振奋起来去见来访者。但这个人的找，她摸不清原因，因为他不是常客。如果是常客，男方一说找她，她就不会问"找我干什么"，而是直接说"我在哪儿哪儿"。但对这个人她要问"找我干什么"。

她平心静气地问他："你叫啥呀？家在哪儿呀？找我干什么呀？"

来人说："我叫韩波，家住湖东街二十八号，我找你是让你为我妈看郁闷症的。"

常姮顷刻浑身冰凉，韩波真是一股汹涌寒波，喷得她从上到下，从外到内，像一个冰棍一样僵硬如麻，不动也不说话。

片刻间，她清醒过来。她谁也不看，恨不得把头低到裤裆里，脸黑得像刚从火堆里扒出来的烧熟了红薯皮，二话不说，一溜风跑出刘青的办公室。

刘青的办公室里空气平和了，气氛轻松了，每人的心情也舒展了。刘青好奇地问韩波："老弟，你一个陌生人，用什么魔法把她治住了？"

韩波："我对她一点也不陌生，她走到哪儿我都认识她，她剥了皮露两眼我也看出她是谁。想当年，她们两个女人租赁我的临街房，挂的是'郁闷疏导中心'的牌子，屋内做的是卖淫的生意。她们两人因接客问题发生了争执，我们从她们争执中知道了真情，原来她们搞的是卖淫活动，我骂她们不要脸，立即把她们赶了出去。为什么她看见我像老鼠见猫一样？她怕我揭她的老底。"

梁浩惊讶地说："原来她是这种人！我们不在她那里报名，她就说我们是道德问题。刚才我不知道她的这段历史，要知道的话，我得揭她的老底。这个人欺骗学生去她那报名，过去又卖淫，肯定还有别的劣迹，这么不道德的人竟指责别人不道德，说她不要脸一点儿都不过。"

刘青问韩波："韩老弟，你来这里有什么事吗？"

韩波："当然有啰，我是无事不登三宝殿。"

刘青笑着说："我这里没有宝，也不是殿，只有一个办公室，你有啥事我可以为你办。"

韩波："啥事都能办吗？"

刘青："当然不是，只能办我们能办到的。"

韩波："我刚才路过门口时，发现院里熙熙攘攘的人群，杂乱无章的东西和高高低低的声音，我询问门口的马老总，他说是参加职业培训班报名的。我告诉他说我也有个学生，问他能不能也来参加职业学习，他说别在这里学，要学去刘青老师的职业培训班学习，刘老师的班能保证质量，他让我来问你具体情况。"

刘青老师给他介绍了情况后，他报了电脑班。

刘青老师又问梁浩："你们报什么班？"

梁浩还没有从恼怒中清醒过来。他本来就怒不可遏，听到她卖淫的消息后更加难以控制。他自言自语说："我怎么这么倒霉，为什么总被她欺骗。那个暑假班被她欺骗一次，幸亏我爸带头给她争了个理儿……"

刘青插话："你爸叫什么呀？"

梁浩："我爸叫梁满山，怎么，你认识他吗？"

刘青："认识，认识，也是在那年暑假，你们从那里退了后，他与我联系报我的班。我认识他，挺好一个人，那是你爸，好，好，你继续说吧。"

梁浩继续说："那次没受到损失，可是这次就不一样了……"

刘青："这次不是与那一次的情形一样吗，你又没有在那里报，直接来我这儿了，比那次还干脆呢。"

梁浩："干脆啥呀？那一次是我刚小学毕业，没别的事。这次就不行了。我们都是正上着中学的学生。一听说扶贫免费职业培训，我爸说反正我的学习不好，早晚也是学门技术出去打工，就趁着免费的机会私自辍学了。幸亏没报她的，如果报了，这也学不到东西，那边也失了学，两头抓空，害得我上不去，下不来的。我们三个都是这样。"

刘青："你们拐回去上学不就行了。按我的看法，你们不应该辍学。当然啰，最好中学毕业上大学，大学是分专业的，你们喜欢什么专业就报考什么专业，在大学里可比这里的职业培训学的东西多，大学毕业后是国家的高级人才，那时你们的前途就好多了。因此，你们还是拐回去上学。"

梁浩："我们不回去了，我们的学习成绩不好，学习很吃力，我们都不想上学了，再者，我们是不告而别的，学校不会要我们了。我们就在你这儿报名算了。这样，我们参加工作的时间比上学毕业后参加工作还早几年呢，跟上学毕业后参加工作的人比起来，我们就是熟练工人了。"

刘青："那好，你们报什么专业？"

梁浩："我们也报电脑班。"

刘青："好，你们三人都是电脑班吗？"

梁浩："都是。"

刘青："可以。不要紧，如果想学别的，可以随时改变，到时改也可以。"

梁浩他们三人走出刘青的办公室时，梁浩嘴里还不停地嘟囔着："常姮，你这个坏心肠的，你一再欺骗我们老实人，我不会与你拉倒！"

两个职业学校都开学了。刘青的学校虽然学员不太多，但吃住安排得当，专业教师讲课，学员学习安心，教学秩序井然，学校生活安然自若。

常姮的宇宙职业学校，学员一天三顿吃盒饭。学校没有伙，不做饭，每顿饭都由外边营业的食堂送来。因为人多，食堂做不过来，因此，每顿只能做一样饭菜，每顿饭都有很多不爱吃的学员。宿舍就是一个个空房间，没有铺板，更没有床，学员们睡时把褥子铺在地板上，一个一个挨得紧紧的，一间房睡十个人。没有教室上课时，是老师拿着书给大家念，学员坐在被子上听。一晌时间，老师念半晌书，学员们学半晌，绝大多数学员学不会，问老师，老师也解释不清楚，因为常姮聘的老师都不是专业老师，大都是社会上的无业青年，有的是高中毕业，也有初中毕业的。

别看学校条件差，学员人数却一直在增加。学校开学以后，来学校报名的也不凭报名卡了，也不要村委会的推荐和乡镇政府的同意了，更不要扶贫办的审批了，来一个收一个，来两人收一双，来一群收一群，来一车收一车，只要拿钱，就可以参加培训。随着时间的推移，人越来越多，积怨也越来越大，这么多学员像一个大火药桶，到了一触即发的地步。

梁浩、王闯和李关三个学员可没闲着，学校的各种活动他们照样参加，他们一次也不缺席，而且还都很积极。他们只要有空，就跑到宇宙学校这边对学员说："常姮是妓女，是三陪。"好事不出门，赖事行千里。很快学员们都知道常姮是个妓女。但究竟是不是真的，很多人都不清楚。

一天清晨，常姮去办公室时，看见门框上挂了一只破鞋，她马上意识到是作践她。她眼明手快，趁着还没有人看见时，赶快把它取下来扔到垃圾桶里。

一连三天都是这样，她都重复着这样的动作，不声不响，也不让人知道，如同没事一样。第四天早晨，办公室的小张来得比较早，她也发现门框上有一只破鞋，她不声不响地把它取下来放到桌子下面。常姮来了以后，小张向她汇报："谁把一只破鞋挂在门上，真不讲卫生，也太不文雅。"第二天早上，小张又发现一只挂在门上，她对常姮说："常校长，你给大家说一下，不要把鞋挂在门上，多不雅观呀！"

常姮无可奈何地说："别理它，这是污辱我哩。"

小张惊讶地问："啊，怎么是污辱你的？"

常姮："它污辱我是破鞋。"

小张："为什么破鞋就是污辱人呢？"

常姮有些不耐烦了，说道："你别问了，以后你就知道了。"

从常姮的表情和说话声调看，这种污辱肯定是难以接受的。小张竭力琢磨破鞋的含义，但始终也没琢磨出来，她回家查查新华词典，词典上也查不出这个词。破鞋是什么意思呢？她到底没搞清楚。

第三天早上，小张又发现门上有一只破鞋，她忍耐不住了，她嫌这位女校长太软，太没骨气，人家这么欺负人，有再一再二，哪有再三再四！她怒气冲冲地对常姮说："校长，这样欺负咱，咱也忍耐吗？咱没有反映说明咱理亏。我的意见，校长，你得站出来说话，你要不说话，显得咱太窝囊，我跟着你工作，我都感到抬不起头……"

常姮生气地说："你还有完没完了？你嫌抬不起头，你可以离开。难道是我拉着你不让你走吗？"

小张不说话了，她现在琢磨的不是破鞋是什么意思了，而是校长为什么生这么大的气。

常姮的心里不是一团乱麻，而是几把钢刀。她知道乱麻可以挺过去，但钢刀是挺不过去的。她也明白是韩波揭她的老底，她又无法辩驳。站出来与他们吵？他们知道的人一定很多，他们若把时间地点说得清清楚楚，你就无法驳斥。再者，这种事如果暴露在学员面前，她就无法再当校长了，连老师也无法当了，她的这么多学员怎么办？她收这么多钱怎么办？再退给他们吗？这是不可能的。她又想：在称心饭店当三陪小姐的事是不是有人知道呢？现在还没发现有人知道的迹象，这是不幸中的万幸，如果三陪问题被揭发出来，那就不是光丢人的问题，而是犯法坐牢的问题。因此，无论如何也不能把三陪问题暴露出来。

一天，常姮在院子里路过的时候听到她的几个学员有这样的对话：

学员甲说："喂，学员乙，我的鞋破了，你穿不穿？"

学员乙说："你的破鞋让我穿，我才不穿你的破鞋呢！"

学员丙说："你们不穿我穿，给我吧。"

学员丁说："是不是破鞋任何人都可以穿呀？"

学员甲说："当然啰，既然是破鞋，任何人都可以穿。"

学员乙说："你想穿是你想穿，不一定让你穿，让你穿才能穿，不让你穿，你不能穿，这是明摆着的道理。"

学员丙说："既然是破鞋，就不会不叫穿，如果不叫这个穿，不叫那个穿，就不叫破鞋了。既然是破鞋，谁都叫穿。"

常姮明知道他们是含沙射影地影射她，但她没有吭声。她本来是个有个性的人，是有脾气的人，还时不时地使个性子。可是她的个性到哪里啦？她的脾气到哪里啦？性子她怎么不使啦？这真是：

个性，个性，靠人奉承。

没人奉承，就没有个性。

脾气，脾气，靠人抬举。

没人抬举，就没有脾气。

性子，性子，靠的势力。

没有势力，就没有性子。

常姮变了，她的一切都变了，她不是原来的样子了，不是她在郁闷疏导中心时的样子，更不是她在称心饭店时的样子，她现在就是现在这个样子。她最大的变化就是学会忍了，她也能忍了。由于她的忍，她的学员这个大油桶才没有爆炸。但这个不爆炸，能维持多久呢？

一天上午，刚一上班，市委梁书记把办公室甄主任叫过去。

梁书记问："小甄呀，这几天真把我搞得焦头烂额，睡不着觉，吃不下饭，真把我折腾得够呛。"

甄主任笑着说："什么问题呀，梁书记，那么严重？"

梁书记："这几天，几个县的书记，还有一些乡里的书记，不是打电话就是亲自来，要扶贫款哩。说什么北京拨下来扶贫款五十万，为什么就给了林东一个县，而其他县一点也没有？还有免费参加职业培训问题，说职业培训问题的都是我的家人、亲戚、朋友。这些我都没理他们，让他找有关部门，这个我好推，但这个扶贫款我不好推，这不是个小数，五十万元，而且找我这些人都是县、乡的一把手，我不能不管。问题是，这个事我一点都不知道。现在得叫我知道一下，有人问我时，我好给他们解释。他们问我时，我只有说我不知道。我一说不知道。他们跑得更厉害了。事实上我就是不知道。他们问我时，我叫他们找有关部门的有关领导，他们说有关部门也不知道，他们说财政部门也不知道，这就奇怪了，这么一笔款项，财政部门不知道，是谁下来的款呀，是怎么分到下边的呀？我觉得这笔钱很奇怪，咱市里赶快追查一下，弄不好还可能落入私人腰包。这笔款既然是扶贫款，肯定是扶贫办主办的，去扶贫办问一下，这笔款的来历和下拨情况，查明后对我说一下，有人再问我时，我好给他们解释。"梁书记拿出一张宇宙职业学校的招生广告递给甄主任，说："你看这张招生广告，参加培训的每人都免交 100 元，还另收 65 元，合计 165 元，这么多钱学校是如何开支的，让学校把开支预算交出来，让有关部门审查一下，看有没有问题。"

　　两天以后，甄主任向梁书记汇报了他们调查的情况。甄主任说："这是个大骗局，什么扶贫款 50 万，一分也没有，完全是常姐一个人编造的欺骗人手段。她用免费培训、分配指标、层层把关的严格要求办法，吸引社会青年参加她的培训班，把关越严，参加的人越多。她可把林东县孟店乡折腾苦了，干部与群众争，群众与群众争，兄弟两人争，把整个乡搅得乱糟糟的。你也争，我也争，争来争去一场空。本来是平平和和的局面，为了享受扶贫款的照顾，在干群之间、群众之间种下了怨恨的种子，这个混乱局面得几年才能恢复过来。在她设置的一套骗局里，扶贫办起到了推波助澜的作用。"

　　当调查扶贫办时，扶贫办主任郝才说："宇宙职业学校的校长常姐对我说用上级扶贫款名义，免费培训学员，她说不让我们出一分钱，只让我们出个面，出个名义，支持她一下。因为不让我出钱，我只是动动嘴、跑跑腿，就可以落个扶贫的好名义。这就成为我们今年的重要扶贫项目了，就可以向上级汇报了，我们就有了成就感。因此，我很高兴，很乐意为她跑。"

　　可以看出，这些干部，为了取得一些"成绩"，不惜弄虚作假，欺骗老百姓，让老百姓把血汗钱心甘情愿献给行骗者。

常姮的大骗局被揭破以后，大杂院里像一锅滚烫的热水，学员们像一头头雄狮，上蹿下跳，到处吼叫，很长时间压抑在心里的怨气一下子迸发出来，像火山，像地震，像泥石流，几百个参加培训的学员，实际上是被常姮骗来的无辜青年，集中在大杂院里，用力跺脚，高声喊口号。他们去常姮的办公室，常姮吓得不敢出来。梁浩和其他几个学员把常姮拖出来，让她交代为什么欺骗他们，让她解释五十万元扶贫款问题，让她马上退还每个学员所交的培训款。常姮当场答应了学员们的每项要求。

刘青把从常姮培训班退出来的学员全部接收下来。

第十章　参加辅导班

幼苗需要水和肥，学生需要好老师。

要想成就栋梁才，正确培养是前提。

中央电视台的新闻联播节目快要开始了，路松上学还没有回来。她的奶奶曹梓有些坐不住了，就来到大门外张望起来。马老总一看就知道她是在等人，开口问道："大妹子，在等谁呀？"

曹梓："等谁？等我那个死丫头路松哩。平常老早就回来了，今天到这个时候还没回来。饭都凉了，她还不回来吃，我都有些着急了。"

马老总："你也不用急，孩子那么大了，你这个姑娘非常懂事，她不会乱跑，也不会有别的问题，她不回来肯定是学校里有事，我估计她马上就会回来，你回房间等着吧，说话她就回来了。"

不一会儿，路松真的骑着自行车进了大杂院。她以最快的速度把自行车放到车子棚里，大步流星地上了二楼，匆匆忙忙走进屋里，还没等奶奶说话，她就开了腔："快让我吃饭，奶奶，真把我饿死了。"

曹梓又惊喜又心疼地说："饿死你也不亏，谁叫你回来这么晚呢？"曹梓飞快把热了几次的晚饭端在饭桌上，路松大口大口地吃起来。

曹梓今年 60 多岁，老伴叫路廷，今年 62 岁，是距城一百多地的路庄人。夫妻俩有两个儿子，大儿子叫路海，二儿子叫路空，路海有两个孩子，大的是男孩叫路柏，小的是个女孩叫路松。路空也有两个孩子，大的是女孩叫路柳，二的是男孩叫路槐。路庄是山区，交通很不方便，文化也落后，过去连个学校都没有，方圆十里八里，找个识字人都很难。新中国成立后，政府很重视改善山区人民的物质文化生活，在采取经济措施的同时，也实施了很多办法提高人民的文化生活，每村都有一个小学，每七八个村一个初中。人民的文化水平提高很多，路家的几个成年人都是初中毕业。路廷和曹梓感到很满意，有些心满意足了，认为这样可以过无忧无虑的生活了。

改革开放以后，很多农民进城当工人，身份一变，农民尝到了甜头，在城里当工人一个月的收入比当农民一年的收入都多，况且劳动量也比农民轻得多。农民还认识到，在城里打工也是讲文化、讲技术的。文化越高，技术知识越多，工资也越多。他们亲眼看到，文化高、有技术的人，干的活轻，拿的工资还多，而文化低、没技术的人，干的活重，拿的工资还少。这时，他们才真正认识到文化的重要性，技术知识的重要性。路廷和曹梓不再心满意足了，而是很不满意，很不知足，他们召开全家人都参加的家庭会，老两口当场向儿孙们宣布一个惊人的决定：坚决把孙子、孙女们培养成大学生。他们认为他们本地文化落后，教学不正规，就来到城里，在大杂院租了三间房子，让四个孩子全在城里上学，奶奶曹梓专为他们做饭。

路柏在初中二年级，路松在小学五年级，路柳在小学三年级，路槐年纪太小，不到上学年龄，没有来城里。

看着孙女路松吃饭香甜的样子，曹梓心里乐滋滋的。她坐在路松的对面，仔细观察着她的举动，眼珠随路松的筷子转动，情绪随着她吃馍喝汤的各种动作而不同。路松在她面前是一个完美无缺的孩子。是的，路松不仅在奶奶眼里是如此，就是在其他人面前，她也是个优秀少年。在长辈面前她是好孩子，在小伙伴面前她是好朋友，在弟妹面前她是好姐姐，在老师面前她是好学生，在同学面前她是好同学。她学习努力，成绩好，每门功课都在 95 分以上。她品德好，在学校里尊敬老师，团结同学，是班上学习委员；在家里的一举一动，一言一行，都让她奶奶喜欢。她一到家里就帮助奶奶做家务，择菜、洗菜、洗碗、刷锅、扫地、收拾东西，周末还帮助奶奶洗衣服。她在家经常说的一句话就是："奶奶，你休息一会吧，这活叫我干。"这也是曹梓最爱听的一句话。她累时听了这句话，就马上浑身是劲；她情绪低落时听了这句话，就马上精神饱满，喜气洋洋；她愁眉不展时听了这句话，就马上乐滋滋、喜盈盈、眉笑颜开。这三个孩子中，路柏年纪稍大些，是个男孩，家里活很少管，与奶奶说话也不多，在奶奶眼里也是个好孩子，但不像路松这么近乎。路柳虽然也是个女孩，但年纪太小，上学放学奶奶还得接送她，在与她接触时，多数情况都是先问她，而且是问啥说啥，一般不先说，也不多说。因此，三个孩子中，路松是奶奶的贴身小棉袄，她对奶奶最贴心，最温暖。

路松吃了一阵后，奶奶说："你光说吃哩，你还没告诉我为什么回来这么晚。"

路松："正好我打算对你说呢。今天下午放学以后，班主任老师把我们十几个人叫到她的办公室给我们开会……"

奶奶打断她的话说："开什么会呀？为什么只叫你们几个？其他同学为什么不开会？"

路松："叫我们开会主要是动员我们参加她办的课外辅导班的。我们这几个人是班上学习比较好的学生，有的是班上的班长、学习委员、各科科代表等。学习不好的学生，她一个也没叫。我就不明白了，为什么学习不好的她不辅导，不需要辅导的她偏要辅导。"

奶奶："这不就很清楚么，她搞辅导根本不是为了学生，根本不是为了帮助学生改进学习方法，提高学习成绩。"

路松："那她辅导学生是为了谁呀？"

奶奶："为了她自己。"

路松："怎么为了她自己呢？"

奶奶："这你就傻了不是，她辅导学生难道是白辅导吗？"

路松："得给她钱，钱还不少呢！"

奶奶："这不就得了，不给她钱她才不给你辅导呢。"

路松："真是的，她能收好多钱呢，政府不是给她发工资吗？自己辅导自己的学生为什么还要收钱呢？这太不合理了，依我说，老师应该给学生钱。"

奶奶好奇地问："你这死丫头，你把事情颠倒过来了，你说说为什么给学生辅导还得给学生钱，而不是学生给她钱呢？"

路松："道理很简单，因为她辅导的是她自己的学生。她自己的学生她应该把课本上的知识教会学生，而且是在课堂上。现在她在课堂上没教会学生，占用学生的时间给他们补课，她不得给学生钱吗？"

奶奶高兴地说："这傻妮子倒是挺聪明的，我就特意问你是否想得通这个理。"

路松："我想透这个理了，我真觉得给自己的学生辅导课而收钱太不合理了。"

奶奶："社会上不合理的事情太多了，管也管不过来。"

路松："老师归教育局管，教育局为什么不管她呀？"

奶奶："部门有时会袒护自己的工作人员，这是共性，不同的是，有的部门露骨一些，有的部门隐蔽一些。教育局对老师的有偿辅导也是睁一眼合一眼。"

路松："今天老师把我们留下来，主要是动员我们参加她的辅导班，她辅导的时间是每天下午放了学以后一个钟头的作业辅导，所谓辅导班，具体地说就是作业辅导，奶奶你说我参加不参加？"

奶奶："主要看它对你的学习有没有帮助，即使有帮助的话，是帮助大还是帮助小，也就是说值不值得参加，如果值，就参加，如果不值，就不参加。我说的值与不值不是指钱的，而指的是对你知识的提高。钱多少你不用考虑，学习知识不要老从钱的角度上考虑。你爸你爷爷他们在家劳动挣钱，专供你们上学。"

路松："奶奶，你的意见呢？"

奶奶："我的思想很矛盾，参加不参加我没有固定的意见，我考虑，要吸取你哥哥的教训。你哥哥上小学时，他的班主任是教语文的，她办的辅导班主要是辅导语文。你哥哥的语文成绩很好，他最不好的功课是英语，其次是数学，他需要辅导英语或数学，他最不需要辅导的是语文，他的老师办的恰恰是语文班，不参加又不行……"

路松："怎么不行啊，奶奶？"

奶奶："我听很多学生家长说，对不参加他的辅导班的学生，老师的办法可多啦：首先是不准他坐在前排，让他坐在后面偏两边的位置；不让当学生中的任何干部，你哥哥原来没参加他老师的班，他老师连小组长也不让他当，上课提问时从不提问没参加他的班的学生；有些知识不在课堂上讲，而在他的辅导班上讲；每周的小考中，老师出的题是在辅导班上讲过的内容，参加他的班的学生考得都很好，没参加他的班的学生就考不好；老师经常是两个面孔，在参加他的班的学生面前平易和蔼，对没参加他的班的学生不冷不热。看见参加他的班的学生家长就说：'你的孩子对学习可有兴趣了，学习很努力，成绩提高很多，是一个好学生！'看见没参加他的班的学生家长却说：'你的孩子最近学习退步了，学习成绩不如从前了，上课不注意听课了，上课时小动作很多，作业也潦草，你得好好管管他，不然他的成绩一落下来，时间长了就补不上了'等等，所以尽管你哥哥不想参加他的语文班，但不参加不行，这不是老师说不行，而是各方面都不行。我曾经给他的老师说过路柏需要补习的是英语和数学。他的老师却说：'英语是外国语，不要太重视它，一个中国学生，首先得把自己的母语学好。再者，英语等到初中时还得从头学，到初中时再学也不迟。至于数学吗？它也没有语文重要，我们不管干什么，也不管在哪里，总是离不了语文，叫你说几句话、写个总结、作个计划都需要好的语文。数学用处有限，数学的重要性比起语文来差远了，在这几门功课的排行里，语文历来都是第一，数学为第二，外语才是老三啦，语文、数学、外语，你不把最重要的语文学好，而去学习不太重要的数学或根本就不重要的英语，你不是本末倒置吗？等于抓住芝麻丢掉西瓜。'所以你哥哥在小学阶段始终跟着他的班主任，班主任是教语文的，办语文辅导班，他就补习语文，尽管他的语文不用补习；班主任是教数学的，就办数学辅导班，他就补习数学，数学是他应该补习的。整个学校没有一个英语老师，学校也不开英语课，这就给学生家长造成这样的错觉：英语不重要，英语学不学都行。你哥哥在小学时很轻松，日子很好过，几门功课成绩都不错。可是一到初中，他就傻眼了，语文、数学、英语三门主课，分量都很大，知识面都很宽，你哥的语文、数学都可以，语文最好，学着很轻松，成绩很好，数学没有语文好，但还可以，在班上是个中上等成绩。英语就不行了，你哥哥简直就是一窍不通，在英语课堂像听天书一样，每次考试都是瞎蒙着答，即使得几十分，也是瞎碰上的。再者，英语也是一种语言，它不是上几节补习课就可以补过来的。你哥也参加了几次英语补习班，有改进，但还没有根本提高，学习英语还是被动、吃力、记不住、忘得快，像你哥这样的成绩，考大学根本别想，我指的是好大学。你哥这种情况现在埋怨谁呢？那个说英语不重要的老师会站出来负这个责吗？他即使负责又能怎么样呢？我说这么多的目的就是你哥这个活生生的教训，咱不能重犯，一个傻子不在于他犯不犯错误，而在于他犯同样的错误。"

路松："具体到这件事上，也就是说俺老师这个辅导班，让不让我参加？若让我参加，就给我钱，明天我就去报名。"

奶奶："她这个班你也试参加过两次了，究竟能不能学到些知识？如果能学到知识，咱就参加，如果学不到，咱就不参加。这个班不管参加或不参加，咱必须参加一个英语班。可不能重犯你哥那样的错误，你哥走到这个地步对咱家的教训太大了，毁了他一生的前途，这也怪咱们自己不动脑子，盲目听老师的话的结果。咱们得到了这样的教训：老师的话不能全听。当然，我说这话不是指的他的讲课，而指的是当他劝你参加他的辅导班时所说的话。有些老师劝学生参加他的辅导班，并不是为学生着想的，而完全是为了自己的私人利益。在这方面，可以说有些老师是没有当老师的资格的，他们为了挣学生的钱而不惜牺牲学生的大好前途。"

路松："我们老师的辅导班不但对学生没有好处，反而让学生养成坏习惯。每天下午的作业辅导，与其说是辅导，倒不如说是作业抄袭。每天的作业只要有一个学生会做，其他学生就跟着抄，绝大多数学生都不去动脑筋，他们都是抄别人的，如果有一两道题没有一个人会做，大家就等着老师的答案，最后老师一念答案，这一天的辅导课就算结束。这样下去，学生就会养成不动脑子的习惯。学习不好的学生特别喜欢参加作业辅导班，他作业不作难，在辅导班上比着别人的作业一抄，回到家里告诉家长说作业做完了，家长很高兴，很多学生就是这样欺骗自己的家长的。俺老师的辅导班美其名曰辅导，实际上很少辅导，上学期一学期中，她没作过一次辅导，都是让学生在她家里做作业，不，是抄作业。学生互相抄作业时，她经常洗衣服、做饭、打扫卫生等，有时让她的女儿看着学生，而她去集市上买菜。她还叫我为她看过学生呢。学生也感到很轻松，当天的作业一抄完就可以自由了。"

奶奶："怪不得这么多学生愿意参加老师的作业辅导班，假若家长不想让他参加，他死活还不愿意，原来如此呀。"

路松："可以肯定地说，好多积极参加自己老师办的辅导班的学生，都是不爱动脑筋的学生，也可以说都是不爱学习而学习成绩不好的学生。"

奶奶："你到底想不想参加你们老师办的这个辅导班呢？"

路松："我也拿不定主意，从学习知识方面说，一点知识也学不到，简直是浪费时间，但是，我还想着不参加不好，我也想要吸取俺哥的教训，参加个英语辅导班。"

奶奶："你两个班都参加，你老师这个班明天就交钱报名，另外再找个质量好的英语班。"

路松："这样花钱太多了。"

奶奶："别考虑钱的问题，像你哥哥，想花钱也买不回来。因此，有些知识是用钱买不到的。虽然报两个班，但以学习英语为主。英语班必须每次都去，不能缺课，你老师这个班有时间就去，没时间就不去，要尽着英语班。"

路松："奶奶，你想得真周到，我就处在这个矛盾之中，我想报个英语班，可又怕老师对我有不好的看法，甚至很可能对我采取些小动作。如果我把钱交给她，即使不参加辅导，老师也不会有意见，这样真好。"

奶奶："既然报两个班，就尽量两个班都参加，你们这个老师水平再低也比你们学生高吧，你们还是能向她学到知识的，你当学生的，可不要骄傲。"

路松："她比我们学生水平高，这我相信，不过她水平低也不是我一个人的看法，我们班上很多学生都是这种看法。她在讲话中不断出现错误，就不像个语文老师，比如她说：'路上人多，请大家骑车速度要慢些，速度千万不要快了，快了容易出事儿。''今天温度很冷，大家要多穿些衣服。''请同学们要经常校对（她念成 xiào duì）。'"去年他们五 5 班与五 6 班进行词汇比赛，学校教导处印发的卷子，就一百个词，用听写的形成，老师念一个词，学生把它写下来，考试时两班的老师交换了一下，他们的王老师去 6 班念，6 班的张老师来他们班念，两班老师一交换，出了不少笑话。比如：

沃野：张老师念 wò yě，而王老师念 yāo yě。

泄密：张老师念 xiè mì，王老师念 shì mì。

别墅：张老师念 bié shù，王老师念 bié yě。

校正：张老师念 jiào zhèng，王老师念 xiào zhèng。

瞠目结舌：张老师念 chēng mù jié shé，王老师念 táng mù jié shé。

参差不齐：张老师念 cēn cī bù qí，王老师念 cān chā bù qí。

秘密：张老师念 mì mì，王老师念 bì mì。

土坯：张老师念 tǔ pī，王老师念 tǔ pēi。

听写的学生都是这个老师没教过的学生，所以两班的学生都听不懂。考试结束后，学生中一片哗然，两班的学生都埋怨学校用没学过的词汇难为学生，他们认为这样的出题太不应该，有的学生找教导处评理，有的学生找校长申诉。对这个题意见最大的，也就是跑着找教导处，找校长的学生，基本上都是学习比较好的学生，至少是语文成绩比较突出的学生，他们历来语文考试成绩都在 95 分以上，可是这一次连 90 分也考不了，这个落差太大，他们没法向家长交代，使他们最窝气的是让他们考试的题很多是他们没有学过的。若是他们学过的词汇而他们不会，考得再少他们也不埋怨。但这一次考不好，他们不服气，也不拉倒，他们纷纷要求这次考试不算数，要么重新考试，这一次考试不能算分。

经教导处一调查，原因很快找出来了，原来是王老师很多词汇念错教错导致的后果，5 班的学生对正确念法听不懂，6 班学生对错误念法听不懂，如果王老师念的让 5 班学生写，张老师念的让 6 班学生写，绝不会出现这个问题。但话不能这么说，对 5 班的学生来说，虽然在学校里，在王老师任班主任的前提下不会出现错误，也可以说这些错误得不到纠正，到升学考试时或进入社会再犯这样的错误，纠正起来付出的代价就大了。

教导主任在检查王老师的这些错误时，还联系到了王老师的另一件事。

王老师来该校的第一学期，任四年级班主任，教语文课。学期结束时，教导处把各班的通知书统一印发给了各班班主任。王老师一看，通知书上有一栏是"操行评语"，并要求班主任签名。王老师拿着通知书找教导主任，用手指着"操行评语"这一栏，满腹牢骚地质问教导主任："我的主任呀，为什么操行评语让班主任写？"

教导主任胸有成竹地反问她："班主任不写让谁写呀？"

王老师满有把握地说："操行是上操时的表现，应该由体育老师写，体育老师对学生的操行最熟悉。"

教导主任很耐心、很恳切地说："操行评语绝对是由班主任写的，请你查一下'操行'这个词的意思。"

教导处最后决定取消 5 班和 6 班的语文比赛成绩，并做了自我批评，向学生们道了歉，平息了学生的不满情绪。

吃罢早饭了，路柏、路松都上学了，曹梓顾不得拾掇饭桌上的东西，也没有刷锅刷碗，解下围裙，催路柳赶快去上学："赶快走，今天时间不早了，不赶快走还可能迟到哩。"与奶奶的想法相反，路柳不仅不赶快，反而磨磨蹭蹭，根本不像赶快出发的样子。奶奶有些生气，说道："该迟到了，你还不快点！"

尽管奶奶厉声厉色，但对路柳不起作用。她噘着嘴，苦着脸，汪汪欲滴的泪珠就要情不自禁地掉下来，嘴里不停地嘟囔着："我不去上学了，我不去上学了。"

"什么？你说什么？你不去上学了？"奶奶生气了，嗓门提高了很多，本来就已经生气的脸，更难看了。

在奶奶声色俱厉的严逼下，小路柳哭起来，哭得那么痛，那么伤心，嘴里不住地打着嗝。曹梓顿时感到问题的严重性，孩子一定蒙受着很大的委屈，内心隐藏着很多窝囊气，她的心软了，她的厉颜厉色刹那间变得温柔可亲，小路柳的痛苦让奶奶更痛苦，小路柳的伤心让奶奶更伤心。她急忙坐在沙发上，把路柳抱在怀里柔声绵绵地问："怎么啦，孩子？对奶奶说说，为什么不去上学了？"

路柳不停地哭，曹梓用毛巾擦她的泪，用手轻轻地捋她的头发，把路柳的两只小手握在自己手里，一松一紧地按捏着。躺在奶奶怀里的路柳感到舒适温暖。曹梓不时地说："不哭，不哭，乖乖，不哭，不哭，乖乖。谁欺负你啦，乖乖，告诉奶奶，我不愿意他。"

路柳终于说出来了："老师光批评我。"

曹梓："为啥批评你呀？"

路柳："她说我的学习退步了，说我的作业潦草，还有别的事。"

曹梓："还有哪些事呀？"

路柳："昨天上午第一节课下课后，我到教室外玩了一会儿，上课时我就进教室，由于我的座位在最后面的角落里，我就座时那些先入座的同学得站起来为我让路，老师批评我回教室晚了，影响上课了。第二节课下课后，我不出去玩了，我怕再回去晚了。但老师还是批评了我，她批评我不出去活动。我都不敢看她，我觉得她光想批评我，我怕看她。"

曹梓："孩子，你对我说实话，你有没有别的错误？与哪位同学闹矛盾了没有？与谁吵架了没有？对老师不尊重了没有？"

路柳肯定地回答："没有，奶奶，真的没有。"

曹梓："走，咱去学校，我找你们的老师，问她为什么总批评你。"

路柳哀求奶奶："奶奶，别找老师，我不想让你找老师。"

路柳哀求着不让找老师，增加了曹梓的疑心，她不让找老师，说不定她没说实话，说不定她犯有其他错误，隐瞒着家里，曹梓越发要去见她的老师了。

曹梓安慰路柳说："我不去找你老师，但你得马上去学校上课。"路柳说：

163

"好。"

曹梓用自行车把路柳带到学校。学校已经上课了，曹梓把路柳送到她的教室门口，让路柳进去。那一节正好是她班主任沈老师的数学课。路柳进教室以后，曹梓示意让沈老师出来一下，沈老师走出门外，曹梓简单说了一下路柳不愿上学情况，并问她路柳近来的学习情况和表现如何，沈老师说："学习热情有下降，成绩不如过去，作业潦草，总之，是下滑趋势，请家长注意，不可掉以轻心。"沈老师扭头回教室了，曹梓也扭头往回走。沈老师的几句话让她清楚了，也让她迷惑了。让她清楚的是路柳没什么大错误，这让她很放心；让她迷惑的是，沈老师说这些错误只是细心引导的问题，用不着、也不应该动辄批评人，更何况她才是个三年级的小孩子。她正纳闷推着自行车往前走时，一个六十多岁的老头儿向她走来，热情地与她打招呼："大妹子，你也是来送学生的吗？"

曹梓对这个人的面目很熟悉，好像他也是大杂院的人，经常在马老总那儿。但她没与他说过话，不知道他叫什么名字。他主动打招呼了，她也得以礼相待，说道："是呀，送我的小孙女来了。你呢？也是送孩子的吧？"

老头儿："我也是送我的孙子上学的，刚碰到一位熟人，我们说了一会儿话。你孙女在哪一班呀？"

曹梓："在三3班，你的孙子呢？"

老头儿："也在三3班。"

曹梓："还怪巧哩，他们在一个班。"

老头儿："你也是大杂院的，我知道，面目很熟，只是没说透。"

曹梓："对，对，咱们都是一个院子里的人，按老习惯说咱们是一家人。"

老头儿："对，对，咱们是一家人。我叫杨声，是个退休教师。"

曹梓："你老家是城里吗？"

杨声："不是，我老家也是农村的，不过现在老家没人了，一家四口人全在城里。老家没有回去过，老在城里住，所以也算城里人了。"

曹梓正为路柳不愿上学的原因一筹莫展时，听杨声这么一介绍他的情况：退休老师，城里人，与马老总走得很近，其孙子与路柳在一个班……她心里豁然开朗，她有一种预感，好像她的谜团他可以解开，路柳不愿上学的原因他会知道，他是老教师，对学生的心理肯定很熟悉。路柳不愿上学的问题，问问他也许他会知道。在解决路柳不愿上学的问题上，他肯定会帮忙。

她问杨声："你也是天天来接送小孙子吗？"

杨声："是的，一天不少，雷打不动，风雨无阻。"

曹梓："我也是。不过我怎么没碰见过你呀？"

杨声："我来得早，也走得早，你来到时，恐怕我就走了。今天我与朋友谈话了，要不，我早就走了，你哪会碰见我？对啦，你今天为啥来得这么晚呀？你看都迟到了不是？我从来不会晚，每天只能提前，不能晚，晚了小孙子不愿意呀。"

曹梓："俺的小孙女过去也是积极来上学，可是今天忽然提出不想上学了，我问她什么原因时，她说老师光批评她。我还以为她犯了什么错误挨了批评。刚才我问她老师了，她老师也没说她有什么错误。"

杨声："你没问她老师为什么老批评吗？"

曹梓："她老师说，近来她学习热情下降，成绩不如过去，作业潦草等等。根据小妮儿说的情况，老师动不动就批评她，叫她抬不起头来，所以她不想上学了。"

杨声："你的小孙女上学期怎么样呀？"

曹梓："上学期甚至以前，都很好，来上学、在家做作业都很积极。是班上的学习委员，第二组的小组长。她本来个子不高，坐在前三排中间位置，她很满意，每天回去都是喜笑颜开的。现在学习委员也不让干了，小组长的帽子也抹了，也不让坐在前三排了，而是坐在最后的角落里。她个子不高，坐在最后根本看不见黑板上偏下的字。我认为小妮儿情绪的变化跟这些情况有直接的关系，老师再经常批评她，那么小的孩子承受不了这么大的压力。尤其是来自自己老师的压力，我还不敢直接问老师，怕把她问恼了，倒希望她直接把原因说出来，她想干啥，直接说呗，让人猜心事，还在孩子身上使横劲，这样就苦了孩子，耽误了学习，影响了前途，这损失就大了。如果是用品，再贵的东西都可以买来，失去的时间买不来，失去的机会也买不来。"

杨声："老师总批评你小孙女的原因我已经找出来了。"

曹梓非常高兴地说："什么原因呀？你怎么知道哇？"

杨声："很简单，他们的老师办的作业辅导班，你的孙女肯定没参加。如果参加了，就不会出现这种情况了。"

曹梓："老师举办作业辅导班！三年级学生，家长都会，用不着参加老师的辅导班。俺的小孙女爱学习，每天的作业都能独立完成，不用做任何辅导。"

杨声："你要知道，她老师办作业辅导班的目的，并不是为学生辅导作业，他们很清楚学生的作业根本用不着老师办班进行辅导，每个学生的家长都有足够的能力帮助自己的孩子把作业做好。他们办辅导班的真正目的是为了他们自己。如果要求他们办辅导班不准收费，他们肯定说作业不用辅导，而现在办班是为了收费。他们办起来就希望每个学生参加，不参加，他们就不高兴，又不好意思对家长动员，只能在课堂上讲一下，强迫学生参加，你如果不参加，他们就采取些小动作，迫使你参加，这就是老师批评你孙女的原因。"

曹梓："我们上学期就没参加，小妮儿的学习很好，也没有老师总批评她的情况，她是学习委员，又是小组长，可是这一学期都变了。"

杨声："上学期肯定不是这个老师，老师变了，上学期那个老师不在乎办班问题，现在老师对办班很重视，对不参加班的学生很有意见。"

曹梓："小妮儿没有说过她老师办班问题，如果是这样，参加她老师的班不就行了。宁愿多花些钱，也不能让孩子受这种窝囊气。孩子有这种情绪，还能把学习搞好吗？"

杨声："希望你多与小孙女沟通，她会把心里话，把学校里的情况原原本本地告诉你。我的小孙子啥都对我说，我也经常观察学校里的动向。像他们班主任办辅导班的问题，小孙子全都告诉我，我马上给他钱让他报名参加。因此，老师很喜欢他。据我所知，他们的老师办的班，没有一个家长愿意参加的，任何家长都说根本不需要辅导，即使学生不会，家长都会，用不着劳驾老师。家长们希望老师的精力主要放在教课上，只要把课教好，在课堂上解决问题就行了。可是老师的注意力与学生家长的希望恰恰相反，老师的精力要放在辅导班上，甚至有些知识不在课堂上讲，而在辅导班上讲，为的是吸引学生参加辅导班。家长尽管不满意老师办班，可还是督促自己的孩子积极参加，就是这个道理，他们宁愿多花些钱，也不愿意让自己的孩子少学知识，受歧视，更不愿意让老师对自己的孩子采取什么手段。"

曹梓："我全明白了，回去我就给小妮儿钱，让她下午就参加她老师的辅导班。"

杨声："明天她的老师就不批评她了，还有可能把她的座位调到前面，还有可能让她当一个班干部。"

曹梓："现在学校里是这种情况，我真是没想到，我的思想跟不上形势。我有三个孙子、孙女，都参加老师的班了。老大是个男孩，是八年级学生，他在小学时总是参加他老师的辅导班，没有一个老师办的是外语班，他老师说外语不需要在小学时学习，到初中还要从头学，他一到初中才发现，英语一塌糊涂，他急需参加英语辅导班，巧的是他的班主任就是他的英语老师。老二是小学五年级，为了吸取她哥哥的教训，不重蹈覆辙，需要参加英语班，踏踏实实地学英语，也报了她班主任老师的语文班，光交钱报名，不参加学习。我们是三个学生，可是交了四个班的钱。你的建议很重要，解决了小妮儿不愿意上学的问题，这是我最高兴的，真得好好谢谢你了。"

杨声："看来你对学校里的情况不怎么知道，家长得时刻注意班主任老师的动向，经常问孩子老师有什么要求，有什么通知。孩子小，不知道向家长学。对老师的提议，要积极响应，不要与老师唱反调，不然，吃亏的还是自己的孩子。比如老师办班，你不要不参加，即使他教的科目孩子不需要学习，也要参加，光交钱不去学习，无非是多出些钱，如果不交钱，孩子在学习上损失的比你出的钱多得多。据我的观察，有些老师，当然不是所有老师，我说的有些老师，虽然不是所有老师，但也不是少数，他对学生有不同的面孔，有几种态度：对参加他的班的学生：喜笑颜开，满面春风。对不参加他的班的学生：愁眉苦脸，冷酷无情。对家长送他恩惠的学生：个别辅导，特殊照应。对班里全体学生：一般常态，不热不冷。每个家长都喜欢老师对他的孩子个别辅导，特殊照应。"

曹梓与杨声的谈话，对他们两个都很有益，曹梓增加了对当前学校的了解，并对如何辅导学生方面帮助很大。杨声从曹梓那里得知一些家长对辅导孩子方面的欠缺。他打算开办个家长学校，定期给家长授课，让家长知道如何培养自己的孩子。

"个别辅导，特殊照应"是家长热切期待的，但钱却是忍着心拿的。

第十一章　家长学校

孩子成长靠培养，谁的孩子谁承当。

不可懈怠享清闲，确保孩子成栋梁。

晚上七点多了，大杂院的院子里正是清静的时候，大多数营业门店已经关门，大家都吃罢晚饭各干其事了，有的走亲戚，有的串朋友，有的在家看电视，有的出去闲转悠。正是这个时候，也是聚会吃酒的佳时良辰。只有少数住户的洗碗刷锅声音，打破了大杂院的宁静。从远处明亮的窗户里传来隐隐约约的低沉说话声，消失得比来得还快，什么也听不清。

大杂院大门的醒目处，竖着一张去会议室的示意图，三三两两的人进大门后略看看示意图以后向里边走去，有的问问马老总去会议室如何走，还有些马老总的熟人，看见马老总必然要与他热和几句。在大杂院专为照顾孩子上学的住户曹梓看见这么多人进入大杂院，问马老总："马老总，今晚这么多人来这里干什么呀？"

马老总："你还不知道呀？这几天电视上一直播放，杨声老师办的家长学校今天晚上开学。"

曹梓很高兴地说："是吗？那天我孩子上学时碰见他，他告诉我说他打算办个家长学校，给家长讲讲如何培养孩子的问题。我还以为不定哪个猴年马月的事呢，谁知今天就开始了！我得参加，啥事不干，也得听他的讲话。"

马老总："杨老师做事很认真，为办这个家长学校他做了好多准备工作。他教了一辈子学了，对教孩子很有经验，听听他的讲话肯定是大有好处的。"

理发店里灯火通明，严师傅带着几个徒弟正紧张地工作着，屋里还有三个年轻女人在等着。严师傅不快不慢地说道："得快点了，杨老师的家长学校于今晚七点半上课，我们得去听他的课，学学如何教育孩子，这对每个家庭都有好处，不得不听。"

他的话是自言自语，也是对正在理发的人和正在等待的人说的。坐在椅子上的一个女人问："杨老师？哪个杨老师呀？他叫什么呀？"

严师傅："杨声老师呀，真不愧为教育人的人，每时每刻都准备着帮助别人，他只要看到别人有困难，不管是经济上的或其他方面的，他肯定帮助解决。我刚从福建来到这里时，人生地不熟，找不到工作地点，到处受本地同行人的排斥，杨老师为我们做了大量工作，帮我们找到了这个门店，对其他理发店的同行进行劝说，我在这里站住了脚，一直到现在发展得都很顺利。我还几次看见他在街上施舍。他的讲话一定得听，他传播的都是正能量。"

一个正在等待理发的女人说："杨声老师嘛，我很了解他，他原来是我们的班主任，教我们语文。课教得很好，不管是现代汉语还是文言文，他都很在行。尤其是作诗填词，他非常得心应手。他写的几首诗我现在还记得清清楚楚，因为都是即景而作。一个春天的星期日，他领着我们去公园里游玩。草木争春，百花争艳的景色使他诗意大发，他即兴作了一首诗：

> 春意盎然花芬芳，
> 芳芬弥漫散花香。
> 香花熏得游人醉，
> 醉人赏花享春盎。

"我很欣赏这几句诗的原因是，后三句每一句的第一个字都是前一句的最后一个字，而且全诗的末尾又与开头相呼应，这种形式的诗还是少有的。他看见一个同学摘了一朵花，他马上又作诗道：

> 花红柳绿傲苍茫，
> 美好景色供欣赏。
> 怎能忍心动手摘，
> 花泣泪溅众悲伤。

"我们班有一块水稻实验田，他把我们撅着屁股插秧的情景写了一首诗：

> 背朝太阳脚踏天，
> 汗水浃浃滚漪涟。

一仰一俯一步退，

一高一低一株间。

退到尽头举目看，

原来退步是向前。

"他这首诗不但生动地写出了插秧的实情，也反映出了以退为进，退就是进的哲理。我们班的文体委员，生活上不拘小节，同学们都叫他马大哈。杨老师为他填了一首词《卜算子》：

不是马大哈，而是不在乎。

班上一切正经事，从来不马虎。

偶尔闹笑话，出于好奇故。

所有任务完成好，若全神贯注。

"杨老师为我们班装配了一个小药箱，放在讲桌的抽斗里，里边放的全是常用药，如感冒药、头痛药、发烧药、肚疼药、拉肚子药。还有外用药，如红药水、紫药水、双氧水、软药膏、清炎粉、纱布、药棉等等，同学们有个小病是用不着去医务室的。

"杨老师经常找同学们个别谈话，了解学生的思想、学习和经济情况，一旦发现哪个同学有困难，他就会想办法帮助解决。班上同学大部分都得到过杨老师的帮助，他还给过一个同学五十元，让他给妈妈治病。我也曾得到过他的帮助，那时我得了急性肠炎，得马上去医院输水，杨老师给我交了钱，我及时输了水，吃了药，很快就好了。他还经常去学生家里走访，有的学生家距学校很远，五六十里地远，他一般都是骑自行车去，了解学生在家的表现，他向家长通报学生在学校的表现，交流各自对学生的看法，鼓励家长增强培养学生的信心。我们班的学生都很喜欢他，我们毕业时，全班同学与他一起照了合影相。分别时，我们都恋恋不舍，几乎每个同学都掉了眼泪。我从小学到高中毕业，教我的老师很多，使我印象最深的还是杨老师。

"杨老师的另一突出特点是他不但教学生们知识，还教学生们如何做人，他不但口头上教，还在实际行动中做出表率，让同学们听得见声音，看得见行动，对学生起到了潜移默化的感染，教学效果就特别好。今晚如果是他讲话，我一定得去听。"

严师傅："他今天讲话的内容是如何教育孩子。"

几个女人异口同声地说："这正好，谁家都有孩子，我们正为不知道如何教育孩子而发愁呢。请问：怎么参加呀？交多少钱呀？"

严师傅："去听报告就是参加了，不交钱，白听，想听的听，不想听的不听，非常自由。今天晚上咱不能耽误了，我干完了这个就走，请你们几位改日再来，对不起了，请原谅。"

她们齐声说："这么好的机会不能错过，我们也要去。"

为了办好这个家长学校，杨声老师开了两次座谈会，参加人都是有教学经验的老教师，有的已退休，有的仍在岗，还有一些幼儿园的老教师。杨声老师请他们以自己的亲身经历谈谈在他的家长学校里需要谈些什么。他请大家畅所欲言，想到什么就说什么，说的不恰当也不要紧，若有实际例子更好。大家谈到了下面一些问题。

家长必须对孩子担负起启蒙教育的角色，在这个启蒙教育中，母亲是第一任老师，而且是任何人也代替不了的启蒙老师，任何一个做母亲的都必须充分认识自己的责任，自己生的孩子，自己要培养，不能光生不养，扶养孩子是母亲的义务，不能以任何借口，如工作忙、身体不好等，放弃抚养孩子的义务。做母亲的要坚定这样的信念：自己生的孩子自己一定养，如果工作忙身体不好或不想养，就不要生，只要生孩子，就得养孩子。

现实生活中，绝大多数的母亲都很精心抚养自己的孩子，能充分尽到自己的责任。有少数母亲不抚养自己的孩子，固然有工作忙和身体不好等原因，也有逃避责任的现象，她们寻安逸，图享受，怕麻烦，怕苦，怕累。在这方面的表现有下列几种情况：最常见的是把孩子交给爷爷、奶奶或姥姥、姥爷；其次是雇保姆，让保姆照顾孩子；再其次是把孩子委托给亲戚；还有一种可能性是委托给朋友。凡此种种，不管哪一种情况，她们对孩子都起不到母亲的作用。孩子在母亲的呵护下，像鸟儿在苍茫的天空中翱翔，鱼儿在浩瀚的大海里游荡，他们的心情无拘无束，智力能得到充分的开发。凡是不在母亲身边长大的孩子，他们总有一种欠缺，他们的智力得不到极致的发展，这是表面上看不到的缺陷。

家庭教育对于一个人能成长为什么样的人起着关键作用，搞得好了，就能让孩子成为栋梁之材，搞不好很可能成为斗筲之人。

人的行为习惯、思想作风和道德品质，一定程度上是属于家庭教育的范畴；知识教育属于学校的任务。一个人在别人面前表现不好时，人们会说他"家教不严"，就是这个道理。每个家长必须搞好自己的家教，把自己的孩子培养成具有高尚道德品质的有用人才。可惜的是，有些家长不懂得自己的任务，他们把思想品德教育也全部推给学校，结果是他的孩子表现不好，甚至连知识学习也不愿意搞，家长对他很失望，但又不知道什么原因，光埋怨孩子不努力，把自己的错误推给孩子，这是很不公正的。

实行家教的最好年龄段是十岁以前，在这个年龄段要让孩子基本上养成较好的作风和习惯。起码是听家长的话和叫干啥就干啥并且干好的态度。一个孩子只要具备了叫干啥干啥和干啥就干好的觉悟，这个家长对自己孩子的培养就算成功了一半。

很多学生学习不好的原因不是他学不会，也不是老师教得不好，更不是学习环境不好，而是他不好好学习。老师讲课他就没认真听，书中的难题他根本就没解决，做作业时必然不会，所以就抄袭别人的。长此下去，积累的问题一多，他即使有了学习的积极性也弥补不了过去的欠缺，不学不会，学也是不会，所以干脆不学，自暴自弃。这样自暴自弃的学生不在少数，都是起因于没有好的学习态度。这种学生不仅仅是学习搞不好，他们到社会上工作也搞不好。因为他们的坏习惯已养成，很难克服。习惯是条狗，如果是好习惯，就是一条好狗，如果是赖习惯，就是一条赖狗，不管好狗或赖狗，始终紧紧跟着你，打也打不走。如果是好狗，能处处帮助你把事情做好，是你成就事业的得力助手；如果是赖狗，处处给你捣乱，事事给你添麻烦，叫你什么也干不成，是你一败涂地的帮凶。

学习态度不好的学生，小学阶段稀里糊涂，初中阶段马马虎虎，高中阶段的学习更是一塌糊涂。该考大学了，家长才醒悟过来，急忙找这班补，找那班练，实际上已经晚了，挽回不来了。家长白花钱，孩子苦受罪，其结果仍是啥都学不会，白白耽误了时间。

养成好的学习态度不是一朝一夕的工夫，是一个长期始终不渝的过程。还要从小抓起，从孩子一岁就开始，而且还要从小事抓起，哪怕是鸡毛蒜皮的事也不放过教育孩子的机会，越是小事越是培养孩子的好机会。还要注意经常性和一惯性，不管在哪儿，也不管什么时候，只要孩子在场，家长都要从教育孩子的角度出发，让孩子随时随地能学到处事的道理。

有些家长只注重大事，不注重小事，他们认为小事关系不大，等孩子长大了，自然就明白了。他们的这种观点是完全错误的。大是大非固然重要，孩子在大事面前当然得有正确的态度，比如某人偷别人的东西了，孩子必须有非常明确的反对态度，家长也不会有任何异议。但如果孩子站在路上阻碍别人通行，即使路人按铃他也无动于衷，这时家长虽然认为孩子应该让路，但对孩子的行为就没有否定的意思了，孩子不动，家长就伸手把他拉到一旁。如果孩子在平坦的大路上吐痰或随便往地上扔纸屑时，家长不认为是问题，看见也不管，任孩子随便。倘若有人批评孩子的不对时，家长不但不批评孩子，反而会丧失原则，对人家要不论理，说些蛮横无理的话："你管这么宽干吗？这是你的地方吗？你为什么不让吐？为什么不让扔？我们偏要吐，偏要扔，看你怎么着我们!"人家感到不值得与这素质低的人下气力，只有匆匆离去。像这样的家长能培养出道德品质高尚的人吗？跟着他长大的孩子学习不努力，到社会上工作不认真，不尊重家长，瞧不起别人，什么工作都不想干，只嫌工作重，工作苦，工作时间长。而且本人还满腹牢骚，工作时他对工作不满意，对单位不满意，对领导不满意，对身边同志也不满意。如果失去工作，他还会把自己的不如意转嫁为对社会的不满，对政府的不满。这种人走到哪里都会毫无拘束地放些阴风，流露出他的不满情绪。

孩子走到这种地步怨谁呢？家长会说怨孩子本人，或说孩子受到外界不利影响，他们无论怎样也不会想到是自己的原因，是自己没有让孩子养成好的工作态度的原因。

家长必须明白，大事是教孩子明白道理的，小事是培养孩子好习惯的。好习惯、好态度对一个人是关键问题，它是慢慢养成的，是通过小事养成的。当家长的在任何小事上，都不要放弃教育孩子的机会。事件越小，越是好教材。家长还要记住，千万不要啰嗦，不要唠叨，孩子最讨厌的就是唠叨，很多家长不懂得孩子的这个心理，往往在一些事件上反复讲解，没完没了，生怕孩子没听懂，生怕孩子没记住。任何事情都是过犹不及，甚至惹起孩子的反感，导致适得其反的结果。

要让孩子养成良好的生活习惯，除了从日常生活中的小事上着手以外，还要强调孩子必须有礼貌，对任何人都要有礼貌，对别人有礼貌就是尊重别人。

要尊重别人，先从尊重父母、尊重爷爷奶奶、尊重家里人、尊重老师、尊重老年人开始，尤其是首先要尊敬父母。不尊敬父母的人是社会上不需要的人，对父母都不尊敬的人，很难想象他对国家会尊敬、会热爱！凡是不尊敬父母的人都是自私自利、个人主义的人。凡是违背他的利益的，哪怕是一点点，即使是自己的父母，他都不容忍，拼命保护自己的利益。

曾经有这么一件事：一个学生，由于小学时没有养成好的学习态度，到初中后仍不知道学习。他母亲感到事情的严重性，想让他改变坏习惯。她不懂得习惯的养成不是一天半天的事，改变时也不是一蹴而就的，她有些急于求成，怪儿子没有志气，恨铁不成钢。

这位妈妈已经认识到自己没把儿子教育好，她的这个认识是经过血的教训的，也许她也会认识到她对儿子的教育太晚了。她只是个朦朦胧胧的认识，对儿子的教育要早点抓，早到什么时候？从什么时候开始？应在哪些事情上抓？怎么抓？这一系列问题，她未必都明白。

要求孩子有礼貌，尊重别人时，首先家长本人得讲礼貌，尊重别人。如果自己不讲礼貌，不尊重别人，这种家长也不会教育自己的孩子有礼貌、尊重别人。这样的家长根本就教育不出品德高尚的人才。即使家长口头上也说讲礼貌和尊重别人的重要，由于自己没有这个习惯，日常生活中，不礼貌和不尊重别人的行为不断出现，这样的家长也教育不出高质量的学生。凡是教育孩子要做的，家长本人必须首先以身作则，率先垂范。

谦让是对人有礼貌、尊重别人的具体表现。生活中，几乎所有矛盾，一切争吵，甚至打架斗殴都源于缺乏谦让精神。孩子们之间发生矛盾时，很多家长抱的态度不是缓解矛盾，而是扩大矛盾，鼓动孩子与对方斗。家长的理念是自己的孩子占些便宜可以，不能吃亏，不能受辱，认为这是丢人。若孩子吃亏或受了辱，家长就会带着孩子找对方，有时甚至动手打对方。当着孩子的面冲着对方说："今后如果再欺负俺，把你的腿打断。"有一个孩子叫小强。他的名字就是强，他妈给他起名字也有这个意思，让孩子总是强，不能弱。他妈教育他在哪里都不能吃亏，干什么都不能受欺负。有一天，他在街上想喝豆腐脑，就走到一个豆腐脑摊，站在一个椅子旁，手伸到口袋里摸钱。恰在这时，又来一个年轻人，一下坐在椅子上，说道："请盛碗豆腐脑！"小强一看他坐在椅子上了，立刻气上心头，说道："你这个人，怎么来到就坐这儿？这是我的位置，你不能坐。"对方说："这是卖豆腐脑的座位，怎么是你的座位，谁坐就是谁的座位。"小强认为这个人太不讲理，欺人太甚。他抓住那人的肩膀往外拉，那人个子大，吃得又胖，小强拉不动他，还被推得向外趔趄了几步，一屁股坐在洒了汤的地上，很多正在吃饭的人唰啦扭过脸来，幸灾乐祸地看他这个狼狈相。在这么多人面前，出了这么大的丑，这是莫大的耻辱，真是是可忍，孰不可忍！他脸发紫，眼发红，牙咬着嘴唇，满腔怒火，从腰里掏出他的匕首，使出全部力气，扑哧扎到那人的肚子里，小强像没事一样，扬长而去。顷刻间那人流了一地鲜血，好心人把他送到医院时，因流血过多他已停止了呼吸。公安局把小强抓起来，法院判他死刑。一个鸡毛蒜皮的事剥夺了两条生命，这是小强妈教育孩子"不吃亏"的结果。

在一个县城里，到街上去一趟就会发现好几起不讲礼貌、不尊重别人的事件。

比如两个熟人在人行道上走路。你往东，他往西，两人碰面时随地站那儿说话，一说就是二十分钟，别人路过这里时，他们也不让路，人家只能绕着走。有一个老太太拄着拐杖从这里过时，他们还不让，老太太只有站在那儿等着，旁边有人对他们说："你们去旁边说话不行吗，站在这儿影响大家走路。"就这一句话，也可能是这位先生的口气有些重，也许是他的态度有些不好，这二位先生就接受不了啦，他们中的一个很生气地说："我们站在这儿影响你什么了？这又不是你的地方。"这位先生说："这是公共场所，你们站在这里说话影响别人通行。"他们说："影响别人通行与你啥关系呀？你真是狗拿耗子——多管闲事！"那位先生："做了没理事还逞强，真不论理！"他们："谁不论理呀？是我们不论理，还是你不论理？"他们越说越多，声音越来越大，态度也越来越不好。行人都停下来看热闹，人越来越多，很快聚集了一大群，严重阻碍了交通，车辆无法通行，连行人也过不去。警察来了以后驱散了人群，疏通了交通。

当警察问他们为什么不躲路时，他们理直气壮地说："不是我们不躲路，而是那个人太不讲道理，既无礼，又不尊重别人，完全无视别人的存在，心里只有他自己。我们是最有礼貌，最尊重别人的，他如果好好对我们说，我们不会不躲路，可是他不讲理，我们当然对他就不客气了。我们跟他吵，第一是因为他不讲理；第二是因为他多管闲事；第三是因为他没礼貌；第四是因为他不尊重别人。"

老太太狠狠地瞪了他们一眼，拄着拐杖噔噔地走了。

还有一个骑自行车的看见路旁有个卖青菜的，他马上停下来，把自行车就地扎住，去到卖菜摊挑拣菜去了。

另外，在街上还到处都可以看见扔垃圾的，吐痰的。有的背街上，纸屑绕天飞，污水到处流，臭气熏死人，垃圾满街有。在公共场所乱吐乱扔是一个人不讲礼貌，不尊重别人的具体表现。

让孩子有个好习惯要及早抓，从一岁起就抓，一到十岁是培养孩子习惯的黄金时期，而且要从小事开始抓，这是无数事实证明了的，是人生成长的规律所需要的，若违背了这个规律，就不会有理想的结果。

日常生活中有很多小事，是对孩子进行礼貌教育的好机会，却被很多家长白白放走。家长不利用这些好机会的原因，与其说是因为事小，倒不如说是家长本人没有这个觉悟，自己就没认识到孩子的行为有什么非礼的地方。且看下列这些现象：

一、妈妈带孩子串门了，刚一坐下，孩子就不见了，去哪儿了？原来是去人家的厕所里了。他要是去解手也无可非议，他不是方便的，他是感到好奇，去参观了。家长把他叫出来后，片刻间他又不见了，去哪儿？去主人的卧室里了，再把他叫出来后，很快又去拉客厅里的抽屉了……他在主人家不识闲儿乱跑乱折腾，这么明显的不礼貌行为，家长竟然没看出来，竟没觉着是问题！

二、一个家长带着孩子去饭店赴宴。上菜前孩子先把饭桌上的糖果装起来，又把香烟装在口袋里。问他为什么把烟装起来时，他说给他爷爷带回去，他爷爷抽烟。开始吃饭以后，他把自己喜欢吃的菜端到自己面前，把不喜欢吃的推给别人，有时跑到别人面前夹自己喜爱吃的菜。

三、家长领着孩子在大街上行走时，有时买个冰糕，把冰糕皮随手扔到地上，买了糖果，也把皮扔到地上，撒尿时也就地撒在地上。

凡此种种，家长不进行教育，说明家长就是个不讲礼貌的人，这样的家长怎么会培养出有礼貌的孩子呢！

在好习惯中，好的学习习惯最重要。孩子如果有个好习惯，家长根本不用担心他的学习。有的家长不从学习态度上着手，而总埋怨孩子不用功，拼命让孩子努力，努力，再努力，结果是事倍功半。如果孩子有了好的学习态度，他哪门功课都能学好。

如何让孩子养成好的学习态度呢？这与他养成好的生活习惯是一致的，只是偏重于学习上的作为。这也得从小抓起，从他去幼儿园的时候抓起，当妈妈的要把好关，凡是教给他的东西，必须让他认真学，不能敷衍了事，不能马马虎虎。当然妈妈还要把握适度原则，不要让孩子学得多了，不能让他太累了，尤其是三四岁以前，究竟教多少才算适度，这个度要因人而异。有的孩子的懵懂期结束得早，进入启蒙期也快，我们说他的脑子开发得早；有的孩子与此相反，他的懵懂期比较长，启蒙期就晚，脑子开发得就慢，对这两类不同的人就要有不同的要求。当然当妈的就要仔细观察，认真分析，判定自己的孩子属于哪个类型。应该说，绝大多数孩子之间的差别可以用努力弥补过来，经常是智力差些的孩子学习成绩却很好。

孩子做每件事，都要要求他严肃认真。对每一件事，要么不做，要做就必须做好，要想做的，就必须认真。比如写字，要认真写，一笔一画，该横是横，该竖是竖，该撇是撇，该捺是捺。要求孩子不一定写得好看，但一定得工整，每一笔都必须到家。孩子写字时，心态一定得平稳，不能慌，不能浮躁，要专心致志，不能心不在焉。检验他写字时是不是浮躁的重要依据就是看他写的字是否工整。态度平稳时，他的笔画是有始有终的，起笔、落笔都有明显地交代；心情浮躁时，他的笔画是不到位的，都是虎头蛇尾，搭笔时笔重墨多，运笔时由于心里急躁，笔尖不到位，笔道儿全是一戳一挑的，竖笔下边有个尖尾巴，横笔右边有个尖尾巴。凡是这种情况都是没专心写，决不能让他这样写下去，让他重写，不能姑息，腔调要深沉，脸色要严厉，让他有些害怕，不操心写不行，时间长了以后，他自然而然地把字写工整了。习惯就是这么养成的。

在严格要求自己的孩子如何做时，自己要以身作则，自己要有些牺牲精神，少休息些，少娱乐些，少玩些牌，把干这些的时间，用来陪陪孩子。孩子回到家做作业时，母亲一定陪着他，尤其是那些比较浮躁的孩子。在一个安静的房间里，孩子做着作业，母亲也在该房间坐着，要么看书，要么写字，做出用功学习的姿态。这样孩子就会心平气和，专心致志地做作业。千万不要让他去做作业而家长去干别的事，更不要在他做作业的房间隔壁打牌、摆酒摊等。

孩子每次放学回到家里时，家长问他的第一句话应该是今天上了什么课，然后问难不难学，学会了没有。随后把他的书拿出来，看着书上的内容问他几个问题，让他回答。他如果答对了，就说明他在课堂上注意听了，如果答不对，说明他上课时没注意听，要么就是没听懂。他不懂时家长就得给他解释，如果家长也不会，就让孩子去学校问老师。第二天再问孩子这个问题的答案，直到孩子学会为止。每天都是这样，坚持一年两年，就会让孩子有个认真学习的习惯。家长询问孩子的学习情况时，少问"你考多少分呀？"这样的话，这是学习的结果，外人才这样问，家长应关心的是孩子的学习过程，也就是说问他学会了没有，如果过程学会了，结果自然就会好。

家长应要求孩子每门功课都有一个课堂笔记本，专记老师讲课时的重要内容和不懂的问题。课堂笔记对课堂上不专心听课的学生尤其重要。

很多学生不爱学习，因此学习成绩不好，家长一味认为孩子不努力，就骂甚至打进行教训。可是收效甚小，慢慢就无能为力了，学生自暴自弃，家长也放任自流了。孩子不好好学习，甚至是对学习自暴自弃的真正原因是从起初没理解课文内容，不会做课后作业开始的。随着课程的进展，一课一课积攒下来，再想学好也来不及了，他再努力也弥补不过来，努力也不会，不努力也是不会，就干脆放弃算了。要想赶上，从他眼下学习的内容下功夫不行，必须从开始时下功夫，一点一点往后补，只有前边的都会了，以后的才能学会，这对于绝大多数学生来说是做不到的。一个是他没那么多时间，再一个是他没那么多精力，吃不了这个苦。为了不让学生掉队，就必须确保他每一课都能理解，每课的作业都能独立完成。课堂上专心听讲是关键。在很多情况下，学生控制不住自己，他主观上也想听老师讲，但就是不由自主。课堂笔记就是让他思想不抛锚的最好办法。为了在课堂笔记本上记下老师讲的内容，他必须注意听。把听到的记下来，加深了印象，记忆着就容易。其次也有利于复习，到复习时，他只需看一下课堂笔记就行了，当他看着他记录下来的内容时，脑子里就会呈现出来老师讲课的情景，这种学习场景的再现，是复习功课的最好方法，也是加强记忆的最好途径。孩子放学回家后，家长一定要看他的课堂笔记，如果写得很多，说明他上课时注意听了；如果他没写什么，甚至根本就没有写，说明他没注意听，课堂笔记如同一面镜子，能把他的课堂表现再现出来。

复习也是重要的记忆方法。"记不住"恐怕是每个人感到非常头疼的问题，对于正在大量用脑子的学生来说更是这个问题。对绝大多数人来说，记东西是靠该物在你脑子里的再现率，出现的次数多了，自然就记住了。人要掌握一门知识，第一次接触它，理解它，也可以说是会了，但这时的知识在你脑子里所占的分量很少，很快它就溜掉了。如果你复习几次，它就在你脑子里巩固下来，再也不会走了。学会一种知识至少得有五六次的复习，每次复习的时间不要太长，太长了没用，纯是浪费时间。复习的原则是次数要多，每次花费的时间要短。多短才算短？几分钟，几十分钟，要根据你复习的内容而定。时间长短的标准是你只要看它一遍就行，只要看它一次就是复习了一次，就这么看几次就把它记住了。比如：一个生人找你了解情况，你们两人交谈了一个钟头，你把他的情况了解得清清楚楚，他一走再没有见过他，实际上你早就把他忘得干干净净了。假如你们第一次相见后，先是一个月以后见一次面，后来隔半年见一次面，再往后隔一年见一次面，见几次面以后，你再也不会把他忘了。学知识也是这个道理，尤其是记英语单词，这是唯一的好办法。很多学生不知道用这种办法。他们要么不复习，要么很长时间复习一次，每复习一次花很长时间。不复习不行，隔的时间长了再复习也不行。学会的知识不复习，等于把拾到篮子里的柴火再扔掉；隔的时间长了再复习效果不好，它等于把学得的知识忘掉后再去捡它，知识在你脑子里扎不住根，不是掌握知识的好办法。

学习有三部曲：专心听——细琢磨——反复记。

专心听，就是在课堂上专心致志听老师讲课。专心听是学会的前提，是掌握知识的根源，如果不专心听，随后的一切努力都是瞎折腾。只要在课堂上专心听，知识听懂了，就能为今后熟练掌握该知识打下了良好的基础。有些学生对专心听讲的意思没有全面理解，他们认为专心听是为了听懂、学会问题，非然也。专心听除了听懂、理解以外，还有个更重要的作用，就是让这个知识在脑子里印象深，记得时间长，不容易忘。认为这个知识你已经懂了，就不专心听了，你懂得的知识很快就会忘掉。

细琢磨，就是把听到的知识，有时是老师的说法，老师用的词语，都在嘴里品品滋味，琢磨琢磨。品味、琢磨就是让进来的知识适应一下环境，让它延展延展，与邻居拉拉关系。记任何东西都不要直着记，要让它与你最熟悉的知识挂起钩来，这样记着费劲小，容易记，还不容易忘。比如你雇了两个人为你搬家，搬完后他们离开时你问他们的名字，他们一个说："我姓袁。"另一个说："我姓侯。"你马上心里就说："我雇了两个猿猴。"如果他说："我叫长海。"你就想："长江流入大海。"如果他说："我叫斧头。"你就想："我经常劈柴用。"如果一个女士说："我叫桂花。"你马上想道："九月份开。"如果她说："我叫花莲。"你马上想："它与莲花颠倒了一下。"如此等等，总之，一定把新知识与你熟悉的知识挂钩，记起来就比较容易了。

反复记，就是复习，复习无数次，复习并不是等你忘了以后再去复习，你如果把它忘了，你就想不起来复习了。复习的目的是为了不忘，如果忘了再复习就晚了。要在不忘时复习，复习的遍多了，你就不会忘了，你即使不是有意地去复习，它也不时在你脑子里浮现，或者是只是你一想它，它就马上浮现出来让你运用。只有在这时，这个知识你才算真正掌握了。

此外，有几个问题，杨声和老师们也都谈了自己的看法，并归纳为以下几点。

一、人是有天赋的，天赋是先天性的

先天性的天才绝对是很少的，但不是没有，绝大多数，是一般人才。在这一般人才中也有差异，有的在这方面好，有的在那方面好，千差万别，没有哪两个人是完全相同的。比如人的爱好，有的人喜欢文科，有的人喜欢理科，有的人喜欢画画，有的人喜欢音乐……这都是先天性的，每个人要发展自己先天性的长处，千万不要发展先天性的短处。家长要支持孩子发展自己的喜好，这样他不仅学习得快，容易掌握，而且不容易忘，将来很可能做出优异成绩。比如唱歌。有个家长喜欢听歌，就鼓励自己的女儿学唱歌，但她的女儿没有唱歌的天赋，没有好嗓子，怎么练也唱不好，其结果是把本来能练出成绩的机遇失去了，在练不出成绩的项目上拼命练，耽误了时间，白费了工夫，啥成绩也没有，这是最不值得的。有的孩子没有偏爱，在什么科目上都是平平淡淡，这种人发展什么都可以。但必须说明，这种人再努力，也只能练出个一般成绩或稍好一些的成绩，而不会练出优异成绩。任何一个出类拔萃的成绩都出自这一类的天赋。当然，有某种天赋并不是说他就一定会有这方面的成就，有天赋再加上努力练，优异成绩肯定有。光有天赋而不练，照样不会有好成绩。如果没天赋而拼命练，可以练得比原来好一些，但不会怎么突出。因此，家长对孩子的学科选择，不要以自己的喜好为依据，也不要根据社会上什么学科受欢迎，而要根据孩子的天赋和孩子的喜好。

人的智力，也可以说人的悟性，是先天性的，有的人高，有的人低，是与生俱来的。不管高还是低，都必须通过学习才能得以开展和提高，若不经过学习和实践，智力再高也没有用。智力高的人，若刻苦学习，就可以把自己的智力充分发挥出来，创造出好的业绩；智力低的人，经过努力学习可以提高智力，由不聪明变聪明。必须清楚，这种后天性的改变、提高，是非常有限的，尽管是有限的，也是学习、改进，越是智力低的人，越得抓紧时间学习，提高办事能力。因此，办同样一个事情，智力低的人比智力高的人要付出更大的精力。同样一段文章要求两个学生背诵，智力高的学生轻轻松松就可以背会，智力越高，背得越快，越轻松；智力低的学生，费了九牛二虎之力还是背不会。就是这么个事实，我们必须承认。

人的肉体是由各个器官组成的，正如一台机器是由各个零件组成的一样。各个器官的质量是不一样的，有的质量高，有的低，质量高的发挥的作用就大，就经久耐用。一个人如果脑子灵活，这个人记忆力就好就聪明，他的其他器官并不一定也好，他只是记忆力强，学习很轻松，成绩很好。但他可能身体不好，经常疾病缠身。有的人各个器官都很好，就是脑子质量差，这个人就会身体很健康，但记忆力很差，学习很吃力，这就是平常说的"四肢发达，头脑简单"。这就是事实，这就是客观存在。基于这个认识，家长对孩子的要求要因人而异，不要千篇一律。对学习不好的孩子，不要一味地批评他们不努力、不用功，要具体人具体分析，仔细观察，琢磨他学习不好的原因，是主观上不努力呀，还是客观上智力不好？如果他不是不努力问题，而是智力问题，就不要批评他不努力了，如果这时你仍然批评他不努力，你的批评起不到任何作用。有时你批评得很了，还可能适得其反。对于这一类学生，要鼓励他的积极性，帮助他改进学习方法，同时对他讲行行出状元的道理，不能让他因学习不好而失去信心，给他讲些智力不高而取得伟大成就的例子，不要让他失去信心，要鼓励他积极向上，告诉他今后仍有光明远大的前途。

二、关于课外书籍的阅读问题

阅读是知识索取的重要途径，青少年正是积累知识的最好时期，阅读是必不可少的。但对课外读书是多读、少读或不读？这都不能绝对肯定或否定的回答，一个比较恰当的说法是：在力所能及的前提下，尽量多读。这里边有"力所能及"和"尽量"两个词。孩子们都在上学时期，每人都有好几门功课，每天都有大量的新鲜东西进入脑海，每时每刻都得记呀，想呀，写呀，练呀，脑子忙得毫无闲暇。课外阅读要根据每个学生的智力而定，具体地说就是根据该生学习功课的情况。如果他的每门功课学得很轻松，成绩很好，还有精力搞课外阅读，在他力所能及的范围内，读得越多越好。如果各门功课很吃力，已把精力用尽而还不能把学习搞好，这个学生就不要读课外书籍，他的精力要主要用在各门功课上，把书本知识学好就很不容易了。如果这种学生还要坚持搞课外阅读，他肯定落个得不偿失的结果。

有的学生对功课不认真，成绩很差，但热衷于读长篇小说，他读小说不是学习书中的优美语言，也不是学习对人物的生动刻画，他关心的是故事情节的发展，是人物的命运，如果正面人物没有落好报、反面人物没有受到惩罚，他就义愤填膺，与书中人物共命运，为正面人物打抱不平。这种人的可悲之处在于，他还没认识到他的课外阅读已经严重地影响了他的学习，他错误地认为他课外阅读利用的是业余时间，不是学习时间，还振振有词地说："学习时间我一分一秒都用在学习上，我从没有在学习时间内干其他事情，课外阅读也完全用的是业余时间。"这个学生形而上学地把时间分成互不相干的段落，他没认识到时间段只是他干事的过程，干任何事情，过程是次要的，他没觉得干活最主要的是动力，没有动力啥也干不了。不管干什么，也不管在哪个时间段干，它的动力都来源于一个地方——你的大脑、你的精力。

如果把智力比作能量，各个人的能量是不一样的，有的人有 100 斤能量，有的人不到 100 斤，还有的人只有 80 斤、60 斤、40 斤……智力越高，能量越多；智力越低，能量越少。你干一件事就花掉一部分能量，如果干了难事，解决了麻烦问题花费了大力气，你消耗的能量就多。智力高的人的能量多，他可以干很多事，经常用不完。智力低的人能量少，经常不够用，甚至透支，用脑过度，超负荷了，这就该休息了，若仍不休息，就可能用坏脑子，就会得神经衰弱或头痛病。你的能量用在课外阅读上了，就没有能量用在功课上了。从用脑的角度上说，没有课内阅读课外阅读问题，课外和课内只是个时间段的不同，你就那么多的能量，这方面用了，那方面就不能用了。

人的能量是一个常数，每天就那么多，用完后就得休息，休息后仍有那么多能量，再进行消耗，这样周而复始地循环。

三、关于学生离校活动问题

学生的离校活动指的是出去旅游、参观、走亲戚、串朋友等脱离学校生活的活动。这些活动，不管哪一项，对学习都是不利的，活动的时间越长对学习影响越大，活动越激烈，对学习影响越大。暑假时候，如果学生出游回来后，还有二十多天的空闲，这种旅游还好一些。对学生影响最大的旅游是学期中间的小假期，学生出去跑一圈，回来后的第二天就去学校上课，学生的心情一个星期都安静不下来，别看他在教室坐着，老师讲课他一点也听不进去，他身子坐在教室里，思想仍在外面。一星期以后，旅游的事情慢慢淡化了，他的思想才回到课堂上，但他没听进的课怎么弥补呢？多数学生不再要求补课，过就过去吧，不会的知识再也不会回来了。本来学习就比较紧张的学生，这一下子很可能就被落下来，恢复过来的可能几乎是没有的。很多家长不考虑思想的联系性，而是从外表上机械地考虑时间段的问题。他们认为这一段时间上课，那一段时间活动。看你活动什么？怎么活动？如果是学校里的课外活动，打球、跑步之类的体育活动，这种活动是休息脑子的，是有利于学习的。那种连续几天的旅游，长时间的美景欣赏，这种活动肯定是影响学习的，风景越奇丽，学生的心越激动，对学习的影响就越大。

有些家长动不动就叫学生请假不上课，其理由是：姥姥姥爷过生日，爷爷奶奶过生日，家乡赶庙会，哥哥结婚，姐姐出门。此外，天气如果不好，太热、太冷、大风、大雨、大雷等等，再加上身体不好时，都得请假不上课，他的功课怎么会好！家长不懂得，你让孩子今天请假，明天请假，他的学习有断层，联系不起来，是不可能把学习搞好的。

四、家庭环境对学生潜移默化的影响

家庭学习环境对学生的影响也是不容小觑的。许多教师子弟考得分数都比较高，原因除了教师辅导学生有好的方法外，更重要的是教师家庭里有比较好的学习氛围，环境安静，学习气氛很浓。晚饭后，父亲在写教案，母亲在批改作业，爷爷在看报纸，奶奶在收拾家务，是学生做作业或复习功课的绝好环境。从语言上看，教师的谈话都与努力学习、刻苦钻研、实事求是等内容相关，这种环境和言行，都潜移默化，不知不觉就成为学生的自觉行动。

有些商人的家庭环境都是另外一种景象。首先是家长本人不怎么重视孩子的学习，更不会考虑他的学习环境，也可能是他本人读书就不多，没有感到学习对他的好处，再不然就是整天考虑他的生意，无暇顾及孩子的学习。从客观

上说，生意人与人打交道多，家里三天两头有客人，经常不是酒摊就是宴会，喝酒行令，觥筹交错，夜深不息。这样的家庭环境怎么能让孩子安心学习呢？

有的家长虽然知道给孩子打造个好的学习环境，但由对"学习环境"理解的局限，他认为的好环境也并不是好环境。因为家长对"学习环境"理解有局限，比如他认为孩子有一个单独的屋子，就应该是最好的学习环境了。他放心地让孩子住在单独的屋子里，他却在另一屋子里打牌、喝酒，毫无顾忌。最后的结果是孩子学得一塌糊涂，自暴自弃，家长却认为是孩子没有志气，学习不努力。

日常交谈中，商人的思维与教师的思维截然不同。他们的思维基本上是这么个原则：找窍门，走捷径，以最小的付出，争取最大的收入。"1＋1＝?"这在教师眼里是一道非常简单的数学题，正受启蒙教育的小孩都知道它的答案。一加一等于二，只有二，不可能是别的数。可是商人的眼里，"1＋1"是商业的一个运筹过程，第一个"1"是付出的本钱，第二个"1"是付出的劳动。本钱加劳动，营运后的报酬是多少，就很难说了。反正不能等于二，如果等于二就不赚钱了，甚至是赔本生意，它至少得大于二，大得越多越好。商人的思维方式不能用于学生的学习上，学生如果按照商人的思维逻辑去学习，他的学习道路走得肯定很艰难。因为他光想走捷径，不想下苦功；光想有好成绩，不想去努力。教师的思维和语言正好与商人的相反，他们说话办事一是一，二是二。不能走捷径，不能投机取巧，一切成绩都是经过刻苦努力得来的。学生按照这种思维方法去学习，怎么能学习不好呢？

五、关于学生交朋友问题

学生交朋友是一个普遍现象，主要是中学生之间。几个朋友除了上课时间外，其他时间一有空就往一起凑，上学时一起去，放学后回家也一起回。吃饭早的学生去叫吃饭晚的，家不在一个地方住时，也得一块儿走出校门，能在一起走多远就走多远，然后各自回家。下了课马上就走到一起，厕所也一起去，若一个人去厕所时，其他人不需要解释的也要陪着他去，好像谁离了谁就不能过似的。有的学生在学校结交成群的朋友，每逢节日他们在一起聚会，谁过生日时，大家凑钱为他买礼品，举行宴会为他祝贺；谁受欺负时，大伙为他出气。

凡此种种，不一而足。很多家长对此事不仅仅觉得不足为虑，而是津津乐道，以此为荣，认为自己的孩子聪明，有能耐。他们认为交朋友就是铺路，交的朋友越多，铺的路越广，将来办事越方便，有困难了，有朋友帮忙，不会作大难。

首先，这是庸人观点，家长就没打算让他的孩子考上重点大学，将来在北京、上海等大城市工作，或到国外，到联合国工作。他有这么个狭隘理念，对孩子也不会有远大的前途教育目标，孩子也不会有宏伟的想法。

其次，家长尚未认识到孩子这么热衷于拉关系、交朋友，说明他的心没集中到学习上，如果专心学习，就不会这么重视交朋友。可以说，爱交朋友的人，学习一般不会太好。

不爱学习的人，往往比较空虚，他们不用心学习，无所事事，必然找他们的同类来填补他们的思想空虚。因此，凡是经常拉拉扯扯在一起的，都是不爱学习的。家长们必须有这样的认识：不爱学习的人交的朋友很可能也是不爱学习的。这是因为爱学习的人把心都集中在学习上，根本没工夫与别人交往。爱学习的人与不爱学习的人说话不投机，没有相同的爱好，他们走不到一起。不爱学习的人在一起不会谈论如何把学习搞好的话题，而是谈论与学习无关的甚至有悖于学习的事。若一个学生学习本来就不怎么好，他交往朋友后可能会更不好。

上学期间，要集中精力把学习搞好，不要急于交朋友。把学习搞好，在学习中互相帮助，朋友自然会来，若以后在国外工作，还会交外国朋友。有诗曰：

乞丐大街无人问，

学者深山有人寻。

不学无术没人理，

满腹经纶人人尊。

六、关于"掏钱难买少年苦"的问题

关于"掏钱难买少年苦"的问题，这是千真万确的，从一般意义上讲，吃过苦的人克服困难的精神就强，自力更生的力量就足。年少时吃过苦了，在今后的生活中，再碰到困难就不怕了。今天我从另一个角度讲讲孩子从小吃苦的意义。

人的脑子是在与困难作斗争中得到开发的，只有遇到障碍时，也就是说在

生活受到阻碍时，他才想办法克服困难，这个想办法的过程，就是智力开发的过程。他在生活道路上碰到的困难越大越多，他克服困难的能力就越强，动脑子的机会就越多。学生学习的过程就是克服困难的过程。上学固然是为学到一技之长，但还有一个更重要的收获：脑子得到了开发，人变聪明了，遇到问题先想而后行了。学校里高中以前的教育是基础教育，实际是开发智力教育。学生学习各种课程，就是从不同角度让学生动脑筋，不管哪门功课，学生都得记新东西，开动脑子解决课文中提出的问题。一个学生上十几年学，需要学习很多知识，动很多次脑筋，回答很多难题。在这个过程中，学生的脑子得到了锻炼。受到锻炼的脑子与不受锻炼的脑子绝对不一样。遇到问题时，受过锻炼的脑子就会想出各种办法，比较每种办法的优缺点，最后选出最好的办法。没受过锻炼的脑子就不加考虑，要么是不会解决，要么用很简单的办法解决，不会周旋，不会择优。所以说，不受锻炼的脑子容易做错事，容易上当，就是这个道理。在历来的犯罪案件中，犯罪人很多都没受过什么教育，或受教育很少，因为这种人的脑子没经过锻炼，他们的脑子是很不成熟的。

很多家长对孩子上学有误解，他们认为，孩子上学就是学到一门专业技能，若学不到专业技能就是白上学，白上学就不如不上学。这是非常错误的观点。学专业知识只是上学的一个目的，而不是主要目的。持这种观点的人，只看到上学的次要作用，丢掉了上学的主要作用。让自己孩子的脑子成为受到锻炼的成熟的脑子，这是万金难买的，而且是终身受益的大好事。

为了达到这个目的，家长在平时可以给孩子找些挑战，设些障碍，别让他太顺利了，一定让他碰些钉子。一有困难，一碰钉子，他就想办法克服。这个想办法的过程就是受锻炼的过程。若是他想吃啥就给他啥，他要啥就给他买，他平时吃得饱饱的，穿得暖暖的，衣兜里还装着大票子，过着这么舒适的生活，他的脑子考虑的全是想当然的事，不给锻炼脑子的机会，在实际生活中，他怎么能有克服困难的能力？比如军人，根本没有参加过军演，怎么能到第一线投入实战呢？

七、把孩子培养好是家庭的重重责任

家长都知道培养孩子，但并不是每个家长都懂得培养孩子的真正意义。

富裕家庭也知道培养孩子，他们也可以不惜代价，在孩子身上不惜重金，

但可以说他们实际上还是把挣钱放在第一位，因为他们只是愿意把挣的钱花到孩子身上。他们是用钱培养孩子，不是他们培养孩子，这种办法是培养不好孩子的。

有的企业家认识不到培养孩子的重要性，他们的企业很有成绩，每天都能挣很多钱。孩子长成什么样的人，他们不在乎，反正他们挣的钱足能养活孩子一辈子，有的甚至连孙子也能养活一辈子。因此，不指望儿孙会不会挣钱。他们这种观点是鼠目寸光的。挣的钱再多，你的儿孙们会给你挥霍完，你的家业也就到此为止了，再往后就发展不下去了。如果你把孩子当成你工作的重点，即使把家业都投入到培养孩子上，哪怕你手无分文，只要把孩子培养成功了，这就是你一生的成绩；你即使挣了很多钱，很富有，可是不把孩子培养好，这是你一生的遗憾。

如果你的家庭不富裕，甚至是经济上比较紧张，也要把培养孩子当成重点，眼下吃苦作难，把孩子培养出来以后就可以翻过身了，就不作难了。如果你不培养孩子，当父母的穷，孩子还会穷，你的家庭啥时候能翻过身来？

家里的孩子不在于数量，而在于质量。希望每个家长都培养出高质量的人才，为建设祖国做出贡献！

杨声老师根据上面大家所谈的内容进行归纳、总结、列出章节，插入自己的意见，再加上些具体例子，在大杂院的大礼堂里开办了家长学校。每周六晚上讲课，从七点半开始，到九点半结束，每天讲课两个小时，自由参加，免费听课。今天是第一次课，讲的内容是《家庭教育的重要性》。

最后，杨老师谆谆告诫家长朋友，充分认识家庭教育的重要性，家庭教育对孩子成长为什么样的人起着关键作用。一定要让每个学生明白：

> 要想有本事，就得有知识。
>
> 知识就是财富，让你走向幸福之路。
>
> 知识就是力量，让你尽早实现梦想。
>
> 知识就是朋友，随时为你排难解忧。
>
> 知识就是一切，让你任何困难都能解决。
>
> 知识就是无价之宝，是你克服一切困难的法宝。
>
> 知识就是本钱，让你为祖国做出最大贡献。

　　教育孩子是综合知识的体现，我们要在实践中摸索、体察，不断总结经验，改进教育方法，提高教育质量，不要让一个孩子掉队，把每个孩子都培养成国家需要的人才。这是一个庞大的系统工程，它不单单是教育行政部门的任务，也是家庭教育必不可少的组成部分。谁轻视这一点，企图把自己的孩子完全交给学校而自己超脱、享清闲，是注定培养不出好人才的。

　　小学教师有这么一个教育原则，也适用于家庭教育：

严教而不漫，心善而不乱。

经常不懈怠，耐心不起烦。

当众多鼓励，背后不谤言。

教育用实例，空谈是枉然。

学生爱面子，不要让丢脸。

优点多表扬，缺点背后谈。

学生无差生，只要耐心管。

要区别对待，不要怕麻烦。

都是小孩子，错误很难免。

引导是关键，人人能转变。

功夫只要到，效果很明显。

人人都成才，将来功劳献。

第十二章　泼妇骂街

大杂院里不平静，忽听门外叫骂声。

心平气和问究竟，谁也把它说不清。

　　杨声老师的家长学校办得非常成功。他讲课的会议室听课的人越来越多，场场爆满，每次讲课结束时都是掌声雷鸣，经久不息。他一共讲了十次课，每周一次，历时两个半月，参加人绝大部分都是妇女。课程结束后，很多人请求他再举办第二期，还有人劝他继续讲下去，把讲课内容扩展一下，她们说不管什么内容，只要他讲，她们就愿意听。听他讲话，不但学知识，还学文化。有的说年轻上学时感到学习是苦差事，现在尝到了学习的乐趣。

　　常姮和桂亚菲也隔三差五地去听课。她们去听课不是去学知识，而是看形势找机会的。

　　常姮本来是一个爱出风头，锋芒毕露的人，什么事她都插一杠，什么话她都插一嘴。她是一个不学无术、头脑不快的人，但她啥事都不懂装懂、不会装会，人家好好一桩事，她一掺和，准会弄砸。她来到大杂院以后，收敛多了，整天过着压抑的生活。有时郁闷得受不了的时候，她就与桂亚菲关在屋子里回顾她们在称心饭店的三陪生活。

　　常姮："我还真留恋那时的生活，那真是神仙过的日子。"

　　桂亚菲："声音别这么大，只有咱们俩听见不就行了。"她随即来到门外向周围观望，确认无人后又回到屋里，把门紧紧关上。

　　桂亚菲："可不是么，你是顶枝牡丹，谁与你比呀！"

　　常姮："你也差不了多少，黑牡丹么，比其他牡丹还是高一筹的。"

　　桂亚菲："你年轻漂亮，招惹人多，我们都服气。你虽然年轻，但在我们心

189

中，你是老大姐的身份，连麻大姐都比不上你。"

常姮："我表姐程芳和麻大姐两人自首后，由于认罪好，表示要痛改前非，重新做人，都得到了从轻处罚，让她们住了两年就出来了。"

桂亚菲："听说她们都很义气，只交待自己的问题，不揭发别人。这样也能算认罪好吗？"

常姮："那是开始时。开始时她们就是不揭发别人，她们把一切责任承担下来。但公安局是不会答应她们的，千方百计地做她们工作，耐心说服劝导她们。她们终于认识到了自己的错误，表示要回心转意，改过自新，因此也把经常光顾三陪小姐的人，尤其是那些单位的头头，统统揭发了出来，所以才得到了宽大处理。"

桂亚菲："她们出来后去哪里了？"

常姮："听说她们都成了家。但不知道她们都成了个啥样的家，不知道她们现在在哪里，也不知道她们过得怎么样。"

桂亚菲："是呀，她们过起实实在在的生活，过起了真正的生活。我认为我们不如她们。我们这种生活到何时是个头呢？"

常姮："我也很想过一个正常人的生活，我很想念我妈妈、我父亲和我的家人。我在称心饭店时还不断给他们寄些钱，后来就不给他们寄了，现在连信也很少写了，不知道他们的身体如何，我想起来就觉得很对不起他们。"她说着情不自禁地掉下了眼泪。

常姮突然又问桂亚菲："你现在的客人多吗？"

桂亚菲："我就一个客人。自从来到这里以后，我就不接其他人了，只与一个人来往。他来我也不要他的钱，因为我的一切费用都由他包着。他说他将管我一辈子，我这一生就托给他了。他去哪里，我去哪里，他就是我的男人，他也承认我是他的老婆。"

常姮："你有这么一个男人支持你，你还愁什么呀？我就没有这么一个贴心男人。现在来我这里的人很少了，有时好几天也不来一个人，我挣的钱连吃饭都包不住。原来仰慕我的那些人，需要他时，一个也找不到。你有个铁杆儿男人，这就是你的福。我现在是一场空，啥也没有。"

桂亚菲："你有爹有娘，有家有亲人，你走到哪里他们都是你的精神支柱。而我呢？啥也没有。我只有苏琪一个人了。"

常姮："你那一个人啥都给你解决了，而我那一群人也解决不了我的吃饭穿衣问题。"

桂亚菲："你真的经济困难到这个地步吗？"

常姮："我要骗你，我是个这——"她把两手拢起来组成一个圆形，表示"王八"的意思。

桂亚菲表示同情的样子说："真是十年河东，十年河西，比起在称心饭店的情景，怎能想到会过到现在？"

两人陷入悲痛沉默之中。

桂亚菲："我们都该成个家了。"

常姮："是的，早该了。"

又是一阵沉默。

常姮把话题一转对桂亚菲说："你知道杨声是谁吗？"

桂亚菲："他是个退休教师，你看他给大家讲得多好，真是有文化的人，我都很佩服。"

常姮："这个我知道，我告诉你，他就是告称心饭店的那个人，他先告到公安局，贾彦所长挡了一下，他又告到市委梁书记那里，才把称心饭店端了。说真心话我很怕他，我总感觉着他会认出我们。咱的那一段历史成为我的心腹之患了，它压得我抬不起头，压得我喘不过气。不过，好像咱们在称心饭店那段历史，这里人都不知道。可是我和常娥在湖东街28号开办'郁闷疏导中心'的情况，这里肯定有人知道。"

桂亚芳："什么？郁闷疏导中心？啥叫郁闷疏导呀？你们在哪儿学的这技术呀？"

常姮："你净装迷瞪，这不是个幌子吗！我们在那里接客的。"

桂亚菲："啊！这里人怎么知道的？"

常姮："办职业培训班时，在李四周老师办公室，韩波一眼就认出我了。他肯定向办公室里其他人谈论过我的情况。不知道李老师嘴严不严，他如果嘴不严，会向别人说我的坏话。不管如何，我的一些情况这里有些人是知道的，这也是我最不安心的一点。"

桂亚菲："别考虑那么多了，马虎着过吧，你想得再多也没用，只会影响你的情绪。"

常姮："我也知道这个道理，但我不由自主，你不知道我想给你说啥？"

桂亚菲："说啥？快说呀！"

常姮："杨声开办个家长学校，听他讲的那么多人，而且绝大部分都是女人。我想，咱们办个妇女知识讲座，女人肯定爱听，咱讲的内容都是关于她们的切身利益的，她们哪能不听呢。女人身上的秘密多着呢，这只有咱们女人清楚，他们男人是不可能知道的。女人知识，咱们女人讲，再好不过了。他讲课时那么多人听，最少有几百人。咱们讲时，若也这么多人，不就是个好机会吗？"

桂亚菲："啥好机会？"

常姮："赚钱的好机会，你想想，一个人50元，不算多吧，200人就是一万，这不是个小数，这个机会咱不能瞪俩眼叫它溜走了。"

桂亚菲："我与你的想法相反，我认为咱们办知识讲座不行，原因有二。首先，咱们不是有知识的人，却去办知识讲座，咱会讲出个啥知识呀。参加的人有很多比我们懂得还多，我们去给她们讲，不是班门弄斧吗？其次，杨老师讲课不收钱，是免费听的，杨老师讲课是尽义务。他有知识，不要钱，所以听的人特别多，咱们没知识，又要钱，听的人肯定寥寥无几，甚至没有一人。"

常姮："你也太瞧不起我们自己了。我们不讲别的知识，我们不讲天文地理，也不讲教学管理，我们讲咱们自己，讲咱们女人自己，他们男的还讲不来呢！妇女知识只有咱们女人才能讲得清楚，这是咱得天独厚的优势。至于钱嘛，咱不能与杨老师比，他有退休金，国家每月都给他发着钱呢，他不收听课费当然合适啊。谁给咱发一个钱，咱们还得吃，还得穿，还得生活，收些钱大家是可以理解的。再者，现在大家都有钱了，花几十元钱不算什么，她们会愿意出的。"

桂亚菲："你如果认为可以办，咱就试试。不过有言在先，我不会讲课，我没这个水平。我只能给你帮忙，讲课收入我不要，多少都是你的。"

常姮："你给我帮忙，讲课收入我也不能吃独食，吃个蚂蚱也少不了你一条大腿。"

她们先印制了两千张入场券，上面写着：

妇女知识讲座入场券。时间：×年×月×日，地点：大杂院会议室，主讲人：妇女问题专家尚女士，注意：只限女士。

入场券的背面印有尚女士的简历：尚女士，54 岁，北京市人，北京大学教授，博士生导师，从事妇女问题研究工作二十余年，出版专著十多部，被译成英文、法文、德文、西班牙文等十多种文字，在海外发行，深受国内外人民的欢迎。

除了参加家长学校听课的人每人一张外，她们在大杂院见了人就给一张，并雇人在街上发放。常姮对桂亚菲说："咱们发放两千张入场券，来十分之一，也有二百人，正好是咱期望的人数。"

在街上随时可以听到对大杂院里办培训班的议论。有两个女人，一个长发，一个短发，有这样的谈话：

长发女人："你参加大杂院里的家长学校了吗？"

短发女人："参加了，我从头一直听到尾。"

长发女人："听着怎么样呀？"

短发女人："好极了，我从来没听过这么好的讲座，你认为呢？"

长发女人："我也是这样认为。我原以为不会有啥新东西，去时是抱着试试看的态度，反正他们不要钱，去听听试试，不想听就不去了。没想到，听了第一课还想听第二课，听了第二课还想听第三课，一直听到结束，还想听，可是他讲完了。"

短发女人："我也是。杨老师讲的不是空头理论，不是大道理，而是生活中的事实。我受启发很大，过去光埋怨孩子不争气，不努力学习。现在认识到家长的责任很大，培养孩子的学习态度很重要，今后知道培养孩子应该从哪里着手了。"

长发女人："大杂院里又要举办培训班了，是妇女知识培训班，不知道是谁讲的。如果是杨老师那种水平的人，我还想听。"

短发女人："不是杨老师了，听说是一个女的，叫尚女士。"

长发女人："不知水平如何？"

短发女人："入场券上有介绍呀，大学教授，博士生导师等等。"

长发女人："说得越大越靠不住。我感到这个人很玄乎。"

短发女人："为什么呀？"

长发女人："这个尚女士水平太高了，咱们根本够不着，所以很玄乎。"

短发女人："你说的有道理。"

长发女人："一定得弄清楚讲课人，再一个，一定得搞清楚是谁举办的培训班，这两项弄不清楚不能参加。我在大杂院已经上过两次当了。一次是那年暑假，我的孩子来上英语培训班，我们打算报李老师的英语班哩，被骗到常姐办的班里，最后逼迫她退费，大家又转到李老师的班上。第二次是参加职业培训。又是这个常姐干的，以扶贫名义骗了几百个学生。这两次欺骗行为都是常姐干的。看看这次妇女知识讲座是谁搞的，如果是常姐搞的，不管她怎么说，也不管她说聘了哪个高级教授，坚决不参加，不再上当，我抱着这样的信念：坚决不与常姐打交道。"

短发女人："我先打听一下是谁办的这个妇女知识讲座，再不然先去听一次试试，行就继续听，不行就不再去了。"

马老总的工作依然如故，精神饱满，干劲十足。近两天不少大杂院以外的人向他询问关于妇女问题讲座的情况。当有人问他该讲座是谁举办的时，他也如实地回答："不知道，关于尚女士的情况，一点儿也不知道。"

讲座开始的第一天晚上，三三两两的妇女从外面走进大杂院，大多数询问会议室在哪里，她们大部分都是参加过杨老师办的家长学校的。大杂院里的人，都参加了杨老师的家长学校，但没有一个人参加这个妇女知识讲座。

会议室的入口处，桂亚菲坐在桌子旁负责注册登记，听课人员要一一登记，要把自己的姓名、年龄、性别、住处、电话号码写在报名登记册上，还要交听课费50元。带钱的先交了，没带钱的下次交也可以。

一个中年妇女问："几天前那个家长学校都不交钱，杨老师在这里讲了两个多月，一分钱也没收。你们不但收钱，一下子就收50元，我想你们也不要收钱。"

桂亚菲："这位大姐呀，你不知道吗？杨老师是退休老师，他办的是家长学校，老师在学校里上课，哪有要钱的？国家不允许学校上课要钱。杨老师不是不想收钱，他也很想收，但国家不让他收。我们办的是知识讲座，与他办的学校从本质上就不一样。再一个是，他讲的是文化教育课，我们的是知识培训。文化教育不能收费，知识培训是可以收费的，收费是合法的，是国家允许的。"

这位大姐不知道是被桂亚菲忽悠住了，还是懒得与她争论，一声不吭地走到里边，找个位置坐下了。

很多人是抱着试试看的心态来的，根本没有交听课费的思想准备，一听登记要钱，与她们的想法有个大反差。再者，她们还不知道讲得怎么样，如果讲得好，交些钱也可以，如果讲得不好，不要钱也不听。

桂亚菲在门口坐等着，观望着一个个走进里面，不声不响地坐下，登记注册的很少，一个交钱的也没有。有一个女人，桂亚菲向她要钱时，她这样说："对不起，没有带钱。本想着是免费听课的。一个女人家，晚上出来，又不买东西，带钱干吗？"

快到七点半了，会议室里坐的有一百多人，登记册的名单是十几个人，交听课费的没有一人。

常姮来到桂亚菲跟前，她看看屋里坐的人，再看看登记册上的名单，事实与想的有些差距，她有些失望，她心想："为什么她们不愿意登记呢？她们不登记就抓不住她们任何东西，听了课不交钱，她们白听，我们白费劲，我们不能干那白费力气的事。"她想到这里，气色暗淡起来，脸上现出愤恨的表情："这些人真会精打细算，想不交钱而听讲座，不付出光收获，想得真美！你们自以为很精明，我也不是傻子，你们听我的课，不交钱还不行呢！你们今天不交，下一次必须交，不交不让听。"

常姮把嘴凑到桂亚菲的耳朵旁小声说："咱们开始吧。"

桂亚菲走向主席台，挥手让大家静下来。大家静下来后，她开始讲话："请姐妹们坐好，我们的妇女知识讲座现在开始。我们的主讲人是大学教授，妇女问题专家，我们费大力气把她请到这里给我们讲课，有机会聆听尚教授亲自讲课，是我们的福气。我们的是知识讲座，是教知识的。姐妹们听课以后，在妇女知识上肯定会有很大提高，对改善我们的生活有很大帮助。请姐妹们注意听，认真记，真正从专家身上学到些知识。此外，我对大家说明，咱们的知识讲座是有偿讲课，你们是有偿听课。咱们讲座时间是两个半月，每周六晚上两个钟头，从七点半到九点半，一共十个晚上，一个晚上五块钱，一共五十块钱。这么一点儿钱与专家的知识相比还是微不足道的。金有价，银有价，知识无价。咱们出这么一点钱，学到这么多知识，是非常值得的。请姐妹们一定交钱。今天晚上是第一次听课，大家都没带钱，这没关系，大家先听课，等下一次来听课时一定把钱交了。好了，现在请教授给我们讲课。"

常姮用手向上拢了一下头发，慢慢地走到桌旁，小心翼翼地坐在椅子上。

会场上的女士们把眼睛齐刷刷地射向她的脸，她本来有一双大眼睛，可是现在却两眼一抹黑，什么也看不见，不知道是灯光照得，还是思想紧张使然。她本来是一个爱出风头，锋芒毕露的人，这本应是她施展的最好场所，可是现在她像捆住翅膀的小鸟，怎么也飞不起来。她从会场上的眼睛里感觉到有些人知道她的过去，知道她当过三陪小姐，万一这些人认出她来，当场把她揭发出来，那该是多么狼狈、多么丢人的场景呀！她的这种感觉自从来到大杂院后有过三次：第一次是那年暑假英语班的课堂上，她像老鼠见猫一样畏缩在墙角；第二次是办职业培训班时，学员把她从办公室拖出来让她交代为什么要搞欺骗；这是第三次。这三次的感觉基本、思想高度紧张，脑子一片空白，身子像没有骨头一样，顷刻就要堆下来似的。她抖抖精神，壮壮胆，厚起脸皮，睁大眼，拿出全身力气喊出了第一句话："亲爱的姐妹们，热烈欢迎你们来参加我们的知识讲座……"

常姮一开口，会场上就像被风搅动着的麦田一样，到处乱动，嗡嗡直响。桂亚菲站出来说："请大家安静，请大家安静！请大家安心听专家讲话！"她的话对大家不起任何作用，会场上仍然乱哄哄的。有的说："哪是尚女士呀？明明是常姮本人。"有的说："这个就是常姮，扒了皮我也认识她。"又有人说："她为啥骗咱们呀？说她是尚女士，什么专家呀，什么教授呀！全是骗人！"还有人说："她就是靠欺骗生活的，她要不欺骗就过不下去。"有一位年轻女人站起来大声说："请问，讲话人到底是谁？我们是来听尚女士讲课的，你到底是谁？你如果继续欺骗我们，我们就马上退场。"

她话音一落，会场上立刻响起了吆喝声："说真话，你是谁？别欺骗，你是谁？欺骗可耻！欺骗有罪！"

全场像滚锅似的，一阵阵的喊声，一股股的涌流，一团团的翻腾。很多人站了起来，打算退场。桂亚菲走到常姮跟前说："对她们说实话吧，骗不住她们了。"常姮点了点头，表示同意。桂亚菲转过身来面向大家说："请大家安静，请大家安静！我很遗憾地告诉大家，现在给我们讲话的这位女士不是尚女士，而是常女士。说明一下，我们不是有意欺骗大家。我们本来确实打算邀请尚女士来给我们讲课的，已经与她商定了，她答应今天下午来，但她没有来，也没有预先告诉我们，我们迫不得已，只有让常女士暂替尚女士讲，等尚女士到来后，再由她给大家讲。今晚讲课开始前本来应该给大家说明的，可是我一看见这么多人在场，把这事忘了，这是我个人的责任，我诚心感到对不起大家，我向大家赔礼道歉。"她向全场的女士们深深地鞠了一个躬。她接着说："请姐妹们原谅，请姐妹们一定原谅，我们实在是对不起大家。"

桂亚菲的"诚恳"态度确实感动了在场的女士们，她们很多人对她的解释信以为真，坐下来不说话了。会场鸦雀无声，常姮继续做报告。

在常姮讲话过程中，会场里不断有人退场，每隔十分八分钟桂亚菲就阻止一次："请大家不要中途退场，请大家不要退场！"她的阻止好像不起任何作用，退场的还是接二连三地离开，到讲话结束时，人已经走掉了一大半，有的走着还嘟囔着："这样的讲座倒找钱我也不来。"

下一个星期六晚上，桂亚菲老早就在会议室门口等着，身旁的桌子上放着报名登记册，还放着一沓两联收款收据。桌子有两个抽斗，其中一个抽斗半开着，里面放着一个女用手提包，拉锁拉得紧紧地，还用一把小锁神秘地锁着。她坐在桌子旁，收据在面前展开着，收据号"No. 001"显得格外醒目。

快七点半了，常姮不慌不忙地走了过来，她衣冠楚楚，风姿绰约，水汪汪的大眼睛，偶尔多情地向四周瞥视。她昂首挺胸，盛气凌人，展示出不可侵犯的高贵神情。

常姮走到桂亚菲跟前先看报名册，上面有十几个名字，桂亚菲对她说："这几个名单还是上一次报的，先登了一下记，还没交钱。"常姮看看收据簿，她首先看到的还是这一沓的第一张，号码为 No. 001 号。她有些泄气，不知所措地走进会议室四处望望，讲台依然在那儿，座位依然在那儿，纹丝不动。她伸长脖子向大门口瞭望，好像看见了一大群听众潮水般地迎面而来，嘴里还吆喝着："我们是来听讲座的，我们是来听妇女知识讲座的。"常姮激动了一下，她晃动了一下头，清醒了一下脑子，周围一切都恢复了正常，路灯已经亮了，从会议室到大门口只有幽灵似的暗光。

常姮和桂亚菲无可奈何地回到办公室，谈论起她们举办妇女知识讲座的缘由。

常姮："我们举办知识讲座，她们为什么不来听呢？"

桂亚菲："她们不想听。"

常姮："为什么她们愿意听杨声的讲课？"

桂亚菲："杨声讲的是如何教育孩子，这是每个母亲都想知道的，我们讲的是妇女知识，她们认为关于自己的知识知道不知道没关系。"

常妲："我看不是这回事，一定有人给咱们使坏，说我们的坏话，不让她们来参加我们的讲座。"

桂亚菲："你认为是哪些人呢？"

常妲："大杂院里面吧，可能过去与他们有过矛盾。大杂院外面的人与咱们关系不大，他们管咱们的事干吗？我看外面没人干这事。"

常妲："我怀疑两个人，大杂院里面的人是马老头（马老总），我认为他对我一直有意见，我干啥事他看着都不顺眼，俺两个的矛盾起源于他不让我在门口挂招牌，最后我让步了，他不让挂不挂呗，但他倒记住仇了，看见我就没个好脸。大杂院里的几次闹事，都是他鼓动的。除他以外还有个杨声，他也不是个好东西，我怀疑他很可能知道咱们俩的底细。关于咱们办讲座的事，他肯定不会添好言，我对他早就一肚子气了。还有那个刘青，他在几个关键问题上都站在我的对立面，我几次栽跟头都是栽在他的手里。对其他人我没有明显的感觉，但总觉得他们都不向我，就连那个何素珍，看见我也不长不圆的。扳着指头算起来，除了你以外，我没有一个朋友，更没有一个好朋友，知心朋友就更不用说了。"

桂亚菲："你说的是女性朋友吧？男性朋友你不是有不少吗？男性朋友也是朋友哇，我看有些对你挺交心的。"

常妲："他们都是虚情假意。他们需要你时，甜言蜜语，海誓山盟。在你面前，他们是唯唯诺诺，低三下四；在其他场合，他们摇身一变，满口原则，威风凛凛。他们都是自私自利的伪君子，他们高兴时，与你亲昵热乎，万一有什么风吹草动，你打电话他们也不接，生怕自己吃了亏。这么多年的经验证明，男人没一个好东西，没一个靠得住的，你若有困难，想让他帮助，那简直是妄想。"

桂亚菲："你还别说，我听到过一个顺口溜，内容与你说的一样。"

> 男人都是两面派，
> 说话做事分内外。
> 妻子面前英雄汉，
> 小姐面前是乖乖。

男人都是两面派，
说话做事分内外。
妻子面前装穷酸，
小姐面前要慷慨。

男人都是两面派，
说话做事分内外。
在家总说自己忙，
小姐住处经常来。

男人都是两面派，
说话做事分内外。
公众面前讲道德，
小姐屋里瞎胡赖。

男人都是两面派，
说话做事分内外。
海誓山盟私下许，
正经场合不理睬。

女人千万别上当，
小心男人会耍赖。
如果女人死心眼，
男人肯定把你卖。
奉劝女人多留心，
警惕男人把你踹。

常姮："话又说回来了，男人也并不是一无是处，在有些关键问题上他们还是能帮大忙的，比如从称心饭店出来以后的很长时间里，我们经济问题主要就是靠他们解决的。"

桂亚菲："那只是他们的一时兴趣，现在他们怎么不来了？你经济有困难了，他们倒不来了，他们是为你吗？"

常姮："可也是，他们真的像你说的那样。"

桂亚菲："在干劲方面，我不如你。你还有个心劲，我却不然，我啥都不想干，全靠男人的供养。我也知道这样长久不了，但已成习惯了，很难改变。唉！走一天说一天吧。"

常姮："你是个少囊没气的人。我不行，我有气，我憋了一肚子气，我的气憋了几年了，我得把它放出来，不放出来就把我憋死了。"

桂亚菲："你好争气，所以你就有气，你的气全是你自己争来的。我不争气，所以我就没有气。气吗，自己争争，自己放放，何苦呢？不争它不就完了。"

常姮："这是人的禀性，该争就得争，不争不好受。该放就得放，不放憋得慌。"

桂亚菲："你怎么放呀？冲着谁放？"

常姮："要放我就明目张胆地放，我就为所欲为地放，我站在大街上，站在院子里高声吆喝，破口大骂，骂它个天昏地暗，骂它个狗血喷头。"

桂亚菲："你骂，名义上是出气，实际上是争气，不但出不了气，还会争更大的气，将会让你憋得更甚。我劝你还是不要骂，更不能这样公开地骂，你越骂越引起公愤，对你更不利。你不如忍让一下，把气平和地放出来，不要喷泉似的放出来。你的出气骂人，是认为自己吃了亏、受了伤而产生的报复心理。越是在这个时候，越是需要忍耐的时候，把它忍下去，再想想自己有没有过错，想想别人为什么没有怒气，在自己身上找找原因，或许你的怨气就会慢慢地自消了，就会产生很好的效果，把矛盾化解了，把干戈化为玉帛，对大家都好。"

常姮："你说的也有道理，不过要说到做到还不那么容易。这一次我憋的气非得井喷式地爆发不可了，我没有别的目的，就是为了放气，放了气才会舒服，不然就会憋死。"

桂亚菲："那你就放吧，什么时候？"

常姮："明天。"

常姮的气真有些压抑不住了，昨天晚上她一夜都没有合一下眼，她越想越有气，越有气越想骂，好不容易熬到天明，她爬起来不洗脸、不梳头就往外跑（因为她昨晚躺在床上时没脱衣服），在院子里长长地吐了一口脏气，深深地吸了一口新鲜空气，她气力上增加了能量，她仰天长叹，高声呐喊，她的叫骂震撼了四邻，惊动了大杂院。

谁要说我的坏话，
叫他浑身长疙瘩。
又疼又痒又难受，
一人能传染全家。

谁要说我的过错，
叫他出门遭车祸。
一人死了全家哀，
到处碰壁没法活。

谁要经常恼恨我，
叫他一生没着落。
单身流浪一辈子，
老了谁也不养活。

谁要背后污蔑我，
叫他经常受折磨。
一人受罪全家苦，
今后辈辈不快乐。

谁要暗中诋毁我，
叫他筋断骨头折。
周身瘫痪不会动，
全靠别人供吃喝。

谁要背后辱骂我，
叫他双眼看不着。
终生处在黑暗中，
做事全靠两手摸。

谁要背后诅咒我，
叫他出门陷深窝。
家人到处找不到，
临死不知为什么。

谁要背后侮辱我，
叫他不吃也不喝。
整天像得抑郁症，
很快就去见阎罗。

谁要背后诬赖我，
叫他得病像着魔。
全身不停打哆嗦，
罚他多嘴瞎胡说。

谁要背后陷害我，
叫他生子是罗锅。
长大是个残疾人，
终生缺吃又少喝。

谁要恶意把我伤，
叫他浑身长疔疮。
从头到脚都烂透，
染了他爹染他娘。

谁要对我来诽谤，
叫他长满红斑狼。
昼夜疼得打滚哭，
不要几天见阎王。

谁要对我来耍横，
叫他全家得癌症。
躺在床上不会动，
不久全家命丧生。

谁敢与我来论战，
叫他全家得瘫痪。
整天啥事不会干，
停不多久命归天。

不要认为我心狠，
你们逼我到如今。
现在总算出口气，
解解多年心头恨。

从开始骂，就有人出来观看，人越来越多，她骂得也越来越带劲。当人们听到她那不堪入耳的骂声时，禁不住皱眉噘嘴，有的三三两两地低声嘀咕，有的甚至大声嚷嚷，表示不满。常姮见状又说了几句：

谁要心里不服气，
请你出来评评理。
没理还要拗三分，
纯属自己找没趣。

常姮的这几句话让围观群众更不满了，嚷嚷声更大了。常姮又追加了几句：

明知自己没有理，
还要背后瞎唧唧。
有种站出来论战，
准叫你词穷理屈。

常姮的咄咄逼人的气势，真叫周围人忍无可忍。正要去上学的路柏听见她的骂声后说："这个女人真像个泼妇，骂得真难听。"另一个学生说："骂人也不能在大众面前骂，她这样骂是骂给大家听的，是骂大家的，不能让她骂，是可忍孰不可忍！"

平常最不爱说话的崔中良狠狠地说："泼妇骂街，欠打。叫她男人吊起来打她。"

他的妻子何素珍在一旁说："看你说的，谁是她男人哪？如果你是她男人，你可能吊起来打她吗？"

崔中良心平气和地说："你还别说，我要真有这么个年轻漂亮的妻子，我还舍不得打呢。"说着哈哈笑起来。

何素珍撇着嘴风趣地说："看你那样子！像个刚从灰堆里扒出来的没烧熟的红薯，不中看，又不中吃。你还想要个年轻漂亮的妻子呢，别恶心我了！真是癞蛤蟆想吃天鹅肉——痴心妄想。"

崔中良："那是开玩笑的话，她真要想当我的妻子，我宁愿打光棍，也不会要她。"

马老总在旁边说："谁要她谁倒霉，还戴绿帽子，还生不完的气。只有那些没脑子的人才会要她。"

常姮继续骂，而且越骂越凶，声音越来越大，气势越来越猛，好像洪水猛兽，又好像山摇地崩。观看的人光小声嘀咕，没有人站出来与她硬顶。突然站出来个马老总，他忍无可忍，怒气冲冲，走到常姮跟前，说道："常姮，你真不是东西！好好的一个大杂院，叫你搅得不安生，你真是个丧门星！你骂谁的呀？这么个大骂！"马老总的恼怒随着他的骂声也吐了出来，出了一口气。常姮可气火了，她在想："骂了这么长时间还没人敢站出来与我作对，而这么个糟老头倒站出来了，真是岂有此理！好啦，你既然跳出来，就别嫌我对你不客气。"她把几年对他的恼恨集中到一句话里，恶狠狠地向他冲去："我就是骂你哩！"

马老总也不示弱，反问她："你为什么骂我？"

常姮红着眼，皱着眉，脸上的肉一动一动的，咬牙切齿地说道："因为我恼你，我恨你，你是我的眼中钉，肉中刺，我不想看见你！"

马老总气得浑身发抖，像泥塑一样站在那儿一动不动，嘴一张一张，光见翕动，听不见声音。常姮借此穷打猛追，继续用恶言冷语刺激他，马老总越急，越说不出话来，他越说不出话，常姮就骂得越凶。马老总的狼狈不堪与常姮的气势汹汹，像一只鸽子与一只恶老雕的对峙场面。周围群众绝大部分都是大杂院里的常住户，凭着他们多年积累的对马老总的爱戴与对常姮的厌恶，不约而同地齐声高喊："不许欺负老人！不许要霸道！不许叫骂！不许……"这种喊声如雷霆万钧之力，如排山倒海之势，如山上的泥石流，不可阻挡地滚动下来。常姮感到被一种不可知的无比强大的力量紧紧卡住脖子，她怎么用力也说不出话来，浑身像被一根绳索捆绑起来，无论怎么挣扎也动弹不得。她听见有人喊："那是个恶婆，那是个泼妇，那是个三陪小姐，那是个妓女，那是个搅不闲！"她还听到人群中有人喊："打她！把她扔出去！大杂院里的灾星！不清除这个灾星，大杂院就不会安宁！"她惧怕了，她畏缩了，周围群众把她紧紧包围起来，包围圈越来越小，越来越可怕，一个个挥着拳头，张着大嘴高喊着，每个人都一副想要吃了她的样子。她像一个受惊的刺猬，紧紧缩成一团，对身边的人连看也不敢看，只听到身边的呼喊声冲破云天。

第十三章　大杂院里的搅不闲

人缘关系互交错，大杂院里是非多。

珍馐清汤味道美，一只老鼠毁一锅。

任何东西都不甘愿自动退出历史舞台，任何人都不甘愿失败。

常姮来到大杂院以后的几次博弈中，都以自己的失败而告终，每况愈下，节节败退。暑假招生时，她冒充别人名义诱骗生源，遭到揭露后，退了学生，退了钱；举办职业学校时，她又进行欺骗，被市委查处，落了个人财两空；看到杨声老师的家长学校以后，她举办了一个妇女知识培训班，由于授课人没有知识而又是有偿听课，结果是一个听课人也没有，使她恼羞成怒，演出了一场泼妇骂街的丑剧，遭到了整个大杂院群众的围攻，落了个灰溜溜失败的下场。常姮苦思冥想，怎么也找不出原因来。改革开放以来，人民群众干劲都很大，他们一天比一天好，生活水平都有很大提高。可是她为什么却一天不如一天，生活变得紧张呢？自从来到城里以后，只在称心饭店风流了一时，过了一段奢华生活。从那里出来以后，就再也没有一天好生活了，而且是一天不如一天。照这样下去，还可能有没有饭吃的危险。改革开放为什么有利于那么多人，而偏偏就损害了自己？她百思不得其解。她怨天、怨地、怨人。她埋怨天时不利，埋怨地气不和，埋怨人与她为仇，大家不但不帮她的忙，反而还要处处与她作对，让她举步维艰，事事为难。

然而，常姮毕竟是个聪明人，她深刻认识到这样下去的严重后果。一天，她把桂亚菲叫到她的房间里，分析她们眼下的处境以及今后的对策。

常姮："为什么改革开放就改革不了我们呢？咱们周围这么多人都是一天比一天好，而唯独我们却是一天不如一天，这是为什么呢？"

桂亚菲："改革开放，改革和开放是两个概念，它们又是有机的结合，是统一的整体。我们整天关在屋子里，很少与外人打交道，等着接客，吃等食。现在，随着政策的搞活，人们工作的机遇多了，大家都有活干了，都忙着干自己的事业，就无暇来我们这里了，所以，我们的客人就一天比一天少了。"

常姮："我们怎么办呢？照这样下去，要饿掉牙的。"

桂亚菲："说实话吧，常姮姐，我是不怕。我有个铁杆后台，我的一切都由他供给。而我也不接其他客人，只接他一个人，实际上我们已成为没有法律保护的夫妻了。"

常姮既嫉妒又羡慕，但毫不动声色，说道："别看你年龄小，心眼儿还挺多哩。能对我说说是谁好吗？"

桂亚菲："我暂时还不想对你说，等以后肯定会对你说的。等我对外公布的时候，我第一个告诉的就是你。"

常姮有点儿吃醋，但无所谓地说道："你不告诉我，我也知道。"

桂亚菲："那你说说是谁？"

常姮："还用说？是苏琪。"

常姮的醋意越发旺盛了。任何东西，没有人要的时候，你感到无所谓，根本看不到它的金贵，对它毫不珍惜；一旦有人把它拿走后，你倒对它惋惜起来，感到它的珍贵，而对它大发留恋、惋惜之情。她曾看到苏琪是一个讲义气的人，是一个值得依赖的人，他的经济条件丰厚，又是一个大老板。她曾主动向他提出，要与他永结鸳俦，但她要求他与原配离婚。苏琪不同意，协议没有达成，苏琪不再找常姮，而专一投身到桂亚菲身上，与常姮基本上断了关系。现在她得知了桂亚菲与他是这种关系，怨恨自己，恼怒桂亚菲。她后悔自己不该有额外要求，恼恨桂亚菲走在她的前头，占了她的风头。此外，她还痛恨桂亚菲不把她放在眼里。桂亚菲有难处时，就找常姮求得帮助，常姮总是不遗余力鼎力相助。称心饭店解散时，她到处打听她的下落，怕她没有去处，而她却老早就来到了大杂院，比她来得还早。在关键问题上，桂亚菲都是独自行动，从不与她商量，甚至连个招呼也不打。她们表面上是最好的朋友，实际上是野外烤火——一面热。常姮认为，她对桂亚菲是满腔热情，而桂亚菲对她却是冷冷冰冰。这真是人心隔肚皮，虎心隔毛皮，知人知面不知心，知果知皮不知仁。总之，她认为桂亚菲并不是挚友。但在眼下，还是她俩最好，在不牵涉到核心利益时，她们还是同心协力的。

桂亚菲："我认为，咱们也要走改革开放的路。首先是开放，对咱们来说，开放是第一，先开了放，再改革咱的做法，慢慢就会好起来的。咱不能闭门不出，不与人们打交道，咱要走出去，与他们打成一片，从中找出我们的工作机会。"

常姮："这是好主意，咱们可以试试。"

怎么走出去，怎么与群众打成一片，她们谁也不懂。她们只是随便说说，没有任何行动的办法。

演惯反面人物的人是演不好正面人物的。过惯了腐朽生活的人是过不惯阳光充沛生活的。

常姮走近群众了，了解的情况多了，也有说话的内容了。她爱打听消息，爱打听奇闻趣事，尤其是绯闻异趣。她腿快，嘴快，脑子快，人们称她"三快女人"，在传播绯闻奇趣方面，她的能量特别大，传播速度特别快，范围特别广。只要得知一个风流奇闻，她可以用惊人的速度，在最短的时间内传遍全城的每个角落。她爱动脑子琢磨人，她眼里几乎没有一个好人。她若看见一男一女在一起说话，她就怀疑他们有不正当关系；如果一个男学生去叫一个女生一同去上学，她就怀疑这两个学生关系不正常；她若看见某个男人刮了胡子或穿了新衣服，她会怀疑他有约会……她经常讲某某有外遇，某某家有小三，等等。在她的有色眼睛里，整个大杂院里的人，没有一个干净的，每个人都有桃色新闻。一天晚上，她在自己的屋里把大杂院里所有的人都写在一张白纸上，男的在一边，女的在一边。根据她用有色眼睛观察，把有不正常关系的男女两个人排在一起。她排的结果是，大院里所有男女，除了儿童和老年人以外，都有外遇，唯独她本人没有。多么有趣的讽刺！更离奇的是，有一天，她自己做了一个游戏，名字叫"寻亲"。她把大院里所有孩子都写在纸上，然后寻找每个孩子的亲爹娘。寻的结果是，大部分孩子的爹娘都另有他人。在她看来眼下大部分孩子的爹娘都是：是亲爹，不是亲娘；是亲娘，不是亲爹；爹娘都不是亲的。至于大杂院的人与外面人的关系更是复杂了。她的这个搭配是绝密，不让任何人知道，连桂亚菲也不让知道。

常姮的这些绝密虽然不让大杂院的人知道，她却疯狂地向外面传播。不几天以后，社会上就风言风语地相互传播大杂院里人的绯闻，而且是那么多，那么离奇，让人难以置信。很多人只是听听而已，信吧，不可思议；不信吧，确有传闻，他们不置可否，大部分都抱着"事出有因，查无实据"的态度，静观其变。

大杂院里更是人心惶惶，不可终日。他们捶头跺脚，奔走相问，寻找根源。有的咬牙切齿，怒不可遏。他们虽然不能马上有所作为，却在细心地观察，认真地分析研究，找出根源是不太困难的。

一天早晨，常姐起来后打开门一看，门两旁都有一张大字报，红纸黑字，非常醒目。左边的大字报是这样写的：

赠给常女士

嘴尖腿快好逞强，

大事不做小事忙。

收集绯闻行动快，

说三道四论短长。

最爱打听隐私事，

添油加醋大夸张。

所有好事不理睬，

宣传赖事最在行。

无中生有离奇编，

凭空捏造嫁祸殃。

凡事只要知道了，

不出三天满城扬。

现已惹恼众百姓，

无耻行径快收场。

——爱管闲事者

右边的大字报是这样写的：

警告常女士

自从来到大杂院，

所言所行应盘点。

好事没有赖事多，

不少给人添麻烦。

散布绯闻嫁祸人，

恶毒编造黑名单。

不要认为人不知，

早就把你心看穿。

劝君快把决心下，

改邪归正换新颜。

若要死心继续干，

当心把你老底翻。

你若顽固不改变，

公安局里再相见。

翻翻你的丑恶史，

你就是个搅不闲。

——知情者

常姮急忙把两张大字报撕掉，但丝毫掩盖不住她内心的惊恐。她赶快把桂亚菲叫来，研究形势，商量对策，制订今后的做法。

常姮："这是谁写的呢，贴到我的门口？"

桂亚菲："你什么时候发现的？"

常姮："今天早上。我起床后一出来就看见这两张大字报，肯定是昨天晚上贴的。不过，昨天晚上我睡得可晚呀，为什么就没有听到动静呢？"

桂亚菲："我看这两张大字报有来头。这不是小孩子写着玩的，这是大人写的。从词句的运用上，从字体的运笔上以及从内容的深度上看，这不是年轻人写的，而是老谋深算的人写的。你可不要掉以轻心，要严肃对待。好汉不吃眼前亏嘛。他们真的把你告到公安局，或把你的老底翻出来，都让你够受的。"

常姮不服气地说："我有啥老底呀？他们怎么知道？"

桂亚菲胸有成竹地说："你没有老底？你的老底还深呢。你在称心饭店人家不知道，或是你给人家瞎胡栽赃人家不知道？"

常姮很莫名其妙，很不理解地问道："咱们在称心饭店的事，据我所知，没人知道。"

桂亚菲："你别做自作聪明了，我早就听有人说过，只是没人追究罢了。"

常娅："刚才你说我瞎胡栽赃，我栽什么赃了？你怎么知道？"

桂亚菲："人们常说，麻雀过去都有影子。你是一个大活人，你做事是为了让人知道，不让人知道你做它干什么？因此你要向外面散布，你虽然没有告诉我你都干了啥事，但我都知道，我知道你做了不少见不得人的肮脏事。我知道，你瞒不过我。"

常娅张口结舌说不出话来。她很茫然，很内疚，有一种闯了大祸而又无法挽回的表情。

桂亚菲继续说："不要执迷不悟、自欺欺人了，鸵鸟心态是行不通的。咱们要改过自新，不要再散布流言蜚语，不要再栽赃陷害别人，而要多与人谈心，多关心别人，用我们的实际行动改变我们的形象，让人们对我们有个好的看法。"

常娅开始办好事了，她整天琢磨、观察、苦想，看有什么好事可以做。忽然，她想起来了，今年春节开饭店的唐师傅，妻子因煤气中毒去世了。她想，对了，给他介绍个老婆，把洋洋介绍给他，他肯定很满意。把这件事办好了，他不但对她有好印象，他是开饭店的，在生活上也会给她很大帮助。这对洋洋来说，也是好事。他虽然比洋洋大几岁，但条件好哇，她这一生都受不了罪。常娅想：洋洋也是好命，找我给她安排地方，恰好有一个死了老婆的男人在等着她，多么好的事呀！好像就是有老天保佑似的，真是该洋洋的好运。

一天晚上，唐师傅还没有下班，常娅就跑到饭店里找他。唐师傅把她领到休息室，两人坐下后，常娅先开口："听说唐师傅的妻子去世了。"

唐师傅："是的，今年春节时，中煤毒死的。"唐师傅说话时声调低沉，言语悲凄，不自主地掉下了眼泪。常娅也跟着悲伤，怜悯之心油然而生，嘴唇颤动着，眼睛湿润着，一下子两人的感情融合在了一起，唐师傅对她有了明显的好感。常娅也感到把感情投入到别人身上，有了别人的回应，自己就有了新的感受，就会得到助人的快乐。

唐师傅："你今天怎么有时间来我这店里，有何贵干啊？"

常娅："听说你妻子去世了，想必你很痛苦，我想给你再介绍个，你看如何？"

唐师傅："原妻刚去世，马上又娶新的，恐怕不合适吧。我感情上过不去，孩子们会反对，外人会笑话的。我想停一段时间再说。"

常姮："唐师傅，咱两个都不是外人，咱有啥直说，不要兜圈子。你说个干脆话，你还想不想续弦了？如果不想，咱啥都不说了；如果想，只是因为时间短、怕人说闲话，这是另一个问题。以我的意见，如果是后者，你不必顾虑这，顾虑那，也不要等。我有一个好茬，所以特来给你说。你如果等，这个好茬就会跑到别的地方了，这才可惜呢！你不知道，这个女的有多好的条件，要个儿有个儿，要样儿有样儿，啥样的活都会做，脾气还好，是一个响当当的好管家。她男人是车祸死的，她又没有孩子，公婆都很年轻，都是明白人，他们也劝她再走一步，不让她在那里熬孤独。你好好考虑一下，你如果不打算马上解决的话，人家女方不再等了，我打算把她介绍给别人。你看如何？"

唐师傅沉思了一阵子后说："好吧，常小姐，请你帮忙吧。事成后我重谢你。"

常姮给唐师傅介绍这个女的叫吴槐洋，人们都叫她洋洋。她与常姮初次见面是在称心饭店的三陪服务队。她去得比较晚，在那儿不到一年就垮台了。她被一个姓李的、搞木材加工的老板收留住。他家有老婆，也有两个孩子，比她大十多岁。他把她安排在他工厂附近的一套房子里，院子很大，有两亩地大，院墙很高，经常锁着大门，谁也不让进来。里面各种设施都有，有电，有水，有各种娱乐场所和玩具，也有开垦的土地，可以种各种蔬菜和花草果木。有一套完整的房间，卧室、厨房、盥洗室、浴室、厕所和娱乐室。她可以在里面为所欲为地想干啥就干啥，就是不准出去。整天大门锁得紧紧地，她不能出去，外人也不能进来，她过着完全与外界隔绝的生活。有人定时给她送食品、蔬菜、调味品等做饭所需要的材料。李老板隔三差五地去住一夜，他从来不在白天去。除了孤独寂寞以外，这个院子是一个非常舒服的生活场所。洋洋在这里过了四五年，给李老板生了两个孩子。现在孩子长大了可以离开娘了，她的年龄也大了，她感到这种生活不是个事儿，没有好结果。她想结束这种生活，晚结束不如早结束，而且越早越好。她在一个好心人的帮助下，忍着心把两个孩子扔下，一个人独自跑了出来。她先去找了麻大姐，从她那里得知常姮在这里，她就急忙赶到这里。常姮把她关在房间里，不让她出来，等几天，看看形势再说。现在用上了，她可以利用她办些事，把她介绍给唐师傅，真是天赐良机，千载难逢。

常姐把吴槐洋的家庭情况、本人经历、社会关系等等都编好了一套材料，让洋洋背得烂熟，应付任何人的询问，尤其是唐师傅的询问。常姐还告诉洋洋，与唐师傅见面时，要表现得活色一些，一下子把他的心抓住，达到一举成功的目的。

见面这天，吴槐洋并不是穿得妖里妖气、姹紫嫣红，而是朴素大方、典雅文静。她精心打扮，巧妙修饰，但不露化妆痕迹。她说话清脆，振振有词，态度不卑不亢，声音不高不低，她虽然快到中年，但风韵仍然十足。她始终处在上风头，掌握着主动权，不时地向唐老板发起攻势。但她的攻势并不强势，并不咄咄逼人，并不强词夺理，而是像肉包子砸狗，砸者柔心，被砸者顺心；砸者软心，被砸者舒心。唐老板完全是被动者，他一直承受着对方的来袭，没有任何进攻的余地。他表面上应接不暇，内心里像怒放的鲜花；他表面上苦于应付，内心里却幸福有加。吴槐洋像一股强大的暖流，把他沐浴得半痴半傻。他不敢看她，好像她把万条情丝撒下，紧紧把他捆住，他欲想挣脱，但没一点儿办法。他心里没有别的，只有她。她的脸挨着他，她的身子贴着他，她的腿摽着他，她的胳膊搂着他。他感到他离不了她，她就是他生活的全部，她就是他的幸福花。在这一个多钟头的谈话中，他完全忘记了最初见面的宗旨，完全拜倒在她的脚下，他当即答应了与她的婚事。这真是：

> 秋波荡漾色飞舞，
>
> 勾魂眼睛情倾注。
>
> 钢铸英雄铁打汉，
>
> 周身松软筋骨酥。
>
> 一见钟情两厢愿，
>
> 相许终身展宏图。

几天以后，唐师傅就把吴槐洋娶到了家。

唐师傅比她大十多岁，他把她白天当孩子，晚上当妻子。他事事依着她，处处敬着她。她想吃啥，吃啥；她想穿啥，穿啥。有时，洋洋也要些性子，撒撒泼，唐师傅从不生气，从不发火，而是想方设法哄她，逗她，给她说开心话，给她讲好听的故事开导她，直到她泪流满面的脸变成一朵怒放的鲜花。大杂院的人有时给唐师傅开玩笑，说他怕老婆。他不但不感到羞愧，反而为有一个年轻漂亮的老婆而自豪。他说:"怕老婆说明有老婆,没老婆想怕还怕不成呢,怕老婆总比没老婆强。再者,怕老婆是男人的美德。你没听人家说吗,'东抢西夺,掏钱买不来怕老婆'。怕老婆是男人的素养,没有高尚的文化素质,是做不到怕老婆的。"他奉劝所有男士:"只有怕老婆,心里才坦然,全家才平安。"

常姮把吴槐洋介绍给唐师傅以后,得到了唐师傅的高度赞扬,到处讲常姮的好处,说她爱帮助人,与人为善等等。常姮也自命不凡,一反常态,拿出了一个与过去完全相反的姿态。她过去不出门,怕见人,整天憋在房间里;现在是好出门,爱见人,好说话,爱评论,遇事总得说说自己的看法,显示一下自己的水平。她的评论多为负面的,给人家的印象往往不是心情舒畅,而是心情不快。

常姮在菜市场碰见她的初中同学陶焕发。陶焕发带着她正上大学的儿子谷朝山。几句寒暄话以后,开始讲实质性的内容。常姮指着谷朝山说:"这个孩子是——"

陶焕发正准备主动向老同学炫耀自己的儿子,对方恰巧向她发问,正中下怀,非常高兴。他们谷家几辈子都没有个像样的有文化的人。孩子他爹是初中毕业;他爷爷以前,几辈子都是文盲,连自己的名字都不认识。谷朝山从小学一直上到高中毕业,中间没留过级,没辍过学,而且学习成绩一直名列前茅,一举考上了省科技大学。姓谷的好几门都为他贺喜,说姓谷的转过运来了,姓谷的开始出人才了。几辈子出了这么一个本科生,这是他们谷家的光荣,是他们谷家的骄傲,连亲戚、朋友都来祝贺。谷朝山的爹还专门为此摆了几桌酒席,款待宾朋好友。陶焕发动不动就带着儿子出门,只要一碰见人,别管生人熟人,就主动给他讲话,一讲话就离不开这个主题——夸耀她的儿子。现在没等自己说话,对方就主动问起自己的儿子来了,她非常高兴。她得意洋洋,满面笑容,十分自豪地说:"这是我的儿子,今年十九岁了,正在省科技大学上本科呢!"她指着常姮对谷朝山说:"这是你常姨,快叫常姨。还没有见过你这个姨呢。"谷朝山马上朝着常姮说了声:"常姨好!"

常姮上下打量了一下比自己高半头的谷朝山,带着无可奈何的表情说道:"这孩子倒是好孩子,多懂事,真是个好孩子,就是稍微有些低。"

常姮问:"你多高呀,孩子?"

谷朝山："一米六九。"

常姮："看看，我说有点儿低吧，还不到一米七呢。他们这一代不比我们这一代，他们这一代个子都很高。现在的男孩至少得一米七以上，一米七以下的就是二等残废。现在的大姑娘就不找一米七以下的小伙子，像他这样的个子，将来连个老婆也难找。你想想，一个堂堂的大学生，连个老婆都找不着，多可悲呀！"

常姮的这一番话，相当于在陶焕发热腾腾的心上浇了一瓢冷水，把她脸上的笑容扫得干干净净。陶焕发没有了看见老同学的兴奋，也没有了积极介绍儿子的心情，耷拉着脸站在那儿，一动不动，不说一句话，不做任何解释。

常姮又问："这孩子在哪儿上学呀？"

陶焕发："在省科技大学，去年考上的，今年是二年级了。"

常姮："省科技大学。当然啰，比考不上强。这个学校也是个大学，而且是个省级大学，还是个科技大学，咱们省的科技水平就这么高，它大学的科技水平能有多高呢？他在这里能学些什么呢？况且，现在的大学毕业生不分配工作，是自找工作。他在这里又学不到知识，又没有本事自己创业，你说叫他干什么？因此，像这样的大学不如不上，不如早点儿找个工作。工作也是找得越早越好，再等几年，工作也不好找。现在找工作，首先是好找，再者，你省了上学的钱，增加了你家庭收入，也可以提高你们的生活水平，多好哇！当然啰，当一个学生还是争取考大学，我说的大学不是省级、市级的一般大学，而是像北大、清华那样的名牌大学。在这些学校毕业的学生，肯定失不了业，保证有好工作。我有一个亲戚的孩子，去年考上了清华。那孩子真有出息！"

常姮的这一番话又给母子俩泼一瓢冷水。刚才那瓢冷水只是把陶焕发泼得发凉，这瓢冷水就把她泼得发冷了，而且是浑身发冷，冷得发抖。她呆若木鸡似的站在那儿，心里冰凉，脸上忧愁，眼前的一切都灰蒙蒙的，没有阳光，没有希望。

常姮表现出很关切的样子说："咱们是老同学，我很同情你，我深为你在这么一个家庭里担忧。上半辈子就这样了，不可改变了，过去就让它过去吧。不过，下半辈子你还这样过吗？人得往前看，得往好处想。只有想到，才能做到。"

陶焕发有些镇静，言不由衷地说道："人是得往前看，我想什么呀？做什么呀？"

常姮以为陶焕发有所醒悟，想改变自己的处境。她说："我有一个大胆的想法，这个想法如果实现了，你下半辈子就可以舒舒服服地过幸福生活。"

陶焕发："哦，那好哇！想什么？做什么？"

常姮："你换个主吧，我在城里给你找个经济条件好、地位高的。行吗？"

陶焕发装糊涂地说："你是叫我离婚吗？"

常姮："是的。只有这样，才能从根本上解决你的问题。"

陶焕发不慌不忙地说："叫我离婚，我做不到，我还是个人呢！"

常姮很敏感，她听出来些端倪，好像陶焕发的话里有话，她也感到陶焕发不是开诚布公，她小心起来了，说话不再为所欲为。

陶焕发绷着脸，耷拉着眼，不再说一句话。谷朝山怒气冲冲地站在一旁，像是要打架的样子。

常姮看到他们不高兴，安慰他们说："别不高兴，社会现实就是这么冷酷无情，不高兴也没用，这不是以我们的意志为转移的，就是这么回事了，咱们正确对待吧。话又说回来了，这么多人没考大学，不也是照样生活，照样过日子吗？而且，很多人过得很好。这孩子还是考上大学了，比考不上好得多呢。因此，不要不高兴。"

陶焕发："没关系，我没有不高兴，只是情绪有些低，没有刚才乐观。"

常姮："不要情绪低，要乐观，要高兴，条条道路通北京，车到山前必有路，没路也会绕山行，日子是可以照样过的。"

陶焕发："这是自然，这是自然。"

常姮把话锋一转，说道："咱们光说孩子的事了。多年不见，还不知道你本人的情况如何呢？你现在干什么？还是当民办教师吗？"

陶焕发无可奈何地说："可不是吗，民办教师恐怕要当一辈子了，真没办法。"

常姮听了以后好像很惊奇，说道："老同学呀，我也不是说你哩，你真窝囊！到现在还是个民办教师！你也太老实啦，你都不会想想办法？改变自己的处境要靠自己动手，不要指望任何人。爹有，娘有，不如自己有；就是丈夫有，还是隔只手。靠这个，靠那个，不如自己动手做，别人做的靠不住。就像我吧，我原来不也是农民？比你差远了。初中毕业后，连个民办教师也干不成，整天跟着爹爹去地里干农活，带着草帽，拿着铁锨，撅着屁股，背朝着天，汗水朝下滴，热气往上翻，一天干完后，累得真可怜。我不甘心这样的生活，我摆脱了农村，来到了城里，经过多年努力，才算站住了脚，在城里安定了下来。要不然，我哪能有今天。我还不是与其他同学一样，仍然是农民。你看看自己，教了几十年的书了，你教的学生都成了专家了，教授了，可你还是个教师，而且还是个民办的，连个公办的也不是，我真为你惋惜。这太不公平了，几十年的辛勤劳动，没功劳也有苦劳哇。教育局的领导也太不关心下边第一线的老师了。像你这样好的民办教师，早就应该成为公办教师了。再说啦，领导忙，不知道下边每个人的情况，你得跑跑。现在的很多事都是跑成的。有些很难办的事，按平常惯例办不成的事，一跑就跑成了。问题越难办，跑得次数越多些。不管怎么说，现在没有跑不成的事，难事只是跑得多些，费劲大些。功到自然成；有志者，事竟成；世上无难事，只怕有心人，这些谚语，都是说的这个道理。你也是个老师哩，怎么就不知道这个道理呢？你去找教育局的领导，给他们好好谈谈，让他们作为特殊情况，对你照顾一下，把你转为公办教师。像你这样的情况，应该照顾。"

陶焕发："我没有找过任何人。我不会求人照顾，我认为这样不好。常言说求人如登山，靠人如上天。这么多民办教师都没转正，为什么自己要特殊呀？我说不出口。"

常姮："为自己的事还爱面子！这叫作死要面子，活受罪。该出手时不出手，再好的机会也溜走；该找人时不去找，再好的机会也跑掉。任何好事都是争取来的，好机会绝不会自动找你。"

陶焕发："我有个不爱跑的禀性，改变不了。命运由天，心里坦然。任何结果我都认了。"

常姮："看你这个老实劲儿，我真是把你没办法。但我很同情你，为了表达咱们的情意，我决心帮助你一把。我抽时间去省教委找一下领导，让他们为你搞一些特殊，把你转成公办教师。"

陶焕发："那我得好好谢谢你了。"

常姮："这你就外气了，咱们谁跟谁呀？谁叫我们是老同学、老朋友呢！"

陶焕发："那我就等待你的好消息了。你若能为我办成，我得重重谢你。"

常姮："你又外气了不是？你若再给我外气，我就不管你了。好啦，我得请你们原谅了，咱们虽然见面不容易，今天得到此为止了。我得马上回去，我们单位领导让我务必于十一点以前回去，他有重要任务布置。我本来想请你们吃顿饭，坐在一起好好叙叙咱们的离别之情。但我身不由己，不得不走。咱们后会有期，等下一次见面时，我一定请你们吃顿好饭，补一下这次没吃饭的遗憾。"

常姁向陶焕发及其儿子点了点头，高高举起右手摇晃了几下，说了声"再见"走开了。

常姁走开以后，陶焕发慢慢地移动了脚步，心慌意乱，一筹莫展。儿子跟在后面，低着头，两眼瞅着眼前两步远的距离，周围熙熙攘攘的热闹场面，他们不感兴趣，无暇顾及，她处在无所适从的极端迷茫之中。她无目的地走着，不知不觉地迎面撞在一个女人怀里。她抬头一看，发现一个中年妇女笑嘻嘻地站在她面前。她大声喊道："怎么是你？你这个死鬼！这么长时间看不见你，你钻到哪里啦？"

那女人说道："怎么不是我！我不又钻出来了吗？"

陶焕发："我怎么也不会想到会在这儿见到你。你怎么会在这儿？"

那女人："我在这儿等你呢！若不在这儿，怎么能遇见你呢？"

这女人叫苏婷，是陶焕发在初中时关系最好的同班同学。她们两个年龄差不多，苏婷比陶焕发大一岁，陶焕发经常叫她姐姐，苏婷称她妹妹。她们不但姐妹相称，还形影不离，无话不谈，互相帮助，相得益彰。她们的发型、穿衣都完全一样。她们两人都是长脸，高鼻子，尖尖的下颏，浓浓的眉，一笑有两个小酒窝。在长相上，很多人认为她们两个是双胞胎。学生们专为她们俩编了一个顺口溜：

高高鼻梁尖下颏，
浓眉大眼神情多。
肤色怡人瓜子脸，
一笑两个小酒窝。

小巧玲珑惹人爱，
高低胖瘦都适合。
人人见了心欢喜，
谁也没有二话说。

在性格上，她们两人却完全不同。苏婷，开朗活泼，爱说爱笑，唱歌跳舞都擅长，是班上的文娱委员。陶焕发有些内向，平时不爱说话，急用时又说不出口。她不喜欢与人交往，需要与别人商量事时，往往是苏婷出面。她们两人关系一直保持到高中毕业。两人都没有考上大学，陶焕发当了民办教师，苏婷很快结了婚，与丈夫一起去南方打工了，从此，两人失去了联系。时光荏苒，光阴如梭，她们的这次偶遇已是十五年以后的事了。

陶焕发脸上的愁容消了，乌云散了。她欣喜若狂地拉着出现的老同学。

苏婷指着谷朝山问陶焕发："这是你的孩子？"

陶焕发："是的。"她指着苏婷对儿子说："这是你苏姨，快叫姨！"谷朝山把两手捧起，恭恭敬敬地向苏婷鞠了个躬，说了声："苏姨好！"

苏婷用羡慕的眼光看着谷朝山，说了声："多好的孩子！"

苏婷面带笑容，两只炯炯的眼，羡慕的光芒洒到他们身上，使他们感到无限温暖。

他们三人一起去到一棵大杨树下，坐在一条长凳上，开始了他们久别重逢的长谈。

苏婷："丈夫是谁呀，是咱们的同学吗？现在干啥？"

陶焕发："是咱的同学，谷海林。他一直都是农民。我们就这一个孩子。"

苏婷："公婆怎么样？你们还过得好吗？"

陶焕发："公婆都去世了，我们就三口人，就这一个儿子。"

苏婷："好哇，人少负担小，你们的生活一定很不错的。孩子上学了吗？"

陶焕发："正上着呢。"

苏婷："在哪儿上的呀？"

陶焕发："在省科技大学上二年级呢。"

一听陶焕发的儿子已上了大学，苏婷高兴得几乎跳了起来，眉开眼笑地说："好呀，老同学！你有这么好一个家！这么一个好儿子！我真为你骄傲，我真佩服你，你真行！"

苏婷的话把陶焕发说得浑身舒服，她心里甜蜜蜜地问苏婷："你家怎么样呀？肯定比我强。"

苏婷："啥强不强呀？过得去不就行了。我们结婚后，去南方转了一圈，这你知道，也没赚到钱，又回来了，没技术在哪儿也不行。既然在外面干掏力活，还不如在自己家干呢，我们就回来了。种我们的责任田，加上我公婆的有十来亩地呢，现在连土地的产量也高了，每年打的粮食都吃不完。我们搞些饲养，喂几头猪，养些鸡，还有别的乱七八糟的，兔子呀什么的。我们整天脚踢手拨拉地忙个不停，每年也弄它几万块钱。我有个女儿，高中毕业后没考上大学，现在还在复读呢。她说啦，不考个名牌不罢休。我们两口子都同意支持她，她只要上，我们就支持她。我对我的家庭很满意，人要知足么。"

陶焕发听了她的话后，感到自己的家并不比她的家差。她对自己的家都很满意，自己为什么听了别人的话后就怀疑了呢？在这两个家的对比中，自己的还可能略高一筹呢，她沾沾自喜起来。

苏婷："我问你，刚才我看见你时，你为什么愁眉苦脸，那么不高兴呀？好像偷人家被抓住一样。发生什么事了吗？"

陶焕发有些不好意思说出来，她支支吾吾地说："也没什么，没什么。"

苏婷看出有隐情，说道："没什么？一定有什么。别不好意思，心里有事，不对我说，还对谁说呀？你的脸那么难看，肯定有让你为难的事。快说给我听听，我好给你排忧解难。"

陶焕发："要说有事，也不算什么事，既不是工作上的，也不是经济上的……"

苏婷："你这不是那不是，到底是什么呀？你还是老毛病，三脚踹不出来个屁。你说呗，真像个老奶奶。"

看着妈妈不肯说出来，谷朝山在一旁着了急，他说："见你以前我们碰见常姮阿姨了，她给我们说的话，让妈妈不高兴了。"

苏婷："是吗，老同学？"

陶焕发点了点头，说道："是的，我就是因为这不高兴的。"

苏婷："过去我与她见过两次面，每次她都给我留下很深的阴影。"

陶焕发马上感到，在对常姮的看法上有了共鸣。她急切地说道："是吗？那你说说是什么阴影。"

苏婷："我们第一次见面时，她也是劝我离婚，她也是说她在城里再给我找一个。第二次是她去我们家了。她进我家院子时，我正在寻找我的钥匙。她表示很关心地问：'你在找什么呀？'我说'我在找钥匙。一大串呢，我家各个门上的都在上面。我找不着了，可把我急死了。'她问：'你没把它们挂在身上吗？

钥匙是应该时刻不离身的。'我说：'我是不离身的，这次换衣服不知把它们弄到哪儿了。'她说了一大堆废话：'你别着急，慢慢找，不会丢的，越急越找不着，一不急，说不定就找着了。如果真找不着，就是丢了，那只得再配了。几个门都配，挺麻烦的，所以不能把钥匙丢了，一定得非常小心，常言道，小心没大差。配了新的以后可不能再弄丢了，丢钥匙是自找麻烦，这种事可不能多干，最好一次也不能干……'她说她的，我没有接她的话。"

苏婷喘了口气，继续跟陶焕发讲下去。苏婷提到常姮看见她婆婆在门口坐着，有些咳嗽。常姮关切地对她婆婆说话："你好哇，大妈？"

苏婷婆婆说："好，好，快坐吧。"

常姮拉住苏婷婆婆的手说："你怎么啦？身体不太好吗？"

苏婷婆婆说："感冒了，有些咳嗽。"

常姮说："去医院看了吗？"

苏婷婆婆说："看了。我一咳嗽，他们就带我去医院找医生看。"

常姮问："医生怎么说呀？"

婆婆说："医生说我感冒了。"

常姮问："医生开药了吗？"

婆婆答："开了。"

常姮问："吃了怎么样呀？"

婆婆答："还是不见好。"

常姮说："还得去找他。这个药不行了叫他换别的药，不治好病哪能行啊。"

婆婆说："是啊，会好的，感冒不难治。"

常姮："以后可得注意身体，老了，抵抗力差了，稍微不注意就会得病，尤其是感冒最容易得了。得了病多不好哇。不说花钱，麻烦人，其实花钱、麻烦人，你媳妇是不会在乎的，可是受罪是免不了的，谁也替不了你，只有你自己受。"

婆婆："可不是吗。"

常姮："所以，时刻得注意，千万不能感冒了。"

婆婆："那是当然，那是当然。"

常姮："大妈今年高寿哇？"

婆婆："七十四了。"

常姮："不算太老，正是享受晚年的时候。想吃啥叫他们买，想去哪里叫他们带你去。说到这里啦，你去旅游过吗？"

婆婆："旅游？啥叫旅游呀？"

常姮："就是去外地看看。"

婆婆："没是没非的去外地看啥呀？外地人还不是跟咱们这里一样。他们不也是吃饭、穿衣吗？我听我爹说，普天下都是一样，哪里都是吃饭、穿衣。因此，不去外地。"

常姮："不去外地可以去外国，去外国看看稀罕，看看洋人。你看见过外国人吗？"

婆婆："看见过，看见过日本人。"

常姮："他们怎么样呀？"

婆婆："他们一来，我们就跑，我妈抱住我往高粱地里钻。他们见啥抢啥，见东西要东西，见人抓人，见了女的欺负女的，他们可不是东西了，啥时候我也不会说日本人的好处。外国人没啥好的，我们对外国人来说不也是外国人吗？因此，中国和外国一样。不去外国。我这么老了，出去还不定有个啥好歹呢。"

常姮："那好，那好。"

苏婷对陶焕发说："说实话吧，我当时真有些害怕，怕婆婆要求去国外旅游，我们当时确实没那么多钱。多亏婆婆说她不去。一直到现在我都不知道婆婆是真的不想去呀，还是怕花钱，怕给我们招麻烦。我婆婆真是个好婆婆，她处处为我们着想。"

婆婆后来对我说："你那个老同学多精，多会说话，句句都说到你心窝里。她来这一会儿，我说的话比我一个月说得都多。"

我对婆婆说："她那都是废话，没有一句实实在在的。"

婆婆说："是的，平时生活中，那些看上去人缘好，平易近人，和蔼可亲的人，往往都是那些爱说废话的人。"

苏婷说常姮到她家后还有一件劝她扒房的事。

苏婷说："我们的北屋是五间的，两层。两间配房在西面，东面是楼梯，厕所在西屋的南头，紧挨着大街，大门在院子的东南面。她看了以后说，我们的布局是错误的，楼梯应该在西面，配房应该在东面，厕所应该在东南角，大门应该在西南角。她还说，如果我们不扒掉换换位置，会有严重后果。我当时相信她的话，一心想扒掉换换位置，但我丈夫不同意。他说：'管它呢！是福不是祸，是祸躲不过。'但我心有余悸，她的话在我心里留下了阴影，时隐时现，有时甚至出现在我面前，把我吓出一身冷汗。为此，我还害了好长时间的心病。我再次与丈夫商量扒房事宜时，他还是不同意，他说那是瞎折腾，是劳民伤财，是无效劳动。但我心中的阴影始终挥之不去。直到有一天我碰见了咱班同学李巧巧，她说常姐在她家也是不懂装懂，指手划脚，她也劝李巧巧把房扒了，换换位置。李巧巧的房和我们的房是一个图纸，只是她的设置恰与我们的相反。她的如果扒了换换位置的话，就与我们的完全相同了。这时，我才明白，常姐是信口开河，自作聪明，好为人师，处处逞能。"

苏婷："咱拐回来说说她对你说了些什么吧。你说说她让你不高兴的话吧。"

陶焕发："她说我儿子上的大学质量不行，毕业后找不到工作。"

苏婷："你儿子上了本科，多么可贵呀！咱们周围有几个人的孩子上本科呀？我们同学当中，有几个人的孩子上本科啦？我们的街坊邻居，有几个人的孩子上本科啦？寥寥无几，你就是这寥寥无几中的一个，这不值得骄傲吗？上了本科找不到工作，纯属胡扯！本科毕业找不到工作，难道不上学就能找到了？既然是很少人考上大学，毕业后的工作就肯定好找。至于孩子的个子，才是她的胡诌哩。现在全国男子的平均高度是 1.65 米，1.69 米已超出了平均高度，怎能说是二等残废呢？与她说的恰恰相反，我看这孩子是一个风姿潇洒、落落大方的英俊少年。很多人，包括我自己，都羡慕你有这么一个好儿子，多么可喜呀！让你一辈子都高兴不完。"

苏婷的话可把陶焕发乐坏了，她想了想周围与她年龄差不多的人群，确实是如此。苏婷的话句句是实情，句句说到了她的心窝里，她喜笑颜开，心情舒畅。苏婷看着陶焕发高兴的样子，自己也感到欣慰。她接着又说："关于你民办教师问题，这也是值得你骄傲的另一个本钱。你的亲戚朋友，你认识的人中，有几个是民办教师？民办教师也是国家承认的国家工作人员，现在不是正在分批转正吗？不久的将来，所有民办教师全部转为公办教师，人民教师，人类灵魂的工程师，多么了不起呀！

昼站讲台夜熬灯，

培养学生苦经营。

教出弟子千千万，

祖国各地献本领。

"常姮劝这个离婚，劝那个离婚，说明她根本就没有一点儿人情，更谈不上夫妻情了。

患难之交不可弃，

糟糠夫妻不能离。

一日夫妻百日恩，

朝秦暮楚不是人。

陶焕发的情绪经历了一波三折。她见常姮前很高兴，常姮给她说了话以后，她悲伤，见了苏婷以后又高兴起来。常姮给她说话让她痛苦，是件好事。她认识到了常姮这个人的品质，今后再与她打交道时，要警惕着些，不要让她牵着鼻子走。此外，她坚定了的信心，坚定了对儿子的自豪，坚定了当民办教师的崇高责任感，坚定了他们家庭生活的牢不可破。

社会上的事情就是这个样子，真真假假，假假真真，当你处心积虑地企图置别人于死地时，你却不知不觉地、暗暗地帮了他的忙。反过来，当你一心一意想帮他的忙，为他办好事时，你却不知不觉地、暗暗地坑害了他。

好事变坏事、坏事变好事的现象无处不在，你力争的好事，其结果并不好；你预料可出现的坏事，其结果并不坏。"人若有前后眼，什么事情都好办"，这怎么可能呢！当人们遇到问题时，都要选择一个好的解决办法，以求达到好的结果。但这样选择，那样选择，按照规律办事是最好的选择。

常姮感到自己在大杂院的威望不高，名声不好。她知道是因为她干了几件不光彩的事所造成的，她知道这是聪明反被聪明误，搬起石头打自己的脚，悔之晚矣。两张警告大字报出现以后她感到形势紧张，到了不能继续维持的边缘。

她想改变自己的被动局面。她采取开放政策，走到群众中去，多与人们交往，向人们施展善意，显示对他们的爱心，扭转他们对自己的看法，改变自己的处境。过了一段时间以后，虽然有所好转，但效果并不明显。很多人过去根本不理她，有少数人甚至她给他说话都不理。而现在理了，但态度呆板，说话生硬，问啥答啥，没有温和的表情，没有多余的话。她观察了其他人之间的交往：见面后喜笑颜开，问候语，家常话，他问问你，你问问他，声情并茂，精神焕发。而她与他们的交往，完全像陌生人之间的谈话，没有感情，例行公事。

她还明显地看到，每当她路过时，就像瘟神过街一样，大人小孩都躲，尤其是年轻妇女。有时，一群妇女正在喜笑颜开地谈话，一发现常姮从远处走来，她们就纷纷散开，各自去到一个隐蔽地方，躲开常姮的视线。常姮过去以后，她们又一个一个走出来，重新集聚在一起，谈笑风生。即使一个人，尤其是女人，也不愿与她接近，看见她来时，老远就躲开。有时人们会听见小孩的叫声："搅不闲来了，快跑呀！"

常姮在大杂院的处境比老鼠要好，老鼠过街时，大家都采取进攻姿态，人人齐声喊打；而常姮过街时，谁也不去进攻她，没人喊打，而是怕她，躲她。她想：躲比打能好多少呢？

常姮把桂亚菲和林妍叫到她的房间，请她们给谈一下人们躲她的原因，请她们帮帮她的忙，找找她的不足之处，让她改正。

桂亚菲说："人们说你好评论人。只要你看见人，不管什么人，当然主要是女人，没有不评论的。胖了，瘦了，高了，低了，头发长了，短了，发型不好看了，衣服胖了，瘦了，颜色深了，浅了，上衣与裤子不配了，等等。"

林妍："你好评论本身并不是坏事，问题是你光挑人家的毛病。我有一个朋友对我说：'从常姮的嘴里听不出一句好话。'她们本来思想很平静，可是听了你评论后，心里很不舒服。你给她们的不是阳光，而是阴暗；不是鼓气，而是泄气；不是让人高兴，而是让人悲伤。所以，她们不想看见你，想离你远远的，越远越好。"

桂亚菲："有的儿童看见你走过来时，就叫喊：'搅不闲来啦！'这也反映出一些问题，你不仅仅是评论人的问题，你还有一个大问题：就是人们给你个外号'搅不闲'。啥叫'搅不闲'呢？就是爱搬弄是非，爱搅乱人心，爱挑拨离间，爱无中生有，爱夸大其词，爱……"

常姮听得坐不住了，没等桂亚菲说完就急忙打断她的话，非常生气地说："我就那么多的'爱……'我就没有一点儿好处吗？"

桂亚菲也生气地回应她："你不是叫我们来帮助你找缺点的吗？还没提多少

哩，你就接受不了啦！若不叫我们说，就不要叫我们来呀！我就讨厌这样，又想当婊子，又想立牌坊。"

常姮更生气了，恶狠狠地说道："请把你那臭嘴擦干净！你说谁是婊子呀？你是婊子不是呀？……"

林妍急忙出来劝解，她厉声厉色地说："你们没看看形势，大杂院里，就你们两个关系密切，你们俩一闹翻，谁也找不到说话的人了，对你们两个都没有好处。"

林妍停了一会儿，让她们有些考虑的时间。然后她缓和了口气，平心静气地说道："好了，好了，都不要生气了。"

桂亚菲满腹牢骚地说道："你看这日子没法过了，叫我们来提意见帮助你，可我们一提，你又生气！真是狗咬吕洞宾——不识好人心。"

常姮感到她自己有些沉不住气，对提意见的人生气就是说不过去。但她体会到自己气量小，憋不住，听不进不同意见，光能听好的，不能听赖的，光能听表扬的，不能听批评的，听到批评的就反感，就发火，就马上给人家顶回去。她回忆了过去，自己的这种禀性，不知道得罪了多少人，让自己吃了多少亏。她多次试图改变这种性格，但都改进甚微。她不自觉地叹息道："真是江山好改，禀性难移呀！"

常姮深深感到生活在大杂院真不容易，与人们处好关系真难。她真的有些走投无路了，一向好胜的她，从来不服人的她，总认为什么都不怕的她，一直觉得啥问题都能解决的她，现在有些服气了，她想求救于人了。她求救于谁呢？桂亚菲是她最好的朋友，平时有什么问题她总是首先找桂亚菲，不少问题可以得到解决。但这次不行，桂亚菲虽然给她提了些意见，但没有解决问题的办法，而且她还得罪了桂亚菲。别的还有谁呢？林妍。但她也是只会提出问题，不会解决问题。其他再没人了。她忽然想起了她的大姨。她大姨是个老退休教师，肯定可以帮她的忙。只是很长时间没与她来往了，连她的住址也知道不准了，去找她合适吗？她思想斗争了好长时间，最后还是决定去找她大姨。

一天下午，常姮带了些礼物和有人给她写的大字报去见她大姨了。

她大姨是她母亲的姐姐，名叫刘环，是一所大学的退休教师。常姮的妈妈叫刘瑶，姊妹两在娘家时结下了恩怨，各自出嫁后很少来往。她们俩是什么恩怨呢？刘环从小就很聪明，上学成绩突出，在全村都是有名的，村民们都奉劝刘妈妈千万要供应刘瑶上学，将来她会走出去的。刘家父母全力支持了刘环上学。但没有能力支持刘瑶上学了，刘瑶初中毕业后就辍学了。这是刘瑶非常不满意的一件事，她埋怨爹娘偏心，嫉妒姐姐光顾自己，她们姊妹俩也因此长久不说话。刘环大学毕业后留校任教的几十年时间里，刘瑶从来也不去找她，也可以说，姊妹俩根本就没有见过面。常姮初中毕业后要求到城里找工作时，就没有去找她大姨，而是去找了她的表姐——称心饭店的老板程芳。如果她去找了她的大姨刘环，她的历史就会是另一种写法。

　　常姮来到大杂院以后，在教育局副局长朱领生的帮助下，打听到了她大姨的地址，但她不想去找她，因为她知道她的作为是与大姨的思想格格不入的；再者，她也明白，她的历史是不光彩的，是在大姨面前无法启齿的。所以她始终没有见过大姨的面。可是现在不行了，她真是走投无路了，眼下没有一个可找的人了，她再也坚持不住她的矜持了，她只得去找她大姨了。

　　常姮敲了她大姨的门以后不久，一个六十多岁的白发老太太出来为她开了门。这就是她大姨刘环。

　　刘环看见常姮以后，愣怔了半天，慢慢地说道："你是……找我的吗？"

　　常姮："我是常姮啊，大姨，你不认识我了吧？"

　　刘环："啊，是我的外甥女，我还真的不认识你了。这么长时间不见面，怎么会认识呢？"

　　常姮："非是在你家，我也不敢认你。"

　　刘环："你咋知道我住在这儿？"

　　常姮："鼻子下有嘴嘛，打听呗。"

　　刘环："真没想到是你，快进来。"

　　常姮跟随大姨走进房间后，看见一位中年妇女坐在那儿。她看见有客人进来，对刘环说："你来了客人，我走了，改日再来。"她说着站起来就走。

　　刘环忙把她拦住，说道："你不用走，这不是外人，是我外甥女，让她等一会儿，没关系的，咱们先谈。"

　　刘环领着那女人进了里屋，常姮在外屋扒拉桌子上的报纸杂志和关于如何提高全民素质的书。她只是乱翻腾，无心阅读，更无心阅读这些讲大道理的书。大约半个小时以后，刘环把那女人领出并送到大门外。刘环拐回来一进屋就说："你怎么不自己倒水喝？来到这儿还给大姨要客气呀？"

"不，不。"常姐急忙站起来倒了两杯水，递给大姨一杯，自己留一杯。

刘环亲切地责备常姐道："你这个死丫头，这么长时间看不见你，连你妈我也好长时间没见过了。你妈还好吗？俺姊妹俩小时候闹些别扭，那是年龄都小，不懂事，其实没有什么大不了的事。我很同情她，家里穷，没能力供她上学，她对你姥爷、姥姥很有意见，说他们偏心，让我上学而不让她上。她的意见有道理。她如果上学，现在也不会是这个样子，你们也不会生活在农村了。所以你妈的意见是对的。不过，她没上学的主要原因是家里穷，没钱供我们两个上学……好了，这都是过去的事了，不说它了。咱说现在吧。你爹妈身体都好吗？家里生活也都好吧？这么长时间没见过面，我还真想她。你个人怎么样呀？干什么工作呀？成家了吧？有孩子吗？爱人干什么呀？"

对于大姨的一连串问题，常姐无从答起。她只是说："我还是单身。"

刘环："好呀。现在提倡晚婚晚育，少生优生，一对夫妇只准生一个孩子，你单身是符合国家政策的。你工作怎么样呀？在哪里工作呀？"

"在哪里工作"是常姐最讨厌的问题，她最不想回答这个问题，这也是她最不容易回答的问题。她只好说："过去在称心饭店干过一段时间，后来不干了。"

刘环："称心饭店？啥饭店呀，那是个大妓院。那几年，报纸上没少登关于称心饭店的事。这个饭店真是个藏污纳垢、伤风败俗的窝点，受到了社会的普遍谴责。改革开放哩，这些陋习又出现了，一些人只是为了钱，不讲脸面，不顾羞耻，为了挣几个臭钱，不惜出卖自己的肉体。你在那里干什么呀？"

常姐轻描淡写地回答："搞些服务工作，端个盘子，刷个碗之类的活。"

刘环："你既然知道我在这儿，为啥不早来见我？"

大姨扭转了问话内容，常姐很欣慰，她松了一口气，说道："我抽不出时间呐。"

刘环："你忙什么呢？"

常姐："我是看你忙，白天来吧，怕影响你的工作；晚上来吧，怕影响你的休息。这么一拖就是几年，请大姨原谅。"

刘环听常姐很会说话，认为孩子进城后长进不少，非常高兴。她说："要说我忙，我确实很忙，帮学生辅导功课和对中老年人进行心理辅导，这些都是我的义务工作，每天都干不完。帮他们解决些实际问题，心中是一种安慰。咱娘儿俩在一起谈话时，可以达到同样的效果。你需要我帮你什么忙吗？"

常姮说："我今天来主要是为了看看大姨，顺便请大姨给我指点指点。"

常姮顺手把两张大字报拿出来，递给刘环。说道："请你看看这个，大姨。"

刘环看了以后，感到她的问题严重。她的问题不仅仅是大字报上写到的那些，大字报上暗指的更多，说她有个丑恶史，说她是个搅不闲。这就足以说明她问题的严重性。刘环不知道详情，不知道问题的性质，不知道问题的严重程度，更不知道她的丑恶史指的是什么。在这几个不知道的情况下，她不便多说，不便下结论，也不便多评论。只是根据常规推理，说了一下她的看法。

刘环说："你要明白，对你有意见的，绝不仅仅是写大字报的人。大字报是有代表性的。任何一个冒尖行为，都是有大量的后盾作支持的。从大字报的内容看，你与群众的关系不好。这个不好，你可不要不在乎，它会向坏处发展，由不好发展成为不可收拾，到那时你没法在人前站了。一个人如果站不到人前，臭名昭著，恶名远扬，婆家、娘家、亲戚、朋友，谁都知道你，不是因为你有名气，而是你有了臭气。这将是你一生中最可悲的下场。猪怕上了绳，人怕有恶名。猪上了绳，离死还远吗？人有了恶名就是精神上的死亡，整天支撑着进行活动的只不过是一个躯壳，只是一堆烂肉。这样的人活着还有意思吗？常言说'人活一张脸，树活一层皮'。脸就是名声，当然是好名声，没有名声就是没有脸。人怕没脸，树怕没皮，人没脸，树没皮，百方难治。人要没脸了，就没法活在世上。因此，一个人一定要想法落个好名声，这样，活着才会有滋有味。"

常姮："怎样才会落个好名声呢？"

刘环："要说容易，也容易；要说难，也难。"

常姮："这是怎么回事呀？"

刘环："说它容易，就是做一切事情，一定从'爱'字出发，你就会得到好名声；说它难，就是说，它不是说到就可以做到的。对你本人来说，要时时、事事、处处，都要把'爱'释放出来。释放的对象主要是人，其次是动植物。对于人和一切动植物是否有爱心，是衡量一个人是好心或是坏心的重要标志。释放爱心的是好人，释放坏心的是坏人。经常释放爱心的人，当然就会得到人们的好评，好名声不就有了吗？释放爱心并不是虚无缥缈地空谈，而是有具体的言论行动，有具体的检验标准。这个标准就是你的言行要让对方感到快乐，心里感到舒服；如果你的言行使对方感到不舒服、不快乐，说明你没有献出爱心；如果对方感到悲伤、难受，说明你对他表现出的不但不是爱心，而是黑心、毒心。总之，从爱出发，用善良、温存和谦和的言行，把自己的评论、建议或劝告传达给对方，让对方精神愉快，心情舒畅，从而感到眼前一片光明，这样他的信心就增加了，干劲就更大了。如果每个人都这样做，也就是说，如果每个人都献出一份爱心，就会凝聚了不起的巨大力量，推动社会事业顺利发展。这样，家庭就是一个和睦的家庭，单位就是一个团结的单位，国家就是一个和谐的大家庭。"

刘环的话让常姮听得入了神，虽然听着生疏，说着别嘴，她还是听懂了大姨讲话的意思。

常姮问大姨："你说这大道理我懂了，但具体怎么做我还是感觉空荡荡的，没有抓摸。请你给我讲一下具体行动，碰见某事时，到底怎么做才算施爱。"

刘环："我说这些基本上都指的是日常生活中的小事，是我们经常接触到的。这些小事如果我们处理不当，就会搅乱人心，就形不成凝聚力，就会影响大事的发展。没有团结就不会有富强。一九三一年，日本侵占东北，乃至一九三七年日本大举侵占华北、华中、华南，日本之所以如此猖狂，就是因为当时咱们中华民族不够团结，形不成核心力量，让小日本如此欺负我们，我们蒙受了这么大的耻辱和损失，这是我们用生命换来的教训，我们再也不能不团结了。现在它小日本怎么不敢欺负我们了？我们团结了，我们强大了。要知道，个人之间的不团结，造成国家的不团结，导致国家的虚弱，引来外国的侵略——这是很危险的。我们每个人要从大局出发，从自我做起，献一份爱，搞好团结。然后，我们就会有和谐的社会，强大的国家，任何外国势力都不敢欺负我们，我们的幸福生活才能得到保障。"

常姮："你又说这么多大道理，我问你的问题还没有回答我。"

刘环："可不是么，我总感觉着，这么简单的道理却又有很多人不懂，我有些着急。我是从事教育工作的，给人们讲道理是我的职业病。我恨不得让每个人都懂得这个道理，把团结搞好。好啦，现在回答你的问题：遇到具体事怎么做。我说几个例子供你参考。"刘环给常姮举了下面几个例子。

第一个例子：你的朋友理了发以后，嫌理得太短，心里很不满意。她对你说："你看我的头发理得怎么样呀？我嫌它太短，可恶心死我了，我连门都不敢出。"

你的回答应该是："哪里多短呀。还不错哩，挺好的。只是稍微短了一点点。不过，短了看着精神、麻利、干脆、利落。短了比长了好看，我看着挺好的。"

分析：发型的满意度是依据观众的满意度而定的。她开始时不满意，是因为她认为别人看了不满意；如果别人满意了，她本人也就自然满意了。再者，理发理得如何只是暂时现象，决定不了大局，影响不了事业的发展，你何必斤斤计较，吹毛求疵，让她心里难受呢！你何不说些好话，让她听了你的看法以后，心情很愉快呢！她不再有疑虑了，就可以安心于她从事的事业了，多好啊！

第二个例子：你的朋友理完发以后，她嫌理得太长，很不满意。她问你："你看我的头发理得太长了，我心里很别扭，你看怎么样呀？"

你问她："你在哪里理的呀？"

她说："我趁星期日跑到青年理发店理的。真有些不值得。"

你应该说："我看还可以。毕竟人家是大理发店，出手不凡，技术是没说的。虽然稍微有些长，但看起来稳重、大方、沉着、有气量，更加提高了你的品位，不错，挺好的。"你把她说得心里美滋滋的，就不会害心病了。

反过来，假如你这样说："谁给你理的发呀？这么长，像个吊死鬼，难看死了。"

你若这么说，她会害心病，不敢见人，怕别人笑话她。这是你说话的目的吗？如果是，说明你不是从爱护她出发的，你是痛恨她，因为你带给她的不是快乐，而是难过。

只要你发表意见，你就不要给人家带来痛苦，要给人家带来快乐。只要你说话，就不要让人家低迷不振，要让人家阳光灿烂。

第三个例子：你的朋友征求你的意见了："你看我这件上衣怎么样？他们说它的颜色太浅了，我不适合。"

你应该回答："是买的呀，还是定做的呀？"

对方："小孩他爸在上海买的，他不知道什么样的颜色适合我，只管买回来了，纯是瞎买，我不想穿它。不过，倒是挺贵的。"

你说："我看挺好的，你小孩他爸还真会买，很有眼力，知道当前时兴什么花色，他绝不是瞎买。颜色绝不浅，现在都是往年轻上打扮，你没看见很多老头穿大红，很多老婆穿大花。你穿着这个衣服年轻十岁，你小孩他爸该有危机感了。叫他活该！谁叫他给你买回来这么个让你穿上年轻的衣服呢！"

你的朋友听了后，脸上的愁容立刻被喜悦代替，甜蜜蜜地问道："照你说，这件衣服我应该穿。"

你说："不但穿，还应该把它当成高档礼服，走亲戚、串朋友、赴宴会、参加聚会等庄重场合，都要穿这件衣服，更能显现出你的高贵品位。"

对方兴奋不已，不自主地说道："我可有个出门衣服了！"

你知道你的朋友为什么这么高兴吗？你的话解开了她这么多天以来纠缠得难受的疙瘩。这么一件衣服，穿吧，不合适；不穿吧，太可惜。这么老远从上海买回来，又这么贵，这种拾不起又丢不下的痛苦，实在难熬。你的话不仅给她解开了疙瘩，还把她准备丢弃的衣服变成了她的礼服。此外，也把她的丈夫从忧愁中解脱出来。她的丈夫从上海买回来这件衣服后，非常高兴，满以为妻子很喜欢，显示了他的一片爱心。可是，妻子穿了衣服以后，她的反应与他想象的完全相反，这是他从来没有想到的，他很愕然，大失所望。你的朋友埋怨她丈夫说："谁叫你给我买衣服哩？明明不会买，还偏要买，纯是瞎买，还那么贵。扔不得，穿不得，真是个烫手的山芋，全是用钱买祸害。说你没成色吧，你还不服气。你总说你本事大着哩，大本事能干出这样的窝囊事！"

你看她把丈夫说得多么没成色！丈夫憋了一肚子窝囊气，但张嘴没啥说，好心办了坏事，他怎能不难受！

你这么一番话把案翻过来了，他的没成色变成了有成色，他办的窝囊事又变成大好事了，他怎不高兴呢！

此外，从施爱的角度出发，要时时、事事让他感到爱的温暖，总是有一个愉快的心情，不要有任何不舒服的感觉，哪怕是一点点。例如，看见人时，一般不要说："你怎么啦？你的脸色不好看。""你瘦了，你怎么啦？你病了吗？""你又胖了，你不能再胖了，再胖就要影响身体健康了。"等等。

说这些话的人是表达对你的关心的，但他又没有别的表达方式，只能用胖瘦和身体好与不好这些永恒的话题作说词。他说这些话是不入心的，说罢很快就忘了，但他这些无意之谈却给你留下一个大悬念，你会把它当成疑惑找医生检查身体，直到医生给你检查身体并下结论后，你才重新平静下来。实际上，这些关心话是不负责任的话。有些好心人喜欢用这样的语言评论人。一方面表示他对你的关心，显示他与你亲密无间的关系；另一方面，显示他很有水平，生活中他很有经验，他比别人高明，对问题有独特看法，能在细微中发现问题。不管如何，他总是想一切办法显示自己比别人"能"。但他却不知道，在他显示"能"的背后，无意中给对方留下了忧愁，增加了对方的思想负担，打破了他的平静生活，实际上，他给对方带来了伤害。

常姮带着大姨的谆谆教导搭上了回家的汽车。阴沉的脸上充满了忧愁、迷惑和渺茫。

她下车后，碰见熟人王大妈。王大妈正在慢慢地沿着街步行。常姮马上给她打招呼："嘿，王大妈！你怎么一个人在这儿？现在去哪儿呀？"

王大妈："我去医院看病了。去时是搭的车，回来时我想走走，散散步，活动活动，累了再搭车。"

常姮："我说你的脸色这么不好看。你得的啥病呀？"

王大妈："稍微有些低烧。医生说没什么，有点儿着凉。"

常姮："医生给你药了吗？"

王大妈："给了些小药，他说吃两次就好了。"

常姮："出来看病怎么你一个人哪？你的孩子呢？"

王大妈："儿子是民警，他说今天有重要任务。我给他说，妈得的不是大病，我自己去医院就行。我没让他陪我。"

常姮："你不让陪就不陪了？他对娘的身体也太不负责了吧。"

王大妈："他工作要紧，我自己完全可以，用不着他陪。"

常姮："这哪能行啊！母亲看病，儿子哪能不陪呢？工作再要紧也没有母亲的身体要紧呀。"

王大妈："用不着的，还没到那个程度。"

常姮："好，看病不陪你可以，但你看完病回去时应该来接呀，为什么不来接你呢？"

王大妈："我没叫他来接我。"

常姮："你没叫他来他就不来了？他对你也太不负责任了。当儿子的哪能这样呢？百善孝为先么，如果处处以孝字当头，他就不会不来了。"

一辆公共汽车停在了她们旁边，王大妈对常姮说："好吧，常女士，我上车了，谢谢你的关心。再见。"

　　王大妈上车一走，常妲也向大杂院走去，她对王大妈的印象，也随着汽车跑得无影无踪。王大妈坐在汽车上，常妲的话在她脑子里盘旋呀盘旋，越旋越激烈，使她好久不能平静。

　　常妲走到大门口时，门里不远处有一群妇女正在看一条出口转内销的连衣裙。忽然有人说了声："搅不闲回来啦！"一群人一下子走得无影无踪。她走到那一群妇女聚集地时，伸着脖子环视了一下四周，一个人影儿也没看见。妇女们在暗处偷看着她，嗤嗤发笑。

第十四章 扑不灭的情火

孩子情似火，家长用水泼。

泼也扑不灭，越泼火越多。

快要八点了，中央电视台的新闻联播节目早已结束，崔中良一家正在看文艺节目，忽然听见有人敲门，何素珍打开门一看，是小芒站在门口，她急忙说道："小芒呀，快进来。"

小芒进来以后坐在沙发上，一脸愁容，不说一句话。

崔中良一家四口都在家，他们看到小芒不高兴的样子，都不说一句话。通通的两眼直愣愣地望着小芒愁眉不展的脸，不知道说什么好。一段安静后，何素珍开了腔："这么晚了还来这里，有什么事么，孩子？你妈一直对你都很严，今天怎么让你出来了，而且又是在晚上？"

小芒："我爹和我妈他俩只顾吵架哩，顾不着管我了。我在家只有听他们吵架，真没意思，我趁我妈不注意，就跑出来了。"

何素珍："你在这儿玩一会儿，等他们不吵了，你就回去，不能在这儿时间长了，不然，你妈又要骂你啦。她不但骂你，连我们也跟着遭殃。"

崔通说："她如果再找咱的事，咱就对她不客气。没见过这种娘们，死不论理。"

何素珍："那是你徐婶哩，你徐阿姨，要对她有礼貌，不许这么说她。"

小芒："我妈就是有些不论理，我都有些看不惯。"

何素珍："今天他们俩又吵什么啦？"

小芒："基本上还是老话题。我爹嫌我妈与那些不三不四的人来往了。他说：'只有不正经的人才与这些人来往，而你与她们来往，说明你也不正经。'

我妈嫌我爹小心眼儿，多管闲事，没事找事。她说我家的生活都被我爹搅乱了。"

何素珍："他们大人的事，你孩子家说不上话，你不要管他们。"

小芒："我不管他们，管谁谁都不服，不但批评我，还可能打我呢。我有我的看法，我只是不说罢了。"

何素珍："依你看，你爹妈他们俩，主要矛盾在谁身上？"

小芒："我看主要矛盾在我妈身上。她经常与常姐来往，我也不同意她这样。常姐是啥人呀？她经常来找她，我妈也不断去找她。有时我警告我妈时，我妈批评我，说：'你小孩子家，知道什么呀？不要管大人的事！'"

何素珍"哎"了一声，表现出无可奈何的样子。

快九点钟了，何素珍对小芒说："妮儿呀，不是大妈撵你哩，你该回去了，太晚了你妈又该发脾气批评你啦。"

小芒："我不怕她发脾气，也不怕她批评，她经常给我爹发脾气，经常批评我，因为她批评得多了，我挨批评也习惯了，所以就不怕了。"

何素珍："你还是早点儿回去，不要叫你妈再批评你。想玩以后有时间了再来。"

小芒答应了回去，崔中良对崔通说："天黑，去送送她。"

崔通："好！"

小芒说："再见，大妈，大伯，我走了。"

小芒走出了门，崔通紧跟在后头。

何素珍对丈夫说："这妮儿动不动就来咱家，很多时候是没事闲玩的。"

崔中良："她与咱的崔通是老同学，当然就爱朝一块儿凑合，这是正常现象。吃饭爱吃新鲜的，找人玩就爱找老相识，我们大人也是这样。"

何素珍："不是那，我怕她来得多了，还不知道来出啥结果呢？"

崔中良："啥结果呀？你的心眼儿还不少呢，想得怪多！"

何素珍："我不是想得多，这是很自然的。两个年轻人你来，我往，这么拉扯的时间长了，你说会出现什么结果？你不是装糊涂吗？"

崔中良："即使出现结果，也只能是好果、喜果，绝不是赖果、恶果。"

何素珍："你还别说，那可不一定。"

崔中良："我再肯定不过呢！只会出现好果，不会出现恶果。"

何素珍："我的看法是，只会出现恶果，不会是啥好果。"

崔中良很不理解地说："这就奇怪了，怎么会是恶果呢？无非是他们两个谈恋爱，然后结婚，不就是这个结果吗？这不是好果、喜果吗？你说的恶果从何而来？"

何素珍："这就是问题的关键，我认为咱不能要这个闺女当咱的儿媳妇。"

崔中良："这就更奇怪了，你什么理由呀？你别不识抬举啦，人家只要愿意吧。咱要的儿媳妇，想也就是如此了。你说说，这个闺女哪一点儿配不上咱的儿子？长相、个头、学问，哪一点儿不行？这种条件只怕争着要，还争不到手呢！你还挑肥拣瘦？我看你翘尾巴翘得还怪高哩！"

何素珍："这闺女肯定是好闺女。但这都是暂时的表面现象，你没看到她的深层次的内在因素。"

崔中良："你还怪深入哩，啥深层次的内在因素？你说说看。"

何素珍："这很简单，她妈是啥人啊？她妈也是个闲不住的人。但我拿不出证据。但任何事情都是可以透过外表看它的实质的。她妈经常与常妲来往，这就很说明问题，物以类聚，人以群分。人们常说，要想知道某个人是什么样的人，你只需要看他爱交什么样的朋友就行了。就从她妈好与常妲打交道这件事，我们就可以得出结论：她妈与常妲一样，不是个正经人。咱能要这号人的女儿做儿媳妇吗？"

崔中良："她与她妈是两个人。即使她妈不好，也不能说她不好呀。"

何素珍："常言说'近朱者赤，近墨者黑'，还说'跟着好人学好人，跟着巫婆会下神；跟着瘸子拐着走，跟着孝子会哭坟'。她与她娘经常生活在一起，朝夕相处，不知不觉就会染上她妈的习气，久而久之，就会走上不轨之路。"

崔中良："你说这因果关系也不尽然。人们都知道，莲花出于污泥而不染，是纯洁俊雅的象征。不能说娘不好，闺女就不好；也不能说娘好，闺女就一定好。这都得具体情况具体分析，不能从形式上一概而论。"

何素珍："那么你对她与咱儿子的经常交往有什么看法？"

崔中良："我的看法：任其发展，发展成什么结果，咱们就接受。自然形成的结果往往是最好的结果。"

崔通与徐小芒是老同学，在初中时是同班同学。两人都是从乡下来的，在很多习惯上，他们两个与其他大多数城里的学生不尽相同，无形中，他们两个的关系就拉近了。他们两个都住在大杂院，徐小芒的父亲徐科买的是生活区的家属住房，而崔通的父亲崔中良买的是行政办公区的办公室用房。当然，家属区的房是成套的，有大套、中套和小套。每套房间里都有卧室、客厅、厨房、盥洗室、储藏室。大套房 120 平方米，有三个大卧室，两个客厅，一个大的，一个小的，住着非常舒服。徐小芒的妈妈林妍刚从农村搬来时，兴奋得一夜都没睡着。丈夫说她没出息，是井里青蛙——见不了大世面。她情绪激动，泪汪汪地说起了她家不堪回首的过去：

"我的老家是祖辈住在农村的农民家庭，吃穿都靠几亩盐碱地，每年收入微薄，缺吃少穿，住房非常简陋，我们一家五口人挤在三间破草房里。天一下大雨，屋里到处漏，用盆、用罐接漏雨，被子都漏湿，没法睡觉，有时爹娘成夜都不闭眼，我趴在妈妈的怀里睡。有一年夏天的晚上，刮北风，下暴雨，房顶上苫的茅草大部分被大风刮掉，屋里与院子里一样，没有一块好地方，被子淋湿了，衣服淋湿了，一切东西都被淋湿。屋里一坑水，院里一摊泥，真是没有立足之地。早晨做饭时，柴火烧不着，连饭也不能吃。妈妈只好跑到姥姥家拿回来些吃的，让一家人填填肚子。我生气，我不吃，妈妈还对我大发脾气。

"别看那时候穷，吃的、穿的、住的、花的、都非常奇缺，但我们干劲都很大，每天拼命干活，耕种几亩责任田。虽然很劳累，但心里很踏实，一心想的是如何把地种好，多打些粮食，让生活好一些。那时的理想生活就是：不愁吃，不愁穿，兜里装着零花钱。你别看这个要求低，在那时来说，就是非常难达到的高标准，也可以说，很多家庭辛苦几辈子也未能达到这个要求。

"那时我家生活虽然苦，但让我印象最深的还是没有房子住，这个印象太深了，简直是刻到了我的心里，我永远也不能忘怀。直到现在我还不断地做梦，总梦见下大雨，塌房子，无处躲，心着急。急得大声叫，惊醒后倏然轻松，原来是在梦里！

"现在生活好了，居住条件大大提高了，我们又从农村搬到了城市，住上了套房。过去的日子只能成为过去！"

林妍两口子搬到大杂院以后，生意很兴隆，他们的门市部虽然在大杂院，可是生意却远远超出了大杂院的范围。他们的生意涉及面可大了，在全市，甚至省里的一些城市，都可以看到他们的生意。他们的生活不是有吃，有穿，有零钱花了，而是吃不完，穿不完，兜里满满都是钱。

人是没有知足心的。知足是人的智慧，不知足是人的贪婪。大千世界，知足者能有几多？而不知足者则到处可见。物质生活的丰盛并没有满足林妍的欲望，她还要求有较好的精神生活。城市的花花世界，大杂院的人员来往，形形色色的住户，各种不同的行当，对她都有大小不同的影响。她有些扒高嫌低，爱拿自己的短处比别人的长处，总感到不如人，人不如人，生意不如人，没有别人生活好，没有别人有钱，没有别人舒服，没有别人幸福。

不知足感产生嫌弃，产生厌烦。她嫌她丈夫不中用，嫌她丈夫挣钱少，嫌他文化水平低，嫌他艺术细胞少，嫌他生活上没有情趣，嫌他说话无聊。

心有灵犀一点通。常姮很快闻到了与她相同的气味，主动与她接触，设法与她交谈，千方百计与她拉近乎，很快她们成了知心朋友，她们经常交往，无话不谈。她对常姮说些不知足的话，常姮给她介绍些满足欲望的经验，两人话语投机，相谈甚欢。她一有烦恼，就去找常姮。常姮有时给她开导开导，有时给她找些解除烦恼的方法。她的方法还真灵，林妍往往是闷闷不乐地去，欢欢乐乐地出。所以，常姮像鸦片一样，成了林妍离不开的依赖珍品。

上次海鲜宴以后，杨声老师曾把他们夫妻叫到一起说和过。杨老师把主要矛盾推到徐科身上，着重让徐科敞开胸怀，容纳百川，在夫妻二人的矛盾问题上多承担些责任，采取谅解态度，把团结搞好。此后，林妍认为杨老师判的是徐科没理，她更加有恃无恐，对外行动更加肆无忌惮，让丈夫徐科更加生气，两人的矛盾更加突出，更加明朗化。别人都看得清清楚楚，但谁也不去说破。

徐科明知道妻子跟着常姮不会干什么好事，但他又没有证据。是自己老婆的事，家事又不可外扬，他整天憋在心里，有气无处出，有话无处说。有时闷气憋不住时，就在妻子面前发发牢骚，与妻子吵一架，消消怨气，解解苦闷。虽然解决不了问题，但可以出一口长气，暂时缓解一下情绪。

徐小芒是他们的独生女儿。据说，徐科不会生育，这个小芒还是林妍在娘家时与本村的万元户在一起怀上的。她与徐科结婚时，是带着篓来的。当时只怀上了一个月，外人根本看不出来，连徐科也没觉察到他娶的是一个已孕女人。因为徐科当时年龄偏大，家庭状况不好，找个老婆相当困难，当媒人给他介绍林妍时，他只看了一下长相，其他情况一点儿也没考查，就匆匆忙忙娶到了家。到生孩子时，他妈偷偷对他说："你媳妇的孩子怎么怀得这么短呀？一般都是九个多月，她怎么怀了八个月就生了？"

徐科说："什么事都有特殊情况，有的还是七个月呢。"

他妈说："可也是，人与人就是不一样。"

林妍来到徐家以后，从来没有怀过孕，她怨徐科，而徐科也怨她，相互争执不下。他们都说自己会生育，都拿小芒作例证。林妍非常清楚，自己是会生育的，而是徐科不会生育。但她没法说服徐科，她总不能说小芒不是他的吧。他们两个，尤其是林妍，想再要一个男孩，可就是生不出来。林妍把她的苦恼告诉了常姮，常姮轻轻松松地对她说："我给你找个人，让你神不知鬼不觉地怀上孩子。不过，你得听我的，我让你啥时间来，你就啥时间来。就在我的屋里，没人知道的，谁也不会怀疑。"

常姮的住室是一套两个房间，里间和外间，中间有一堵隔墙，墙的靠里边有一个小门，可以勉强过一个人。客人来时，她让林妍在里间接客，她在外间随便干些什么事，实际上是为里间的两个人看门。客人每来一次都得交钱，全由常姮收取。但她对林妍说："不管谁来，你们谁都不用拿钱，男的是甘尽义务，女的是为了怀孕，我是白跑腿，白磨牙，落个呱哒嘴。但我愿意，谁叫我们俩是好朋友哩？我是完全为了你，不然，我才不去管这不明不白的窝囊事呢。"林妍很感激她，非常积极地与她配合。

来的客人总是在变动，来人如果年轻漂亮、干净利索，林妍就顺顺利利地、甘心情愿地接待客人；但有时来客貌不惊人、笨拙龌龊，林妍就很有情绪，勉勉强强地应付客人。当她问常姮为啥给她找这样的客人时，常姮对她说："换换人，怀孕的机会就多。"常姮内心里是不想让林妍怀孕。如果她一怀孕，她就不能利用她赚钱了。

有一天晚上，常姮又把林妍叫了出来。徐科想知道她们究竟在干什么，就偷偷地跑到常姮家门口附近，躲藏在黑暗角落里。等了很长时间以后，出来了三个人，一个男的，两个女的。他松了一口气，心想："三个人什么也不会干。"他问自己："是不是自己多心了？"其实，他不是多心了，而是少心了。他如果多点儿心，就会判断出三个人也会干出不该干的事，况且，性质更恶劣，欺骗性更大，更不容易被人识破。他还不知道的是，干不干赖事，不在于人多少。

干赖事的人，即使三人、四人，也会干赖事；正派人，即使两个人，也不会干赖事。他这一次的偷看行动是失败的，而且败得很惨，他不但没有找出怀疑的根源，反而得出与他想象相反的结果。其根本原因就是他看的是表面现象，看的是人的多少，而不是看人的品质。品质差的人在任何情况下，不管人多人少，都会干坏事；品质好的人，在任何情况下，即使人少，也不会干坏事。他忽略了评判人最根本的标准：人的品质。所以他得出了错误的结论。

这就是徐小芒的家，一个支离破碎的家，一个物质非常丰富的家，一个精神非常贫乏的家，一个她没有安全感的家，一个她不愿多待的家，一个她想离开的家。总之，这是她没有一点儿温暖的家。

初中毕业后，徐小芒和崔通很少来往。崔通考了小中专，学习了会计专业。徐小芒升了高中，毕业后考上了省轻工业学院，四年毕业后，一时找不到合适的工作，有些不合适的工作她还不愿意干，父母办的百货商店人手也不够，急需有人帮忙。林妍最需要她留在商店里，这样，她就不用死守在商店里，她的自由时间就多了，她可以抽出时间往外跑了。

商店里的活是非常寂寞无聊的。父亲出去采购货物，有时出去送货，整天不在家。妈妈断断续续地在商店里，三天打鱼，两天晒网，根本靠不住。卖东西最靠得住的就是她一个人。她整天面对的是无数熟悉的商品和进进出出的不熟悉的面孔。她要说的话就是每天重复多少遍的老一套：你需要啥？请自己去拿。给你零钱。慢走，再见。仅此而已，再没有别的什么。这种生活她讨厌死了，她像被关进笼子里的小鸟，她的最大愿望就是冲破牢笼，飞向天空，享受自由，快乐一生。

崔通在卫生局任会计，跟着爹妈吃住，与弟弟同睡在一个房间里。他下班回来后，经常到商店里转转，与其说是买东西，倒不如说是想与徐小芒见见面，谈谈话。他们是老同学，年龄又相当，有共同语言，共同经历，共同兴趣，共同爱好。这些"共同"像磁铁一样把他和她吸引在一起，而且越吸越紧，什么力量也驱赶不开。渐渐地，每人的脑子里都时刻装着对方，如果几天崔通不去商店，小芒心里就像丢了魂似的，惶惶不可终日，什么话都不想说，什么活也不想干，甚至连卖东西也不想动。崔通也时刻想与她在一起，他一下班回来，就往商店里跑，如果有一天没见到小芒，他就找一切借口来到商店，万一小芒的父母在店里，他会买些小东小西，掩盖去商店的真正目的。这天晚上，小芒摸黑去崔通家，就是因为她两天没见到他了。当何素珍问她时，她只好说是因为父母吵嘴，她感到在家没趣，才出来的。其实，她是为了见见崔通，才出来的。在崔通家里他和她没有说话的机会，他出来送她，是一个大好时机。他们走得很慢，走一步退两步地挪动，时间再晚他们也不嫌晚，天再黑他们也不嫌黑，他们什么也不怕，什么也不惧。周围很安静，连一个人影也没有。这真是一个绝妙的机会，他们可以好好享受一下二人世界。

他们走到黑影里时，由前后相距变成了左右并肩，由默默不语变成了秘密交谈。

徐小芒："这几天你去哪儿了？"

崔通："我哪儿也没去呀。"

徐小芒："那你为啥不去店里呀？"

崔通："我去了，只是没进去，走到外面又拐回来了。"

徐小芒："这是为什么呀？"

崔通："有两次我看见你妈在里面，我就拐回来了。"

徐小芒："那你也应当进去，至少让我知道你去了。"

崔通："我没带钱，进去不买东西干什么呀？你妈要问我：'买啥的呀，崔通？'你让我怎么回答？要说买吧，没拿钱，要说不买吧，不买东西来干什么？自己给自己下不了台。所以，干脆不进去。"

徐小芒："啊，我还以为你把我忘了呢！"

崔通："你说哪里话？只要你不忘我，我绝不会忘你。"

徐小芒："我也绝不会忘你。你始终在我心里。"

崔通："我心里始终也装着你。"

……

他们一步挪四指地走着，甜甜蜜蜜地说着，不知不觉地已经过十点了。他们约定下星期日上午八点半在人民公园门口见面，不见不散。

常言说：没有不透风的墙；麻雀过去都有影子。这话看来也有道理。也真是不巧不成书，徐小芒去崔通的家，被别人看见，是再平常不过了，而偏偏被常姮看见，这就引起了祸端。

贼心女人闲事管，

风流女人爱想偏，

多心女人爱吃醋，

多情女人最敏感。

这几句话好像就是专为常姮编的，它们可以恰如其分地扣在常姮头上。

常姮急忙跑到林妍的家，对林妍说："林妍啊林妍，你怎么叫你闺女去那崔瘸子家了？"

林妍本来正提着劲与她丈夫徐科吵架，一听说小芒去崔通家了，她扭过头来问常姮："你怎么知道？她刚才还在呀。"

常姮："刚才还在？现在呢？一个大活人，你看不见就偷跑了。"

林妍到各屋寻找，嘴里不停地叫："小芒！小芒！"

常姮："别叫啦！早就跑到崔家了。"

林妍生气地说："这闺女没有一点儿耳性，对她说的话怎么就记不住呢？"

常姮："我看那个崔通也好来商店里找小芒，他两个来往挺密切哩。我的意见，你得好好管管，先管自己的闺女，不要叫她动不动就往人家那里跑。大闺女家，老往人家男人家跑，成什么样子了？"

林妍："我们没少管她，再三嘱咐她不要找崔通，更不要去他家。"

徐科插话说："是呀，我们没少说她，可她就是记不住，真是孩子家，没有耳性。"

常姮："我看你们这个闺女很难教育好，主要是你们下功夫不够。若是我的闺女，我把她教育得服服帖帖，叫她干啥她干啥，她敢不听我的话，你看我怎样收拾她。你们没听人家说吗？对孩子的怜悯就是自己的懦弱；孩子不听自己的话，就是自己的无能；听任孩子的自由行动，就是把孩子往火坑里推。"

林妍："我们对孩子确实教管不够。不过，这孩子的逆反心理可强啦，有时候你叫她干啥，她偏不干。她还有个犟劲，你如果打她，她动都不动，让你随便打。因此你越打越气。她真的跑了，你反而没气了。你打死她，她也不动。所以，我经常舍不得下狠心，我还可怜她，她毕竟是我身上掉下来的肉。"

常姮："平心静气地说，孩子这么大了，想找朋友，甚至谈恋爱，都无可非议，这是人的必经之路，每个人都要有这个过程。但是，这孩子找的家不行，她如果找的是好家，我还帮她的忙呢。你看看她现在找这个家是什么样子：

我说出来你们听听，看是不是事实？

崔通文化浅，个子低，

会计工作没出息。

长相很一般，身上没灵气。

不是英俊少年，看起来低俗，没能力。

他爹是个大老粗，没文化，没知识。

啥都不会干，只会大街扫地。

像他这号人，怎能培养出好儿子！

他妈没教养，不懂事，见识浅，不通理。

光会做饭，会洗衣。

整天围着锅台转，

抹了桌子擦地皮。

完全干的劳苦活，

不懂得如何教育孩子。

他家经济很拮据，

挣的钱只够吃饭、穿衣。

每月的钱都吃干、花净，

没有一点儿剩余。

孩子如果去到他的家，

作不清的难，受不完的气。

请你们认真想一想，

看我说的有没有道理？

要想尽一切办法，

不要让它成为事实。

千万听我的话，

赶快行动莫迟疑。

要动手于未然，

不然后悔来不及。"

徐小芒回到家里已经是十点多了。她妈一看见她，就质问她："深更半夜去哪里啦?"

徐小芒:"我哪儿也没去。"

林妍:"你还犟嘴!"她抬手就去打小芒,被徐科一手拦住。林妍继续说:"你真气死我了!对你说一百句,你听一句也是好的。为什么就不听呢?"

妈妈打也好,骂也好,小芒就是不说话。你骂,任你骂,你打,任你打,连动都不动,叫你随便打。小芒越是这样,倒让林妍没法了。你骂,她不吭气,你骂得累了就不骂了;你打,打累了就不打了,再恼也不能把她打死吧。因此,她把她妈气得没法没法。林妍感到用硬办法是不行的,靠打不但改变不了她的行为,反而会增加她的逆反心理,她会越要与崔通接触,会加速她与他的来往,最后得出个适得其反的结果。林妍想通了用硬办法不行的道理,态度来了个一百八十度的大转弯。她笑嘻嘻地对小芒说:"妮儿呀,妈打你是不对的。但你也得好好想想,世界上哪有妈妈不爱自己的女儿的?妈妈的一切言论,一切行动,都是为了自己的女儿。只是有时方法不对,不容易被女儿接受,有时女儿还会做些不服气的表示,这是可以理解的。你要原谅妈妈,妈妈也原谅你。"她温情绵绵地拉住女儿的胳膊,两人双双坐下。林妍又把小芒的手放到自己的腿上,用手不时地揉搓。小芒也恢复了情绪,脸上露出丝丝笑意,倾听着妈妈要说什么。

林妍:"小芒啊,你想过没有,你经常与崔通来往会来往个什么结果呢?"

小芒:"什么结果呀?管它什么结果呢!"

林妍:"看你这傻妮子!这么大闺女了,会有什么结果是非常清楚的。你怎么就没想过呢?"

林妍:"妈妈呀,你操心也太多了!管它什么结果呢!出现什么结果我就接受什么结果。妈呀,请你不要为我多操心了,我又不是小孩子了,你就不要抓住不放了。这样,你也费劲,我也不服,闹得你生气,闹得我委屈,何必呢?有什么样的结果,我还不怕呢,你担什么心呢?你不是没事找事,自找麻烦吗?你管我,我又不满意,你不是自找苦吃吗?你如果放手不管我的事,你也省心了,我也高兴了,咱两个的关系也融洽了,我就更喜欢妈妈了,咱俩不就没有矛盾了吗?至于你与我爹的矛盾,那是你们的事,我管不了,我也不去管,管不了的事,不要管。你管我的问题也是这个道理。这是一个人的修养和素质高低问题。你说对吗,妈妈?"

林妍："你说这些都对，但有一个重要问题你没有搞清。"

小芒："哪个问题呀，妈妈？"

林妍："就是咱们的关系问题，咱们不是一般关系，不是同志关系，不是平民之间的关系，而是母女关系。在现在的社会，不能要求女儿必须服从母亲，在是非问题的认同和态度上，母女是完全平等的……"

小芒拍着手，笑着说道："妈妈说得太好了，太好了。我平时总以为妈妈不懂得事理，现在才知道，妈妈很懂得道理，尤其是大道理，我很高兴。请你继续说吧，妈妈。"

林妍："母女之间有一个问题必须承认，也是无法否定的，就是年龄的大小问题，经验的多少问题，对事物的见解问题，对事物发展的趋势问题以及它可能产生的后果问题。这五个问题，我认为妈妈比你年龄大，经验多，对事物的见解正确性大，对事物的发展趋势及其后果的判断比较有把握。因此，女儿听妈妈的是有道理的。这绝不是以老压小、以强欺弱、以长辈压下辈的问题。你说对吗，孩子？"

小芒："你说这些都对，一点儿都不错……"

林妍非常高兴，她以为女儿会接受她的意见，听她的话，按她的想法办事。她笑逐颜开，对女儿的转变，她心潮澎湃，兴奋得溢于言表。

正当林妍喜出望外时，小芒轻松自然地说了个"但是"，让她收敛了笑容，她一怔说："快说你的'但是'吧，看你的'但是'都是什么。"

小芒不慌不忙，不紧不慢，用以理服人的态度，用温馨怡人的腔调说："妈妈呀，你说这些问题对是对，但是，你忽略了一个不能忽视的大问题，就是'时代'问题，如果把这个问题忽视了，对一切问题的看法就会大不一样，甚至是截然相反。比如，男女之间的婚姻问题，在旧社会是父母包办，绝对没有婚姻自由；可是到了新社会，父母包办是错误的，应该提倡男女双方自由恋爱。这只是一个例子，诸如此类，不胜枚举。你说的年龄问题，这是客观事实，不可更改，但由于年龄产生的经验就有不同了，有时甚至是大相径庭。你所谈的经验，基本上属于老经验，老经验适用于过去，不一定适合现在；关于见解问题，老眼光，老经验，只会有老见解，由此而推论出来的发展趋势，绝不会是正确的，它也绝不会产生预期的后果。"

对于女儿的一一反驳，林妍无言以对，但她心里并不服气。她自认为，在论理方面，在辩论方面，她不是女儿的对手，她放弃了讲大道理的办法，改为直接把问题提出来，用具体事实说服女儿。

林妍说："我直接给你说吧，你与崔通交往多了就交出感情了，就变成谈恋爱了，你知道吗，我的傻女儿？"

小芒："像我这年龄的女孩，谈恋爱还不应该吗？这有什么奇怪的呢？"

林妍："你谈恋爱不奇怪，但与他谈倒奇怪。"

小芒："为什么？他是男，我是女，我们都是青年，同年，同岁，同学，有共同语言，共同爱好，共同兴趣。我很不理解，我们这样的一对青年谈恋爱，有什么奇怪的呢？奇怪的是阻止我们谈。妈妈，你不认为阻止我们谈是奇怪吗？青年人谈恋爱一定得由父母批准吗？与谁谈也一定得父母同意吗？这与父母包办有什么不同呢？"

林妍："还是我说的，我同意你谈，但就是不同意与崔通谈。"

小芒："为什么？"

林妍："原因很多。"

小芒："你说说都啥原因？"

林妍："他个人条件和家庭条件都配不上咱，咱们不是门当户对。"

小芒："妈妈呀，都啥时代了，你还讲门当户对！你的观念还落后得不轻呢。你这么落后的看法，还让我听你的！你不是害我吗！"

小芒的话让妈妈一点儿也反驳不过来了，她结结巴巴说不出话来。最后，只有赤裸裸地直接说明："我就是不同意让我女儿去崔家！我就是不同意让我女儿嫁给崔通！"

小芒："为什么？为什么？"

林妍把常姮对她说的那一套话，原原本本地对女儿说了一遍，关于崔通的父亲、崔通的母亲、崔通本人，她说得与常姮说的完全一样，连一个字都不差。

小芒："我看你不是谈婚论嫁，你是在谈生意，在做买卖。你没把你的女儿当成人，你把我当成了商品。"她说着说着哭了起来。停了片刻后，她继续说："我真对你不理解，你真让我伤心，真让我悲哀！你不像是我的亲妈，你像是倒卖我的人贩子！"

林妍："你完全误解妈妈了，妈妈根本不是你所想的那样，妈妈完全是为你好，完全是为了你的幸福。"

小芒："你根本不懂得什么叫幸福，你还谈什么幸福？幸福与不幸福，最根本的依据就是看她本人是否满意。她满意了，就是幸福；否则就是不幸福。这是很简单的道理。如果让我嫁给某个人，他长得很帅，高高的个子，英俊的脸，潇洒的风度，又是大款。但我对他没感情，我不愿意，我就不幸福。他家再富裕，他本人再英俊，我不喜欢他，我就不幸福；他家再穷，他本人再龌龊，我喜欢他，我也是幸福的。妈妈，你要记住：没感情的婚姻是残忍的，与不喜欢的人生活在一起是痛苦的。"

林妍："我是你妈，你的婚事我不能不管。你是我的闺女，你要去男方家生活，他家条件不好了，你就不会有好生活。你现在头脑发热，辨认不出是非，等你清醒以后就明白了，可是到时候已经晚了。你如果是个男孩，我是娶儿媳妇，那我的要求就简单多了，我就不这么挑剔了，因为把闺女娶到家就行了，管她的家干什么？对于女婿的要求就大不一样了，不但他本人好，他的爹娘，他的家庭都得好，主要是看他们的经济条件，因为这牵涉到女儿今后的生活。"

她们争论了大半夜，谁也没有说服谁，各自抱着对对方不服气的态度上床睡觉。她们谁也睡不着，每人都在想对策，都在琢磨着如何能说服对方。林妍在想：无论如何，绝不能让女儿嫁给崔通。女儿还小，没有经验，感情一时冲动，没有自制能力。一步走错，百步难回，将来后悔就晚了。因此，要千方百计阻止他们结婚，将来她醒悟过来以后，她会认识到，妈妈真正是为了她的。小芒在想：要坚决突破妈妈的枷锁，自己的婚姻一定得自己做主。不达目的，誓不罢休！

崔通送走徐小芒拐回来以后，妈妈何素珍问崔通："你怎么送她送了这么长时间呀？"

崔通："我们走着说着话。"

何素珍："都说的啥话呀？"

崔通不耐烦地回答："记不清了。哪有你这样的妈妈，询问儿子与别的女孩儿说什么话。我要是谈恋爱，你还要跟着听吗？"

何素珍："我先给你说，你不要对她情意绵绵的，绝不能与她拉近乎，更不能与她谈情说爱，咱绝不能要这样的闺女做媳妇。"

崔通不满意地说："为什么呀？她有啥不好？"

何素珍："这闺女倒没什么，她那个娘不行，我就是不同意她那个娘。"

崔通："你的想法就怪了，咱要的是这闺女，咱又不是要她娘。我娶的是她女儿做老婆，我又不是娶她做老婆，娘不好与女儿有何相干呀？"

何素珍："啥树结啥果，啥种出啥苗。有那样的娘就不会有啥好女儿。"

崔通："你这话里矛盾太多了。首先说，你说她妈不好，你有啥根据？你是听说呀，还是亲眼看见呀？"

何素珍："我听说的。"

崔通："道听途说不能为凭。说她赖话的人很可能与她有矛盾，恼她。如果是赖人说她的坏话，她很可能还是好人呢，你能相信他的话吗？"

何素珍："我说她娘不好，也不是没有一点儿根据。"

崔通："啥根据？你说说让我听听。"

何素珍："我看林妍经常往常姮那儿跑，她俩经常交往。人以类聚，物以群分。爱与赖人交往的人，绝不会是好人。"

崔通："咱暂且不说林妍的好与坏，即使她不好，不能说她闺女就不好啊。"

何素珍："这么多好茬不找，为啥要找个妈不愿意的呢？"

崔通："这是个感情问题。再多的好茬，与她们没有感情，也等于零。与谁有感情就与谁结合，这就是婚姻。"

何素珍："反正我是别扭不过来，我从内心里说，实在是不同意你与她继续发展关系。"

崔通："我的婚姻问题你就不要多操心了，我的婚姻我自己管。"

何素珍无论如何也说服不了儿子，只有无可奈何地"哎！"了一声，结束了争论。

昨天晚上林妍与女儿争吵了大半夜以后，躺在床上一点儿也睡不着，她翻来覆去地想呀想，越想越生气，她不但生女儿的气，她更生崔家的气。她越生气越睡不着，她对崔家简直是咬牙切齿。她也痛恨自己，恨自己对女儿管得晚了。她认真地回忆了一下，其实她早就发现女儿与崔通来往比较频繁，但她并没有把它当回事，她丝毫没有在意。可是现在她感到已经晚了，不好挽回了。她很后悔，后悔自己太迟钝，太没有超前思想。事到如今了，怎么办呢？由它去吧？顺水推舟，既省事又让女儿满意，两家又是好伙计，一好百好。但她又想，这是女儿的婚姻大事，常言说：婚姻没小事，一定得仔细。比不做饭、买衣服。饭做得不好吃了，少吃或不吃，可以扔了再做。衣服买得不合适了，可以不穿再买。婚姻问题可不是这么简单，可不能结了再离，离了再结。衣服可以再买，再买的仍是新的；婚离了再结，就有质的变化，人绝不是新的了。因此，人的初婚非常重要，千万不能迁就。

林妍的头涨得像斗一样大，两眼直冒火星。她坐起来，拉着灯，倒上水，喝了一粒镇静片，但仍是火冒三丈，怎么也压不下去。她的头已经热到不能自抑了。她的丈夫徐科问她："你干啥起来得这么早？"

她说："我睡不着。我越想越不是滋味，他们崔家太欺负人了。我得找他们吵架，也许大吵一番就会把她与他的关系吵断。"

徐科："别多事了，没事找事。你不要头脑发热，弄巧成拙。你去闹，会闹出大事来的，你后悔都来不及。"

林妍："你说会闹出啥大事呢？再大的事我承担。"

徐科："你不要嘴巴硬，事真出来你后悔都来不及。我可给你买不来后悔药。"

林妍："你说的啥话？不是你的女儿，你不心疼我心疼。"

她马上觉察到自己失了嘴，情不自禁地用手捂住嘴，两眼直冲冲地望着徐科。徐科以为她言不由衷，气得发迷，说错了话。但他还是不疼不痒地问道："你说什么呀？你再说一遍，她不是我的女儿？如果是这样，你也不是她的妈妈。"

林妍笑着说道："是呀，这怎么可能呢？难道咱的女儿是从石头缝里钻出来的不成？我真是气糊涂了，说起胡话来了。"

徐科："我说呢，说我不是她亲爹，怎么可能呢！"

林妍："好了，你再睡一会儿吧，天还不太亮呢。"

天刚蒙蒙亮，林妍就跑到崔中良的家门口，用力拍打紧闭着的单扇屋门，大声吆喝着："开门，开门！"

拍门声啪啪直响，吆喝声响彻四方。有些人已经睡醒，正熟睡着的人也被惊醒，人们急忙穿衣起床，他们预感着会有什么大事发生，他们准备问问究竟，看有什么忙可以帮。

门开了，何素珍走了出来。林妍一看见她，憋了好长时间的气一下子冲了出来，恶狠狠地发问："你那狗崽子儿子昨晚干什么了？"

何素珍猜着大概是她女儿来她家的事。她说："请先把你的嘴擦干净再给我说话。我不愿意与那不干不净的人说话。"

何素珍的"不干不净"是个双关语。她早就认为林妍经常与常姐来往，作风败坏，不干不净。这是人所共知的，但很多人都没有抓住什么把柄，只有背后嘀咕，谁也不敢在她面前说。这回何素珍可抓住了机会，借着她骂人，说她不干不净，实际上是指她的腐朽生活，真是恰如其分，一箭双雕，岂不妙哉！

何素珍的"不干不净"可戳了林妍的痛处，她恼羞成怒，大哭大闹，拍屁股打胯，一跳大高，高声叫道："我怎么不干不净了？你给我说说。今天早晨，当着大家的面，你必须给我讲清楚，我怎么不干不净了？你不给我讲清楚我是不答应的。你不给我说清楚，我宁愿死到你家，我也不走。"

周围的人越来越多，男的、女的、老的、少的，大多数是来看热闹的。来的人越多，她的声音越大，她逼何素珍的劲头越足。何素珍在这么多的人面前说她"不干不净"，她必须做出强烈反应，不然，她真的就是不干不净了。在她咄咄逼人的叫喊声中，何素珍一点儿也不紧张，她不慌不忙、心中有数、有板有眼、清清楚楚地说道："有智不分老少，有理不在声高。你咋呼啥呀？你以为声音大就是有理是不是？声音大说明你心虚，有理请平心静气地讲呗，动那么大的火气干吗？我说你'不干不净'，一点儿都没屈说你。"

何素珍的这几句话让林妍更加恼火了，本来是吵吵闹闹，现在是一跳大高，本来就声音很高，现在是哭声号啕。"不干不净"是她最忌讳的言词，她最怕别人说她不干不净。小偷怕狗叫，小秃怕脱帽。怕什么的人，准是他在这方面有问题。越是怕说不干不净的人，恰恰说明他真的是不干不净。这叫"此地无银三百两"或叫"欲盖弥彰"。林妍万万没有想到何素珍竟如此地戳她的疼处，她整天竭力避讳的语言，何素珍却毫不留情地抖搂了出来。她怎么不生气，怎么不恼火，怎么不暴跳如雷！她也深知何素珍没有真凭实据，没有任何把柄。因此，她死追住不放，非让何素珍说个清楚不行。她想，如果你说不出来证据，我是不会拉倒的。她认为，这样就可以把自己洗刷干净了。

林妍："我咋不干不净呀？你说说，我咋不干不净？"

何素珍："咋不干不净？你骂人，你的嘴不干不净，所以我说你不干不净，亏说你了吗？一点儿都不亏。"

林妍知道了何素珍说她不干不净是指她骂人，她轻松了好多。她的火气没那么大了，声音没那么高了，她用正常的吵架的声音问："我啥时候骂人了？我咋骂人了？我骂谁了？"

何素珍："刚才你说'你那狗崽子儿子'。你说说，什么是'狗崽子'？谁是'狗崽子'？你真狠毒，把我们娘儿俩都骂了。你为啥不说你们娘儿俩是狗崽子呀？"

这时的林妍不再火气大了。她问大家："我这样骂了吗？我怎么不知道哇？"

大家齐声说："骂了，就是这样骂的。就是这样骂何素珍的。"

在人证面前，林妍无言以对。她把话锋一转，责问何素珍："你儿子崔通为什么老缠着我的女儿？请你们有点儿自知之明，你们真是癞蛤蟆想吃天鹅肉——能力不大，妄想还怪高呢！我可以告诉你们：你们的觊觎是永远达不到的。"

何素珍："你把话说颠倒了，不是我儿子缠你女儿，而是你女儿死抓住我儿子不放。你来了正好，我就是准备去找你呢，请你们放聪明些，让你女儿不要死皮赖脸老往我家跑，我儿子不需要像你女儿这样的媳妇。"

她们两个人你一句我一句地交换着言词，虽然声调粗鲁，不太好听，但说话内容比较正常，没有过火行动。她们对话的内容，总结起来就是：男方不要这样的女子做媳妇；女方不要这样的男孩做女婿。两家不要有任何牵连，任何关系都要断彻底。何素珍和林妍都很同意。

大杂院里的很多人都出来了，他们纷纷议论两家吵架的你是我非。常姮说："林妍是很生气，要叫我，我也生气。昨天晚上，崔通摸着黑把小芒叫出来了好长时间，还不知道他骗着小芒干些什么呢？一个大小伙子晚上把人家大闺女叫出来，真不像话，真是让人难以容忍。"

站在离她不远处的马老总听着很不是滋味，他认为常姮完全是颠倒黑白，混淆是非，把水搅浑，制造麻烦。他向前走几步，靠近了常姮，大声说道："你这才是胡扯八道，你的话根本不符合事实。昨天晚上是小芒去崔通家里坐了一阵子后，她回家时崔通送她，两人才一起出来的。他们干了什么呀？你知道吗？"

常姮："我怎么胡说八道？他崔通深更半夜把人家大姑娘叫出来，这是什么行为？这是流氓行为，是缺德行为。你还为他辩护。"

马老总："人家小青年，老同学，在一起说说话怎么能说是流氓？怎么能说是缺德？"

常姮："你说得怪轻巧，说说话？要说话在光天化日之下说，在大庭广众之下说，为什么偏在深更半夜说？崔通明知自己的行为是见不得人的，所以偷偷摸摸，趁天黑人静，才做些偷窃之事。事到如今，你还袒护他，真是岂有此理！"

常姮不愧为一个嘴子，一个地地道道的搅不闲。她这一梭子话，让笨嘴拙舌的马老总反应不过来，结结巴巴说不出话来。嘴唇翕动，满脸通红，不满情绪，难以表明。他虽然嘴没那么得劲，说话没那么伶俐，不能一句一句地与常姮辩论，但他的心里很扎实，他明知常姮是嘴尖皮厚腹中空。他坚定不移地说："我看他们是光明正大的，他们没干什么见不得人的事。"

常姮："你怎么知道他们没干？"

马老总："从你的口气里，好像他们两人干了什么见不得人的事情一样！人家两个年轻人在一起说说话，即使在一起谈恋爱还有什么关系呢？这不是正常现象吗？有什么大惊小怪的呢？不要在人家两人的矛盾问题上添油加醋。别看有些人，披一张人皮，干的却是禽兽不如的肮脏行为。他们站出来是人，说起来是人话，但干的不是人事。他们年轻人比起这些人要强一万倍。"

常姮感到马老总的话里有话，他是在含沙射影地攻击她，他的腔调那么硬，周围又有这么多人虎视眈眈地看着她，她心里有些怯气。她的脾气有些收敛了，她不像过去那样傲气，不像过去那样盛气凌人，不像过去那样不可一世了，几次挫折使她聪明了好多。如果是过去，像今天马老总公开与她如此戗茬，她是绝对不会善罢甘休的，她一定得与他辩论到底，不取得胜利，决不罢休。可是今天她不硬顶下去了，她软下来了，没有与马老总对质下去。她看见唐师傅站在离她不远的人群里。她满以为唐师傅肯定会帮她说话，她高声叫道："唐师傅，你说，我的话有道理吗？"她认为唐师傅会说"有道理"的，单等着他说这句话。但她等了好半天，唐师傅支支吾吾什么也没说。可把常姮气坏了，她当场说了声："真是个窝囊废！"

常姮将唐师傅的军，逼迫他表态支持她，把唐师傅弄得非常尴尬，要说她的话对吧，她的话明明不恰当，而且还有这么多人在一旁看着；要说她的话不恰当吧，她刚为他办了个大好事——为他介绍了个年轻漂亮的妻子，在这么多人面前否定她的话，他还真的做不出来。因此，他来了个不置可否的"支支吾吾"。他的这种表态是常姮万万没有想到的，她大失所望，她认为唐师傅让她丢了脸，她非常生唐师傅的气。她沉默了，一句话也不说了，静听着人群中的声音。

有一个声音："林妍真蠢，女儿与人家男孩儿谈话，有啥值得大惊小怪的，本来没事，被她这么一闹就闹出大事来了。"

还有一个声音："这真是小题大做，越做越龌龊。"

另外还有声音说："她是为自己的女儿制造麻烦，让她女儿下不了台。哪有这样的娘！"

林妍感到这样无休止地争论下去，没有什么好结果，她主动走到何素珍跟前，说道："咱们也别继续吵了。今后，崔通和小芒，谁也别找谁，谁也不要理谁，咱们一刀两断，你东我西。"

何素珍说："好，一言为定，君子之言，驷马难追。"

然后她们两个齐声说："咱们一言为定，谁也不许反悔。"

她们的话音一落，杨声从人群中走出来，大声说道："你们两个说的话不算数，你们都无权干涉孩子的婚姻自由。"

他的话得到了周围群众的热烈欢迎，大家齐声吆喝："杨老师说得对，父母无权干涉！男女婚姻自由！"

吵架结束以后，林妍回到了家。她大声叫女儿："芒芒，芒芒！"没人答应。她到各个房间寻找，连芒芒的影子也没看见，她预料着有些不好，扑腾坐在沙发上，眼泪扑嗒扑嗒地往下落。

崔通和徐小芒在两家大吵大闹时，趁家长们不注意，收拾了行李，拿了盘缠，私奔了。

第十五章　新娘的忧愁

好心就会有好报，忧愁丢掉欢心到。

只要施展仁爱心，任何事情都会好。

　　吴槐洋与唐师傅结婚以后，心情非常舒畅，像网中的鱼忽然逃入大海，也像笼中的鸟倏然飞入天空。只有现在，她才算真正自由了，真正解放了，真正舒服了，她算真正过上了幸福生活，也算真正体会到了生活的滋味。一天，她躺在床上，闭起眼睛，回忆她不堪回首的往事。

　　她十七岁那年来到了城市，看到了一个招工广告，招收年轻妇女。她抱着找一个理想工作的愿望，来到了称心饭店，被麻大姐热心劝导，参加了三陪服务队。一年多以后，称心饭店垮台，她独自一个人跑了出来。在一个饭店里吃饭时，遇到一位热心大哥，他问她是否是找工作的。她说正是。那位大哥说他办了一个木材加工厂，人手还不够，还需要增加工人，尤其是急需女工。她正在无路可走是，这位大哥的话，正中她的下怀，她满口答应，愿意去他的木材加工厂，当一名工人。这位大哥为她付了饭钱，让她坐在他的轿车里，与他一起来到了他的木材加工厂。

　　这位大哥的名字叫丁联，是丁庄的大款。他学问不大，只上了个初中。但他很有脑子，很会弄事，别人办不到的事，他能办到，别人不敢干的，他敢干。他跑关系，借资金，创建了一个木材加工厂，收购农村闲散木料，滚剥成薄木片后，卖给南方合成木板厂，他们加工成各式各样的合成木板。这种原料在南方需求量很大，也大量出口。他这个厂在北方是独此一家，别无分店，他的加工量供不应求。每天从早到晚，给他送原木的车辆，连续不断，他的加工机器昼夜不停，轮班生产，几乎每一周就可以向南方送一大卡车。

丁联有钱了，而且很多，多得花不完。男人钱多了就变坏，这真是个男人躲不过去的坎。他借着招工的名义，招来了十个漂亮小姐，每人给她们建造一个别墅式的院落，一个女人住一个，每个院落都有专人搞后勤供应工作。小姐不能与外面任何人接触，外面也不准进去任何人。这十个小姐过着完全与外界隔绝的生活。

吴槐洋在这样子的院落里过了三年，为丁联生了一个女孩儿。孩子两岁时，丁联得到小道消息，上级要严查、严办一切违法乱纪行为。他凭多年的经验和敏感，认为这次躲不过去，就很快变卖了企业。这十个小姐，绝大部分都是让人贩子带走的。她们共有十五个孩子，八个男孩，七个女孩。有三个小姐带着自己的孩子私自离开那里，自找门路去了。剩下这七个小姐都被人贩子带走，他们也以工厂招工的名义收买了这七个小姐。他们不要孩子，孩子必须留下。丁联的母亲丁大妈是个心肠非常好的老太太，剩下这十二个孩子她全部收下。她说："他们都是我们丁家的后代，我叫他们都跟着我，我要好好把他们养活大，为我们丁家门户发展壮大。"她好心地对这些小姐说："这些孩子是你们的，也是我的。我暂时把他们养住，你们什么时候想要，随时都可以来领。我的儿子对不住你们，我也无能为力，请你们原谅他。但这些孩子我一定照顾好，孩子在他们奶奶跟前，是不会受罪的，请你们放心。"

吴槐洋与她的女儿难舍难分，妈妈离不开女儿，女儿也离不开妈妈。她把女儿抱在怀里，闻了又闻，亲了又亲，刻骨铭心地把女儿左耳后面的一小块黑痣记在心里，作为今后辨认女儿的重要标志。她临离开时对丁大妈说："大妈呀，请千万把我女儿照顾好，不要打她，不要难为她，不要委屈了她，她要想妈妈了，多劝说她，不要给她没趣。我安置住以后，肯定来接她。"

丁大妈："你们接走最好，虽然是我的孙男嫡女，但这么多，我养活不了哇，让他们吃饱没问题，但他们受不了好的教育。我这奶奶再好，也不如个娘呀。"

吴槐洋："到时候我们来接她时，你不会舍不得而不给吧?"

丁大妈："奶奶如果不让她娘接走孩子，那准是个糊涂奶奶。她光要自私，根本不为孩子着想，因为孩子跟着妈妈是成长的最好途径。母亲是孩子的第一任教师，也是最好的启蒙老师，这是任何人也代替不了的。奶奶和姥姥待孩子都没说的，但都比不上母亲。缺乏母爱的孩子，在性格上是不完整的，这是个终生的遗憾。她跟着我，我是她奶奶，难道不跟我，我就不是她奶奶了？不管她长多么大，也不管她将来做什么官，更不管她走到哪里，她都是我孙女，我都是她的奶奶，这种祖孙关系永远改变不了。"

她上了一辆闷子汽车，下车以后发现，又是被卖给人家当老婆。当老婆这事她已经无所谓了，当老婆不当老婆都没关系，是女人么，生就的就是给人当老婆，更何况她已经当过好多人的老婆了。但这个人有些特殊，他是个残疾人，不是一般的残疾，不是瘸胳膊、瘸腿，也不是少胳膊、少腿，而是完全残疾，说他瘫痪吧，他会移动。他不是用腿走路，也不是用胳膊走路，而是坐在地上一点一点地挪动。他的胸部与大腿紧紧挨着，小腿又与大腿紧连在一起。左胳膊没手，右胳膊伸不直，但右手是完整的，健全的，他就是靠着这一只右手支撑着屁股挪动的。她去了以后，她的婆婆看到她不大吵大闹，没有任何反抗，从态度和情绪上看，非常正常，这是她始料未及的。过去她曾为儿子买过几个媳妇，都是年轻寡妇。她们一进门就大哭大闹，看见谁骂谁，看见啥摔啥。几个年轻人把她们扭到屋里，她们恨不得把她儿子打死，他们赶快答应放她们回家。可是今天这个，没有任何异常表现，既不骂人，也不摔东西，情绪稳定，态度平和，像甘心情愿来到这个家一样。这个老太太犯了怀疑，这么一个漂亮姑娘，嫁给一个这么一个不像人的人，她怎么会没意见呢？她百思不得其解。最后她得出一个倾向性的结论：她现在的稳定会产生最大的不稳定；她现在的好态度会产生重大恶果。这个恶果不是把儿子打一顿的问题，而是会要他的命。她害怕起来了，急得惶惶不可终日。老太太对她说："闺女呀，我们家是个穷家，我就这一个儿子，天生的这么个样子，我们谁也没有办法。我们娶你来是出了大价钱的，可以说是花干卖净，还借了一屁股债，还不知道何年何月能还完呢。我们之所以花大价钱把你买来，就是想熬个下辈，我儿子老了以后也好有个着落。你如果实在不愿意在这儿，请早点儿说话，我们早点儿把你放走。"吴槐洋对她的话，有些信，有些不信。他们出大钱买她，会是真的，家里花干卖净，也会是真的。但如果她不愿意留在这里就把她放走，这绝对是假话，没有一个人会把买来的媳妇甘愿再放走的。她看看这家的房子、院落、家庭设施，看看老太太的痛苦表情，再看看她儿子这个可怜相！她不想跑，跑哪儿呀？她连自己在哪儿都不知道。她思想很矛盾，要说愿意在这儿当她的儿媳妇吧，她还真的不愿意；要说不愿意吧，看着这样的家庭，她还真的不忍心。所以她没有回答老太太的话。

她去这家的头一天晚上，老太太与儿媳妇进行了长时间的攀谈，多方面了解她的家庭和她本人的思想情况。老太太对新媳妇的正常表现兴奋不已，兴高采烈地又说又笑。可是她儿子对新媳妇的到来没有什么反应，他对于这个漂亮女人，视若无睹，睁眼不看。当妈妈滔滔不绝地谈笑风生时，他早已进了梦乡，他的呼噜声伴随着她们的交谈，好像均匀有序的插曲。时间很晚了，新媳妇去里间的床上睡觉，老太太把儿子抱在新媳妇床上的另一头。她一夜都没睡觉，老太太也守在门外离窗户不远的地方，侧耳倾听着里边的动静，生怕新媳妇起歹心，把她儿子杀了。睡到半夜，她儿子醒来撒尿时，发现床那头有一个女人，他大叫起来："你是谁呀？你怎么睡在我的床上？"随即他大声叫他妈："妈妈，妈妈！有人睡在我的床上，有人睡在我的床上。快来呗，快来呗！"

老太太急忙跑进去，安慰儿子说："这是给你娶的老婆，不睡在你的床上，睡在谁的床上呀？"

儿子说："我不叫她睡在这儿，我叫你睡在这儿。你睡在这儿呗，我叫你挨着我睡。"他哭哩，闹哩，老太太只得躺在他身旁，三人躺在一个床上睡了一夜。

吴槐洋在这家生活了不到半月以后，提出来要离开这里，她要接她的女儿。老太太很理解女人的心，她不勉强挽留她。这一次她算真正弄明白了，她是注定要绝后的。过去曾娶过几次儿媳妇，女的来以后都是吵闹不息，根本不往床上去，有的甚至连睡都不睡，折腾几天后叫她们离开了。她总认为，她抱不住孙子的原因是没有机会，而这一次她才算弄明白了，有这样的儿子，就不可能有孙子。

一个晴朗的上午，吴槐洋带着老太太送给她的路费，拿着几件常穿的衣服离开了这个残缺不齐的家，踏上了回家的路。

走在路上，吴槐洋在想：回家的路，多么好听的说辞呀！我哪里有家？无家哪有回家的路？我像大海上漂泊的小船，像狂风暴雨中摇摆的小草，像秋后的蚂蚱，像霜降后的残花。我无处可去，我没有一个安身之处，更没有一个温暖的家。

她本来有两次机会是可以回家的：一次是称心饭店倒台时，其他女孩很多都回家了，她没有。她动脑子想了好长时间，决定不回家。她不想在家没完没了地苦干，她不想看她后娘那可怕的脸，她不想听她后娘无休止地嚷嚷，她感到这个家一点儿也不温暖。她突然强烈地认识到，亲娘就是家，亲娘在哪里，哪里就是家。同时，她也感到，人世间，这个可怜，那个可怜，谁也没有没娘的孩子可怜！她这一段坎坷路——误入称心饭店，被丁联欺骗，被卖到老太太家，其根本原因就是没有个亲娘。如果有了亲娘，根本不会遭这么多苦，受这么多的罪，她也可以在人前阔步气昂，不像现在这样，说不起嘴，理不直，气不壮。想到这时，更增加了她抱回女儿的决心，决不能让女儿落给后娘。是的，得把女儿先接回来。但她又想，带着女儿去哪儿呢？是呀，去哪儿呢？没有一个落脚的地方，自己漂流也让女儿跟着受罪，还不如独自一个人呢。她决定不先去接女儿，而先找个落脚的地方，自己安定住以后再去把女儿接回来，以后就再也不让她离开妈妈了。去哪儿找个落脚的地方呢？要找落脚地方必须先找熟人，有了熟人就离落脚地方不远了。她想了好长时间，决定去称心饭店，在那里附近有可能找到熟人，顺藤摸瓜，落脚地方就会找到。

她来到原来的称心饭店门口，放眼望去，啊！变化这么大呀，已经今非昔比了。高高的大门旁挂着一个大牌子"中原进出口贸易公司"，门口还有保安人员把着大门，不让随便进去。她在大门外转悠，两眼紧盯着每个人的脸，企图找出个熟面孔。真是功夫不负有心人，她发现那个看汽车的老大爷是原来称心饭店把大门的。她再仔细观察，确定没错，就是他。她也知道他肯定不认识她，而她却认识他。她决定向前与他打招呼。她走到老大爷跟前，轻轻拍了拍他的肩膀，小声问道："老大爷，我问你，你过去曾在这里把过大门吧？"老大爷非常爽快地回答："是的，把过。那还是在称心饭店的时候。你有什么事吗？"

吴槐洋心里松了一口气。她原来有一种担心，因为称心饭店是臭名远扬的单位，很多人不敢挨它的边，怕他不承认他把大门的事。可现在他干脆地承认了，再问他那时的熟人就容易了。

吴槐洋再问他："大爷，那时的人，你知道他们的下落吗？"

老大爷："我有知道的。你问谁吧？"

吴槐洋："谁都行啊，只要是那时候在这里的人。"

老大爷："你问我，你可问住正主了。我给你说个那时的名人。"

吴槐洋："谁呀？你快说。"

老大爷："谁？麻大姐。"

吴槐洋情不自禁地叫起来:"是吗?她在哪儿?"

老大爷:"她与程芳两人从狱中出来以后不久,就与我姨表弟结了婚。我姨表弟叫黑奎。"

吴槐洋听到这个消息后简直就要跳起来,迫不及待地问:"她现在在哪儿?离这里远吗?怎么走哇?"

从她这几句急迫的问话中,老大爷知道她们是熟人,也看出这位女子急切见她的愿望。他把麻大姐的详细地址以及怎么走,甚至连坐几路几路车都告诉得非常清楚。

吴槐洋非常容易地找到了麻大姐。她们敞开心扉,促膝畅谈了各自的经历以及她们认识的人员的下落。她告诉吴槐洋,常姮在豫东城东大街 108 号门的大杂院。在她那里住了十天以后,吴槐洋兴致勃勃地来到大杂院找到了常姮。

她来到常姮家以后的第一个请求就是,请常姮给她介绍个对象,她好赶快嫁出去。她对男方的条件已没什么要求了,只要是个男的就行。高的,低的,老的,少的,胖的,瘦的,都无所谓。对男的家庭条件也没有什么要求,穷些,富些,都可以。对家庭设施更没有要求了,即使连个固定的住处都没有也可以。她要求的唯一条件就是:他得愿意娶她。只要他乐意与她结婚,这就齐了,一切其他条件都无关紧要,有也可,无也行。她所要求的落脚地,不是指的住所,而是指的人。只要有了喜欢她的男人,两人结婚后,走到哪里,哪里就是家,走到哪里,哪里就是落脚地。给她找对象是非常容易的,只要是个男的,即使是瞎一些,瘸一些,也可凑合,当然啰,这种情况的男方,家庭其他成员得待她特别好。她急着赶快找男人的目的并不是需要男人,而是急着有个着落,然后把她的女儿接回来。她这时所关注的并不是什么丈夫呀,家庭呀,而是她的女儿。只要让她的女儿跟着她,只要她能好好地照顾女儿,这就是她要求的一切。

真是不巧不成书,也该吴槐洋好运,她来时正好是唐师傅的妻子去世不久,常姮就不费吹灰之力把她介绍给了唐师傅。她的"找个落脚地方"的愿望实现得这么顺利,这么快,是她料所未及的,她高兴得忘乎所以。从她有记忆以来,她的事从没有像现在这么顺利过,也从没有像现在这么容易。她惊叹道:"时来运转了!"她还想:真是好心有好报。她认为,自从出门以后,在每一个地方,对每一个人,她都是好心相待,都是以好心看待对方,处处为对方着想,处处想着对方的难处，处处不给对方找麻烦，所以她有了今天的好报，这是现报。

自从她离开女儿以后，每时每刻她的脑子里都装着她女儿。她女儿的名字叫欢欢。欢欢温馨的笑脸、甜蜜的叫妈声、可爱的跳舞动作……都在她脑子里游荡着，片刻也不会离去。她心里难受时，她的欢欢张着小嘴劝她："妈妈，别难受了，妈妈，你开心呗。"她好像看见小女儿趴到她身上，捋她的头发，亲她的眼，擦她的眼泪，摸她的脸。她的脸上又有丝丝笑意，只要有女儿在身旁，她都会感到快乐。当她心情高兴时，她女儿也陪伴她高兴，高兴加高兴，更高兴。是的，她的女儿就是她的一切，没有女儿在身旁，她就像没有魂一样，难以生活下去。

她与唐师傅结婚以后，过了一段轻松愉快的生活。但好景不长，很快她又陷入了忧愁之中。

常姐把她叫到她的屋里，直截了当地说："洋洋，你得马上与唐师傅离婚。"

洋洋："什么？你在开玩笑吧？我们结婚才几天啊，就叫我们离婚，这个玩笑开得也太离奇了！你给我介绍的他，结婚后我们过得好好的，你又叫离婚，你做事这么轻率呀！到底是什么原因，让你的思想变化得这么快？"

常姐生气地说："这个人太没良心。给他办这么大的好事，他竟不知好歹，连一点儿恩都不知道报，在大庭广众面前让我丢人，现我的丑。真是岂有此理！真是令人发指！这种人你待他好全白搭，没一点儿人情。"

洋洋："他怎么得罪你啦，常大姐？请你对我说说，我回去后得好好批评他，你要不解气，我把他叫过来，你好好打他一顿，出出你的气。"

洋洋轻轻松松地说着，嬉皮笑脸地比划着，根本没把这事当成大问题，也根本没把它放在心上。但常姐却与此相反，她把唐师傅不支持她当成一个非常严重的问题。她对洋洋这么轻描淡写很不理解，她板着脸，声色俱厉地说："你丈夫不支持我你也无所谓呀，我看你们两个是一路货色，都是忘恩负义的人。"洋洋感到，常姐的话很有分量，不是一般地说说而已，而是要付诸行动的。洋洋的脸耷拉下来了，一声不响地坐在那儿，倾听着常姐的训斥。

常姐说："我也没有精力与你啰嗦，你必须马上给我表态，你与他离不离婚？"

洋洋思想很矛盾，媒是她亲自说的，结婚后刚刚不久，蜜月还没有过完，两人正在甜蜜地生活着，怎么能说翻脸就翻脸呢？

　　自从常姮为唐师傅说媒开始，唐师傅对她没少卖劲。他没少在公众场合说常姮的好话，说她心地善良，说她乐于帮助人，等等。说实在的，他的话有很多是昧着良心说的。在这个问题上，唐师傅私心很重，他为了报答常姮为她介绍老婆，不惜昧着良心说瞎话，也不惜受到大杂院民众的唾骂，说些让常姮听了心里高兴的话。他的美言对恢复常姮的名誉起到了一定的推动作用。

　　在物质方面，唐师傅对常姮的帮助就更不在话下了。唐师傅每天都派人给常姮送食材，而且都是高档的。送食材常姮还不满足，她嫌做着麻烦，再者，她也不怎么会做，美味佳肴经她的手一做，味就不一定美了。所以，她干脆让唐师傅给她送现成的。吃了一段现成以后，她还不够满意，不是咸了，就是淡了，不是酸了，就是辣了，她不让送了，她索性亲自去厨房直接拿，爱吃什么就拿什么，爱吃多少就取多少。她对她的说媒感到沾沾自喜，因为她一举两得，既赢得了荣誉，又非常实惠，她认为唐师傅是一个知恩相报的人。

　　吴槐洋压住火，不生气，好心好意地说："常大姐，你不要这么急性子，请你冷静一下，不要这么逼我。我认为，老唐待你够不错的了。人不能不知足。"

　　吴槐洋的话更加惹恼了常姮，她一跳大高，说道："我怎么不知足了？我给你们办那么大的好事，你们给我些小恩小惠就是报答我了吗？还说什么要我知足，你们给我那一星半点的东西就能让我知足吗？我算瞎了眼了，我帮你们两个人的忙，早知道你们这样，我才不帮这样的人呢。"

　　吴槐洋："今天你很有情绪，咱说不好事，等你情绪稳定下来以后再说，我走了，再见。"

　　常姮："你别走，你说个干脆话，你到底与他离不离？"

　　吴槐洋："你也得让我考虑考虑呀。"

　　常姮："好，你考虑吧，你得快点儿。"

　　吴槐洋把常姮的生气以及她要求她与他离婚的事一五一十地告诉了唐师傅。唐师傅说："离婚不离婚不由她，她只起到个介绍人的作用，仅此而已，别的她就管不着了。她也有点儿太不自量了，我们离不离婚能听她的吗？别管她。"

　　吴槐洋："我对她说我考虑考虑再说。"

　　唐师傅："你就说你考虑好了，我们不离。或者你说老唐不同意离，把责任推给我，看她怎么办？这次算是得罪她了。人们常说得罪十个君子，不得罪一个小人。得罪了君子没后遗症，他不与你计较，更不会报复你；得罪了小人可了不得，他会以十倍的疯狂报复你，很可能叫你永世不得安宁。常姐就是这样的小人，她到处都是以人为仇的，你不惹她她还想找事呢，更何况你得罪了她！因此人们都怕这种人，谁也不敢挨她，见了她就躲开，躲不及该你倒霉。"

吴槐洋："咱们真不该得罪她，她还是咱们的恩人呢。"

唐师傅："咱们是不该得罪她，但也不由咱呀。像这次得罪她，是她主动将我的军，逼我表态，要我支持她，她的意见不对，你也支持她吗？一不支持她就得罪了她。这哪能由咱自己呢？因此，咱们也别多考虑了，跟着感觉走，出现啥情况，咱们就应付啥情况。"

吴槐洋："只有如此了，没有别的办法。"

唐师傅："她也是个人，是个人就不可能没有缺点。人们常说：

> 天有晴阴雨雪，
> 人间生死离别。
> 人无完人之憾，
> 金无足赤之缺。
> 何为十全十美？
> 都有不足之劣。

"她有缺点是难免的，即使以错误的态度对待咱，咱也应该站在她的立场上，就不难理解她了。不管她对待咱如何，咱还好好对待她，还把她当成咱们的恩人看待。咱以大肚包容她的小肚，咱会慢慢把她消化掉，她的小肚慢慢就会融解在咱们的大肚里。"

又该吃饭了，常姐犯起犹豫来了。往常一到吃饭时，她就毫无顾忌地来到食堂里的炒菜房间，横挑鼻子竖挑眼地看看这个菜，看看那个菜，拣足拣够，把最爱吃的菜拿走。她挑中哪个菜时，不让厨师为她打，自己动手，这样还可以再挑选一次，在好菜里面再挑好的。现在她与他们两个闹僵了，她还有脸去食堂吃饭吗？即使她这厚脸皮的人也得掂算掂算。她有些后悔，在他们面前发发牢骚，出出气，落个嘴痛快，可是到吃饭时，肚子就该倒霉了。

常姐正在房间里犯愁时，忽然听见敲门声。她打开一看，唐师傅和吴槐洋两人站在门前。唐师傅端了一个盘子，上面放着四个腾腾冒烟的菜，两荤两素；吴槐洋站在唐师傅后面，端着一碗海鲜紫菜鸡蛋汤。这真是雪中送炭，雨中送伞，她喜出望外，满面笑容地说道："赶快进来，赶快进来。"

唐师傅客气地说道:"叫你久等了,常小姐,都饿了吧?我们来晚了。"

常姮:"不晚,一点儿都不晚。"

两人把饭菜放在桌子上后,唐师傅面带笑容地说道:"常小姐,对不起,叫你生气了,请原谅。你对我们的恩情我们是永远不会忘记的,滴水之恩,涌泉相报,更何况你对我们的恩情不是滴水,而是大河、大海,我们一辈子也报答不完。没有你的辛苦,就没有我们的今天,没有你的鼎力帮助,洋洋就不可能摆脱灾难,没有你的说合,洋洋怎么会来到我的身边?你对我们情深似海、恩重如山,我们为你做牛做马,也甘心情愿。今后你的一切,我们全管,管你吃,管你穿,管你各地去游玩。你光享清福,啥也不用干,保证让你舒舒服服,悠闲悠闲,叫你一辈子都享受不完。"

唐师傅的这一套话,把常姮说得晕头转向,飘飘然起来。常言说:"男人难过美人关,女人难过奉承关,成人难过金钱关,孩子难过美食关。"常姮眼看着桌子上色香味俱全的佳肴,耳闻着美言,她也情不自禁地成了佳肴美言的俘虏。她愧疚地说:"我是个急性子,有一点儿不顺心就存不住气,就要发脾气。可是过后又后悔,曾这样反复过好几次,但都没改掉。真是江山易改,禀性难移呀。也请你们原谅。"

在唐师傅看来,他们的一切困难都克服了,一切矛盾都解决了,他们可以高枕无忧,舒舒服服地享受生活了。可他没想到,就在与常姮的矛盾问题解决不久,他看见吴槐洋愁眉苦脸,心神不安,吃饭不香,睡觉不甜。犹如大病缠身,魂魄溃散。

唐师傅待洋洋,如同一个六十岁的老翁新得一个独生贵子一样,夏天怕热着,冬天怕冻着,吃得多了怕撑着,吃得少了怕饿着,含在嘴里怕化了,捧在手上怕掉了,抓她紧了怕伤着,抓她松了怕跑了。每天从早到晚,他对她都有认真仔细地观察。一起床,他观察她的脸色,如果是惺忪着眼,马虎着脸,他就会问她,为啥昨晚没有睡好。如果她说睡不着,他就赶快买镇静药,让她赶快调理,治病要趁早。每顿吃饭时,他都要看她吃的多或是少。如果少了,他就细问原因,赶快给她买消食片。白天,他要观察她是否精神饱满,是否乐观,若稍微有些异样,他就赶快给她调理,要把不适消灭在未然。

最近以来,唐师傅发现,洋洋吃的明显少了,精神不振了,脸色憔悴了,笑脸少了，说话也不多了，好像秋后的鲜花，一天不如一天了。使他最不解的是，每天晚上，他都发现洋洋说梦话，还经常在睡梦中痛哭。唐师傅的心很细，考虑问题很多，思维很周全，做事很认真。他断定洋洋肯定有心事，有难言之隐。

一天晚上，就要睡觉了，两人坐在床上后，唐师傅问洋洋："洋洋，你有什么难处吗？有什么心事说出来，我好帮你解决。"

洋洋矢口否认有什么心事，她连连说道："没有，没有。"

唐师傅从她简单的回答中就知道她有心事，她肯定有。根据多年经验，根据他对人的心理的琢磨，他得出这样的结论：人们若作肯定回答时说"有或是"，如果说一个"有或是"，是真"有或是"；如果是两个"有或是"，其实是"没有或不是"。反过来，如果作否定回答时，一般用"没有或不是"，如果用了一个"没有或不是"，这是真的"没有或不是"；如果用了两个"没有或不是"，这肯定是"有或是"。例如父亲和儿子两个人的对话：

父亲："孩子呀，昨晚又去瞎胡闹了吧？"

儿子："没有哇。"他真的没有去。

父亲："儿子呀，你今天考试时又抄书了吧？"

儿子："没有，没有。"他不是没有，而是抄了。

父亲："儿子，你每次都考得很好吧？"

儿子："是的。"他学习不错，每次考得都很好。

父亲："儿子呀，你每次考得都很好吧？"

儿子："是的，是的。"他肯定每次考得都不好。

根据他的推论，洋洋的回答是"没有，没有"，是两个"没有"。所以他断定，洋洋肯定有心事。

唐师傅不慌不忙地说："你没说实话，你在骗我。我会算卦，我算着你有。"他用右手拉住洋洋的左手，用左手拉住洋洋的右手，两人面对面地坐着。他对洋洋说："你的两眼直看我的眼，不要眨眼，一直看个不停。"洋洋照此做了。唐师傅不停地说着："把心事说出来，把心事说出来……"

不到一分钟时间，洋洋眼泪双倾，嘴唇翕动，浑身发抖，有些支持不住的样子。唐师傅像抱小孩一样把她抱在怀里，情意绵绵地安慰她："不要哭，别难受。告诉我你有啥痛苦，我知道有一种忧愁一直在缠绕着你，你把它说出来，我帮你解决了，你就可以解放了，你就再也没有忧愁了，剩下的就只有快乐了。你看这不好吗？赶快把它说出来吧。"

洋洋如实地把她的经历告诉了唐师傅。她着重说出了她有一个女儿还在丁庄那个大妈家里，她很想念她，不把她接过来，她就无法活下去。

唐师傅体贴入微地问她："你为什么不早点说呀？你若早点儿告诉我，咱早就把她接回来了。"

洋洋："开始时我没给你说实话，我告诉你的都是我编造的，到后来我也不敢对你说实话了。"

唐师傅："瞎话是不能持久的。实践证明，瞎话可以一时欺骗别人，但欺骗不了自己。"

洋洋："主要是有这个孩子，母亲是离不了自己的孩子的。"

唐师傅："孩子是你的连心肉，我爱你，我也同样爱你的孩子。请你相信，我就是她的父亲，她就是我的亲生女儿。你还别说，我就是没有一个女儿呢，她一回来我就有女儿了，也使咱这个家圆满了。我埋怨你为什么不早说，把她早点儿接回来，咱好早点儿享受咱的团圆之家，实现了咱的美梦。"

洋洋笑了，笑得那么甜，那么美，那么有滋有味。

几天以后，唐师傅上班时带了一个小姑娘，走动不离，不时地叫"爸，爸"。伙计们问他："唐师傅，在哪儿弄了个小姑娘呀？是偷来的，还是拐来的？"

尽管唐师傅知道这是玩笑话，他还是把它当成真话作了回答："不偷，也不拐，是我的亲生。"他扭头对小姑娘说："叫爸爸，乖。"小姑娘甜蜜地叫了一声："爸——爸。"唐师傅急忙把声音拉长，用最高的嗓门，洋洋得意地答应道："哎——"

一个星期日的上午，微风习习，晴空万里，唐师傅扯着女儿的左手，洋洋扯着女儿的右手，三人悠悠逛逛地来到了公园里。他们迎面看见一棵开满白花的杏树，唐师傅感慨万千，诗兴发作，脱口吟出一首七言诗：

远看像个倒立塔，

近看像个武大侠。

浑身披带雪白纱，

> 迎接朝阳送彩霞。
>
> 年年结出黄金果,
>
> 无私奉献人人夸。

唐师傅问洋洋:"你看我说这几句话像这棵杏树吗?"

洋洋十分佩服地说:"像。你把它的身份提高了好多,它不是一棵树,而是一个无私奉献的巨人,一个对人们做出巨大贡献的武侠。"

他们继续往里面走,在一个广场上,他们看见老年人在舞剑,年轻人在结伴聊天,儿童们在放风筝,少儿们在追逐游玩。唐师傅凝视着这个景色,眯缝着眼,一动不动。洋洋对女儿说:"你看你爸在干什么?"

小女儿急忙抱住爸爸的腿,连叫几声:"爸爸,爸爸。"

唐师傅像猛然醒来似的,说道:"我在回忆马致远的词。我看见这个场面,想套他的词弄两句。"

洋洋高兴地说:"那你说呀,让我听听。"

唐师傅不慌不忙,一边想,一边说:

> 老年,练武,剑侠,
>
> 儿童,风筝,高挂。
>
> 意气风发。
>
> 游乐人,在潇洒。
>
> 小孩,广场,玩耍,
>
> 姑娘,结伴,赏花。
>
> 纯洁无瑕。
>
> 青春梦,在天涯。

洋洋很欣赏丈夫的诗句,佩服他的才能,说道:"怪不得你是个大学生,你不但是有名的厨师,你还是个响当当的诗人呢!"

夫妻俩每走一步都受女儿的摆布,女儿好像就是他们的舵手,他们的方向盘,他们的领导,他们的指挥。

在一座拱桥旁边,有一个照相的专为游客们拍照,很多人站队等着照。欢欢要求照相,他们就等着照。他们开始时准备照三张,一张三人合影的,一张女儿与爸爸的,一张女儿与妈妈的。在欢欢与爸爸合影时,欢欢要求骑在爸爸的脖子上，唐师傅欣然同意。唐师傅说："我与女儿照两个合影，一个她骑在我的脖子上，一个我抱住她。"最后，他们照了四张照片。

离开照相的地方以后，应欢欢的要求，他们来到儿童游乐场。欢欢看见这么多游乐设施，高兴得又叫又跳。这里的游乐项目有：骑马上山、老鼠钻洞、花样滑梯、碰碰船、蹦蹦床、周游太空和过山车。欢欢不知玩哪个好，一时挑选不出来，爸爸告诉她不要玩那些危险的，她还太小，还控制不住自己。他要求她玩碰碰船和花样滑梯。欢欢很听话，照着爸爸说的办了。

他们听到有唱戏的声音，并看见不远处的一个角落里，有一大群人，簇拥在一起，显然是在看唱戏。吴槐洋非常高兴地说："那边有人唱戏，咱们去看看。"

他们来到这一簇人旁边，看见一个女青年正唱豫剧《朝阳沟》选段《人也留来地也留》。唱腔、弦子（主要是板胡和二胡）和打击乐器等配合得恰如其分，听起来不亚于正规剧团。她唱罢后，一个男青年接着唱栓保的一段戏《咱两个在学校整整三年》。他们唱完后，周围群众拍手叫好，大声吆喝，请求再唱一段。可是那两个青年一溜烟地跑了。

这个地方是公园里的戏曲角，每个周末，戏曲爱好者就会自发来到这里，有的拉弦子，有的敲鼓，有的打锣，有的打镲，有的敲梆子，他们各自带着自己用的乐器。去唱戏的有唱豫剧的，唱曲子的，唱越调的，唱二夹弦的，唱坠子的等。除这些河南地方戏以外，还有国粹京剧和黄梅戏爱好者，他们都是想在这里亮亮自己的嗓子，过过唱戏瘾。因为在别的地方，没有这么好的条件。这里有后台，有观众，还有唱戏的同行，因此，这里是他们过唱戏瘾最好的地方。

按常理说，那两个唱家走了以后，别的唱家就会自动上来接着唱，可是这会儿偏偏没人上来。大家你看我来我看你，单等着下一个唱家上来。小欢欢等不及了，她催着妈妈上去唱戏。她妈妈吴槐洋说："你怎么知道我会唱戏呀，孩子？"

欢欢并不回答妈妈的话，只是一味地催促妈妈上去唱戏。吴槐洋无法推脱，不去唱女儿不愿意。她无可奈何地说："我只是年轻时在家学唱过，自从出来以后，从来没有唱过一句。不唱，也不想唱，没有唱戏的心情和场合。所以嗓子就憋回去了，没有唱戏的嗓音了。"

　　唐师傅一听，有门儿，兴奋地说道："你只管上去试试，不行也没关系，大家都是业余爱好者，都是来玩的，唱得好不好都没什么，重在参与嘛。说不定你这一试，就可能把你憋回去的嗓子拉出来呢。"

　　人以类聚，物以群分。还有一种说法是气味相投。当然，气味相投的不一定都是臭气，相投的也一定有香气。这些话说得都对，不管是人、物或是气味，凡是相同的，相投的，都会自动地往一块儿凑。喜欢唱戏的人，一听见有人唱戏，他就情不自禁地向他那儿靠拢；会说外语的人，一听见外国人，就不觉不由地去与他挨近，找一个说外语的机会，实践一下自己说外语的技能；爱下象棋的人，一听见有人下象棋就蹲下来看；有喝酒嗜好的人，一听见猜枚声就走不动。凡此种种，都是这么一个道理。吴槐洋一听见有人唱戏，就拉着他们来听戏，恰恰证实了她是一个戏曲爱好者。

　　是的，她真是一个戏曲爱好者，她的确是一个戏迷，她不但爱看戏，爱听戏，还爱唱戏。她不但爱唱，而且还唱得很好。她上初中的时候，是学校里文艺队的主演。她的嗓子好，唱得好，长相好，形体姿势也好，学校里有文艺汇演时，不管多么混乱的场面，只要她一出来，会场上马上鸦雀无声，寂静得连人的呼吸声都能听见。她初中毕业那年，市戏曲学校去她们学校招收学员，让她不经过考试就可以直接去戏校上学。她很愿意去，学校也同意让她去，但就是家里不让去。家里主要是她后娘不让她去。因为去戏校是去上学，上学就得花钱，所以后娘不叫她去。上高中后娘也不让去，也是因为花钱问题。后娘叫她不上学而去打工，打工不但不花钱，还可以挣钱。常言说：有后娘就有后爹。她亲爹也不当家，还得听妻子的。就是在这种情况下，吴槐洋初中毕业后随着其他青年一起来到了城市，被骗到称心饭店，误入了三陪服务队。

　　吴槐洋站在乐队的前面，不怯不惧，晃动了一下身子，清理了一下喉咙，对乐队说："豫剧，二八。"乐队的过门完了后，她唱了一段豫剧《对花枪》，戏文讲的是罗艺如何被选中当女婿的。这一段很长，她整整唱了十一分钟。在她唱的过程中，听众经常喝彩、拍手、高喊："好！唱得好！"她很受鼓舞，站在一旁的唐师傅更是神魂颠倒，忘乎所以。小欢欢蹦呀，跳呀，嘴里吆喝着，两手拍个不停。

　　她唱完以后，准备退场离开，但听众说啥也不让她出来，非叫她再唱一段不行。真是盛情难却，她只好再唱一段。她唱了一段豫剧《大祭庄》中的《三岔路口》。

　　他们离开听众向公园的另一方向走去。唐师傅说："真不知道你还有这一下子! 真行，真行!"

　　小欢欢答话说："妈妈好，妈妈好!"

　　吴槐洋说："我本来很喜欢听戏，喜欢唱戏。但自从离开家以后，我连一句也没唱过，也不想听，对戏已经没有任何感情了。不要说戏了，就是歌曲也不喜欢听。这主要是没有心情，因为时常有一个苦恼的心情，所以听起啥来都不舒服。心情好时，听见有人唱，是快乐的；心情不好时，听见有人唱，是烦躁的。这真是应照了杜甫《春望》中的诗句：'感时花溅泪，恨别鸟惊心。'我还以为我唱戏的心情已经一去不复返了，做梦也没想到今天又有了唱戏的心情，而且还正正经经地唱了两段，今天真是过了过唱戏的瘾。我得感谢小欢欢，要不是她逼我，我才不会主动上去露鼻子唱戏呢。她的这么一逼，真把我的戏瘾逼出来了。你说这是好呀，还是不好?"

　　唐师傅："这还用说，当然是好啰。"

　　吴槐洋："为什么说是好呢?"

　　唐师傅："好就是好呗，还问为什么。真是打破砂锅问到底。"

　　吴槐洋："你不给我说说原因，我还不知道你是真认为好哇，还是为讨好我而说好。"

　　唐师傅笑着说："你的心思还不少呢。咱俩之间，还有什么真呀，假呀，内呀，外呀。咱们应该是直出直入，有啥说啥，心里想的啥，就说啥，不要让对方琢磨，不要让对方猜心事。如果是这样，咱们在一起过日子就很累了。"

　　吴槐洋心情平和地说："可也是，夫妻之间应该是直来直去的，都说心里话，说哪儿哪儿了。不过，我在长期的逆境中生活，养成了一个对什么都怀疑的心态。因为我受骗太多了，我上当太多了，我的教训太多了。我进入顺境中还不久，一下子还没有改过来。以后我要注意，也请你多原谅。"

　　唐师傅："我有个建议，咱们说话，不要用'请'字，夫妻之间，还用什么请呀。"

　　吴槐洋："我同意，坚决同意。从现在开始，今后，咱们两人说话，谁也不准用'请'字。"

　　唐师傅："谁要用了怎么办?"

吴槐洋："罚他（她）。"

唐师傅："罚什么呢?"

吴槐洋："罚他（她）跪床前一个钟头。"

唐师傅："好，一言为定。"

吴槐洋："哎，你还没有告诉我我唱得怎么样呢。"

唐师傅："这还用说吗，你看看大家的欢腾样子，听听大家欢呼的声音。这是最好的说明。"

吴槐洋："你说的那都是大家的看法，那不是你的看法。我想听听你本人的意见。"

唐师傅："我的意见是，如果是一个字，是'好'；如果是两个字，是'很好'；如果是三个字，是'非常好'！"

吴槐洋："啊，你给我玩文字游戏，不是? 那我问你：如果是四个字呢?"

唐师傅："非常好听。"

吴槐洋："五个字呢?"

唐师傅："唱得很好听。"

吴槐洋："六个字呢?"

唐师傅："你唱得我爱听。"

吴槐洋："七个字呢?"

唐师傅："你唱得我很爱听。"

吴槐洋："八个字呢?"

唐师傅："你唱得我非常爱听。"

吴槐洋："九个字呢?"

唐师傅："你唱得大家都很爱听。"

吴槐洋："那么十个字呢?"

唐师傅："你唱得大家都非常爱听。"

吴槐洋："你可真行，我很佩服你。你真是嘴把式，玩嘴皮子好样儿的，说话怪在行，挺会说的。"

唐师傅："我会说，我可不是玩嘴皮子。会说不是赖事，会说能干，不是捣蛋；光说不干，才是捣蛋呢。"

吴槐洋："你会说，又能干。是厨师，又能做好饭。你占得真全，好事都让我摊上了。"

唐师傅："你还别说，我也不是吹牛，我啥都会。你嫁给我，可真是你的福气。"

吴槐洋："说你胖，你倒喘起来了。你娶了我，就不是福气了，难道我就是个窝囊废？"

唐师傅："哪里，哪里？我娶了你也是我的福气。咱们彼此，彼此。"

两人深情地笑了。

夫妇带孩子在公园里游玩，看着人们舞动的场景，欣赏着花草异木的怡人景色，这是一个温馨的场面，一个令人陶醉的情节。他们在公园里玩了一天，在公园里吃饭，在公园里停歇。

晚霞弥漫满天时他们才开始往回走，欢欢已经睡得死死的。唐师傅把她抱在怀里，大踏步地向前走，吴槐洋紧紧跟在后面。他们走呀走，一句话也不说。不知道是太累了，没气力说呀，还是没话可说。他们来到汽车站，等了一会儿，汽车来了。他们上了汽车。车上人特别多，连一个空座也没有。唐师傅站在车厢里。他的头靠在铁柱子上，满身是汗。欢欢呼噜呼噜地睡，洋洋把头耷拉在丈夫的身上，无精打采，昏昏沉沉，似睡非睡，支撑不住自己。坐在一旁的一位年轻女子，站起来对唐师傅说："同志，请你坐这里吧！"她一下站起来，让唐师傅坐在她的位置上。唐师傅心里想着，这回可该歇一会儿了。说了声"谢谢"，话音还没落，就把沉甸甸的屁股坐了下去。恰在这时，一位老大爷拄着拐棍，售票员搀着他上了车。唐师傅看到这种情况，马上又站起来，说了声："老大爷，你坐，你坐。"老大爷说了声"谢谢"后，坐下了。

汽车好像走得特别慢，就五站的路程总也走不完。唐师傅本来就有些胖，爱出汗，今天的汗出得特别多，把欢欢的衣服都浸湿了。吴槐洋看到丈夫疲惫不堪的可怜相，有些心疼他，说道："让我抱一会儿吧，看把你累的。"

唐师傅理直气壮地说："夫妻俩带着孩子出来，哪有让妻子抱孩子的理？丈夫永远是家庭的顶梁柱。家庭最重的担子，永远是丈夫挑；家庭最大的苦，永远是丈夫吃，只有这样，才能有当丈夫的资格。我想当你合格的丈夫，当欢欢合格的爸爸。我想当一个模范丈夫和称职的爸爸。"

汽车终于到站了，唐师傅上面抱着铁块一样的孩子，下面拖着铅块一样的腿，一步一步地往家挪动着。洋洋紧紧抓住他的衣服，拖着沉甸甸的步伐，终于到了家。

一进家门，吴槐洋把灯拉着，唐师傅把欢欢放在床上，长出了一口气，坐到了沙发上。洋洋看到丈夫累的样子，同情地说道："请好好歇歇吧。"

唐师傅马上问她："你说什么呀？请你再说一边。"

吴槐洋："我说'请你好好歇歇'，怎么啦？"

唐师傅："怎么啦？你说'请'了，你得跪一个钟头。"

吴槐洋得意地说道："你已经说了两个'……'那个字了，你得跪两个钟头。"

唐师傅："我说哪个字了，就叫我跪两个钟头？"

吴槐洋："你别装糊涂。咱说了的话得算数。"

唐师傅说："咱们每人都说了两个那个字，彼此，彼此，平局，都不跪了。"

两人你看看我，我看看你，会神地低下了头，然后哈哈大笑起来。

吴槐洋躺在床上，回味着一天的感受。她身子虽然累，思想上却是兴奋不已。今天的游玩，今天的快乐，她过去从来没有享受过。她不自主地发出感叹："这就是今后的生活！"

唐师傅："对，咱们今后的生活永远像逛公园一样。"

吴槐洋："不知为什么，咱们在一起时，我感到自己很年轻，也感到你很年轻，与小孩子一样。你比我大十多岁，一点儿都感觉不出来。"

唐师傅："这是个心理问题。人的实际年龄不管多大，只要心理年龄不大，他就有与他心理年龄相应的表现。假如他的心理年龄是二十岁，他的言语，行动和其他动作，都是二十岁年轻人的。假如他的心理年龄是八十岁，他就会有八十岁年龄人的语言和动作。人们都想青春永驻，永葆青春。但是如何能做到永葆青春呢？关键是要有一颗童心，要有一颗永远年轻的心，要永远有一颗孩子的心。泰戈尔有句名言：'伟大的人物永远是小孩。'心理学家认为，童心不但可以保持年轻，还是驱散百病、保持健康的良药。"

吴槐洋："我也不知道什么心理年龄不心理年龄，我就是感到我一点儿都不老。相反，我感到我很年轻，像个小孩子。"

唐师傅得意洋洋地说："这就是童心。咱们只有保持童心，才能保持年轻、健康和幸福。"

第十六章　坎坷过后结鸾俦

三次捉奸惹祸根，坎坷路上辨假真。

寒冬过后春天到，原来仇人成亲人。

夜深了，人静了。微风摇动着树枝，飞蛾疯狂地绕着路灯乱窜，蛐蛐的唧唧叫声非常洪亮，远处不时传来隐隐约约的狗叫声。马老总去厕所方便后把大门轻轻关上，他脱下衣服躺在床上，合上眼就要入睡时，忽然听见一群人急速闯进了大杂院。他急忙穿上衣服走出门外，看见一群人径直往里边走去，随即传来了女人的号啕声和男人们的叫骂声。

他们来到桂亚菲的门口，拍打着门扇，叫骂着："苏琪，你个王八蛋！苏琪，你个不要脸的东西！"一个中年妇女哭着骂着："苏琪你个没良心的人，你不是个东西，是大骗子，大流氓，死不要脸！"

其他人叫："苏琪，你出来，快开门出来吧！"

门开了。哭声停止了，叫骂声停止了，一切声音都停止了。刹那间鸦雀无声，万物寂静，十几双眼睛都紧紧盯着从门里走出来的人。使他们惊疑的是，走出来的不是苏琪，而是桂亚菲。没等他们说话，桂亚菲先开了腔："你们黑更半夜闯到我的门前，又吵又闹，又拍打，又哭叫，你们不知道这是犯法吗？"

人群中一个二十多岁的男子答话道："你还有资格说犯法？自己干着犯法事反而说别人犯法，真亏你说得出口！"

桂亚菲很生气地说："请你把话说清楚，谁干了犯法事？你拿出证据来。"

青年人："我们是来捉奸的。"

桂亚菲："来到我房间捉奸，你们太欺负人啦！想捉奸别来我这儿，我这里没有奸。你想到哪儿捉就到哪儿捉。"她扭头回到屋里，呱嗒把门关了。

哭声、叫声、骂声又响起来，拍门声比刚才更急促，更震耳。桂亚菲在屋子里毫无动静，如同没有人一样。周围的住户好多人都被惊醒，他们纷纷聚拢过来看热闹，有的闻声不动，有的窃窃私语。

马老总站出来说："你们这样对峙下去也不是戏，一点儿问题也解决不了，最重要的是影响大家的休息，不但你们不能休息，周围群众也无法休息。请你们不要哭，不要骂，也不要叫，更不要拍门。你们冷静下来，好声好气把桂亚菲叫出来，与她好好商谈商谈，问题是可以解决的。"

青年人："我们认为这种办法可以，但这女人肯定不会同意。她会开门吗？屋里有两个人，一个大男人在里面，她一开门，一个独身女子屋里走出来一个野男人，在众目睽睽之下多难堪呀！她会干这种事吗？她不开门不要紧，我们不怕，我们轮流在这儿等。等它俩月仨月的都没关系，他总不能躲在里面一辈子……"

他说到这里时，门吱哇开了，桂亚菲走出来说："话别说得这么难听，什么大男人，野男人的，不要这么不负责任，不要这么造谣中伤，恶意陷害。你们既然把话说到这个份上，我特意把门打开，让你们进屋检查，让你们把野男人抓出来。话说回来了，你们若抓不出野男人怎么办呀？让马老总做证明人，咱们谈好条件，如果抓住野男人了，我啥话不说，我甘愿承认自己是个赖女人；如果抓不出野男人，你们对我名誉的毁坏该怎么赔偿呀？咱们把条件谈妥以后，你们进我屋搜，该怎么搜就怎么搜，我让你们随便搜，让你们搜它一天两天，甚至地挖三尺，我都不在乎，但若搜不出来而又不赔偿我的名誉费，我要告你们。"

桂亚菲的话很硬，说话时不怯不惧，脸色平和，声调自如，底气十足。来的这一群人原来气势汹汹，一听说若搜不出人来要赔偿名誉费，他们没劲了，像泄了气的皮球，软嗒嗒的，没有一点儿筋骨。门是敞开着的，桂亚菲的二十多平方米的卧室里，除了一个大衣柜、沙发、桌子、电视和一张大床外，再没有别的东西。灯光照得瓦亮，衣柜的门是开着的，床上的被子叠放得整整齐齐，床底下一目了然，没有任何遮挡物。屋子里也没有任何引起怀疑的死角。看到这种情况，再想想桂亚菲说话时的刚强劲，他们退却了。他们嘀咕了一阵子后，青年人大声对桂亚菲说："对不起，桂小组，打搅了，我们走了。"

桂亚菲并不买他的"对不起"的账，说道："在这么多人面前诋毁我，就这么轻描淡写的'对不起'就算完了？我就这么不值钱吗？你们走？你们走到哪里呀？你们走不到哪里，公安局会找到你们的。"她转过头来对围观的群众说："各位朋友都看到了，他们就是这样毁坏我的名誉的。今天的事大家是有力的证人，我不是如个别人想象的那种女人。影响大家休息了，请回去吧！"她回到屋里，把门关上，拉灭了灯。

围观群众慢慢离开了现场，闯入大杂院的一群人也没精打采地向外走去。走到大门口时，马老总让他们进屋歇一会儿，青年人让其他人回去休息，他一个人留在马老总屋里，对他详细说明了闯进大杂院捉奸的缘由。

这个年轻人叫苏玹，是苏琪的同胞弟弟，放声大哭那个女人叫苗芳，是苏琪的妻子，苏玹的嫂子，来大杂院的其他人都是苏家的近门或亲戚。

苏琪家里一共七口人，父母、妻子、弟弟和两个孩子，虽然是个大家庭，但都是亲一窝，过得亲亲热热，和和睦睦，是一个美满幸福的家庭。妻子苗芳虽然文化水平不高，但很通情达理，对公公婆婆照顾得很好，与小叔关系也很好。她还很有力气，所有地里家里的活，她都轻轻松松地干完，近几年苏玹长大后帮助她干，她家的一切体力活就更不在话下了。改革开放政策实施以后，她动员丈夫苏琪到外边找个生意做做。她对苏琪说："现在政策放开了，农民也可以做生意了，咱家里劳力用不完，家里活我不愁干，很快苏玹就长大了，家里的活就更容易干了，你出去找个生意干干。这样咱不但有粮食吃，也有零钱花，不但可以把父母照顾好，也有能力供养两个孩子上学，让他们将来不再干农活，让他们去大城市里生活。"

苏琪说："你说的是个理，我也有这种想法，但就是不知道干什么好。我只是高中毕业，文化水平不高，又没有一技之长，到哪里干呢？跟着谁干呢？谁要我呢？没人要我，这是个大问题。"

苗芳："你这是庸人思想，一个男子汉，不要总想着跟着别人干，而要经常想着自己干；不要总想着雇于人，而要想着雇别人。没人要你，自己干，自己干更自由，想干啥干啥，啥时候想干，啥时候干，不看别人的脸色，不受别人的指挥，多么好呀！"

苏琪："你说的怪好听，你说叫我干啥？"

苗芳："叫你干啥？我早就想好了，咱是农民，还干与农业有关系的活。"

苏琪："啥活？"

苗芳："卖菜。"

苏琪："不行，不行。这活又脏，又累，起五更，打黄昏，累折腰，跑断腿，夏天热得要命，冬天冻得要死，利润很低，弄不好还要赔本。"

苗芳："你说的这都是吃苦的事，咱们干活不能怕吃苦，咱们种地不吃苦吗？你说这几样活哪一样也没有种地苦。为什么还有这么多农民甘愿种地呢？他们干不了别的，只有种地。有好活谁不想干呀？活又轻松，工资又多，哪有这么好的活！不要想入非非，没有钩嘴，不要吃瓶食。依我说，卖菜这活还是不错的，辛苦，这是肯定的，干啥就不要怕吃苦。当农民就得干活，干活就得吃苦。要想不吃苦，就别当农民。话又说回来了，你不当农民，你当啥呀？你不好好上学，就学不到专业技术。你没那个本事，又怕干活，怕吃苦，你不是自找绝路吗？所以，咱们现实一些，咱们就这个条件，只有当农民，干活。既然当农民就别怕干活，就别怕吃苦。咱们应该把当农民、干活，当成快乐，苦活自然就不苦了。再说了，卖菜这个活还是有很多有利因素的。"

苏琪："什么有利因素呀？"

苗芳："改革开放以后，人们的生活水平都有很大提高，蔬菜的需求量必然大大增加，城里对蔬菜的需求大着呢！咱们居住在城市与农村结合部，从农村买菜，到城市卖菜，我们有得天独厚的条件。咱家种蔬菜，很快就会带动其他农民跟着咱们种，因此菜源是不成问题的，到时候，你就不用动，每天一大早咱村的农民就会把蔬菜送给你，你不用费任何气力去乡下买。此外，一个人干事业，一定干自己熟悉的职业，要干自己的长处，千万不要在自己不懂的专业上折腾，不然就会越拼越残。咱们是农民，从事蔬菜行业是咱的内行，退一万步说，即使赚不了大钱，也绝不会大赔，只是少赚些而已。"

苏琪："你这一番话让我对你有了重新的认识，你像个知识渊博的学者，佩服！佩服！"

苗芳："你不用佩服，只要好好干就行了。"

苏琪："好，我干，去城里卖菜。"

苏琪口服心服地接受了妻子苗芳的建议，一心一意地做起了蔬菜生意。开始时，他骑个自行车，每天早上在农村购买百十斤蔬菜运到城里摆个小摊卖，生意不错，每天的菜很快就卖完了，每天都赚二三十块钱，至少也赚十多块，他非常满意。不到半年时间，他买了一辆四轮农用拖拉机，配了一个拖斗，既可以种地，也可以运输，农忙时干农活，农闲时卖菜。一年以后他在城里蔬菜市场买了个摊位，正正经经地做起了生意。几年以后，生意做大了，赚了钱了，他买了小轿车和大卡车，还雇了几个人。起货、运输、出售，他都不用亲自动手，只需动动嘴，吩咐一下就行了。每天晚上收班后，伙计们把一天的收入交给他，他口袋里整天满满的。他有钱了，回家的次数也越来越少了，有时一连几天家里人都不见他的影儿，他的父亲说他比个省长都忙。省长的工作是公务，身不由己，脱不开，而他是卖菜的，时间是自己可以掌握的，怎么能一连几天不回家呢？苗芳常常为丈夫开脱说："他也很忙，每天几千元的营业额，出出进进的商品全他一个人运筹，白天忙一天，晚上还得安排第二天的工作，昼夜忙是常事，没时间回来也就理所当然了。咱家不是都挺好的吗？他回来不回来都没关系，有苏玹我们两个在家，什么活我们都能干。你有啥要求只管说，我们保证把你老两口侍候好，你放心吧。"

老两口对于媳妇是一百个满意，他们没有闺女，他们把媳妇当作闺女。苗芳也把他们老两口看作亲爹娘。老头儿常念叨大儿子苏琪，并不是亲情的思念，也不是想让他回来照顾自己，而是他心中有一种说不出口的隐情。

一天下午，苏琪意外地回到了家里，他先去爹娘屋里坐了好长时间，问问二老的身体情况，吃饭怎么样，对儿媳的照顾有什么不满意的地方，二老对他有什么要求等等。二老说对家里的一切都满意，对儿媳的照顾更没说的，他们没说别的，只说了几句对他的要求："今后要常回来，除非万不得已，要尽量回来，吃饭、睡觉，还是家里最好。"苏琪对二老的话连连点头表示答应，临离开时给他们放那儿五百元钱，还有各式各样的点心，有美式的、英式的、法式的、德式的等等。老爷子高兴地说："我是坐在家里，吃遍世界。"

两个孩子放学回来后，苏琪把他们搂在怀里，安慰他们，抚爱他们，每人给了他们两包糖果。他们久仰的爸爸终于回来了。女孩说："爸爸，我们很想你，你怎么这么长时间总不回来呀？"男孩说："看不见爸爸我们很苦恼。人家的孩子天天能看见妈妈爸爸，而我们只能看见妈妈，却看不见爸爸，我们很伤心。"

苏琪给他解释说："爸爸不在家是在外面给你们挣钱的呀，不然你们怎么能在家过得这么舒服呢！其他家的孩子虽然整天能看见爸爸妈妈，他们花钱总不会像你们这么方便吧？你们看，我给你们买的糖不就是用赚来的钱买的吗？不赚钱，怎么能给你们买糖呢？"

两个孩子点点头，表示同意。

吃罢晚饭后，苗芳急忙把厨房收拾停当，去到自己房间，利用这个难得的机会，与丈夫亲热亲热，叙谈叙谈，好像心里有一肚子私情话要向丈夫倾吐。夫妻两人坐下还没说几句，不知是激动，也不知是委屈，苗芳趴在丈夫的怀里痛哭起来。苏琪紧紧抱住妻子，一只手不时地捋她的头发，眼泪扑嗒扑嗒落到妻子的头发上。他温情十足地抚摸她，安慰她，并一再夸奖她，夸奖她对二老照顾得好，夸奖她家里的活干得好，夸奖她对两个孩子抚养得好，夸奖她叔嫂关系搞得好，夸奖她与邻居团结得好……这几个"好"字把苗芳夸得乐滋滋的。她不哭了，也不吭声，眯缝着眼，沐浴在情感的享受中。忽然，苗芳从丈夫怀里站起来，像小学生在学校受到表扬后要告诉家长一样对苏琪说："我要告诉你几个好消息。"

苏琪愉快地说："我回来听到的净是好消息，你还有什么好消息？我最爱听好消息，好消息再多我也听不够，坏消息一条也不想听。"

苗芳喜眉笑眼地说："我这几条好消息，你肯定没听说过，我这几条绝对是最新的，而且是值得咱们庆幸的。"

苏琪惊喜地说："你就别卖关子了，赶快说出来让我分享吧。"

苗芳："第一条，咱爹的血压不高了；第二条，咱的两个孩子在学校里都被评为三好学生，受到学校的表扬，还领了奖状；第三条，咱的老母猪前天下崽了，一窝就是八个，都是滚瓜流油地肥，真喜欢人；第四条，咱的老母牛也下崽了，还是个小母牛呢。"

苏琪像小孩子一样，高兴得跳了起来说："这几条真是好消息，你告诉我这些好消息，是在增加我对你的感情，加深我对你的爱。你把咱家打理得真让我高兴，我有你这样的老婆是我的骄傲，是我的幸福，也是咱们全家的骄傲，全家的幸福。"

苗芳："放心吧，只要有你妻子我在，你早晚回来，都有个温馨如意的家。只要你始终不忘家里有一个爱你的妻子，你走到哪里都是幸福的。"

苏琪的心也是肉长的，家里的热闹景象和妻子对他的真挚感情，对他还是有触动的，他敬佩妻子的不辞劳苦，敬佩妻子对这个家的付出，他对有这样的妻子更自豪了，对妻子更爱了。

苏琪回家的次数多了，每隔两三天或三五天就回家一次，而且在家住的时间也长了，有时连续住四五个晚上，一般认为这是很正常的家庭生活。苗芳也很满意，她没有孤独寂寞的苦闷了，也没有情感无处释放的忧愁了，更没有缥缈不定、恍惚不清的悲伤了。她不需要任何人照顾，而她一个人都能照顾全家人。

一个万里无云的晴朗天气。苗芳和苏玹决定把囤里存放的粮食弄到场上晒晒，有小麦、玉米、黄豆、黑豆、谷子、高粱等，有的粮食已经存放好几年了，每年都得翻晒一两次。把粮食从囤里搬出来，晒好后再搬回去是个费力气活。每逢翻晒粮食，苗芳与苏玹一样，扛口袋、装车、拉车，样样活都与弟弟肩并肩地干。其实苏玹干不过苗芳，因为他有个一瘸一瘸的腿，干活很不方便，尤其是像扛麻袋、装大车这样的重活。可是这天却遇到了麻烦，本来是好好的天气，到中午以后却突然变了天，大风狂作，暴雨倾盆。风雨来得这么猛，这么快，叔嫂两人怎么也收不及，粮食泡了汤，他们两个也成了落汤鸡。苗芳浑身哆嗦得像筛糠，粮食收完后病倒在床上，体温烧到40℃，手脚冰凉。当公爹让苏玹去叫苏琪时，她说："他太忙，别打扰他的工作了，我熬几天就好了。把他叫回来，也帮不了咱的忙，净给他添麻烦，影响他的工作。"但公爹坚持让苏琪回来。他还对苏玹说："你告诉你哥，就说你嫂嫂病得厉害，你必须回去，咱爹叫你回去的，你如果不回去，咱爹准备亲自来叫你。"

当天下午快下班时，苏玹去苏琪的蔬菜公司以后，得知哥哥已经下班回家了。他心里很高兴，赶快扭头回家，满以为哥哥已经到家了。他走到嫂嫂的房间外面，乐呵呵地叫了声："哥哥，我去找你了，谁知你已经回来了。"

苏玹高兴地叫哥哥，苗芳听到弟弟叫哥哥的声音，无比的幸福感涌向心头，扩散到全身，顷刻间，舒服很多，病好像好了一大半。老爷子听到二儿子叫哥哥的声音后，也感到很欣慰，心想：儿媳有人照应了，自己可以放心了。苏玹一进嫂嫂的房子，嫂嫂问他："你哥哥在哪儿？"

"他没有回来吗？"苏玹问。

"没有，连个影儿也没看见。"嫂嫂说。

"他们公司的人说他已经回家了。"苏玹说。

"他不在公司也不一定就在家，他的事情多，对外应酬也多，找人谈生意，吃饭喝酒是常事，别去叫他了。"苗芳说。

"咱爹叫我去叫他哩，他还说如果他不回来，他要亲自去叫他。"

对于家里人的关爱，苗芳感到很安慰。

苏玹把没找到哥哥的事告诉爹爹后，爹爹有一种没法说清楚的感觉。他随即对儿子说："今天没找到他，明天再去，明天再找不到，后天再去，直到找到他为止。此外，你打听一下他下班爱去哪里。他现在有钱了，有钱的男人思想容易跑偏。"

苏玹终于了解到，哥哥经常下了班以后来大杂院，在食堂吃饭，在桂亚菲的房间里睡觉。他把这情况告诉爹爹以后，老头非常生气，苗芳得知后也气得死去活来。老头儿让几个人去捉奸，当场把他揪出来，让他在众人面前丢丢人。

这就是深更半夜一群人急速闯进大杂院捉奸的缘由。

这天夜里，苏玹带了一群人到桂亚菲住室门口，满以为能很有把握地把他们当场抓获，但他万万没想到却扑了个空，反被桂亚菲抓住了把柄，落了个"深更半夜私闯民宅"的犯法罪名。他百思不得其解，打发其他人回家以后，他独自来到马老总房间，请马老总分析原因，找出下一步的办法。

苏玹说："为什么我哥哥没在她的房间呢？"

马老总："恐怕是你的消息不准。"

苏玹："怎么不准呀？我亲眼看见我哥先在食堂里吃饭，然后就去桂亚菲房间了，一直没有出来。"

马老总："你去她的房间里面了吗？"

苏玹："我没有进去，不过在门外能看得清清楚楚，里面的东西一眼看透清，除了一个衣柜外，其他东西却藏不住人，衣柜是立式的，而且又是开着门的，我想里面不会有问题。"

马老总："要么就是他出来了，你离开大杂院到你们进来，这中间有四个多钟头，他就是在这个空当离开的。"

苏玹："很可能，这咋办呢？"

两人陷入了沉默中。

不一会儿，苏玹无可奈何地说："说实话，这件事把我家搅得很不安生，意见最大的是我爹和我嫂。本来我哥与家里人关系很好，他对我爹妈很孝顺，对我嫂也很好，尤其他们夫妻关系，如胶似漆，我嫂一听到有人说哥的不是时，总会出来为他打掩护，甚至连我哥的昼夜不归，我嫂也说他忙，应酬多，顾不着回家。我嫂听说他不回家也不在公司时，她心里有些犯嘀咕，但她表面上还是为他遮遮掩掩。后来得知他在这里与一女人瞎胡混，她彻底崩溃了，连我爹也受到很大打击。这次来没有抓住，使我们家里人生活在混沌中。这种不明不白的生活很难过的，要么拿出证据，叫他改邪归正，痛改前非；若他没有是非，没做过邪事，我们就不再对他有疑虑，一如既往，过我们相互之间清清白白的幸福生活。"

马老总："好了，苏老弟，我一定帮助你把这个问题搞清楚。不过我对你哥的面目还没认清楚。每天在这里出出进进的人很多，凡是进来的人，基本上都从这里出来。大杂院还有另一个门，不过，那个门出来是背街，很不方便，所以大多人都从这里出去。不管如何，你得让我认识认识他。"

苏玹："这好办，我今天就坐在你屋子里，他肯定在这里过。"

大约七点多钟，苏琪从食堂里出来，大摇大摆地从大门走出去。苏玹对马老总说："就是这个人。"

马老总："这个人我面很熟，就是不知道他的名字，他经常来这里吃饭，吃罢饭是否出去，我没注意。这就好了，如果他进来了，且晚上十点钟以前还没见他出去，我就告诉你。"

一天晚上刚刚十点多一点儿，大杂院里的人都还没有睡觉，斑驳的树影一片一片，像一个个没有文字的地图，无数飞蛾绕着路灯无休止地画圆，像太阳周围的行星不停地绕着太阳转动一样。空中像进行着一台交响乐，有分不清字句的说话声，有悦耳动听的音乐声，也有隐隐约约的嘈杂声。食堂门口有出出进进的人群，有觥筹交错的喝酒场面，杂货店里有人在挑挑拣拣，理发店里有几个顾客在等待理发。

苏玹轻轻地来到桂亚菲房间门口，当当当，敲了三下门。门立即开了，走出来一个女人，还是桂亚菲。

桂亚菲带着轻松儿戏的口气说："又是你，还是找你哥的吧？"

她的突如其来的问话，让苏玹措手不及。刹那间，他思想斗争得很激烈，说是吧，他万一不在里面，又被她抓住把柄，这是第二次了，她不会轻饶的；

说不是吧，那我来干什么的？他支支吾吾说不清楚。

桂亚菲："男子汉，说话这么不干脆，不要遮遮盖盖，扭扭捏捏，羞羞答答，而要坦坦荡荡，大大方方，干脆说是来捉奸的不就行了！"

她说得让苏玹无言可答。"既然来捉奸，那就进来吧，我的房间的每个角落叫你搜查彻底，让你看个够。"她首先把门半开，让苏玹把衣柜打开，让苏玹检查衣柜，苏玹还真的对衣柜里面仔细认真地检查了一下，把挂着的衣服一个一个地挪动了一下，什么也没有发现。苏玹没趣地走出了桂亚菲的房间，垂头丧气地自言自语道："又失败了。"

他来到马老总的住处，马老总一看他那愁眉苦脸的样子，就知道他又扑了个空。马老总纳闷地说道："奇怪呀，他进来以后根本没有出来，能去哪里呢？难道他从那个后门出去了？一般不会，除非他有警觉，但也不一定。"他问苏玹："你检查彻底了没有？"

苏玹："彻底了，每个角落都没有漏掉。"

马老总："那个衣柜呢？"

苏玹："那个衣柜更彻底了，我把衣服都拿出来，里面空空荡荡的，什么都没有。"

马老总："这就奇怪了，难道他插翅膀飞走了！他不可能上天入地呀！他能去哪里呢？"

苏玹："他是不是在别人的屋子里？也许他压根儿就不在桂亚菲的房间。"

马老总："完全有这个可能。她的不远处是常姮，她们两人关系最好，常姮也不是那安分守己的人。不过，他也可能从后门出去。"

苏玹："如果他去常姮的屋，他什么时候去的呢？听到敲门声后肯定来不及了，我就在门口站着没动。"

马老总："最近常姮不在家，难道她把钥匙给桂亚菲了？也有这种可能，这很不好说……今天咱们说到这里吧，你先回去，我找个人帮忙分析一下，征求一下意见。下一次我也跟踪一下他，直到他进入房间我再叫你，咱来个准的。"

苏玹离开了，单等着马老总的消息。

马老总把杨声叫过来，仔仔细细地把事情的经过对他说了一遍。杨声说："搜不出来人有三种情况：第一是他从别的地方出去了，根本就不在大杂院；第二是他不在桂亚菲的屋；第三是他在她屋子里的隐蔽处。"

马老总："第一种可能性很小，他进大杂院后就没有出来，我敢保证。第二种可能性，有，但仅仅是一种可能性，而这种可能性也很小，那几天她关系最好的常姐不在家，他躲到别人屋子里的可能性是微乎其微的。桂亚菲的屋子里没有隐蔽地方让他藏呀。他那么大个人，难道说他有隐身术，隐藏起来让别人看不见他。"

杨声："她的墙壁上有没有地图、大照片或山水画之类的东西？"

马老总："听苏玹说没有任何东西，墙壁全是白色的，连一点杂物也没有。"

杨声："可疑的地方就只有两个了：一个是床下面是否有一个床底柜；另一个是衣柜是否中间有个夹层板。根据你谈的情况，我认为这两个地方就是他藏匿的地方。"

马老总惊奇得瞪着两眼半天才说话："咦，我们原来怎么没想到这两个地方会有猫腻呢。对，问题肯定就出在这里。我马上告诉苏玹，叫他重点来搜这两个地方。"

杨声："先别急着叫他来，他已经来搜查过两次了，第三次如果再搜查不出来就不好办了。这一次要想周全，要一举成功，不能再扑空了。"

马老总："你说得对，你说下一次怎么办吧？"

杨声："她的衣柜里和床底下的可能性很大，但得从坏处着想，万一这两个地方仍然没有怎么办？"

马老总："你说怎么办？"

杨声："这两个地方如果仍没有，叫苏玹坚守在她房间附近，一直盯住她的房间，他总是要出来的，总不能在里面待下去。一旦看见他往外走，苏玹马上迎上去，给他个措手不及。然后他们兄弟二人就可以说事了。"

马老总："好，就这么办。"

　　苏玹第二次离开以后，苏琪从衣柜里出来对桂亚菲说："我看以后我不能再来了，他们盯上这个地方了，一次找不到我，两次找不到我，只要他们坚持找，总有一天会找到的。不怕找不到，就怕坚持，任何事情，只要能坚持，肯定会成功。咱们两人的事不能老这样下去，总得有个头吧。你没听人家说么，再好的宴席总有一散。咱们欢聚了这么长时间，也该结束了，现在结束叫激流勇退，可以留下美好的回忆；若被他们当场抓获，就是悲哀散伙，留下终身遗憾。咱们要有自知之明，在他们抓获之前散伙，这样就不会被他们抓住把柄，不在我们人生中留下瑕疵，我们也有一个体面的分手，为今后交往创造较好的条件……"

正当他讲分手的好处时，抬头一看桂亚菲不知什么时候低声抽泣起来，他马上停止他的说教，赶紧安慰桂亚菲："你哭什么呀？一切都顺顺利利，啥事都平平安安，你哭个啥？怪不得有人说'女人没福，动不动就哭；女人心眼小，遇事就逃跑；女人头发长，心里无主张'，咱们还没遇到什么事哩，你就哭起来了，真要有啥事了，你就不活了！"

桂亚菲抹了一把眼泪，愤愤地说道："你说得怪轻巧，什么激流勇退，要有自知之明，留下美好回忆，为今后交往创造较好条件等等，一句话不就是不要我了吗？分手是什么意思？不就是叫我离开吗？不就是叫我滚蛋吗？苏琪呀苏琪，你真有叫我滚蛋的心吗？我曾见过这么两首诗：

> 男人不是好东西，
> 到处都把女人欺。
> 兴趣来了吐蜜语，
> 没兴趣了一脚踢。
>
> 男人都是两面派，
> 口是心非胡乱来。
> 骗人到手又抛弃，
> 任人死活不理睬。"

桂亚菲说："我过去总认为自己很幸运，没遇到像诗句说的这样的男人，认为你不是这号人。谁知道你过去的表现都是假象，现在终于暴露了原形，你的本质与诗里描写的男人没两样。

"咱两人的关系并不是一半天了，而是很长时间了。在称心饭店时，我当三陪小姐，号称黑牡丹，曾有一段时间，我不接别的客人，只接待你，我宁愿没有客人，宁愿不挣钱。而你也一度不找其他人，只找我，连最年轻最漂亮，当时最吃香的顶枝牡丹你都不找。称心饭店垮台后，你把我安排在大杂院，这几年我在这里过得很开心。我不要求你每天陪着我，你有家，有爹娘，有妻子，有孩子，你偶尔来一次我就满足了。我不是不讲道理的人，我认为你是一个有怜悯心的人，是一个有良心的人。你在我身上花了大量钱财，没有你就没有我的今天，没有你就没有我的生活。在这么长时间的接触中，咱们不仅仅有性爱，更重要的还有情爱，你曾经说过你最喜欢我，我是你的第二夫人，我接受这个称谓，甘愿当你的小老婆。你把我当成你的第二个妻子，可是我把你当成我的唯一丈夫。我来到大杂院以后，一般不与其他男人接触。看来你没有把我当成你的妻子，一个丈夫怎么能与自己的妻子分手呢？你说你最喜欢我，难道你愿意与你最喜欢的人分开吗？看来你说的话都是假的，都是骗人的。但我却把它当成了真话，我早已把真心交给了你，我的一切都交给了你，你就是我的生活，你就是我的一切，你就是我的命。你知道我的身世和我过去的一切，你不要我以后，叫我去哪里呢？我没有家，没有任何亲人，你若真的不要我，我只有死路一条。从我的思想上、感情上说，我已经离不开你了，叫我干什么都行，只要别离开你。他们第一次来抓你时，我想尽量与他们争论，挽救我们的面子。后来我一想，我干吗要跟他们较劲？咱俩在一起这是事实，我想让你的第一个老婆知道这个事实，让你家里知道这个事实，我也想让大家都知道这个事实，这样不一定是坏事，很可能是好事。世界上的事情就是这么奇怪，你看着是好事，你干了，恰恰是坏的结果；你看着是坏事，你不干，后果证明那偏偏是件好事。以后我要跟着感觉走，过实实在在的生活。咱俩的事一公开出去，我长期以来的心病就解决了，我过的就是清清楚楚的生活。你记住，我是不会离开你的，活着是你的老婆，死了是你身边的鬼。我知道我这样与你摊牌是冒险的，有很多偷情女子死到情人手里。但我不怕，我自己的身份特殊，我对你的痴迷程度特殊。一旦你不要我就是叫我死，不管怎么死，都是一样，我倒甘愿死到你的手里，真能死到你手里倒是我的幸运，因为我最后满足了你的要求，解脱了你的困境，我为你做出了最后的奉献。"

桂亚菲的话让苏琪陷入长时间的沉思。

晚上十点多，接到马老总的消息后，苏玹不声不响地来到桂亚菲的门口，他把耳朵贴在门上，听见很低沉的声音。

男的："以后我不能常来了，我弟弟已来过两次了，他不会算拉倒的，他还会来的，万一被他当场抓住，我就不好办了，在家里没法向老婆交代，在公司无法与人打交道，在大杂院也不好见人。"

女的："在家你就如实交代，把咱俩的事原本本地对你老婆说，只要你如实讲，什么样的后果我都能承担。在公司你不要有任何负担，公司里的人是你雇来的，他们只为了干活挣钱，我们这些桃花绿柳的事，他们才不去管呢，谁也不会没事找事，自找没趣，他们怕你解雇他们呢。关于大杂院里，你更不用多想，每天这里出出进进的人很多，谁也不管谁，只要不关自己，他们谁也不去多管闲事。只有那个马老总心眼多些，因为他是总管，但他也不是赖人，只要你通情达理，他还是很善良的，我每次找他帮忙，他都很热情地帮助。他是个直爽人，他最烦那胡搅蛮缠的人，再一点是你别与他龅茬。总的来说，这个人还是不错的。"

男的："这个人我很怵气，他有点瘆人。"

女的："那是你做事不阳光，自己心虚的表现。人们常说：'远怕水，近怕鬼。说谎人就怕揭老底儿。'因为你心里有鬼，你才怕他呢。如果你心里干干净净，就不会怕他了。"

苏玹听得清清楚楚，男的是哥，女的是桂亚菲。刹那间他的头涨得像斗一样大，他在想什么呢？是悲？是喜？他低下了头，首先想的是悲。他想："哥哥平常待我那么好，长兄如父，在他身上最有体现了，哥哥待我好，嫂嫂待我好，我亲自出马把哥哥揪出来，捉我哥的奸，顷刻间我就让哥哥有个天翻地覆的变化。他是个大老板，吃香的，穿光的，干活有人帮忙，说话有人帮腔，身上光环一大把，光芒四射照人间，走路挺着胸，说话昂着头。一旦我就把他抓出来，他的光环就成了魔鬼索，捆得他不能动弹；光芒成了照妖镜，照得他原形毕现。他说话得低着头，走路不敢往前看，像街上的丧家狗，夹着尾巴没人管。我这么一敲门，就使他的命运如此突变。我是他的亲弟弟，他待我如父一般，我却对他以怨报德，不讲情面。我这举手之劳，轻轻一敲，叫他今后怎么办？叫他在公司怎么办？叫他在嫂嫂面前怎么办？叫他在孩子面前怎么办？……"苏玹思想斗争得很激烈，本来是风平浪静的一泓清水，即将被他这敲门声激起漪澜滚翻。这个挑起祸端的罪魁祸首，不能由自己承担。这个门还是不敲为好，平静生活不要搅乱。回去如何向多多交代，多要他务必捉奸。还是父命为上，其他都扔到一边。他毅然决然地举起了手，当！当！当！在门上敲了三下。

门开了，桂亚菲走了出来。她一看见苏玹，开门见山地说："又是来找你哥的吧？这是你第三次捉奸了。进来吧，看你哥在哪里？"

苏玹一眼就把整个房间瞅了个遍，连他哥的影子也没有看见。他毫不客气地问桂亚菲："你把我哥藏到哪里啦？快让他出来把我见。"

桂亚菲："他那么一个大活人，我就这么一个小房间，藏得下他吗？"

苏玹："你在骗我，他肯定在你屋里，我刚才听到你们在交谈。"

桂亚菲有些懵，心想这次要败露了。但她却故作镇静地说："你搜呀，搜出来就把他带走。"她显得毫不在乎的样子。

苏玹主要打这个衣柜的主意。他立即发现柜子外面的厚度比柜子里面的厚度大多了，外面的厚度比里边的厚度至少大一半，他马上认为机关就在这里。他在柜子里面用手拍柜子后部的木板，声音是空洞的，证明柜子中间有一层木夹板，他坚定地认为，他哥就在柜子的夹层后面。他用手一推夹板就掉了，他哥愁眉苦脸地从柜子里走出来，跟着弟弟回家了。

苏琪跟着弟弟走了以后，桂亚菲把门关起来，低沉痛心地悲泣起来。她回忆她的悲惨童年和辛酸经历，回忆在那不堪回首的历史过后，如何在大杂院过了一段比较舒心的生活。这是她的生命的寄托，她精神的支柱，她感情的着落，她生活的基础。这些都是过去，时过境迁，永远不会再来。她认为这是她人生的转折，是她生命的结束。她构想着她结束生命的几种方式：第一种情况是苏琪一走就没有踪影了，她再也见不到他了，她会得下抑郁症，以后会在街上乱跑，到处寻找苏琪，最后以自杀告终。第二种情况是苏琪的妻子来大吵大闹，闹得满城风雨，闹得神鬼不安，闹得没完没了，让她脸面丢尽，让她见不得人，让她精神煎熬，让她生不如死，最后被活活折磨死。第三种情况，因交不出房费大杂院老板会把她赶走，没有家，没有亲人，没有朋友，只有流浪着要饭，而她绝对过不下去那种乞丐生活，她会流浪到河里，永远不再出来……想到这里她反而不哭了，这几种情况不管哪一种，结局就是一个：死。人生就是这么回事。桂亚菲心想："也许我在人世上就是多余的，为什么人间的好事都轮不到我身上？为什么人间痛苦事都让我摊上？改革开放的好处人人都享受到了，而偏偏没有我的份儿。也许这就是命运吧。我也想开了，我不怨天尤人，我不悲观失望。我怕在人世上受折磨，我不怕死。死是对一切痛苦的摆脱，连死都不怕的人还会怕什么呢？我思想很开放，心胸很坦荡，我要毫无畏惧地面对未来，信心十足地迎接任何挑战。"

苏琪和苏玹一前一后走在大街上，苏玹老远跟在苏琪的后头，他走在人行道上，尽量向边上靠，头低得恨不得插到裤裆里。他生怕碰见熟人，就怕有人与他打招呼。这条路他再熟悉不过了，他走过无数次，但街上的人从没有像今天这么诡异，他的情绪也从来没有像今天这么沮丧。他不威风了，不气昂了，也不风流了，只是像个丧家犬，夹着尾巴在街上小心翼翼地躲着人行走。

苏琪走进院子里后，一头钻进自己住室，扑腾跪在妻子苗芳面前，一连磕了几个响头，放声哭叫着："我对不起你，我对不起你！"

自从第一次去大杂院抓苏琪以后，苗芳一直都在生苏琪的气，她由气到恼到恨，她把苏琪平时待她的好处与他在外面包养女人对比起来，认为他完全是个伪君子，两面派。她曾看到过这么一首诗：

> 男人都是两面派，
>
> 花言巧语胡乱来。
>
> 家里香花闻不够，
>
> 外面又把野花采。

过去她一直认为苏琪不是这号人，苏琪是一个忠诚老实、爱情专一的男人。她对他非常放心，对他的经常不归她从来没有怀疑过。根据他对她的表现，他对她的百般照顾，他对她的体贴入微，她怎么也看不出他是一个在外面包养小姐的人。她把心全给他了，她把情全给他了，她把一切都给他了，她的一切都是他的。她的幸福握在他手里，她的命也由他操纵。可是现在她最信赖的丈夫竟是个像这首诗里谈的那样，是个两面派，对妻子照顾无微不至，在外面对小姐甜甜蜜蜜。她怎么能接受这个事实！她一看见他气得心都要爆炸了，两眼冒火，头发蒙，她根本没听清楚他哭着说什么，她咬牙切齿，暴跳如雷地吆喝道："给我滚出去，你这口是心非的骗人精！"她话音一落就掏心挖肺地号啕起来。她哭得上气不接下气，哭得四肢麻木，哭得浑身瘫痪，哭得说不出话来。忽然屋里鸦雀无声了，苏琪抬头一看，原来苗芳哭哽在床上，翻着白眼，嘴里冒着白沫。苏琪急忙把她搂在怀里抚摩她，安慰她，嘴里不停地说着："对不起，原谅我，对不起，原谅我。"

苏琪为她端了一杯开水，把水送到她嘴边，让她一点一点地吮吸。他不时地捋她的头发，不时地擦她的眼泪，一会儿他又把她的手紧紧地抓住，一下一下地往他的脸上捂，表示叫她扇他的脸的意思。然后是他无数次地道歉，无数次地认罪，无数次地请求原谅，无数次地许诺，无数次地保证。她情绪稳定下来了，骂了一句："你这个不要脸的东西！可把我气死了！"

苏琪连忙应声："是，是，是。"她的骂声让他非常高兴。她骂什么都不重要，重要的是她开口了。她只要一开口，再大的问题都不难解决了。他心里默默地长长出了一口气：这么难过的一关终于过去了！他有一种被绑犯人松了绑的感觉，有一种把脖子按在铡口里又被拉出来的感觉，有一种淹死的孩子又被救活的感觉……他解放了，他轻松了，他几乎就要跳起来了。但他知道他是在苗芳面前，他不能太放肆，他还得表现得像一个罪人，唯唯诺诺地听妻子的说教。

苗芳："自那次我们去大杂院抓你以后，我决心永不再见你。你今天回来干什么？希望你永远不要回来，我们家权当没有你这个人。你与那个桂亚菲在一起过得挺好的，你还回来干什么？"

苏琪："只要有你在这儿，我就不能不回来。你在哪里我就去哪里，我离不了你。"

苗芳："你又在骗人吧？现在谁听你的鬼话。你是个屁股眼嘴，说的再好听，也都是屁话。"

苏琪："咱两个感情这么好，咱们的家这么幸福，我怎么能舍得离开呢？"

苗芳："你还有脸谈感情，谈家庭？对你来说，感情是枷锁，家庭是笼头。一旦有情人，二者全扔掉。你就是这号人，但你也不全是这种人，你外面有情人，你还没有完全把我和家庭抛开，你是'家里红旗不倒，外面彩旗飘飘'，地地道道的两面派。"

苏琪："你说我啥我都承当，我确实对不起你，请你原谅我，我今后再不会做对不起你的事了。"

苗芳："你这是真话，还是又在骗我？"

苏琪："绝不是骗你，绝对是真心话。"

苗芳："你若不骗我，就把你与那个桂亚菲是如何勾搭在一起的，有多长时间了，把你们两个的事，原原本本，一点儿也不隐瞒地告诉我。我如果发现你继续欺骗我，我坚决与你分开，我领着俩孩子过，咱爹妈也不会要你，你就永远不要回家了，这是我给你的最后一次机会，你看着办吧。"

苏琪一丝不漏地把他与桂亚菲的事告诉了苗芳。

桂亚菲并不姓桂，她的真正名、姓，她自己也说不清楚，她也不知道谁是她的爹娘，更不知道她家在哪里，她是个三无人，无爹娘，无姓名，无家庭。她很小的时候就离开了亲生父母。那时她还不记事，不知道是卖出去的，还是被拐出来的。据说是她父母孩子多，她又是个女孩，爹娘很轻易地送给了熟人。这个熟人并不养她，他得住孩子后很快就卖掉了她，第二个买主养了几年后又把她卖了。第三个买主一直把她养大。这家姓桂，所以她也姓桂，她这个爹给她起名叫亚菲。她十四岁那年，她养母病逝，养父身体也不好，为了弄钱看病，她养父让她辍学出去打工，为他挣钱看病。她养父与麻大姐有点拐弯抹角的亲戚关系，是麻大姐舅母的表侄，麻大姐是桂亚菲的表姑。麻大姐问表哥："当三陪小姐能赚钱，你让她干吗？"她表哥也不知道什么是三陪，只听见能赚钱，就急忙答应说："我急着用钱看病，干什么活我是顾不得这些了，只要能挣钱就行。"当三陪小姐桂亚菲很不愿意，养父说："我养活你这么大，算白养活你了，我的病能不能好就指望你了，你一定得报养育之恩，我没有别的法子，只有你能救我。"在养父的苦苦哀求下，在麻大姐的鼓励下，她跟着麻大姐来到称心饭店当了一名三陪小姐。苏琪说："我第一次去找三陪小姐时，麻大姐把我介绍给她。我走进她的房间时，看见她那可怜相，真叫我痛心。她扑腾跪在我面前，连磕了几个响头，苦苦哀求我饶恕她，说她身体重病，不能满足我的要求，请求我宽容她。我本来是去让她为我服务的，但我的怜悯心油然而生，对她萌发了慈悲。我没有碰她，说了几句安慰她的话，表示对她的理解和同情。她对我说：'你是我遇到的最善良的男人，我很感谢你。'她问了我的姓名，请我以后再去找她。

"后来我听她说她养父已经去世，她唯一的家人也没有了，成了中国少有的'三无'人。她不用再往家寄钱了，她挣的钱够她自己用了。她接客也挑剔起来，她只接待我，宁愿一分钱不挣，也不接待别人。凡是我去找三陪小姐时，我只找她，其他人谁也不找，连她们的顶枝牡丹我都不找。她说我已经成为她生活的一部分，她不能离开我，如果我长时间不去找她，她就像得了大病一样无法过活。她说她要离开三陪服务队，要出来与我结婚，成为我的合法老婆。我告诉她我已有妻子，有儿女，有个幸福的家，她说她要当我的第二个妻子。我们两人已有了深厚的感情，我离不了她，她离不了我。如果我长时间不见她，就像吸大烟的人犯了烟瘾一样，痛苦得没法活。因此，每隔几天我就去一次，不一定是寻求服务，而是我想见见她，她也想见见我。她不接客人没有钱，我把她包起来，她的一切费用都由我承担着。

"称心饭店垮台以后，我把她安置在离家不太远的大杂院，实际上是我给她安的一个家。我不让她另找门路挣钱，她的一切开销都由我包着。物质生活她很满意，但她要我经常去找她，满足她的精神需求。我们长期保持着情人的感情，过着夫妻生活。这就是我们的全部历史，总之，我对她物质上全力以赴，感情上我分给她了一半，另一半还留给了你。

"我知道我对不住你，我犯了滔天罪行，你是无论如何也不会饶恕我的，不管你有什么想法，也不管你如何处置咱们之间的感情，我都不怪你，都是我的罪过。"

苗芳的情绪有一百八十度的大转变，这是他万万没想到的。苏琪开始讲时，她咬牙切齿，讲话结束时，她心平气和，她同情十足地说："她倒是个可怜人。"从她的表情、她的腔调和她说话的内容看，她没有了怒气，没有了恨气，也没有了怨气。但她内心究竟是什么想法呢？他还不得而知，但不管如何，她不再生气了，情绪稳定了，这对他是最大的安慰，最大的解脱。他松了一口气，认为至少不会出现最坏的后果了。

苗芳问苏琪："你先说说你的想法吧，按你的说法，我们两个在你心中各占一半。依我的想法，她比我更可怜，更值得同情。我有个美满的家，有两个可爱的孩子，又有尊敬的公公婆婆，还有个通情达理的弟弟，我的亲人很多，如果你离开她，她连一个亲人也没有了。我本人也是从小没爹没娘，从小受苦，来到你们家里才慢慢好转起来，她所受的苦我很有感受，我愿意让你把留给我的这一半感情也送给她，让她享受到你的全部感情，让她过过真正的、十全十美的幸福生活。我对你的感情也是坚贞不移的，但我认为她更需要你，我希望你去跟她一块儿生活，这里还是你的家，你回不回来都可以，我对你的感情依然如故，但感情归感情，生活归生活，有感情不一定生活在一起。"

苏琪对苗芳的话有些莫名其妙，顿时他思想紧张起来，他认为苗芳在说胡话，很可能是气傻了。他刚才还松了一口气，还乐滋滋地认为不会有更坏的后果，如果她真的气神经了，这将是他最不愿意看到的后果，他更加痛心疾首，更加后悔不已。要么妻子说的都是反话，都是气话，是给他赌气才说让他走，让他离开她，离开这个家，他但愿是后者。他说："你在说什么呀！咱们是结发夫妻，我对你的感情最深，我最不愿意离开你，难道你想让我离开你吗？你完全是说胡话。"

苗芳："你对我的感情已经不那么深了，有她陪伴着你，你可以离开我。"

苏琪不说话了，他再抬头看看苗芳的神色，回味回味她说话的腔调，琢磨琢磨她说话的隐含，他对妻子的话很不理解，她是个心直口快的人，说话直来直去，从不拐弯抹角。今天她的话要是有隐情吧，不符合她的性格，她有什么想法会直接说出来的，决不会含含蓄蓄，隐隐藏藏；要说是她的真心话吧，这太令人费解了。当他在百思不得其解的时候，苗芳说话了："不要小心眼瞎想了。我不疯，也不傻，没有任何隐情，我说的都是真话。"

苏琪："只要你对我还有感情，我就不会离开你，你们两个要我选择的话，我不会离开你，而只会离开她。"

苗芳："我对你有感情，但我同情她。你对她的感情是由同情开始的，在这一点上咱们有同感，因此，我原谅你，饶恕你，你挽救了一条生命，你改变了她的悲惨生活……"

她的话还没说完，苏琪就拍手叫快："感谢夫人的宽宏大度，感谢你的海量包容。你越是原谅我、饶恕我，我对你的感情越深，我越发不能离开你。"

苗芳："你要明白，我原谅你，饶恕你，是你对她产生的感情，你对她的挽救。但这都是你去嫖娼引起的，对你的嫖娼行为，我是不会饶恕的！"

苏琪点头赞同。

苗芳："我现在倒关心起她来了。你不去她那儿，她怎么办呢？我的意见是帮助她找个家，她今后的生活还是很美好的。"

苏琪："她是个死脑筋，她说她只跟着我，其他任何男人都不行，不跟着我，她只会得抑郁症，最后悲惨地死去。"

苗芳："痴心女子是会走到这一步的。你拯救了她，这是你立的功，现在你又让她悲惨地死去，这是你犯的罪。要知当今，何必当初呢？杀人杀死，救人救活，你能让她这样死去吗？我也不忍心呀。"

苏琪："我也没办法，在你们两人之间，我只有舍弃她了。"

苗芳："既然挽救了她，就不能再舍弃她。"

苏琪："那怎么办呀？我的头都要炸了，就是想不出个两全其美的办法。也许她的命就该如此，这叫生得悲惨，死得痛苦，中间一段幸福生活是对她的补偿。想到命该如此的时候，就不太惋惜了。其实，任何事情都是如此，当你对某一不幸感到掏心挖肺而又无可奈何时，说句'命该如此'，就会立刻缓解你的痛苦。"

苗芳："你那是精神胜利法，对于完全没有门路的事情管用，但她这个事恐怕还不是完全没有门路吧。"

苏琪："啥法子也没有，除非把我一劈两半，留你一半，给她一半。"

苗芳："我倒有一个想法，虽然不算两全其美，但还是比较合适的。"

苏琪："你说说看。"

苗芳："咱先说好，我说出后，你不要瞎猜，乱想，别认为我疯了，我傻了，我神经了，我说胡话了。我不疯，也不傻。千万不要把我往坏处想，更不要认为我阴险。我一辈子从来没有对任何人使过坏，我说的话，做的事，都是对别人有利的，这已成为我的禀性了。"

苏琪："你快说吧，我还不知道你的人品，放心吧，不管你说什么，我都会往好处想。"

苗芳："好，我说，把她接到咱们家吧。"

苏琪："你说什么？你再说一遍？"

苗芳："把桂亚菲接到咱们家吧，这样，她不离开你，我也能看见你，这不是一举两得吗？"

苏琪懵了，他怎么也不会想到自己的妻子会把丈夫的情人接到家里，真是匪夷所思。因为有言在先，他对她的想法只能往好处想，不能往坏处想，但往好处想，他怎么也想不下去，他只好说："这怎么能行呢？首先她不会同意，她最怕见你了，她认为她最对不起你，同时，她也认为你对她最痛恨，人们常说最痛恨的无非是杀父之仇，夺夫之恨。但她一点都不怪你，这是人之常情，你如果不恨她反而不正常了。因此，她不会来。再者，她以啥身份来呢？没有个合适的身份就是言不正，理不顺，非常别扭。"

苗芳："这好办，当我的表妹，来了就是咱家的一口，叫我姐姐。"

苏琪："咦！你的脑子真快，想得真超前，你想的是我根本不敢想的。"

苗芳："你找她谈谈，把我的意思说给她。记住，要从好处说，别叫她误解，首先你得想通，然后你才可能说服她。你如果叫不来她，我亲自去。总之，非把她叫来不可，不然咱就过不安生，她会有个悲惨的结局。"

一个晴朗的下午，大杂院里热热闹闹，人来人往。桂亚菲坐在自己清静的屋子里，暗自落泪，愁眉不展，思索着今后的出路。忽然听见敲门声，她打开一看，原来是苏琪。她万万没有想到，她又惊又喜，把门关上，抱住他大哭起来，说道："我原以为再也见不到你啦，你怎么又来了，她让你来吗？她知道你来吗？"

苏琪："她知道我来，是她叫我来的。"

桂亚菲："她叫你来干什么？"

苏琪："她叫我来接你回我们家的。"

桂亚菲："你说什么？接我回你们家？不可能吧。"

苏琪："确实是她叫你回俺家的。"

桂亚菲："她叫我回你家，这有可能，这与《红楼梦》里王熙凤请尤二姐回贾府如出一辙，看来她和王熙凤是一号人。她是让我死的，在你们家活活把我折磨死，神不知鬼不觉，杀人不见血，真是心狠残酷，阴险毒辣。"

苏琪："苗芳绝不是《红楼梦》里的王熙凤，你也不是尤二姐，我更不是贾琏。她肯定不是折磨你，你不了解她，她有一个比天空还大的心怀，有一个比海还阔的肚量，有一个比天高的怜悯心，有一个比地厚的同情感，她可以容忍世上难容之事，可以理解人间难理解之人，只有你去我们家，才能让我对你放心，你也会有个光明的前途。"

桂亚菲："我现在很矛盾，我想去，也不想去。想去的理由是不管我以什么身份去，我离你都是不远的。从这一点上说，我宁愿去你家当保姆，整天做饭，刷锅，洗衣服，扫地，侍候老人，照顾小孩，真是这样，倒是我的福气，也是我的最高理想了。我不想去的理由很简单，我不想被折磨死，要让我死，就干脆一点，速战速决，别让我活受罪。即使有这样的结果，我也有愿意去的想法，因为去也是死，不去也是死，我甘愿死在你家，死在你面前，更愿意让你亲自把我杀死。"

苏琪认为桂亚菲是无论如何也不会理解苗芳的，对她说苗芳的善良，她是听不进去的，再给她解释也没有用。他认为不管她如何理解，只要她愿意去，哪怕是她抱着自投罗网的想法去，也是他做工作的成功。苏琪不再给她讲道理了，只是简单地说："请你相信我，我想让你去，你会有较好的前途。"

桂亚菲："好吧，我相信你，我跟你去。但我去你家算老几？我是什么身份？"

苏琪："你作为我们的表妹，你叫我表哥，叫苗芳表姐，对其他人的称呼就好办了。"

桂亚菲沉默了好长时候不说话，在作激烈的思想抉择。这是个痛苦的抉择，是生死抉择，她选择了去。她是抱着去受罪的态度的，她在想："我夺走了她的丈夫，使她对我有夺夫之恨，她忍受了这么多年的痛苦。我对她的痛苦是不忍心的，我要赔偿她，以此弥补我对她的愧疚。让她把我折磨死，我就不欠她账了，我就可以轻松死去，不会落个欠债鬼。"她想通了，最后，毅然决然地说："我去。"

桂亚菲来到苏琪家里以后，谨言慎行，甚至到了谨小慎微的程度，尤其是对于苗芳，更是唯命是从。她时时观察着苗芳的脸色，体察着她的声音，生怕苗芳生了气，更怕自己的不对惹怒了苗芳。但苗芳对她不但从没有生过气，也从来没有发过脾气，甚至连高声言语也没说过，苗芳看见她总是柔情满面，温暖可亲，说话先带笑，并总是以"妹妹"开始。苗芳的言谈举止动摇了她对苗芳的想法，但她仍不知道苗芳的葫芦里装的什么药。

桂亚菲在苏家甘当一名丫鬟，她认为自己在这个家只有义务，没有权利，只有干的，没有说的。家里不管什么活，她都认真干。伺候两位老人，无微不至，不但端吃端喝，还为他们端屎端尿，打水洗脚，经常为他们梳头、剪脚指甲，还为他们洗衣服，拆洗被子、床单等床上用品，老两口非常满意，把她当成亲闺女，经常"闺女，闺女"地喊她。桂亚菲是干家务活的主将，原来苗芳干的家务，现在全由她干了，做饭、刷锅、打扫卫生、喂猪、喂牛、喂鸡、喂狗，她啥活都干，而且干得踏实认真。她的到来，大大减轻了苗芳的负担。她对两个孩子也特别好，经常送他们上学，接他们回家，还能与他们打成一片，说他们说的话，做他们做的活动，他们把她当成自己的伙伴，有啥话愿意给她说，有些秘密话，他们连妈妈都不告诉，而愿意告诉他们这个新来的阿姨。

两个月以后，桂亚菲认识到苗芳对她不但没有一点恶意，反而是像一个亲姐姐一样，她在这个家感到很温暖，真像是自己的家，她由衷地说："苗大姐待我真好，她真是我的亲姐姐。"苗芳待她越好，她感到越内疚，她痛苦不已，后悔莫及，她不该夺走她的丈夫，不该为她留下任何冤仇。过去的已过去，今后决不再干对不起苗芳的事。此外，还要在这个家好好干，减轻苗芳的负担，以实际行动，将功补过。

苗芳也亲身体会到桂亚菲是个非常贤惠、非常善良的女人，而且还吃苦耐劳，任劳任怨，从她在苏家的这一段时间里，可以看出她是一个不错的女子。这样的女子应该有一个美满幸福的家，有爱子如命的父母，有志同道合的丈夫，也应该有乖巧听话的孩子。可是她全没有，她啥也没有，从小到大，从过去到现在，她都是一个人，孤苦伶仃，无依无靠，受尽了人间难以忍受的罪，吃尽了世上无法吃的苦。看看她，比比自己，老天爷太不公平了。自己虽然自幼无爹无娘，但现在却有一个幸福的家，有可爱的孩子，有如同亲生父母的公爹公婆，也有令自己心满意足的丈夫。两人悬殊太大了，她太可怜了，怪不得苏琪怜悯她。苗芳不但谅解了丈夫，她还想成全他们，让桂业非也享受人间的幸福。

> 原来恼怒万分强，现在怜悯突显彰。
> 甘愿奉献一切有，弥补过去表衷肠。

苏琪的住宅是一个20米长，17米宽的大院子，坐北朝南。北屋五间两层，西屋三间一层，东屋一间一层。住宅的东邻是猪圈、牛棚和鸡舍。北屋一层的东三间由老两口居住，二层的东三间由苏琪和苗芳居住，桂亚菲被安排在北屋一层西头的两间房子里。两个孩子住在北屋二层的西头两间里。苏玹住在东屋两间屋子里，其他房间是厨房、库房和杂七杂八的存放处。头门在东南角，是一个可以过汽车的宽敞大门，苏琪的汽车进院后，放在西屋南头的车库里。

自从苗芳做出要成全苏琪和桂亚菲决心以后，她不让苏琪与她住在一起，她让他去桂亚菲房间里住。开始时，苏琪摸不清苗芳是与他赌气，还是要与他彻底结束。从她的情绪和近来的表现看，不像是结束，但不让他与她住在一起，这是要结束的具体表现。他的事已让她伤透心了，他不敢再得罪她，她不让他在她房间里住，他只好不住。她叫他去桂亚菲房间里住，他开始时不敢，后来他想试试，看她们两人各有什么反应。一天晚上，大家都睡了以后，他去敲桂亚菲的门。桂亚菲得知是苏琪以后，大声说："苏大哥，我已经睡了，有啥事明天再说吧。"苏琪吃了个闭门羹。他无精打采地回到车库里住，心想：

> 原来俩老婆，现在没老婆。
> 光棍汉一条，生活独自过。

一天晚饭后，桂亚菲把厨房收拾妥当来到苗芳的房间。她一进房间，看见苗芳一个人在看电视，说道："姐姐在看电视呀。"苗芳一看桂亚菲来了，急忙关住电视，说道："妹妹来了，快坐，快坐。"

桂亚菲坐下后惊奇地问道："苏哥哥呢？他怎么不在呀？"

苗芳："你找他吗？他不在我这儿，自从你来了以后，我就与他分住了。"

桂亚菲："这是为什么呀？就是因为我吗？如果是这样，我就不应该来，看来我又犯了一个对不起你的罪。"

苗芳："是因为你不假，但这不是你的罪过，而是我的决定，谁都不怨。"

桂亚菲："这是为什么呀？"

苗芳："你比我更可怜，我要成全你们。"

桂亚菲激动得两泪倾流，说道："我的傻姐姐，你疯了吗？你怎么说起胡话来了？世上哪有把自己丈夫让给别人的呢？"

苗芳很正经地说："我过去痛恨你，自从知道你的悲惨过去以后，我可怜你，同情你。你是人间最痛苦的女人，直到现在你还没有过一天好日子。你没有一个亲人，也没有家，连自己姓啥名谁都不知道，自己多大年纪了更不知道。每一个生在世上的人，都有很多亲人，除爹娘外，还有家里其他人，还有亲戚朋友，你有什么呢？谁来亲你呢？你唯一的亲人就是苏琪，苏琪就是你的命，你的一切，这么一个可怜人，我不能再伤害你了，我不能在你的伤口上加盐，我不能再对你雪上加霜。我也是从小失去了父母，但我有爷爷奶奶的照顾，长大以后我有个幸福的家，我有这么多亲人，女儿、公婆、弟弟，你呢？你什么也没有。如果你在大杂院继续那样人不人、鬼不鬼地过下去，你将永远是一无所有，你将落一个童年可怜、中年凄凉、老年悲惨的下场。你与苏琪那种半阴不阳的生活，是不会有好结果的。别看你们海誓山盟，一往情深地许诺，这都是眼下激情的泡沫，最后它会破灭的，苏琪也会离开你的，因为你们在一起名不正，言不顺。老年时你将是一个孤苦伶仃的老人，你有病时，没有一个人照顾你，你出去办事时，没有一个人陪伴你，当你卧床不起时，没有一个人为你烧碗汤，为你送口水，甚至到你死后，也没人为你送终，为你料理后事，你将像一条死狗一样，被人拉出去埋在乱葬坟里，没有一家正宗老坟接收你，即使到了阴间，你也是一个无处安身的孤鬼，独自游荡在渺茫无际的悲凉中。我不想让你有这样的结局，我想让你有一个幸福的晚年，美满的结局。你喜欢了我的丈夫，这在一般情况下，对一般女人来说是绝对不可接受的，但我待你不同，我对你有一个与其他人不同的看法。你过去的行为，虽然有悖常理，但都是被动的，都属于生活所迫，你不是那种游手好闲、逛荡成性、好逸恶劳、玩弄感情的女人。关于你与苏琪的关系问题，他有钱，你无钱，他强势，你弱势，你把感情倾吐给他是很自然的。人们常说：

男人有钱就变坏，女人变坏就有钱。

男人有钱爱撒谎，女人无钱易上当。

男人有钱就走偏，女人无钱就叉弯。

男人有钱就折腾，女人无钱不安生。

男人有钱瞎胡捣，女人无钱跟着跑。

男人有钱找乐子，女人无钱想是非。

"苏琪是一个好男人，他有很强的怜悯心，有很深厚的同情感，他不舍得抛弃你，就是因为他不愿意让你继续受苦受难，这是我说他好的突出表现。跟着他肯定受不了罪。请你相信我，我是真心实意为你好，你要珍惜我对你这一片心，我没有任何圈套，也没有任何心眼儿，我就是一打一实地，心心相见地对待你的。希望你也用此心对待我，这样咱们才像亲姊妹俩，不然你就不是我的妹妹了，你说呢?"

桂亚菲早已泣不成声了，尤其是当苗芳谈到她过去的非人生活时，她悲痛得几乎就要昏厥过去。她回忆着，她来到这个家以后苗芳对她的关怀，再联系今晚她的肺腑之言，桂亚菲毫不怀疑苗芳的心是诚实的，话是真切的，是真心实意对她好的。她深深感到苗芳是一个毫不利己专心利人的伟大女性，她愿把自己心爱的丈夫让给别人，为了别人的幸福，她自己甘愿过孤独寂寞的生活。看着她，比比自己，她像一棵参天大树，自己像一棵微不足道的小草，而且她是一棵保护自己的大树。桂亚菲越想越惭愧，越想越感到对不起苗芳。苗芳越说照顾她，她越感到内疚，她暗暗对自己说，不能太自私了，不能再伤害她，她是救命恩人，不能恩将仇报，应该恩将德报。她对苗芳说："苗芳姐姐，不，我的亲姐姐，你对我的好心我全明白，你不能再自我牺牲了，我已经知足了，我不能再伤害你了，只要你让我生活在这个家里，生活在苏琪身旁，我就非常满意了，我对他有感情，但我决不会与他在一起，我永远不会让他走近我。自从我来到这个家以后，我就不让他接近我。请你不用担心我，我很快乐。"

苏玹是苏家的一个主要劳动力，由于他的腿不方便，对于发挥他的作用受到很大影响，他是苗芳的得力助手，地里的活和家里的重体力活，都是他与嫂嫂一起完成的。桂亚菲进家以后，苗芳很少去地里干活了，地里的活主要有桂亚菲和苏玹干。每日相处，无话不谈。桂亚菲很快发现，苏玹虽然腿有些瘸，但干活很卖劲，凡是吃力的活，他都包下来，不让她干一点脏活、累活。他不爱说话，与他在一起，大半晌也不说一句话，多半是桂亚菲主动给他说，即使问他时，他也是简明扼要地回答，一般不发挥、不论述，更不长篇地发表自己的意见。他心地善良，怜悯心强，同情弱者。有一次在地里发现一只受伤的野兔，他抱住它，跑很远把它放在杂草多的地方。他对桂亚菲说："一只受伤兔子，多可怜呀！到处都是敌人，随时都有丧命的危险，我不忍心伤害它。"渐渐她对他产生了仰慕之意。她心想："他与哥哥是一模一样的人，怪不得是兄弟俩！"她也感到他诚实，从不撒谎，心地善良，从不欺负人，是一个可以依靠的人。

苏玹腿瘸，内心却不瘸，四肢残疾，心灵一点也不残疾。他虽然不爱说话，心里想得倒挺多的。一个早该结婚的男子，如果经常与一个单身女子在一起，他内心的激烈活动程度，别人是无法想象的。从另一个层面上说，他亲身体验到桂亚菲是一个正经女人，她心眼好，待人诚恳，家里活，地里活都会干，是当代农村妇女的代表。他认为这样的女人应该受到好的待遇，应该过美好的生活，应该有较好的享受。他理解了哥哥对她的倾情，也理解了嫂嫂对她的大度宽容。

一天，桂亚菲问苏玹："你的腿是怎么瘸的？"

苏玹回答："我九岁那年得了小儿麻痹，治好后落了个腿瘸，再也治不好了，这个瘸腿把我害苦了，有些人爱嘲笑我，让我吃了不少苦头。"

桂亚菲："他们怎样嘲笑你呀？你说说让我听听。"

苏玹："他们说我：走着一歪一直，站着一高一低，躺着一长一短，坐着少气无力。他们还有另外一个说法：走着摇头摆尾，站着骏马歇蹄，躺着长短不齐，坐着整整齐齐。"

桂亚菲："你给他们顶回去，你就说：走着摇摆兜风，站着才气峥嵘，躺着铺天盖地，坐着运筹英明。"

苏玹哈哈大笑起来，说道："我真高兴，在你面前，我倒成了英雄好汉了，与你在一起干活真舒服。"

桂亚菲:"我再问你,你也老大不小了,该成个家了。你对你的娘子有什么考虑?"

苏玹:"连影子都看不到的事还能有什么考虑?没有考虑。"他说话中,情绪低落,露出伤心的感觉。

桂亚菲把脸色阴沉下来,表示对苏玹的深刻同情。她说:"请你把我当成你的姐姐,有什么苦恼,请对我说一下,可以释放一下你的痛苦。"

一个心仪女人提出要承担自己的痛苦,他激动得说不出话来。随后他对桂亚菲说:"我刚达到结婚年龄时,很多人为我说媒,但都被拒绝了,主要原因就是我瘸,她们对别的条件全不考虑,一说是瘸子,她们就立刻拒绝。我对自己的婚姻很悲观,我认为,不仅仅是过去被拒绝,今后还会被拒绝,而且永远会被拒绝。因为我的瘸是不会改变的。我反正是被拒绝,还会有什么考虑。因此,你问我有什么考虑时,我说没有考虑。考虑这事对我来说是不可能的。"

桂亚菲:"如果有人愿意接受你,你对她有什么要求呢?"

苏玹:"如果真有'如果'的话,只要她能接受我,我就无条件地接受她,无条件,没有任何条件。不仅如此,来到我家以后,我还会无微不至地照顾她,叫她吃好的,穿好的,啥活不用干,天天享悠闲。"

桂亚菲:"你只要没有特殊条件就行,用不着对她特殊照顾。好,我将给你介绍一个。"

苏玹拱手致敬:"我将用大礼酬谢你。"

桂亚菲:"那我就等着啦,我看你如何酬谢我。"

苏玹:"你说话得算数,千万不要再给我开玩笑了,更不要再骗我了,我是经受不起再上当受骗了。"

桂亚菲:"你接连用了三个'再'字,看来你是受过骗、上过当的啰。"

苏玹:"我不仅受过骗、上过当,而且还不止一次。"

桂亚菲:"哦,那你说说让我听听。"

苏玹:"他们都是让我给他们吃,给他们喝,还让我拿东西。当然不是不值钱的东西,而是都是贵重的东西。他们吃罢了,喝罢了,到见面时,女方说:'对不起,我不愿意瘸腿的。'当然,说不愿意的并不都是骗子,有的也是真心的，但有几次是骗人的。"

桂亚菲："你怎么知道他们是诚心骗你呢？"

苏玹："他们吃罢、喝罢后，来见面的却是结了婚的女子，有的甚至都有了孩子。"

桂亚菲："这些人真不道德。"

苏玹："所以，我说你不要再欺骗我了，我已经被骗怕了。"

桂亚菲："请相信你姐姐，我绝对是诚心诚意的。"

苏玹："我得好好酬谢你。"

桂亚菲："你就等我的好消息吧。"

桂亚菲走进苗芳的屋里，开门见山地说："姐姐，当我的介绍人吧，我准备成立个家。"

苗芳："成立个家？与谁成立个家？是真话吗？"

桂亚菲："是真话，我从来不说瞎话。我想让你当我和苏玹的介绍人。"

桂亚菲把她的想法向苗芳讲了一遍，得到了苗芳的理解和支持。这个媒一拍即合，很快就订下了。

在如何举办婚礼的问题上，家里人意见分歧很大，苏琪主张简办，越简单越好，不要把这件事张扬出去，他甚至主张不举办仪式，两人一合床就行了。苏玹坚决反对哥哥的意见，他主张要举办婚礼，而且要大办，要请客，摆酒席，请鼓手，请乐队，请舞蹈队，他要借此机会扬眉吐气，排场排场。苗芳同意苏玹的意见，弟弟结婚要明媒正娶，要大张旗鼓，要热热闹闹。征求桂亚菲的意见时，她说她主张按苏玹的意见办。

经过十几天的准备工作以后，选择了个喜庆日子，苏玹和桂亚菲的婚礼开始了。

苏玹所在的大街上，红旗招展，锣鼓震天，两班唢呐队，在大门的东西两边比赛着，东边掌大笛的光着膀子，西边掌大笛的站在桌子上，两边吹笙的腮帮子像舞蹈家的脚步一样在脸上跳跃着，其他队员都满头大汗。围观者一会儿聚集到东边，一会儿又跑到西边。舞蹈队实际上是一个打鼓队，是一群六十多岁的老太太化妆后背着大鼓组成的秧歌队，她们的表演也深受观众的热烈欢迎。街道两旁的红旗迎着东风发出窸窸窣窣的摩擦声，鞭炮声，鼓乐声，孩子的叫喊声，整个街道熙熙攘攘，挤挤拥拥。有人的地方就有生意，很多小商小贩也推着货车，担着货担来叫卖。整个村庄如同集会，如同唱大戏，是该村有史以来最热闹的一天。

形成这个热闹场面的原因有几个：苏家邀请的人多，不但邀请了客人，也邀请了各种文娱队，这是农村制造热闹场面的重要因素；此外，新郎是个瘸子。这么一个瘸光棍结婚，确实让人瞠目。当得知新娘是长得相当漂亮的桂亚菲时，他们不但瞠目，还要结舌。

从大杂院里来参加苏玹和桂亚菲婚礼的人只有一个，就是常姐。她是受桂亚菲邀请而来的。桂亚菲看见她时，第一句话是："我有男人了。"常姐有些忌妒，也有些尴尬，她忌妒桂亚菲，因为桂亚菲曾与她干过一个行当，一同当过三陪小姐，一同接过客，她现在有了男人，有了家，有了满意的归宿，而自己却什么也没有，仍在过着漂泊无着的生活。使她更困窘的是她曾乞求苏琪把她带回家，她将跟着苏琪过一辈子，但她有一个条件：苏琪必须与苗芳离婚。苏琪对这个条件坚决不答应，所以常姐没达到来苏家的目的。她现在回忆起来还有些未了之情。

苏玹高兴得见人就说："我有老婆了，我有老婆了。"在十几桌的午宴上，苏玹在每桌上说一句"我有老婆了"，喝一杯谢客酒。他一连喝了十几杯，不但不醉，反而精神更饱满了。他从来没有像今天这么精神过，从来没有像今天这样扬眉吐气过。他胆大了，气壮了，他不气馁了，不自卑了，他趾高气扬了，他成了一个真正的男子汉了。有人写道：

> 瘸子结婚，惊动全村。
>
> 男女老少，一齐出阵。
>
> 观看热闹，喜不自禁。
>
> 拍手叫好，激动万分。
>
> 好事一桩，人人欢欣。
>
> 祝贺瘸子，美好命运。
>
> 喜结鸾俦，幸福良辰。
>
> 恭喜恭喜，美满婚姻。

酒席宴上，喜言笑语，高叫低鸣，觥筹交错，酒气凌升，太阳西下，欢情仍盛，添酒继续，直至尽兴。

一切成果靠奋斗，
坦途不会轻易有。
苦辣酸甜都尝够，
坎坷过后结鸳俦。

第十七章　兜兜转转的婚姻

互不相干两家人，仁爱促成一家亲。

恩报升华结连理，亲上加亲过百春。

　　梁善是梁庄一位命运悲惨的青年，今年 21 岁。他 12 岁时失去了爷爷奶奶，18 岁前失去了父母，家里就剩他一个人，过着独居的生活。初中毕业后，由于经济困难，他辍学回家务农，经营他家的责任田，播种收割时需要亲戚、近门和邻居的帮助，平常的农田管理全由他自己负责。在农闲季节，他还做些小买卖，因为没有本钱，所以没有固定的生意。他经常赶会，经常跑集市，随时找机会，找到啥生意做啥生意。这边买，那边卖，赚个跑腿钱，赚个地方差价。春节前卖年货，从城市以批发价买来，推着车子在农村里卖；正月十五前卖小孩用品和儿童食品；正月十五以后在农村收鸡蛋，到孵化厂卖，供他们孵化小鸡；收麦前他卖收麦用具，收麦后卖农药、冬季来临卖保暖用品，如手套、耳暖、围脖、口罩等等。偶尔卖蔬菜、卖煤球或收破烂。总之，他随机应变，看见啥机会就卖啥。当然这种买卖赚不了大钱，只能赚仁核桃俩枣的，可以有个零花钱。

　　一天下午，他骑着车子路过齐庄时，发现在一条河沟沿上的大柳树下，放着一个包袱。他下了车走近一看，包袱里包着一个婴儿，他抱起来扒开仔细一看是个女婴，圆胖脸，很可爱，那女婴看见他以后甜蜜地向他笑，很明显这个女婴是被遗弃的。他在想，这么好一个小女孩为什么把她扔掉呢？他马上找到了答案：当前计划生育抓得很紧，这很可能是计划外生育，生下来养了几天之后就把她扔了。可以看出这家对自己的后代还是很疼爱的，他们扔她肯定是出于无奈，有什么难处，不得已而为之。他们不想把她置于死地，他们给她穿得暖暖的，上衣穿着白底蓝花布的衬衣，外面是一个崭新的红棉袄，摸着暄腾腾的，里子是蓝的；下身穿了一条灰色连脚棉裤，也是里表新的；外面包一条小棉被，表是浅黄底，红牡丹花，里是浅蓝色的，并有细密的隐隐约约的格条，最外面是一个大红单子，紧紧地把棉被包起来，只把婴儿的小脸蛋露出来。她不哭不闹，滴溜溜的大眼睛，目不转睛地看人。梁善看了看四周，不远处有几个女学生，他问："学生，你知道这是谁放在这里的孩子吗？"

女学生说："不知道，已经在这儿几天了，有一个老奶奶不断来喂她奶。"

梁善问："现在这个老奶奶在哪儿？"

女学生说："不知道，她只来喂奶，喂罢就走了。"

梁善问："她说什么了吗？"

女学生说："她说这个孩子她们不要了，放在这里让谁捡走的。"

几个女学生进学校了，周围一个人也没有了。那是一个深秋，小北风不停地刮着，刮在脸上有些凉飕飕的。树叶轻飘飘地、丝丝悠悠地落了下来，落到地上，落到水沟里，落到女婴儿的包单上。梁善把婴儿抱起来，放在胸口，把脸贴在包裹上，紧了紧胳膊，然后把婴儿小心翼翼地放在自行车后边的挂篮里，骑上车子，飞快地向十几里以外的梁庄家里走去。

梁善到家以后，把婴儿放在床上，把邻居周大妈叫来，询问她有关抚养孩子的有关事宜。

周大妈帮他把包裹一层一层地解开，又把婴儿的衣服解开，在胸前的棉袄与衬衣的夹层处发现一个小信封，里面有该婴儿的出生年月日。按照信封里的说法，该婴儿整整两个月。在婴儿的腰左侧发现一个核桃大的烂肉，周围冒着红色血水。周大妈说这是一种疮。她说："很可能这是个有名称的疮，怪不得她家里人把她扔掉。"

梁善问："疮还分有名称和没名称吗？有名称怎么着？没名称又怎么着？"

周大妈："有名称的疮就是这种疮有名字。常言说'疮怕有名，病怕没名'。也就是说有名字的疮不好治，没有名字的病不好治。"

他们又叫来李大妈、王大妈，问她们见没见过这种疮，有什么治疗办法。她们有的说是"腰漏"，有的说是"红斑狼疮"，还有的说是"杨梅疮"，不管是哪种疮，都是非常不好治的疮。

周大妈好心地对梁善说："孩子，你还是把这婴儿送回去吧，这病治不好。

你想想，如果是好好的孩子，谁舍得把她扔了哇？"

李大妈说："我同意周大妈的意见，最好把她送回去。你年纪轻轻的，捡个孩子干什么呀？再说啦，这婴儿有大病，你花了钱也治不好，最后落个人财两空。"

王大妈问："现在你怎么办呀？"

梁善说："我先给她看病，看好病养活她。"

周大妈："养几年再送人吗？"

梁善："等她长大了，中用了，她想离开我她可以自己走，我绝不会送人。"

王大妈："你本来就是个孩子，你来养个孩子，不好养的，你没吃过这个苦头，你不知道这里边的难处。再说，你年纪轻轻的，正是介绍对象的时候，人家女方一听说你有个孩子，人家会怎么想，人家会同意来当妈妈吗？恐怕很难。"

周大妈："是呀，谁家的大闺女也不会来先当妈妈，你的媒就很难找。"

梁善坚定地说："不管怎么困难，我一定把她养大，孩子这么小把她扔来扔去的，太可怜了，我实在不忍心把她再扔出去，也舍不得把她送给别人，我一定亲自养活她。"

几位大妈齐声说："好吧，既然你坚决抚养她，我们一定帮助你。"

她们回家给他拿来几件小孩衣服、喂奶工具，告诉他抚养孩子的有关事项，并建议他赶快去大医院为孩子看病。

梁善带着捡来的女婴，在省城人民医院住了下来，当医生问他与女婴的关系时，他毫不犹豫地说他是她的父亲。就这样他当起了父亲，他一个 21 岁的小青年，还没有结婚就当上了父亲。他从来不曾想到，当这个父亲会有什么代价，他也根本想不到当这个父亲对他的今后会有多大的影响。在当父亲的刹那间，他就做好了思想准备，准备应付一切后果，准备克服一切挑战，他是婴儿的父亲，他与婴儿就是父女关系，他们全家本来是他一个人，现在成了两个人了，他有了一个女儿，这样，他的命运与女婴的命运就紧紧地捆绑在一起，今后的日子就是同呼吸、共命运。

他们在医院住了一个多月，病治得利利落落。医生对他说今后当心些，不要再烧着孩子了。他这才知道，女婴的烂肉不是什么疮，而是烧伤。

梁善带着婴儿回到了梁庄，开始迈上漫长的人生之路。

梁善购买了奶瓶、奶嘴，幸亏有羊奶、牛奶，幸运的话还能找来哺乳期妇女的婴儿喝不完的奶水，小孩喝奶的温度，小孩什么表现是饿了，什么表现是吃饱了，每天喂奶几次，什么时候是最佳喂奶时间，等等，他都一一仔细询问周大妈，虚心向她学习。周大妈很诚恳地帮助梁善，每一个细节，她都亲自看着让梁善操作一两遍。在照顾孩子的其他方面，例如晚上如何搂住孩子睡觉，如何把她尿尿，如何把她拉屎，多长时间喂她一次开水，甚至连如何换尿布，他都认真学习，请周大妈为他演示后，他亲自实践一两遍，直到熟练掌握为止。在询问这些技巧时，梁善忽略了用得最多、最常用的穿衣技术，周大妈反问他："你会给她穿衣服吗？"梁善以为穿衣服是不用学的，也不是什么技术，我们每天都穿一次衣服，他说："我想穿衣服没问题，我应该会。"周大妈说："你为她穿穿让我看看。"梁善一实践，不行。小孩太小，不会坐，更不会站，只会躺着，胳膊、腿都是软的，立不住，也不听使唤，梁善用了九牛二虎之力也没有把棉衣穿上，这时他才认识到，为小孩穿衣服并非容易之事。周大妈告诉他："你坐在床上，两腿半蜷，形成一个圆圈，让孩子坐在腿圈里，让她的背靠在你的膝盖上，她就成了站立的状态，你用一只手抓住她，另一只手拿着棉衣，先把她的一只胳膊穿进去，再穿另一只胳膊。她的上衣穿好后，让她仰面躺在床上，这样裤子就好穿了。"

梁善的生活有了一百八十度的大转弯。过去他在家里，吃饭、睡觉，整天不说一句话。现在他的事可多了，为小妮办的事比为自己办的多得多。他非常高兴，他有个女儿了，更使他满意的是小妮经常向他笑，她笑得那么甜蜜，那么温馨。他不时地逗逗她，向她使个鬼脸，她咯咯发笑，他用手摸摸她的脸蛋，她也笑个不停，笑着两条小腿一弹腾一弹腾的，两只小手也是一抓挠一抓挠的，她的笑，她的腿与胳膊的动弹，对他来说都像是文艺表演，都给他带来无限的幸福和无穷的享受。

他每时每刻都与她在一起。他喂她吃饭，搂着她睡觉，把她拉屎撒尿，为她脱衣睡觉，穿衣起床。此外，他外出也带着她，把她放在自行车后座架上挂的吊篮子里，带上奶粉、暖水瓶和奶瓶，也带几件衣服，以防变天。当然，伞和塑料布也是少不了的。他赶集、跑会，也带住她，他串村卖东西时，也带住她。可以说他去哪里都带着她，一步也不叫离开他。他不得不这样，因为没有第二个人能帮他的忙。

梁善给小妮起了个名字叫梁齐，因为他是在齐庄捡到她的。

梁善走动不离带着孩子的事在周围村庄是出了名的，村民们都认为他是个好青年，纷纷为他说媒，但女方的条件都是不要小妮，只有把小妮先送给人，才答应这个媒，她们都说不愿意一进门就当继母，而且今后自己不能再生了，这是她们无论如何也接受不了的，因为那时一对夫妇只能要一个孩子，梁善是坚决舍不了小梁齐，他说："梁齐就是我的命，我的一切，我宁愿不要老婆，也不能不要小梁齐，我不要老婆能过，但不要梁齐不能过。"慢慢地也就没人说媒了。

就在这时柳家庄有个叫柳叶的姑娘看上了梁善，一心想嫁他，她天天吵闹她妈，叫她妈找个媒人为她说媒。梁善的姥姥家恰在柳家庄，柳叶的妈妈赵环去找梁善的舅舅李林，她对李林说："俺那傻闺女非要寻你的外甥梁善不行，好几个媒人为她说了好几个了，她都不同意，她执意要嫁给梁善。请你费费心，把这个媒说成。"

李林："我那外甥是个穷光蛋，家里啥也没有，除了一些吃的粮，本来有几个存款，可是为那个小妮看病也花完了，现在是一天挣的一天花，挣不来就没花的，你的闺女去他家适应吗？我看不适应，很不适应。从经济上说，你家经济基础雄厚，可以说是吃穿不愁，真可谓粮有万石，钱有万贯，吃不尽，花不完，三年不收也不作难，我认为你们还是慎重考虑一下，不要心血来潮，过后又后悔。"

赵环："我也是这么想的，我闺女说她考虑好长时间了，她的这个决定不是贸然行事。说实话吧，我闺女想寻他我也不怎么同意。论他的长相、他的个子、他的身材，都没说的，他的经济条件不好，这也不是大问题，他唯一的问题是他捡个孩子，这是我接受不了的，闺女一去就当上继母，让人认为我家这个黄花姑娘嫁给个二婚男的，好像俺闺女的条件很差似的。论长相，周围村庄的女孩没有比她强的，论个子，她是 1.65 米，不高不低，她的脸型、各个器官的搭配、她的身姿、她的风韵、她的神情，没有一个小伙子看见她不动心的。但人家心动她，她不心动人家。我整天想，谁要是被俺的闺女看上，他肯定是个有福人。这不，你外甥真幸运，真的被我闺女相中了。你告诉他把孩子送出去，我们要求的就这一个条件。你劝他要知道天高地厚，不要有眼不识金镶玉，要说服他识时务，不要太翘脚了，不然就会落一场空。古人说：'花到堪折直须折，莫到花落空折枝。'"

李林听了赵环的话很高兴，他知道赵环有个闭月羞花的女儿，再加上她家的经济条件好，与她家攀上亲比登天还难，这都是周围村庄里的青年人想都不敢想的。这个沉鱼落雁的姑娘，心驰神往地喜欢上他的外甥梁善，这真是千载难逢的机会。他欣喜若狂，蛮有把握地说："我是梁善的亲舅舅，他的事我说了算，这个媒我同意了，你们要求的条件，我们能办到，不成问题。"

李林兴高采烈地来到梁家庄，他开门见山地对梁善说："孩子，我告诉你一个好消息。"

梁善说："啥好消息呀？看叫你高兴的！"

李林说："俺村柳叶的妈妈赵环告诉我，柳叶下决心要嫁给你，别人谁也不嫁。只要咱们同意，这个媒就成了。"

梁善："她们有什么条件吗？"

李林："有。"

梁善："什么条件？"

李林："把小妮儿送出去。"

梁善："我就料到她们这个条件，如果这个条件我要干，我早就娶来媳妇了。"

李林："她们这个条件不高哇。这本来就不是你亲生的，你捡来的，现在你把她送人就行了，你是完全对得起孩子的。再说啦，这个媒茬好哇。多少年来，方圆多少里中，这样的条件是没有的，论这姑娘的长相，论家庭条件，是多少人向往的，我已代表咱们一方告诉她们，同意她们的条件了。"

梁善很生气地说："舅舅呀，你真糊涂，她长得再好，对我来说不是幸福，她家经济条件再好，对我来说无关紧要。当然啰，如果她们没有这个先决条件，这个媒我是乐意接受的，这个姑娘我见过，长得非常漂亮，我很愿意娶她，但她如果要求我把孩子送出去，我就不同意了，我宁愿不要她，也不会把孩子送给人。"

李林说："孩子呀，你就没看看你多大了？与你同岁的，甚至比你小的，几年前就结婚了，很多都有孩子了，而你还一个人，带一个捡来的孩子，还是个女孩。你要知道，你家到你这一辈已经是三代单传了，你爷爷，你爹爹，你，都是弟兄一人。可是到你这一代连单传也传不下去了，你们家的传宗大业就要断绝在你身上。依我的意见，你娶个媳妇成个家，你也可能有个后代，保持你这个家族继续延续下去。"

梁善："舅舅，我不是不想结婚，而是没一个闺女愿意与我结婚。"

舅舅："你这孩子，在你舅面前瞪着两眼说瞎话，据我所知，有几个闺女看中了你的人品，很同意与你的婚事，可是连一个也没有成事儿。"

梁善："她们同意是不假，但她们都有个先决条件：我必须把小梁齐送给人，不能要这个捡来的孩子，她们谁也不想来这里接受个女儿，她们都是想自己生，不愿意要别人的。"

舅舅："人们常说孩子都是自己的好，她们不想接受别人的孩子也是常理。你如果不同意送走孩了，你就找不来媳妇了。你看这样好不好，你把小梁齐寄托给你姨，让她为你养住，这不就等于送人了吗？等小梁齐长大了，你想要还可以要回来，你姨保证还给你。你如果不要，你姨就留在她身边，作为她家的一员，这样不就两全其美了吗？这样好吗？"

梁善："不好。"

舅舅："为什么呢？你别死脑筋，硬钻牛角尖了，这是个非常完美的办法。"

梁善："从解决我的婚姻问题上说，这是个好办法，但我感情上接受不了，梁齐是这世上最可怜的孩子，她的命运最悲惨。她出生不久就被家人扔在野外，身患疾病，在那秋风瑟瑟的大树下无人问津，实际上她已经到了死亡的边沿。一个小生命来到世上没几天就要死亡，这是何等残酷啊……"说到这里，他已经控制不住自己的眼泪，他泪眼婆娑地继续说："我看她太可怜，就把她捡了回来。我也是一个人，我不是被遗弃的，我已是成年人，即使这样，我失去父母的悲痛也是难以想象的。她这么小就被遗弃，而且还是带着烧伤。这么大的不幸，这么大的痛苦，让一个刚出生的孩子来承担，这太不公平了，太残忍了！我这样对待她就是不让她再有任何痛苦，让她享受到一个孩子应该享受到的幸福。她失去的母爱，我要给她挽回过来，她失去的家庭幸福，我也要为她弥补过来。况且，我还要培养她长大成人后去上学，上到大学毕业，等她能自力更生，有了生活能力以后，我会自觉离开她。现在她们不同意我，这正好，我还不同意她们呢。我还怕她们来到我们家后待小梁齐不好呢！我现在不解决婚姻问题，等小梁齐大学毕业了，有了工作，成个家，一切安置住后，我再解决婚姻问题也不迟。"

舅舅："你是大白天说梦话，你没想想那时已经多大了，你都四十多了，这是二十年以后的事了，你还结什么婚，成什么家呀？净是胡扯八道！"

梁善："不，不，我一点也不胡扯。我听说当年陈毅元帅就是四十多岁与二十多岁的张茜结的婚，毛泽东主席还表扬他是晚婚晚育的模范。"

李林无可奈何地说："我已经答应她们了，你让我咋回话呢？说话不算数是最难出口的。"

梁善："你把责任推到我身上，就说我不愿意丢弃孩子，其他条件也都非常满意。"

李林把梁善的意见告诉赵环以后，赵环直截了当地传给了女儿柳叶，她对柳叶说："这回你可安心了吧？人家还是不愿意。"

赵环从根本上不同意这个媒的原因主要是梁善有个捡来的孩子，其次是他家里太穷。李林把梁善不同意的意见告诉赵环以后，她不同意这个媒的理由就更足了，所以才这样告诉女儿。可是女儿听了却非常诧异，她说："他不愿意？他真不识抬举，有眼不识泰山，已有十多个媒婆给我说媒，还没有一个是男方不同意的。他不同意，我倒有些纳闷了，我怀疑他是否精神正常！是他亲口说的吗？"

赵环："他舅舅李林说的，李林说是男方亲口讲的。我说妮儿呀，他不愿意拉倒，咱非找他不行吗？这世上好男孩多着呢！"

柳叶："人有千千万万，但倾心的只有一人，花有千万朵，但宜人的只有一枝，我怀疑这不同意的话是否出自他口。"

赵环："他舅舅说的还能有假？绝对是真的。"

柳叶："我却怀疑。"

赵环："那怎么办？"

柳叶："我只有听到他亲口说才相信。"

赵环："你怎么能听到他亲口说呀？"

柳叶："我要亲自去见他。"

一天傍晚，天刚麻麻黑，柳叶来到梁善家里，梁善把她让到堂屋。他们坐下以后，柳叶问梁善："你认识我吗？"

梁善："我当然认识，你不是柳家庄柳叶姑娘吗？"

柳叶："你怎么认识我的？"

梁善："你是这一带的大美女，没有一个青年人不认识你的，咱们这一带的年轻人中流传着这么一个顺口溜：

> 东家庄，西家庄。
>
> 谁不认识柳姑娘？
>
> 这一带的天仙女，
>
> 各个村庄美名扬。
>
> 见她一面心陶醉，
>
> 说一句话生妄想。
>
> 如果与她聊几句，
>
> 就是死了也无妨。

"今天你亲自登门与我谈话，我真是三生有幸。"

柳叶："我是个直爽人，咱们开门见山，一句话说到点子上。我问你，我妈托你舅来说媒，你为啥不同意？说明你不喜欢我，对吗？"

梁善："不对，我非常喜欢你，与你说那么多媒你都不同意，而非要嫁给我，是我求之不得的，我做梦都想找你做老婆。这个媒不是我不同意，而是你不同意。"

柳叶："你瞪着俩眼说瞎话。是我们主动找你舅来说媒的，怎么能说我们不同意呢？"

梁善："你们是假同意，而是真不同意。"

柳叶："什么真同意，假同意的？同意就是同意，不同意就是不同意，哪有什么真真假假的？"

梁善："你们说同意时是触碰了我的底线，让我干我不愿干的事后才同意的，这说是同意，实际上是不同意，这是耍手腕，还不如直接说不同意呢，净在字眼儿上兜圈子。"

柳叶："你的啥底线呀？"

梁善："叫我把我捡的孩子送走就是我的底线，就是我绝不会干的事。"

柳叶："我们还不知道这个孩子对你竟这么重要！"

梁善："对，她是我的命，她是我的一切！当然婚姻也很重要，尤其是遇到像你这样让我倾心的姑娘时，即使这样，若是与孩子发生矛盾时，我宁愿舍婚姻而不舍孩子。孩子婚姻都重要，二者哪个不可少。若要二者选其一，甘心情愿婚姻抛。"

柳叶："我明白了，咱这个婚姻成与不成的关键问题就是这个孩子。"

梁善："对，如果同意留住这个孩子就成，如果不同意留住这个孩子，就不成。单从感情上说，我最喜欢你，能娶你做妻子是我最大的幸福。如果娶不了你，是我终生无法弥补的遗憾，也可以说是我这一辈子不可挽回的痛苦。"

柳叶："看来你对我还是很喜欢的啰。"

梁善："非常喜欢。"

柳叶："我对你说实话，我非常喜欢你，喜欢到痴迷的地步，我是非你不嫁。"

梁善："你也不要这样，我如果符合你的要求可以，如果不符合你的要求，就不要勉强，还有你妈，你家里其他人，要参考他们的意见。"

柳叶："你还别说，若你留住孩子，还就是我妈不同意。我倒没有什么，我不在乎这些，要个女儿有啥不好哇！但我妈死活不同意，她说如果我同意接受个闺女嫁给你，她就无脸见人，她一定去死，她决不会同意让我这样出嫁。"

梁善："在婚姻与妈妈之间，还是妈妈重要，宁愿不结婚，也不能不要娘呀，正如我宁愿不结婚也不能不要孩子一样。再者，没有一个妈妈不喜欢自己的孩子的，她同意也好，不同意也好，都是出于对孩子的爱。她不同意咱们在一起是可以理解的，一般的母亲都不想让自己的女儿一出嫁就当个继母。继母与孩子的关系往往不好处，在今后的长期生活中会有矛盾，所以妈妈们不同意接收不是自己的孩子。因此，一定要尊重你妈的意见，你妈是为了你好。"

柳叶沉默不语，屋里寂静一片，不大的灯泡发出黄色的光，在昏昏沉沉的灯光下依稀露出一块白的地面，忽然东间有些动静，梁善忙说："小妮该把尿了。"他急忙跑到里屋让小妮尿。柳叶紧跟着进去。梁善熟练的动作，使柳叶自愧不如。小妮尿完后，梁善把她抱起来，对柳叶说："走，咱们去外面说话。"梁善和柳叶各自坐到原来的椅子上，小妮站在梁善的腿上，不哭，不闹，两眼炯炯有神，直望着这个美女客人。

柳叶说："这个小妮真可爱，叫啥名字呀？"

梁善："叫梁齐，在齐庄捡到的，所以叫梁齐。"

柳叶："让我抱抱。"

梁善把小齐递给她，嘴里说着："她晚上认人，不让生人抱，白天还可以。"

果然，小齐在柳叶怀里哭了起来，梁善赶快又把她抱在自己怀里。柳叶看着活泼可爱的小齐，情不自禁地抽泣起来。梁善问她哭的原因时，她说她家里人去年把她的小侄女送人了，那小妮大概也有这么大，也是灵动可爱的。她表姨抱走的，据说把她小侄女抱到陕西卖了。

梁善："哎呀！把一个活生生的孩子送给别人，别人再把她卖了，太残忍了，人怎么会是这样？"

柳叶："我家也是迫不得已。我嫂嫂第一胎生了个小妮，很想要个男孩，偷生了第二胎，又是个女孩，养了两个月，起名叫柳枝。我们不敢留她，因为我们想男孩，只得把她送人了。我们家人都不忍心，我嫂嫂哭了几天，我也好哭。不知道我那侄女现在处境如何？如果被卖到像你这样的人的手里，那是我侄女的福，我就不挂念她了。可是谁知道她的处境怎么样啊！可怜的孩子！"

梁善："以后你们问一下你表姨，问她把你侄女送给谁了，如果是她卖了的话，你们宁愿出钱也得把她买回来。"

柳叶::"以后再说吧。"

梁善："你记住了，不要忘了，一定把她找回来。"

柳叶："今晚天这么黑我没法回去了，我住在这里吧。"

梁善："不行，不行，绝对不行，咱们两人只是有感情，相互倾心，还没有婚姻问题，不结婚是绝对不能住在一起的。"

柳叶："我是想造成婚姻事实，我妈就不得不同意了。"

梁善："咱不能用这种办法逼你妈。再说，我心里不忍，这样做了就会对不起很多人，对不起你妈，对不起你，对不起我自己，今后会后悔的，我们都不是小孩子了，我们要为自己的行为负责。"

柳叶激情洋溢、感慨万分地说："梁善哥，你真好，我对你更爱了。"

梁善："时间不早了，你该走了，我去送你。"

柳叶寓意深长地说："今晚的谈话让我对你的感情更深了。我一定得嫁给你，眼下我妈的思想问题解决不了，我等着，多长时间我都等。"

梁善："你不要等我，你遇到合适的就结婚，千万不要等我，你等我一天，就是让我欠你一天的情债，欠多了也是折磨我，你要爱我，就不要等我。"

梁善把小齐包好放在自行车后座的挂篮里，推着车子跟在柳叶后面，两人各自推着车子，肩并肩地消失在黑暗中。伴随他们的有眨眼的星星和隐隐约约的狗叫声。他们在这渺茫的黑夜里，踏着崎岖不平的坎坷路，脚步越来越沉重。

二十年过去了，梁善已经四十一岁，梁齐二十岁，考入了省师范大学教育系，已在学校学习三年了。学校放暑假了，梁齐回到家里，帮助爹爹干农活。梁善在家里养猪，放羊，还喂些鸡。梁齐回来后对梁善说："爹爹，这俩月暑假期间，饲养的事你就不用管了，由我管，你放心吧，不比你管得差。"

梁善心里得意洋洋，脸上笑嘻嘻的，说道："孩子呀，爹爹不是不想让你管，而是这个活太脏，你大姑娘家，整天干干净净的，对这活不习惯。再说啦，这活太臭，一进猪圈里就臭气冲天，甚至咱们院子里也是臭烘烘的，很多人一闻见就恶心。我是习惯了，也习以为常了，你经常不在家，干这活不适应。"

梁齐："我是农民的孩子，爹爹能干的活我也能干。"

梁善哈哈大笑起来，说道："这才像我的女儿。不过你上了大学了，你能干的活爹爹就干不了。"

梁齐："很快我大学毕业了，我有了工作以后，啥活都不叫你干了，地不种了，啥牲畜都不养了，咱一块住在城里，叫你清闲清闲，你这一辈子够苦的了，马上苦就到头了。"

梁齐轻松愉快地说，梁善心情沉重地听，几句话像千斤锤一样，重重地砸在他心上，他心里在说："孩子呀孩子，你知道你说出的这个苦有多深？这个愁有多厚？"他的热泪，夺眶而出。

梁齐放假回家以后，家里的所有活她包了，连地里的农活她也全干，梁善只是个帮手，动动嘴，作作指导。地里的很多重活，他真的有些力不从心了，按理说，他这个年龄，四十多岁，甚至到五十岁，农活正是得心应手的时候，要经验有经验，要主意有主意，要办法有办法，要力气有力气，也是干农活的黄金时期。可是对梁善来说就不同了，他是未老先衰，像霜打的玫瑰，挺不起腰，抬不起头。自从梁齐在学校住宿以后，他就腾出身来跑到远处干些重体力活，这样可以多挣些钱供梁齐上学。他干的活主要有泥工活、和泥、抬土、运输砖瓦。他干过砖厂活，出土、和泥、制砖、装窑、出窑、运砖等；他干过土工活，挖河、挖坑塘、修河堤、造河堰等；他干过运输买卖，把煤、石灰、石头、石末子、沙子等燃料和建筑材料从山区用人力车拉到平原地区，赚个地区差价；他还经常一昼夜干两个活，白天为一家干，夜晚为另一家干。总之，他是竭尽所能，利用一切机会干活，乘一切时间干活，尽量多挣钱供梁齐上学。梁齐已经上大学了，艰苦的日子是屈指可数了，但对他这不堪回首的往事，他还是触及泪下。他吃尽了难吃之苦，受尽了难忍之罪，精神遭到了摧残，身体受到了折磨，他的左眼受到飞溅石粉的撞击，右眼劳累成疾，几乎失明，即使这样，他从不叫苦不叫累，从不说一句伤心话。

一天，梁齐对梁善说："放暑假时我们学校给我们每人都布置了任务，叫我们每人写一份一万字左右的调查报告，调查对象主要是农民、工人，当然其他人员也可以，以基层群众为主。我打算调查咱们自己家的情况，我看咱家的变化就够典型的。"

梁善："调查的内容都包括什么呀？"

梁齐："家庭的全面情况，家庭成员、经济情况、劳动力、劳动工具、文化水平、经济收入等情况。"

梁善："内容还不少呢！咱的家庭成员简单，就咱俩。"

梁齐："家庭主要成员必须得写详细，性别、年龄、职业、收入，如果去世了，必须写上何年、何月、何故去世的，若是死于非命，还必须把情况详细说明。说到这儿了，我妈是怎么死的？你经常说我妈死了。借着这个机会，我该把我妈的情况搞清楚了。关于我妈的情况，我整天纳闷，一个人连自己母亲的情况都不清楚，有些太憋气了。很多人问我时，我只能支支吾吾，显得自己很不诚恳，不愿交心似的，弄得我很尴尬。一个人对自己的爹娘要活见人，死见坟，不能活不见人，死不见坟，好像自己是从天上掉下来似的。爹爹，你今天一定对我说清楚我妈是谁？她现在在哪里？不管她去到哪里，我一定去找她；若她已去世，她的坟在哪里？逢年过节我一定去磕头烧香，表达女儿的孝敬之心。"

关于梁齐的身世，梁善本想在她考入大学以后就告诉她，现在是告诉她的好机会。他说："我也不知道你妈妈是谁。我也不是你的亲爹爹，你是我在齐庄捡来的。这是二十年前的事了，那时你才两个月。"关于她身份的突如其来的变化，让她头蒙起来，整天待她这么好，把她培养成大学生的亲人原来不是亲爹！自己没有亲娘，什么也没有，就这么一个亲人，还不是亲生，她不禁趴在梁善的怀里，呜呜地哭起来。她哭，梁善也哭，两人抱着头哭了好一阵子。之后，梁善对梁齐说："你是个苦命的孩子。"

梁善从里间的柜子里拿出一个木箱子，箱子紧紧地锁着，锁上的铜锈清晰可见。梁善从口袋里掏出钥匙，轻轻地把箱子打开。取出一个小包裹，他把最外面的蓝布包单解开后，露出一个大红布包裹。梁善把它拿出来递给梁齐，说："这就是二十年前捡你时，你身上的全部东西。最外面这个蓝布包单是我加上的，为的是保护好原来的所有东西。"

梁齐小心翼翼地接过去，一层一层地把包裹剥开，对每件东西都看得非常仔细，对那个纸条上的留言，一个字一个字地琢磨、品味，泪水扑嗒扑嗒地往下落。

梁善："我准备在齐庄附近发放寻人启示，说明当时情况，并把这些衣物附上，贴到附近路口、村庄，让群众认领。我估计你的亲爹娘不会太远，很可能是齐庄附近村庄的人。"

梁齐："原来你不去找，现在我都考上大学了你才想起来去找，咱们在困难时你不去找，现在不困难了你去找，我看找不找关系不大。"

梁善："原来我不找他们，是因为你年纪太小，还没有长大成人。我就是打算等你立住事以后再找他们，现在是时候了。

"他们扔你时身上还有一处感染的烧伤，我把你抱到省人民医院治了两个多月才治好的。你身上现在还有一个疤，就是那次烧伤遗留下来的。他们扔你的原因一方面是因为超生，另一方面也可能是认为这个伤口不好治。我认为你太可怜了。我决心把你的病治好，并把你培养成大学生。为了这个目的，我拼命挣钱供给你，我不娶媳妇，怕她来了虐待你，我若娶了妻子有了孩子，就没有这么大的经济力量供应你了，你肯定上不了大学。现在，我的目达到了，你也上大学了，往后这几年也不用多花钱了，你大学毕业后，找个工作，成个家，你有独立自主的生活能力了，就可以离开我了。所以现在发启示，让你投靠你的生身父母。"

梁齐："他们当初为什么要把我扔了，那时候不要我，我长大了，成大学生了，又来要我哩，他们也太虚伪了吧。"

梁善："不能这么说。他们当时不要你肯定是有他们的难处，咱们要谅解他们。有哪一个爹娘不爱自己的孩子呀！这种儿女亲情永远也割不断。你的亲爹娘来认你时，你一定认他们，并要待他们好，他们肯定待你很好，而且，还会为扔掉你而感到内疚。"

梁齐："他们来认不认都没关系，我对他们没有感情，我有感情的就是你，我的亲爹就是你，其他人谁也不行，我就认你一个人。"

梁善："亲爹也好，不亲爹也好，最后都会离开你的，因为你该成家了，你该有自己的家了。"

梁齐："你离开我准备咋办呀？你自己过吗？"

梁善："我有机会时就找个老伴，成个家；如果没机会就算了，我自己过。"

梁齐："你有合适的吗？"

梁善："哦，没有，没有。到这么个年纪了，成家不成家没什么意思了，一个人过也一样。"

梁齐："唉，爹爹，你让我叫姑姑的那个柳叶，最近来找过你没有？她对你印象可好啦，据说她是非你不嫁，我看她是一直等着你呢。我感觉着那个人也不错。不说别的，她能等你二十来年，这本就是坚贞不屈的品德，有这一条就够了。"

梁善："不知道她近来情况怎么样？已经好长时间没有见过她了。说实在的，不是她妈的阻挠，我们二十年前就结婚了。"

梁齐："她妈怎么阻挠呀？"

梁善："她妈说，要想我们两个结婚，必须把你送人，否则绝对不行。我劝她一定听她妈的话，她也真的听她妈的话了，所以，我俩没有结婚，可是她却一直等着我。"

梁齐："你们最后一次见面是什么时候？"

梁善："是你初中毕业时候。见面时，她又催我把婚礼办了。我告诉她，既然等到这时候了，再等几年也无妨，等你高中毕业了、考上了大学了再办不是更干净吗？从那之后再没有见过她。说实话，周围这么多女人中，我还就看中她一个人，我如果能与她结合，将是我一生的荣幸。"

梁齐："爹爹，只要你喜欢她，她喜欢你我早就听说了，我要想办法促成你们的结合。她那个柳家庄距这里多远呀？"

梁善："十二里路，咱们梁庄、柳家庄与齐庄，这三个村庄是正三角形，彼此都是十二里路。"

梁齐："我决不会让你一个人过，我叫你跟着我，永远跟着我。"

梁善："我对你的义务已完成了，我得离开你了。我很高兴，看见你考上大学，我很高兴。看见你有了新生活，我更高兴，我是带着满意离开你的，而且今后每当我想到你过着幸福生活时，我都会喜笑颜开的。"

梁齐："我的生母来认我时，有什么凭证吗？"

梁善："除了衣物，那个纸条外，还有个重要证据，这个证据只有亲娘才知道，你的每个脚底上都有一个痦子，都在脚心附近，右脚上的偏前，左脚上的偏后。如果不知道这两个痦子，很可能就不是亲人。"

梁齐："我的脚上有这两个痦子吗？我咋不知道哇。"

梁善："你身上哪里有个痦子，哪里有个雀斑，我全知道。不信你脱了袜子，看看你的脚心上有没有。"

梁齐把袜子脱掉，把光脚放到桌子上，她扳住脚板伸着脖子往下看，猛然叫起来："哎呀！真有啊！我过去从来不知道。"

梁善："人都不知道自己脚板上的东西，因为看不见。"

梁齐："一个人身上都长了什么，只有他的亲爹亲娘才知道，因此，你就是我的亲爹，亲爹娘都是渴望跟着女儿，而你却想离开自己的女儿，没见过。"

梁善："离开你是想让你过得更好，还是为了你。"

梁齐："你要希望我过好，就不要离开我。"

梁善："以后再说吧。"

梁齐回到学校里交了一万五千字的调查报告，把她一家，实际上是她爹爹家庭情况的前前后后，比较详细地写了一下，事件翔实，叙述清楚，文字生动，受到老师的表扬，但她的精神生活却有个大变化，她本来是个乐观开朗的女孩，现在却经常闷闷不乐，很少与人说话。她的笑声没有了，歌声没有了。她是一个很漂亮的女孩，在学校的女学生中，她是比较出众的，她在校园路过时，回头率很高，尤其是在男学生中很受欢迎。过去大家把目光投在她身上，都一种愉快的感觉，而现观望她时，却有一种惋惜的不快，尤其是在他们班上，同学们的这种反应就更为明显。

一天傍晚，梁齐在校园里一个人闲逛，这是人到忧闷时常用的排解形式。跟在她后面的一个男生，急步赶上来与她挨近，没话找话地问她："你每天晚上都在这里转悠吗？"

梁心不在焉地回答："偶尔来一次。"

那青年："最近我看你天天晚上来。"

梁齐感觉到他是经常注意着她的行踪的。在大学生中，男女之间的注意，往往是对异性好感的反应。她知道自己在男生中的位置，因此，他经常注意她并不是什么了不起的事情，所以她也不在意，只是顺便说了一句："近来有些不舒服。"

那青年："你怎么啦？身体不舒服吗？"

梁齐："不是我本人，我家里有人身体不好，不过，是我家一位老人，没关系的。"

梁齐的话是婉言谢绝、请勿干扰的意思，但这青年有些黏糊糊的，虽然听出了逐客令，但他仍不愿离开，他继续寻找话题与梁齐交谈而且想与她拉近乎。

他问："你是豫东县的吗？"

其实他早知道梁齐是豫东县的，不但知道她是豫东县的，他还知道她是梁庄的，距他村十二里路。他这样问她完全是没话找话，明知故问。他知道梁齐是大家公认的美女，而他自命不凡，一米七的个子，英俊威武的姿态，坦荡洒脱的风度以及沉着冷静的气质，是学校里唯一与她般配的男生。其次，他与她有地缘优势，都是豫东县的，是相距不远的老乡。有这么好的优越条件，如果被别人占了先，就太可惜了。此外，还有不少人说他与她有很多相似的地方，长相有些相似，肢体动作有些相似，脸上的器官也有些相似。一个男子与一个美女有相似的长相，不要说有几处，即便是一处也叫他心里美得夜难入眠了，更何况他与她多处相似，他心里那种幸福的感觉用语言难以表达。

梁齐答："是。"

他再问："哪个村的？"

梁齐："梁庄的。"

他高兴地说道："啊，梁庄的，怪不得咱俩的说话口音是一样的。我是柳庄的，我叫柳条。"

忽然梁齐对他的话感兴趣了，急忙问道："你是柳庄的？"

柳条："是呀，咱们相距十多里路，是近老乡呢！"

梁齐："柳庄的，又姓柳。"

柳条："对呀，姓柳。"

梁齐："你认识柳叶吗？"

柳条:"她是我姑姑呀。"

梁齐惊讶了,心想,她一直想找的人,原来就是他姑。她问道:"她现在怎么样?"

柳条情绪急沉下来,说道:"已经没她了,她死半年多了。"

梁齐也沉闷起来,说道:"这是真的吗?"是问对方,又好像自言自语。

柳条:"是真的,千真万确。"

梁齐不说话了,双泪倾流。她要找的人死了,再也找不着了,梁齐对她可以说根本没什么关系,但柳叶对梁善却有着非常重要的意义,她是唯一对梁善死心塌地的女人,她一直等他二十多年。二十多年来梁善为了捡来的女儿一直没有结婚,而打算结婚时,对象却离开了人世。因此,柳叶关系着梁善的下半辈子生活。梁齐可怜的是她爹,他声言不跟她一起生活,他独自一人怎么生活呢?她每天晚上在校园转悠的原因,就是为她爹今后生活而发愁。现在柳叶死了,又为她爹的不幸雪上加霜,也为她的忧虑增加了厚厚的一层愁。

她哭泣着问道:"她是怎么死的?"

他怒气冲冲地说:"依我看,她是死在你村那个梁善手里的。"

梁齐惊异起来,但她竭力稳住情绪,继续问:"你说说是怎么回事?怎么是死到他手里的?"

柳条说:"我姑姑是个非常漂亮的姑娘,向她求婚的人很多,她就是不同意,而她同意的男人就是梁善。梁善也喜欢她,但就是不马上与她结婚,要等若干年以后……"

梁齐插话:"等到什么时候呀?"

柳条说:"等到他捡的那个小妮长大结婚成家以后。这本来是个推辞,可我姑死心眼,她说她今世只喜欢梁善一个人,非嫁给梁善不行,别人不嫁。就这样她等呀等,一下子等了二十多年。后来,听说他捡的那个女儿考上了大学,没有后顾之忧了,他与我姑姑捎信儿,商量结婚事宜。我姑姑非常高兴,说:可等到这一天了。我们家里人也很高兴,家里养活一个老闺女总不是戏呀,我爷我奶早就去世了,我姑在家也是一个人过,一听说她要结婚去婆家了,我们都很高兴。她得到善梁要求结婚的消息后,真是喜出望外,不能自已。她恨不得插翅膀一下子飞到梁善跟前,确定结婚的好日子。她的兴奋冲昏了头脑,神志不清地骑上自行车往梁庄跑。就在她去梁庄的路上,被迎面开来的一辆轿车撞倒，头磕在地上，流了一摊血，没抬到医院就断了气。这就是她死的过程。关于她的死因有不同说法，有的说是我姑得到准备办婚礼的消息后，心情太兴奋，有些恍惚，在路上没注意车辆，被汽车撞倒了；另一种说法是因为她长得漂亮，年轻时追她的人很多，而她都不同意，但她却与梁庄一个穷光蛋许下终身，有的人恨之入骨，恼羞成怒，找机会把她撞死。"

梁齐："你兄弟姊妹几个呀？"

柳条："我有两个姐姐，不过我的二姐被送人了，据说是我一个姨奶把她送到陕西了。现在我们家里人都很想念她，都很后悔，当年不该把她送人。每提起她，我妈就泣不成声。我妈说打算去找她呢！"

梁齐："你那个姐姐送到陕西了，就很难找到了。"

柳条："我妈说一定得去找，不一定非叫她回来，只是想见见她，知道她在哪儿，生活过得怎么样，是否需要帮助，等等。"

梁齐："你那个姐姐叫啥呀？今年多大了？"

柳条："她的名字叫柳枝，比我大一岁多。"

梁齐："我对送走的孩子都很同情，落到好人手里还好，落到不好人手里就要受罪，不管如何，她总是个没爹没娘的孩子。没爹没娘的孩子是最可怜的孩子。"

预备铃响了，他们快速走进教室。梁齐坐在座位上，无心看书，也无心写字，一心思索着爹爹的今后生活。柳条也无心学习，他沾沾自喜地回味着与梁齐的长时间交谈，洋洋自得于他与她有了近老乡的特殊关系，为今后与她频繁接触打下了良好基础。

柳条本来就非常注意梁齐的行踪，但只是窥视，不敢接近，更没有交谈的理由。可是今后他就有了借口，几乎每天都去梁齐的宿舍里看望她，为她拿些零食，拿些小玩意儿，有时是嘘寒问暖，有时是询问身体情况，最经常的是无事找事，无话找话，还常常同着梁齐的室友问些无关紧要的话。他去梁齐住室最常问的话是："你吃了饭吗？""你感觉怎么样呀？""我给你倒杯茶吧？""我给你买些水果吧？""你想吃什么呀？我马上去给你买。"等等。梁齐感到很不好意思，有时感到哭笑不得。她很反感，又不想把脸闹翻，说了几次婉言拒绝的话，都没有作用，不知道是柳条不解其意，也不知道是故作不知。有一次梁齐直截了当地对柳条说："柳条，请你不要再来我这里了，我感到很不方便，也影响我住室其他同学的休息，更主要的是你根本没必要来，我根本不需要你的帮忙。"

这话在一般人看来是严肃的逐客令，稍微明智的人就会立即转变态度，不再干那些出力不讨好的行为。但柳条却是无动于衷，以后的所作所为依然如故。对于柳条无休止的纠缠，梁齐又生气又烦恼，但外表上还得表现得和和气气，温温雅雅，有时虽然语气很严肃但说话时还得面带笑容，态度温柔。她的内心与外表的反差，给柳条造成很大的错觉。她的笑脸，他认为是对他的认可和满意；她对他推辞的话，他认为是一个女孩的稳重、矜持和不好意思。

柳条的态度越来越放松，越来越自在，说话越来越大胆，越来越放得开。

一天，梁齐对柳条说："柳条，请你不要常来帮助我啦，我怕影响你的学习。"

柳条心情愉快地回答："我越来帮助你，我的心情越高兴，劲头越大，学习的积极性就越高，记忆力也就越强。"

梁齐对柳条的言论和行为早有觉察，认为他的所为已超出同学之间的关心和帮助，而他想得更多，另有所求。但这只是对他潜在意识的预感，还没有可靠的能拿出手的证据，只有仔细倾听他的语言，认真观察他的动作。一天，他终于说出了他很早就想说而不敢出口的话："梁齐，咱们两个做朋友吧？"

梁齐故意装着不理解他的意思，说道："咱们两个不已经是朋友了吗？还做什么朋友哇？"

柳条说："我说的朋友，不是一般的朋友，而是不一般的朋友。"

梁齐："怎么？朋友还有一般的和不一般的？请讲一下什么叫一般的，什么叫不一般的朋友。"

柳条以为梁齐真的不懂两种朋友的区别，他说："一般朋友就是普通朋友，两个人关系比较好，互相帮助，互相学习，实际上是比较好的同学关系；不一般的朋友就是两人关系比这还要好，除这些以外还有些特殊的关系，我主要指的是感情方面的，就是在感情方面还要拉近一些，不，我说的是更亲近一些。"

梁齐："亲近到什么程度？"

柳条："亲近到男朋友、女朋友的关系。"

梁齐："我是女的就是女朋友，你是男的就是男朋友，不就是这吗？现在咱们的关系不已经是这个样子了吗？"

柳条："我认为还没有达到我所希望的那种程度。"

梁齐："你所希望的那种程度到底是什么，你一直也没有给我解释清楚，我始终稀里糊涂的。"

柳条："我说了半天你还是不清楚？"

梁齐："是的，还是不清楚。"

柳条："我干脆就给你说白了吧，男女朋友指的就是将来要发展成为夫妻关系朋友。"

梁齐表现出恍然醒悟的样子随口"啊！"一声，然后说道："你考虑得有些太远了吧！现在的一切事物都发展得这么快，今天是一个样子，明天是什么样子很难说，变数太大了。人的关系更是不可预测的，即使现在关系很好的男女也未必能成为夫妻。现在咱们的关系不要用一个编好的套把它套起来，这是不现实的，也是不可能的，因为这种关系不是我们能看得见、摸得着的实体，而是思想方面的、感觉方面的，既看不见，又摸不着，况且它还是千变万化的，有时甚至刹那间就有惊人的变化，是不可预测的。因此，不要把它固定为现在什么关系，将来成为什么关系。我认为咱们的关系现在什么样儿，就是什么样儿，不要有什么定位。任何一种关系，它的发展前途有三种可能：更好，变坏，不好不坏。我们的关系也是如此，究竟将来发展成什么样子，现在不要去管它，实际上管也管不了，它发展成什么样子，就叫它什么样子。"

梁齐的这一番话让柳条大失所望，他很早就想把梁齐当成他的女朋友，让他们的关系成为恋爱关系。梁齐这样的表态，他们的关系仍然是不清不楚，他没有达到目的，在他看来，如果把他们的关系确定成恋爱关系，他们之间是男女朋友，那么，他对她就不用那么紧张了，就可以稍松口气了。因为这样是把她变成将来的妻子的第一步。如果不确立恋爱关系，要想把她成为妻子他没一点把握，因为周围很多人正在虎视眈眈，梁齐随时都有可能落入某个强敌之手。他是多么担心啊！在他看来，只有他才配做她的丈夫，只有他才有能力、有水平成为她的丈夫，只有他才能保障她的幸福，只有他才是她最可靠的监护人。梁齐的话使他感到要实现这个目标非常遥远，他很不甘心，他要进一步阐述他们将来做夫妻的想法及其得天独厚的有利因素。梁齐的暧昧态度使他非常着急，他有些迫不及待了，他要赤膊上阵，用赤裸裸的语言向她表白自己的忠心，也可以说用极热切的语言向她正式求婚。他是这样向她央求的：

"首先，咱两个有缘分，是天生的一对夫妻。进校时，我第一次看见你，就对你一见钟情。这几年以来，我的这种感情与日俱增，愈来愈激烈，愈来愈不可自拔，现在到了昼难食、夜难眠的地步，没有你的答应，我的这种状态就很难改变。我对你的情意是先天性的，先天性是天分、缘分，只能在这个基础上发展提高，不可逆转。我在这几年的生活中，曾几次尝试着扭转这种感情，但一旦我的这种感情淡漠，我就丢魂落魄，惶惶不可终日，因此我的感情不能离开你，我的生活不能没有你，我的一切都必须为了你。

"其次，咱们两人有相似的遗传基因。很多人都说咱们两个身上有不少相同之处，不管是长相上，还是动作方式上，甚至是说话的声音，或是走路的方式，都惊人地相似。你仔细想一下，你姓梁，我姓柳，你生在梁家，我生在柳家，咱们出生在毫不相干的两个家庭，怎么会有这么多相似之处呢？这是上帝的安排，大自然的造化，这不是人为的拟想，更不是为了某种目的的夸张。

"其三，咱们两个是近老乡，老家相距十几里路，这也是咱们成为一家的优势，咱们是一个地方的人，有相同的人文地理，共同的风俗习惯，这是在一起生活的基础。

"其四，咱们两个都将大学毕业，学的又是同一个专业，将来有共同的事业、共同的爱好、共同的语言、共同的追求。

"其五，我对你的爱已升华为尊重和痴迷了，咱们结合后我绝对是一切都听你的，一切你说了算，你说你家里就有一个爹爹，没有其他成员，将来咱把你爹爹请到咱家，咱们为他养老送终。"

梁齐听了他的表述后说道："谢谢你对我的好感，不过人的思想不能勉强，尤其是感情问题，不是制造出来的，跟着感觉走吧。"

杨槐是梁齐的同班同学，又与梁齐住在同一个宿舍，是梁齐最好的朋友。一天杨槐对梁齐说："柳条来找你这么勤，我看他是对你有点儿意思吧？"

梁齐装着不懂地问："什么意思呀？"

杨槐不服气地说："你净装糊涂，什么意思？想与你拉关系、套近乎呗。"

梁齐："你看出来了？不瞒你说，他就是这个意思，他已经明确对我说了，他想与我谈恋爱。你认为这个人怎么样？"

杨槐："我认为这个人挺不错的，无论是长相还是作为，都是无可挑剔的。

在学习方面，他是咱们班上的前五名，班上其他同学对他看法也很好。我看他追你追得很紧。你是怎么考虑的?"

梁齐:"你能看出我的态度吗?"

杨槐:"基本看不出来，我看你对他是不热不冷的，琢磨不透你的真实想法。"

梁齐:"你算看对了，我对他就是这个态度，不热不冷，我的思想根本就不在他身上，所以对他热不起来。他是个好同学，对我并没有非礼之事，况且追求异性是他的权利，所以对他也冷不起来。"

杨槐:"这么说你心里已经有人了?"

梁齐:"可以说有，也可以说没有，还没有最后定。"

杨槐:"他是谁? 能告诉我吗?"

梁齐:"对不起，现在还不能，等我考虑成熟、作出决定以后再告诉你，而且是第一个告诉你。"

杨槐:"我等着你的好消息，越快越好。"

梁齐:"你等着吧，不久的将来。"

杨槐:"如果没有比柳条更好的人，我看柳条就不错，选他最主要的根据就是他对你的倾心，这是挑选朋友最重要的依据。其他条件再好，缺乏这一条就不行。柳条不但对你倾心，你们两个还很有缘分，你们的长相、举动、甚至说话，都有相同的地方，而且你们年龄又很相当，这真是天作之合。"

梁齐:"你说的这些都是巧合。世界这么大，人又这么多，某两个人，或许某几个人在某些方面相同或者相似，是完全可能的。有时是男女相同，有时是两个女人相同，有时是两个男人相同，怎么能说长相相同就是有缘分呢? 依我看，有没有缘分不在于外表，而在于内心。有的人貌不惊人，可是他的心眼儿好，善心强，满身的奉献精神，这才是我们倾心的对象;反过来说，尽管这个人长得很帅气，但他满脑子的自私自利，从不为别人着想，这种人再对你倾心也不能要。再一个是年龄问题，年龄固然是找对象的重要条件，但绝不是唯一的依据。关键是他在你心中的位置，经过长时间的观察，如果他能把你的心占得满满的，你的心再也容不下别的任何东西，不管他多么老，也不管他多么丑，更不管他多么穷，他就是你爱的对象。你看我说得对吗?"

杨槐很佩服地说:"对，非常对。你不但在年龄上是我的好姐姐，在见识上也是我的好姐姐。"

　　自从得知柳叶去世的消息以后，梁齐的思想更沉重了，她吃不下饭，睡不着觉，身体一天天垮下来，同学们都积极帮助，尤其是柳条，他们为她端饭，为她办一切事情。女同学给她洗衣服，帮她办杂事；同学给她请医生，这个看不好请那个，请了一个又一个。有的说是思想病，有的说是精神病，还有的说是忧郁症，不管哪个病，吃药都没用，医生说自己减轻精神负担，病自然就好了。她也清楚自己的病因，就是控制不住，她整天考虑的就是爹爹，爹爹过去吃的苦、受的罪、熬的折磨，一桩一桩，一幕一幕，像看电影一样，在她脑子里闪过，爹爹的孤独，爹爹的无助，爹爹的寂寞，在她脑子怎么也赶不走。她睁开眼想的是爹爹，闭上眼看见的是爹爹，睡着了梦见的也是爹爹。一天，她躺在床上，处于半昏迷状态，她看见一位老中医为她看病，他不说话，也不问她，只是拉住她的手为她号脉。号脉后，他没说什么病，也没开什么药，只对她说了这么几句诗：

　　　　天天都做梦，梦梦都不幸。

　　　　梦梦都是爹，挣扎痛苦中。

　　　　入睡就做梦，醒来更悲痛。

　　　　何时能解脱？待到奇迹生。

　　她清醒以后，对这几句诗记得清清楚楚，诗句中说的都是事实，但对最后的说法不理解，他说的奇迹是什么呢？她拼命琢磨"奇迹"的含义，想促使它早日到来，但她百思不解，怎么也想不出来。这天晚上她又梦见这位老先生，他又给她说了四句诗：

　　　　什么是奇迹？奇迹是自己。

　　　　何时会发生？只要想得通。

　　在以后的日子里，梁齐在"自己""想得通"上没少动脑筋。

　　梁善得知女儿在学校得病以后，带着钱，带着她最爱吃的食品来到了学校。梁齐一听说爹爹来了，猛地从床上站起来去迎接爹爹，她自己感到什么病也没有。她让爹爹坐在她们女生宿舍里，把爹爹介绍给她同宿舍的同学，她的介绍就简单一句话："这是我爹爹。"同学们都很热情，让座位的、倒茶的、拿水果

大杂院 / DA ZA YUAN

第十七章 兜兜转转的婚姻

的都有，她们问长问短，谈笑风生，梁齐也融入欢乐的气氛中。这时大家突然发现梁齐没有病了，梁齐好了，梁齐自己也感到没有病。她风趣地说："病怕我爹，爹一来病就走了。"一个同学说："别让你爹走了，叫你爹永远跟着你。"另一个同学接着说："她就永远没有病了。"梁齐对同学们的这句玩笑话却很认真，她心里几遍地重复这句话："让爹永远跟着我，我就永远没有病了。"

关于柳叶去世的事要不要告诉给爹爹，梁齐作了好长时间的思想斗争，正好有一天梁善问梁齐："你说你打算去柳庄打听一下柳叶的情况，你去了没有哇？"

梁齐不得不告诉他了，说道："爹爹，我告诉你个坏消息，柳叶不在了，半年前被车撞死了。"

梁善很悲痛，梁齐也很悲痛。梁善说："她是我最喜欢的女人。你长大，尤其是上了大学以后，她是我唯一的希望，唯一的生活道路。老天与我作对，我不需要时，它给我，我需要时，它又把她夺走，存心要我的命！"

梁齐安慰爹爹："我以后叫你跟着我，我去哪里都带着你。我原来计划你们两个都跟着我，你们啥都不用干，真叫你们有吃有穿啥都不用干，幸幸福福享晚年，老天爷也真无情，连这点享受都不给。柳叶早早走了，她真没福。"

梁善伤心地说："哪是她没福哇，是我没福，走了的人是享福，留下的人是受罪，这叫死享福，活受罪。"

梁齐："我不叫你受罪，坚决不叫你受罪。你过去是为了我受罪，现在我已经长大，不能再叫你受罪了，你受罪养大的人，肯定会报答你，叫你享福，咱即使不按因果报应，按父女关系说，哪有女儿长大后叫父亲受罪的呀！"

梁善点了点头，没说一句话。

梁善在学校待了十多天，天天能见到梁齐，梁齐每天能与爹爹生活在一起。梁齐没有病了，她与其他同学一样去教室上课，去操场活动，给爹爹端饭，傍晚陪着爹爹在校园里散步，与爹爹谈心，畅谈过去和将来，梁齐过了十多天正常生活。

梁齐把爹爹送出校门，梁善一瘸一瘸地离开了梁齐。梁齐泪汪汪地望着爹爹一摇一摆的背影，心想：他又孤独地走了。

"梁齐，快去教室吧，快要上课了。"这是柳条的声音。

柳条在时刻关照着她，她一有困难，他就帮助她，她若有不注意，他就提醒她，他在下定决心创造条件，让她逐步喜欢他，到条件成熟后他会向她正式提出来，请她成为他的女朋友，到毕业后就结婚。结婚前要带她回家一次，要妈妈高兴高兴。而且柳条已把自己一厢情愿的想法告诉了妈妈，他说他在学校有女朋友了。他还对妈妈说："她长得很漂亮，我很喜欢她。"

对梁齐来说，柳条的献媚和殷勤没有任何舒服的感觉，反而觉得多余和不必要。她感到，在爹爹跟前的感觉要比跟柳条在一起的感觉舒服一百倍，她真正认识到幸福没有绝对标准，幸福是一种感觉，它与金钱、财产、地位、权势没有任何关系。她联系了生活中的实际，学校门外不远处有一个垃圾坑，一个傻子经常在里面找吃的东西，里面有食堂里倒的菜渣、饭屑，还有烂水果、剩饮料，有荤的、有素的、有稀的、有稠的、有面条、有馒头、有大米、有饺子。可以说这个傻子想吃啥就有啥，吃饱了还有喝的。白天，哪里舒服去哪里，晚上转悠到哪里睡到哪里，没有任何任务，不操任何心，不管任何闲事，也不认识任何人。想唱几句唱几句，想哼小曲儿哼小曲，整天乐呵呵的，从没有忧愁过，悠然自得，潇洒超脱，比任何人都自由，比任何人都幸福。她好像醒悟了，自己为什么忧愁得不能解脱呢？就是想不通。她现在想通了吗？她现在解除痛苦了吗？她轻松地吐了一口长气。

放寒假了，梁齐回到了家。她一踏进门槛，就看见一院子人，互相询问，熙熙攘攘。他们不是生气的样子，也不像是闹事的，而都是一副兴高采烈的表情。梁善从屋子里刚走出来，还没站稳身子，就被围起来，你一句他一句地问得梁善无从答起。有人说："他是就是捡小妮的梁善。"有的说："他就是柳叶非要嫁的男人。"也有的说："柳叶那么漂亮，非要嫁给这么个男人，真不可思议。"还有人说："怪不得柳叶老早走了，他俩根本无法走到一起。"

梁齐走进屋里把东西放下后再走出来，站在梁善的旁边。人群中有人问："这个就是他捡到的那小妮吗？"其他人说："是的，肯定是她。"

梁齐说："请大家不要乱嚷嚷。你们都是来干什么的？"

大家齐声说道："我们是来认领孩子的。"

每人都拿出来一张《认领启事》，其内容是：

认领启事

本人过去捡到一个女婴，现已抚养成人并马上就要大学毕业，孩子欲找亲生父母。请丢孩子的家长前来认领。

梁庄　梁善　×年×月×日

梁善对大家说："欢迎大家的到来，我向大家致礼。你们拿的这个认领启事是我两个月前发出去的，目的就是让丢弃孩子的家长来认领自己的孩子。"他指着梁齐："这个女孩不是我亲生的，她是我捡回来养大的，到暑假就大学毕业了。就是她寻找亲爹亲娘的。"

大家目不转睛地看着梁齐，一个漂亮的大姑娘，一个大学生，她站在梁善旁边，两人形成鲜明的对比，一个像春天的牡丹，百花争艳；一个像风干的萝卜，皱皮难看。梁齐婷婷玉立，温文尔雅，坦然自若，磊落大方的形象，令大家羡慕不已。

梁善继续说："我捡来这姑娘后，给她起名叫梁齐。我老早就对她说我不是她的亲爹，我要帮她找到她的亲爹娘，所以发了这个启事。大家来想认领自己的孩子，这种心情我很理解。今天你们来了很多人，有五十多位，但这里只有一位姑娘。我希望孩子找到她的亲爹娘，咱们每个人也都想找回自己的亲生孩子。每个人要说出自己的根据，比如：孩子丢的时间，孩子当时的年龄，穿的衣服，身体的特征以及身边的附属物等，说对了，就是你的孩子，说不对，就不是。"

梁善讲完以后，很多人就自动离开了梁家院，因为他们没有认领孩子的可靠证据。

一个中年妇女向前走几步，想对大家说话。可是还没说出口就哭起来，她勉勉强强、断断续续地说："我叫方珍，我的小女孩两个月时我就把她送人了，至今已经二十多年了。孩子如果还在的话，她跟梁齐差不多大小，我很想念我的孩子，我不应该把她送人，我要为此事后悔一辈子，我将祈祷上帝保佑我的孩子平安，祈求我的孩子原谅我这个妈妈无情地把她送人……"她哭得说不下去了，停下来喘口气。

梁齐安慰道："大娘，你不要太伤心，请继续说吧。"

方珍抽泣着继续说："我的小妮名字叫柳枝。走时上身穿着白底蓝花布衬衣，外面穿一件蓝里红表棉袄，下身穿的是灰色连脚棉裤。包她的是一条棉被，表是浅黄色并有红牡丹花，里是浅蓝色的格条布。最外面是一条大红单子。"

梁善："你说你把小妮送给人了，你送给谁了？"

方珍："送给我表姨了。"

梁善："你表姨是哪里人？"

方珍："我表姨是祈庄人。"

梁善："你表姨现在在哪里？"

方珍："她已经去世了，已去世几年了。"

梁善："你表姨要这个孩子干什么？是自己养呀，是卖呀，还是送人？"

方珍："她准备卖，可能马上卖，也可能养几年卖。"

梁善："她准备卖到哪里？她给你透露过吗？"

方珍："透露过，她说准备卖到陕西，陕西那里贵。"

梁善："你的孩子到底去哪里了？"

方珍："被卖到陕西了。"

梁善："你怎么知道她被卖到陕西了？"

方珍："因为她自己没有养，她家里没有我的孩子。"

梁善："你既然知道你的孩子被卖到陕西了，为什么还要来这里认领孩子？"

方珍："这是我的精神寄托。不管哪里有招认孩子的，我都去看看，倾吐一下我送走孩子时的情况，讲讲我的痛苦与后悔，祈求孩子的谅解。我知道在这里找到我孩子的希望很渺茫，以后我要去陕西找她，找不到她我会一辈子痛苦的。我来这里认领孩子，只是为了借机消愁而已。"

梁善没有再问，只是"啊"了一声。他又问其他人："还有认领者要表述吗？"

整个院子沉默不语，鸦雀无声。不说话、不表述就意味着放弃认领。

被认领的孩子就在一旁站着，方珍的描述很详细，很具体，与梁齐被扔时的情况一模一样。其他人也都想找孩子，但都无法说明当时的具体情况。所以他们就不再赘述了。

人都一个一个地离开了，方珍虽然恋恋不舍，但还是一步一回头地往外走，因为她知道她的孩子不可能在这里出现，她是来借机忏悔的。

梁善："这位大嫂，请你留一下。"

方珍："你叫我的吗?"

梁善："是的。"

方珍喜出望外，非常激动，激动得不知所措。她想：即使这个梁齐不是她的孩子，至少与她表述的情况有些接近，所以梁善才让她留下，进一步查证。哪怕梁齐有一点点儿像她的女儿，她也是欣喜万分。她两眼直盯着梁齐走到她跟前，问道："有什么事吗?"

梁善："你能说一下你的小妮儿身体上的特征吗?"

方珍："身体上的特征?"

梁善："是呀，比如哪里长了什么。"

方珍："啊，知道了。我小妮的两只脚板上都有一个黑痣，右脚板上的偏前，左脚板上的偏后。"

梁善笑起来，笑得方珍莫名其妙。

方珍不好意思地问道："你笑什么呀，大哥?"

梁善喜悦地说："恭喜你呀，大嫂……"他伸手拉住梁齐往方珍身边一推，说道："这就是你女儿!"

方珍像呆了似的站在那儿激动得说不出话来，张着嘴傻笑。梁善对梁齐说："快叫妈呀，孩子，叫妈，这就是你的妈，你的亲妈。"梁齐长这么大没叫过妈，她猛一下还真叫不出来，光嘴动没有声音。梁善再催促她："快叫，你的亲人终于找着了，快叫妈!"

梁齐费了很大力气叫出一声："妈!"

这一声"妈"方珍等了二十多年，今天终于听到了，她怎么不激动，怎么不兴奋!她把攒了二十多年的劲全部使出来，畅畅快快地答应道："哎!"方珍紧紧把梁齐抱在怀里，泪如雨下。她在嚎啕中只会说："我可怜的孩子!我想死你了!妈对不住你!我可怜的孩子!我想死你了!妈对不住你!"

梁善和梁齐哭了一阵子后，梁善说道："好了，好了，别哭了，别哭了。"

方珍恋恋不舍地松开了梁齐，慢慢抬起头来，泪汪汪地听梁善要说什么。

梁善说："今天是个大喜的日子，是个实现梦想的日子。我为梁齐寻找母亲的梦想实现了，梁齐寻找亲人的梦想实现了，大嫂寻找孩子的梦现实现了!这是值得庆贺的日子，是值得永远纪念的日子!"

方珍对梁善感激得不知说什么好，她扑通双膝跪地磕着头说着："你真是我女儿的大恩人，你真是我的大恩人，你也是我们全家的大恩人，我们一辈子也忘不了你！"

梁善把她扶起来说："你们母女今后就可以永远在一起了，永远不分离了，你可以好好亲亲你的女儿，弥补一下你对女儿的亏欠，小齐也同样可以享受享受母爱。你们的梦想都实现了，你们可以团圆了。"

在这狂喜的日子里，在这实现梦想的日子里，在这值得永久纪念的日子里，在梁善和方珍称心如意、幸福满怀的时刻，梁齐却愁眉苦脸，泪流满面。方珍认为她是找到亲娘太激动，梁善认为她是对于亲娘的不习惯，两人都没有看成是别的什么事儿。其实，梁齐的流泪既不是太激动，也不是不习惯，而是伤感，是为留下一个孤独的爹爹而悲伤！

梁齐不客气地质问梁善："我们这也弥补了，那也挽回了，这也实现了，那也享受了。爹爹，我问你：你弥补了什么？你挽回了什么？你实现了什么？你享受了什么？"

梁善："我的傻孩子，所有你的享受都适用我，你的快乐就是我的快乐，过去是这样，今后也是这样。你马上大学毕业了，你今天找到你的亲生母亲了，这就是我最大的幸福。"

梁善的回答并没有让梁齐满意，但她没有继续纠缠下去，只是站在一旁噘着嘴，不吭气。

梁善对方珍说："这个孩子是你的亲生女儿，我是确信无疑的。不过，我有两个疑点请你给我解释一下。第一点，你说你的小妮是送给你表姨了，她要把她抱到陕西卖掉。可是我捡这孩子是在齐庄学校附近，所以我给她起名'梁齐'，这是为什么？第二点，我捡这孩子时，她的腰左侧有一个核桃大的烧伤，伤口已感染溃烂，周边发红。这个烧伤口是怎么回事？"

方珍若有所思地说道："你说的这两点我还真不知道。关于扔在齐庄附近，咱可以作个推理：假设我表姨不想去陕西卖高价钱了，而本地又找不到买主，计划生育检查得又特别严，若被检查出来要受严厉处罚，她不便把孩子留在家里，所以就临时决定把孩子扔在齐庄学校附近，因为学校里学生多，接送学生的家长也多，小妮就会很快被捡走，所以把孩子扔到齐庄了。"

梁善："你的推理引出了如何有烧伤的推理。你表姨把孩子抱走以后，不小心把孩子的左腰烧伤了一块，医生说是水烫伤的，没及时让医生看，就发了炎，她不敢耽误时间，肯定去不了陕西了，也在本地卖不了，只好扔出去。不过你表姨还不算太坏，还有些怜悯心，在孩子被人捡走之前，她在附近暗处观察着，不断出来给她喂饭，直到有人把她捡走。我看这种推理是合乎逻辑的，用不着再去澄清了。"

梁齐问："妈妈，我问你一个人，不知你知道不知道她的情况。"

方珍："谁呀，孩子？快说吧，柳庄的人我基本上都认识，大部分都姓柳。"

梁齐："我问你的这个人就是姓柳，叫柳叶。"

方珍惊叫起来："她呀！她是我家妹妹，她叫我嫂嫂哩。她是你的亲姑姑呀！我们是一家人。"她说着情绪马上低沉下来，泪汪汪的两眼发红。

梁齐："请你说说她的情况。"

方珍擦擦眼泪说道："她真是香消玉殒，红颜薄命。长得没说的，周围十里八里没人敢与她比。追求她的人特别多，很多有钱人开着车去我家送钱，一进门先许愿，出多少钱呀，盖什么房呀，等等，但她一概拒绝，毫不动心。她动心的是……我原来不好意思开口，怕扰了你们的事。她动心的是你这个爹。你爹一个青年人捡个小婴儿，决心把她养大，她爱你爹，她爱他的心，爱他的慈善，爱他的仁爱，爱他的怜悯。她也知道你爹很穷，她不嫌穷，她不爱钱，不爱地位，不爱权势，只爱堂堂正正，只爱光明磊落。你爹就是这种人，因此她是非你爹不嫁……"

梁齐插话："我爹当时也是非她不娶呀，可是为了养活我，他当时没娶她。"

方珍继续说："你爹为了养活你没娶你姑姑，就这样，这么好的姻缘就耽搁了。要早知道他捡的小妮是你，我早把你抱回去了。如果这样，他们就可以顺顺利利地结合了……"

梁齐又插话："那我爹也不会作这么多难，受这么多苦了。"

方珍说："你爹对她说等把你养大了再结婚，她就等呀等，一直等了二十多年，直到去年初，你爹给她捎信，商量结婚事宜。她高兴坏了，可等到头了。一天她骑着车子去梁庄找你爹，商量举行婚礼的具体办法。就在来这里的路上，被车撞死了。法医说主要责任不在司机，而是她行走在柏油路中间，骑得又快，汽车躲不及。"

方珍擦擦眼泪继续说："多可惜呀！她不但自己丧了命，连你爹的下半辈子幸福也毁了。她可怜，你多更可怜！你长大了，成家了，有了自己的生活了，即使说你们行孝养活他，他的孤单寂寞是无法解决的。你要多孝敬你爹，他是世界上最值得尊敬的人！"

方珍谈柳叶的情况时，梁善一直都听得很仔细，一句话没说，泪水往外流，痛苦往肚子里咽，站在那儿不动，脸色很难看。梁齐一直看着他，比他更痛苦。

柳条告诉过梁齐，柳叶是他姑姑，看来柳条也是这一家的人，柳条叫柳叶姑姑，那么他叫方珍什么呢？妈妈，大娘，婶婶？三者必居其一。不管如何，柳条与她的关系是堂姐弟或者是同胞姐弟。她问方珍："妈妈，我再问你，柳条是咱家什么人呀？"

方珍："那是你的亲弟弟。你们亲姊妹三人，两个女孩，一个男孩，他是老小。没找到你以前，他们姊妹两人，他有一个姐姐，现在他有两个姐姐，大姐姐结婚在本村，从事农业，你是他二姐。因你是个女孩，生下来后才把你送出去，然后又有了他。现在反而成好事了，我一下有了三个孩子，两女一男。小柳条也很有出息，在省师范大学上学呢。快毕业了。"说到这里她高兴得合不上嘴："现在让我高兴的是，咱家喜事接连不断，女儿找到了，儿子有了女朋友，还说要带回来叫我看看哩，他说他的女朋友长得可漂亮了，也是咱们本地人，我们打算麦罢后要给他们办婚礼。"

方珍一说起儿子就起劲了，话特别多，有什么话一股脑儿往外端。她说她的喜事，但没有得到她所期待的回应。她停下来，期盼的眼光一会儿落到梁善身上，一会儿落到梁齐身上。梁善动也不动，像杵在那里的桩子。梁齐身体一丝不动，但嘴唇在翕动，眼睛在转动，充满着琢磨不透的心思。

方珍抬起头来问梁齐："你不也是在省师范大学吗？我想你会认识柳条，我估计老乡也不会多，你们在学校认识吗？"

梁齐："认识，我们很熟悉。"

方珍："你们肯定不知道是姐弟俩，只知道是老乡，对吧？"

梁齐："是的。"

方珍："你认识他的女朋友吗？他说她长得很漂亮，又是咱老乡。咱老乡还有谁在这个学校上学呀？"

梁齐："不知道。"

方珍："你不认识他的女朋友吗？"

梁齐："不认识。"

方珍："这就怪了，咱们老乡还会有谁呢?"

梁齐："就我们两个。"

方珍："那他说的女朋友又是谁呢?"

梁齐："只有他自己知道吧。"

方珍陷入疑惑中。她想："难道他没有女朋友? 是骗我的吗? 如果有，梁齐怎么不知道呢? 学校里就他们俩是老乡，根本没有第三个人，他的女朋友是谁呢?"她百思不得其解。

梁善问方珍："今天就你一个人来了，梁齐她爹呢?"

方珍："唉! 别提他了。柳条生下来三个月，我们拌了几句嘴，他就去南方打工了，说是去挣钱养活孩子哩，可是一去没消息。听说是被传销集团骗进去，跑时被打死了，也不知道死在哪儿。这人肯定没了，要不这十八九年连个音信也没有，我早把他忘得没影了，我领着我的两个孩子过。现在，这个女儿再找回来，他们姊妹三个就有两个大学生，咋不让我高兴。"

梁善："你一个人也很不容易，吃了很多苦、作了很多难吧? 真是难为你了。"梁善怜悯的表情、同情的眼光以及体恤的声音，如同强大的暖流，涌动在方珍的全身，她感到像吃了蜂蜜一样，心里甜蜜，浑身舒服。十多年来，没有一个男人这么同情过她，没有一个男人对她说过让她这么爱听的话，没有一个男人这么体贴过她。她有些不知所措了。

说真的，她面对着梁善，这个用生命把她女儿培养成大学生的人，这个对她十分关心的人，确实有很多想法：他是个善良的人，他是个了不起的人，他是个伟大的人，他是个值得尊敬的人，怪不得柳叶非他不嫁，她看人还是很准的。

方珍问梁齐："你啥时候跟我回去呀，孩子?"

梁齐："我等几天再回去，妈妈，你先回去吧。"

梁善："你啥时候回去都行。现在你是最自由的人，有两个家，想去哪儿就去哪儿。"

方珍恋恋不舍地、一步一回头地走了出去。

方珍快到家门口时，大老远就听见柳条高声叫喊："你去哪儿啦? 去这么长时间，我都在这儿等了大半天了，可把我急死了。"

方珍："谁知道你今天回来呀。"

柳条："过去你钥匙放在这个小洞里，可是今天偏偏没有，而且你又出去这么长时间！"

方珍："因为时间长才不把钥匙放在原处呢。等一会儿有什么呀！看叫你急的。"

方珍把头门、屋门打开，柳条把带的东西搬到屋里。柳条刚一坐下，倒了一杯水还没来得及喝，方珍急切地问他："你说你有个女朋友，女朋友在哪儿？你是在骗我吧？"

柳条："我怎么能骗你呢？一个大活人能是假的吗？"

方珍："你的大活人在哪儿？我问了，没有人知道你有个女朋友。你编得还怪像哩，什么长得很漂亮，学习很好，你们是同班同学，是咱们老乡，等等。你编得与真的一样。你完全是拿你妈我开心，我真生你的气！她是谁？姓啥？叫啥？哪里人？你说是咱老乡，哪庄的？你把她说出来呀！你一个也说不出来，你还说不是骗我，你在哄小孩吧！……柳条呀柳条，尽管我急着要儿媳妇，我是叫你尽快寻找，找不着也不能骗我呀。你这个做法实在让我失望，我也不知道如何说你好！"

妈妈的生气真把柳条弄得摸不着头脑。他说的这个女朋友虽然是他的一厢情愿，根本没有得到女方的认可，但也是确有其人，有名有姓。在妈妈的严厉逼问下，他支支吾吾，说不出话来。他真感到委屈，有点儿哑巴吃黄连的感觉，他也感到这件事做得太窝囊，太冒失。他后悔在女方还没有答应的情况下告诉妈妈。事到如今，只有不说一句话，任妈妈随便数落。

柳条："今天去哪儿了，去那么长时间？"

方珍高兴起来了，愉快地说道："今天出去是值得的，是我一生中最高兴的时刻，也是咱家最高兴的时刻。"她的开心溢于言表。

柳条："干嘛那么高兴呀？很少看见你这么开心，好像又去哪里买减价布了，你买到减价布时就这么高兴。"说罢自己笑起来。

减价、处理、出口转内销，这是商家销售商品的重要途径，每到商品滞销、积压、卖不出去的时候，商家就会采取这种方式，在大街的繁华角落，或在商店门口，用凳子和木板搭一个简单的平台，把积压的商品摆在上面，用高音喇叭大叫起来，吸引顾客前来购买。当然，他们绝不会说是次品、劣品，也绝不会说是卖不出去的积压品，他们以清仓处理、换季改变品牌、出口转内销等名义减价处理。究竟是不是减价，或是减价多少，只有他们自己知道。大多数人喜欢买便宜货，一听说是"减价"，他们纷纷前来抢购，争先恐后，分秒必争，都想把这些"减价"的便宜货买到手。有些商家更绝，他们不但把这些积压货"减价"出售，还限制购买数量，每人一次只能买一件，不准多买，也不准代替别人买。人们就是有这样的心理：越不让买，越要去买；越不准买多，越想法多买；商家若放开让大家随便买，偏偏没人买。商家掌握购买者的这个心理后，只要有积压商品，就采用这些手段，规定几条限制，限制越多，抢购的人越多，很快就把积压货物销售一空。抢购货物的顾客，不一定是需要，而是受"想买便宜货"心理的驱使，不需要也要买，买来放起来，说是准备以后用，究竟用不用，也很难说。

方珍爱买便宜货也是这个原因。只要听说哪里卖减价商品，她准跑去买，而且还想法多买。买到后非常高兴，还向孩子们炫耀她如何想办法弄到手的。她的孩子每当看见她回来很高兴时，就知道她肯定是又买到了减价商品。

这次她回来的高兴并不是买到了便宜货，而柳条又这么说她，她敏感起来，认为儿子在揭她的短处，生气道："你娘爱买减价货，还不是为了省几个钱供你上学吗？没有你娘的这里省些，那里省些，你怎么能上到大学毕业呢！真是'不当家不知道柴米贵，花钱人不知道挣钱难'。你是花钱人，怎么就不知道钱的来之不易呢？"

柳条："我不但知道钱来之不易，我还知道钱来得太难，我手里的钱没有够花过，老是不够花。"

方珍："那你还嫌我买减价东西！我还不是想省几个钱？我不但想法挣钱，我还想法省钱。任何人买东西都想买便宜的，没有人愿意买贵的。我想买减价东西是非常正常的。我不偷窃，不行骗，不丢人，不现眼，你用不着拿它当话柄，动不动就拿出来取笑我。"

柳条："你又小性了不是？我只是看到你高兴的样子像买到减价布一样，顺口就说出来啦，哪里是笑话你呀？当儿子的哪有取笑妈妈的？"

方珍："我看你那眼神是笑话我的。"

柳条："你别多心，我根本不是。"

方珍："我想你也不敢。"

柳条："你说说你今天回来为啥这么高兴呀？我从没见你这么高兴过，一定是有特大喜讯。"

方珍："你还别说，真是特大喜讯。"

柳条："什么特大喜讯？快说。"

方珍："你猜猜，什么事是咱们家的特大喜讯？"

柳条："我们家的特大喜讯……该不是找到我二姐了吧？"

方珍："你还别说，还就是找到你二姐了！"

柳条："别自我安慰了！这是不可能的。我二姐是被卖到陕西了，在这里找到她，怎么可能呢？不定谁又在骗你呢。肯定是骗钱的，他养活这么大，付出了不少心血，抚养费叫你看着办，你能少给人家吗？你付了钱领回来人家的闺女，结果是人财两空。你趁早打消这个念头，肯定不是我二姐，你也不要上这个当。"

方珍："人家叫我领人，一分钱也不要。"

柳条："要么人是冒充的，二十多年了，你根本不知道她的模样，她冒充我二姐，不定是啥目的呢。"

方珍："你想得太简单了，人家让你认人并不是没有根据的。你二姐走时带的东西，人家都放得完完整整，一件也不少；你二姐脚上的痣，清清楚楚，你说的与人家掌握的完全相同了，人家才让你领人，人家一分钱也不要。"

柳条："不要钱，我一点儿都不相信，世上哪有这种人啊？"

方珍："反正眼下没说要，今后如果要，我也愿意给。只要把你二姐找回来，出多少钱我都愿意。"

方珍所说的认亲事情，柳条一点儿也不相信，他认为一定是一场骗局。方珍坚信的二女儿，柳条认为就是某个女人冒充的，方珍相信人家不要抚养费，柳条认为不可能。方珍还对儿子说："你二姐也是大学生，也是今年就要毕业了。"

柳条："人家好不容易培养出来一个大学生，会让你领走？真是白日做梦！"

柳条顽固地认为他二姐不可能在这里找到，不管妈妈说什么，他一点儿也听不进去，而且一概否定。

晚饭以后，梁齐对爹爹说，今天天气很冷，最好早点上床，坐在床上暖被窝。她想利用这个时间给爹爹做做说服工作。她做了一个惊人的决定：她要嫁给她爹爹梁善，照顾他一辈子！她非常明白，她超出风俗的决定，她爹爹肯定不会同意，甚至有可能怒气冲天，暴跳如雷，还可能骂她个狗血喷头，说她伤风败俗，践踏伦理道德。她已做好了充分的思想准备，不管爹爹态度如何暴躁，语言如何难听，即使动手打她（其实长这么大，他从来没骂过她一句，没打过她一巴掌），她也是理解的，她既不埋怨爹爹，也不生爹爹的气。她知道这个决定会受到各方面的质疑，无论是家庭的还是社会的。

梁善有个大院子，四间草房，堂屋三间，坐北朝南，堂屋前面在东半部有一间厨房，厨房对面，也就是院子的西半部是猪圈、羊棚、鸡舍什么的，现在全是空的，猪羊都被梁善卖完，只有几只鸡，也没有圈养，让它们在院里乱跑，自找食吃。梁善说这样喂养的鸡子肉和蛋都好吃，还省鸡饲料，有时一天喂一次，有时一天一次也不喂。堂屋是他们的住室，中间屋是会客室，他们两人住在东西两间。

就是在这里，梁善又当爹，又当娘地抚养梁齐，从她两个月开始一直到她长大成人。她小时，他把她拉屎撒尿，睡时给她脱衣服，起床时给她穿衣服，睡觉时把她搂在怀里，把尿时把她托在手上。梁齐从小就不爱哭，也很少得病。白天梁善带着她在外边跑，晚上是他们两个最快乐的时候，尤其是天气不冷的时候，脱掉外衣后，梁齐就高兴得发疯，她在床上跑、闹、翻跟头，梁善有意为她制造些障碍，她猛地趴到被子上，两人就嘎嘎笑一阵子。

梁齐十二岁以后，梁善让她单独睡在西间，开始时她不习惯，有时睡到半夜还往爹床上跑，即使她习惯独立睡觉以后，遇到极端天气，例如夏天的雷电交加和冬天的狂风暴雪，梁齐说她不敢单独睡觉，一定得睡在爹爹屋里。她长大以后，尤其是假期从学校回来，也要头几夜在爹爹屋里畅谈畅谈，叙叙父女想念之情，聊到大半夜才回屋睡觉。

他们面对面地坐着，聊了一些生活的事情之后，梁齐问爹爹："爹爹，你今后有什么打算呀？"

梁善："什么打算？没有打算，过生活不用有什么打算，闭住眼过呗，过到哪儿算哪儿。"

梁齐："我是说还是你一个人过吗？"

梁善："不一个人过又怎么办？你柳叶姨等我这么多年，基本上已经等到头了，我已给她捎信来商量举行婚礼事宜，她就出了事，这是对我的最大打击，我还真喜欢她，为什么老天爷总与我过不去，明知我喜欢她，偏把她叫走，留我一个人，叫我活受罪。"

梁齐："如果柳叶姨活着，你愿意马上与她结婚吗？"

梁善："当然愿意。但我知道这是不可能的。只能是在梦里与她结婚了……你很快毕业了，然后就找个丈夫成个家，过你们的二人世界生活去吧，现在我也不奢望别的，最大的心愿就是你过得好，你过好了，我也就心满意足了。"

梁齐："那你还一个人生活吗？"

梁善："若能找个伴最好，若找不到，我一个人过。以后没有负担了，不作难了，可该悠闲悠闲了。"

梁齐："我想继续与你生活在一起，我养活你，不叫你作难，不叫你操心，叫你快快乐乐地享受生活。"

梁善："我抚养你的目的并不是让你养活我，而是让你自力更生。你自由自在地走入社会，我的目的就达到了，我就满意了。"

梁齐："爹爹，你没有理解我的意思。咱俩生活在一起并不是过去生活的重复，也不是过去生活的延续，而是在与过去完全相同的表面形式下，咱俩会更亲，你就不会再孤独，寂寞了。你熬了半辈子孤独，吃了半辈子苦，今后我绝不叫你再孤独受苦了。"

梁善："你说的都是好话，我听出来了，不过太玄乎了，我不太理解。"

梁齐："我说得具体些：假设柳叶还活着，你愿意娶她吗？"

梁善："我刚才不是说了，我愿意。"

梁齐："就是这个意思。我是柳枝，是我长出的柳叶，柳枝和柳叶完全是一个整体。现在柳叶落了，只剩下柳枝了，你娶柳叶与娶柳枝不是一样吗？"

梁善："傻孩子呀！你这个玩笑开得也太大了，太离奇了。幸好就咱们两个在自己家里，可不敢让外人知道了，叫外人知道了，咱就没脸见人了。"

梁善认为梁齐是给他开开玩笑，这个玩笑是个大玩笑。他想，与女儿这样畅所欲言、海阔天空侃大山的情景，只有在梁齐小时候才有。那时候他不感到孤独、寂寞，也不苦闷，反而感到很快乐。自从梁齐长大以后，尤其是她进入高中以后，这种场面就基本上没出现过，她假期在家时还好些，她往学校一走，只剩他一个人在家里，除了干活与猪羊打交道外，别的没有任何说话的机会。他认为今天晚上的场面是过去场面的再现。不过从谈话的内容上看，他发觉梁齐的想法有些错位和偏执了。人们常说"十八能不过二十"，说的是年轻人经验少，遇事没有年纪大的人处理得恰当。他认为这关系到梁齐前途，关系到梁齐一辈子的幸福，若不让她的想法回到正轨，将会有严重的后果。这个孩子对自己的过于牵挂，让她有些模糊了爱情和亲情的关系。梁善一时也想不出解决办法，他心里也明白这件事知道的人越少越好。实在无奈，他决定先不想了，去梁齐生母方珍那里去商量一下什么时候送梁齐回家的事宜。

一个晴朗的上午，梁善来到了方珍的家。

方珍听说梁善有意将梁齐送回来，高兴得热泪盈眶，嘴里说着："我的女儿要回来啦！我女儿要回来啦！"

梁善："你们母女团聚，我也就放心了。你把家里收拾收拾，过两天就来接梁齐回家吧，分别这么多年，你一定也想孩子想得紧，恨不得快些让她回到身边来。"

方珍哽咽着说："柳枝这孩子真是有福气，被你这么好的人收养了，精心抚养长大，还上了大学，我真是感激的不知道说什么好！我欠你们俩的，一辈子也还不清。我以后一定会更用心地对这孩子好，以后你也是我们家的一份子，是我们家的亲人，是柳枝的家长，我是她的亲娘，你还是她的亲爹！"

说完这句话，方珍突然感觉有些不妥，亲娘，亲爹——那她和梁善不就成了两口子了？她尴尬起来，带泪的脸庞微微泛红，语无伦次地开始解释："梁大哥，我没有别的意思，你别误会……"越解释越慌乱，羞得脸更红了。

梁善原本因着梁齐要走心情有些伤感，又因着前些日子梁齐有些极端的想法心绪有些烦乱，猛地听到方珍说"亲爹""亲娘"，恍惚中莫名想到了柳叶，看到方珍解释的样子，脸颊微红，手足无措，梁善突然觉得心里软软的，心情沉静了下来。他觉得阴郁被吹散了，有了方向感。

接下来的几天，梁善在想，怎样对方珍表明一下他的态度，怎样对梁齐进行开解和说服；而那天过后，方珍也对梁善上了心，觉得梁善是个可以托付的人，虽然外表一般，但心肠好。看人主要是看内心，外表好看有什么用？不能吃，不能喝，又不能靠它过生活。跟着善良人心里踏实，平静悠闲，过得实在。且凑到一起过日子，不仅两个人有了伴儿，而且两个人都可以不离开女儿，圆圆满满。

梁善，梁善，非常善良，心态如净水，一心为别人。认领女儿那天，他说了几句对她深切同情的话，使她感受颇深，至今思绪萦绕，情意缱绻，有一种他与她本来就是"一家人"的感觉。他和她是梁齐的爹和娘，当然是一家了，是水到渠成，顺理成章。他和她年龄相当，两人都不在乎外表，不在乎长相，这真是天赐良缘，上帝配双，谁都阻挡不住，谁都无法阻挡。

而在学校，知道了梁齐决定的杨槐也一直想扭转梁齐的想法，毕竟养女想与养父结婚是一件有悖伦理的事情。梁齐被一时的冲动冲昏了头脑，她作为闺蜜、好朋友，不能任由梁齐这样错下去。一开始，梁齐并不感冒杨槐的话，她认为杨槐不懂她的感情，不懂她的情怀，她对爹爹就是爱情，而不是什么别的。杨槐为了劝服她，甚至翻阅了心理学、哲学等相关书籍，对梁齐晓以大义。她认为梁齐对梁善的感情，是颠扑不破的亲情，想要照顾梁善一辈子，出发点是作为女儿的一种孝道和责任感，而照顾梁善，并不是非要结婚才能达到目的的，反而作为女儿能够更加尽心。从另外一个角度上讲，若梁齐一意孤行，非要逼梁善答应，就会让梁善为难，甚至背上精神负担，承担心理压力，让他原本就不好的身体更加孱弱，这就是极大的不孝了。

在杨槐日复一日的说服中，梁齐从开始的一意孤行，到犹豫不决，渐渐感觉走出了牛角尖，整个人像是拨开了一层迷雾。她甚至对自己曾经的想法感到可笑：为什么会认为长大了就一定要离开父亲呢？也可以不离开，也可以一起生活，也可以照顾一辈子，也可以尽孝道啊！

梁齐想通了，梁善决定主动了，方珍也坚定了自己的想法。整个世界仿佛都灿烂了起来。

梁齐回生母家那天，柳条也在家。

方珍高声喊道："柳条，快出来！你二姐就要回来啦！"

柳条慢腾腾地从堂屋里出来，抬头一看，吃了一惊，不由自主地说道："怎么是你？"

梁齐幽默地说道："怎么不是我？"

方珍急忙指着梁齐对柳条说："这就是你二姐柳枝，快叫二姐。"

柳条怎么也叫不出来，这明明是梁齐——他的同班同学，他倾心追求的偶像，他自认为长期热恋的女朋友，现在竟成了他二姐！他怎么能叫得出口？顷

343

刻间，柳条心里如翻江倒海，气象万千；如火山爆发，天塌地陷。他失望，他断肠，他肺裂心碎，痛苦万分，他追求的女友原来是他的亲姐姐！生活给他开了个大玩笑，让他难堪，让他悲伤。他一头扎到被窝里，长声短气地哭了起来。妈妈问他原因，他一句话也不说，劝他劝不住，说话不答腔，只是一味地哭，让方珍莫名奇妙，万分惆怅。

方珍对儿子的异常表现感到很不理解，她本来就对柳条的女朋友问题耿耿于怀，现在他又无缘无故地大声嚎啕，她再也忍受不住了，说："柳条，你真不像话！你姐姐回来了，这么大的喜事，高兴还来不及呢，你倒大声哭起来，再大的好事也被你搅散了。"

梁齐："别吵他，妈妈。他心里不好受，让他哭出来好受些。"

方珍："上一次他就骗我，说他有了女朋友，我问他姓啥名谁时，他说不出来。现在又这样，我实在是没法他了。"

梁齐："我给你说实话吧，他对你说的那个女朋友就是我。"

方珍惊奇地说："啊，怎么是你？他竟然把他的亲姐姐当女朋友！真是糊涂！"

梁齐："你消消气。他不知道我是他姐姐，我也不知道他是我弟弟。他想让我当他女朋友，这都是真的。但不知不为过，这不能怨他。"

柳条不再哭了，他从床上爬起来拉住梁齐坐在沙发上，方珍也与他们对面坐下，一家三口叙说起了家常。忽然，柳条说："我去叫我大姐吧，今天中午咱们在一起吃顿团圆饭，为二姐回到家里接风洗尘。"

午饭以后，他们一家四口坐在一起畅谈，一个小外甥在一旁不时地插嘴，梁齐竭力想把他抱在怀里。每次她把他用胳膊圈起来，他都从胳膊下挣脱出去，并大声嚷嚷几句，受到妈妈的批评。

柳条始终不敢正面对视梁齐，梁齐的眼神落到他身上时，他总是羞羞答答的，不好意思。

柳絮说："妹妹找回来了，妈妈可该放下心了，可该舒舒服服地过日子了。"

方珍："当妈的永远放不下心，找回你妹妹的心放下了，还要操别的心呢！"

柳絮："还有啥心呀，妈妈？有我们姊妹三个，啥事都可以给你办，还用你操心？"

方珍："有些事你们能办，有些事你们不能办。"

柳絮："啥事我们不能办呀，妈妈？"

方珍："啥事不能办？他们两个的婚姻问题。你已出门了，已不是我家的人了。我这一家三口人，都是单身，我是老单身，他俩是小单身……"

话没说完，梁齐打趣妈妈："可别再说你单身了，我爹爹得多伤心呀。"

方珍被女儿的玩笑说得脸一红，连忙岔开话题："说你们呢，咋又扯到我身上。柳枝和柳条都刚刚成年，又大学刚毕业，正是成家立业的好时机，我得想法给柳条找个媳妇娶回来；给柳枝找个合适的主嫁出去。你们都成了家，而且是满意的家，幸福的家，我才能把心放下。"

柳絮："可也是。可怜天下父母心，心心都在儿女身。"

方珍："要不然，怎么会说'儿女是娘的连心肉，儿女的一切娘担忧'呢。"

梁齐："我负责给柳条介绍个，行吗，柳条？"

柳条："你介绍谁呀？"

梁齐："你不用问，保证你满意。"

柳条："谁呀？"

梁齐："咱们是同学，我的好朋友，长的漂亮，学习优秀，人品端正，性格温柔。我想你一定会同意。"

柳条："我猜着了，你说的一定是杨槐。"

梁齐："你真聪明，就是她，你同意不？"

柳条："还不知道她是不是同意我呢。"

梁齐："她的问题包在我身上。"

柳条："你敢这么说吗？"

梁齐："我敢。"

柳条："那我同意。"

杨槐对柳条的好感，梁齐一早就察觉到了，所以才敢这样打包票。回到学校跟杨槐一说，杨槐就羞涩地答应了。梁齐虽然还是单身，但是她有自己的主意，她认为感情也是缘分，在未来的某一天，她心仪的另一半一定会出现的。

他们在大杂院租了房，安了家。在一个吉祥日子里，方珍和梁善、杨槐和柳条，一起举行了一个隆重的集体结婚仪式，两对新娘新郎分别同时拜了天地，拜了爹娘，夫妻对拜，步入洞房，皆大欢喜。

第十八章　仁爱才是亲人

老年离不了人，远亲不如近邻。

亲近固然重要，关键还是爱心。

　　大杂院里有一个老年组织，起初叫老年互助组，后来叫老年团，现在叫养老院。它是几个老太太自发组织起来的、互相帮助的小型家庭组织形式。开始时只有五个人，经过几年的运作，现在已成为初具规模的养老院了。

　　下面就是当初组成老年互助组时，几位大妈的情况：

　　冯大妈，六十八岁，退休前是名小学教师，丈夫生前也是一名教师。她只有一个儿子叫崔强，儿媳叫春叶，有一个孙子叫崔祥。儿子和儿媳在省城找到工作后，搬进了城里居住。冯大妈不习惯城里的生活，想住在原居住地过清静日子。

　　距离出感情，久别出思念。她与儿孙们分开住后，儿媳妇对她非常亲热，每隔一段时间回来看看她，拿些好吃的，生活上用的，见了面妈长妈短的，叫得很甜蜜。两人拉拉胳膊，捋捋头发，拍拍大腿，显得特别想念，特别亲切，婆媳之间的关系与母女之间的关系没有两样。

　　一个星期六晚上，儿子崔强、儿媳妇春叶和孙子崔祥一起来看望老太太。他们一进门，发现院子里黑乎乎的，屋子里也漆黑一团，没有一点声息。崔祥用力叫了一声："奶奶！"春叶和崔强也大声叫："妈！"他们再叫，也没有人答应，他们心里就犯琢磨了，老太太不在家吗？她可能去哪里呢？常言说：小孩爱去姥娘家，老太太爱去女儿家，赌棍爱去赌场，贪杯人爱去酒家。冯大妈没有女儿，就一个儿子，她的娘家早没有了亲人，只有些重侄儿、重侄媳和重侄孙等不远不近、不亲不疏的亲戚，她对去娘家没有一点兴趣。他们在想，她不会去串门吧？不会的，瞎灯摸黑，路上坑坑洼洼，走着磕磕绊绊，她不会冒险去串门的。他们排除了她外出的可能性。她有些聋，刚才的叫声她肯定是没听见，所以他们鼓鼓劲再大声叫。

崔祥："奶奶！奶奶！"

春叶和崔强："妈！妈！"

他们大声叫罢后侧耳静听，听见屋里有隐隐约约的说话声："谁呀？祥孩儿吗？你们回来啦？"

崔祥高兴得跳起来，说道："奶奶答应了，奶奶答应了！"

春叶和崔强："咱妈在屋里，她说话啦。"

一会儿，院里的灯亮了，然后头门也开了。冯大妈一看一家三口都回来了，非常高兴，说道："你们今天怎么回来得这么晚呢？我已躺床上睡着了。幸好没脱衣服，听见你们一叫就起来了。"她说着连连咳嗽了几声。

春叶带着关心的口气说："妈呀，你感冒了吗？怎么咳嗽起来了？"

冯大妈："这两天有些伤风，一说话喉咙就痒痒，老想咳嗽。"

春叶："找医生看了吗？"

冯大妈："找了，我一有不舒服就去看，我不熬病，越熬越厉害。"

春叶："医生怎么说呀？"

冯大妈："他也说我是感冒。"

春叶："你检查肺部了吗？肺部有了问题容易引起咳嗽。"

冯大妈："检查了，医生说肺部没有大问题，只是有些着凉，不碍事，吃些感冒药就好了。"

春叶："你吃了几天了？"

冯大妈："两天了，有明显地好转，昨天咳嗽得可厉害了。"

春叶："明天我们给你再拿些药清清底就行了。以后可得多加小心，可不能感冒了，感冒了多难受呀，又咳嗽，又睡不好觉，多影响休息呀。我们不在家，没人照顾你，你处处都得留神，稍不注意就出毛病，这儿痛的，那儿痒的，这儿热的，那儿烧的，全身没有一个好地方。再者，人老了，抵抗力弱了，稍微着凉就感冒，稍微感冒就不好受。不比我们年轻人，我们抵抗力强，不得病，即使得了病，也很容易好。因此，你们老年人千万要多注意，有了病，你们自己难受，我们小辈的也揪心。"

崔强："春叶说这都是实话。"

春叶对崔强说："咱妈一个人在家我真不放心，咱还是让她到咱们那儿一起住吧。"

崔强："好哇，咱妈愿意吗？她总说她不习惯大城市生活。"

春叶："问题是她身边离不了人了。"

春叶搀扶着婆婆到屋里，把婆婆扶到沙发上，说道："你还没吃晚饭吧，妈妈？我给你做些好吃的吧？"

冯大妈："啥也不吃，我一般是不吃晚饭的。你们要吃，你们去做吧。"

冯大妈在儿子和儿媳的再三劝说下，同意去城里与他们一起生活。

他们的住房是在和平公寓十号楼九层，上下楼是自动电梯。他们住的是一个三室一厅的套房，120 平方米，在城市里这么大的房子就算大的了。三个卧室和一个客厅都有一个朝外的窗户，一个朝北，两个朝西，一个朝南，厨房和洗手间都是宽宽敞敞，都有朝外的窗户。整套房子看起来大方、气派，有一种舒服宜人的感觉。

客厅靠一个角落有一个大彩电，对面是两短一长的一套沙发，沙发上有长圆的腰垫。沙发前面是一个大茶几儿，上面放着茶杯、茶叶和水果。顶棚中央挂着一个莲花吊灯，一个旋钮开关，有关、较亮、最亮三个档。一个玻璃透明金鱼池在客厅的显著位置，水池里有水草和假山，有不同颜色的金鱼，红的、黑的、白的、黄的，其形体也各不相同，有的大头，有的宽尾，有的大肚子，有的大嘴。它们在水中游动的方式也不同，有的慢腾腾，有的快如飞，有的一蹿一蹿，有的忽高忽低。客厅四个角落里有四盆不同形状的常青盆草，郁郁葱葱，青翠欲滴。

三个卧室分大、中、小三个档位，装修用的材料、里边的设施都是上、中、下不同的层次，贴墙的壁纸，窗帘的颜色、材质，床的大小、质量、价位以及各房间的衣柜都有差异，都是按三种不同品位配备的，房子里配有三个洗手间，每个房间一个。

冯大妈来了以后，住在三号房间。一号房间由崔强和春叶夫妇住，二号房间由崔祥住。

冯大妈来城里的第一个晚上。

她躺在软绵绵的沙发床上，久久不能入睡。

老伴走得太早，住楼房的梦想没有盼上。他们年轻时住的都是草房，周围是土坯墙，房顶上苫的是麦秸或茅草，不耐雨，不耐风，经常为房漏而犯愁。后来住进了瓦房，不久，老伴就走了，没熬到住楼房。她现在住进楼房了，而且是高楼大厦，她怎能不高兴呢！再看看她住的房间，这么漂亮的墙，这么理想的床，这么光滑的地板，这么明亮的窗！这是翻天覆地的变化，是几代人的梦想！

她带着兴奋的心情住了下来。

几天以后，春叶对她说："妈，在咱们的房子里一律不要穿平常穿的鞋，要换成软底的拖鞋，咱们平常穿的鞋底太硬，容易把地板磨破，软底拖鞋对地板没有什么损害。"

冯大妈很不以为然，没想到住在高楼里穿鞋也有讲究，她说："这种软底拖鞋我穿不好，光想摔倒。"

春叶："开始时慢一些，适应了就行了。反正在屋子里得穿软底拖鞋。"

冯大妈只得换上拖鞋，不敢走路，只能慢慢挪动，她也认为，时间一长就适应了。

春叶和崔强再三劝妈妈不要干任何事，人们叫作"请吃坐穿，啥事不干"。冯大妈说她坐不住，不会闲着，闲着难受，有事干着才舒服。每天她在家里，不是拖地，就是做饭，要么就是洗东西，反正不会坐下看电视，更不会干坐着休息。她干得最多的是做饭。

春叶又对她说："妈呀，做饭时得开油烟机呀。"

冯大妈："我光忘，不习惯，因为在家没有用过。"

春叶："在这里住比不在家里。在家里沿用的是落后的老生活方式，在这里是现代化的生活方式。使用油烟机是重要的一个象征。若不把油烟抽出去，让它滞留在室内，不但把住室熏黑，我们还会把它吸到肚里，危害健康。"

冯大妈如梦初醒，说道："我还不知道呢，这么严重啊！"

从此以后，她每次做饭都要先把抽油烟机打开。

春叶又对她说："妈呀，做饭前要把手洗干净，必须用香皂洗至少两遍，一定把香皂沫冲洗净。做饭时还必须带头发套和口罩。还有，在尝汤时不要用嘴直接就着勺子尝，要先把汤盛到碗里，然后就着碗尝。此外，做饭时要处处小心，不要多说话，不要摸脸，不要挠痒，不要捋头发，还要把指甲剪短。"

冯大妈认为春叶的话都是对的，在厨房做饭必须遵守这些规矩，这是讲卫生的重要体现。她在想，头发套和口罩过去不曾戴过，其他规矩她过去都尽量这样做的，但也可能有时做不到，儿媳妇才这样提醒她，她要多加小心，按媳妇说的办。

一天，春叶带着责问的口气问婆婆："妈，你为啥不用你那边的厕所，而来用这个呢？你住室里那个是专为你准备的，你不要用这个。你不要以为我对你是另眼相看，实际上我完全是为了你的身体健康。你年纪大了，身体抵抗力差了，容易得病，叫你一个人用一个厕所就是不让你受到外界的感染。"

冯大妈："你们的好意我领了，不过……"

春叶："不过什么呀？你说说。"

冯大妈沉默了一分钟以后，慢慢说道："我是不习惯，在家随意惯了，看见哪个就用哪个。"

在崔祥的婚姻上，一家四口人有四种态度。

崔祥要求的条件是长得漂亮，气质非凡，年龄相当并有一定的文化修养。春叶的观点是要有个正正经经的工作，有个稳定的收入，将来生活有保障。冯大妈的态度是一定要找个知根知底的人，对她的家庭、她本人要清楚，找个真正会过日子的人，不要找那打眼的，更不要找那风骚的，至于长相么，一般的就行，越是长得漂亮的，过日子越靠不住。崔强没有固定的看法，他认为一切随缘，缘分到了，婚姻就成了，缘分不到再急也没有用。崔祥已经二十八了，婚姻问题始终没有解决，也是全家一直争论不休的大难题。崔强让冯大妈不要多操心，不要管孙子的婚姻问题。冯大妈也承认自己管不了，管也没有用，但不由人，理论上不管，心理上还想管。

几个月以后，冯大妈感到越来越别扭，她像关在笼子里的孤鸟。白天他们一个个走出家门，她一个人留在屋子里，看看蓝天，看看白云，看看空中的飞鸟，看看远处的树林。阳光从窗户射到她身上，这是她对大自然的唯一享受。晚上，夜幕当空，万家灯火，彻底通明，红红绿绿，一亮一灭，一落一升。这就是城市的夜空，灿烂的美景。这真是：

　　　　太阳余晖尚未尽，

　　　　到处灯火早已明。

　　　　白天晚上不两样，

　　　　世上唯独不夜城。

　　冯大妈远看繁华的灯火，近感自己的寂寞，细听外面的风声，深感自己的孤伶。她深深体会到，城市生活有啥好？与儿孙们住在一起有啥好？还是有孤独，有寂寞，有无聊和苦恼！她多么怀念家乡生活呀。梧桐树下，几位大娘，谈笑风生，交谈以往，东拉西扯，道短论长，说说笑笑，忧愁全忘，消除寂寞，心情舒畅，悠闲生活，美好时光。

　　高楼大厦她已经住够了，城市生活她已经过足了，她毅然决然地回到了家乡，心满意足地过起了她的独居生活。

　　姚大妈，六十多岁，以捡破烂儿为生，住在冯大妈住宅旁边的荒芜院子里。

　　姚大妈是一个没有文化的农村妇女，生了三个儿女。老大老二都是女孩，老三是男孩。男孩三岁时，丈夫因病去世，她熬寡扶养三个孩子。两个女儿出嫁、儿子娶妻以后她已经五十多岁。她没有养活儿女的负担了，思想上轻松了，有心享受享受生活了。

　　李黑孬，比姚大妈大两岁，两人都属于李家门第，祖辈都是一个老坟，论辈分姚大妈应叫李黑孬叔叔。姚大妈丈夫死后，她一个寡妇拉扯三个孩子，生活中遇到很多困难，绝大多数都有李黑孬帮助解决，尤其是犁地、耙地、收庄稼、打场、晒粮，卖余粮等笨重农活。李黑孬是一个心地善良的好心农民，对这样一个侄媳妇非常同情，不管什么活，只要侄媳妇说话，他都热情帮助，他把她家的活当成自己家的活，在别人看来也很正常，因为他们两家是近门，是叔侄关系。

　　李黑孬的儿子女儿成家立业后不久，妻子也因病去世。李黑孬没有跟着儿子过，而是独自一个人过。这时姚大妈和李黑孬的关系就不是以前那种单纯的叔侄关系了，而有深层次的感情。姚大妈认为李黑孬人缘好，为她一家出了那么多力气，没有他就不会有她的今天，他对她的恩情太大了，一辈子也报答不完，像这样的好人应该有一个幸福的晚年，年轻时出了加倍的力气，照顾了两个家，到年老应该加倍享福，可是现在不但不能享福，反而受起了光棍之苦，她实在不忍心看到他过这样的生活。

李黑荞对姚大妈这个侄媳妇也是同情有加，她从年轻时就熬寡，一个寡妇养活三个孩子，经济上作了很多难，精神上受了不少折磨，碰见困难时，没有人商量，精神受压抑时没处诉说。现在孩子都大了，她虽然经济压力没了，但精神上的孤独感比经济压力更难受。他对她的痛苦了解得一清二楚。

就这样他们两人你同情我，我同情你，你对我有情，我对你有意，两人都带着高负荷的电压，稍微一接近就会碰出闪亮的火花。

一天晚上他们两人偷偷地约会了。这真是：

> 白天日头夜间风，
>
> 茫茫田野易得逞。
>
> 天衣无缝谁人晓？
>
> 瞒天过海不知情。

姚大妈说："你别高兴得太早了，麻雀过去都有影，何况咱们两个大人了？人的眼睛是雪亮的，你瞒不过他们，只要有人注意咱们，肯定会轻易抓住咱们。"

李黑荞："你说咱们怎么办吧？"

姚大妈："有三条路：一是咱们两人一刀两断，今后永不再往来，谁也不理谁；二是一死了事；三是私奔，一走了事。"

李黑荞："第一条路是绝对不可能的，我宁愿去死，也不能与你断绝关系，难道你就有心断吗？"说着他把她紧紧抱在怀里，再次温情十足地亲吻她。他继续说："我愿意走第三条路，咱们远走高飞，永远不要回来，他们看不见咱们，可以心平气和了，我们看不见他们也心安理得了。"

姚大妈："好，有机会了咱们就走。"

按道理讲，他们两个老情人是可以登记结婚的，但在这个问题上，大道理服从小道理，总原则服从小规矩。他们二人的交往也好，谈情说爱也好，完全是合理合法。但这种合理合法是大道理、大原则。他们二人是近门的，从辈分上说是叔侄关系，因此，只能讲理，不能讲情，他们之间决不能谈男女之事。他们两人的你来我往就被人议论纷纷，说他们道德败坏，伤风败俗。两人在家都没少受孩子们的吵，说他们不守晚节，败坏门风，丢人现丑，不但自己没脸见人，连全家都没脸见人。儿媳妇说话更难听，他们都不愿意有个不正经的家长，李黑孬的儿媳妇吵着要分家，姚大妈的儿媳妇扬言要离婚，坚决不与道德败坏的长辈住在一起。

面对内外激烈的围攻形势，他两个也有些承受不住。一天下午，他们到村头的场庵里商量办法，目的是准备屈服于形势，两人一刀两断，不再联系。他们刚走到一起，姚大妈的儿媳妇就跑到大街上高声吆喝："大家都去看呀，两个老情人又在约会了，大家都去捉奸呀！男女老少都去看稀罕呀！"她的吆喝声确实唤出了很多群众，男女老少，问短问长。很多上些年纪的人一听说是这么回事，不以为然，认为不值得大惊小怪。搬弄是非的女人急忙跑出来，咋咋呼呼，夸大事实，幸灾乐祸，搬弄是非。

姚大妈看到是自己的儿媳妇带领一群人向场庵跑来，说了声"我没法活了"，立即向村外的坑塘跑去。李黑孬急忙跟上，不敢迟缓一步。他们一口气跑到坑塘边，姚大妈试图跳向水里，可她哪能挣脱李黑孬的手！她稳住情绪后，与李黑孬简短地商定，干脆借机逃离家乡，永远不再回来，永远不见村里的人。

他们的文化都不高，也没有什么专业技术，生活门路很难找到。出门时也没有带钱，甚至连件衣服也没带。幸好天气不冷，他们白天要饭、拾破烂，晚上挤在打场上的麦秸垛里。他们流浪了一个多月以后，来到冯大妈家旁边的荒芜院子里。该院子本来是当教师的夫妻俩分的福利房，房改时作价购买后成了个人的私人房产。他们没住几年就到城里教学，房子和院落留在这里一直没人过问。房子破烂不堪，无处不漏，院子高低不平，长满杂草。他们两人立即相中了这个院子，他们铲除杂草，平整土地，把捡来的塑料布铺盖在房顶上，很快出现了一个宽宽敞敞的大住宅。

多么温馨的住处！他们不认识周围群众，周围群众也不认识他们，他们见面时都是笑面相迎，举止恭敬，他们再也看不见人们的挤眉弄眼了，再也听不见他们的叽叽咕咕了。他们的心情舒畅，喜笑颜开，如同一对新婚夫妇，来到一个般若世界，可以过他们的悠闲清静、无忧无虑、舒舒服服、美满幸福的二人生活了。他们在想：老天还是有眼，他们还算幸运，过去大半辈子的孤独寂寞，受苦受难，现在总算有了报偿，过去的一切艰难困苦现在可以一笔勾销，他们终于踏上了幸福生活的康庄大道！

他们才真正是名副其实的白手起家，他们不向人乞求，不谋求恩赐。他们的一切，吃的、穿的、用的，都靠捡破烂，有的捡来可以直接用，例如衣服、用具，甚至一些吃的；有的卖了换成钱以后再买。他们住的不远处有一个大垃圾场，这是他们每天的主要工作场地，也是他们的重要生活来源。

他们的劳动工具就是一个编织袋和一把小型两齿铁抓钩。编织袋是捡来的，铁抓钩是用卖破烂的钱在杂货店买来的。他们很辛苦，起早摸黑，每天天不明就起床了，带着工具，拿着手电筒来到垃圾场。每天捡垃圾的人很多，如果不早点去，就捡不到好东西了，更捡不到大件或值钱的东西，因为这些东西大都是人们深夜用大车从远方运到这里扔掉的。他们很快发现，一个垃圾场就是一个聚宝盆，里面啥东西都有，可以说要啥有啥，吃的、喝的、穿的、用的、抽的、玩的，应有尽有。吃的有馒头、米饭、面包、点心、糖果、饼干、各种水果；喝的有各种酒，白酒、啤酒、葡萄酒，各种饮料，可乐、雪碧、矿泉水；穿的有各种型号、大小不等的衣服，棉的、夹的、单的，上身、下身、内衣、外套；厨具方面有锅、碗、瓢、盆、刀、叉、勺、盘子；各种家具有桌子、椅子、凳子，还有沙发、柜子、电视机。当然这些大件用品都是破烂不堪，残缺不齐的废品，对捡破烂者来说，没有废品，都是珍品，连一斤废纸都是值钱的东西。有些大件他们稍加改装修理就可以再用。他们还捡到了自行车、三轮车等交通工具。不到两年时间，他们把住室配置得整整齐齐，各种家具应有尽有，各种用品满足所需。柜子各种衣物装得满满的，床上有被子，单子和褥子，枕头用花枕套套着，床上还有床帷子，上面还有花顶子，床头还有蚊帐钩，钩上还挂着花穗子。床上一切用品都洗得干干净净，铺放得整整齐齐，犹如过蜜月的装饰、新婚夫妻的床铺。

他们吃不愁、穿不愁、用不愁了，他们不再起五更打黄昏了，每天不起早，也不睡晚，从表面上看好像工作人员上班下班一样，实际上比工作人员自由得多，舒服得多。他们想干就干，不想干就不干，什么时候想干什么时候干，也可以正晌时停下来不干，过得非常舒心，每人都吃得胖胖的，身体棒棒的，心里美滋滋的，脸上笑嘻嘻的。当李黑孬心情无所拘束，十分畅快时，他就敞开心扉，畅吟首诗。

捡破烂赞

人间工作千千万，
啥都不如捡破烂。
何时想干何时干，
自由自在乐无边。
想干多少干多少，
没人监督没人管。
想去哪里去哪里，
谁也不能把你拦。
干活轻松不费劲，
不用脑子不作难。

吃喝享受全由你，
吃啥喝啥任你选。
想喝美酒有美酒，
茅台五粮和剑南。
想吃啥时就有啥，
面包点心和饼干。
各种零食样样有，
有咸有辣还有甜。
喝了美酒能舒心，
吃了美食能解馋。

天热坐在大树下，
千里清风享悠闲。
午休躺在大地上，
头枕破鞋身盖天。
冬天驱冷烧柴火，
火盆生火心里暖。
晚上躺在被窝里，
笑听北风傲霜寒。

不热不冷艳阳天，
捡破烂者最舒坦。

破烂若捡一年半，
给个县长都不干。
破烂若捡三年半，
给个省长都不干。
当官越大越操心，
受苦受难没个完。
干啥不如捡破烂，
逍遥自在赛神仙。

关于他的人生观问题，他是这样的：

两眼不看昏闲事，
两耳不闻时尚风。
一心一意捡破烂，
坦坦荡荡过一生。

刚开始时，他们捡到破烂是捡一点卖一点，从不存货，因为他们急着用钱，他们顾不得讲价钱，只要给钱就卖。他们有吃有穿以后，态度大有转变。他们不是捡一点卖一点了，而是把它们堆积在院子里，分门别类，累积成山，待价钱合适后再集中卖掉，这样可以多卖钱。经过一年多的积累，整个院子堆积得满满的，一堆挨一堆，堆堆像坟堆，院子像坟地，他们二人像看坟人。

他们把捡来的垃圾一大堆一大堆地堆到院子里，周围群众很有意见，也非常担忧。首先是很不卫生，这个院子成了垃圾坑，群众说他们是垃圾搬家，把垃圾坑里的垃圾搬到这里堆积起来，再堆成一个新垃圾坑。老鼠、苍蝇、蚊子丛生，对周围家庭造成严重危害，群众的健康受到了很大威胁，人们最讨厌的也是最难于消灭的三种害虫，这里竟成了它们的滋生地。他们刚来时，上无片瓦盖顶，下无立足之地，穷困潦倒，颓丧失意，群众对他们非常同情，纷纷伸出援助之手，帮他们建造家园。可是现在，他们怎么也不曾想到，帮他们建造了一个垃圾场。其次，这里堆的全是易燃物品，纸张、塑料制品、木材和木制品以及棉织类物品。他们两个没有取暖设备，冬天靠烧柴火取暖，经常在屋子里，偶尔也在院子里烧柴取暖，这是很大的火灾隐患。一旦火灾发生，不但他们性命难保，周围群众的房舍也逃脱不掉被烧的命运。周围群众曾多次劝告他们要尽快把垃圾卖掉，不要继续堆在院子里，以防火灾发生。但李黑孬却不以为然，他毫不在乎，他反而认为群众是瞎操心，是对他们没事找事。

一天有群众找来了看风水的王先生，想让他说服李黑孬把垃圾卖掉，消除隐患。李黑孬的邻居刘收对李黑孬说："李师傅，王先生是咱这一带有名的风水先生，群众的婚丧嫁娶、动土、出门等重大事情都请他找吉祥日子。此外，他还会占卦。你让他占卦一下你的命运。"

李黑孬蛮不在乎地说："我的命运很简单，我也会说出来：过去不好，现在好了。"

王先生仔细观察李黑孬的脸，说道：

> 左脸一个星，不是一房终。
>
> 虽有家室许，暗中另有情。
>
> 本可终身过，只怕祸端生。

这几句话的意思就是：你曾经有过妻子，这是你的第二房妻子，与这房妻子本来是可以白头到老的，但恐怕还可能有事端发生。

李黑孬只对最后一句话感兴趣，他心中有些害怕，但还打肿脸充胖子，故作镇静地说："我现在的运气好着呢，吃不愁，穿不愁，工作很自由，夫妻很和睦，过得很幸福。"

王先生："人常说，福从祸中起，祸从福中生。你们过去的悲痛导致现在的幸福，现在的幸福可不是永远的，它也孕育着灾难的到来。"

李黑孬不服气地说："我们靠捡破烂起家，虽然生活好了，但都是捡来的呀。我们不偷，不抢，不欺骗，不作恶，我们会有什么祸呀？"

王先生指着一堆一堆的垃圾说："你看看你们是在什么地方居住？"

李黑孬不解地反问："什么地方呀？住在大院子里呀！"

王先生："哪里是什么院子！是一个大坟地，是布满坟头的坟茔。"

李黑孬惊愕了，他万万没有想到他们两个是住在坟地里，他愣怔在那儿，一句话不说。

王先生继续说："一切事情都是变化着的，而且一切事情都是向它的反面发展，也可以简单地说成是坏事变好事，好事变坏事的发展规律。你们现在的幸福肯定是由过去的痛苦经历发展过来的，没有你们过去的痛苦，就不会有现在的幸福。同样道理，你们现在的幸福，肯定导致将来的痛苦。"

李黑孬有些服气了，尤其是说他的现在幸福是过去的痛苦演变而来的，没有过去的痛苦就不会有现在的幸福，这话说得千真万确，好像王先生知晓他的底细一样。他暗想：这个先生算得真灵。他问："这个痛苦是什么样的痛苦？是多大的痛苦？"

王先生不紧不慢地说："我送你几句话：

　　　　住宅像坟茔，后患定无穷。

　　　　若不马上改，灭顶之灾生。"

李黑孬吓得魂不附体，立即说："我马上改，马上改，天暖和了我把它们全部卖掉。我改，马上改。"

王先生最后说："我再奉劝你几句，咱们都是上了年纪的人了，身子重脚步轻了，走路不稳当了。你的院子里摆得这么满满的，说不定哪一脚没走稳，也会够你受的了。我再送你几句：

　　　　老人走路慢慢来，前脚站稳后脚抬。

　　　　不要摔倒成残废，自己找病自己害。"

李黑孬连连点头，嘴里不停地连连说："是，是，是，我记下了。"

正月十六半夜，实际上已是正月十七凌晨，李黑孬的院子里燃起了熊熊烈火，一堆堆的垃圾着成一片火海，照得满村通明。火团层层叠叠往上翻，浓烟拧成股子往上蹿。周围群众发现后赶快起来救火，但为时已晚，火势已经失去了控制，他们已无能为力。邻居们把被子浇湿后盖在自己房上，不让火焰侵犯。幸亏这天晚上没风，周围房屋都幸免没被火延燃。人们在火堆里把李黑孬扒出来，急忙把他送到医院。他在奄奄一息中，要求见见妻子，他说："咱们忘乎所以，罪有应得，我先去一步，我在那边等着你。"他说罢永久地闭上了眼睛。

后来经公安局查证，大火是由空中落下的孔明灯所致。

姚大妈被抢救过来了，她的腿、胳膊、手、脸等部位严重烧伤，虽然活了过来，但不会走路，不会拿东西，完全失去了自理能力，没有一点工作能力，她不仅仅是不会做饭，把饭送到她跟前，她连吃饭的本领也没有，她的生活完全依靠冯大妈。冯大妈把她搬到自己家里，让她与自己睡在一起，当成自己的亲人侍候她。冯大妈把她生活中的一切都包了，不仅管她吃穿，还侍候她拉屎尿，给她梳头洗澡，给她洗脚搓背等等。尽管冯大妈也是个年逾花甲的老人，但她感到姚大妈比她更可怜，下决心与姚大妈同甘共苦，相依为命，与她一起共度晚年。

刘大妈，一位老中医的遗孀，也在花甲之年，家在冯大妈的北面，相距不远。她有三个儿子，没有女儿。三个儿子成家后，各自都分离出去。丈夫死后，她一个人过，靠每月五百元的遗属补助为生。三个儿子都很孝顺，都请求母亲跟着他们过，若不愿意跟着一家，就轮着过，她都不同意，她宁愿自己单独过。于是三个儿子每人每月给她二百元。这样，刘大妈每月有一千一百元的固定收入，能过个蛮不错的生活。她的身体很好，每天不是去这里就是去那里，经常与老年人一起聊天，心情比较开朗，生活也有滋有味。

她很同情姚大妈的遭遇，也很敬佩冯大妈对她的奉献。但她认为冯大妈那么大年纪，身体又不好，照顾这么一个残疾人是力所不及的，因此她既同情姚大妈，也很同情冯大妈。经过认真考虑以后，她决定帮助冯大妈一起照顾姚大妈。她们两个人走在一起，两个人的收入加在一起，这两个一起，加起来就是了不起。她们两人照顾一个人，不管是力气上，还是经济上，都不那么紧张了。

还有一个李大妈。她是刘大妈的好朋友，她有什么委屈事，有什么知心话，总爱对刘大妈说，刘大妈也趁机安慰安慰她。刘大妈是她的精神支柱，是她有勇气活着的靠山。

李大妈有一个儿子，小时候得脑炎，发高烧，烧得昏迷几天，好了后落下个后遗症——智力不全。长大成家时媒婆给他介绍了个同样类型的姑娘。媒婆说她介绍对象是讲对等条件的，若不对等自己心里有愧，对不起条件好的那一方，再者，两方条件差距大了也过不到一起。我们常说好对好、赖对赖，弯刀对着瓢切菜，瞎子对瘸子，聋子对哑巴，各有劣势，谁也不嫌弃谁。儿子结婚后，街坊说李大妈家里有两个二百五，按理说二百五加二百五等于五百，在这里这个计算方法行不通。

智力缺陷的人，他的缺陷、他的不足、他的不为他人着想、他的不通情达理等，都是后天的行为能力。他的先天性行为能力，也就是说他本能的行为能力，表现得非常明显。这种人都比较自私，遇到事情首先考虑自己，牵涉到自己的切身利益时，连亲爹亲娘也不照顾。

两个二百五在一起经常与老娘较劲。两个人配合得非常默契，女的在后台指挥，男的在前台表演。有一次媳妇想要个连衣裙，她告诉丈夫向他妈要钱。儿子对妈妈说："妈妈，给我钱呗，我想要钱。"

李大妈说："你要钱干什么？"

儿子："我媳妇要买连衣裙。"

李大妈："我眼下手里没钱，等以后有钱了再买吧。"

儿子把原话告诉了媳妇，媳妇对他说："没钱不会借吗？去姥姥家借。"

儿子对妈妈说："没钱不会借吗？去姥姥家借。"

李大妈还真的按儿子说的去娘家借来钱交给了儿子，不然他们会给她大闹一场。

做了好吃的得尽着他俩吃，饭不多时，也得尽着他俩吃。大小活李大妈干，吃东西尽着儿子、儿媳吃。他是自己的亲生儿子，你恨他吧，还真恨不起来，反而可怜他，同情他。可怜天下父母心，儿在外面母担心，儿在家里母放心，儿受了苦母痛心，儿快乐了母舒心。有这样的儿子，李大妈实在是无可奈何，但又无话可说，她经常是泪往肚里咽，气往心上搁，不时地对刘大妈说说，免得气往心里窝。为了叫她摆脱这个痛苦环境，刘大妈没少给她做工作，劝说她离开家，帮助她做些有益的工作。李大妈热心善良，一听是帮助别人，非常积极，跟着刘大妈来到了冯大妈的住处。

在刘大妈的号召下，冯大妈、李大妈、姚大妈，打算成立一个老年互助组，吸收更多的老年人，让这些老年人的物质生活得到充分的保障，精神生活能够美满地享受，让他们过个幸福的晚年。她们的这个想法向社区汇报以后，得到充分肯定和大力支持，并及时在大会上向社会传达了这个情况。在政府的号召下，有关部门纷纷伸出援助之手，捐物的捐物，捐钱的捐钱，还有捐场地的、捐家具的、捐床铺的、捐衣物的等等。大杂院的秦老板慷慨解囊，在黄金地段捐赠出二十间房子，供刘大妈她们成立老年互助组。

她们贴出了这样一个公告：

关于成立老年互助组的公告

经研究决定成立老年互助组，组长刘大妈，组员冯大妈、李大妈，地点：大杂院内。现将有关事项公告于下：

1. 老年互助组是自愿组织起来的老年互助组织。

2. 本组织接受党的领导，接受政府和有关部门的指导和监督。

3. 本组织可以随时自愿加入或退出。

4. 加入本组织必须是60岁以上的老年男女。（服务人员不在此列）

5. 本组织人员的吃饭、住宿和生活服务均免费提供。

6. 本组织的服务人员都属义务工，没有任何报酬。

7. 外界人员不得阻挠、干涉老年人参加本组织的自由。

8. 探望老人需在规定时间内进行。在征得本人同意的前提下，亲属可以把老人接回家中团聚。

9. 本组织的经费来自社会慈善组织、志士仁人和企业家的捐赠。

10. 未尽事宜，由本组织领导成员临时研究处理。

大杂院里很快增添了一个老年互助组。

互助组开始酝酿成立时，是三个大妈——刘大妈、冯大妈和李大妈照顾一个大妈——姚大妈。风声放出后，又增加了整天卧床不起的赵大妈，拄双拐杖的孙大妈，只有推着车子才能移动的杨大妈和腿划圈的朱大爷。公告贴出以后，几天时间就达到了二十人。来干义工的服务人员也很多，先后来了五十多人，全部是女同胞。此外，大杂院里的其他人员都表示要为老年人尽一份孝心。理发师严师傅答应把老年人的理发包下来；开食堂的唐师傅许诺每周为老年人改善一次生活；开杂货店的老板许诺为老年人免费提供日用品；清洁工崔中良保证每天都为老年人扫院子；马老总兼管老年人的保安工作；杨声老师负责为老年互助组搞协调工作。另外，还有在大杂院开办各种培训班的几位老师也表示，他们虽然没有可以直接拿出来的项目，但他们都很愿意为老年人服务，都乐意为老年人办些事，他们告诉刘大妈老年互助组只要有他们能干的活，就马上告诉他们，他们一定尽心尽力。杨声的儿子杨兴，虽然开汽车经常在外面跑长途，他承允要为老年人搞采购；办语文班的张金全老师要每天讲新闻时事；办美术班的孙梓老师答应在老年人的每一个住室都挂一副山水画；办书法班的赵方老师要在每个住室挂一副对联；办英语班的李四周老师要定期为老年人讲国际要闻；擦皮鞋的两位师傅保证每月为每个老人擦一次鞋；崔中良的妻子何素珍答应为每个老年人缝补衣服；在大杂院的中小学生也跑来向奶奶爷爷问好。这些承诺，这些应允，这些保证，都是向老年人伸出的援助之手，都是汇向老年人的热流。他们感恩，他们激动，有的泪水盈眶，有的泪珠双流，他们激动得说不出话来，他们忘掉了过去一切忧愁。

一般认为老年人爱静不爱动，爱沉默不爱说话。可是来到大杂院的老年人就是另一种情况了。互助组正式启动时，来了个记者对他们采访，他们争先恐后，抢着发言，虽然他们胳膊腿不方便，但可以看出他们跃跃欲试的样子。记者让他们主要谈谈来到这里有什么感想，要他们畅所欲言，言无不尽。

张大爷说："我过去整天待在家里，看不见人的笑脸，来到这里，人人都是满面春风，温存可亲。"

王大娘说："我过去心里苦闷，认为没有出路，活着还不如死了。来到这里大变样了，看见大家都笑面相迎，我心情也开朗了，认为活着还是很有意思的，有了继续活下去的信心了。"

李大爷说："我过去整天也不说一句话，无话可说，也不想说，说也无用，说也没人听，有时还找没趣，所以干脆就不说。在这里他们鼓励我们说，我看见他们待我们这样的热情劲儿，就想说话了，也有话说了，我说话他们也听呀，我很高兴。我在这里心情好是很难得的，是用金钱买不来的。"

宋大妈："我在家几乎听不到一句好听的话，我常听到的是'不中用，没成色，多说话，爱管闲事'，听了还不敢辩，一辩更麻烦，她会像机关枪一样向你开火，而且还是没了没完。我很压抑，整天闷闷不乐，只有过一天算一天，过到哪年算哪年。现在我感到我是这个大家庭的一员了，我们互相敬爱，互相帮助，平等相处，心里很畅快，很轻松，我在这里肯定很少得病，这才叫美满幸福，欢乐无穷。"

总之，老年互助组改变了老年人的精神状态，让他们走入了新的生活。

第十九章　婚礼上的哭声

社会主义大家庭，有仁有爱有亲情。

不堪回首过往事，悲声辞旧迎新生。

老年互助组的到来，让大杂院轰动起来了，他们像抗美援朝时期全国性的捐献热潮一样，每家每户都要想办法为老人奉献些东西，各尽所能，多少不限。有的捐衣物，有的捐炊具，有的捐家具，有的捐食材，有的捐现金。老年人吃的、穿的、用的都是群众捐来的。管理委员会把所有捐出物品和现金的人员名单用一大红纸张榜公布出去，贴到醒目的地方，大杂院里所有的常住户几乎都在上面，上面就缺少一个名字：常姮。

对于大家的积极热情，常姮并不是无动于衷，她心里是七上八下，坐立不安。有的小学生问她："常阿姨，这上面怎么没有你的名字呀？他们把你的名字漏掉了吧？"这话把她问得张口结舌，支支吾吾，她也很想去捐些东西，但她没有这个勇气，她不敢，她怕老年管委会不收她的东西，她思绪纷乱，心情纠结。她真正体会到了孤立、孤独的意思与滋味了，本来就出门谨慎的她，现在更不敢出门了。她一走到院子里，就会碰到在外散步的老年人，尤其是那些大妈们，她们总会主动地与她打招呼。对于老人们热情友好的问话，她总不能板着脸子，冷言冷语吧，心里再不高兴也得笑面相迎，热情洋溢地与她们会话。老人们的问话大部分都是："闺女，你干什么活？你家几口人？你成家了吗？你爱人干什么？你老家在哪里？你爹娘身体还好吗？……"有的甚至还问："你的孩子多大了？该上学了吧？"老太太们问她的几乎都是这些同样的问题，这个问了那个问，不厌其烦，没完没了，好像几十个老太太每人都问完一遍以后才会结束似的。她实在是没法，没法。这种心里烦躁、脸上喜悦、表里不一的表演，把她拿捏得哭笑不得，想摆脱都难。每逢这种情况，她总是不着边沿地应付几句，匆匆离开。

老太太们的让她不耐烦的问话，尽管使她尴尬难堪，还是触动她的灵魂的。她们的每一句问话都是对她关心爱护的表现，都是人生道路的必然轨迹，一个正常人是躲避不开的。家庭、婚姻、孩子、工作，哪一样你能离开？哪一样都不能少，但她哪一样都没有。当她回首往事时，不禁双泪俱下。

看着这些老人，她首先想起了自己的父母亲，她进城时，他们再三叮嘱她，挣不挣钱不要紧，一定要保证安全，在外面不行了回家。爹爹送她到公路上，她上了汽车，他站在那儿不动，汽车开动了他还举着手摆动着与她再见，直到汽车跑得很远，再也看不见她。这个场面一直在她脑海里，每次浮现都如同昨天刚发生的事情，她从家里外出以后，父母亲不知道她在哪里，她也从来没有告诉过他们她在干什么工作。她在称心饭店干三陪时，不断地往家寄些钱，她心里有些欣慰。自从称心饭店垮台，她再没有往家寄过钱，她与家失去了联系。这么多年了，爹娘挂念她吗？他们身体还好吗？她责备自己，骂自己太没良心。一个人逍遥在外，连自己的爹娘都不管了！再想想爹娘长期想念女儿成疾的可怜相，痛恨自己是在犯罪，她不由自主地哭泣着叫道："爹，妈，原谅我吧！我想你们，我爱你们！"再想到她自己，青春期过了，即使植物也该开花结果了，可是她仍是一个人，独自单身，既没有成个家，也没有立住业。当然这个业指的是正经的业。前些年，她靠出卖自身赚钱的营生客人多，收入也高，她的生活倒是悠闲自得的。这几年就不行了，社会环境净化多了，人们的道德水平也提高了，她这里的客人慢慢少起来。今年以来，几乎一两个月也不见一个人来，给他们打电话也没人接，再这样下去，她连吃饭钱也没有了。她刚来大杂院时，不交房间费，甚至连水电费也不用交，她不交，也没有人向她要，她是白住房，白用电，白吃水。现在不行了，这些费用她都得交，上个月就有人向她催交了。她再与大杂院秦三川打电话时，接电话的是他的妻子，说他出差了，要她有啥事告诉她。她与其他人打电话，当然是那些立过海誓山盟的人，那些与她最忠心的人，那些曾口口声声说可以用生命保障他们之间的爱情的人，没有一个接电话的。她生气了，不由自主地骂起来："这些口是心非的东西，都死完了！"她生气也好，骂也好，还是没人管她。别的都是虚的，只有生活是实在的，只有吃饭是躲避不了的，交房租费是具体的，你不交就不叫你住，这一切具体事，她都得具体解决，人家要钱时，得如数给人家，要一百可以给两个五十，就这么实在，就是这么简单。这么简单的问题，对常姐来说却很困难，很不简单！客人没了，电话打不通了，没有人帮忙了，她的生活没有出路了。生气没有用，骂也解决不了问题，解决生活问题是迫在眉睫，当务之急，她只得亲自出马，直接找上门去，但却事与愿违。她打算先去教育局找朱副局长，他去她那儿次数最多，与她保持关系的时间也最长，过去帮她的忙最多，最会对她说甜蜜话，最会讨她喜欢，他曾对她说过她是他最喜欢的女人，是他唯一的情人，他与她的爱情关系是牢不可破的，不管在什么情况下，即使把钢刀放在脖子上，也不会放弃对她的感情。她对他的话记忆犹新。她本来认为只要去见他，一切困难都可以解决，因为他是在职的实权派，有职有权，呼风唤雨，什么事都可以干，过去她一切困难都是他帮助解决的。她的想法是：先发一通牢骚，埋怨他不知在哪儿，埋怨他不与她联系，最主要的是埋怨他不管她了。在埋怨的同时，向他撒娇，然后与他无拘束地亲热亲热，最后向他提出要求，要求他马上解决。

常姐带着如意算盘，满怀信心地去找朱副局长。她进教育局大门时，一个六十多岁的门卫和和气气地问她："你找谁呀，小姐？"

常姐："我想找朱副局长。"

门卫："你是他家里人吗？"

常姐："不是。"

门卫："是他的亲戚？"

常姐："也不是。"

门卫："我原以为你是他的女儿。你既然不是他的家人，又不是他的亲戚，你就不要去找他了。我对你说实话吧，小姐，他现在很被动，正隔离审查，不准与外人接触，也不准打电话。据说他主要是与女人的交往中出了问题，我劝你不要去找他，不然，不但给他添麻烦，而且会引火烧身，自找苦吃，有些女人躲还躲不及呢。"

常姐一听吓了一身冷汗，她赶快走开。门卫的话如同一桶冰水浇到她身上，她的如意算盘全落了空，她失去了帮手，失去了希望，她真的无可奈何了，她真的走到生活的尽头了。但她感到有些庆幸，调查朱副局长的问题为什么没牵涉到她？为什么没人去找她了解朱副局长的情况？她又一想，很可能有两种情况，要么就是朱副局长没有交代他与她的关系，要么就是朱副局长虽然把她交代出来，而调查人员没有找到她在哪儿。她又一想，不对呀，朱副局长明知道她在大杂院，还是他亲自把她安排在大杂院的，如果把她交代出来，为什么不把她的住处交代出来呢？很可能他没交代她。不管如何，没有人找她就是她的万幸。

常姐又去找派出所所长贾彦。贾彦也是与她交往比较多的一个小头头，他曾是称心饭店的得力保护伞，他原来与称心饭店的女老板程芳来往密切，常姐去到称心饭店三陪服务队以后，程芳把他介绍给常姐，而且他每次去称心饭店时，别人得尽着他。不管他在称心饭店待多长时间，也别管吃什么，玩什么，从来不收他一分钱。常姐认为他也是依靠的对象。不过，她对于找他也没有什么把握，他会不会也像朱副局长那样被隔离审查呀？她不妄想了，不一厢情愿了，能不能找到他，试试再说吧。她去派出所一问才知道，他早就被撤销了派出所所长职务，降为一般工作人员，调离原单位，到一个服务公司去了。

常姐彻底失望了，她回到自己的住室，悲痛欲绝。大杂院里的欣欣向荣场面以及人们的欢欣鼓舞情绪与她心寒意冷、万念俱灰的心情，是一个鲜明的对照。她心情极端复杂，陷入长久的沉思。

正当常姐把自己关在屋子里闷闷不乐、感到走投无路的时候，突然听到敲门声，她有些惊喜，不管来人的目的是什么，对于一个孤独的单身女人来说，来人总会给她带来一些喜悦。她急忙去开门，门打开以后，使她万万没有想到的是，她的表姐，称心饭店的老板程芳和三陪服务队召集人麻大姐来看她了。心情正非常郁闷的常姐，像一个委屈好久的孩子，一看见母亲就哇啦一声大哭起来。哭声之悲痛，心情之愤懑，是常姐有生以来从没有过的。常姐号啕一阵后，泣不成声地问她们什么时候从狱中出来的，又是怎么来到她这里的。

她们告诉她："我们刚进去的时候，本不打算牵涉别人，只把自己的问题交代清楚就可以了，但他们的耐心工作，无微不至地关怀以及让人信服的论理，使我们从内心里感到我们所做的缺德事的危害性，我们不仅把自己的问题交代清楚，也把与我们关系比较密切的一些人尤其是机关里的头头揭露了出来，也让他们充分认识自己的错误，改过自新，重新做人。由于我们表现好，我们在里边只住了一年就放出来了。"

常姐问："你们现在生活得怎么样啊？"

麻大姐："我们生活得都很好。先说我吧，出狱后我很快就找了个主，我就住在他们家……"

常姮问:"找了个啥样儿的主呀?是干啥的?待你好吗?"

麻大姐:"就是那天晚上吵着不满意的那个黑脸大个儿。他的名字叫黑奎,是个农民,没文化,大老粗,很有力气,很会干活,待我很好,啥活儿都不叫我干,只要求我把他侍候好就行了。我们不愁吃,不愁穿,生活过得乐呵呵的,我非常满意,我的后半辈子,想也只有如此了。"

程芳接着麻大姐的话说:"我出狱后也是又找了一个。"

常姮马上问:"我原来那个姐夫呢?"

程芳:"别提他了,那才是个没良心呢!我本来就是让他骗到手的,我们没有正式手续,只是在一起过。我一入狱,他立刻就又找了另一个女人。我与你这个姐夫结婚是有凭有据的。他是个医生,原妻死了,留有一男一女。我与他结婚后我们一家四口人,过得挺不错的。"

常姮:"两个孩子,关系很不好处的,你是怎么处理的?据我所知,大多数后娘都当不好,有后娘的家庭关系都搞得很僵。"

程芳:"事在人为。继母与孩子的关系处得好与不好,主要责任在继母身上,继母如果把睛的孩子当成亲生孩子看待,关系保证能处好,否则就处不好。当继母的不要总埋怨孩子待你不好,主要审查自己是不是以心待他们。我总认为,他们没有亲娘了,够可怜的,我得以亲娘的身份对待他们,弥补他们失去的母爱,所以我们的关系很融洽,我们一家子过得很幸福,我对我的家庭很满意。"

程芳介绍罢自己的情况后,把话锋转向常姮,继续说:"表妹呀,我看你的生活并不顺利,请不要再过这种生活了,早该换个活法了。我现在认识到咱们原来的那种生活是肮脏的,卑鄙的,丑恶的。过那种生活一点也不幸福,难道你还没有认识到这一点吗?请不要再犹像了,马上行动,越快越好,早改变过法,早解脱一天,早一天走向幸福生活。"

麻大姐:"我们来这里有两个目的,一个是看望你,叙叙别后之情,重温一下咱姐妹情意;再者是看你的生活怎么样,看你是否抛弃了旧生活回到新生活中来。如果还没有转变,我们想规劝你要悔改过去,重新做人,我和你表姐比你年纪大,咱们有一段共同的不光彩的历史,我们都已经改过自新,我们很轻松愉快。因此,我们也劝你向我们学习,摒弃过去,步入新生活。"

常姮："想当年是你竭力拉我去当三陪，导致我走上那种生活，现在你又劝我摒弃那种生活，我的命运好像完全被你操纵着。"

常姮说这话时表情平常，声调一般，麻大姐摸不透她是讲述事实，还是说的牢骚话。她说："我们不也是为了你好吗！我们是让你多挣钱才劝你搞三陪的。"

常姮："让我多挣钱是次要的，主要是利用我当招牌，多吸引顾客，让生意红火，你们可以多挣钱。你们实际上是利用我。"

麻大姐这才看出常姮说这话是发泄情绪，是对她当初行为的愤怒。麻大姐急忙愧疚地说："我们是对不住你，不过在那种情况下，我们那样做也出于好心。三陪好比火坑，我们先跳下去，感到暖烘烘的，很舒服，才把你拉进去的。现在我们感到里面脏了，所以想把你拉上来。总之，不管当年把你拉进去，也不管现在把你拉上来，都是为你好，请你理解我们这份心。想把你拉上来是我和你表姐来的主要目的。我们过去做了对不起你的事，现在要把你挽救出来作为弥补。我们费了九牛二虎之力才把你找到，这也是我们对你的弥补吧。我们希望咱们都忘掉过去，一致向前看，美好生活还长着呢。"

程芳："麻大姐把我要说的话也说了，我要补充的是，你步入那种生活的主要责任在我。在那种环境下，我也身不由己，不管如何，我们那时劝你进去，现在劝你出来，都是为你好。请你理解，请你原谅。我们向你道歉，向你赔罪。过去的事就叫它过去吧，它已经一去不复返了。咱们共同往前看，在现在的大好形势下，每个人都会有光明的前途。"

不久以后，她的朋友桂亚菲来看她了。桂亚菲来看望她是经过充分考虑的。她们曾是最好的朋友，她们彼此之间都帮过对方的大忙。自从她向常姮提意见而遭到责备以后，她再也不拿她当知心朋友了。她认为常姮这个人太不识抬举，太不知好歹，与这样的人打交道太没意思。她不长她，不圆她，正常来往，闲话不多。自从她与苏玹结婚以后，由她自己的舒服生活，想起了常姮仍在执迷不悟中。不管如何，她们毕竟共同生活过，毕竟曾是好朋友，她还是不计前嫌，主动前来劝说一下老朋友，说服她尽早摒弃不轨生活，回到正常的生活道路上。桂亚菲来还有一个更重要的目的，就是她带着自己的小女儿来向常姮报喜的。

她向常姮汇报的是：她有家了，她有了丈夫了，她有一个小女儿了。这三个"有"，恰好是她们这些小姐缺乏的，也恰好是她们求之不得的。桂亚菲现在有了，心满意足了，所以她来让常姮看看，显示一下她的富有。她还带了好多农产品，什么瓜果、蔬菜之类的东西。

在谈话中，桂亚菲向她大谈特谈她男人苏玹如何如何待她好，他们的家庭生活过得如何美满幸福。桂亚菲向常姮讲述了她一家三口生活的具体场面：

夫妻面对面坐着开怀畅谈。

小女儿在旁边自由自在地游玩。

一会儿跑到这边，

一会儿跑到那边。

一会儿唱歌叫你听，

一会儿跳舞叫你看。

一会儿跑到爸爸怀里亲亲爸爸的头，

一会儿跑到妈妈怀里亲亲妈妈的脸。

一会儿嗷着小嘴说着词不达意的话，

一会儿伸伸舌头扮个鬼脸。

女儿的任何声音都让他们快乐，

女儿的任何举动都让他们喜欢。

这是天伦之乐，

这种快乐是不可能取代的，而且是永远没完。

常姮对桂亚菲羡慕不已，连连说着佩服她的话，可内心里对桂亚菲有些嫉妒。她心里想，想当年，在称心饭店时，桂亚菲算老几？她是顶枝牡丹，桂亚菲只是牡丹岔枝上的花，连个壮枝上的牡丹还算不上呢！现在桂亚菲比自己强了，有个美满幸福的家了，自己还是单独一个人。真是时间如流水，一去不复返，几年河东，几年河西，不断变迁，谁也说不了自己的命运，只有跟着感觉走，任其发展。她羡慕桂亚菲运气好，她一连串遇到了几个好人：苏琪、苏琪的妻子和苏琪的弟弟。她心疼自己为什么就没有遇到一个真正的像苏琪这样的好人呢？她遇到的男人都是滑头滑脑，口是心非的两面派。像朱副局长、贾彦之类的人，净是些夸夸其谈的伪君子。她又想，这是命，毫无办法。她心里很沉重，很悲愤。但她又忽然轻松起来，桂亚菲有了个固定男人，成了家，这是个什么男人，不是正常男人，而是一个瘸子！想到这里，她才平静下来，心平气和地问桂亚菲："他待你好吗？"

桂亚菲："他待我非常好。"

常姮："你不是说男人都是口是心非的两面派吗？你这个男人也是这样吗？"

桂亚菲："过去咱们接触到的男人，也就是说那些来找我们的男人，确实都是两面派，不是两面派的男人根本不会来找我们。我现在仍然这么说，来找我们的男人没有一个好东西，好男人绝不会找我们。现在我认识到多数男人还是很好的，他们忠于爱情，对妻子、孩子、家庭有责任心，是值得信赖和依靠的好丈夫。我认为我的丈夫就是这号人，别看他腿有些瘸，心眼可好了。"

常姮："你真的喜欢他吗？你本来是喜欢他哥哥的。"

桂亚菲："对，我本来是喜欢他哥哥苏琪的，由于这个原因，我是冒着生命危险去他们家的。苏琪的妻子把我当成她的亲妹妹对待，人的心都是肉长的，她待我的好感动了我，她待我这么好，我不能再伤害她，我与苏琪断绝了关系。在与苏琪的弟弟苏玹的接触中，我感到他心眼好，忠诚老实，埋头苦干，很快我喜欢上了他。我是真心实意爱他的。"

常姮："你对他的残疾不嫌弃吗？"

桂亚菲："不嫌弃，一点儿也不。感情与残疾没关系，只要两心相投，其他一切都不在话下了。"

然后桂亚菲一转话锋对常姮说："以我的亲身体会，我把肺腑之言告诉你，咱们前些时候全是瞎折腾，走了那么长一段弯路。一个女人要想过幸福生活，还得有个家。我劝你赶快找个主，结婚成家，生男育女，过一个正常女人的生活，这是唯一的出路。现在已经不早了，希望你赶快抉择。"

老年互助组来到大杂院以后，常姮越发感到非得按照桂亚菲的话去做不可了。是的，要想过幸福生活，还是有个家。要不然，就这么一个人过下去，到何时才是头呢？就这样眼巴巴地等着将来老了进养老院吗？她第一次感到时间过得太快，生命是短暂的，她的青春已过，很快就会到老年，进养老院的日子就要到了。她想到这里不禁打了个寒战。这太可怕了！她自言自语地说："是该变个活法了。"这真是：

本来不是省油灯，

生活路上瞎折腾。

各种滋味都尝尽，

孤单寂寞无营生。

大杂院里暖烘烘，

灵魂深处受触动。

洗心革面决心下，

誓把旧情换新风。

一天上午，刚吃罢早饭杨声老师就听见敲门声。他打开门一看是常姮，非常惊讶地说："没想到是你。你还真是稀客，咱们是'鸡犬之声相闻，老死不相往来'，门前经常我打扫，今日荣幸为君开。请进，请进！"

常姮满脸笑容地说道："杨老师不愧为德高望重、学识渊博、令人尊敬的老长辈、老老师，即景生情，出口成章，怎能不让我们晚辈敬佩！"

两人寒暄之后，杨老师把她让到堂屋里的沙发上。杨老师说："咱们都是爽快人，咱开门见山，有话直说。我想你来找我肯定是有啥事需要我帮忙的，是吧？"

常姮："一点儿也不假，无事不登三宝殿嘛！"

杨声："好吧，就把你的事说出来吧，只要我能帮的，我肯定帮助你。"

常姮："我从来没有像现在这样感到不安过，晚上睡不着觉，白天吃不下饭，有一种惶惶不可终日的感觉。"

杨声："常言说'不做亏心事，不怕鬼叫门'，难道你做了亏心事了吗？你为什么夜不能寐呢？"

常姮叹了一口气，说道："一言难尽。我的生活道路是不堪回首的，我一时也难给你说清楚，恐怕你也会知道一些。我很后悔，我承认自己是一个失败者……"她越说越沉重，头低得恨不得插到裤裆里，眼泪扑嗒扑嗒往下滴。忽然她抬起头来，擦了擦眼泪说："好了，不说这些了。说眼前的事吧。"杨声仔细观察着她的表情，揣测着她心思的变化。他两眼直盯着她，不说一句话。她停了片刻后继续说："老年互助组来了以后，大家积极帮助他们，纷纷赠送东西。大杂院里每家都有捐赠，只有我没有。这并不是我不愿意捐，我愿意，我非常愿意。但我没有这个勇气，我不敢去，我怕他们不欢迎我，怕他们让我下不了台。我今天来就是想听听你的意见，你认为他们会接受我的捐赠吗？更进一步说，如果他们接受我，我还想去当义务服务员，侍候老年人，我将在那里侍候他们一辈子，我认为那里就是我的归宿。等过几天回去看望一下我的父母，他们如果在家里过不好，我就让他们搬来，让他们进老年互助组享享福，我也可以乘机尽尽我的孝心。"

杨声："很高兴听到你讲这些话。关于你的过去，责任不能全归于你，有客观原因。你还年轻，没有经验，走些弯路是难免的。只要认识到就好，要总结经验，吸取教训，从头做起，重新做人，还来得及，不要气馁。要挺起腰杆子，甩开膀子大胆干，一切都会好的。我们正处在一个最好的社会时期，人们不愁吃穿，社会和谐，心情舒畅，生活非常幸福。生活在这样的社会里，只要好好干，就有好报酬。千万别偷鸡摸狗，别搞歪门邪道，别违法乱纪。因为这样法律不允许，社会不答应，受道德谴责，遭群众唾骂。这种人不是社会大家庭的一员，而是被群众鄙弃的不齿于人类的社会渣滓。"他稍停片刻马上接着说："看你这长相，不但漂亮，而且聪明能干，像园中的牡丹，在百花争艳中夺魁领先。"

常姐本就爱听奉承，一听见表扬她的话她就晕，表扬得狠了，她就神魂颠倒，忘乎所以。当她正听得得意洋洋、神采奕奕的时候，忽然听见杨老师说"牡丹"，还说什么"夺魁领先"，她的脸好似从晴天白日、阳光灿烂，刹那间变成乌云密布、电闪雷鸣。杨老师看见了她的这个急速变化，像爹爹关心女儿一样地问她："哪里不好受？"她回答："没有，什么也没有，你只管说吧。"常姐最敏感，也是最忌讳的三个词是三陪、牡丹和称心饭店。她猛地一听杨老师说夺魁牡丹，误以为杨老师影射她，挖苦她，揭她的短。杨老师问她"哪里不好受"时，态度那么和蔼亲切，表情那么温馨宜人，声调那么体贴入微，情绪那么厚实近人，完全是善意的吐露，没有一点恶意的迹象，她马上后悔自己多心了，赶快说："你说吧，杨老师，我听着呢。"

杨老师继续说："一个人不管过去有什么错误，只要知错改错，大家都会欢迎的。常言道：

> 枯树发芽人惊喜，
>
> 败花重开是奇迹。
>
> 浪子回头金不换，
>
> 美女改错更珍惜。

"你不要有任何顾虑，他们肯定非常欢迎你，你擅长唱歌跳舞，在老年互助组搞文艺活动你是主力。"

从常姮的表情看，她不像是要什么花招，也不像是光说说而已，而是真心实意想痛改前非，重新做人。杨声心里很高兴，帮助一个人改恶从善，是最大的善事。他带着关爱她的表情，急切地说："我冒昧地问你：你想成个家吗？"

常姮好像有些不好意思地说："还有人要我吗？"

杨声干脆爽快地说："怎么没人要哇！你是个美女呀！不是好人，他要还不跟他呢。"

常姮扭捏着说："杨老师净拿我开心，我已经不是当年的我了。"

杨声："说正经话，你要想成个家，我还真能帮助你。"

常姮："那就请杨老师帮忙吧。"

杨声："好，你的成家就包在我身上了。"

常姮："事成后叫你吃个大鲤鱼。"

杨声："这个鲤鱼我吃定了。"

常姮如愿以偿来到老年互助组当了义务服务员，负责清洁卫生和文艺活动。她对工作很负责任，待老年人很热心，很受老年人的欢迎。她每到老人跟前，老人们都会"闺女，闺女"叫个不停，紧跟在"闺女"后面问长问短。她每次听到老太太叫"闺女"，她就心潮澎湃，热血沸腾。她听到这个叫声，就会起她的妈妈，只有她妈妈才这样叫她。她认为这是她听到的最亲切的称呼。常姮惊奇地发现，身子离她远的，心反而离她近；越是抱得很紧的，心反而很远。她也认识到，称呼"心肝宝贝"就像猫玩老鼠、黄鼠狼夸奖公鸡一样，那么虚伪，那么无聊，回想起来那么讨厌，那么恶心。如今，老太太的"闺女"如同妈妈的叫声，听起来那么亲切，那么温存、贴心。

常姮融入社会了，融入人群了，她不孤独了，不寂寞了。她每天都有具体工作，心中有目的，干得很踏实。在这同一个大杂院里，她的思想一变，从自己房间里走进老年互助组，就像从一个世界步入另一个世界，像从黑暗进入光明，像从地狱进入天堂，她像一只小鸟，终于冲破了牢笼，飞向了光明灿烂的艳阳天。

马老总刚放下饭碗，杨声一步走进屋里，开门见山地说道："我为你外甥说个媒吧？"

马老总："女方是谁？"

杨声："常姮。"

马老总："不行。"

杨声："为什么不行？"

马老总："你还不知道她是啥样的女人？她不是个省油灯，她是个搅不闲。怎么不把她说给你儿子呀？"

杨声："你这老头用死眼光看人，你眼中的她已是过去了，她已经痛改前非了。我的儿子有老婆，如果没有，我就把她介绍给我儿子，这有啥呀？"

马老总："你怎么知道她改了？她的嘴可会说了，你小心别上她的当。"

杨声："她重新做人，我完全相信，最明显的证据是她参加了帮助老年人的义务服务队，如果没有改过的决心，她是不会参加的，你说是吗？"

马老总："可也是呀，她真的决心要改吗？"

杨声："一点也不假，我完全相信。"

马老总："只要你相信，我也相信，不过把她说给我外甥恐怕不会成功。"

杨声："为什么？"

马老总："过去她对我最有意见。她刚来大杂院时，要挂招生牌子，我坚决不让她挂，我们两个闹得很僵，她与我这个外甥也闹得很不愉快。回首往事，可以说，俺两个的积怨最深。除了挂牌子以外，还有很多别的。那年暑假招生时，俺俩又弄了不得劲。她骂大街时，我站出来阻止她了，这回就不是一般的不愉快了，而是大动干戈，大吵了一通。还有，在日常生活上，她是时时、事事都把我当成她的眼中钉。你想想，我们有这样的关系，她能同意嫁给我外甥吗？"

杨声："那都是过去了，一切都在变化，有些事的变化还很大。首先你思想上解决问题了没有？你过去说她不是省油灯，是搅不闲，你现在还这样认为吗？"

马老总："你光会揭老底，我过去是认为她不是省油灯，是搅不闲，这是真的，我并不是屈说她，她做的很多事就是让人们不得不这么认为。你还问我呢，你不也这样认为吗？"

　　杨声："我过去是这样认为，但现在不这样认为了，因为她改了。而你现在还这样认为吗？"

　　马老总："现在都不用油点灯了，所以就无所谓省油不省油了。"

　　杨声："你这个老滑头，她要不省油了，浪费的可是你的。"

　　马老总："我得问一下我外甥。干脆你直接问他不就行了？"

　　杨声："我来这里是问你的，问了你我再问他。你先说同意不同意。"

　　马老总："只要她同意，只要我外甥同意，我当然也同意啰。主要看他们两人的意见吧。"

　　马老总的这个外甥叫谷全，今年48岁，他有一个儿子，曾娶过妻子。他40岁时，妻子因病去世，他与儿子、儿媳一家三口人生活在一起，尽管儿子儿媳待他不错，但他感到很孤独，不几年以后就一个人出去打工了。虽然累些，但很自由自在，自己挣的自己花，儿子不向他要钱，他也不向儿子要钱，过着独立自主的光棍生活。老年互助组搬进大杂院以后，马老总把他介绍给老年互助组搞义务服务，担任会计工作。

　　常姐来到老年互助组以后，第一个认识的就是他，他对常姐也记忆犹新。

　　常姐刚来大杂院时，不顾大家共同达成的协议，一意孤行企图在大门口悬挂招生牌子，马老总不让她挂，她坚持要挂，两人争吵起来。当时来看望舅舅的谷全听着很不是滋味，他挺身而出帮舅舅的忙，对常姐说些狠话，如说她"不讲理"呀，"没教养"呀等；常姐也说他"凶"，说他"厉害"，甚至常姐说他像恶狼一样想吃人，而谷全也说她像母老虎一样想吞人。他们在老年互助组第一次见面时，两人不约而同地说了一句共同的话："啊，是你。"真是冤家路窄，不打不成交。随着时间的推移，两人在不断地接触中，逐渐感到对方并不像初次吵架时那么不讲理，好像都不凶了，不狠了，都像正常人了。再后来，两人都感到对方优点很突出：工作积极认真，态度和蔼可亲。再过一段时间，不知什么原因都想看见对方，两人见面后都想说两句话，没话也找话。在这种情况下，杨老师提出来要给他们说媒，当然很投他们的心意，真可谓正中下怀。杨老师很快安排他们见面交谈一下。如果都同意就订婚，然后就马上办喜事。

　　他们两个见面交谈时，两人都说了一些异乎寻常的话。

　　常姐说："我现在很没理智，很没教养，不像个正常人，我真的就是一个母老虎，我恨不得一口把你吞到肚里。"

谷全说："我现在才真正很凶，很厉害，我真的像一只恶狼，恨不得把你吃到肚里。"

他们彼此都向对方说了"狠"话，此时的恨，对方爱听，他们说得越"恨"，对方越感到舒服。这真是：

> 你吞我来我吃你，
>
> 两人融和为一体。
>
> 化仇为爱融融乐，
>
> 美满幸福好夫妻。

婚礼的前几天，谷全和常姮拿着请帖亲自送上门。常姮当面对每个人说："请参加我们的婚礼！"大杂院的群众看到常姮的变化，心里都很高兴，每家都给他们送上一份礼物表示祝贺。

常姮对待马老总也来了个一百八十度的大转弯，她现在觉得马老总是一个年迈的老者，对他尊敬有加。马老总看着她也顺眼了，舒服了，她不是那不省油的灯了，也不是搅不闲了，而一个美丽漂亮的大姑娘。她清秀的面孔、温顺的眼睛、甜美的笑容、恰如其分的举动，他感到她的一切都顺眼了。

经过充分的准备以后，常姮和谷全举行了婚礼。婚礼就在老年互助组的院子里，院子中央放着一张行礼桌，桌子上放着所有婚礼用品，桌子北面坐着所有老年人，他们作为新郎新娘的长辈接受新婚夫妇的拜礼。大杂院的所有人员都作为嘉宾坐在老年人的后面，其他来宾及贺喜者都坐在周围。仪式开始后，他们都将接受新郎新娘行礼。谷全虽是二婚，但常姮仍属头婚，一切仪式都按头婚安置。为了给常姮一个惊喜，也为实现她想见爹娘的夙愿，谷全于前两天就把常姮的爹娘接到大杂院，住在离常姮的房间不远的地方，让他们有意回避，不让他们与女儿相见。他们尽管想见女儿的心情迫切，为了达到让常姮吃惊的效果，还是竭尽全力控制住自己，不动声色。

上午十点钟，担任司仪的杨声老师宣布谷全、常姮结婚仪式开始。

第一项：鸣炮奏乐，新郎新娘就位。

新郎站在礼桌前面，新娘用红盖头蒙住头，由伴娘搀着走到新郎的左边，与他肩并肩地站立着，面向礼桌，也面向爹娘，面向老年人，面向大杂院的所有人员。她妈就在她的面前，用手绢捂着嘴，低着头，不敢抬头看一眼久别毫无音信的女儿，生怕失控出声，破坏了惊喜效果。

第二项：新郎新娘拜天地。

新郎新娘跪在席上磕了三个头。

第三项：新郎新娘拜爹娘，拜长辈，以及在座的亲朋嘉宾。

新郎新娘跪下磕罢三个头后，常姮已热泪盈眶了。她想：下拜爹娘，爹娘在哪里呢？他们身体好吗？生活怎么样？她明知自己的过去很不光彩，大家非常不满意，可是现在大家竟这样欢迎她，这样为她举办婚礼，这使她心潮难平，使她无地自容。她的鼻子酸酸的，喉咙干干的，两眼发黑，两腿打颤。她的爹娘就坐在她眼前，仅有咫尺之遥，只是她被盖头蒙着脸，看不见而已，但她的爹娘早就忍耐不住了。长期不见女儿的妈妈，看见女儿颤颤发抖的样子，再也安静不下去，大声哭叫出来："我的孩子！"突然冲上去把常姮抱在怀里。常姮揭开盖头，一看是她妈妈，又在身旁看见她爹。她那长期想念爹娘的心情、长期积累的欲向父母诉说的委屈、长期没有对父母行孝的愧疚、对自己长期不与父母联系而让父母担心挂念的悔恨……各种情绪交汇在一起，像火山一样喷发出来，她哭声震天响，泪雨倾盆下，肝肠欲断裂，心肺欲爆炸。她哭得那么伤心，真是痛不欲生。常姮哭，爹娘哭，在场的老太太、老大爷也都哭起来，有的是怜悯心引起的哭，有的是同情心引起的哭，有的是太伤感，看见别人哭，自己也哭。不管什么原因，参加婚礼的人都哭起来。常姮的哭声胜过笑声，哭声令人同情，哭声荡涤污垢，哭声孕育新生。这些哭声不是悲痛欲绝，而是激动万分；不是忧愁满面，而是喜泪双倾；不是悲声哀鸣，而是释放喜悦。同时，常姮的哭声是走向新生活的喜雨，是送走糜烂生活的丧钟，大家的哭声是欢迎常姮融入社会大家庭的大合唱，也是常姮为老年人义务服务的践行。

> 泪水荡涤一切污泥浊水！
> 哭声迎来一个洁净的新生！
>
> 改革开放大发展，
> 人们生活大改善。
> 大杂院里舞台上，

还在粉墨登场演。
人人经受启迪礼，
辞旧迎新奔向前。

2015 年 11 月初稿于郑州
2016 年 3 月修改于开封
2016 年 6 月定稿于尉氏